（美）明陈·斯格特（Ming C.Scott）◎著

乞丐元帅

陆荣廷

中国文史出版社

图书在版编目（CIP）数据

乞丐元帅陆荣廷 /（美）明陈·斯格特（Ming C. Scott）著.—北京：中国文史出版社，2018.7

ISBN 978-7-5205-0543-7

Ⅰ.①乞… Ⅱ.①明… Ⅲ.①历史小说—美国—现代 Ⅳ.① I712.45

中国版本图书馆 CIP 数据核字（2018）第 211369 号

责任编辑：徐玉霞

出版发行：中国文史出版社

网　　址：www.chinawenshi.net

社　　址：北京市西城区太平桥大街 23 号　　邮　　编：100811

电　　话：010-66173572　　66168268　　66192736（发行部）

传　　真：010-66192703

印　　装：廊坊市海涛印刷有限公司

经　　销：全国新华书店

开　　本：16 开

印　　张：26.25

字　　数：540 千字

版　　次：2019 年 1 月北京第 1 版

印　　次：2019 年 1 月第 1 次印刷

定　　价：78.00 元

写在前面的话

友人问我为什么写这部历史小说。说起来也很偶然，那时候我们还居住在美国夏威夷州，一天傍晚，坐在海滩上看着日落，我对丈夫罗伯特（Robert）说起了小时候的故事，在中国生活的那些日子，家人生活在外曾祖父、曾姑父，清末民国初的两广总督，广西督军阴影下的往事。

大多数的美国人并不了解中国，罗伯特也不例外，他怎么也不能把因为外曾祖父和曾姑父的历史，而使家人遭受种种"不公正的待遇"联系在一起。他认为应该对祖父辈们的历史做调查研究后，再论黑白，否则，无论是对世人，对家族的后人，还是对历史，都是不公正的。在 20 世纪 70 年代，一位美国黑人从祖母传给他的一段歌谣里，寻找到了非洲部落的故乡，了解到他的祖辈们，一百多年前是如何从非洲被卖到北美洲沦为奴隶的。后来，他写了一部小说《根》，阐述了这段历史，在美国引起轰动。

说实在的，我早就有愿望去了解祖辈们真实的生活，只是由于种种原因未能如愿。如今听丈夫这么一提，我动了心思。可是又一想，这远隔大西洋的美国，能查寻到广西陆荣廷元帅，及广西督军谭浩明的历史资料吗？怀着一丝顾虑查访了几所大学。不来不知道，来了不由得感慨万分，大学里的中文书籍收藏之多、内容之丰富，年代可追溯到明、清，令我大开眼界。我翻阅了大量旧报纸，上海 20 年代《申报》、香港《华字日报》，1921 年英国人写的中国名人录（《WHO'S WHO IN CHINA》），首次看到了陆荣廷元帅的照片。查阅了与陆荣廷有联系的南北政府要人、北洋各系人物、西南联省及有关各战役的史书、报道，并三次与丈夫一起回到广西家乡，实地考察龙州中越边境，陆荣廷和谭浩明战斗过的地方，与当地的老人们交谈，参观了水口街，当年水口镇一场大火烧毁全镇的民房，后由督军谭浩明出资重建的水口镇，及镇上的农贸市场，旧戏台子的故址等。我们进到一家水口街老民宅，家中一位二十多岁的年轻人对我们说："要不是谭督军，我们今天还没有房子住呢。"

2002 年间，广西政协将封存了数十年，从没有公开过的"三亲"（亲历、亲见、亲闻）史料七百多篇，编成了《老桂系纪实》一书，这些当事人的叙述，把陆荣廷、谭浩明及众多的老桂系的将领们活生生地呈现在我的眼前。我以为，时势造就英雄，英雄也造就时势。任何朝代的历史人物都不是孤立的，而是与当时的时代背景、社会时局、社会各阶层人士有着不可分割的联系。我们后人评论历史人物，不应该无视史实，想当然地或捧为神明，或鞭挞，或讨伐。

于是，罗伯特对我说："你的祖辈们是中国的'罗宾汉'，很了不起。你为什么不将他们写成一本书呢？""罗宾汉"是西方中世纪的传奇人物，家喻户晓的"绿林好汉"。我心里捣鼓开了，陆荣廷是壮族的"绿林好汉"，一生戎马生涯与清朝退位、创立共和民国等重大的历史事件有着紧密的联系。要描述晚清、北洋直系、皖系、粤系、桂系、湘系、北洋政府和西南军政府的钩心斗角、险恶环境、错综复杂的人际关系，谈何容易啊。可是又一想，作为陆、谭家族的后人，我有着不可推卸的责任把"中国的罗宾汉"写下来。于是，我把在记忆里，早年外婆和妈妈给我讲述的曾外公、曾姑父的故事，把收集到的史料，广西政协的"三亲"史料交集在一起，便开始了漫长的写作。

提起笔来，不觉茫然，这么多的重大历史事件，该从何处着手？如果把众人皆知的历史事件一一罗列，读者便觉索然无味。于是，我便从陆荣廷的性格，及民族文化着手，因为每个人说话、做事，往往离不开一个人的性格，离不开民族的传统文化。在陆荣廷的身上，充分体现了壮族人的彪悍、勇敢、豪迈、忠义。

清末民初，国人对"民主共和"这个既陌生又时髦的名词认识极其有限。这些从旧清军脱颖而出的民国政府首脑只能凭着各自的意识、经验，以各自的方式来探讨新共和民国的出路，不料却导致了政府分裂，造成南北对峙的严峻局面。"北猿（袁世凯）南鹿（陆荣廷）"就是人们对当时南北势力的简称。

小说写的是一位壮族的儿子，一个大字不识的乞丐，却能为民国做出如此惊天动地的大事的传奇式"罗宾汉"。书中披露了许多不为人们所知的一面，把众多人物的恩恩怨怨、是是非非，摆在读者的面前，究竟称陆荣廷为英雄，还是"历史的罪人"，让众人来评论吧。

可喜的是，近年来，中国政府对陆荣廷重新做评价，把他列为当今民国史研究的重要项目之一，我为之一振。

《乞丐元帅陆荣廷》是我的第一部历史长篇小说《从乞丐到将军——陆荣廷传奇》的修改版。这些年来，我丈夫罗伯特自始至终给我强有力的支持，没有他的鼓励，我不可能坚持下来。在这里，我以诚挚的心，感谢他为所我做的一切。

我深深地感谢国家一级编剧杜志海先生，在我写作的过程中，得到了他的关心、具体的指导和无私的帮助。感谢南宁市前文联主席刘丕展先生对我及小说出版的支持。感谢北京张振忠老师，人称"财神张"，资深出版人，北京出版人沙龙发起人，开智书坊总编，在他的支持和热情帮助下，小说得以顺利出版。感谢中国文史出版社责任编辑徐玉霞女士，为小说的出版做了大量的工作。

明·C.斯格特

2018年5月26日完稿于美国亚利桑那州

目　录

第一章　劫后余生 …………………………………………… 001

第二章　学徒生涯 …………………………………………… 007

第三章　流落街头 …………………………………………… 014

第四章　深山习艺 …………………………………………… 020

第五章　旧友新仇 …………………………………………… 024

第六章　大闹除夕 …………………………………………… 028

第七章　初闯邕城 …………………………………………… 033

第八章　龙州立足 …………………………………………… 038

第九章　荔园结义 …………………………………………… 044

第十章　抢劫洋兵 …………………………………………… 052

第十一章　逼上梁山 ………………………………………… 059

第十二章　绿林三杰 ………………………………………… 064

第十三章　关口陷落 ………………………………………… 075

第十四章　沙场老将 ………………………………………… 085

第十五章　投军入伍 ………………………………………… 088

第十六章　关口借雨 ………………………………………… 095

第十七章　乘胜追击 ………………………………………… 102

第十八章　胜者为败 ………………………………………… 111

第十九章　重操旧业 ………………………………………… 116

第二十章　山盗马贼 ………………………………………… 121

第二十一章　刀下留人 ……………………………………… 126

第二十二章　千里防卫 ……………………………………… 131

第二十三章　重整旗鼓 ……………………………………… 135

第二十四章　巧夺金龙峒 …………………………………… 143

第二十五章　招虎下山 ……………………………………… 150

第二十六章　何罪之有 ……………………………………… 158

第二十七章　京城"屠官" ………………………………… 167

第二十八章　抚剿游勇…………………………………… 172

第二十九章　喜得虎子…………………………………… 184

第三十章　海渡东洋……………………………………… 191

第三十一章　后会有期…………………………………… 198

第三十二章　炮台失守…………………………………… 203

第三十三章　断水逼退…………………………………… 209

第三十四章　衣锦还乡…………………………………… 215

第三十五章　桂林兵变…………………………………… 223

第三十六章　广西都督…………………………………… 228

第三十七章　途遇黑店…………………………………… 237

第三十八章　省会桂林…………………………………… 245

第三十九章　文治天下…………………………………… 256

第四十章　清帝退位……………………………………… 260

第四十一章　高价郎中…………………………………… 264

第四十二章　京城密使…………………………………… 269

第四十三章　晴天霹雳…………………………………… 278

第四十四章　梧州客栈…………………………………… 284

第四十五章　风雨欲来…………………………………… 288

第四十六章　潜入禁地…………………………………… 291

第四十七章　暗设连环计………………………………… 297

第四十八章　渔人得利…………………………………… 309

第四十九章　陆谭时代…………………………………… 313

第五十章　出兵南下……………………………………… 321

第五十一章　南北大战…………………………………… 324

第五十二章　多事之秋…………………………………… 332

第五十三章　胜败乃兵家常事…………………………… 338

第五十四章　擒贼先擒王………………………………… 345

第五十五章　撤军北归…………………………………… 360

第五十六章　粤桂大战…………………………………… 365

第五十七章　孤立无援…………………………………… 372

第五十八章　前功尽弃…………………………………… 378

第五十九章　围城夺权…………………………………… 381

第六十章　壮志未酬……………………………………… 392

主要参考资料…………………………………………… 411

后　记…………………………………………………… 413

第一章　劫后余生

今天是阿妈改嫁的日子。

天还没亮哪，七岁的南虎躺在竹床上再也睡不着了，大眼睛在昏暗里眨巴眨巴地朝窗边看去，他不明白为什么今早与往常不一样。阿妈的竹床就靠着窗子的那一边，每天早晨起床前，阿妈总习惯地辗转身子，把竹床压得"咯吱、咯吱"地响，而后坐起来，轻轻地咳了两声，从床旁的竹椅上拿起一条青蓝色的百褶裙，套上，然后，又听到百褶裙"窸窣"发响，他知道阿妈正朝他走来。南虎闭着眼睛假装睡觉，感到阿妈俯下身子看他时那呼出的气息轻轻地喷在他的脸上，痒得怪舒服的，接着阿妈把盖在他身上的被子扯了扯，给他盖好，自言自语地说："这孩子就是贪睡。"南虎偷偷地笑了，眯着眼睛看着阿妈的背影向灶膛走去。可是，今天竹楼里静悄悄的，窗外淡淡的星光投在阿妈的床上，床是空的，只有那张黑熊皮静静地铺在上面。黑熊皮上有一个小包袱，那是阿妈昨晚上打好的，里面是两件斜扣白衣和两条阿妈手织的百褶裙。南虎的心里像跌落了什么似的，思来想去，不知道什么叫改嫁，只知道从今天起，阿妈就永远永远地不睡在这竹楼里了。

几天来，当阿妈用小木梳子水，梳理他拖在脑后那一尺长的小发辫时，他瞥见阿妈偷偷地掉泪。阿妈说，好在她要去的地方路不远，她会经常回来看他的。可让他不解的是，为什么阿妈不说她要去哪里，还不准许去找她呢？竹楼下的雄鸡不知为什么今天打鸣得特别早，一声、两声，招来村里远远近近的雄鸡们争先恐后地呼应。窗外，一缕白色的山雾飘过，天还麻麻的黑……

这是大清同治五年（1866年）。这户人家姓陆，住在广西西南部一个壮族的小山村里。这里群山起伏，层峦叠嶂，密林幽邃，古树参天，长年在云罩雾绕之中。当地的歌谣唱道："难了难，竹竿挑水上高山；挑到半山竹竿断，上也难来下也难。"

陆家便住在这个交通闭塞、偏僻贫穷的大山里。

这是垒雄村，一个壮族聚居的小山村，百来户人家，家家户户依山傍水建有高脚竹楼，楼上有堂屋和卧室，堂屋的火塘每天清晨总飘起缕缕的炊烟，楼下则鸡鸣牛嗷，是家禽家畜栖住的地方。一片片青石板铺成的山村小路，眯眼看去，路面时起时伏，曲里拐弯，链子似的把一座座竹楼串起。村前一条碧绿潺湲的小河没有名称，村后高耸入云的大山叫大灵山。村旁一丛丛高高的凤尾竹，每逢河风吹来，又轻轻地骚动着腰肢。村头一棵百年芒果树拔地而起，高达数丈，每年硕果累累，又甜又香，因此，山民们又称此村为芒果村。村民们大都以种田为生，伴之狩猎。每年秋收后农闲时节，男人们便结伴上山打猎。

据说芒果村人的祖先原是山东青州府白马县人，宋仁宗皇祐四年(1052年)，壮族首领侬智高起兵反宋，宋朝名将狄青率"平南军"南下镇压，起义平定后，部分士兵喜欢上这里的山清水秀，舍不得走，便屯守广西，落籍为壮族人。故此，芒果村的男人长得魁梧雄壮，且有习武风尚。每年割完稻谷，汉子们便会聚在空荡荡的田地里，点着油灯练拳脚。当谈论"功夫"时，通常问："你点了几盏油灯啊？"令南虎自豪的是，他阿爸在全村点的油灯最多，无人能及。他总是把脑后的辫子盘在头上，赤裸上身，穿一条黑裤，下边打绑腿，而腰间扎着一条宽宽的黑布"板带"。他刀、枪、棍、棒样样拿得起，世上没有谁的功夫能够比得过他。

一年前，阿爸和村里几个伙伴投奔"长毛"（太平天国）。阿妈一大清早就煮好了五色糯米饭，用芭蕉叶包起给阿爸路上吃。阿爸用一条红头巾把头裹起，散开脑后的长辫，让长长的头发自由地披落在肩后，腰间挎上腰刀，肩头挂起猎枪，南虎觉得阿爸是那么的雄伟高大。他轻轻地触摸腰刀，感到那钢刃的冰冷和坚硬，他坚信阿爸会胜利归来。不久，回来的人说，"长毛"彻底失败了，他的阿爸战死了。南虎无论如何也不相信自己的耳朵。据说，阿爸死得很英勇，他单枪匹马把几个兄弟从清军的手里解救出来，而自己却陷入包围，最终没能脱身。

阿妈在阿爸练武的田头上挖了一个坟坑，把阿爸生前练武功的棍棒和腰间扎的板带平平正正地放在里面。南虎跪在坟坑前，头上扎着一条戴孝的白布带，长长的布带两端飘落在身后，被冷飕飕的山风吹得上下飘动。阿妈抓起一把土放在儿子的小手上，那冰凉的泥土从他手指缝中缓缓地撒落在阿爸的遗物上。她无力地看着天空，含泪说："儿子，你阿爸在上天会保佑我们母子平安的。"

一座新坟筑起了，阿妈点燃了一把香，插在坟头上，几缕青烟升浮。燃烧的纸钱被山风刮起，一暗一明地在阴沉沉的空中舞动了几下终于熄灭了，似黑色的蝴蝶翩翩落下，像阿爸的幽灵无声无息地栖在阿妈的头发上。

一天，媒人进门，坐在火塘前对阿妈说："家里没有了男人啊，好比天塌了。唉，你们孤儿寡母的，总不能挨饿等死啊，你还是再嫁了吧！"

阿妈低着头，眼睛红红的，没有吐一个字。

媒人说得也有道理，眼下到了春耕时节，家家户户都忙着犁田。犁田是男人干的重活，她，一个女人扶不起这沉重的犁头啊，南虎太小帮不上忙。季节不等人哪，地里至今还荒着。但让她最担心的还是小南虎，按当地的壮族习俗，她若再嫁，是不允许带前夫的孩子入门的。那么小南虎怎么办呢？可是，再难也得为他和自己找一条活路啊。

南虎悄悄地溜下床，轻手轻脚来到竹编篾子墙的跟前，从篾子的间隙看出去，只见阿妈坐在锅灶前的小竹凳上，使劲敲击手上的打火石，不多时便迸出的金黄色的火花引燃了灶膛里的干草。一股浓青烟从灶里蹿出来，阿妈被烟熏得眼泪直流。她撩起裙角擦擦眼睛，又拿起一节竹筒，用嘴对着一端往灶里吹气，灶里的火苗儿便忽明忽暗，投映在她因用力吹气而时鼓时陷的清秀的面颊和脖颈突起的青筋上。忽听"啪"的一声，干草呼呼地燃烧起来，照亮了半边小竹楼。

阿妈把一口瓦锅放在灶上，往锅里放了一把米，从门边的水缸舀了两瓢水加了进去，然后坐下，呆呆地看着舔着锅底的火舌，竹楼里静悄悄的。南虎看见，火光中闪现着阿妈潸潸而下的泪水，该不是被烟熏的缘故吧。自从阿爸去世后，阿妈一头长长浓密的黑发变得花白了，变得稀疏了。

"阿妈！"南虎轻轻地叫道。

阿妈略略一怔，回头看去，只见南虎站在门边。她起身走到南虎面前，柔声说："天还早呢，再睡一会儿吧，等粥煮好了，再叫你起来。"

"阿妈，我睡不着。"

"那就坐在火塘边，让我再梳梳你的头发。"阿妈扯过另一张小竹凳，母子俩面对面坐下。她从火塘边的水缸里舀了一点水到小盆里，放在儿子身后，便打散他脑后的小辫子，把小木梳沾了沾水，轻轻地把头发梳拢起来："南虎，记住了，你姓陆，是陆家的根哪。"

"阿妈，我不会忘。"

"七年前，八月十三日的夜晚，你阿爸梦到一条大蟒蛇跃向空中，乘风驾云的呀，从山上直奔我家竹楼，冲开这竹门哩。在我们壮家（壮族人）眼里，那蛇就是龙啊，降到谁家，谁家就大富大贵。真有这么巧的事，天亮前，你就出生了。看到你呱呱落地呀，你阿爸乐疯了，说这一定是老天恩典，观音娘娘赐给他的，就给你起名叫陆特宋（送）*吧。看你呀，长得大圆眼睛，宽额阔耳，颇有虎气，又取了小名叫南虎。"

"阿妈，这些我都听过多少回了。"

"别嫌阿妈啰唆，我这一走，你就很难听到了。"

"阿妈，你能不走吗？"

"儿子，阿妈也舍不得走哇。可家里连吃的也没有了，总不能让你饿肚子呀。"

"阿妈，不用担心，我上山打野兽去。"

"阿妈知道你有勇气，你现在还太小。隔壁的二婶会来照顾你，等过些日子，我无论如何也要想法子把你接过去。好好听二婶的话，懂吗？"

"我知道了，阿妈。"

这时，外面竹楼梯传来脚步声，停在门口的晒台上，而后听到几下轻轻的叩门声："大妹子，起身了吗？"

---

* 陆荣廷，乳名陆特宋（或陆亚宋），又名陆阿宋。后文都有提及，不再一一注释。

阿妈连忙去开门："啊，是二婶哪，你早哇，快进屋吧。"

"你今天要走了，我过来看看有什么要做的。"二婶四十来岁，体格壮实，家里家外都是一把好手。

"谢谢啦，二婶，那……南虎就托付给你了。"

"说什么谢呀，那天我上山割草，被毒蛇咬了，要不是你用嘴一口一口地把那毒水吸出来，我哪还有命？一家人不说两家话，你的事就是我的事。南虎这么懂事的孩子，我还巴不得他天天在我身边转呢。"

"别夸他了。要是他有做不对的地方，该说就说，该打就打。"

这时，村子里的一群狗突然狂吠起来，打破了早晨的宁静。他们赶紧到窗口去看，惊讶地发现一群官兵冲进了村，在晨雾中被十几只狗团团围住。南虎看到阿爸的黄猎狗蹿出篱笆，向官兵猛冲过去。突然，随着一连串清脆的枪响，这群狗逐一毙在地。

南虎惊叫起来："阿妈，他们杀了我阿爸，现在又杀死了他的狗。"他那圆圆的脸气得涨红了，从墙上取下阿爸的猎枪，二话不说要冲出门去。

阿妈急忙一把扯住他的衣袖："南虎，你要干什么？"

"打死这些坏人！"

"傻呀你，一个七岁的孩子，你能打得过这些官兵吗？"阿妈夺下南虎手里的枪。

"妹子，我得先回家看看。"二婶惴惴不安。

"二婶，外面这么乱，你可要当心啊！"阿妈忧心地叮咛道。

"知道了。"

二婶匆匆跑下竹楼，没有来得及走出院子的围篱，迎面撞见一个士兵。一声"站住"和一声枪响后，二婶便扑倒在地了。

"二婶！"阿妈和南虎同时惊叫起来。

"南虎，"阿妈万分恐惧，"这些官兵疯了，我们不能待在竹楼里等死，先到山上躲躲。"

没等阿妈开门，竹楼梯上已传来急促的脚步声——官兵上来了！屋子没有另外的出口，怎么逃？南虎急忙抄起阿爸的腰刀，只有一拼了。没想到阿妈陡然生出巨大的力气，抓起南虎就抛出了后窗。

竹楼后方的菜园子直通大山。没等南虎明白过来是怎么一回事，他已经重重地砸向一棵芭蕉树，又摔在地上。南虎顾不上头晕，急切地喊道："阿妈，快跳！快跳！"此时，官兵们破门而入。阿妈抄起猎枪，怒视官兵，像尊石像般一动不动地横在窗前，不让他们看到儿子。

一声枪响！南虎惊呆了，目睹他的阿妈从窗口处慢慢地消失了。"阿妈——"南虎吼叫起来。突然，他发现附近一棵树后，一个士兵正用枪向他瞄准。南虎本能地跃入草丛，奔上山坡，那个士兵紧追不舍。

南虎意识到自己跑不赢对手，发现前方有一大片茅草，便三步并作两步钻了进去。他的心怦怦狂跳着，双手颤颤地握紧腰刀。待那士兵到来，南虎猛然跃起，像阿爸狩猎一样，用尽全身力气挥刀砍向他的小腿，寒光闪过，听得一声杀猪似的嚎叫，那人便已扑倒在地。南虎大为惊骇，险些丢却腰刀，拔腿便往山上狂奔。

竹楼里的士兵们闻声向窗外望去，只见一个拎着刀的身影消失在密林深处。他们也只能漫无目标地打了一通乱枪。

清军突然"光临"这天高地远、大山环抱的芒果村，乃事出有因。

俗话说官逼民反，第一次鸦片战争中国打败了，英国向清政府索赔巨款，羊毛当然还是出在羊身上，清廷以高捐税强压到民众身上，本来就穷的中国人几乎被榨干了。又加上祸不单行，广东、广西和中国许多地区，连年不断的水灾、旱灾、蝗灾，导致了咸丰一年（1851 年）的广西金田起义。长达十年的太平起义战争加上四年的骚乱虽然被镇压下去了，慈禧太后为了杜绝后患，不使广西蛮民们步"长毛"后尘，卷土重来，便下令对造反者诛灭九族，斩草除根。

南虎总算从芒果村的血洗中逃脱。他跑得上气不接下气，确认没有官兵追来，才停下了脚步，累得他跌坐在地。他回转头朝山下望去，不由惊呆了。全村四处烈火熊熊，浓烟从一座座竹楼腾腾升起，竟把朝阳涂抹得如同生了癞痢。卷来的阵阵山风中，竹楼的噼啪作响和轰隆倒塌的声音，夹杂着刽子手的鬼哭狼嚎。

一股烧焦了的肉臭味飘来，南虎不由双膝发软，扑通一声跪下，他双掌合十，拜乞观音娘娘庇佑他的阿妈逃脱这场劫难。然而，看到山下他家的竹楼已被大火吞没，自己无法相信阿妈能够生还。如果阿妈死了，他将孤零零一人活在人世，将如飘蓬似的无着无落。冰冷的泪水难以抑制地淌下他的面颊，是啊，他成为没有阿妈也没有阿爸的孤儿了……触及"阿爸"这个既遥远又亲近的称谓，南虎止住了泪，咬紧了牙关，抹去脸上斑斑泪迹，抬头望向天空，似乎听到了阿爸的训诫："男子汉只能流血，绝不流泪。"

那把阿爸遗留给他的腰刀躺在他的身旁，沾着刽子手污血的刀锋，被树隙投下的一缕阳光照射，闪烁着瘆人的寒光。南虎一跃而起，双手紧握刀柄，顿觉一股奇异的力量在体内奔突。他挥起刀，左劈右砍，一边砍一边喊："杀呀！杀呀！杀死妖魔鬼怪！"刀被舞得呼呼作响，周围的树枝、树叶、茅草雪片似的围着刀锋飞舞。有顷，他才停手，背倚大树，喘息不停，小胸脯不停地起伏着。

渐渐地，太阳西沉，压向山脊，山风渐起，在河谷呼啸。芒果村一片死寂。南虎断定官兵们已经离去，便匆匆下山。

他寻找自己的家，但哪里还有什么家啊！只有缕缕青烟从竹楼的余烬中飘起。他苦苦地寻找阿妈的尸体，踏入尚有余热的废墟，用刀掀，用手扒，汗流浃背，手掌烫得脱了皮，也不觉得痛，神经麻木了。最终，他在一堆残竹断竹中发现了身躯被烧得焦黑的阿妈。南虎跪下，伸出小手去抚摩阿妈，但却找不到一块完整的可以触摸之处。他告诉自己要记住阿爸的话，不要哭，不要哭，但他终于难抑悲痛，爆发式地号啕大哭起来。哭声回荡在死寂的山村，回荡在空旷的河谷……

他决定把阿妈葬在阿爸的坟旁，可是没有足够的力气把阿妈的尸体移往坟地，南虎希望能找到村里人来帮忙。他四处逡巡，透过四处飘升的余烟，却不见一个活物，乡亲们能逃的都逃了，逃不掉的都已倒毙在屠刀下，昔日欢乐、生气勃勃的芒果村如今已成为死村。他只能靠自己了。他找到那个小包袱，用一条未烧焦的阿妈的百褶裙把阿妈的遗体裹起。他深深地吸了口气，跪下，把遗体驮在背上，贴伏在地面上一步一步地爬行，一路上留下膝盖磨出的血迹，在月亮尚未出山之前，他终于到达了坟地。

他用阿爸的腰刀一寸一寸地挖着坟坑。渴了，他到河边喝清凉的河水；饿了，从烧焦的芭蕉树上摘芭蕉填肚子，双手磨出了血，依然不管不顾地挖，直到让阿妈得以安稳地睡在坟坑，这时他才感到爬行时磨破之处火辣辣的疼痛。

南虎累极了，坐在地上背靠新坟。月亮从东山升起了，还是那个月亮，而山村已不是那个山村了。他悲戚地遥望深邃浩渺的夜空，想起阿妈与他谈天说地的往事。

"月亮里有一棵大树，树旁有个月宫，月宫里住着嫦娥娘娘和观音娘娘，还有好多好多的好人呢。"

"阿爸也住在月宫里吗？"

"当然，他是一个英雄。"

他相信，现在阿妈也到了月宫，和阿爸在一起了。南虎不自觉地伸出双臂，喃喃地叫着："阿爸，阿妈——"柔和的月光落在他那火辣辣满是伤痕的手掌上，好像阿妈在轻柔地抚摩着，他似乎感到手掌一阵清凉，疼痛减轻了许多。他想阿妈，不由得又开始啜泣。轻风徐徐吹来，他又似乎听到阿爸的责备："好男儿是不应该哭的。"南虎连忙拭去眼泪，抬起头来。

夜，静悄悄的，只有天上的星星看着他。悲凉的夜，伤心的人啊……

阿妈死了，家没了，村子也没了，怎么办？走吧，可是走到哪里去呢？不走吧，如果明天官兵回来搜索，肯定不会放过他，在这里不是等死吗？唉，走也难，不走也难啊！走吧，还有生存的希望。

想到这里，南虎跪下，向月亮里的阿爸、阿妈磕了头。而后站起身，拾起腰刀，牢牢地系在背上。这七岁的孩子，满怀悲愤，踏上了弯弯曲曲的山路，把生他养他的芒果村留在了身后。

第二章　学徒生涯

南虎一脚高一脚低地走在大山深处，原始森林遮天蔽日，阴森可怖。一株株遒劲的老树像凶恶的怪兽，伸出利爪似的苍郁的枝叶，不时去抓他的衣裳，揪他脑后那一尺长的小辫子。他不由得想起村里人说，从前有个男人上山打柴从山崖掉下摔死了，他变成山鬼在山里游荡，寻找活人做替身。想到这里，一股寒气从他的背上掠过，他脚一软，跌坐在地。可又一想，要活命，就得走出这片森林。

他咬紧牙关，站起身来，紧了紧背上的腰刀，壮起胆子继续向前走去。

突然，寂静中传来不易察觉的轻微声音。南虎停住脚步，侧耳聆听，像阿爸打猎那样，仔细分辨那声音的来源。冷寂的森林分外静谧，空气仿佛凝固了，没有任何异样嘛，他长长地吐了一口气，绷紧的神经稍稍松弛下来，继续迈开步子，一脚深一脚浅地往前走去……哦？不对，确实有个神秘的声音，是地上厚软的枯叶被什么踩踏发出来的。是跟踪而来的官兵？是山鬼？是野兽？南虎从背上取下腰刀，双手紧握，睁大眼睛，警觉地向可疑声音传来的方向扫视。他发现黑暗中有两个光点在闪烁，不禁大惊，脑海里迅即闪现出黑熊、灰狼的形影——逃！快逃！……不，不，不能跑，阿爸说过，没有人能够跑得过四条腿的野兽……怎么办？只有拼了，不是它死就是我死！除此之外没有别的路可走。

南虎眼睛眨也不眨，紧紧盯住两个恐怖的光点，更紧地握住腰刀，准备做拼死一搏。这是他头一回单独对付野兽，他明白如果不打死这凶猛的对手，自己就会被它撕碎，成为它的食物。他十分恐惧，喉咙干得冒烟，额头上冷汗涔涔，一颗心止不住"突突"狂跳。南虎屏住呼吸，握着腰刀的双手虽然颤抖着，却憋足了劲，像火山孕育着岩浆般地蓄积着一触即发的力量。黑暗中，人和兽对峙着，任何一方都不敢贸然行动。终于，这头野兽忍不住了，突然"嗖"的一声，一跃而起。面对扑来的黑影，南虎挥起腰刀砍去，但觉双手一震，一个什么东西已重重地摔在地上。

南虎扭头便跑，奔出一箭之地，见背后并无动静，便停下来喘气。他想，野兽若不是死了或受了重伤，就不会不追来呀。他被好奇心驱使，蹑手蹑脚地走回去，依然紧握腰刀，不敢丝毫大意。

远远地，一个黑乎乎的东西躺在原地，南虎拾起一截枯树枝朝它抛去，不见有什么反应，这才松了一口气，试探着移步上前。他细细一看，这头野兽不是熊也不是狼，而是一只大山猫，已奄奄一息。南虎目光投向刀锋，尽管山猫的头骨坚硬似石，但刀却未卷刃。这个发现令他欣喜异常：这真是一把好刀，难怪阿爸说它是祖传之宝啊！

山猫的身体依然热乎乎的，南虎高兴起来，心想可以美美地吃上一顿了。

南虎把山猫扛在肩上，沉甸甸的，走了两步又把山猫放下，他一个七岁的孩子扛着它走山路很吃力，想来他不需要那么多，仅够吃一顿就行了。于是，他割下了山猫的一条腿。他知道，血腥味会招来狼或其他野兽，便尽快地把山猫的残尸埋在厚厚的腐叶下。而后，扛着肉去寻找水源。走出约莫三里地，附近传来了淙淙流水声。南虎循着水声走去，很快见到一条小溪，清凉的水流令他雀跃，他迫不及待地掬水洗了一把脸，随即痛痛快快地喝了个够，干得冒烟的嗓子马上变得清凉，顿时感到神清气爽。他坐在溪边的石头上，剥去山猫腿上的皮准备烤肉，忽然发现没有火石种，而跑了大半夜的山路，斗官兵、杀山猫，肚子早已经饿扁了。怎么办？他懊丧地抓起一块石头，狠狠地朝水里扔去，猛然间记起阿爸曾说过，新鲜猎物的肉是可以吃的，而且很嫩的。再说，他如果不吃东西的话，他就没有力气走出这片森林，就会饿死在这里。想到这里，他不顾一切地用刀割下一块块肉填进嘴里，嗯，味道还挺鲜的呢。

南虎对打猎并不陌生。从四岁起，他便坐在阿爸背着的竹篓里，跟着阿爸上山。他依稀记得，阿爸那像山一样高大的身体上挂着腰刀，手上拎着猎枪，十几个伙伴们簇拥在他周围，说着笑着走出山村。稍大一些，记忆清晰了，便长久地留在了脑海：在茂密昏暗的森林里，猎人们怕惊动猎物，不便举火把照明，只能用鹰隼般敏锐的目光四处搜寻。听到阿爸叮嘱"南虎，抓紧了"，缩在竹篓里的南虎便会立刻感到竹篓颠簸起来，耳边掠过呼呼的风声，传来猎狗的狂吠，竹筒的敲击，猎枪的轰响，这时，他也会兴奋地嗷嗷乱叫。他知道阿爸正领着伙伴们在追赶野猪哪，那是村里人最讨厌的野兽，因为它们总来偷吃地里的玉米和红薯。

如今，南虎置身森林中，仿佛偌大的世界里只剩下他一个，周围，远远近近，树上垂下的藤蔓、雷击断裂的树干、奇形怪状的岩石……在浓重的夜雾中影影绰绰的，像野兽、像山鬼游走，似乎处处都潜藏着危险。说不清是害怕还是悲哀，南虎双手抱膝，身体蜷缩着，他不知道该往哪里走，也不知道能不能活着出去。阿爸说过，一个人在森林里是很危险的，谁又能够料到在这谜一样的深山老林里会发生什么意外呢？但是，一个好猎人是不会被吓倒的。他小小的年纪就猎到了一只大山猫，难道不是个好猎人吗？想到这里，南虎不由得把脊背挺直了，他还有很多本领哩，从洞口，他就能判断里面藏的是什么蛇；在不见天日的密林里，他能够从树冠的长势、树根覆盖的苔藓、树皮周遭的坚腐不同，准确地判定哪是向阳的南方，哪是背阴的北方，他是不会迷路的。对啦，他记起阿爸每次离开家去一个小镇卖兽皮，总是朝东走，那是太阳升起的方向。这么说，他也应该往东走。

往事烟雾般地从眼前消逝了。如今，南虎撕扯着山猫肉狼吞虎咽，吃饱了，喝足了，一股强烈的睡意袭来，他仄歪在小溪旁，睡着了。

当他睁开眼睛的时候，林间的雾气已经无影无踪了，仰望上方，从树冠的间隙，可以看到灰亮的一线天空。哦，夜晚过去了，应该赶路了。南虎背起腰刀，像阿爸前往小镇那样甩开大步朝东走去。林木渐渐稀疏了，傍晚时分，他终于走出了森林。

夕阳中，远远地，一片人烟密集的房屋撞进南虎的眼帘，那该是阿爸去卖兽皮的小镇吧。他不禁雀跃欢叫，加紧步子走去。转瞬想到，他一个小毛孩背着那么一把大刀，必会令人们生疑，于是，他找到一棵便于记忆的歪脖树，掘了坑，把腰刀掩埋了，又认真检查了一遍，才走向小镇。

他感到惊奇，这小镇和芒果村完全不同，它没有沿河建筑的高脚竹楼，而有着排列在街道两旁的青砖房屋，像官兵站队似的整整齐齐，一间挨着一间。每个房屋的门口都高悬着灯笼，一盏连一盏，把街道照得通亮。曾经听阿爸讲过，那些房屋都叫作"店铺"，有卖米的、卖油的、卖肉的、卖糖果的、卖杂货的、卖布匹的、卖寿衣的、卖香和纸钱的……五光十色，看得他眼花缭乱。

镇里人穿着颜色鲜艳，与芒果村人的蓝黑衣服相比，真是漂亮多了。夜市里，人们自由自在地闲逛，手里摇着蒲扇，脚下拖着木板鞋，嗒嗒啦啦地敲击在石板铺的路面上，分外好听。马车在行人之间慢悠悠地穿过。

小南虎被一阵笑声所吸引，目光投向了附近的一家饭馆。他走到门口，往里面看，只见一张圆桌上摆放着七盘八盏，件件满盈盈地盛着鸡鸭鱼肉或绿莹莹的瓜菜，而食客却只有两个：一个穿黑绸唐装的老年男子和一个年轻女人，他们边吃边喝边谈笑。那女人的脸上涂得红红的，像下蛋的母鸡，芒果村的女人不是她那样子的，南虎觉得这女人很漂亮。这时，菜肴散发的腻腻的香气飘入他的鼻孔，逗弄着他的饥肠，使他不住吞咽口水。南虎奇怪，那满满一桌的吃食，能够统统装进他俩的肚皮吗？

天渐渐黑了，店铺关了门，街上的行人越来越少，最后只剩下他一个人孤零零地坐在街边。他两手抱着膝，膝盖撑着下巴，无神的双眼盯着空荡荡的街道，饥肠辘辘，又渴又累，他想阿妈，想家，想竹楼上总是暖暖和和的火塘，尤其想那被塘火烤得香喷喷的红薯和玉米。

一阵风吹来，几张废纸被卷起，在空中打了几个转儿又懒散地落了下来。忽然飘来一股烤红薯的香味，南虎吸吸鼻子嗅了嗅，精神不由得一振，连忙起身，像猎狗似的边吸着鼻子边寻着香味来到了一个街口。他藏在街口拐弯的阴影里，伸出脑袋往前看去，只见一个身材精瘦的中年汉子坐在小凳上，脚边一盏马灯映照着面前的担子，担子一端的小炉子烤着红薯，另一端的竹筐放有生薯。哦，原来是这样，大概是由于没有人光顾吧，他正埋头打瞌睡哩。

这一发现使南虎兴奋起来，他目光四处扫视，见阒寂的街上没有一个人影，便蹑手蹑脚地上前，来到担子跟前，伸出手来，飞快地抓起一个红薯，像兔子似的立即跑开，在街角的阴影里停下来，饥饿使他不顾一切地把烫烫的红薯送往嘴边。不想突然身后一只大手伸来，像老鹰抓小鸡般地捉住他，无法挣脱。南虎迫不及待地往嘴里塞红薯，立刻被烫得吐了出来。

"哈哈，你以为我追不上你，是不是？"说着，那大手拽着南虎的衣领，把他拎到红薯担子跟前。

南虎抬头看看他，说道："看你瘦瘦的，没想到会有这么大的手劲儿。"

"咳，要是没有点功夫，我敢夜里独自待在街上吗？"卖红薯的沾沾自喜，松开了南虎，"听着，你别想逃跑，给我老老实实站在这里。"

南虎自知不是对手，只得顺从。

卖红薯的一屁股坐在小板凳上，问道："你叫什么名字？从哪里来的？"

见他没有恶意，南虎不那么紧张了："我叫陆阿宋，小名南虎，从芒果村来。"

卖红薯的眼睛顿时睁大了："你阿爸是叫陆业秀吧！你就是那'梦龙子'？"

南虎很惊奇，这个人怎么知道阿爸的名字，尤其还知道我出生的时候，阿爸曾经梦到过大蛇闯入我家竹楼？

卖红薯的提起油灯照向南虎的脸庞，想找出他阿爸的影子来，而后说道："南虎啊，你阿爸是个好人。"

"你认识我阿爸？你也是太平军的？"南虎兴奋地叫起来。

"小心！"卖红薯的忙不迭地用手捂住他的嘴，警觉地四处一看，"提太平军是要杀头的，知道吗？"

南虎点点头，追问："你认识我阿爸？"

"你阿爸过去常来卖兽皮，那时我们就成了朋友，每逢见了，都在一起聚一聚。他后面的事我已经听说了，可惜呀，死得早了……"卖红薯的叹息道，"你叫我李叔好啦，我知道你饿，吃吧，能吃多少就吃多少。"

小南虎边吃边把芒果村发生的惨案告诉这位李叔，红薯和着泪水吞进了他的嘴里。

李叔见老朋友的儿子落到这个境地很是怜悯，说道："南虎，我开有一个小伞铺，若是你愿意，就留下做学徒吧，好歹也是一门手艺啊，将来也好混一口饭吃。"

天大的好事呀，小南虎谢还来不及呢，想不到在这走投无路时遇到了阿爸的老朋友。待小南虎吃罢，李叔收拾了担子，领着南虎回家了。顺着街道往前走，拐过几个街口，李叔的家与当地其他人家一样是两层小楼，楼下开店，楼上家居，穿过几条街巷便到了。

"楼上地方窄，你就睡在铺子里，明早起身卷起铺盖放在那个角落就行了。"李叔抱来一卷铺盖，摊在地板上，打理南虎钻进被子后，才拎起马灯上了楼。

小南虎累得够呛，脑袋一沾枕头便睡得死死的……酣睡中，他突然被一个尖厉的叫声惊醒："给我起来，干活去！"原来天已透亮，南虎睁开惺忪睡眼，见一个身材高大的女人正俯视着他，首先看到的是她那两个大奶子和肥嘟嘟的脸上仿佛被谁一拳打扁了的鼻子。她两手叉腰，双眼圆瞪，看那架势，就知道是老板娘。南虎马上跳了起来，卷起铺盖放在角落，然后亦步亦趋地跟在她那硕大的屁股后面来到厨房。

"会生火吗？"她问。

"会的。"南虎答道。

不知什么时候，李叔已来到二人身后："我跟你说了，南虎是我的学徒，不是你的帮厨。"

"这里没你的事，"老板娘虎着脸，"一句话，我不养懒虫。"她转身上楼，很快抱来一岁大的孩子，还拎着一条壮族人用来背娃崽的背布带，背带心是一尺五左右的黑色方块布，上面绣有颜色鲜艳的龙凤图案，方块的四个角上连有四条大红颜色的布捆带。不由分说，她把南虎转过身来，把孩子放在他的背上，又将背带上的宽带子像背背包似的系在南虎的胸前，说道："你要一边学手艺，一边照顾好你的小主人。"这样一来，南虎便可腾出两手来干活。

李叔转过脸佯作不见，显然他不愿与老婆纠缠，为了避免冲突，也不再说什么。

楼下又窄又长的伞铺分作两部分，前半间供接待顾客，主要由老板娘掌管，后边的工坊才是李叔的天地，那里除了几样简单的修伞工具之外，便是一堆残破布伞，散发出一股霉味。

伞是当地壮族女人不可或缺的生活用品。伞面蒙着黑布，伞柄涂了一层光亮的桐油，下端是弯钩把手。无论晴天、雨天、赶圩（即赶集）、走亲戚、回娘家、去寺庙进香……每个女人都会优雅地撑起一把这样的黑布伞。尤其在一年一度的山歌节，姑娘们便会用野花点缀伞面，去吸引小伙子的目光呢。伞面旧了、破了，便会到伞铺换个新的；伞柄斑驳脱色了，便会请李叔再油得光鲜。由于这个缘故，店里的生意还真不错。

南虎背上驮着的小主人像他妈一样胖，背着他还要干这干那，不一会儿便累得喘不过气来。南虎刚坐到小凳上歇一歇，孩子的小手便好奇地扯动他脑后的小辫子，生疼生疼。南虎掰开了那小手，但只要一松开，小辫子又被扯住。他想骂又不敢骂，就撕扯破伞来发泄。突然他感到背上涌起一股热流，不由从小板凳腾地弹起身体，嚷起来："他尿了，他尿了我一背！"

李叔看到南虎紧张的样子，哈哈大笑起来。

老板娘在柜台边乜斜着眼睛，骂道："嚷什么嚷，你不也是从小尿了你妈一身才长大的吗？看你的蠢样子，就不怕吓走我的客人！"

长这么大南虎没挨过骂，他受不了，愤愤地回嘴："我不干了，我要回家！"

话才一出口，他便后悔不迭，他哪还有"家"呀？南虎心头一热，眼睛潮湿了，立刻低下了头。

李叔同情地拍了拍南虎的肩头："小小年纪的，难为你了。"

一句话把南虎的眼泪引了出来。李叔把孩子从南虎的背上解下，老板娘一脸不高兴地接过小儿子，上楼去给儿子换尿裤了。

李叔边坐下边安慰说："听说过'媳妇熬成婆'吗？等学好一门手艺，你就有出头之日了。"

南虎无语，为了活下去，他也只有忍着。从此，他每天做完店里的活，把小主人从背上解下，就马上抱起一家人的衣服到河边去洗。

洗衣服本是女人的事，尽管他挤在一堆女人中间感到不自在，但那却是他最开心的时候。俗话说"三个女人一条圩"，小河两岸聚集着不少前来洗衣的女人，可以想见那真的堪比一个大集市。那是一道山乡的独特风景呵！几朵白云在天上飘着，远处山色苍青，阳光愉快地照着清浅的小河，女人们三五成群地站在水里，高高地卷起衣袖和裤腿，露出又白又嫩的胳膊和大腿，用棒子"嘭嘭"地敲打湿了水放在石头上的脏衣服，同时互相嬉闹笑骂着。

"嘿，二嫂子，昨晚你男人那东西够不够硬啊？"

"是啰，硬得很哩，不像你男人那个像根粉条似的！"

"嘿，还用说呀，你二嫂子的男人要是不行，她怎能生这么多的娃崽嘛！"

女人们朗声大笑起来。没有男人在，她们便毫无顾忌，说得越不堪入耳，就越开心。

"哎呀，你这男仔仔不该听大姑大姨们说话，小心长大娶不着老婆。"

"什么呀，他应当听的，要不，他怎么懂生娃仔呀？"一阵爽朗的笑声飞扬在小河上空。

……

外出洗衣是短暂的，大部分时间南虎都要在伞铺里煎熬着。不管他多么勤劳、辛苦，老板娘只许他吃剩饭剩菜。李叔虽然看不过，却又不愿与老婆争吵，晚上出去卖红薯便带上南虎。"吃吧，管你吃个够。"李叔坐在小凳子上，背靠墙，跷起二郎腿闭目养神。

南虎捧着一块流着糖汁的红薯，奇怪地问："李叔，你天天出来卖红薯，好像不在乎卖不卖得钱呀？"

李叔摇着二郎腿，不紧不慢地说："有的人天天在河边钓鱼，其实钓鱼是次要的，只图个自由自在。我呢，有人来买红薯，我就卖给他；没有哪，也没什么。在这里多好，没有人在耳边唠叨，我乐得个清静，对不对？"

"啊，我知道了，你是怕老婆，才跑出来卖红薯的啊。"南虎心直口快地道出了他的苦衷。

"话可不是这么讲，要知道，好男不跟女斗嘛！"李叔平静地说。

南虎感到些许欣慰，原来，受气的不止他一个人。但他弄不明白，为什么李叔会娶这么个母夜叉。

一天清早，老板娘外出买菜，带回了青菜、猪肉、牛肉、一条大鱼和一只大肥鸡。原来她妈今天来看小外孙，要准备丰盛的晚餐。南虎高兴极了，好长时间没有碰过荤腥，终于可以吃上肉了。他心情好，手脚也更勤快。他把洗好的菜放进筐，便转过身去刮鱼鳞，发现两只鸡跳过去啄吃青菜，连忙挥手驱赶，鸡受惊把筐子掀翻。南虎只好放下鱼，重又把菜清洗一遍，放回筐里。待他回头再要刮鱼鳞时，却发现砧板上的鱼不见了。糟糕！这怎么行？他赶紧四处寻找，发现家里养的大黑猫正躲在桌子底下有滋有味地吃鱼呢。南虎不由大怒，随手抄起一根柴棍朝它掷去，它却窜开了。南虎跃身去抓它，不巧撞翻了桌子，把桌上的油、盐、酱、醋瓶子全部打翻，地上一片狼藉。糟啦！南虎傻了眼，不知如何是好。

老板娘听到响动，奔进厨房，一看地上的情景，顿时怒火烧起："你这鬼打的东西，看我如何收拾你！"随手抓起一根木柴，没头没脑地往死里打南虎。

李叔听到声音，赶紧跑到厨房，喝道："住手！没看他是个孩子吗？"

"什么孩子，他是个孽种！"她狂吼道。

南虎可以忍受火辣辣的疼痛，但听不得骂他"孽种"。久久积蓄在胸中的气愤难以抑制地爆发了，他倔强地一把推开老板娘，冲出了门。

"南虎，南虎——"李叔追了出去。

第三章　流落街头

从伞铺跑了出来，南虎便知道没有回头路了。

这镇子说小也不小，全镇数起来大大小小也有二三十家铺子，俗话说"此处不留爷，自有留爷处"，南虎决定到其他铺子找份工作。他用袖口擦干净被老板娘打流出的鼻血，捋了捋零乱的发辫子，掸去身上的灰土，便挨店挨铺地走去。不料走遍了大街小巷，店家一看他这身打扮，穿着用成人旧衣服改制的略显宽大的藏蓝色布衣裤，明显是哪家出走的小学徒，便摇头拒绝。原来小镇里有句话："跑掉的学徒，是一棵烂掉了的青菜"，还有哪家店铺敢收留他呢？

傍晚，店铺都打烊了，街上冷冷清清的。南虎颓唐地拖着沉重的步子，不知不觉来到李叔卖红薯的老地方。他正想躲开，见李叔在向他招手，只得走了过去。

"先吃红薯吧。你一定饿了！"李叔指指身边的一只小凳，让他坐下。

"谢李叔。"南虎耷拉着脑袋，有点不好意思。

"不用谢，你是个好孩子，是我那老婆的错。可……我也是没有法子，得维持这个家呀。"

"这些日子亏得李叔照顾了我。"

"唉！"李叔摆了摆头，"今后——你怎么打算的？"

南虎不知如何回答，事情明摆着，除了流落街头，还能有其他出路吗？想到这里，他有些茫然，一声不吭，只默默地吃红薯。夜深了，李叔把所有剩下的烤红薯用几张干荷叶包起，都留给了南虎，这才挑起担子回家。

南虎怅惘地望着他的背影，想起老板娘骂自己"孽种"，心里七上八下。难道因为自己是"孽种"才使阿爸、阿妈死的吗？不，不是的，他是观音娘娘赐给的，这是阿爸、阿妈亲口说的。但是，如今怎么像一只无家无主的狗流落街头了？

"你是谁？"

南虎的思绪被一个稚嫩的声音打断了。朦胧的月色中，两个衣衫褴褛、年岁与他相仿的孩子站在面前。个子矮的，脑后拖着老鼠尾巴似的脏兮兮的辫子；另一个，瘦长的脸上长着极不相称的大眼睛。

"我叫南虎。"

"我叫猫仔，他叫青蛙。"那矮个子说。

"你饿吗？"青蛙问道，看到南虎一脸的忧伤。

南虎摇了摇头。

"唉，我俩饿极了，从早到晚没找到一点吃的。"猫仔说。

"我这里有烤红薯，你们吃吧。"

猫仔和青蛙眼睛里霎时闪现惊喜的光辉，直勾勾地盯着他手里的荷叶包。两人急忙坐在南虎两侧，看着他的手把荷叶包一层层地打开，哦，香喷喷黄灿灿的红薯显露了出来。

"偷的？"青蛙吞咽着口水。

"不，有人给的。"南虎把红薯递给两个新同伴。

"怪了，世上会有这么好的人？"猫仔美美地咬了一大口。

"好人多着哩。"南虎想起阿爸、阿妈和李叔。南虎挨过饿，知道饥饿难忍的滋味，看着他俩贪馋的吃相感到欣慰。

"南虎，我们刚刚认识，你就肯把吃的给我们。"青蛙舔舔手上红薯流出的蜜汁说道，"可也不能白吃啊，我们要报恩，对吧，猫仔？"

"对对！那——那我们什么也没有呀。"猫仔说。

"你们别为难了，我什么也不要，"南虎说道，"就要你俩做我的伙伴，行不？"

"嘿，巴不得呢。"两人异口同声地说。

南虎高兴地笑了，现在有了猫仔和青蛙，他不再孤单了。

"南虎，我们有家。你就跟我们一起住吧。"青蛙说。

"你们有家？"南虎惊讶地瞪大了眼睛。

南虎被两个伙伴带到镇郊废弃的一条干渠里，顶上用烂草席和芭蕉叶搭建的一个窝棚，里面聚集着二十多个无家可归的孩子，就是所谓的"家"了。周围弥散着刺鼻的臭味，从"屋顶"的缝隙泻出一线烛光融入黑夜，透露出这里还有生物。

刚走到"家"门前，南虎忽听得身后有动静，警觉地转身，几乎撞到一个人身上。借助星光定睛看去，那是个身躯高出他一头的男孩，有十六七岁，顶着杂草似的一头乱发，瞎了一只眼，正用另一只好眼死死地盯着他。

"你是谁？"独眼男孩问道。几年前，他在街边和饿狗抢一个饭团子，竟被饿狗抓去了一个眼珠，还在那半边脸留下一道粉红色的伤疤，从眼角直到下巴。

不等南虎开口，猫仔抢着回答："他叫南虎，我们的新伙伴。"

"那你是谁？"南虎反问。

"我是他们的大王，大名鼎鼎的'独眼龙'，听清楚了吗？"这群流浪儿中数他年纪最大，力大为王嘛。

"知道了。"南虎答道，刚要离去，肩膀被重重地一扳。南虎转过身，打量着对方。

"慢着，礼物呢？"独眼龙伸出手。

"礼物？"

"嘿嘿，见面礼呀，这是规矩。"独眼龙说。

"我什么也没有。"

"没有？"独眼龙不快地喊道，用他的独眼从头到脚扫视着南虎，"那就给我滚出去！"

"这个地方又不是你买下的，凭什么要我走？"

"我是大王，这里我说了算。"

"要是我不走呢？"

"那就给你松一松筋骨……"独眼龙攥起拳头在南虎眼前摇了摇。

"别以为我怕你，打就打。"南虎被激怒了。

他卷起衣袖，模仿阿爸习武的样子，身子一稳稳地扎起马步。刚吃饱了烤红薯，他正有一股子冲劲儿呢。

独眼龙不屑地瞄着他："哼哼，看你这小子还像模像样地装作练功夫的。"随即紧了紧系在腰上的草绳。南虎这身打扮与这伙衣衫褴褛的孩子不一样，显得挺神气的。

听到吵闹声，流浪儿们都从窝棚里拥出来，兴致勃勃地欢呼着，想看看即将上演的斗鸡般的一场恶斗。

"别……别，别打！别打！"青蛙和猫仔摇动双手奋力阻止，高声喊叫起来，但微弱的声音立刻被一浪高过一浪的哄叫声淹没了。

独眼龙岂把南虎放在眼里，他率先动手，饿虎扑食般地挥拳直击对方面门。

南虎一歪头，躲过独眼龙的拳头，再一扭腰，侧身，飞腿踢向他的膝盖；而独眼龙一个撤步，令南虎踢了个空，又出手推倒南虎，顺势上去欲把他骑在胯下。不想南虎就地一滚，来个鲤鱼打挺，一跃而起，虚晃一拳，趁独眼龙躲闪之际，一脚踢中他的肚子。在他倒地的一刹那，南虎骑到他的身上，独眼龙忍痛反击。二人扭作一团，彼此撕扯着对方的发辫、衣衫，相互拳击对方的脑袋、面颊……

毕竟独眼龙身高体壮，打了三五回合之后，南虎被他压在身下；而在激烈的搏斗中，南虎头脑仍是清醒的，就在身体触地的瞬间，他随手从地上抓了一把土，自己闭拢了双眼，却用那土捂住对手的独眼，紧接着，重重地给了独眼龙鼻子一拳……独眼龙顿时眼冒金星，鲜血从鼻孔淌了出来。南虎乘机挣脱，在对手爬起身尚未站稳之时，飞去一脚踢中他的裆部，疼得他蜷缩在地上。

独眼龙嘴里倒抽着冷气，仍不肯认输，恶狠狠地说："你……你等着，下次，我，我一定，送……送你上西、西天……"

"上西天，是你，不是我。"南虎大口大口地喘气。

"咳，南虎，你真了不起！"猫仔从没有这么开心过。

"南虎，你是大英雄，打赢了独眼龙，你就是老大了！"青蛙高兴得又蹦又跳。

流浪儿们平时被独眼龙欺压，见南虎为他们出了一口恶气，欢呼起来："南虎做我们的大王！"

"南虎是大王！"

"……"

在一片哄叫声中，独眼龙灰溜溜地离去了。猫仔和青蛙从没有这么高兴过，这地方没有人敢跟独眼龙过不去，更不用说打架了。

第二天，饥饿又驱使南虎和他的伙伴们前往镇上。

猫仔和青蛙找了一些破砖烂木条，在人行道设了路障，仅可一人通过，旁边放了一只破碗。

"看，要让过往的人在碗里放点零钱。"青蛙解释道。

"谁教你的？"南虎感兴趣地问。

"还用谁教呀？"猫仔得意地说，"你饿急了，就会想出找吃的法子了。"

突然，也不知道从哪里钻出来一条恶狗，南虎被突来的情况吓得愣住了，猫仔赶紧从地上拾起一根木棍子，把棍子高举过头，虎起面孔，大喊："走开！走开！"青蛙则捡起石头向恶狗频频扔去，恶狗凶吠了几声，便怏怏地离去了。三人这才松了一口气。

"要不是有你们在这里，说不定我被它咬了呢。"南虎说。

"狗来了你还不能跑，你越跑它越追。它凶你要比它更凶，这样它就不敢追你了。"猫仔说。

日子一天天地过去了，街头讨饭也不容易，首先要防的就是恶狗，并且知道哪里该去哪里不该去，因为讨饭也分有地盘的。小镇里有两个乞丐帮，东帮和西帮。东帮的乞丐大都是成年人，而西帮则是南虎、青蛙、猫仔这一群年纪小的，因受不了东帮的欺负，便跑到比较僻静的西城来，渐渐地就成了一帮。乞丐们平时不成帮，他们各自讨各自的饭，只有在某种特别情况下才会联合起来，像逢年过节，正是大好时机，他们便会一致行动，针对商家店铺，挨家逐户地向老板道喜，或者送上显示吉庆的"福"字等小物件，然后讨取年钱、节钱。如果哪个老板铁公鸡——一毛不拔，就有好戏看了，这些乞丐便会堵在你的店门前，让你做不成生意；若老板敢动蛮，以恶语相向乃至武力驱逐，次日你开门营业，便会看到店门被泼了屎尿，门前堆满了垃圾，因此，都宁愿花钱买个平安，也不想惹上麻烦。只要付了钱，乞丐们会在隐蔽处标上暗记，避免重复收费，乞丐也讲信用啊！

一天，南虎走过一条小街，到达拐角处，听到叫喊声，连忙赶过去。只见东帮的独眼龙和三个大乞丐正对西帮的一个小乞丐施以拳脚，打得他满脸是血，不断叫喊"救命"。

"住手！你们要打死人的！"南虎喝道。

"嘿嘿，原来是你这个臭小子，还敢管老子的闲事。"独眼龙咬牙切齿地说。

南虎求告道："你放过他吧。"

独眼龙迈出一步，猛地出手，把南虎推出几步远，独眼里闪着凶狠的光："本来你该给我躲远点。不过你既然来了，就清了旧账。我说过要送你上西天，今天就是你的死期。"

南虎迅疾地扫去一眼，见独眼龙身后的三个同伙正双手叉腰阴险地笑着，不禁心头一惊，心想自己绝非这伙人的对手。于是立刻转身，拔腿就跑。

独眼龙厉声喊叫："兄弟们，给我追上去狠狠打那衰仔，那些钱全归你们。"

独眼龙所说的"那些钱"，是乞丐们搞的苦肉计。为了讨钱，就把小乞丐打得满身血，然后放在路边，行人看到，顿生怜悯之心，往往会慷慨施舍。这时，三个同伙一听有钱，便卖命地追去。南虎一路飞奔，穿街过巷，最终，还是没能摆脱追逐者，被围在中间。独眼龙上前把他推倒在地。南虎一翻身跳了起来，如今只有一条路——拼！他环起双臂保护脑袋，同时出脚进攻敌人。但终究是人小力薄，他们四个人八只拳像雨点似的向他袭来。头破了，眼睛肿了，鼻子淌血，但他仍然顽强地抵抗着……

"你们也不害臊，"一个低沉浑厚的声音响起，"四个大的欺负一个小的。"

独眼龙等人一怔，转脸看去，只见一个面容清癯、身板硬朗的老和尚伫立在骄阳下。他身穿浅灰色长袍，一手挂着黑色念珠，一手扬着葵扇遮挡阳光。

"老秃驴，走开！"一个乞丐喝道。

"不得无礼。"老和尚心平气和地说道。

"少废话，把他打发走！"独眼龙依仗人多势众，率先扑了上去。

老和尚纹丝不动，待到四个凶神近前，身子突然一矮，来个"扫堂腿"，只听噼里啪啦，四根肉柱便轰然倒地。独眼龙还算识时务，知道老和尚身手不凡，急忙招呼同伙连滚带爬地逃走了。

南虎挣扎起身，浑身已被打得青一块紫一块，鼻孔流血，疼痛难当。

"想哭就哭出来，孩子，别忍着。"老和尚和颜悦色地安抚。

"我才不哭哪。"南虎答道。

没料到这小乞丐如此倔强，老和尚问道："你叫什么名字？今年几岁了？有家吗？"

"我叫南虎，八月十三就要满九岁了。原先有家，住在芒果村，在山林的另一边。"

"芒果村？"老和尚一怔，"你阿爸是谁？"

"陆业秀。"

"哦，你是陆猎人的儿子？"老和尚有些惊奇，"嗯，怪不得这般要强。"

南虎同样感到惊奇，一时无言，只是一个劲儿地点头。

老和尚微微一笑："我是灵山寺的僧人释法印。你阿爸的功夫就是我教的。"

"哦！你就是法印师父？"南虎睁大了眼睛，惊喜不已，"阿爸说过很多你的故事呢。"

法印禅师本是少林寺的和尚。那年朝廷恐怕少林和尚像当年"十三棍僧救唐王"般地反清复明，便下令围剿少林寺，法印侥幸得以逃生，千里迢迢来到广西，隐身于灵山寺。如今已七十余岁，经年风吹日晒，他的皮肤被染成古铜色，额头和眼角刻下深深的皱纹，但他那睿智的眼睛却蕴藏着无限生命力。

南虎没想到竟然遇到了阿爸的师父，心里十分激动。

"你阿爸是个勇士。"法印禅师说。

"我阿爸、阿妈都住在月宫里了。"

"我知道，孩子。"

"他们为什么不把我带上呢？"

"只有观音娘娘才知道为什么，也许她有事要你做哩。"

南虎想了想："我知道，一定是观音娘娘要我杀那些杀害我阿爸、阿妈的坏人，为他们报仇。"

"远不止那些呢。"法印禅师从长袍上撕下一块布片，帮南虎捂住鼻子流出的血。他打量着眼前这个孩子，双眼明亮，两耳垂珠，一对浓浓的剑眉显露英气，宽阔的天灵盖透出聪慧。"好相。"法印禅师不禁点头称赞道。

南虎不明白他说些什么。但他似乎知道，今天遇到了法印禅师，他的生活将发生改变。他紧盯着师父，眼里闪着抑制不住的兴奋。

法印禅师看这情景，似乎猜到南虎的心思。他从容地从袋子里掏出些银子，放在面前，说道："南虎，这里有两个选择。看，这是五两银子，拿上银子到饭铺去，吃一顿好饭。"

南虎的眼睛暗淡下来，他失望地看着师父，没有回话。

"另一个选择是，我不能让你享福，但是可以教你一些功夫，让你成为一名勇士。"

南虎大喜："师父，我要当一名勇士！"说完，倒身跪拜。

师父微微一笑。南虎郑重地磕了头，拜了师父，意识到自己即将开始新的生活，他将像阿爸一样成为勇士。

第四章　深山习艺

当天，南虎跟随着法印禅师进了大灵山。

传说这座山很不寻常。许久许久以前，一名天将奉玉皇大帝之命铸一柄利剑，守候在炉火旁，九十九个白天和夜晚过去，而铁水仍然流不出来。一位仙女悄悄来见天将的妻子，告诉她只有把她那飘逸的长发剪下来扔进炉中，铁水才能够流出来。天将的妻子极为珍爱她的一头秀发，但更爱丈夫，就毫不犹豫地按照仙女的话去做了。在长发飘落炉中的一刹那，铁水便"哗哗"从天上泻向人间，堆成了巍峨的大山，而那长发也成了河流，欢快地奔出山坳，转了九十九道弯后才又缓缓流向天边。天将铸就的那柄利剑，便是空中的闪电。

这座从天而降的大山果然不同凡响。大风起时，遍山林木翻滚像大海，咆哮不止；而日丽风和时，林木又如竹笛婉转，悠然动听。大山周边逐渐有了人烟，出现了和芒果村一样的许多村庄，村民们便把它叫作大灵山。不知哪个朝代，大山深处建起一座寺庙，因山得名为"灵山寺"。它的镇寺之宝是一口铸满篆书的黄铜大钟，秋高气爽时，村民们偶尔能够听到似有若无的钟声。

南虎跟随法印禅师踏上了回乡之路。进入森林，他好像回到了跟随阿爸打猎的日子，感到呼吸也更加舒畅。当晚，他们在林中过夜，就着山溪水，吃过法印禅师带的干粮，南虎踏踏实实地睡下了，他觉得自己有了依靠啊！

夜半，法印师父唤醒他，继续上路了。拂晓时分，他们已翻过了一座山，森林稍显疏朗，透过淡淡的晨雾远远望去，一片火柴盒似的建筑物便出现在绿色掩映的山间，原来这就是灵山寺。它坐北向南，与所有寺院道观一样建于风水宝地。中国古老的风水学认为"山环水绕必有罴"，所谓"罴"就是宇宙中存在的真气，练气功的人们所追求的也正是它。原来灵山寺所处之地就是一个良好的气场，整个建筑群好像坐在山峦圈成的太师椅上，一条小河从"椅"前面的坡地上呈正弓形缓缓流过。果真是一个修炼的好场所。

南虎从没有到过灵山寺，但听阿爸说过镇寺古钟的事，寺庙规矩为"晨钟暮鼓"，他很想听一听它发出的声音是什么样的。果然，尚未进入寺院便如愿以偿了，只听钟声"当、当、当"，深沉而悠长，好像是上天的呼唤。他迫不及待地朝灵山寺跑去。路旁花香醉人，五彩缤纷，白色的金银花、粉红的杜鹃、明黄的野菊……姹紫嫣红，交相辉映，美不胜收。尤其庙前一片草地，绿茸茸的秀草随风荡漾，很像阿妈胯上摇摆的百褶裙。

山门的油漆已晦暗斑驳，门楼上几处瓦面爬着苔藓，围墙中青砖偶有缺损却依然坚固……这一切无不给古庙打上了历史的印迹。进了山门，南虎眼睛一亮，大雄宝殿、法堂、斋堂、禅堂、高房大屋令人惊叹。观音殿香烟缭绕，观音菩萨一手托净瓶，一手拈柳枝，慈眉善目，从高高的莲台上俯视着芸芸众生。从小阿妈就时常念诵"观音娘娘保佑"，南虎仿效阿妈那样虔诚地下跪磕头。一旁的法印禅师眼帘低垂，嘴里念诵着"善哉！善哉！……"

走过月亮门，便来到寺庙的后院，那一排坐北朝南的青砖瓦平房，是和尚们居住的地方。平房前有一片种得整整齐齐的菜地，靠在菜地不远是鱼塘、牛棚和一间鸡屋。当南虎安顿下来时，天色已渐黑。这房子里有三张床，他的床靠着窗子，床上新铺着干净的枕头和被子。一个和尚点起一盏油灯，把它放在床边的小桌子上便离开了。南虎用手摸了摸那灰色的枕头和软软的被子，心里感到一阵温暖。窗外，一轮又圆又大的明月正从东边升起，南虎在心里说："阿爸、阿妈，我有一个新家了。"

吃晚饭的钟敲响了，法印禅师把南虎领进斋堂。一张长方形的大木饭桌安置在厅的中央，二十多个和尚早已坐在饭桌旁木条凳上等候他们。法印禅师把南虎领到饭桌的两个空位子上，前面摆着两双竹筷子和两个盛满白米饭的粗瓷饭碗。和尚们是素食者，桌上的菜只有三种颜色：白色、绿色和黄色。白的是豆腐，绿的是青菜，黄的是竹笋焖腐竹。南虎觉得坐在一群和尚中间很有趣，唯有他一人有一条小辫子。

"师兄们，这是我们的小兄弟南虎，"法印禅师介绍道，"南虎，灵山寺是我们的家，欢迎你来到我们这个大家庭。"

看着一张张和气的笑脸，南虎感到温暖和安慰。在这里他不会再受冷、挨饿、挨打，再也不会无依无靠了。他不知说什么才好，唯有抓起筷子，端起饭碗，把米饭大口大口地往嘴里扒，把腮帮子塞得胀鼓鼓的，他好久好久没吃过香喷喷的白米饭了。

第二天一早，开始习武了。南虎跳下床，像阿爸每次练功夫那样，准备首先压腿弯腰。但奇怪的是，法印禅师却让他做一项毫不相关的事——拿给他一对小木桶，要他去庙前的小河取水。那木桶说小也不小，以他的身躯来比，粗细近腰，高及膝盖，更为奇怪的是，没有给他扁担，是忘记了吗？

"师祖。"南虎从知客僧那里知道，因为法印禅师曾是他阿爸的师父，自己应该这样称呼才对。

法印禅师问道："有事吗？"

"我们村里人挑水是把水桶挂在扁担上的。"

"你的两个胳膊就是扁担嘛！"法印禅师将他的两臂平伸，"去吧，照我的话做。"

南虎不再说什么，乖乖地提起小水桶往坡下走去。他觉得奇怪，为什么法印禅师不教他踢腿，反而要他去取水？

　　来到溪边，溪水很浅，清澈见底。他敏捷地从溪水里的一块石头跳到另一块，看见一群群的鱼在水里游来游去，他不由得兴奋起来。他四处望望，周围没有人，便跳到水里。他用石头垒起了一道小堤，在堤的中间留出一个缺口，然后脱下裤子，把裤子压在缺口两边的石头下做"鱼兜"，他以前常常和村里的小伙伴们一起这样玩。他用手把水搅浑，然后把鱼往"鱼兜"里赶。他忙着跑这跑那，完全忘记了他在哪里。正玩在兴头上，他看到一个大阴影倒映在水里，抬头一看，只见法印师祖背着阳光站在高处，正俯视着自己。南虎一惊，惊慌失措地跳出水，突然想起他还光着屁股，又赶紧跳到水里去扯裤子。一不小心，裤子在慌乱中被水冲走了。

　　"让它去吧，把水送到厨房。"法印禅师冷冷地说。

　　南虎不敢多说，赶紧地把水桶汲满了水，提起水桶，按师祖说的去做，向左右伸出胳膊，与肩平行，踩着一块块的石头，过了小溪又往坡上走去。

　　正在喂鸡的和尚看到光着腚子的南虎，不禁哈哈大笑："南虎，你把裤子忘在哪里了？"

　　另一个说："小心点，别让鸡把你的'小鸟'给叼走了啊。"

　　南虎又羞又恼，又不好回嘴，只有快些离开，心中一急，脚下不稳，忙用力保持身体平衡，总算没有跌倒。幸好这水桶不大，他还可以挺得住。但一天下来，南虎累坏了，手臂疼得几乎拿不起筷子。第二天，两只手臂全肿了，他希望法印禅师准他休息一天；可是一看到法印禅师冷冷的面孔，他告诉自己不求法印禅师的怜悯，便提起水桶下山坡了。

　　每个星期，法印禅师更换一次水桶，桶变得越来越大，南虎觉得奇怪，法印禅师哪来那么多的桶，好像他是开桶铺的。终于，一天，这平底水桶被换成圆底的了。南虎一看，抽了一口冷气，那就是说，他必须提着两个盛满水的大桶一口气从坡下跑到坡上，中途不能停，水也不能泼出。南虎咬紧牙，朝溪边跑去。他明白，法印禅师这么做，是训练他手臂的力量，没有强壮的臂力，他就不可能成为武士。他立志成为一个杰出的勇士，为阿爸、阿妈报仇，为了这些，再难再累他也能挺得住。

　　寺庙里的和尚们很佩服南虎的倔强。每天清早，总能看到他那年轻的身影迎着初升的太阳在打拳，他好像有使不完的劲儿。打完拳后，便坐在大岩石上，盘起双腿，手搁在膝上，闭上眼睛打坐练气。用意念，他慢慢地从天灵盖把气吸进；他感到脑门像窗子一样打开，一股清新的空气从前额流到腹部。这意念可以训练他随时积聚力量在身体的某个部位，胸部、手臂、手掌、手指或是腿。任何人如果被这凝聚力所击到，就会受致命伤或立刻毙命。

　　"南虎，过来。"法印禅师向他招了招手。

　　南虎边跑边拭汗："师祖。"

　　"来，转过身来。"法印禅师用一块布蒙上南虎的眼睛，"要战胜敌人，不仅要有武功，还要有灵敏的感觉。"

法印禅师手挽南虎在原地转了几圈，然后围着他腾挪挥拳，令他根据拳风判断对手的位置。南虎一下子变"瞎"了，自认为已练得的好拳脚丝毫使不上。

"看到了吧，"法印禅师解释道，"这情形往往发生在黑夜里，在没有月亮，没有星星的情况下，即使有再好的眼睛，你也很难看清你的对手。所以，你必须把你的注意力集中在感觉、嗅觉和空气中。通常，敌人会以你躲闪不及的速度来袭击你，这是坏事也是好事。坏处是你没有时间去判断，好处是这一运动会搅动起空气，给你个信号。如果你的感觉足够灵敏的话，你就可以在任何情况下'看清'上下左右前后所有的方向。"

南虎悟性极高，正是通常所说的"心有灵犀一点通"。三年之后，他的功夫虽未炉火纯青，却也可算得一位高手。

皓月当空的夜晚，南虎像往常一样坐在法印禅师身旁。

"师祖，你说诸葛亮是神人吗，他怎么就能借到东风？"

"诸葛亮并不是什么神人，不过他通晓天文地理，而且留心当地的地形、天气，推算出十一月二十甲子日有东南风，果然，到了那天刮起了东南风。换句话说，他是巧用天时。"

"怎么做才能巧用天时？"

"六个字：用心学，留心看。你想，大凡种地的农人、走船的船夫不会读不会写，但是他们能识天气，懂地形，不比诸葛亮笨。比如，农人知道什么样的天气种什么庄稼，什么时候播种，什么时候收获；船夫知道明天是刮风还是下雨，该走船还是避风；渔夫知道什么季节能捕到什么鱼。为什么？因为这是他们的生计，不学不行。"

"知道了，就说我阿爸，他只要看一眼地上的脚印，就知道是什么野兽走过。"

"正是这样。昨天讲的岳飞精忠报国的故事，喜欢吗？"

"何止是喜欢，我佩服。"

"今晚再讲另一个抗敌救国的人物。"

"太好了，我最敬佩这些英雄。"

"就讲梁红玉击鼓助阵，与她丈夫韩世忠一起抗金兵的故事吧！"

南虎一迭连声地叫："好哇！好哇！"

"你这孩子呀，一听到这些，就来劲儿了。"

南虎从孩提起，便从故事里潜移默化地接受了忠贞爱国的思想。这些民族英雄，在他后来的戎马生涯中产生了很大的影响，那都是后话了。

第五章　旧友新仇

大雪落了一整夜，清晨雪停了，但天空依然厚云压顶。灵山寺周围的山峦，原本郁郁葱葱的林木仿佛盖上了一层厚厚的棉絮。南疆本来是不会下雪的，但大灵山高耸入云，每年"冬至"节气一过，寒冷便悄然莅临，山间的云雾往往会凝结成雪粉从天而降，把崇山峻岭打扮成壮观的银色世界。

雪后的空气出奇的冷，和尚们扫过寺院里的积雪回到禅堂，守在炭火盆周围诵经。南虎是俗家，不必做佛事，可以躲在房间里取暖，但他却喜欢冰雪天气，喜欢凛冽寒风吹到脸上的感觉。此时，他穿上法印禅师专门为他裁制的深蓝色短打衣衫，束起袖口，裹牢绑腿，扎紧腰带，蹬入千层底布鞋……穿着完毕后，便拔腿出门去练功。

寺院后边的习武场竖立有练功用的数十根木桩，南虎置身其间，假装被众多对手包围，演练以一打众。他扎稳马步，双手握拳，而后深提了一口气，陡然发力，击打面前一根木桩，同时飞腿踢向身后另一根，只听口中吼吼叫喊，拳脚迅疾如电，敏捷地攻击各方位的"敌人"。顷刻，他感到浑身燥热，索性脱去上衣，打起赤膊，继续搏斗……

寒来暑往，光阴似箭，倏忽八年过去了。南虎已经十七岁了，长得身躯魁伟，矫健敏捷，不仅练就了精湛的拳脚，而且能得心应手地操持刀、枪、剑、戟、斧、钺、钩、叉等十八般兵器。

一天，法印禅师对南虎说："以你的功夫，徒手可同时应付两人，若持兵器，可从容击退十二个对手。"

"全赖师祖栽培。"

"是时候了，你自己去闯荡吧。习武之人当谨守武德，秉持正义，不可随意出手。"

"请师祖放心，南虎会牢记训诫。"

法印禅师笑微微地颔首："好，好。"

第二天，南虎把辫子梳理齐整，穿了干净的衣服，拜别法印禅师，便离开了灵山寺。他已有打算，想首先前往当年自己在伞铺做学徒的小镇，他始终没有忘记猫仔和青蛙两个伙伴，这些年过去了，不知他俩还记得他吗？不知二人命运怎样？而他，是幸运的，多亏遇到了法印师祖，不然，至今可能仍然流落街头乞讨度日哩。

太阳尚未落山，南虎赶到了小镇。

他兴致勃勃地沿街走去，左顾右盼，又踏上了那熟悉又感陌生的石板路。他记得那条街口是李叔卖红薯的老地方，再往右边去的那个拐弯街角就是独眼龙和他的伙伴们将他往死里打，法印师祖相救的地方。街旁的店铺似乎停滞在八年前，依然是旧时模样，唯独他变了，变成一个身怀绝技的勇士。

他奔向当年的"家"——那条干渠里搭建的窝棚还在，却已破烂不堪，随时都可能倒塌。随着距离缩短，心跳越急，脚步也越快。他闻到了那久违了的臭味，远远地喊叫起来：

"猫仔！青蛙！你们还在吗？"

他想象两个伙伴会喜出望外地向他奔来，然而他的呼唤却如同石沉大海，没有回应。

他三脚两步奔到窝棚前。昔日的伙伴近在咫尺，那该是青蛙，还是那么瘦小，模样没怎么变啊！可是……可是他为什么坐在一张破草席旁一把鼻涕一把泪地哭泣呢？破草席上分明蜷缩着一个人，是谁？……竟然瘦得皮包骨，像个骷髅，而且昏迷不醒，面色通红，这是怎么了？

南虎仔细辨认，从五官依稀找到猫仔当年的模样，迫切地想知道缘由："青蛙，这是怎么回事？"

青蛙抬起哭红的眼睛，看着这位英俊少年，反问："你是谁？"

"我是南虎哇！不认识啦？"

"你，你……"青蛙略一愣，抹去眼泪，仔细一看，果然是南虎。他知道那年南虎跟一个老和尚走了，没想到他突然从天而降。青蛙随即一边号啕大哭，一边诉说着："南虎啊，你来得正好哇，猫仔生了重病。"

南虎一时惊呆，他没有想到猫仔竟然变得如此难以辨认。

青蛙呜咽地说："他怕是没得救了……"

提起猫仔这场病，青蛙十分气愤。两天前，他俩在一家丝绸店门口乞讨。通常，买昂贵丝绸的大都是富家女子，她们比男人们有同情心，往往会施舍乞丐一点钱。可是那天气温骤降，北风夹带着小雨吹到身上，格外寒冷。人们都待在家里取暖。丝绸店没有生意，老板早已不高兴了，又看到两个乞丐哆哆嗦嗦地躲在门旁避风，更加恼火。他拎来一桶水向他们泼去。猫仔躲闪不及，从头到脚淋了个落汤鸡。他本来身体就单薄，大冬天又遭冷水一激，当晚就发起高烧。

南虎轻抚猫仔的额头，滚烫滚烫地在发高烧，不及时抢救，很可能挨不到明天早晨。他知道，只有法印师祖可以救猫仔。

听南虎说要连夜赶回灵山寺，青蛙非常担心："能行吗？夜里进山很危险。"

"能行。你照顾好猫仔，我尽快赶回来。"说罢，南虎便急忙一跃而起，跳出干水渠。

天色渐黑，一颗孤星闪着诡异的光，率先出现在遥远的天边。回灵山寺要翻过山岭和深林，此时正值冬季，森林里危机四伏，各种野兽捕食困难，饥饿已极，南虎虽然练就武功，但只身一人夜闯大山，后果实难预料啊！

南虎想起他曾把阿爸留下的祖传腰刀埋在小镇外，便决定带它上路以防万一。凭记忆他反复搜寻，终于找到那棵歪脖树，当年就是埋在树下的啊！……刀被刨了出来，历经十年，光亮依然，抬头看树，却有些干枯，若时间再迟，只怕这埋刀的标志物消失了，而刀也将无从寻觅。

南虎携刀上路了。

夜色吞没了大山。南虎走进黑幽幽的森林，早已把个人安危置之度外，猫仔那骷髅似的脸始终浮现在眼前。他知道有了师祖的草药，猫仔才能得救。下雨了，森林浓密的枝叶遮挡着雨点，上方传来簌簌的声响，偶有雨滴坠落在头顶。经过八年练功，他的腿像鹿一样矫健敏捷，为了救自己的兄弟，他要争分夺秒。

雨没有停止，雨滴逐渐变成了雪粉，表明已进入灵山寺所在的谷地。拂晓前雪住了，旭日东升时，寺院的围墙已历历在望，南虎踏着积雪迫不及待地奔向庙门。

南虎一身泥水去见法印禅师，陈述了猫仔的病情。

法印禅师立即前往药舍，顷刻，提着一袋草药出来交给南虎："把药煲好，便可饮用。每两个时辰饮一碗，一直到退烧为止。饮用后尿多，是好事，病人就有救了。"

"明白了，师祖。"

法印禅师又说："听你说的病情，恐怕来不及了。"

"师祖，我得尽快回去。"南虎提起药袋急匆匆地冲出了门。他知道师父说的是实话，所以他得与死神做殊死的较量。

南虎踏着雪，踏着雨后森林里湿漉漉的枯叶，一刻不停地奔去。

太阳落山前，南虎冲出了森林，直扑小镇，越接近目的地，心情越急，脚步越快。他见到青蛙的时候，竟然累得躺倒在地，不住地大口喘气。但不出法印师父所料，药来得迟了，猫仔躯体已经冰冷了。南虎伤心极了，跌坐在猫仔身边。看着猫仔瘦小的身体静静地躺在地上，他不禁想起那天晚上他们初次相识，坐在街边吃烤红薯的情景，猫仔教他讨饭讨钱的窍门。猫仔总是笑眯眯的，从来不抱怨什么，而这样一个乐天安命的人却死了，死于一桶冷水之下。

"南虎，我们该怎么办？"青蛙沙哑的声音把南虎从回忆中唤醒。

不知什么时候，乞丐们围了过来，南虎成为所有目光的焦点。他明白他们一无所有，要想找到一小块埋葬猫仔的坟地更是无从谈起。

南虎愤愤地说："猫仔是被丝绸店老板害死的，找他算账去！"

青蛙不抱希望，摇摇头："哼，这些有钱人，没有什么指望。"

"那就要惩罚这个恶人。"南虎毫不含糊地说道。

"惩罚？怎么惩罚？"

南虎没有回应。说实话，他也不知道怎样为猫仔讨回公道。在富人的眼里，乞丐的生命一文不值，猫仔的死就像死了一只蚂蚁。上衙门告他吗？谁都知道那句俗话："衙门口，朝南开，有理无钱莫进来。"但就这样忍受了吗？不能！他南虎再不出头，那么谁又能够去主持公道？南虎攥紧拳头，恨得牙根痒痒。

青蛙似乎领悟了南虎的想法，阻止道："你忘了当年独眼龙那伙人差一点儿把你打死啊！……这丝绸店老板有钱有势，更惹不起！"

南虎冷冷一笑："青蛙，你不了解，我练了八年功夫啊！只要我让他死，他就别想活。"

"没错，打死这魔鬼！"乞丐们七嘴八舌地叫嚷着。他们平时遭受这老板欺辱，又恨又怕，此时极愿南虎去教训教训他。

南虎并没有被大家的情绪所左右，反而变得平静了："兄弟们，想想看，要是我打死这老板，衙门就会抓我，砍我的头，所以不能轻举妄动。"

"你害怕啦？"一个乞丐不满地吼叫道。当年南虎勇斗独眼龙的往事一直在乞丐口中流传，没有想到如今南虎会畏首畏尾。

又一个乞丐说："兄弟们一向认为你是个英雄，现在才知道了，你怕那老板，怕衙门，怕砍头。你，原来你是个胆小鬼——"

"住嘴！"南虎大怒，他听不得人家叫他"胆小鬼"。

众人一惊，顿时鸦雀无声。南虎目光一扫，见大家投向自己的眼神无一不满含失望，便深吸了一口气，缓缓地说："弟兄们，我不恼你们。这些年习武，不光练了功夫，还学会了计谋。要想打赢敌人，不能只凭蛮力啊！"

青蛙应和道："大家听听南虎有什么计谋！"

南虎侃侃而谈："想想看吧，丝绸店老板为什么会这样对待猫仔呢？因为他急着要赚钱，认为猫仔影响了他的生意，就动了狠招儿。他是个守财奴，钱就是他的命根子。要是我们抓住这一点下手，就像打蛇抓住了它的七寸。"

"说得好！"

"对呀！"

众乞丐纷纷嚷嚷。

南虎胸有成竹地宣布："快要过年了，那是生意最旺的当口，我们就去捣毁他的生意，这样就一刀直捅进了他的心窝，就算不死，也得受重伤。"

乞丐们齐声欢呼，群情激愤，好像已经大获全胜了。

南虎摆了摆手，道："别高兴得太早了。到时候怎样行动，我们先做什么，后做什么，还要大家合计一番，对不？……"

目前最首要的事情是处理好猫仔的后事。南虎指挥乞丐们分头去收集柴火，把柴火堆在离"家"不远的野地上，当晚把猫仔的遗体火葬了。

第六章　大闹除夕

农历年临近了。大街小巷挂起喜气洋洋的大红灯笼，每家每户的门口都贴上红艳艳的春联。有钱人用洒金大红纸，写着"福旺财旺""财运亨通"，企望富贵。而穷人家也要找低劣的红纸写上祈福的话，"一帆风顺""吉祥平安"。经商开店的，联语更不能少，什么"生意兴隆通四海，财源茂盛达三江"，等等。总之，富人离不开求财，穷人祈求平安。

除夕之日，小镇的居民更为忙碌。无论贫富，总要吃个团聚饭，总要给孩子穿上新衣，只是菜肴丰俭不同，衣装质地有异。那家丝绸店的老板姓韦，这天生意分外地好，顾客络绎不绝。前来购买丝绸的人们，富人自不必说，即使穷人，也大都会用平日里省吃俭用积攒的钱来买一块廉价的面料讨个吉利。生意如此之旺，韦老板喜不自禁。俗话说"和气生财"，韦老板穿上金黄色长衫深红坎肩，一条油亮光滑的长辫，头上一顶黑瓜皮帽，他一反惯例，亲自迎送顾客，站在店门口不停地打躬作揖："多谢光临！多谢光临！"他那油腻腻多肉的脸上堆满了笑容。

正午时分，一队身裹黄色衣、腰绑红色带、头扎武士巾的全副装扮的舞狮人到来了。前导是一根长竹竿头挑着的万头鞭炮。来到丝绸店门前，鞭炮点燃，噼噼啪啪炸响，火光闪闪，落红缤纷。舞狮队是前来贺岁的，依惯例，在春节过后于店铺开市之日才会到来，但此小镇却有节前、节后两次贺岁之俗。舞狮队在丝绸店前拉开了场子，欢天喜地的锣鼓声把附近的行人吸引过来，一时间，里三层外三层地围满了看热闹的人群。

韦老板出现在店门的台阶上，一手叉腰，一手捋着几根山羊胡子，一副矜持傲慢的样子。看着两头彩狮随着"大头佛"起舞。狮子舞得很有功夫，狮头生猛灵活，狮尾步步紧跟，狮头突然一跃，单腿站在狮尾的大腿上，踩上"梅花桩"，狮尾稳扎稳打。又是一阵急促锣鼓点，狮尾用力高托起狮头，狮子得以腾空飞起。人群里不禁一阵欢呼："好啊！好啊！"舞狮人更加卖力了，翻滚、回旋、腾跃，千姿百态，憨态可人，引得众人连连叫好。最后，双狮摇头摆尾朝向韦老板，伏卧在地做跪拜状："恭喜发财！"

韦老板乐开了花，这句话正中他的心坎。他的财运的确一年旺过一年，最近又"吃"掉了街口几家本小利薄的店铺，用不了三五年，这半条街都会姓"韦"了，他也会成为小镇首屈一指的富豪。为此，他踌躇满志，从衣袋里掏出事先准备好的"红包"

抛进狮子的嘴里。

岂料南虎纠集了百多名乞丐赶来凑热闹。他们恍如从天而降，大呼小叫着冲了过来。"快看耍狮子哇！快看耍狮子哇！"身上的一股股酸臭气味也席卷而至。只听一声呼哨，乞丐们便无缘无故地打起了群架。乞丐们相互拉扯辫子，挥拳劈掌，扭作一团。他们翻滚在地，喊打喊杀，呼爹叫娘，弄得尘土飞扬，混乱不堪。

明眼人一眼便能看出，这场大战是"雷声大，雨点小"，百多名乞丐没有谁动真格的，只是绘声绘色地在唱一出大戏。然而，人们却当了真，吓得狼狈逃去，唯恨爹妈没多生两只腿。密匝匝围看舞狮的人群一看不得了，像炸了锅一般，纷纷四散躲避。韦老板干瞪着眼睛，看着舞狮人手忙脚乱地躲向远处，再收拾行头、道具，就连店里的顾客也没了。

此时，丝绸店人走一空，门外灰尘滚滚，韦老板被呛得连连咳嗽，气得脸色铁青。他转身进店，直奔后座，连忙召集二十多个他为了称霸一方而雇佣的打手。一群打手们手持棍棒冲出店门，大喊"杀！……"像一股旋风冲下台阶。

韦老板站在台阶上，底气十足地吼道："收拾这些闹事的叫花子，给我往死里打！"

乞丐们从未见过这么大的阵势，吓慌了，正要四处奔逃，却听得一声如雷贯耳的大吼："不要怕！我来了！"声音未落，一个矫健人影"噌"地凌空而起，恰恰落在打手们面前。此人正是南虎。

打手们没料到有人胆敢挑战，待看清楚对手仅是一个，便又威风起来，在教头一声号令下，一齐挥起棍棒劈头盖脸朝南虎打去。

南虎手疾眼快，"嗖"地从背后抽出腰刀，飞身一旋，刀光划过一道弧线，打手们掌心一震，手中的棍棒刹那之间都剩了半截。

打手们看着被砍断的棍棒，才明白自己遇到了强手。但他们凭着人多势众，不肯服输，依旧杀气腾腾，抛掉半截棍棒，抽出随身的短刀，围住南虎。"杀！"他们挥起短刀，一齐砍向南虎。

俗话说"双拳难敌四手，好汉也惧人多"。一旁观战的乞丐们，个个屏住呼吸，圆瞪两眼，为南虎捏了一把汗，深恐他今日逃不过鬼门关。只听到打手们的吆喝之声此起彼伏，铁器磕碰之声惊心动魄。南虎被围在中央，只采取守势，把手中刀舞得上下左右翻飞，整个人似被一只闪亮的光球围护着，可谓滴水难以泼入，那些打手根本无法近身。之所以如此，是因为南虎牢记法印师祖"惩恶扬善"的训诫，知道这伙打手并非坏人，投靠韦老板只不过为了混一口饭吃而已，所以不想取他们的性命。突然，南虎一声大吼，身体一旋，腰刀环扫而过。打手们只觉胳膊一麻，不由倒退数步，其中几柄短刀已被削断，刀头"叮叮当当"掉落地上。南虎挽着腰刀，纹丝不动地站立在中央，笑吟吟地看着他们。

南虎疾眼一看，韦老板不知何时已脚底板抹油——溜了，便决定向那个教头下手，擒贼先擒王，给他一些教训。

面对这小毛头，教头被激怒了，心想臭小子你还嫩着呢。他抄起一支长枪，猛地刺向南虎头部。南虎仅将头微微一偏，便化解了如毒蛇一般蹿来的长枪。不想教头这一刺用尽了全身之力，未中目标身体便随着惯性往前扑去。南虎乘机侧身，一把攥住那刺空的长枪。教头并不相争，撒手将长枪放弃，却一弯腰从绑腿处抽出一柄匕首，以迅雷不及掩耳之势刺向南虎。

南虎侧身抽步，挥刀朝教头拦腰砍去。以这祖传宝刀之锋利，只怕教头身体会立即一分为二。观战的乞丐、打手们惊怔得张大了嘴巴，即将目睹横尸闹市，血溅街头了。然而，南虎却将刀锋朝后一转，只以刀背触及他的腰部，而且仅用了三分力，就把教头放倒在地。

南虎大声训斥打手们："冤有头，债有主。今天我手下留情，你们再要帮恶人干坏事，助纣为虐，绝不轻饶。天底下无论富人、穷人，都是爹娘父母生的，乞丐也是人，不能够随意欺辱。"

打手们早已吓破了胆，哪还敢吭气？架起受了伤的教头，灰头土脸地逃之夭夭。

有几个胆大的行人留下看热闹，其中一个悄悄问一个小乞丐："这个侠士是哪里来的？"

"从天上来的！"这小乞丐拍手喊道。

"从天上来的！从天上来的……"乞丐们齐声呐喊，有生以来第一次这样开心。

青蛙很解气，拾起一块石头，狠狠地砸向丝绸店的橱窗。一时间，乞丐们群起砸店，最后点起了一把火。

韦老板仓皇奔出，看着熊熊大火，眼一黑，腿一软，跌坐在地，发疯地叫道："毁了！毁了！"

南虎冷冷地看着韦老板这副模样，心里说："猫仔，我们为你报仇了。"

当年与南虎结怨的独眼龙也闻声赶来凑热闹。见是南虎，先为之一怔，后见其武功高强，自知没有报仇的可能了，尽管恨得咬牙切齿也不敢逞强，却又不甘心，思前想后便心生一计。

独眼龙走上前讨好地说："南虎，多年不见，真没想到你的武艺这么高强，连韦老板的保镖们都被你打得落花流水。"他又转过头来对乞丐们吆喝道："看到了吗？这位大英雄是当年我们一起的难兄难弟哪。"

南虎对独眼龙自然没有好感，可又一想，这些年过去了，兴许独眼龙改邪归正，仇人宜解不宜结嘛，也就顺水推舟说："是啊，说来我还得感谢你呢，当年如果你不把我往死里打，我能有今天吗？"

独眼龙被噎得说不出话来，只有"嘿嘿"地干笑了两声，装着一副大人不计小人过的样子："说真格的，从第一天看到你，就知道你将来一定是个了不起的好汉。"

世间人人都喜欢赞扬，年纪轻轻的南虎也不例外。独眼龙的甜言蜜语虽然未使他心花怒放，却也微笑点头，有些扬扬得意。独眼龙看在眼里，便不动声色地给他出"主意"："你可知道，丝绸店韦老板的姐夫是镇衙门的官老爷，你们烧了他的店，他岂能罢休？我若是有你这身功夫，今夜就潜入衙门，把那狗官宰了，以绝后患！"他心里打了如意算盘，一旦南虎照办，便转身去衙门告密，这借刀杀人之计便大功告成了。

南虎扭过头来，看到独眼龙的那只好眼里一丝寒光瞬间即逝，立即警觉。无语了好一会儿，冷冷一笑道："你好精明，可我也不傻，我若杀了人，你就可以在一旁看官府把我送上西天了，是吧？"

"哪里，哪里，"独眼龙的诡计被识破，十分尴尬，"我是为你好。"

看着独眼龙离去，南虎知道韦老板不会就此罢休，一定报官府捉拿他。不料，官府来得如此之快，只见一队持枪的官兵正朝他们跑来。"官兵来了！"乞丐们像一群受惊的鸟，四处逃走。霎时间，大街上空无一人。官兵的子弹带着尖厉的呼啸从天空划过，南虎一时就地翻滚，一时左右闪身，好在与官兵们还有一段距离，加上枪法稀松，给了他逃生的机会。

"追！抓住他！"当官的一声令下，士兵们紧追不放。不管南虎往哪里跑，蹚过小河，穿过树林，他们咬住他的"尾巴"不放，南虎恨不得马上长出四条腿来。

不远处有一座破庙，南虎赶紧跑了过去。院子里杂草丛生，断壁上藤蔓纠缠，殿堂大都倾圮，仅观音殿残存半座，角落里挂着蜘蛛网，观音菩萨的金身虽然光彩褪尽，却依然端坐于莲花台，面含微笑，只是齐肩断了一只胳膊。

追兵的声响越来越近，怎么办？南虎忽然眼前一亮，只见昏暗的角落里停放着一口破烂棺材，他豁出去了，迅即遁入棺内，盖起了棺盖。他仰面躺在里面，把腰刀抵在棺盖上，哪个家伙胆敢掀开，便让他做刀下之鬼。

少顷，官兵们到来了。从声音判断，他们开始里里外外地进行搜查。南虎紧张得能听得见自己的心跳，手心直冒汗。若被官兵发现，只能拼死一搏了。只听到官兵们说道："奇了，明明看到他跑进庙里了，怎么一转眼就不见了？""也许从庙后边跑了吧！""咦？他会不会躲进这棺材里了？""打开看看。"南虎心头一沉，握紧了刀柄。一个声音讥讪道："亡人为大，你们惊动了他，当心惹鬼上身，子孙遭殃！要动手，你们自便，不干我的事。""哎呀，这破庙阴气太重了，赶快走吧。""说的是呀，晦气！晦气！"

听到他们的脚步声渐渐远去，南虎又忍耐了好一会儿，确认官兵真的走了，才轻轻移开棺盖从里面爬出来，回头一看才发现，棺材里竟有一具不知什么年代的骷髅，刚才他就躺在它的上面。他感到冥冥之中有种神秘的力量在庇佑着自己。南虎一抬头，见观音娘娘正微笑着俯视他，便不由自主地跪下，磕了三个头，深信观音娘娘是他的保护神。他转眼看到那口棺材，心想，刚才也许是观音娘娘附身于棺内的死者，搭救了他一条命。于是，立刻扑倒在地，虔诚地向棺材磕了个头。

夜幕降临了，南虎不敢贸然离去，决定在破庙里过夜。他拆下已歪斜的一扇门，贴墙放下，静静地躺在上面，感到睡在观音娘娘脚下无比踏实。

从佛殿坍塌处遥望夜空，只见满天繁星闪闪烁烁，月亮却躲在星星后面。南虎相信，在月亮上居住的阿爸和阿妈此时正看着他笑哩！不久，他进入了甜美的梦乡……随着一阵悠扬的笛声，踏着一团五彩祥云，观音娘娘从天而降，南虎看到了她美丽慈祥的脸孔。

"南虎，南虎，"观音娘娘轻声呼唤着，"在这里，你永远不会有出头之日。你必须走得远远的，你要去南边，朝南走，朝南走呀……离开这里，好孩子，走吧！"声音一落，五彩云朵便托载着观音娘娘远去了。

"观音娘娘，那个地方是在哪里，在哪里呀？"南虎惊醒了，睁开蒙眬的睡眼，坐起身四处张望。原来是一个梦。

他完全清醒了，拜倒在观音塑像前，双手合十："观音娘娘，请告诉我，南边那个地方是哪里？"

没有回音，只有一阵微风徐徐吹来。南虎恍惚看到一道银光射向观音娘娘，塑像立时变得光彩熠熠。南虎惊讶得张大嘴，他深信这是观音娘娘托梦给他。仔细一想，说得也对，倘若留在镇上，官府绝不会放过他。他应该遵照观音娘娘的指引，三十六计走为上计。

第七章　初闯邕城

在璀璨的星空下，大灵山的山姿被映衬得分外雄伟。

原本打算逃往灵山寺的南虎，在将要踏入大灵山地界之前，忽然改变了主意。他担心镇上的官兵们会追逐而来，如果在寺庙里抓到他，将会连累法印师祖和整个寺庙。想到这里，南虎朝灵山寺方向磕了三个头，嘴里念诵道："师祖，请宽恕我不辞而别。我不会辜负你的期望，待我归来的时候，你会看到一个有了出息的南虎。"他深情地眺望大灵山，要把它刻在脑壁上，带着它走南闯北。

观音娘娘告诉他向南走，天下这么大，哪里算是南边？记起法印师祖的话，"有得一身硬功夫，偌大江湖任英雄闯荡"。他把腰刀系好，他曾从法印师祖那里学会看北斗七星，知道夜空里那个"勺"柄指的是正北方。找到了天幕中的北斗，认准了方位，才果敢地向南走去。

山连着山啊，林又连着林，山林里是那么的寂静。森林中密密层层的树冠遮住了夜空，他到达一道溪流处，透过上方窄窄的空隙向天空望去，他不敢失去方向，小心翼翼地前进。约莫走了三个时辰，最终还是迷失在了密林里。

南虎爬上一块嶙峋的巨石，想要找寻天空中的北斗星。但是，石高，树更高哇，而且黎明前星光已渐渐退去，他只能从树隙间看到黑黢黢的一线天。他失望地从巨石顶端溜下来，心中一片茫然。找不到方向如何是好，他心一急，喉咙也似乎干得冒烟。这时，他嗅到了什么，嗅着，嗅着，像猎狗似的，他循着气味走去。发现在一棵树的根部，厚实的落叶凹陷下去一片，看样子是大野兽伏卧过的痕迹。他吸吸鼻子，隐隐嗅到一股臊腥气味。他摸摸落叶，又摸摸那些未凹陷下去的落叶，似乎凹陷下去的落叶没有那么冰凉，那就是说野兽刚刚离开不久，显然是被自己所惊动的。野兽出没的地方，距离水源不会很远。他仔细倾听，似有若无的流水声传来。想来他刚才心情烦躁，竟未留意。

南虎很快来到了溪流边，趴下身子，把火烧火燎的嘴贴到水面，如同牛一般地咕嘟咕嘟地往肚子里灌水，仿佛喝到了玉液琼浆，然后掬起清冷的溪水抹了几把脸，顿觉浑身无比舒适。

精力恢复了，他走回树下，背靠着树干歇着，一门心思地想着观音娘娘所指示的南方，它究竟在哪里？又怎么才能找到它呢？记得有一天，他问法印师祖："这闯江湖是怎么个样闯法呀？"法印师祖笑了笑，拾起一根小树枝，在泥地上写了一个大大的"闯"字，说："看到了吗，这是一个'门'，'门'里是一匹'马'，这'马'被关在'门'里，出不来，怎么办？""那还不好办？把门撞开，不就出来了吗？""对呀！天底下原是没有路可走的，就像这门一样把你关住了。要找活路，你就得走出去，找到属于你的那条路来。"

南虎向周围看去，无边无际的大森林，别说路了，就是天也难以看到。现在，他就是一匹马，就要从这森林闯出一条路。不管多久，无论多难，他也要找到观音娘娘所说的地方，哪怕一年、两年、三年……他要一直找下去，他一定能找到。在那里，必定会有不一样的生活在等着他。

太阳升起后，可以通过观察树木阴阳面的不同来辨别方向了。这样一来，他就白天赶路，夜里歇息。床是不用愁的，森林里随处都铺着厚厚的落叶，只是由于不见阳光，会散发出腐烂气味，但他已习惯了。喝呢，他自然会选择溪流旁栖宿。至于吃，那些猎物都是他果腹的美餐。那烤野味香气四溢，在南疆一向是令人垂涎欲滴的。

就这样，在深山老林里走了二十余天，没有遇见一个人，南虎也悠然自得。渐渐地，森林变得稀疏了，南虎知道很快就会走出这深林了，不由加紧了步子。又翻过两个山坳，他来到了一座小圩镇。

说是圩镇，只有一条街，街的两旁店铺林立，都经营猎物生意。店里店外挂满各色兽皮，门前大小不一的木笼、竹笼里关着一些捕获的走兽飞禽。镇子虽小，但也热闹。街道上，马帮、商人来来往往，忙忙碌碌，讨价还价。

南虎从阿爸那里知道兽皮能够换钱，所以一路上便注意在餐后把一些小张兽皮留下，如今随身带来了。他走进路口处一家店铺，打算把兽皮卖个好价钱，但由于他的兽皮没有"熟"过，老板压价收购。尽管只得到了几两银子，南虎已喜出望外了，有生以来他的口袋里有了这么大的一笔钱。

他眺望着店铺外面，通往远方的一条还算宽阔的黄土路上，压着两道深深的车轮印记，相信土路的尽头一定会是个比这里更大更大的圩镇。南虎拍了拍装着银子的口袋，兴冲冲地上路了。

终于，这黄土路把南虎带到了一座大城市。别人告诉他这是邕州城，又叫作南宁。

那城墙两丈多高，宽宽的城墙上建有一座寺庙——观音阁。南虎顺着青石台阶盘旋而上，直达庙门。门外卧着一对石龟，一株大榕树绿伞般地向墙里伸展，给这半座庙宇投下一片凉爽。这天恰逢正月十五，善男信女络绎不绝，前来烧香、拜佛、求签……祷告、击磬声声入耳，烛火、香烟缕缕拂面。

南虎站在城头，手搭凉棚纵眼遥望，又见绿波粼粼的大江如一条飘带绕城而去。码头上，一艘大船像一只甲虫僵僵地停泊在岸边，引来了密密麻麻的"蚂蚁"——那是往船上装卸货物的挑夫们。看到此番景象，南虎心想，观音娘娘所指的地方大概就是这里了。他兴奋地跑下城头，疾步往江边走去。江面上，大船小艇，往来不绝，一艘满载的货船溯流而上，纤夫们在货船前方，牵着一条缆索，几乎全身赤裸，皮肤被晒成古铜色，脊背汗水淋漓，闪映着火辣辣的阳光。他们弓背弯腰，艰难地移动着脚步，脚趾深深地抠进沙泥，在河边留下一串串沉重的脚印。

在码头上游，那里停泊着十余艘张灯结彩的船只，其中一艘船上，几个花枝招展的女人从跳板上鱼贯走上岸来。紧身的旗袍裙勾出她们丰满的身材，裙裾开得高高的，露出雪白的大腿，上领子松开的衣扣，正好露出她们白白嫩嫩的脖子。

"嘿，看你这穷样，张望什么？"一个女人皱起眉头斥责南虎。

"哈哈哈，瞧他那土头土脑的样子！"

"要说你是个土财主，也不像啊。"

"喂，年轻人，有钱，就上我这里来吧，我可不拒。"叼着香烟的一个女人嗲声嗲气地说。

她们都是妓女，这船又称为"花艇"。

南虎笑笑便离开了。沿河走去，只见数百只残旧的船只，黑压压的一片，帆篷颠连，绵延数里。

"壮士，要渡船吗？"一个女声传来。

南虎看去，从一只小船的低矮遮篷下露出一张黝黑的面孔。那是一个中年妇人，正用渴盼的眼神看着他。

"壮士，前面的路不好走呀，还是坐船吧！"妇人一步跨到甲板上，极力兜客，"也算是帮帮我们。"

南虎本无心搭船，却听出对方话中有话，便问道："有什么难处吗？"

妇人指指遮篷，里面躺着一个病怏怏的汉子："他是我男人，病了一年多，吃了不少药。唉，钱也花了不少，就是不见好啊！"

南虎动了恻隐之心，决定乘她的船，也好顺便打听当地的情况，便抬脚上了船。

这船不大，却很干净。舱后，一个年约三岁的男孩子腰上系着一条长绳，绳的末端是一截大竹筒，以在他万一落水时得以漂浮获救。

"壮士请坐好了。"妇人把南虎安置在船头，又用一方背布带把她的孩子背在背上。那是南疆妇女专门背孩子用的，南虎曾在李叔家用过它，孩子伏在母亲的后背异常舒适，且不会妨碍母亲干活。此时，妇人被解放的双手自如地摇起了橹。船划动在江面上，迎面吹来一股凉爽的风，十分惬意。妇人一张宽脸被太阳晒得黝黑，身体健硕，双臂非常有力，一支橹在她的摇动下有节奏地发出"咿呀、咿呀"声。

"大嫂，生意还好吧？"南虎大声地向船尾发问。

"唉，好什么呀，疍民*挣的辛苦钱还不够交给渔霸的。"

---

* 两广人称船家人为"疍民"。

"什么是'疍民'？"

"我们这些以船为家的人，被叫作'疍民'，是最下贱的，不准上岸。唉，稍不顺从，就会被渔霸赶出泊船的河段，有的还会被烧船呢。"

这时传来一阵激烈的争吵声。南虎转脸看去，不远处有只小船，船上两个男人，一个矮胖子，一个高瘦子，吵得正欢。那胖子蛮不讲理，抬手就"噼噼啪啪"连扇了那瘦子几个耳光，被打的人晕头转向，不敢还手。

"你瞧，那胖子就是渔霸。那瘦子叫张老船，上个月才从外地来。这些外来人哪，比我们本地的还'衰'，会加倍受渔霸的欺负。"

南虎发现，周围船上的疍民们对所发生的事都佯作不见："大嫂，为什么没有人帮他？"

"哪敢呀，谁若是出头，他就全家遭殃。这年头呀，都是多一事不如少一事。"

"看那渔霸出手多狠哪，非把人打个半死不可。"

"唉！"妇人长叹了一声，"生来做疍民，只怪命不好。"

霎时那瘦子被打倒在船头，渔霸又抬腿朝瘦子的脑袋连踢带踹，毫无停歇的迹象。

"简直欺人太甚。不行，大路不平众人踩，我得管。"南虎把几枚铜板丢在船上，一纵身跳入江里，游向小船。到达船尾，他手攀船舷探头看去，原来这是一只烟船，船篷内置有两张窄小烟床，却空无一人，只摆放着烟枪和烟灯。

说时迟，那时快，当渔霸正飞脚踢向瘦子胸口之际，南虎爆起浑身力气，把船趁水顺浪一推，只见船身猛地一晃，听得"嗵、嗵"两声，两个男人均已落水。渔霸不谙水性，像一只狗熊双手乱抓，杀猪似的大喊救命。

岸上，两个彪形大汉闻声跳入水里游了过来，看样子像是渔霸的手下。

南虎扒住船舷，吼叫着："你们想打一场吗？来呀！"

两个大汉只想尽快救主人，根本顾不上回话。

这时，那被渔霸欺凌的瘦子已经攀上了船，一伸手把南虎拉到船上。

"多谢多谢！要不是你，我张老船可就没命了。"

"你们争吵为的什么事？"

"那渔霸要我缴税，我把所有的钱都给了他，他还嫌少。小兄弟，为了我你这下闯大祸了。"

"怎么讲？"

"渔霸被你搞到水里，灌了一肚子水，能放过你吗？"

"我倒是担心你呀。不过，有我在，你不必担心。"

"他们势力大，又有官府撑腰。俗话说'好汉不吃眼前亏'，我们都得赶紧离开，走得越远越好。"

"往哪里去？"

"往南走。船是下水，水助船行，走得快。"

"往南？"南虎一听，明白这里并非观音娘娘所说的地方。说走就走，南虎不再多说什么，到船尾和张老船面对面，一齐加劲摇橹。

烟船顺流而下，如游鱼般地渐行渐远，顷刻之间，已隐没在众多来往的船桅帆影之中……

第八章　龙州立足

　　张老船年约四十岁，原籍广东肇庆。父亲满肚子诗书，却只是一个秀才，再往高应试，却屡屡落榜，只得在乡间教书。有句俗话：天有不测风云，人有旦夕祸福。偏偏就应验在张老船的头上。他十岁那年，父亲因久患痨病不治离开人世，母亲悲伤过度不到一年也追随父亲而去了。家里除了两亩薄田，再无其他财产，好在他四岁就开始跟着父亲读书，码头上便聘他当了小账房。事关钱财，生怕出什么差错，他小心翼翼干了三四年，结果错了一笔账目，只好用自己几年来的积蓄填补亏空。

　　一个要好的船老大给他出主意，去走船吧。他也喜欢水上的生活，拖到二十岁，干脆把家里两亩田换了船，自己做起了船老大。当年他并不叫"老船"这个俗之又俗的名字，父亲曾给他取名为"书翰"，显然是期望儿子得以通过读书、应试，进入内阁做个翰林。为了能够符合行船的行当，便自称"老船"了。近年，因为广东生意难做，就驾船顺着西江驶往上游的广西。

　　"走船有它的便利，你看岸上的山，那高崖，哪有路啊，只有野兽才能上得去。可走船呢，凡有水的地方，你都能到。"张老船和南虎一起摇橹，两人说着闲话。

　　"你都到过哪里？说来听听。"

　　"黄河，听说过吗？"

　　"哈哈，别逗了，有黄河？那还有绿河、蓝河、黑河哩！"

　　"别笑，真是黄河，那河水是黄色的。很久很久以前呀，有条黄龙从天上飞来，尾巴又大又重拖在地上，拖出了一条又宽又深的沟。黄龙又飞回天上，搅起满天乌云，下起暴雨，连下了几天几夜。地上的黄土把雨水染黄了，灌满了那宽宽的沟，就变成黄河了。中国人是喝了那黄河水，皮肤才变黄的，知道吗？所以，我们又叫黄龙的子孙，知道吧。"

　　"那么皇帝也是喝了黄河水？"

　　"当然，要不怎么叫黄帝呢！"

　　南虎羡慕地说："你比我强，见得多，懂得也多。"

　　"其实我也没有到过黄河，听说在北方，很远很远的地方。"张老船呵呵笑道。

　　"咦？那你怎会知道的？"

　　"从书上看来的。没听人说嘛，秀才不出门，能知天下事。"

　　南虎恍然大悟，不觉大笑起来。

二人边行船边说笑……

南虎兴致勃勃地观看两岸风光，那些山多绿呀，木棉刚刚开花，红艳艳的，就像家乡走夜路时点燃的火把。听到山坡有人唱山歌："红棉开，暖春来……"可不，迎面吹来的风已不感觉冷了，十分惬意。江水清澈，一眼能见到江底的石子。江上不时驶过船只，甲板上建有两三层楼的是客船，一端有驾楼而楼前甲板苫着篷布的是货船。张老船告诉他，那篷布下面堆满了货，满是油、盐、布匹丝绸、大米或者烟叶等各种物品。另有一些老式船，总有一个上身赤裸的水手坐在船头，顶风迎浪不惧危险，观察水流风向、暗礁险滩、及时给舵手发出左舵、右舵、满帆、落帆的指令。听了张老船的介绍，南虎敬佩他们的勇气，果真是"行船走马三分险"哪！

在水流平缓的河道上，上行、下行的两船交错时，双方水手往往会相互打趣。

"嘿，水头，你没睡醒呀？怎么走这么慢？"

"忙个鬼哟！又没有女人在前面码头等你。"

"有啰，你老婆在前面等着我哩！"

"……"

多年走的同一水道，他们成了老相识，笑话开得过火些，谁也不恼。

船不夜行，因为水下有暗礁。太阳落山时，船便三五成排停泊岸边。燃起一堆堆篝火，点缀沿江两岸，有如夜空里点点明星拥着银河。

张老船在背风的地方停了船，南虎拾来了干树枝，用三块石头堆起"火灶"，燃起了火，张老船架起铁锅，把行船途中钓来的鱼刮鳞去肠收拾干净，便丢进锅里油煎，顿时，香味扑鼻。

"以往江里的鱼多得不得了，哪用钓，一甩鱼叉就是一条。"张老船叨咕着。

南虎不解："一叉一条？怎么如今不行啦？"

"来往船多了，把鱼吓跑了呗。"

"人才会跑，鱼又没有腿，哪里会跑呀？"南虎有意调侃道。

"你这家伙真会抬杠，"张老船转了话题，"你不知道吧？这条江可长了，上通越南，下到香港、澳门。"

南虎听到越南中那个"南"字，大感兴趣，急忙问："越南在哪里？"

"越南嘛，在广西南边；香港、澳门是在，是在……反正呀，都是皇上管不到的地方。"张老船一知半解，听得南虎似懂非懂。

南虎坐在水边一块石头上，双脚浸在清凉的水里，看着船被波澜轻轻摇摆着，心头溢起难以描述的一丝温馨，不由想起观音娘娘的话，但至今不知那"南边的地方"究竟是哪里。他不禁茫然起来，看着两个月亮，一个在云里走，一个在水里游，远远地不知何人吹起竹笛，那如泣如诉的笛声洒向江面，令他心绪不宁……

几天后，古老的江河终于把他们送到了一个埠头。

"这里是龙州镇，"张老船说道，"南虎，我不知道这里是不是你要去的南方，可已经到了最南边，再往前，就是越南了，我没去过。"

南虎追问道："能说得详细些吗？"

"此地我很久以前到过，这世界说大也大，说小也小，没想到如今又转来了。这周围还有水口关和镇南关，与龙州镇有水路相通，都是前往越南的要道，自古就是屯兵的重地。"

龙州镇是个繁忙的码头，停泊了不少货船，桅杆上挂着大清国黄龙旗，也有挂外国旗的。埠头上一溜平地，挤满了灰暗、高低错落的房屋；那悬临水面的房子叫作吊脚楼，后半坐落在岸上，前半则被扎根水中的木柱支撑着。埠头后方，高高的城墙像蛇似的缠绕在山坡上。忽然，一座奇异的建筑物撞进了南虎的眼睛里。那是高高耸立的白色塔楼，顶端建得像"凉亭"似的，上方竖着巨大的十字架，"凉亭"里的一口铜钟被敲击，把声音传向四方。

"那是法国人的教堂，"张老船看出南虎对它感兴趣，解释道，"南宁也有同样的教堂，据说敬奉的是外国的佛，叫作'上帝'。"说着，船靠了岸，"南虎，该上码头了，你有什么打算？"

"还没想过。"

"如果你愿意，可以留下跟我一起打鱼。"

"多谢了，我肯定不是个好渔夫。这两年我想先到处走走看看。"说毕，他把腰刀背起，戴上竹笠，双手抱拳，"请多保重，小弟我告辞了。"南虎跳下船，回身再次向张老船挥手道别，然后踏着石阶跑上码头。

临近码头的小市场，商贩竞相吆喝，农夫忙碌兜售，卖武艺的、变戏法的……身影稠密，声音嘈杂。那耍猴戏的把锣鼓敲得震天响，一个卖药的壮汉，赤膊袒胸，腰扎板带，辫子盘在头上，手里提着一面小铜锣连连敲打，同时高声喧嚷，人们果然被吸引过来，聚拢在他周围。南虎饶有兴致地看看围观的人们，痴迷的、讪笑的、轻蔑的……神情各有不同。

卖药的起劲地煽惑道："要问这秘方里是些什么药料，那是天机不可泄露，不过，我可以告诉你其中的几味药，你就知道有多神奇了，这几味药就是，虎骨、麝香、熊胆、藏红花，深山老林里的人参、灵芝，再有就不能说了。小人不敢违背祖训哪！若问药的价钱，一瓶八十文。诸位莫错过机会，天底下是没有后悔药的哟。"

南虎不相信他的这番说辞，法印师祖的药比这强多了，也还没有那么神奇啊。尽管如此，江湖自有江湖的规矩，只要没什么大害，不能去戳穿，砸了人家的饭碗。南虎笑了笑，便转身离去。

市场外边，沿街仍有摊贩，农夫们摆卖青菜、鸡、鸭。还有身穿无领黑衣，头戴尖顶笠帽或戴绿色宽帽檐的小贩，肩挑蔬果沿街叫卖。南虎从未见过这种穿着，便向路人打听，知道他们是越南人。龙州镇的街道不宽，南虎信步行走间，听到一阵"噼噼啪啪"的鞭炮声，抬眼看去，一座宅院门前聚着不少人，不知发生了什么事，南虎也前去看新奇。

大门两侧高悬着两盏大红灯笼，上面写有大大的"谭"字。门前，车来轿往，一些穿金戴银的太太从轿子里下来，紧随身穿长袍马褂、脑后辫子梳得油光的老爷进入大门。

"谭家的儿子今天过生日。"南虎身边的一个男子说。

"好气派呀。"南虎随口应道。

"没得说啊，谭家有几条大船，是靠贩私盐发家的。"

"我要是有船的话，也去贩私盐。"南虎微微一笑。

这时，南虎眼睛一亮，一个十四五岁的姑娘从大门出来，一身粉红色衣裳，把她的瓜子脸衬得分外俏丽，头上盘着乌油油的粗辫子，那辫尾的一束发梢颤巍巍的，说不出的妩媚，身旁跟着一个五六岁的小男孩。

那男子又说："那是谭府的大小姐，身边是她的弟弟，叫谭浩明。"

依照当地风俗，在弟弟的生日上，做姐姐的要向众人介绍自己的弟弟。

谭大小姐额头上修剪齐整的刘海下面，一双水灵灵的大眼睛左顾右盼，手里拿着一本线装古书，寓意着将来弟弟必定文才出众；而并排站立的弟弟，一领浅蓝色的长袍十分合体，同样浅蓝色的帽盔后边拖着一条光滑的辫子，从他手里拿着一把漆黄桐油的雨伞，可以知道，他立志今后要做闯荡四海的好汉。姐姐面含微笑，召唤身后跟随的老年女仆拿过篮子，与弟弟一起把满盈盈的一篮煮熟的红鸡蛋一一分给围观的众人。

她来到南虎面前，未曾开口便先笑，大大方方地说道："壮士，我看你不是本地人。"

"你怎么知道？"南虎有些奇怪。

"本地人通常不背刀，"她面颊上笑出了一对酒窝，介绍道，"他是我弟弟谭浩明，将来也会是一个背刀闯荡的好男儿。"

"说得好。"南虎称赞道。

老年女仆拿红鸡蛋给南虎，不知出于什么原因，谭大小姐又亲自拿了几个红鸡蛋给他。

南虎两手捧着鸡蛋，心里生出一种异样的感情。他喜欢上了这个地方，是因为红鸡蛋，还是因为送他到龙州的邕江，或者……一时无法说清楚，也许这里就是观音娘娘所说的"南方"吧？他离开了人群，边吃鸡蛋，边往镇里走去。龙州镇子里，街道还算宽阔，店铺、酒家、妓院……应有尽有。

长街的交叉路口有一座褪色的红墙黄瓦观音庙，庙顶的岔脊上伸延出四个高高的檐角，其中一个檐角经不住风雨的侵蚀而脱落。南虎对寺庙怀有特殊的感情，不由得加紧步子前去。殿门还可依稀辨出早年棕红的颜色，踏入殿门，便可以看见里面供奉着的观音菩萨，手心托着净瓶高高地立在正殿里，她的白袍子已被多年的香火熏得微微发黄。院里看不到一个和尚或尼姑，庭院铺着青石板却被打扫得干干净净，正殿前一个大铜香炉被擦得铮亮，香烟从香炉里袅袅升起。兴许是善男信女做的善事，庙虽旧，香火还挺旺的。在此地见到观音娘娘，南虎觉得是一种缘分，马上伏身叩拜。这时，他听到一阵呐喊声从殿后传来，十分好奇，连忙起身前去察看。

正殿后院门旁竖着一块木板，上面歪歪扭扭地书写着"龙州武术馆"几个字。沿墙排列着棍、棒、刀、叉等数种兵器。十几个人围作一圈，中间一个武师正在演练一套拳法。南虎不能识别他打的是什么拳，偷瞄几眼后，便抽身退回，把身上的腰刀藏匿在半膝高的草丛里，而后才大步走上前去。

武师一张国字脸，辫子盘在头顶，辫尾系着黑发带。他腰扎青布板带，算不上高大魁梧，从敞着怀的黑打衣不难看到，他一身筋骨如同铁打。他双腿微曲，双手左右开弓，招数如轮转，势势相连，变幻莫测，影上打下，影左打右，双手击打的同时，两腿有横行、抽扫、缠丝、落跪，屈伸自如，劲力充沛，势雄力猛，嘴里也随之发出"噫、的、哇、嘿、哈"五声，吸气蓄劲，呼气发声，以气催力，灵活多变。此人身手不凡，南虎猜测，他多半是武馆的师父。

看到精彩处，南虎情不自禁地大声叫"好！"。

这一来，那武师立刻收势，与众人一齐望向这位不速之客。

武师上前，一抱拳："请壮士指教。"

"不敢当。"南虎拱手还礼道，"请问仁兄是武馆的主人吧？"

"正是。小弟名叫马七拳。"

"还想请教师父，刚才演练的是哪家拳法？"

马七拳解释说："这叫蔡李佛拳，缘起广东新会县，道光二十九年，由始祖陈享所创，后经梧州传入广西腹地。"

"曾经听教习小弟功夫的法印禅师谈起过此种拳法，今天有幸亲眼见到了。师父功力深厚，小弟十分佩服。"

马七拳谦虚地说道："小弟只会些花拳绣腿，流落在此，不得不教徒混口饭吃。"

"师父，你怎么长外人志气？"一个徒弟忍不住插话，又神态傲慢对南虎说，"我师父拳脚在龙州首屈一指。你敢比试比试吗？"

"不许无礼！"马七拳呵斥道。

又一个徒弟口气婉转了些："师父，人家既然到场了，双方切磋武艺，也是惯常做法。"

其他徒弟应声附和。马七拳不置可否。

南虎心里清楚，要想在龙州镇落脚安身，必须赢得这伙人的信任。以武会友，本是江湖惯例，不仅要靠精湛的功夫，更要靠高尚的武德，才能赢得朋友。于是，他决定应战了。对于获胜，他有绝对把握，但最重要的是，绝不能使马七拳在徒弟面前失了面子。南虎打算输给对方，又要让他明白是自己在礼让。

南虎不紧不慢地说道："既然各位朋友非要叫小弟献丑，那就要向马武师请教了。"

"这、这……"马七拳犹豫不决，怎好无缘无故地对陌生人挑战。可又经不起徒弟们再三哄叫，迫使他只得应允。

南虎、马七拳先后走入人圈中间。"请指教！"彼此拱手后，便拉开了架势。双方相互礼让，谁也没有首先出招。

围观的众人又哄叫起来。

"看拳！"南虎提醒对方，然后出手。马七拳侧头躲过，紧接着开始进攻，使出腿上、手上的一连串招数，"嘿、哇"之声冲口而出。

南虎只取守势，并不进攻，闪头旋身，腾腿跳脚，把对方的招数逐一化解。

围观的人们认为南虎没有还手之力，鼓掌为师父助威："好呀！""打倒他！"

……这时，南虎似乎出现意外，不小心踩到一颗石头使身体失去平衡。马七拳在南虎将要倒在地的刹那之间，一把抓住他的前襟，挥拳便打。拳头雨点似的落在南虎胸口上，而他早已运动体内气息，抵挡住击打。

"马武师，住手吧，小弟甘拜下风！"南虎纵身跳到一旁。

徒弟们为师父欢呼胜利。人说，外行看热闹，内行看门道，一点不假。唯有马七拳心中明白，南虎的功夫远远超过自己，他连忙抱拳施礼："多谢壮士的情面！"

南虎微微一笑，知道被他认可了。

第九章　荔园结义

　　武师马七拳的武功虽然不及南虎，却也算得上乘了。他七岁开始习武，十八岁就在梧州一家武馆做拳师，现在二十一岁，比南虎年长四岁，一年前，杀了人，便从南宁逃到了龙州镇。

　　"杀人？"南虎问。

　　"是为家人报仇，"提起往事马七拳仍止不住伤心，"当年，我姐姐是整个邕州城数一数二的美人儿，不幸被恶霸唐老大糟蹋，她又羞又恨，当天夜里就上吊自尽了。我家开有一间小杂货店，既无钱又无势，可父母不甘屈辱，硬去衙门告唐老大。可是，他在衙门里使了钱，反把两老送进牢房。我在梧州得到消息，赶回南宁，没料，却赶上给他们送葬，原本就年迈多病的父母已经含恨死了。我忍无可忍，一天黑夜，我潜入那恶霸家里，把他杀了。"

　　"他是罪有应得。"南虎愤愤地说。

　　"那时，我儿子刚出生几个月，出了这事，我逃亡在外，妻子只能抱着孩子回娘家了。"

　　"唉，人人都有一肚子的苦水呀。"南虎长叹一声，接着，把自己七岁逃离家乡后的十余年经历倾诉一番。

　　"你说是观音娘娘指引你到这里来的吗？"马七拳特别关注地问道。

　　"正是，她要我到南方，这里就在芒果村的南方啊！"

　　马七拳一击掌："对呀！一点不错，你也见到了这座庙，观音菩萨遇难了！一定是她叫你来解救的。"

　　"怎么一回事？"

　　"听我细说。码头上边那座白色高楼，是法国人前些年建起的教堂。原先这教堂的牧师叫什么希伯来的，人倒不错。有一年闹蝗灾，地里颗粒无收，很多人饿死街头。希伯来在教堂前煮粥救灾，又建起了一个孤儿院，给孤儿们一日三餐。可是这么一个大好人竟被毒蚊子咬了，'打摆子'（疟疾）死了。后来从越南那边的教堂过来了一个新牧师叫什么杜波的，此人目中无人，实在是不敢恭维。他一来就说这座观音庙已经快塌了，就应该铲平，在这里建新的教堂。镇里人一致反对，庙再旧也是祖先留下的，怎能给洋人占了呢。我就打起办武馆的旗号，带着徒弟们一边打扫寺庙一边看守，不让他们得逞。事情如今还没有了结，闹腾得有小半年了。"

"洋人的教堂可以建在别处呀，怎么非要建在这里？"南虎不解。

"这庙在整个镇子中央。本来镇上的谭家准备出钱重修这座庙，现在就只能撂下了。"

二人边谈边走，此时已来到正殿，南虎仰头看着观音娘娘的慈爱面容，义愤填膺，说道："这些番鬼佬欺负人也太过分了，镇衙门难道就不管吗？"

"镇衙门？哼，顶个屁用。大清国无能，就连慈禧皇太后都要让他们三分呢。这些番鬼佬依靠手中的洋枪洋炮，什么丧尽天理的事做不出？"

"法印师祖曾说，洋人信上帝，我们信佛、信观音，都要行善，都是一样的。可为什么要把那个上帝压在我们观音头上呢？你有你的教堂，我有我的观音庙，井水不犯河水，不是挺好吗？"

说话间，一群人鼓噪着从外面进来，把他俩堵在正殿里。

"看，他们又来了。这是些'教民'，就是信外国上帝的。一定是瞧准庙里只留下我一个人，又要闹事。"说着，马七拳握紧了拳头，"来者不善哪。"

"慢着，马大哥，江湖规矩，先礼后兵。"南虎走上前，抱拳在胸，和颜悦色地说，"各位，有事好商量。"

"你是哪里钻出来的？走开，别妨碍我们的事。"搭话的是个又高又瘦四十岁上下的男人，嘴里镶着一颗光亮的金牙齿，高颧骨，泡泡囊囊的眼窝里藏着一双鼠眼。他身穿黑色长衫马褂，长衫的前下摆掖起，头戴一顶黑丝绸帽，瘦脑后一条长辫也缀着黑丝穗子，头顶疙疙瘩瘩的，蛮横地一把将南虎推到一旁。

马七拳上前，嘲弄地说道："杨癞子，看看你那一脑袋疮疤，再不做好事，可真要应了那句'头上长疮，脚底流脓'啦。"

"你这王八蛋，少跟老子啰唆，今天你就从这里给我滚出去。"杨癞子一脸横肉，脸色很难看。

南虎一步跨到马七拳前边，说："他是我大哥，有话你就找我说吧。"

杨癞子鼠眼皮子一翻："那好，刚才你也听见了，你们马上给我滚出这座破庙，这是我们上帝的旨意。"

马七拳一听，气不打一处来，数落他说："你有上帝，我有玉皇大帝，谁听谁的？全镇子的人哪个不知你杨癞子，嫖娼非但不给钱还一刀子把人捅死，你抢了韦老爹家的牛不算还烧了人家的房子。你欺男霸女，干了多少坏事，这都是你那上帝的旨意吗？受害人告官，教堂牧师出面，说你是'上帝的儿子'把你保了出来，可见你们是蛇鼠一窝，都不是好东西。"

杨癞子是龙州镇有名的败家子，早先家里富有，田地都让他赌光了，最后连父亲的寿棺也拿去赌输了。父亲一怒，一口气上不来，两腿一伸，走了，好在母亲平时还有些积蓄，生活还过得去。洋人来了后，杨癞子是狗眼识货，靠了上去，纠集一伙臭味相投的人，在镇上为非作歹。

南虎这才知道这家伙是个地痞流氓兼恶霸，便不客气地指着他的鼻子教训道："你还知道你是吃什么长大的吗？不拜自己土地上的观音娘娘，竟去拜什么上帝。我看你从小吃的是狼奶。"

杨癞子恼羞成怒，咬牙切齿地吼道："你撒泡尿照照自己。一副穷酸样，竟敢教训老子。来啊，赶走这些穷小子，今天一定把这破庙给我砸了！"

十几个教民提着棍棒从杨癞子身后扑上前来，而杨癞子却退身出门进行指挥。这些不法分子利用朝廷、衙门害怕洋人的心理，加入教会，利用杜波牧师的势力来保护他们；反之，这杜波牧师也利用他们来扩展他的影响力。

南虎和马七拳迅速交换一个眼色，两人默契地同时跃身，猴子似的双手抱住柱子，双腿紧绷，如风车般地旋转身子，一股强劲的力道，把数名来者扫倒在地。这时，不少教民在杜波的煽动下呐喊前来增援，冲进了庙门。

马七拳叫道："南虎，到院子里去，要打就打个痛快。"

南虎回应道："好。看我的，擒贼先擒王，先抓住那杨癞子。"

二人趁混乱之际，蹿出了殿门。门外的杨癞子没有提防，被南虎抓住一只胳膊，一拧、一拉，胳膊已从肩窝里卸了下来，疼得他龇牙咧嘴，身子不敢再动弹，只是一个劲儿地向到来的教民们摆手作休。教民们潮水一般地涌进门，看到杨癞子那副样子，一时都傻了眼，愣愣怔怔，进也不是，退也不是。

马七拳的一个徒弟住在寺庙附近，见教民们蜂拥而来，知道情况不对，早已赶去召唤弟兄，此时也赶到了，与堵在庙门外的教民们大打出手。而庙里面的教民们由于杨癞子在南虎手上，不敢轻举妄动，只听见庙外乱得像一锅粥，却不知发生了什么事。

这小镇被搅乱了。镇子的人早就痛恨这法国牧师强占寺庙，他们扔下手上的活，聚集在旧庙前助威。这座观音娘娘庙被挤得水泄不通，庙里庙外打作一团，没法分清谁是谁。

忽然，几声枪响。众人惊愕，打喊声骤然而止。

南虎往外一看，方才这里是人海战，现在却是空空荡荡。太阳底下站着一个高男人，身穿黑色长袍，冷冷地扬起下巴，胸前挂着一个十字，身边站着一个戴绿色宽帽檐的越南人，手里握着手枪还冒着淡淡的青烟。一条黄色大狼狗站在他们中间，龇着大白牙，喉咙里低声地吼着助威。

南虎好生奇怪，这穿黑袍的瘦高男人脸上像是扑了很多白粉似的，竟有闪着野兽一样蓝光的眼睛，那一头黄发令南虎想起芒果村山坡上的干草丛。最令他奇怪的是一脸浓密的黄胡须中竖着又高又大的鼻子。从他的举止就知道这是个不友善的人。

"这就是杜波牧师。"马七拳小声说。

正在这时，县太爷陈大人带着一队士兵气喘吁吁地赶到了，一看这架势，全明白了。早些时候法国人建那座白色的教堂，连招呼都没打，说建就建了，陈大人也就睁只眼闭只眼让它过去了。如今他们硬要霸占这观音庙，这可是犯了民众的大忌呀。

陈大人十年寒窗苦读，才换得如今的七品县官。这些年里，全国各地接连发生了教堂被烧、教民被杀的"教案"，弄得朝廷十分头痛，倘若在他治理的地方死了教民，告发上去，便毁了自己的前程。朝廷惧怕洋人，国人周知，只要与洋人发生纠纷，不问青红皂白，你就惩办中国人是绝对不会错的。他踏入殿门，大手一挥，一声令下："来呀！把这两个暴徒给我押起来。"

南虎和马七拳寡不敌众，被五花大绑，由士兵簇拥着押往县衙。

南虎看看马七拳，不解地说："衙门不帮自己的百姓，反让番鬼佬横行霸道，哪有天理？也许，这里不是观音娘娘所说的地方。"

"哼，我早看透了，根本就没有咱们穷人说理的地方。"马七拳气愤地说。

南虎怅然望着天空，拧紧眉头，若有所思。

陈大人作为朝廷命官，他不能不惩治"暴徒"，但他仍有良知，因此，南虎、马七拳二人不仅未被拷打，而且在牢里每天都供给好菜好饭。自从领头人进了牢房，保护寺庙的群众就成了一盘散沙，寺庙终于被拆毁了。

南虎和马七拳被释放了。临出牢房之前，陈大人专门召见了二人。

"本官钦佩你们的一片赤子之心，可当今国家门户难守，洋人入侵之情势，不是谁能够改变的。你二人应该体念朝廷的难处，不可再惹事生非。"陈大人好言好语，说得恳切，"那天法国人是朝天空开枪，我担心如果再这么闹下去，这枪口对准的就是咱们中国人了。"

好汉报仇，十年不晚。事已至此，南虎只得把仇恨埋在心里。

不久，一座崭新的教堂在寺庙的原址竖起了。南虎想到大清国竟如此软弱无能，连观音娘娘都保不住，更不用说民众了，说不出心中是一种什么滋味。他和马七拳经常到临近码头的教堂周围去转悠转悠，总想找个机会教训一下番鬼佬。

这座两层楼高的教堂，高高地俯视着整个镇子。巨大的房梁是从附近的森林伐来的，圆拱形的窗子镶着红、黄、紫、蓝色的玻璃，地板上铺着光滑的瓷砖，拼出各种漂亮的图案。一个高耸的尖塔里吊着一口铜钟。平常，教堂的大门是紧闭的，每到第七天的早上，这口钟便敲得震天响。教民们都拥进大门，照他们的说法叫"做礼拜"。

一天，从敞开的大门，南虎和马七拳好奇地往里窥视，只见窗子全都紧闭着，把阳光锁在外面，大厅里昏昏暗暗的，几十盏蜡烛燃在暗里闪烁不定。一抹阳光硬是从圆拱形的窗子挤了进来，正好落在墙上一个巨大的十字架上，上面钉着一个一丝不挂的洋人，仅有一块布遮盖着私处，他的头无力地垂在胸前，一滴滴的鲜血从他身体滴到地板上。南虎似乎感到了那被钉在十字架上人的痛苦，他不明白，为什么要把人钉在架子上，让人们看着心里难受呢？

冷不防那牧师的大狼狗从门里蹿出，南虎和马七拳急忙闪开。只见它龇牙咧嘴，锋利的牙闪着白光，吊起一条粉红色的大舌头冲下台阶，耀武扬威地在街口转了一圈，便转回教堂门口，站在它的主人身边。

"这畜生和它的主人一样可恶！"南虎对马七拳说了不止一次。

不久，入秋了，湛蓝的天空没有一丝云彩。蝉一声高一声地叫着，好像在唱："荔枝熟了，荔枝熟了。"近两个月来没下过一滴雨，天气是又干又热，而上游下了几场暴雨，使江水变得混浊，涌到了龙州河。民间有个说法，水为财。果然，江水上涨，使得越南、南宁、梧州的客船、货船接连到来，平日进不来的大船，现在也停泊在码头了。往时停泊在江边的花艇又与沿江吊脚楼的客栈、茶馆等建筑物齐平，茶客们坐在窗前，得以一边品茶，一边眺望江景，同时还可以听到花艇上的男女打情骂俏的声音。

镇内市场的生意自然更加兴旺。尤其逢圩日，卖艺的、耍猴的、卖狗皮膏药的、算命看相的和卖各色小吃的，纷至沓来。一些越南人也不顾路远肩挑手提，到市场来卖自家生产的蔬果、藤编物品。尤其荔枝当季，不少摊档摆卖着刚上市的荔枝，把市场点染得一片片艳红。人们边走边剥皮，吸吮着甘甜的果汁，吐掉暗褐色果核，留下一路浅淡的清香。

人群中出现了一个卖艺人，年纪二十岁上下，身材高大，眉清目秀。他拉开了方圆两丈的场子，把盘在头上的辫子紧了紧；一扬下巴，眼风向四周一扫，接着扎下马步，便飞拳劈脚，疾如旋风般地打了一套拳。在人圈中观看的南虎不禁暗暗叫好。

"嘿！卖艺的，你这套功夫还不到家呀，"南虎笑眯眯地开玩笑，又指着马七拳说，"不想让我这位朋友指点指点吗？"

马七拳感到突兀，瞪了南虎一眼，说道："我哪里会功夫哇？"接着狡黠地指着南虎，"是他想砸你的场子，你找他去说吧。"

南虎只顾傻笑，哪里懂得向卖艺人挑战的所谓"砸场子"，就是打烂人家的饭碗呀。卖艺人要在此地讨饭吃，又岂能示弱？他有些恼怒，打量着向他挑战的南虎，见其身量虽高，年岁却不大，看不出有多高深的本领。便走上前来，双手抱拳，说道："本人初到贵地，并没有得罪过谁，既然兄长愿意指教小弟，那就只能奉陪了。"

南虎也不回话，脱掉上衣，紧了紧腰中系的板带，礼貌地一张右手，说道："请！"

卖艺人见对手身上肌肉强健，暗暗提醒自己不可轻敌。

"磨蹭什么？开打呀！"马七拳一旁凑热闹。

二人推磨似的转起圈子来。卖艺人迟迟不动，想先看清南虎的路数再出手。

为了打破僵局，南虎决定逗引他亮出功夫来。于是，南虎大喊一声，率先发力，腾空跃起，向他面部一侧飞去一腿。为什么不直接袭击面门呢？因为南虎不想伤害他，倘若踢中要害，那就违背了自己的本意。

　　卖药人也非等闲，见一个飞腿射向他的头部，便一个扑步卧下，旋即跃身，两臂高扬，像蛇似的在空中挥舞，柔中带刚，步步进逼。这也只是个虚招，他也同样不想伤害对方。南虎迅即使出少林武功中的象形拳，张开双臂，勾起十指如鹰爪，对抗逼身的游蛇。卖艺人疾速矮身，大吼一声，双拳发力，向南虎头部左右开弓。南虎一猫腰，挥双掌劈向他的腹部……一团团灰尘扬起，二人出招拆招，一时难解难分。看似打得你死我活，但谁也没有下狠手，正是英雄好汉，惺惺相惜。

　　这场比武以南虎首先跳出圈子而结束。

　　卖艺人已知南虎的功夫在自己之上，便拱手说："好身手！小弟承蒙指教了。"

　　南虎本有意结识对方，故出此比武一招。他微微一笑，答道："能不能赏我个面子，一起去喝杯茶怎样？"

　　卖艺人欣然点头："小弟很感荣幸。请问兄长尊姓大名？"

　　"我姓陆，叫阿宋，小名南虎。"

　　"哦？你就是那位打死法国教堂大狼狗的好汉？"

　　南虎略微点头："你怎么知道的？"

　　"我在水口关地界卖艺，哪个不知啊。"卖艺人一脸敬佩神情。

　　这件事发生在半年前。那天早上，一个裁缝铺的小学徒给顾客送衣服路过教堂，不料趴在门前的大狼狗发疯似的从台阶蹿下，直扑过来。小学徒一看，扭头就跑，却被追上的大狼狗紧紧地咬住他的宽裤腿。南虎就在近旁，迅速踢去一脚，把狼狗激怒了。他本可以立刻击毙狼狗，但明白不能在教堂眼皮下逞强，情急生智，撒腿便跑，狼狗紧追，到达一个僻静的拐角，四顾无人，展开了一场人狗大战。南虎打个虚晃，狼狗受骗扑上，南虎抓住这个机会，使出少林"二指禅"的劲力，手指闪电般地戳去，狼狗脑袋如同中了枪弹顿时开花，倒地毙命。南虎一直寻机会教训一下法国牧师，今天打死狼狗也多少出了点气，以为这事做得神不知鬼不觉，没想让杨癞子给碰上了，他二话不说，拔腿就朝教堂跑去。俗话说"打狗看主人"，这是法国牧师的狗，连陈大人都得让它三分。果然，愤怒的法国牧师向县衙又是抗议又是告状，逼着陈大人下令逮捕打死狗的凶手。凶手跑了，没抓着，便由官府赔偿了一笔银子，才息事宁人。

　　"好好好！为民除了一害呀！"卖艺人又自我介绍，"我叫逸曲，没想到今天幸会两位好汉。"

　　市场里一家茶馆，干净清爽，南虎等一行三人进门，扎着白围裙的茶倌满脸笑容地迎客，把他们引上楼。

　　他们拣了一张临街的八仙桌坐下。

"请问客人喝什么茶？"茶倌问道。

南虎抢先说："随便什么，泡一壶来！"他并不在意品茶，而在于借茶会友。结交马七拳后，又认识了逸曲，使他分外高兴。

逸曲姓韦，名逸曲，家里是财主，生活富足，无忧无虑。小的时候，父亲逼他苦读四书五经，期望他将来踏入仕途，谋个一官半职，光宗耀祖。可是，逸曲生来就不喜欢读书，一见书本就头疼，而一拿起棍棒刀枪就精神抖擞。父亲无奈，只好让他拜一位武术高手为师。

"你不在家里享受，怎么流落江湖靠卖艺为生？"马七拳疑惑不解。

"说来是自作自受。"逸曲哈哈一笑，抿了一口茶，"有一年中秋节，父亲派我给住在邕州城的叔父送一大笔钱去。进城后在街上遇到一个面容姣美的女人，鬼使神差地我就迷迷糊糊跟她去了，不想中了'仙人跳'……"

"仙人跳？"又轮到南虎大惑不解了。

"就是女人引你上钩，半途钻出来几个男子，其中一个自称是女人的丈夫，诬你勾引他老婆，"逸曲摇了摇头，"后面的事就可想而知了。"

南虎刨根问底："后来到底怎么啦？"

马七拳接口道："后来就被人家敲诈钱财了呗。"

"啊？这也亏他们想得出来。"南虎说道。

"这也就是通常说的'美人计'，"逸曲一一道来，"若说动武，他们都不是对手，可其中有一个是衙门里的差人，若惊动官府事情就闹大了，我不得不服软，带给叔父的钱被他们抢走还不算，连衣服都被剥光，然后丢给我一身粗布烂衫，便把我赶走。父亲为此勃然大怒，把我赶出家门。从此，我就踏上江湖了……也乐得一个人自由自在。今天是三生有幸，遇上你们二位好汉。"

逸曲的遭遇虽有他自身的责任，却也令人感慨万分。想想三个人的际遇，共同之处便是单枪匹马，流落江湖，独树不成林啊。南虎提议道："我们处境相同，何不结拜为兄弟呢？"

"好主意！"马七拳兴奋地说。

逸曲立刻表示赞成："我也有这个想法。"

茶后，逸曲随南虎、马七拳回到武馆住下来，三人便做结拜的一应准备。选定吉日良辰，三人事先剃头洗澡，专门穿了齐整的衣衫，来到后院的荔枝园里，只见一片如霞似火的荔树，硕果挂满枝头，平添了几分喜气。

他们并排面对香案上的关公像，焚香燃烛，在袅袅轻烟中，割破一只鲜活公鸡的脖子，血被滴进三只大碗。三人同时下跪向关公磕头，而后挺直腰身，伸直双臂，把碗高举，面容庄严，一同大声盟誓：

"今马七拳、逸曲、南虎三人结为异姓兄弟，愿同生死，共患难，共富贵。"最后，声音更加高亢有力，"此言天地可鉴！如有二心，天打雷击！"

按照生辰八字，马七拳年长，尊为大哥，逸曲排二，南虎为三弟。

荔树下，三人开启一坛米酒，边品尝荔枝，边开怀畅饮。

"三弟有勇有谋，我推三弟为头领。"马七拳说道，"二弟你看如何？"

逸曲连连击掌，说道："这也正是我的想法。"

南虎推托："这，我怎么敢当？"

"别推托了，'人无头不走，鸟无翅不飞'呀。"马七拳说。

逸曲抚着南虎的肩头，爽快地说："遇事总得有个最后拿主意的，就这么定了！"

"好吧，我为头也成，但我们弟兄三个拧成一股绳，有事还要大家商量。"南虎说罢，一转话题，"眼下就有件大事，我一直想办……"

马七拳、逸曲一齐把目光投向南虎，等待他道出端详。

第十章　抢劫洋兵

"抢劫法国兵营，怎样？"南虎说。

逸曲、马七拳不禁一怔，端起的茶碗悬在了半空。

龙州镇至越南可谓近在咫尺，当天便可以往返。南虎曾独自去过边界外名叫独岩的小镇，镇子不大，却有一个繁荣的集市，是两国边民的贸易中心，由驻扎在当地的法国兵营管理。前往交易的商家、农民大都老实巴交的，经常受到法国士兵敲诈、欺负。南虎看在眼里，恨在心头，一个大胆的计划经过长久酝酿，只是他单枪匹马，难以下手，现在是时候了。

逸曲说："三弟，你想把天捅个大洞呀！"

马七拳也质问道："我们赤手空拳，怎么能够对付？法国佬手里拿的是洋枪啊。"

南虎笑笑："去打劫，正是看中了他们的洋枪。"

逸曲摇摇头："就算是搞到洋枪，我们也不会使呀。"

南虎拍拍胸口："没问题，我教你打枪，别的不敢说，打枪可是百发百中。"

马七拳知道三弟并没有夸口，南虎打枪的技术是从他的表叔那里学的。表叔姓黄，年轻时是个好枪手，几十年来一直给本地一个土司家族看坟地。尽管黄叔那杆枪已老掉牙，南虎还是爱不释手。每天天才蒙蒙亮，黄叔便点燃一根香柱，插在百步之外，又在南虎端枪的手臂上压上几块石头，让他瞄准香柱那一小点红色的火头，直到第六根香燃尽为止。两年下来，南虎果然弹无虚发。

"搞洋枪，我做梦都想，能办得到吗？"马七拳毫无信心。

"办得到。"南虎斩钉截铁地说，"虽说是兵营，其实也没什么了不得。我早想过了，有几点对我们有利。第一，法国佬在明处，我们在暗处，他们防不胜防；第二，他们不知有人要算计，也不知什么时候算计，攻他个出其不意；第三，我有个越南朋友，他在法国佬兵营里干活，可以做内应。大哥也曾见到过这个人。"

马七拳插话问道："是在独岩市场送给你芒果的那个越南青年吗？"

"对，他名叫阮氏雄，"南虎点了点头，"最主要的一条，一旦火拼，他们的洋枪要装上弹药才能发威，可我们，除了刀，手和腿也是兵器，立刻就能够见效。"

马七拳与逸曲对视一眼，点点头。以他们这一身功夫，应付那些笨手笨脚的洋人是绰绰有余。

"这么一说，我看行得通。我们趁黑夜去打劫，若不能得手，就三十六计走为上。"逸曲说，三兄弟里数他学问最高，阅历最广。

马七拳也表示赞成。

南虎随即把三个杯子和茶壶摆成阵势，说道："茶壶好比法国佬在越南独岩镇的兵营，三只杯子好比国界上的哨口，他们之间相距十几里路无人看守，我们进出自由。"

"好吧。就照三弟说的办。"逸曲一拍大腿。

行动计划就这样决定了，实行的日子初步选在洋人圣诞节前夜，接着便进行准备。这期间，三兄弟前往独岩镇详细观察地形、道路，哪里是一片田，哪里有一棵树，都能够了如指掌，做到心中有数。转眼之间便到了年底，洋人称圣诞节前夜。

每天前往越南境内独岩镇进行贸易的本地人不在少数。三兄弟打扮成当地农民模样，上身藏蓝色对襟衫，下身宽腿裤，头戴竹笠，脚蹬草鞋，一副竹扁担挑起两捆柴，而柴中便暗藏了兵器。天未亮，他们便提早出发了。一来为避免被熟人撞见，横生枝节；二来想尽早到达，临阵前也好有充裕时间做最后的准备。

三人心情紧张而兴奋，脚下生风，未及正午，便到达了独岩镇。他们首先把兵器藏到小镇外一个隐秘地点，然后进入镇内。法国兵营管理的集市，经常会有一两个士兵巡视，而且很容易遇到龙州来的熟人，他们不便前去，而径直奔向与内应阮氏雄约定碰面的一家饭铺。

三兄弟把柴担放在饭铺外，进里面拣了迎街的一张圆桌，要了六大碗干捞米粉，一大盘卤肉。走了大半天的路，肚子早饿了，只听一阵"咕噜咕噜"，每个人的两碗米粉便如风卷残云般地一扫而光。然后，他们慢慢饮茶，等候阮氏雄到来。可左等右等，却不见他的身影，内心不免焦急——会不会发生了意外？

马七拳低声地问："三弟，这个姓阮的可靠不可靠？"

南虎答道："这法国兵营就是强占他家农田建起来的，他的老爹还被打残了一条腿。为这，他恨得心里淌血呢。说起来我是认识他老爹在先，然后才认识他儿子的。那天也是偶然路过一片水田，不料下起大雨。我看到一个老人家滑落在水田里，半天挣扎起不来，我过去把他扶起，才发现他只有一条腿，就把他背回家了。"

逸曲分析道："如此看来，这姓阮的还是可靠的。法国佬让他在兵营里做事，想来不知他的底细。"

南虎点点头："他离家多年，远在南边城市的一家洋人酒店做厨师，独岩镇里认识他的人不多，法国佬自然不知道他。他进兵营打工，为的就是找机会报仇。"

有顷，一壶茶喝干了，肉也吃光了，仍不见阮氏雄到来，南虎便吩咐店里伙计再添一盘炒花生米和一壶茶。南虎说："大哥，你是见过阮氏雄的。你们两个守在这里，我出去探探风。"不等回话，他便拔脚出门了。他担心是不是事情走漏了风声，阮氏雄被抓了起来。

半路上，阮氏雄匆匆而来，与南虎迎面相遇。原来，法国兵营欢度圣诞节前夜，需要准备大量酒食，所有厨师都忙得团团转，阮氏雄也不例外，一时不能脱身。南虎一颗悬着的心这才放了下来，回去招呼了两位兄长，三人各自挑起柴担，跟随阮氏雄去法国兵营。

一面红、蓝、白三色巨大的法国旗在旗杆上迎风拂动。走近大门时，南虎悄悄地把竹笠帽拉低，盖起大半个脸，与两位兄长都留意周围环境、进出路线。进门时，阮氏雄向哨兵打个招呼，没有任何阻力，商贩送柴米油盐进入兵营已是常例。

通向厨房的路两旁，建有灰瓦盖顶的木板房，应该是营房，士兵人数在两百上下。房子里不知是什么机器发出了怪里怪气的乐曲。士兵们三三两两在房外抽烟、闲谈，没有谁注意从面前走过的南虎一行。

走在最前的南虎咳了一嗓，示意两个哥哥留心营房门内状况。目光瞥去，见近门处竖立的木架上，排列着他们朝思暮想极欲弄到手的长枪。路尽头是厨房，与餐厅相通。餐厅很大，设有几排橡木长桌，桌上摆着不少蜡烛，房梁上悬挂着锃光瓦亮的大汽灯。一个大胡子厨师正用托盘向餐厅送食物，从他身后的厨房飘出了烧烤面包、马铃薯、鸡、牛肉种种食物的香味，令人垂涎欲滴。三人穿过餐厅，把木柴挑到厨房后边的院子里。那是一片开阔草地，紧靠一座又高又陡的峭崖，并无哨兵警戒。这一发现使南虎心头狂喜。

离开兵营后，三兄弟绕道登上与兵营厨房相邻的后山，仔细观察一番，制订了劫营的方案。看看时候还早，便就地歇息，养精蓄锐。

太阳落山时，他们去饭铺吃饱喝足后，又到镇外取了藏匿的兵器，才潜入后山的林子里，换上夜行黑衣，扎上黑头巾，怀里揣起匕首、飞镖，静静地等待夜幕降临。

真是老天关照，这夜月黑风高，正是偷袭的大好时机。然而，此时在峭崖下的法国兵营里却灯明火亮，一片嘈杂。餐厅里汽灯照明如同白昼，法国官兵在尽情地享受节日的欢乐。歌声高亢、笑语喧哗、酒杯叮当……好不热闹。一直闹到下半夜，法国佬们累了，兵营才归于平静，灯火也大多熄灭，只留下数盏路灯像鬼火似的在风中一摇一闪。

南虎他们一直潜伏在林子里耐心等候，这时开始行动了。他们将野藤的一端牢牢绑在大树上，便先后悄无声息地像猴子似的攀藤坠下峭崖，躬身穿过草地。南虎用匕首撬开厨房后门，听听里面没有任何动静，三人鱼贯而入。

大哥马七拳留在此处，守住退路，以防万一失手时得以逃生。南虎和二哥出来，顺着营房后墙摸向前去。

早先送柴进兵营时，南虎曾注意到一名着装与所有士兵不同的法国佬，腰上挂着的是一支短枪，军衣的袖口上镶有几道画杠，曾听阮氏雄说过袖口上画杠越多官职就越大，当即记住了他住房的位置。今夜，就先从他下手。

南虎和二哥蹑手蹑脚到他的住房窗下。偷看窗内，汽灯光线幽幽，一个人躺在床上，发出猪一样的呼噜声，看来喝酒后醉得不轻。窗子没有插紧，轻轻一推便开了，二人轻而易举地翻进屋内。床上那人依旧酣睡，在说梦话。南虎敏捷地一手钳住他的喉咙，一手把毛巾塞进他嘴里；二哥掏出备下的绳索，绑住他的手脚，并拉过被子蒙住他的脑袋。

这时，南虎已把墙上挂的两把短枪取下，一把挂到自己身上，另一把插在二哥的腰里，转过脸来，他一眼看见衣架上的军官服，灵机一动，便把那绣着金线的海蓝色服装套到自己身上，本来就身躯高大的南虎立刻变得威武起来。随即，又翻箱倒柜搜索钱财，从床尾一把扯过一件白衬衫，把钱财、挂表包裹起，交给二哥挂在肩头。南虎穿着军官服，让二哥隐在他身后，大模大样地出了门。二人在昏黄的路灯下走向士兵的住处。

南虎轻轻推开房门，从木架上取下三支长枪，交给守在门口的二哥。

这时，一个士兵醒来，醉眼蒙眬地去解手，看到南虎，嘴里咕哝着，身体歪歪斜斜地向南虎行了一个军礼，然后走向门口。

但是，门外的逸曲发现这家伙时，已来不及隐蔽了。这法国兵猛地看到一个奇怪的黑衣人，头脑顿时清醒了几分，惶恐地大叫："有贼！有贼！……"

南虎迅速挥掌砍向他的后脖颈，把他放倒在地，拉着逸曲便跑。马七拳迅速前来接应，接过南虎身上沉重的枪支，和逸曲一起飞快地穿过餐厅和厨房。南虎守住厨房入口，让他俩安全通过那片开阔地。这时，敌人向这边拥来，南虎必是寡不敌众，他急中生智，用枪向房梁上的汽油灯连连射去，顿时大火冲起。南虎一转身，向后院跑去。当他来到山脚与大哥二哥会合时，厨房已是火光冲天，士兵们像一群蚂蚁似的正在救火。三兄弟不敢久留，顺着蔓藤，攀上峭壁，寻着路，往回走。

"没想到这第一次劫兵营，竟来得如此顺利。"逸曲说，一脚高一脚低地走着。

"这些法国佬，看着威风，也不过如此。"马七拳兴奋地说。

"明天衙门府的陈大人该忙起来了。"南虎说。

"忙什么？"逸曲一下子没有明白过来。

南虎伸出胳膊，用手往前抓住二哥的手臂，说："忙抓盗贼呀。"

三人哈哈笑了起来。他们喜出望外，劫到钱财是小事一桩，得到三支长枪、两把短枪才是大事。他们各自背在肩上，难以抑制心中的兴奋，想来光天化日之下携带不便，决定立即连夜穿越边界赶回龙州。

"前边有人！"马七拳一惊，低声叫道。

他们高兴得早了一点儿。三兄弟尚未走出独岩镇地界，与法国兵遭遇了。法国士兵在营区没有抓到盗枪者，立刻迅速地封锁了通往山里的大小路口，同时分兵搜山。三人赶快躲到树后，向前面窥去。透过树林，只见在山崖后面闪出了一支支火把，火光隐隐映照出一张张法国士兵的面孔，似乎敌人已经知道他们在这里藏身，在山脚三步一岗、五步一哨地布下了封锁线。天就要亮了，他们不可能逃离这座大山了。太阳一出，敌人就会大规模上山搜索。

借助拂晓的天光，南虎看清山林形势，左方山陡林密通往顶峰，右方蜿蜒小路连接山后。他忽然发现自己身上依然套着法国军官制服，顿时有了主意，立刻奔上小路，把军官服沿路丢弃，还特别在路边明显地留下一支飞镖，然后回来对两位哥哥说道："这样可以迷惑法国佬，欺骗他们往小路去追我们。我们赶紧躲到山顶的林子里去，只要挨到天黑，我们就赢了。"

不由分说，马上行动。三个人奔向山顶，钻进了密实的灌木丛，南虎断后，把碰弯的枝条扶直，避免留下人走的痕迹。越往上越难行，岩石覆盖着厚厚的青苔，脚底打滑。他们互相拉扯着，跌跌撞撞地往山顶上爬。越是如此，他们越高兴，因为万一法国佬追来，也同样艰难。

忽然，走在前头的马七拳踩中一块浮石，立脚不稳，滚下斜坡，逸曲急忙伸手抓他，不料自己反而被带落下去。南虎急切地向下方看去，只见一人多高的茅草丛却不见人影。草丛里发出了逸曲惊喜的声音："三弟，快下来，快点下来。"

南虎问道："怎么啦？"

"快下来看看吧。"

南虎满腹狐疑，把自己背的长枪系牢，便侧身斜卧往下滑去，身体没入茅草丛里，才看到了大哥和二哥。

逸曲迫不及待地指着前不远的地方："看，山洞。"

马七拳拨开茅草，整个洞口便呈现出来。洞内漆黑，不知深浅，不知有没有野兽蟒蛇。南虎拾起一块石头往里用力扔去，听到一声空闷的回音，等候片刻，未见有任何动静。

南虎取下长枪，手持匕首，抢先一步进洞察看，少顷，钻了出来，喜滋滋地说："观音娘娘保佑，里面够宽够大，足够我们藏身了。"

天光大亮了，法国兵开始搜山了。那指挥官昨夜破了财不算，还把枪丢了，大失尊严。他发誓不抓住匪徒绝不罢休，要士兵不放过每一棵树，每一块石头。在通往山后的小路上，他见到自己被劫的制服，捡起路边南虎丢下的飞镖，压抑着怒火，静心思忖，觉得匪徒们不会那么愚蠢，不可能轻易暴露逃跑的方向。于是他做出大胆的猜测，命令士兵转向山顶方向搜索。

在洞里，南虎三人屏住气，不安地听着士兵们沉重的军皮靴踏踩在石头上的声音。南虎紧握枪的手掌满是汗，希望这些遮住洞口的高高草丛可以骗过士兵的眼睛。没想到，那片草丛被压过的痕迹招来了士兵们的注意。随着一阵激动的"咿咿呀呀"的洋人的叫喊声，三人一震，知道他们被发现了，大哥马七拳连忙端起枪。

南虎说："不忙，我们只要守住洞口，他们一露头，我们便一个一个地敲掉他们。"

法国兵不能确定匪徒是否躲在洞里，又畏惧洞里可能藏有毒蛇猛兽，谁也不敢进去。但指挥官却不管那一套，逼迫一名年轻士兵进洞搜查。

岂知这洞往里走一丈多，前方的构造却像一只口小肚大的葫芦。入口仅容一人爬过去，里边则很宽敞。这年轻士兵钻进黑乎乎的洞里，战战兢兢摸到葫芦口，静待片刻，看看没有什么异样，胆子才大了起来。

南虎功底深厚，有捕风捉影的本领，早有察觉，已做好应变准备。这年轻士兵也有他的"绝招"，他不是脑袋在前边往里爬，而是颠倒过来，让腿进入葫芦口，如此一来，最前边的便是一双军靴了。黑暗中，南虎只觉得是个什么奇怪东西，无法辨别，不管三七二十一，扬起匕首就狠狠刺去。

随着一串呜里哇啦的怪叫，这士兵连滚带爬地逃出了山洞，从被刺穿的军靴冒出了鲜血。确定匪徒藏在洞内，法国兵便向里面猛烈射击，但射入的子弹无不击中岩壁。

已经被敌人发现，反正插翅难逃了，南虎他们已做了最坏的打算，实在不行就拼它个鱼死网破，但眼前还要防止敌人耍花招。南虎说："小的时候我常和伙伴一起抓田鼠，用烟熏，逼着它从洞里出来……"

马七拳、逸曲立刻明白了他的意思，便一起扒下洞壁上松动的石块，封住葫芦口，为了严实起见，又脱下衣服堵住缝隙。

没过多久，法国佬果然点燃一堆干树枝，趁着山风把浓烟往洞里灌。功夫不负有心人，幸好他们预先防备，得以安然无恙。就在这时，他们听到外面有叫喊声，从石缝里往外看去，只见山风转了向，把烟火吹向那群士兵们，士兵们四处逃避。指挥官很无奈，枪也打了，烟也熏了，土匪就是不出来。敌人没有了新招，只有死守洞口。

南虎把"墙"抠开一个小口，对着一线透进来的光，在抓紧时间教逸曲如何用枪、上膛、扣动扳机。夜幕终于降下了，从石墙缝往外窥去，一堆堆燃起的篝火在山坡上筑起了一道火墙。

"看来敌人要守在山上，直到把我们困死在山洞里。"逸曲在黑暗里说道。

"洞里面没有水，渴也会把我们渴死。"马七拳用忧虑的声音说。

"与其渴死不如我们冲出去。"逸曲提高了音调。

"对，只有冲出去了，"南虎有把握地说道，"到午夜，等到这些折腾了一天的士兵们睡觉时，我们给他们来个突然袭击。冲出去时要快要猛，像一把匕首一样，割断他们的封锁。一旦跑过敌人的封锁阵地，我们兵分三路，向不同的方向跑。这样敌人就不可能集中兵力来追捕我们。只要过了那条小河，我们就没事了。"

除此之外，他们别无选择。

法国士兵以为看住洞口，如同捂紧了鸟笼，匪徒插翅难逃了。士兵们围坐在篝火边肆无忌惮地谈笑、唱歌。折腾到后半夜人困马乏了，才一个个钻进帐篷呼呼睡去。只留一个士兵在帐篷周围放哨。

三兄弟悄悄地把石墙撤掉，顿时一股清爽空气飘了进来。南虎又把枪支一一检查，上好膛，交给大哥二哥，然后静坐养神，等待时机。约莫一个时辰过去了，南虎轻声地说："我出去看看。"说完，猫着腰出来察看，只见站岗的士兵端着枪，打着哈欠来回地走动。他又返回到洞里，轻声地说："是时候了。"

在黑夜的掩护下，三个黑影无声无息地溜出洞口，当接近篝火时，说时迟那时快，四支枪同时开火，南虎手持双枪飞快地冲向敌人的封锁线。熟睡的法国兵慌忙起身，有的掀翻了帐篷，有的彼此冲撞，更有枪支走火的，黑暗中一片混乱，只能随意放枪。

南虎他们像几股轻风，遁入了树林，转瞬便无影无踪了。

第十一章 逼上梁山

这天，龙州镇的码头上忙碌了起来。从省府桂林来的广西王巡抚大人，亲临这小小的边境小镇，这可是一桩惊天动地的大事，让陈大人受宠若惊。镇上一百多名清兵，全换上清一色的新装，衙府上从陈大人到小小的文书都衣冠楚楚地站候在码头上，他们的身后是一班披红戴绿的鼓乐手。江边竖起一杆两丈多高的旗杆，顶端上一面蜈蚣绿旗，哗啦啦地在江风中起舞，旗中间的一个"陈"字舞得没了节奏。

渐渐地，江面上出现了一艘大官船，船有三层之高，船身漆着深红色，船的周围插满了五颜六色的旗子，其中一面醒目的大红旗，中间一个"王"字。码头上顿时鼓乐喧天。

原来，法国人从土匪抢劫兵营后逃离的方向，断定土匪一定是来自大清国龙州县。他们通过外交途径，把这起抢劫驻独岩法国兵营事件向广西王巡抚提出抗议。王巡抚哪敢怠慢，连夜下令龙州县陈大人负责追查，此事关系到两国之间的问题，王大人实在是放心不下，便亲自前来视察。

船靠岸了，王大人身穿绣蟒袍补服，红色珊瑚珠顶珠下，一支两寸长短的翎管，管上插着花翎，身后挂着一条光滑的长辫，昂首阔步地走下船，陈大人领着一群大小官员立即迎上。

陈大人深深地鞠了一躬："县府陈某参见巡抚大人。"

"陈大人，抓土匪的事有眉目了吗？"王大人劈头就问。

"土匪很狡猾，衙府正在全力以赴追捕。"

"抓不到，你何以能向法国人交代？"王大人冷冷地问。

"一定抓到，一定抓到。"陈大人的额头渗出了一层薄薄的冷汗。

其实王大人到这里一转，也是装装样子给法国人看看而已。法国驻越南大使放心不下，又通知龙州法国教堂的杜波牧师代表法国方面向政府催办，并在边界一带出榜，重赏捉拿匪徒。王大人担心把法国人惹恼了，动起武来，广西这个穷地方可是担当不起。前阵子可不是吗，法国的军舰袭击了福建的马尾岛，把福建水师连人带军舰全给毁了。正因为这样，王大人才是这么谨慎，免得让法国人有借口。

谁知这波未平，一波又起。几个月来事情还在追查当中，在广西、越南边界的多个法军驻地又接二连三地发生盗抢事件，法国人被搅得鸡犬不宁。陈大人又是吃惊又是痛快，吃惊的是谁吃了豹子胆，痛快的是这些作威作福的洋鬼子也竟然有人敢与他们作对了。但令他头疼的是，这些法国人天天催逼捉拿匪徒，逼得他吃不香，睡不实。

这天，陈大人一大清早来到衙门，就有人要升堂。这大堂又叫公堂，是衙门最重要的地方，正中放置两扇大屏风，上面绘有山峰、清水、明日，又叫海水朝日图，屏风前高出地面一尺的地方称作"台"，台上由四根红色柱子围成一个空间，内设有一张大公案，公案上摆放令签、朱笔和惊堂木。一张四平八稳的大座椅，台前上悬挂匾额"明镜高悬"。陈大人进入公堂，一眼就看到跪在台下的杨癫子，陈大人清瘦的脸立刻拉得老长。

在大座椅坐下，陈大人往椅背上这么一靠，冷冷地问："你昨天不是来过了吗，怎么又来啦呢？"他把"呢"字的尾音拉得长长的，意思是你来也是白搭。

"大人，不是小的不知大人的苦衷，而是上头催得紧呀。"杨癫子嘴里称呼"大人"，脸上却流露出鄙视的神态。他有洋人撑腰，别说陈大人，就是朝廷也不敢拿他怎样。

陈大人一听，气不打一处来，抓起惊堂木狠狠地一拍，大声责问："大胆！在镇里，上头就是本官，你的'上头'是谁？"

"小的说错了，小的该死。"杨癫子从不吃眼前亏，赶紧认错，暗地里却想：威风什么。在杜波牧师面前你可是连屁也不敢放一个，"陈大人，是杜波牧师要我升堂的，杜波牧师让我来问你，什么时候才能抓住土匪，杜波牧师好向法国兵营交差。"

杜波牧师也很"鬼马"，他知道大清国的多数官吏骨子里仇恨洋人，陈大人便是其中之一，绝不会为法国人尽心尽力，反倒以杨癫子为首代表的几个教民，恨自己不能变成为黄头发、蓝眼睛，都是死心塌地为他们卖命的角色。他就吩咐他们做上帝的眼线，一边查找那些匪徒，一边催逼县太爷。

杨癫子左一个杜波牧师，右一个杜波牧师，听得陈大人作呕，想骂又骂不得。为了对付法国牧师的纠缠，陈大人用了"拖"字诀——虚张声势，光打雷不下雨。他饬令全县的更夫，每天夜里打更时要大声喊叫："大家要留意，发现打劫洋人兵营的匪徒马上报告县衙门！"

南虎三兄弟在独岩镇打劫虽然死里逃生，但他们却感到很刺激，而且尝到了甜头。持有洋枪兼有一身的好武功，他们的胆子也就越来越大了，不但劫小兵营，把大兵营也劫了好几个。一个月前，三兄弟深入到越南境内的凉山，从法军马场里盗取了三匹军马，神不知鬼不觉地潜回龙州附近的一个小村庄，把那马混在当地放养的牛群里，不显山不露水的，蛮好。他们也谨慎不在龙州县城里露面。可是，不知怎的忽然心血来潮，那天傍晚，三人争论起哪匹马跑得最快，年轻人毕竟是年轻人，都有好胜心，便决意骑马比试一番。

三匹马都是良种。南虎的坐骑，身架匀称，浑身雪白，没有一根杂毛；马七拳那匹毛色如火，胸宽头昂；逸曲是最先选的，相中的马全身鼠灰色，四条腿矫健有力。

他们蹿上马背,顿时觉得人变得高大,立刻纵马飞奔,你追我赶。清冷的月光洒在山野,马蹄践踏在岩石上,火星四溅,清脆的马蹄声回荡在山涧里。没有什么比坐在这马背上更令他们心旷神怡的了,这些战马都受过很好的训练,不易受惊,跑起来快得像一阵风,跑着,跑着,便忘乎所以了,不觉到了河边——县城边缘。

事情偏就那么巧,那天晚上,杨癞子到一个相好的"花艇"鬼混。从"花艇"出来,他手里拿着一小酒罐子,边喝边哼着小曲"哥呀妹啊"的。这天晚上月亮特别的清爽,酒香,婆娘也香,他心里乐融融的,歪歪扭扭沿着河边的小路走去。眼看就要踏上一座石拱桥,忽听传来急促的马蹄声,他止步,随着声音看去,月色下,几个黑影子从空中飘来。杨癞子一惊,酒醒了一半,难道是龙州"鸡鬼",提到龙州"鸡鬼",当地人谈虎变色,活生生一个人的魂魄就被勾走了。他赶紧来个"狮子滚绣球",滚到石拱桥边,躲在桥的阴影里。

此时,马蹄声呼啸而至。他好奇地探头看去,前面两匹马飞驰而过,稍后的一匹,他可认出骑在那马上的人了,那可不是马七拳吗?呸!真是冤家路窄,我还当是龙州"鸡鬼"呢。几天不见,他倒神气了,还骑上了高头大马哩。杨癞子爬出桥边的阴影,在路边坐下定了定神。一肚子狐疑,这几个穷小子怎会有如此骏马?偷的?倒没有听说谁人丢了马呀。怪了,龙州镇是找不出这样的骏马的,那么,马又是从哪里来的呢?他两只小眼睛三眨两转地记起杜波牧师的吩咐,不管看到什么都要报告。

别看杨癞子没能耐,他的告密本事比谁都强。他一路颠着屁股小跑,上气不接下气地来到教堂,大门紧闭,便拐到侧门,使劲地拍着侧门上的一个大铁环。有顷,侧门上方的小窗口打开了,露出两只眼睛,"天晚了,明天再来吧。"守门人不耐烦地说,便要把小窗子关上。

"慢,我有要紧的事报告杜波牧师。告诉你,要是给耽误了,你可担当不起。"

"行了行了,别狗仗人势的。"守门人打开门,杨癞子赶紧溜了进去。

守门人姓黎,二十多岁,在龙州土生土长,便因地起名,叫黎龙州。十五岁的时候也曾是马七拳众多的学徒之一,后因上山打柴摔断腿,便退出了武馆。黎龙州看到杨癞子深夜来访,想必有要事密告。他悄悄地隐在牧师的窗下,一字不漏地听到杨癞子如此如此地道来。黎龙州大惊,立即报信去了。

杜波牧师得到密报,生怕拖延时间跑了匪徒,急忙派人向陈大人报告,却还是晚了一步。南虎他们得到黎龙州的消息,拿了准备随时远走时携带的包袱,在朦胧月色下策马扬鞭奔向水口关。

名为水口关,实际是一座小镇。因依山傍水,陆路、水路均可通达越南,位置非常险要,才有"关"的名称。既然干了冒险生涯,就得预做各种准备,三兄弟早已在巍峨的群山里选中了一个安身之处。

月上中天，三匹马驮载着三兄弟缓缓踏上进山的路。

南虎眺望前方，说："我们被'逼上梁山'了！"

"那是迟早的事。"马七拳回应道。

逸曲豪人豪语："上不上山，都要被朝廷杀头，今后杀它几个恶人垫底也不亏了。"

南虎没有忘记法印师祖的训诫，向两位哥哥道出一番肺腑之言："常言道，兔子不吃窝边草。我们要在这里讨饭吃，就不要在这里屙屎。今后我们就要做到三条，不抢贫苦人，不抢本国人，不抢越南穷人。抢谁呢？就专抢番鬼佬和越南富户。"

马七拳立刻响应："我赞成！"

"三弟说得好，这就作为我们的章程好了。"逸曲说道。

"梁山好汉一百零八人，我们好汉只有仨，也照样除暴安良、劫富济贫，对吧？"南虎仰头长啸一声，"噢吼吼——"扬鞭催马，利箭一般地飞向前去。两位兄长紧紧追随。南虎的铿锵声音在大山里回荡。今夜，他感到自己像一只飞翔在广阔天空的鸟，无拘无束，心里从没有过如此舒畅。

马蹄叩击岩石，火星四溅。受过严格训练的法国军马，驱使自如，跑起来风驰电掣。三匹快马奔入一片浓密的山林，便徐徐前行。少顷，树林略显稀疏，一座倾斜的石壁竖在面前，一个巨大黑幽幽的洞口映入眼帘。

"到了。"南虎骑在马背上拔出腰间的短枪，向石壁射击，"啪啪"，清脆的枪声震荡着皓月照临的深山，呼啦啦从石壁上涌出一团团"乌云"，成百上千只蝙蝠掠过上空。三匹马竟一点都不惊慌，可见经历过战斗场面。

"对不住啦，"南虎看着远去的蝙蝠，俏皮地说，"你们得腾出地方给我们安家了。"

他们翻身下马，把马拴到树上，用耐燃的草木扎了火把，随即点燃，照亮了脚下，缓步走上斜坡，石壁中嵌着一个山洞。按照今日科学说法应该叫作溶洞，属于"喀斯特地貌"。洞口开阔，里面高两三丈，深达数十丈，仍滞留一些蝙蝠，习习凉风夹杂着腥臊潮湿的气味扑面而来。蝙蝠见到明火，嗖嗖飞向洞外浓重无边的黑夜。火把光芒照看洞内，并无野兽藏身。虽然过去来过这里，但如今真要安营扎寨，他们就再次认真察看，若不满意，就另寻他处。

溶洞深处传来"叮咚、叮咚"水滴的响声。雨水穿过一层层的岩石，一滴一滴地落下，天长日久，这滴水在地上便汇成了一股清澈的小溪。洞的顶部倒挂着许多形状不一的石笋。他们小心翼翼地顺着岩洞一步步地往上爬，不一会儿，又觉一股清风从上边吹来，几乎把火吹灭。抬头一看，洞顶有个一丈大小的圆洞，泻下一缕月光，并流入了清新空气。

马七拳指着顶上的圆洞，欣喜地说："太好了，这山洞有两个出口。要是大洞口被官兵堵了，还可以从小洞口逃走。"

逸曲眼睛锐利，发现了什么。火把昏黄的光辉中，圆洞下方生出的一块凸石上，有团东西蠕动了一下。"那是什么？"逸曲叫道。

三人定睛分辨，看清是盘作一团的大蟒蛇，在微弱的月光下身体泛出暗褐色的油光。

逸曲举枪瞄准了蟒蛇。

"慢！"南虎大声阻止。

洞里的回音被放大了几倍，惊扰了蟒蛇。它懒洋洋地抬抬头，移动巨大的身躯，慢慢地从凸石上游滑下来。三人赶紧靠边一站，诧异地看着这蟒蛇悠然地向洞口游去。

南虎呆呆地看着它消失在洞外，联想起阿爸说的在他出生时曾梦到蟒蛇，似乎领悟到了什么——山洞的原主人蟒蛇好像在等候他这个新主人到来，移交了溶洞之后就悄然隐退了。

"嚯，这洞可真大呀！"马七拳高兴地伸开双臂，原地转了一圈。

"可不，可容下好几百人哪。"逸曲道。

他们开始收拾自己的新居所，在洞外收集起一捆捆的干树枝，堆在洞里，又把火堆一一点燃，还清理了蝙蝠遗留的秽物，并燃烧了枯叶枝驱赶洞中的潮气……

这时天亮了，他们打了许多蕨草在洞外给太阳暴晒，傍晚时，便把干爽的蕨草铺作软软厚厚的地铺。当他们伸展四肢躺在"床"上时，那才真正地感到那种不可言喻的舒服哇。他们总算有了个安身之处。

逸曲忽地从"床"上坐起，兴奋地说："我给新家起了个名字，叫'石屋'，你们看怎样？"

"这名字好。"另外二人一同赞成。

南虎打量着石屋，最令他满意的，它至少能够容下上百号人居住。他已经想到日后的发展了。

眼下首要的是解决肚子的事。这一带认识逸曲的人不多，便由他外出。为安全起见，逸曲去了较远的村庄，找了一个厚道的农民，叫农老实，请他帮忙去买锅碗瓢盆和盐米油肉等日常所需。农老实一口答应下来，约定两天之后备齐。逸曲又请他在村内搜罗了一些熟食，无非是些熏肉、干鱼、糍粑之类的食物，而后踏上回程。三兄弟定居草莽后，有滋有味地吃了第一顿"野餐"。

第十二章　绿林三杰

石屋所在的大山，森林茂密，茅草丰盛。每天，太阳驱散浓雾之后，入眼便是无边无际的绿色波涛，林木边缘处，一条小路弯弯曲曲盘绕着从山口通往边界，山风吹来，传来一阵阵清脆的马帮铃声，一队队的马帮驮着丝绸、旱烟叶、烟土、盐等各式各样的货物从这里出入边境。说起来这三兄弟也是因祸得福，没想到被"逼上了梁山"，而这"梁山"竟成了他们的生财之处。

越南与大清国是依存关系，早在汉武帝时，依照秦代旧例被明确纳为地方郡县，后来唐高宗又正式赐名为"安南"，到五代十国时它一直是中国的地方行政区，明、清两朝才成为宗藩关系。两侧边民亲如一家，人员走动，随意往来，物品运输，自由流通。出入边界有水路、陆路两条。近来，水路上出现了一伙江洋大盗，心狠手辣，无论贫富，都要雁过拔毛，更要叫你吃"云吞"（即"馄饨"），把人捆上手脚，装入麻袋，投入水中，令人闻风丧胆，所以很少有人光顾水路。尽管陆路也不太平，但大都只拦路劫财，却不伤人。这样，那些陆路通道格外繁忙起来，一队队马帮驮着物资你来我去，互通有无，其中临近石屋的小路几乎每天都有一两个马帮经过。

这天天气晴朗，阳光灿烂，山峦苍劲，阮氏雄骑着马来了。当初第一个兵营被劫了的时候，法国人曾怀疑阮氏雄与此有关联，因此便将他囚禁起来。后来兵营接二连三被劫，证明与阮氏雄毫无相干，阮氏雄才得以自由。

看到阮氏雄的到来，南虎高兴地迎上前："阮大哥，你还好吧，前些日子我们都一直为你担心呢。"

"咳，我没事。"

南虎穿着一件齐腰的对襟坎肩，敞胸，打绑腿，脚上一双草鞋，腰间插着两杆法国手枪，精神利索。他从"石桌"上拿起一节装着泉水的竹筒，把水倒在一个木碗里递过去："来来来，先坐下歇歇，喝口水。这山路可是不好走啊。"

阮氏雄接过水，一口气喝了，用手背擦了擦嘴，四处望去，山洞里里外外都是人，有放哨的，有烧火做饭的，有练刀练枪的，他笑着说："南虎，这一个多月没上山，就大不一样了，你真有本事啊。"

马七拳、逸曲看到阮氏雄来了，也都围拢过来。他们兄弟仨在这条山路上做了数起"生意"，始终抱定"不抢贫苦人，不抢本国人，不抢越南穷人，专抢番鬼佬和越南富户"。他们的"三不抢"宗旨深得人心，被称为"义盗"，又被冠以"绿林三杰”的美称。一传十，十传百，不少人士慕名前来投奔，这样，队伍在短时间壮大了起来，又成为周围百里之内实力较为雄厚的绿林武装。

“我有什么本事？没有你和我弟兄的支持，我什么也干不了。”南虎把手一摊说。

“俗话说，一个好汉三个帮嘛。”马七拳笑盈盈地说。

“没听说过三个臭皮匠，顶个诸葛亮吗？我们就是。”逸曲一屁股坐在一个石碳上，“阮兄，你今天是无事不登石屋这三宝殿吧。”

“我来是要告诉你们一桩大生意。前些日子我们这边山洪暴发，泥路都给冲垮了，从河内来的货物送不过来，而驻扎凉山边境的一个兵营的给养全部中断，要修好那些泥路怎么也得个把月，情况紧急，法国人只有从广西就近把粮食送过边境。”阮氏雄说。

“他们从广西哪里买粮食？”南虎问。

“听说是南宁一家大米行，叫‘恒隆’米行的，货已上了龙州码头。”阮氏雄回答。

“那么说这批货是要走旱路了。”逸曲说。

“是。还听他们派人到龙州一家叫‘好运镖局’的，要请他们做镖呢。”阮氏雄说。

“我知道那家镖局，老板姓陈。”马七拳说。

“法国人的粮食，我们要不拿就白不拿了。”南虎笑嘻嘻地说，“大哥，你在镖局有眼线吗？”

“直接走镖的没有，倒是有一个在镖局打杂的，跟我学过两天拳术，用得上吗？”马七拳说。

“当然，问他米货何时上路，走哪条路。”南虎说。

“三弟，”逸曲说，“我们如果劫镖，就会跟镖局结下梁子了啊。”

阮氏雄知道“结梁子”就是结仇的意思，可是，不劫镖又如何能劫到那批粮食？他看看这个，看看那个，三兄弟一时无语。

“依我看，给镖局来个先礼后兵，给他们一个暗示，要镖局不和法国人做生意，如果镖局硬是要接这桩生意，也怪不得我们了。”南虎说。

“这样也好。”逸曲同意。

押运这批粮食可是一笔大生意，法国人财大气粗，走镖的钱不在乎多少，只要货物能够安全到达就行。这样一来，使得龙州另两家镖局眼红了，也都使出暗劲来争这桩买卖。结果，还是陈老板的镖局得到了这桩买卖。

这天，大山还在沉睡，南虎三兄弟带领着一班弟兄下山了。他们穿山过水，赶在太阳出来之前，在马帮必经之路打下埋伏。根据马七拳从镖局得到的准确情报，南虎决定把队伍埋伏在松林坡上，当马帮下到山凹地时，打它一个出其不意。众人走了约莫两个时辰，来到了松树林。淡淡的清晨山雾把林子笼罩起来，一片朦胧。往坡下看去，在东边第一道曙光下，一条白色的羊肠小路从山坡上伸延下来，经过凹地，又弯弯曲曲地爬上山头，过了两座山坳便是越南境地了。

南虎示意身后的弟兄们止步，他自己领着大哥、二哥走上前，用手指着下方对面的山坡说："看那边，我和大哥带领二十人埋伏在对面的山坡上，二哥的人马埋伏在这边的山坡，等马帮到山凹时，听我的枪声为号，一齐开枪、呐喊，大造声势。告诉手下的人，对走镖的人手下留情。马一听到枪声定会受惊，四处逃走。"

"在这山坳里，马跑不远。"逸曲说。

"正是。"南虎说，"趁这时候，我骑马冲到凹地，把马群引走，为慎重起见，不能把马群直接领回石屋，我先绕个弯子，顺着山坳往下冻村的方向撤，你们截后。"

"知道了。"马七拳点头说。

"好，我们分头行动吧。"逸曲说。

三兄弟牵着马，领着众人正往坡下走去，突然，一群野鸟在林子的不远处"扑扑"地惊飞起来，它们拍打翅膀的声音，在静谧的山林里显得格外的响亮。三兄弟不由得一惊，循声望去。

"奇怪，怎么这么早鸟群会惊着？"马七拳轻声说。

"大概是其他的绿林帮赶在我们的前面，要抢'生意'了。"逸曲说。

"别说话……"南虎悄悄地说，把马缰绳交给大哥，屏着呼吸往声音传来的林子走去，边走边侧着头用心地倾听。在寂静中听到那小心翼翼的"沙沙"声音，好像是被什么东西轻轻地踩在茅草上，是草鞋？不像，草鞋很软，不会有这样的声音。是皮靴？！南虎脸色突然大惊，高声喊道，"不好！撤，快撤！快撤！"话未落音，枪声四起，密集的子弹从昏暗的林子里射出。众弟兄赶紧卧倒在地。

南虎说："我们中埋伏了。二哥，你带领弟兄往后撤，我和大哥做掩护。"说完，南虎和马七拳领着二十来个伙伴，猫腰向前跑去，藏在大树后面，一阵枪声压过去，在这当口，逸曲领着众人迅速后撤。

法国士兵一看"土匪"要逃，立即会集到一起，排成一排。前排士兵跪下开枪，后排的士兵迈上前，跪下、开枪，轮番射击，一边打枪一边逼上来。南虎这可看清楚了，他一枪打出，把敌人撂倒一个，又赶紧换一个地方，又是一枪一个。法国人气极了，大骂这中国人是胆小鬼，躲在树后开枪，而子弹就像长了眼睛似的，把法国士兵一个一个地撂倒在地。当法国人看到"土匪"不多，士兵们便拉开网阵，包抄过来。

"撤！三弟，全部撤退！"马七拳高声喊着，领着弟兄边打边退。

突然，南虎身边的一个伙伴胸口上中了一枪，"哎哟"一声喊，便栽倒在地上，南虎赶紧一把拉起他，突然，南虎感到大腿一热，一阵钻心疼，他知道腿部中弹了。情况紧急，也没时间包扎，便搀着他受伤的伙伴，边打边退，鲜血流了一身，好不容易才冲出了埋伏圈。

法国人看到"土匪"消失在密林里，也不敢远追，便吹号收兵。

看到法国人退去，逸曲立即转身，赶过来和大哥、三弟会合。只见南虎一身的血坐在地上，逸曲大惊："三弟，你伤哪儿了？"

南虎摇摇头："不关事，他怕是不行了。"指着躺在地上的弟兄。

逸曲俯身一看，躺在地上的弟兄脸色苍白，因流血过多，死了。再一查看，还有两个弟兄也因中弹丧命。南虎看着死去的同伴，说不出有多么的难过。他向来做事谨慎，怎么就走漏了风声？是谁出卖了我们向法国人告密，以致法国人出动了几百个士兵，打我们的埋伏？

马七拳连夜摸回镇子打听情况，黎明前，却带回一个坏消息：在镖局打杂的那位小徒弟被人打死了，尸体抛在河边上。

"我估计，一定是这个向法国人告密的人杀人灭口，将小徒弟给杀了。可是，这人又是谁？"南虎说。

"这事还不能声张，只能暗地里查访，总有一天会查个明白。俗话说得好，'若要人不知，除非己莫为'。"逸曲说。

"对的，我们不能打草惊蛇。大哥，那小徒弟家里还有什么人？"南虎问。

"一个老母亲，六十多岁了，伤心得要死要活的。"马七拳说。

"老母亲无依无靠，这样吧，我们把她奉养起来，直到她去世。"南虎说。

"当然，我们之间只要还有一人活着，就要奉养她老人家到底。"逸曲说。

第二天，那死去的小徒弟的老母亲独自坐在茅屋里伤心，听到有人敲门，她把门打开，门外并没有人，却有一袋白米和一个小钱褡放在门口，打开钱褡一看，里面装的是几十两银子。老母亲又哭又笑，哭的是儿子死了，笑的是观音娘娘在保佑她呢。后来，每月的这一天，观音娘娘都要给她送来米和钱。

三个月过去了，南虎竟然查不出到底是谁作的孽。

终于有一天，教堂的守门人黎龙州赶到石屋，这才真相大白。黎龙州送来一个重要的消息，杜波牧师向杨癞子转来法军对他的奖赏，因为他的告密，兵营的粮食才得以安全到达。

原来，那天杨癞子无事在街上瞎转，小学徒从他身边经过，没叫他一声"杨老爷"，便急急忙忙地走了。杨癞子老大不高兴，镇子的人对他是又恨又怕，碰到面都恭敬地称呼他一声"杨老爷"，免得招惹了他，这小学徒竟然如此无礼。杨癞子鼠眼一滴溜，不行，非得教训这小子，让他叫我一声"老爷"不可，便尾随那小学徒来到镇外。远远看到他走进了一片玉米地，杨癞子一看，好哇，你这小子来偷玉米来啦，我在树后等着，我要捉贼捉赃。不一会儿，玉米地里走出一个人来，杨癞子一看，咦？奇了，这人可不像是小学徒哇。他手搭起凉棚，再仔细一看，那可不是死对头马七拳吗？他来这里干什么？又过了好一会儿，才看到那小学徒小心翼翼地从玉米地里露脸。待他走近，杨癞子从树后闪出，一个箭步上去，一把抓住小学徒的衣领，恶声地说："我就知道你做的坏事。"他逼出了小学徒的口供后，便杀人灭口。

南虎一听，气得直咬牙："原来是这狗东西作的恶，不杀他对不起死去的弟兄。"

黎龙州接着又说："杨癫子得了一大笔赏钱，高兴得不得了，他说，他以前把家产给败尽了，今天他要把家再'发'起来。"

"怎么发？"逸曲问。

黎龙州说："他有了钱，谁都愿意和他做生意。听说他和凉山的一家烟膏商联手做生意，把烟膏运到广东，再从广东贩回洋布、丝绸。"

南虎说："好，只要这条蛇出洞，我就能打断他的七寸。"

马七拳拍着他的肩说："黎龙州，谢谢你了。杨癫子不灭，全镇子都不安宁。还有劳你多注意，一有他的消息就想法儿送来，不过，你得特别小心，不要给杨癫子发现了。"

"那是当然的，我不能在这里久留，得走了。"

把黎龙州送下山后，三人把头聚拢在一起，商量如何报仇。

其实，南虎用不着费心，不久，机会就自己送上门来了。事隔一个多月，这天东方未亮，黎龙州便赶到石屋报信："杨癫子共有四十个镖箱，昨天他的镖箱上了龙州码头，杨癫子得意地对人说，要随同马帮亲自押货送到越南呢。杨癫子并不知'绿林三杰'就是你们，又听说'三杰'不抢中国人，他是中国人嘛，所以胆敢走这条石屋近路，今天便会路过这儿了。"

"恶人有恶报，他姓杨的逃不过今天了。"南虎满心欢喜，"雇的是哪家镖局？"

黎龙州说道："广东有名的友兴镖局，押镖的镖头名叫苏玉魁，听说曾在武馆做过武师。"

马七拳忙问："苏玉魁？是广东肇庆那边的武馆吗？"

"好像是吧？"黎龙州也说不准。

马七拳大笑，向众兄弟述说往事："当年我在梧州做武馆，曾经去肇庆访过苏玉魁，以武会友，不分胜负。真是一见如故啊，从此引为知己。"

逸曲打断了众人的谈兴："再过一个多时辰，我们的生意就来了，得马上准备。"

南虎深知杨癫子生性狡猾，防范他声东击西，让货物安全到达越南，南虎不能把所有的人马都集中在这条路口上，在另两个通往越南边关的路口也应设障，如有情况击铜鼓为号。南虎设想了种种可能发生的情况后，便召集全体弟兄，一一布置，做好了各种应变准备后，便分头行动。

到达小路险段的山口处，大家藏入路旁树林里，南虎派人在路中央摆放了荆棘条子，这是江湖隐语，意思是："此路是我开，此树是我栽。要想过此路，留下买路财。谁若不识相，杀了没人埋。"在黑道，这叫作"恶虎拦路"，缴了"买路钱"，才可以顺利通过。一切布置妥当，南虎再就大家如何配合动作叮嘱了一番，便等候这块送上嘴边的肥肉了。

渐渐地，太阳升起有三丈高了，有经验的镖头通常是赶早不赶晚的，马帮也应该到了。果然不错，一队马帮出现在远处的山道，在树林里时隐时现，不到一袋烟时间，便传来了马铃声。众弟兄们把火枪装上弹药，马七拳吩咐大家，不得随意行动，要静观事态发展，听取号令行事。

随着马铃声渐渐接近，马帮也清晰可辨。二十四马整整齐齐列成一行，每匹马驮有两个硬木制作的镖箱，前头的镖箱上插着一面镖旗，写有"友兴镖"三个字，却降至旗杆的一半。表明他们走的是"仁义镖号"，对绿林朋友谦虚示好。不比"威武镖号"那样唯我独尊，自居"老大"，也不像"哑镖号"的窝囊，卷起镖旗，悄无声响。马帮由五位镖师押送着，在队伍最前头，镖头苏玉魁坐在黄骠马上，目光如电，四处扫视。落在马帮的尾部，骑在马背上的那人不像镖师那样身强力壮，浑身是胆，而是瘦干猴似的，浑身上下裹着一身绫罗绸缎，显然是杨癞子。

看到前面山高路窄，异常安静，苏玉魁警觉起来。他站立在马鞍上，居高临下，眼观六路，耳听八方。凡是做镖头都有这样特别的本领，遇到路况复杂地带，就得不管脚下如何摇摆，都能够稳如泰山，观察敌情。当他确实看到前方山口古树遮天，山路崎岖，这样的地形常是盗匪出没的地方，等候在那里的盗人是友是敌，情况不明，苏玉魁连忙示意手下镖师高声喊叫起来。只听到一声"喝唔——"音调抑扬迂回，拖着长音，在山里回响。

和镖人打了几年的交道，南虎学了不少的黑道行话，这是在报"镖号"，意在请黑道人物关照，则称作"撂牌子"，好听一些的叫"凤凰三点头"。

镖号报出，并无回应。苏玉魁不敢丝毫大意，领着马帮继续前进。到达山口，路中央由荆棘条子摆的"恶虎拦路"赫然跃入苏玉魁眼帘，他明白是收"买路钱"的来了。若挑开这些荆棘条，将表明拒缴买路钱，会导致一场恶斗。当然他会采取温和的做法，与对方谈判。于是，迅速下令"轮子盘头"，就是让所有镖师围住马帮，亮出武器，准备迎敌，同时嘴里依然不停地喊叫"喝唔"，向对方示好。

"怎么回事？怎么回事？"杨癞子急急扯住一个镖师问，他从来没有见过这种阵势，心慌得直打战。

"慌张什么，躲后边就是。"镖师答道。

南虎从藏身在路边的树林里，看到马帮没有挑开拦路的荆棘，知道镖头有谈判的意向。

苏玉魁眼快，看到一个黑影一闪而过，眨眼间便站在路边，一个蒙脸大汉拱手说道："掌柜的辛苦。"

苏玉魁快步迎上，礼貌地拱手回礼："当家的辛苦。"

"穿的谁家的衣？"蒙脸大汉问。

"穿的朋友的衣。"苏玉魁答。

"吃的谁家的饭?"

"吃的朋友的饭。"

这世上,有盗才有镖,没有强盗哪来的镖人,所以镖人说"穿朋友衣,吃朋友饭"就是这道理。作为南虎,也不愿惹恼了镖师们。凡做镖师这一行的,是吃性命饭的,个个都有一身硬功夫,不到万不得已的时候是不真动武的。如果硬是把马帮给抢了,镖师们也会拼出性命,打个你死我活。俗话说和气生财,留下几个"买路钱",大家都有口饭吃也就可以了。

当镖师的也知道,当盗的大多是为生活逼得走投无路才上山的,这些人大多是亡命之徒,真打起来,他们是不怕死的。因此,这两路人都是铤而走险,但是,也往往讲黑道义气,这叫"盗亦有道"。

行话对上,苏玉魁吩咐手下的镖师把"买路钱"放在路边,对身后的镖师打手势,给一个继续往前走的信号。镖师们不敢怠慢,赶紧把马牵起,在盗人改变主意之前,离开这里越快越好。

正在这时,马七拳从树后闪出,把蒙脸巾一把扯下,唤道:"玉魁!不认识我了吗?"

苏玉魁定眼一看,"啊!"双眼圆睁,嘴巴大张,惊怔不已,"你,你是七拳?"

多年未见的两个朋友眼睛湿润了,一时无语。

不稍片刻,马七拳感慨:"真想不到我们在这里见面。"

"我后来才听说你的事,这么多年我一直多方打听,也打听不到你的消息……"

几名镖师见镖头苏玉魁与山大王们论起了交情,知道彼此是"老合"(江湖同道),绷紧的神经立时松弛了。

杨癫子猫着腰从马帮的后面悄悄地上来,一看,哎哟,我的妈呀!这不是仇人路窄吗?怎么偏偏就遇上了马七拳和南虎呢?他惊得不知如何是好,恨不得一头钻进马肚子。上一次告密,一直担心被马七拳报复,过了一段时间,看到平安无事,以为他做得神不知鬼不觉的,也就放下心来,没想到在这里仇人相见。他两只贼眼滴溜溜左看右看,趁着镖师们论交情时,赶紧脚下抹油,从马帮的后面朝树林里溜去。

南虎目光如剑,也在寻仇人呢。一眼看正朝林子跑去的杨癫子,他大喊一声:"狗东西,往哪儿跑?"他往下一蹲,"嗖"的一声腾空跃起,正好落在杨癫子身后,他一个箭步冲上,一把揪住杨癫子后衣领,骂道:"哼,狗东西,你也有今天。"

杨癫子一不做二不休,抽出防身匕首,正要反身刺去,南虎眼明,一脚踢起,正中他手腕子,他手一麻,匕首掉了下来。南虎吼道:"哼,论功夫也轮不到你!"话音未落,一个劈掌砍在他的后颈椎上,像打蛇的七寸,杨癫子便软塌塌地倒地,就这样结束了狗命。

苏玉魁不知发生了什么事，好歹这是他的货主啊，赶紧问道："七拳，这是怎么一回事？"

马七拳便把杨癞子平日在龙州镇作恶多端，欺压中国同胞，勾结法国人打他们的埋伏，杀死小学徒的事一一道来。

苏玉魁说："原来如此，他罪有应得。"

"玉魁，让你们为难了，货主死了，回去如何向镖局交代？"马七拳问。

"我们做保镖的也有做镖的规矩，对那些勾结洋人，欺压中国同胞的人是绝不保镖的。对此，你们也不用顾虑。"苏玉魁说。

"事到如此，你们也无法回镖局了。"逸曲说。

"如果愿意，欢迎入伙。"南虎说。

"哦，这是我二弟逸曲，三弟南虎。"

"我早听说这一带的绿林三雄，没想到今天得以相见，幸会幸会！至于入伙嘛，那就多谢了。我有个叔叔在北京做生意，早就要我过去帮忙，我也打算走完这一趟镖，就辞职不干了。既然这样，我就直奔北京便是。"苏玉魁说。

有两位镖师留了下来。其他要走的，南虎给每人一大笔银两，让他们远走高飞。

经清点，杨癞子这四十个镖箱里，全是棉、绸、茶、盐、糖、碱、药材等紧缺货品。

庆祝收获丰厚，石屋的全体兄弟连吃了三天酒宴。留下那些生活用品后，南虎派几位兄弟去出手一批货，换了真金白银，留待日后若有兄弟被官兵捉住，做打点关节的急用。

月缺了又圆，很快又到了十五，每月逢十五帮助购粮、盐和油的农老实连骑带牵，两匹马载满了货物来到石屋，可是，上个月的十五就没见到他的人影，而今天太阳都下山了，还迟迟没有到来，三兄弟开始不安起来，是出什么意外了吗？山里粮食囤得不多，再等下去恐怕要断炊了是小事，只怕走漏了风声农老实被害是大事。逸曲便自告奋勇下山探消息，因为这一带地区认识他的人不多。次日清早，逸曲装扮成樵夫，挑起一担木柴出山了。太阳还未西沉，却见逸曲赶了回来。

"二哥，这么快就把事情办好了？"南虎问，递上一碗水。

"快什么，我根本就进不了村子，官兵把路口都堵住了，不准任何人来往进出。"逸曲接过水，又撩起前襟擦了一把汗。

"为什么？"南虎和马七拳异口同声地问道。

逸曲喝了一口水，说："说是闹鸡瘟了，边境上好几个村寨病死了不少人呢。一路上看到不少埋死人的人群。过去也闹过鸡瘟，都没这次来势凶猛，今天是这村死了不少人，明天是那个寨又病倒了一片，郎中都束手无策。陈大人没了法子，只好把这地区戒严起来，不让鸡瘟扩散。"

"那也不是个办法，把这地方戒严起来，那些得了鸡瘟的村寨不就等死了吗？"

马七拳说。

"大哥说得是，二哥，你走江湖多见识比我们都广，难道就没有药可救了吗？"南虎问。

逸曲想了想，说："早先我卖艺时曾认识一位老壮医，人称'草药王'，住金龙峒，能治百病。不过，所有道路都封了，如何进得了金龙峒？"

"进不了也得进，这是人命关天的事，我们不能看着不管。只要能冲过关卡，官兵就是想追也不敢追，因为他们也害怕得病。"南虎说。

"这倒不用担心。我知道山后有一条羚羊走的道，以我们的功夫，此道不在话下，羚羊能登得上去，我们也能。"马七拳说。

说走就走，三兄弟带上家伙，骑上快马，踏着月光上路了。月亮渐渐地升到高空，洒下淡淡的月色，山林的上空仿佛笼起一层轻纱，夜色幽密，是那样的神秘，林子深处传来长长的野狼的嚎叫，更增添了夜的不安。不过，这三兄弟业已习以为常了，心里所想的是，时间不能耽误，不少人生命垂危，再拖延下去，被殃及的村寨可能都毁灭了。

绕过大路的官兵，翻过几个山坳，此时月已西沉，天边泛起了一缕玫红色。三人来到两座峭壁之间，中间夹着一条长窄的涧道，每当春汛或是夏天，洪水从"天"而降，发怒地从涧道暴降。如今是旱季，这涧道便成了山羚羊走的山道。这涧道又高又陡，道上的山岩被洪水冲得光滑，如何爬得上去？好在峭壁上长有野藤蔓，用力扯了扯，牢固得很，三人不禁大喜，便像山猴似的攀藤而上。

在晨曦中，金龙峒坐落在重重叠叠的大山之中，这里是进入云南境地的要道，又有古道之称。三兄弟进入峒寨，这里也很安静，看不到竹楼上飘起的炊烟，想来这里的情况也不妙。"草药王"的竹楼孤零零地在一片芭蕉林之中，远离寨子，紧挨着山脚，也许是为了上山采药方便的缘故吧。三人走进芭蕉林的小路，走着走着，听到一个苍老而洪亮的声音在林子里喊起。

"如果是来治病的就请离开这里，我这里没药可治。"

"王叔，我是逸曲，来看您来了。"

"逸曲？"随着声音，一个高瘦的老人从林子里走出，肩头扛着一串芭蕉。他穿着一身黑色的圆领对襟衣齐腰，宽腿裤，头裹黑头巾。金龙峒是黑衣壮人聚集的地方，不管男女老少都穿黑色的壮衣。

"什么风把你吹来啦？来来，上竹楼坐。"王叔热情地说，领头往竹楼走。

壮族人的竹楼大同小异，上得楼梯是凉台，门边放着一个大水缸，进了门是堂屋，一张竹床靠着窗子，堂屋中间有一个用山石建起的火塘，火塘里的火长年不息，在山里，就是在夏天，夜里也是凉飕飕的，火塘不单是烧饭，也是取暖用的。而"草药王"与众不同的是，竹楼到处挂满堆满了草药，一股草药的清香扑鼻而来。

"来、来，坐火塘边暖暖手，走了一夜的山路，吹了一夜的山风不是？"王叔把几个矮凳子移到火塘边，又从墙上取下一串黄澄澄的芭蕉，"想来你们也饿了，吃芭蕉垫垫饥吧。"看到逸曲到来，王叔抑制不住满心的高兴，布满皱纹的脸经长年日晒，显得格外的黝黑，皮肤粗糙得跟山里的岩石似的。

"王叔，这是我的大哥和三弟。"逸曲介绍道。

"以前怎没听你提起过他们？年轻人，难得你们来看我这孤老头。"王叔笑着说。

"我二哥说你是神医，能治百病，我们就等不及地来看你了。"南虎说，咬了一口芭蕉。

"是啊，王叔，我们有麻烦，想得到你的帮助。"马七拳说。

"活在这世上谁没有麻烦？没有麻烦的只有鬼魂，是吧。"王叔爽朗地笑了。

南虎喜欢上了王叔的开朗的性格，说："王叔，近来边界附近的村寨染上了鸡瘟，有办法治吗？"

王叔脸上的笑容顿时消失了，沉重地摇摇头，说："不瞒你们说，我都试过了，用尽所有的办法都没有效果，得了鸡瘟的人一个接一个地死了，活着的人只要不给染上，就算万幸的啦。"

"那么，得了病的就只有等死了？"逸曲问。

"这样的鸡瘟我这辈子还没见过呢，听说是那些越南的番鬼佬带过来的。你看奇不奇吧，我们村寨一个接一个地患上病，可就没听说番鬼佬的军营里有事，他们有番鬼药呢。"

三兄弟互相交换眼色，这么说，应该在越南那边想办法。

南虎说："王叔，谢谢你，这些情况很重要。时间不等人，我们不能在这里久留，就此告辞吧。"

王叔问："你们这是到哪儿去啊？"

"找番鬼佬要药去。"三兄弟异口同声，拱手告辞，下竹楼。

王叔追出来，在楼梯口上喊着："番鬼药是那么好拿的吗？别把你们的性命给搭上了啊。"看着这三个年轻人跃上马背，奔驰而去。良久，赞许地说："他们是吃豹子胆了。"

当阮氏雄得到南虎兄弟三人要见他的消息，傍晚时分便悄悄地溜出来，来到镇子外的野地里。

"阮大哥，越南的村民们染上鸡瘟的多吗？"南虎劈头就问。

"早先有不少，后来吃了法国人的药很管用，不少人得救，死的人没你们那里的多。"阮氏雄说。

"听谣言说，这病是番鬼佬传来的，是吗？"马七拳问。

"谣言只是谣言，不可不信也不可全信。据我所知西欧的国家好些年前就发生过大瘟疫，死了很多人，后来他们就研制出治瘟疫的药了。民间说是鸡瘟，实际上与鸡没有关系。"阮氏雄说。

"阮兄，我们这里不少村寨都染上了瘟疫，死了不少人，你看有什么办法才能买到番鬼佬的药？"逸曲问。

阮氏雄想了片刻，说："我认识一位和法国人做生意的越南人，他是做药材生意的，托他买准行，只是此人很贪财。"

"贪财好啊，我们正可以利用他，"南虎说，"不过有一点我最担心，这样一来他就知道你在为我们办事，一旦有事，他就会把你给卖了。"

"三弟说得极是，依我之见我们不要直接出面，让别人出面交涉好了。"逸曲说。

"二弟说得有理，可是各村寨有这么多人病了，不是一些药就可以解决的，而是一大批药。这么大一笔生意交给别人，能放心吗？"马七拳说。

听这么一说，众人无言，一时也没了主意。

少顷，南虎说："豁出去了，救人要紧。我倒有一个主意，龙州府的陈大人是父母官，他对瘟疫没有办法，只好封寨子、封路。我们可以请他出面，由官府出面买药，我们来付钱，这个办法你们看可行吗？"

马七拳一听，高兴得一拍大腿，说："我看可行。我在龙州住了这么多年，我清楚陈大人是个清官，把生意给他做我放心。"

"既是这样，我同意。"逸曲说。

"阮大哥，你先回去，等我们与陈大人谈妥后，立即与你联系。"南虎说。

主意已定，三兄弟又马不停蹄地朝龙州镇赶去。实话说，陈大人也正为瘟疫的事大伤脑筋，他原先与法国人打交道买药，可是索价太高，他一个小小的县衙门哪来这么多钱，也就不敢再提了，想不到三个被通缉的"游匪"竟给他解了难，陈大人真是喜出望外。钱，不成问题，三兄弟把家底都抖干净了，交给了阮氏雄。两天后，阮氏雄和他做药材的朋友，把药品源源不断地送到了龙州府，陈大人又派官兵把药一村一寨地分送。就这样，民众得以逃过这场劫难。

后来，事情的真相也不知怎么地被传出来了，一传十，十传百，就这样，"义盗""绿林三杰"的好名声在中越边界更为大众所传颂。

第十三章 关口陷落

　　光绪十年（1884 年），京城，正值秋天，湛蓝的天空没有一丝云彩。一辆绿呢顶、镶着黄色流苏的马车，在干燥而拥挤的街道缓缓行过。云南巡抚潘鼎新坐在车上，无心地看着繁华的京城街市，车水马龙，一阵阵燥尘气息扑面而来。随着马车一颠一簸，他的心里也七上八下地嘀咕着，这时候皇上召见，无非是西南边疆吃紧。光绪九年（1883 年），法国国会通过五百五十万法郎作侵越战费，于是，法军大举进攻河内和南定，目标是占领北圻，企图打开通向中国陆路通道，由此，中国西南边疆的局势顿时紧张起来。次年，法国海军突袭福建马尾岛，福建水师措手不及，被法军舰艇一举摧毁，清廷被迫对法宣战。云南远离京城，俗话说山高皇帝远，这些年来倒也悠悠自在，这次召见看来是要转战沙场了，舒服的日子是到头了。要不要先去拜访大臣李鸿章，打听打听皇帝召见的意图，做好应备呢？不过，李鸿章不是想见就可以见到的，得事先给李府通报，得到应准后才能进府。而召见的时间就在明早，来不及了，随他去吧。

　　潘鼎新，字琴轩，肥西县三河镇人，家贫寒，自幼喜读兵书。道光二十九年（1849年）中举人。清咸丰七年（1857 年），太平军从广西打到安徽，加入清军的潘鼎新在霍山一战立下大功，荣升官职，后闻父亲被太平军捉拿处死，痛不欲生，奋率清军击败敌人，得以背父尸骸而归。曾国藩闻讯，深为其孝心感动，潘鼎新不但有孝，且有勇有谋，便令其统率淮军鼎字营。同治二年（1863 年），太平军攻打常熟。潘鼎新战功赫然，朝廷先后给他加布政使，赐号敢勇巴图鲁，赏穿黄马褂。在光绪二年（1876 年），升为云南巡抚。

　　次日，潘鼎新早早便起床，盥洗过后，乘轿来到宫门外，看到早有内廷官员在门恭候，潘鼎新赶紧下轿进门。内廷官员把他领到养心殿门口。"请稍候。"内廷官员说完，拨开门上的黄缎子帘子，进去回禀。

　　潘鼎新不是第一次进宫，知道宫里的规矩，下意识地正正衣冠。不多一会儿，只见一位太监撩起黄缎子帘子，叫道："传云南巡抚潘鼎新！"尽管潘鼎新已有准备，可是，心里还是不由得一阵紧张，赶紧弯腰进门，双腿跪下，叫道："臣潘鼎新恭请圣安！"

　　年轻的光绪皇帝坐在龙椅上，身后是太后的声音缓缓地传来："潘鼎新免礼。"

　　潘鼎新摘下花翎红顶帽，低着头，说道："臣叩谢天恩！"然后，在青砖地上叩了三个响头，站起身来。他右手托着帽子，低头躬身向前走到一块软绸垫子前，双膝跪下，恭听。

"潘鼎新，尔办事向来忠勇，朝廷久已知之。"太后清晰的声音说道。

这番话把潘鼎新的心说得甜滋滋的："谢太后洪恩！"

"召你来，是因为广西边防形势吃紧，法军在越南竟悍然袭击我大清军驻越南山西营地，又欲以武力侵占我大清国的西南腹地。皇上令你为广西巡抚，阻止法军入侵。"

"臣领旨！"

"你跪安吧。"

潘鼎新赶紧叩头跪安，托起帽子起身，一步步后退，直退到门边，才转身出门，这时，才舒了口气。他感激皇上对他的赏识，可是，心情并不轻松。此番与洋人打仗，这到底与平息太平军叛乱不一样。不过，他身为朝廷大臣，也不容他多想。从养心殿出来后便直奔兵部，把军饷、武器、人员装备各项事务一一落实。原打算去游游香山，看看秋天的红枫，可是，此行责任重大，他不敢大意，当晚拜访了李鸿章大臣，这才得知福建马尾岛一战，法军意在威胁朝廷不要干涉法国入侵越南。现在，法军强行占领了越南，又瞄准了中国西南部的广西和云南两省，因李鸿章上折子推荐他，朝廷才委任他此重任。潘鼎新感谢了一番，次日便起程南下。

人们说新官上任三把火，此话不假。朝廷银子一到，潘鼎新在广东、湖南购置了大批粮食，他是老马识途了，兵马未到，粮食先行，雇了四百条船，浩浩荡荡地从水路南下运输。同时，又在广东订购五十门洋炮，调来一万名清兵，加上原有的驻守部队，他手里握有将近两万人马。

广西南宁码头上，人头攒动，船只来来往往，绿营军的绿色军大旗被风吹得"哗啦啦"直响，河的两岸搭满了绿色的军帐篷。挑夫们上下穿梭，把堆放南宁码头的粮食、军械弹药、军服、帐篷、马匹一一装船，转运镇南关前沿阵地。潘鼎新的将军帐就扎在码头附近，他看着这一派热火朝天的备战繁忙景象，心里感到踏实了许多，有了这些装备和这两万人马，还怕打不赢法军吗？此刻，他想起太后对他说的"尔办事向来忠勇，朝廷久已知之"，心里涌起一股自豪，立志不负朝廷重望，他要亲自挂帅督战。

一位传令兵滚身下马，单腿跪下，报道："潘将军，云贵总督岑毓英的官船即将靠岸。"

岑毓英，字彦卿，广西西林县人，壮族。其父岑苍松原是西林县团总，上林长官司岑氏土司的后裔。广西金田起义爆发，应朝廷之命，岑毓英捐出家资招兵买马，镇压云南反清义军。起义平息后，被朝廷命为云南巡抚，不久，又兼署云贵两省总督，成为全国封疆总督之一。

"好，传令各统领码头列队迎候。"

"遵命！"

一时间，各统领到齐，昂首挺胸站在军旗下，看着一艘两层高的大官船，船上飘着一面巨大的红旗，旗中一个大大的"岑"字，大船顺水缓缓而来。码头上顿时军乐大作。船很快就靠岸了，从船上走下一位身材高大，头戴花翎红顶帽，身穿一品大员官服的官员，此人正是岑毓英。

潘鼎新快步迎上，拱手："岑总督，久仰久仰！"

岑毓英拱手，笑着还礼，他往四处望去，赞许地说："潘将军，你这是兵强马壮呀，番鬼佬这些兵哪能抵挡得住啊。"

"岑总督，有你在云南边界汇集兵马，从西面进军，以呼应我的潘军。有这样的阵势，能不赢吗？"

"潘将军，朝廷有你这样的一员猛将来督战，信心十足啊。"

"岑总督过奖了，请，请帐里坐。"

两人进得帐里，卫兵送上茶水，放在茶几上，便退了出去。

"岑总督，听说你来之前到边境转了一圈，情况如何？"

"我在越南老街会了刘永福提督，他说越南战场分东线和西线两部分。法军在收缩西线战线，屯聚大军守卫宣光城，以阻清军东下。"

潘鼎新对刘永福并不陌生，他是广西博白县人，家中贫寒，自小拜武术高手为师，练就了一身好武艺。太平天国起义，刘永福投奔广西天地会，一手创立了"黑旗军"。在他的率领下，黑旗军英勇善战，屡战屡胜，迅速发展为广西地区力量最大的一支起义军，令朝廷恐惧，四面调集大军，前来剿杀起义队伍。清军人多势众，武器装备精良，起义军终归不敌，迫不得已，刘永福率领黑旗军退入越南境内老街。潘将军知道，虽然岑毓英早年也奋力镇压太平天国起义，可是对黑旗军起义首领刘永福却很赏识。

那时，越南北部地区盗匪猖獗，百姓不能安生，越南当局对此束手无策。刘永福进入越南后，率领黑旗军与盗匪展开角逐，平息了安礼、高平、左大、六安、老街等地的匪乱，有力地保护了越南百姓，为了能自给自足，黑旗军开辟山林，耕种放牧，使越南北部地区出现了从未有过的安定局面。对此，越南国王颁发上谕嘉奖："万民感激，朝廷倚若长城。"云贵总督岑毓英非常看重刘永福在越南立下的功绩，他上奏朝廷："疆界可分而北圻断不可割，通商可许而厂利断不容分，土匪可驱而刘永福断不宜逐。"

1882年，法国占领河内。潘属国越南慌忙呼请清朝出兵抵抗外来侵略，但是，清朝廷迟迟不派兵，越南政府只好邀请刘永福援助。刘永福率领黑旗军，在河内一战击败法军，击毙法统帅安邺；之后，又击毙法军司令李威利，法军死伤累累，余部逃入河内，再也不敢轻易出击。越南阮朝大喜，升刘永福为"三宣正提督"之职，并封一等义勇男爵。随后，清政府也封刘为记名提督。

岑毓英暗助刘永福，让他以越南提督的官职守住越南地盘，同时也为捍卫中国，使边疆得以安宁，他每月拨给黑旗军军饷五千两，并送了二十余尊云南军自铸的开花大炮。

潘鼎新点点头，说："有刘永福在越南做内应最好不过了。我也得到探子的报告，说法军的正规军已占领宣光城，并以城池为核心，在城周围扎营设寨。"他边说边走到靠帐门的一张大桌子前，上面铺展一张地图："看，该城位于越南北圻中部，依山傍水，一条水路顺流而下，入红江直抵河内。而陆路，往东北方向走，可通中国云南省，下西南方向，出高平直达谅山，到广西的镇南关。我们清军如能占领宣光城，就能使东西两条战线会合，进而攻克河内，收复北圻。宣光城是越南北部的重要军事要塞，也是我们和法军力争的焦点。我以为，我们首先克复宣光城，再攻太原。兵分三路并进，东线为第一路军，由我任主帅；西线为第二路军，由岑总督任统帅；中路为第三路军，由唐景崧率领。你看可否？"

"我看可行，就这样定了。"岑毓英说，便起身告辞。

送走岑毓英，潘鼎新回到军帐，卫兵报告："将军，有一个'三点会'的头人叫南虎的求见。"

潘鼎新知道民间有什么"三点会"的组织，以"灭满清"三字均三点水为其名*，是以反清复明为目的。要是在以往，他早就把他们抓起来，可是大敌当前，他无暇理会："这些盗贼，还嫌天下乱得不够吗？把他赶出去就是。"

前不久，以南虎为首的三兄弟成立了"三点会"，当得知中法在宣光城开战，便要求参战，不料竟被拒之门外。南虎不罢休，索性领起弟兄越过边界，投奔胆量过人的刘永福去了，只要是抗法的，黑旗军是来者不拒。

于是，1885年1月，三路清军准备妥当，向法军发起全面进攻。

刘永福将南虎的"三点会"组成了敢死队，派他袭击敌军驻守的西门，法军猛烈还击。宣光城得天独厚，内有山峰耸峙，法军在山上设铁炮台，居高临下，易守难攻。清军久攻不下，只好在城外扎营，并采用挖地道炸城墙的战法连续攻城，均被法军在山上的强大炮火击退。南虎看到硬攻不行，便"引蛇出洞"，令敢死队伪装不支，逼得撤离，法军乘胜冲杀出城，敢死队纷纷倒地，将预备好的猪血涂在身上，假装战死。待法军从他们的身边呼啸而过，敢死队猛然跃起，从敌人的背部打去，法军被前后夹攻，陷入重围，城里的大炮不敢开炮，城外的法军被杀得鬼哭狼嚎，拼命向城里逃去。清军趁机猛打猛攻，占领了宣光城外围地区，对宣光城包围起来，切断城里的法军和城外的联系。这一仗南虎初露锋芒，被刘永福升为哨长，绿林的弟兄们都为此感到自豪。

---

* "灭"字的繁体为"滅"，有三点水。

此时清河水位低，法军只能用木帆船沿河运援兵赴宣光，不料半路杀出个程咬金，黑旗军将所有船只一一截击，法军叫苦连天。正当法军绝望的时候，天空乌云翻滚，风声呼啸，百年的大树被吹得摇摆不定。有顷，狂风夹带着暴雨，噼噼啪啪地像鞭子抽打着大地，透过雨幕，河道一片白蒙蒙，水浪被掀起，一波翻去，一波涌回。到了夜里，风刮得越发猛了，雨下得更急了。清军的营地扎在低洼处，四下里都是水，逼着往高处迁移。大暴雨连连降了三天三夜，河水猛涨。

这场大雨救了法军，巨大的法国军舰艇得以驶入河道，载来大量的增援部队。舰艇上的重型大炮向清军阵地猛烈开炮，城里城外的法军联手里外夹攻，中国官兵毫不退缩，激战十二个小时后，终于被迫撤退。云贵总督岑毓英看到法军实力大增，知攻城无望，乃令各军撤离，严守边界。云贵军撤守云南；广西巡抚潘鼎新率军撤退广西，驻守广西边关——镇南关。

镇南关早在两千多年前的西汉，就有"天下第二关"之称。它盘踞在大青山和金鸡山隘口之中，是两国交通的重要关口。明洪武元年（1368年），为巩固边疆，把关口建为两层高的门楼，两重巨铁门，贯以通道，外层额书"南疆重镇"，内层额书"镇南关"。附近山峦重叠，谷深林茂，形势险峻，为中国边境的军事要塞之一。

潘鼎新退出越南驰抵镇南关后，马不停蹄，立即召集各营统领布置防范。

"潘大人，我前锋营奉命驻守竹山阵地，那是镇南关的前沿线，但只有几门老掉牙的大炮，如何抵挡敌军？"前锋营的刘统领说。

"从广东订购的五十门洋炮就在这两天运到，全都部署在你们的竹山阵地，再给你调拨五千人马，你看怎么样？"潘鼎新走到他的面前，他对刘统领很欣赏，在越南作战时，他的前锋营就是负责挖地道炸城墙的，遗憾的是在激烈的战斗中死了不少士兵。

"有这样的强兵洋炮，没得说的。"刘统领笑着说。

"不单是加固驻守镇南关的前锋线——竹山阵地，大青山和金鸡山的左右翼也要加强守攻，各翼以加强两个营的兵力。"潘鼎新眼锋向风尘仆仆的众统领扫去，又说，"军队打仗是升官发财的途径，众统领都听好了，我们打了胜仗，朝廷一定会重赏。"

众统领都乐了，潘大人的一席话，把大家的心说得火红火红的。潘大人不也是靠打胜仗，平息太平军的起义，才荣升巡抚的吗？

"定胜营的王统领，你们的一营和二营做好准备，令你们先发制人。法军紧追我们，这几天在边界一带大量地屯集粮食弹药，趁他们立足未稳时，打他们一个措手不及。"潘鼎新大手一挥，干净利索地说。

"遵令！"定胜营王统领抱拳，响亮地答道。

潘鼎新满意地点头，众统领们从越南一路撤退，让法军步步得逞，肚子里都憋着一口气，只要法军胆敢来犯中国，必将叫他们有来无回。

正在这时，一匹战马飞驰而来，穿过关口的门楼，向清军的大营急速冲来。来到帅将的军帐前，骑马的人高喊："朝廷密令！"未等马停稳，骑马人跳下马鞍，急急地往帅将军帐跑去。

潘鼎新疾步迎上，从骑马人手里接过一封密封口的信，原来是大臣李鸿章写来的密令。潘鼎新赶紧拆开，一看，两条浓眉不由得紧紧地锁在一起。李鸿章密令他："战胜不追，战败则退，切勿攻坚伤精锐。"不用明说，潘鼎新心领神会，朝廷并不想打仗，却力求议和。潘鼎新抬起头来，看到众统领都期待地望着他，都想知道朝廷的密令。但是，他不能告诉他们，特别是这时候，全军上下都在紧锣密鼓地准备攻势，这密令无疑会给军队泼冷水，动摇军心。

"都请回各自营里吧，所有的准备攻势不能停。定胜营王统领听着，你们的一营和二营先发制人的行动……"说到这里便打住了，众将领盯着他，潘鼎新犹豫了一会儿，不情愿地挤出两个字，"暂缓。"说完，不理会众人的愕然反应，便径直走进他的内帐里。

他思考着，敌人没有丝毫议和的迹象，相反地，他们却夜以继日地往边境屯集粮食，运送弹药，那是大战前夕的准备啊。朝廷要议和，只是一厢情愿。潘鼎新虽是将在外，君命有所不受，可是，他敢违抗朝廷吗？他必须遵照李鸿章的指示，按兵不动，等候时机。

这一踌躇，使他坐失了战机。

终于，光绪十一年（1885年）二月四日的早上，万事俱备的法军大举进攻镇南关。法军得知清军加强了前锋线——竹山的清军营垒，便集中精锐，一大清早，猛烈的炮火扑向竹山的清军营垒。

前锋营刘统领深知法军的战术，他们先是一轮猛烈炮轰后，士兵就接着冲上来，因此，他令官兵隐蔽好，任凭被炮弹掀起的泥土纷纷地落在他们的身上。果然不久，敌人的炮声变得稀落了，敌人的军号吹起，时起时伏的呐喊声从坡下传来。这时候，刘统领一跃而起，手执红色的令旗，站在令台上，令台的四角站立着四个拿着令旗的传令兵，五十门洋炮整整齐齐地排列在令台前，营垒的最前面筑起一道高高的墙围，俨然一座硕大土城。当看到敌人进入大炮射程，刘统领令旗一挥，四个传令兵同时高举令旗，下令五十门洋炮同时回击。霎时，一颗颗炮弹射出去，排山倒海，地动山摇。炮弹在法军群里炸开，敌人倒下一大片，法军被逼后退。

前锋营一看，高兴得不得了，李管带高声地说："刘统领，下令吧，我们要乘胜追击，把他们的阵地一举拿下！"

"不行，潘将军有令，不能追击。"刘统领黯然地说。

"刘统领，这可是机不可失呀，你下令吧，将在外，君命有所不受。"副管带请求。

刘统领的脸绷得紧紧的，咬着牙把腮帮鼓起一块，他不明白为什么潘巡抚令乘胜不追，这打的什么仗啊。可是，军令如山，不同意也得执行："别说了，我们拼死抵抗，死守阵地就是。"

却说法军回过神来，以加倍的火力狂轰。他们的开花炮射程比清军的洋炮远得多，其威力也强大得多，敌人的炮火压得前锋营抬不起头。敌兵在炮火的掩护下，向竹山阵地冲锋而来，刘统领率领众官兵奋力抵抗，渐渐地，前锋营的工事抵挡不住法军的猛烈炮火，严重被摧毁。清兵伤亡重大，前沿告急，终于被迫后撤。

法军立即占领竹山前沿阵地，继续用炮火轰炸清军大营的粮仓、军械及弹药库。一时间，清军营地火光冲天，粮械弹药尽被摧毁。守卫在左右两翼的清军慌了手脚，没有了弹药如何还击？他们丢弃了炮台、辎重，纷纷退走，法军步步逼近。

潘鼎新看到前沿防御阵地一败涂地的惨烈情景，几乎晕过去，这大半年的苦苦经营被毁于一旦。

"大人，我们怎么办？"后备营陈统领问道。

潘鼎新扫了他一眼，在他身后，两个装备良好的后备营肃立在军帐外，他们整装待发，只待一声令下。潘鼎新眼睛一亮，有了这个两营出击，他自信，足可以稳住清军阵脚。可是，转眼一想，李鸿章给他的密令"战胜不追，战败则退，切勿攻坚伤精锐"，他的眼光又暗淡了下去。既然朝廷不愿打，又何必白白送掉这些官兵们的性命呢？

"撤！"潘鼎新嘶哑地说。

"什么？撤？"后备营陈统领睁大了眼睛，不相信地问。

"别问了，去吧。"潘鼎新有气无力地说，不再理会陈统领的惊愕，径直走出帐外，翻身上马，率领清军逃回关内。

众官兵看到他们的统帅逃走，知道大势已去，也都惊恐万分地逃命。

从一大清早起，镇南关方向传来隆隆的炮声，惊动了山上的绿林好汉们。刘永福军及清军败退后，南虎一行又撤回到了"石屋"。南虎三兄弟站在山头上担心地眺望着，只见关口烽火四起，硝烟弥漫，可以想象那里的激烈战斗情景。下午时分，又见成千上万的绿营兵溃退，像决了堤的洪水，铺天盖地向境内涌来。

南虎大惊："不好，镇南关失守了！"南虎从头凉到脚，怎么也不能相信，这么一个身经百战，曾经把太平军打得落花流水的将军潘鼎新，却败在法国人的手里。这关口一丢，法军就可以长驱直入广西，他们就可以任意欺压中国人，就像欺压越南人一样。

南虎的两道剑眉紧紧地拧在一起，沉重地说："大哥二哥，情况危急，镇南关已经陷入法军手里，看来水口镇和龙州镇也会很快被他们占领。"

"看来我们有一场硬仗要打了。"马七拳摩拳擦掌。

"大哥，朝廷的清军都打不过法国人的利枪坚炮，我们行吗？在宣光城已战死了不少弟兄，新入伙的虽说经过这几个月的武练，弟兄们的枪法和武艺大有长进，但毕竟时间不长啊。"逸曲说。

南虎点点头："是啊，以我们现在的情况，要打赢法国人的利枪坚炮是白日做梦。"

听到这里，马七拳犹豫起来："清军逃离前线，我们却要领着区区几百好汉与法军打个胜负，能行吗？这可是拿鸡蛋碰石头啊。"

南虎思索片刻，眼睛变得炯炯有神，他看看大哥，又看看二哥："当然，我们弟兄仨不是莽夫，不能拿弟兄们的性命去开玩笑。大哥问得好，以我们的几百人，是难以与强大的法国正规军抗衡的。不过，我看到的法军的强大，不是在于他们的士兵有多么的勇敢，而是在于他们拥有利枪坚炮。如果我们能让法军的利枪坚炮失去威力，我们就可以狠狠地打击他们。很多时候，打胜仗是靠人，而不在于武器。论起勇敢，我们的好汉们比法国兵强几百倍；论打仗，我们的弟兄们是不怕死的。"

马七拳说："说得有理，问题是，怎样才能让法军的利枪坚炮失去威力？"

南虎说："我有个小小的计谋，二位哥哥看可不可行？"

南虎把他的想法如此如此一说，马七拳和逸曲紧蹙的眉头舒展了，连声说好。

龙州镇乱了，镇民们得知镇南关失守，都惊慌不已，纷纷收拾细软，举家逃离。一时间龙州码头挤满人，亲人失散，孩子哭喊，人们争先恐后地往大船小船上挤，逃军和难民成群结队，沿江而下，闹得人心惶惶。

是夜，巨大的山洞前，几十把火炬把黑夜照得通明，一面沉重的大铜鼓"咚咚咚"地击起，那洪亮的声音重重地震撼着人们的心。南虎把"三点会"五百名慕名而来的壮士聚集起来，在岩石上，挂着一幅观音娘娘的画，画前放置一个大香炉，里面焚起香柱，青烟袅袅。火光里，壮士们青布裹头绑腿，在马七拳和逸曲的带领下，手持大刀、长矛、猎枪、长枪、短枪等各种武器，英气地站在观音娘娘画的两旁。

首领南虎效仿观音娘娘，身穿一身白色衣服，头扎狗牙黑边的白头巾，横挎着一把腰刀，腰肋间插着两支乌黑光亮的法国手枪。他燃起三炷香，深深地给观音娘娘鞠了三个躬，把香插在香炉里，然后，双膝跪下，给观音娘娘重重地磕了三个响头。他站身起来，对壮士们高声地说："弟兄们，法国佬打到我们的家门口了，他们的炮火打死我们的乡亲父老，烧了我们的村庄，可是我们的军队却贪生怕死，临阵脱逃，镇南关被法国军占了。我们的朝廷不打他们，我们怎么办？等着挨打吗？"

"朝廷不打，我们打！"壮士们喊道。

"说得好！"南虎大声说道，"古人有百岁佘太君，凛然挂帅，率领杨家的女将们奔赴边关，抗敌救国。我们堂堂七尺男子汉，难道就这样让这些法国鬼子骑在我们的脖子上拉屎吗？"

"不能！不能！"壮士们义愤填膺。

南虎锋芒逼人，举起腰刀："把法国鬼子杀出镇南关！"

"杀！杀！杀！"壮士们齐声讨伐。

马七拳扛起一坛米酒，把酒一一斟入各人手里的碗里，逸曲把一只雄鸡递给南虎，南虎一挥腰刀，只见一道闪光，鸡头落地。南虎提着鸡，把鸡血滴入一碗碗的米酒中；他捧起一碗鸡血酒，大声说道："弟兄们，鸡血长流，忠心义气。我们共生死，同患难。把白刀子插进法国鬼子的胸膛，红刀子拔出，杀他个片甲不留！把这碗鸡血酒喝了。"他一仰头，一口气把酒喝完，抬起手，猛一甩，把碗摔个粉碎。

这时，一匹骏马飞驰而来，未等马停下，人便滚身下马。南虎定睛一看，是他派出去的探子。

探子气喘吁吁地报告："镇南关只有小部分法军驻守，他们的大部队已撤回越南的沟隆镇，关口没有严防加备工事。"

"你辛苦了，去歇吧。"南虎对探子说，看着他离去后，便转过身来，对马七拳和逸曲道，"这情况与我想的一样。"

"这么一个重要关口，法军只留守小部分人马，而且还不设严防工事，这里恐怕有诈。"逸曲向来办事谨慎。

南虎说："法军的弹药粮食库设在越南的沟隆镇。他们的大部队撤到那里多是因为弹药粮食供给的缘故，再说，沟隆镇离镇南关不远，如果镇南关有动静，他们的大部队很快就可以赶到。至于不设严防工事，我想他们认为中国人被他们吓破了胆，清军不战而退，再也没有胆量再回头找他们算账，所以，也就不加严防。不过，就算是这样，我们也不能大意。"

"有道理。"马七拳赞同。

三兄弟把五百人分为三队。把武艺高强、大胆对敌、善骑善射的队员组在一起，作为前锋队，由南虎率领；把身手矫捷、快速而敏捷的队员组成突击队，由马七拳率领；把手臂强有力、善用短兵器械、敢于厮杀的队员组成埋伏队，由逸曲率领。

好汉们脱下青布裹头绑腿，换上在路上收集起来的清军服。随后，这三队"清军"趁着黑夜上路了。

对于边境的地形，南虎最熟悉不过了，加上他的记性出奇的好，只要看上地形一眼，他就不会忘掉哪里有高山，哪里是河流、退路或死口。在关内几里地远的地方，有个峡口，当地的百姓称为南谷口。谷口的东西两面是高山，东面的山叫大青山，西面的山叫凤尾山，两山夹峙，中间有条约一里宽的夹道通往镇南关口。南虎决定在这里设"拦路虎"，由马七拳领着他的突击队连夜砍来荆棘，又把荆棘拦在夹道中。与此同时，逸曲率领他的埋伏队把拾到的几门清军大炮推上路两旁的土坡，把炮口对准道路，然后，又把拾到的清军旗插满了山坡，借用清军来迷惑敌人。随后，按照早先策划好的，马七拳领着他的队伍埋伏在大青山，逸曲的队伍埋伏在凤尾山。

南虎周密布防后，便先发制人。他带领前锋队，骑上快马，去偷袭关口那些留守法军人马，引他们出关。快要接近目的地时，他们翻身下马，手牵着缰绳，悄悄地摸近关口，只见法军支起的绿色临时军用帐篷一群群地坐落在关里。正如探子所说的，敌人并没有严密布防，只见到处都是被法军炮火摧毁的房屋，烧焦了的树，关口的围墙被炮火击塌了一半，在废墟上竖着一块木牌子。

"韦兄，上面写的什么？"南虎问。

韦兄是跟随南虎的卫士之一，幼时曾念过几年私塾。他走近一看，念道："中国的门户已不存在了。"

南虎一听，气不打一处来，抬起脚来，狠狠地一踢，"嘭"的一声，把木牌子踹倒。

听到有动静，法国哨兵大喊一声，喊的什么南虎听不懂，顺着喊声的方向，他一抬手，开了一枪，把哨兵撂倒。清脆的枪声又是信号，告诉等候在南谷口的马七拳和逸曲，他动手了。与此同时，枪声打乱了法军帐营地，顿时一片骚乱，法兵没料到，刚打完胜战，就被敌人偷袭。他们纷纷跳下床，分不清东南西北，本能地抓起枪，跑出帐篷。

南虎见状，跃身上马，领着骑兵们在兵营里横冲直撞，见人便开枪。法国士兵们也是训练有素，看到偷袭的只有一小股"清兵"，便立即摆起雁字队，分前后两排还击，前排瞄准射击，后排填装弹药，轮番射击。

南虎假装败退，引法兵出关口。法兵以为这是一小股骚扰"清兵"，举手可擒拿，几百名法兵便立即跳上军马，紧紧追来。追到南谷口，路被挡住了，"清兵"突然消失。法兵勒住马，抬头一看，只见两座黑压压的大山竖在眼前，四周没有一丝动静，不觉一阵心慌，正要往回撤退，突然，铜鼓声四起，一片"杀！杀"声震耳。霎时间，子弹、弓箭一齐从大山的黑影里射来，在月色下，他们惊讶地看到满山的军旗在摇动，"清兵"从东西两侧山坡冲下来。

法兵知道中了埋伏，连忙掉头后撤。可是，退路被炮火封住了，炮弹一个接一个从两侧山坡树林里打来。前面的骑兵被炮火打得人仰马翻，后面的骑兵也不敢再走，只好回过头，硬冲出埋伏圈。可是，马踩到荆棘路障，马腿都被荆棘的坚针刺伤，变瘸了。不得已，只好硬着头皮与"清兵"开战，不少士兵纷纷中弹、中箭落马。

"清兵"排山倒海地冲来，挥起大刀朝马腿砍去，法兵坠下马，有些来不及开枪，脑袋便落了地。一个军服袖口镶有几道边的军官正极力地指挥士兵们反攻，南虎举起手枪，瞄也不瞄便开枪，南虎的枪法极好，子弹正从那法军官的脑门穿过。

镇南关的枪炮声惊动了法军大兵营，大队人马立即出动，迅速赶来。南虎不敢恋战，连忙击铜鼓收兵。待法军的援兵赶到时，哪里还有"清兵"的踪影？只有满地的尸体和受伤的士兵，到处可见丢弃的刀和箭。他们纳闷，为何"清兵"使用这般武器。再一看，一块木牌子惊心触目，上面用血歪歪扭扭地写着：

"我们要用法国人的头来重建我们的门户。"

第十四章 沙场老将

南疆的奏折,凭着兵部使用的火牌,以日行六百里的速度向京城加紧传递。一驿过一驿,驿骑如星流。当奏折递到宫里时,已是阳春三月。京城的雪开始融化了,皇宫后花园里的树枝,也吐出了豆大的嫩绿芽儿,宫里的妃子们迫不及待地脱下厚厚的冬装,换上了艳丽的春装。可是,清军大败,镇南关失守,广西提督畏罪自杀的消息,令清廷震惊,慈禧大怒,给这万木争荣的京都带来了一股寒流。

坏消息很快在京城传开了,人们对于一年前法国军舰攻打马尾岛一战记忆犹新,福建水师覆灭,如今又占领了镇南关,国将亡啊,一片指责声四起,朝廷无能。

四更天,晨风刺骨。这时分,宫里已是一片灯火通明,朝政的要人们:亲王、大臣及六部九卿都陆续来到养心殿前,不安地等候皇上召见。他们对镇南关的失守议论纷纷,丢了镇南关,云南、广西受威胁。谁可带军守疆,夺回镇南关呢?

这时,两位太监打起明黄缎帘子,李公公从里面走出来,高声说道:"皇上传见!"

大臣们赶紧正正衣冠,低首弓腰,跨过门槛,鱼贯而入。

在殿上正中的龙座上,端端正正地坐着清瘦的光绪帝。可怜光绪帝自四岁登基以来,每天天没亮便从被窝里被拉起,眼睛还没睁开就被太监们团团地围着,忙不迭地给他穿上龙袍,套上龙鞋,戴上龙帽,最后被抱上龙座,一动不动地呆坐着。一坐就是十年过去了,他也习惯、麻木了,两眼无神地望着殿堂下灯光幽暗,一片脊背,跪拜在地的大臣们,用混浊的声音参差不齐地喊道:"臣,恭请圣安。"

皇上木无表情,是太后的声音从黄色纱帐后面传来:"都免礼了吧。"

"叩谢天恩!"

"你们也都知道了,南疆形势不好啊,镇南关失守。皇上下旨,革去潘鼎新广西巡抚职务,遣返原籍。"慈禧冷冷地说来。

大臣们鸦雀无声。

"你们平时高谈阔论,现在怎么都没了主意?"慈禧又说。

大臣们头也不敢抬,殿里静得连呼吸都能听到。

"怎么,全都成哑巴了吗?军机处,你们有何切实可行的应敌办法?"慈禧抬高了声音,不高兴地问。

"回禀太后,"军机处大臣赶紧回话,"新上任的两广总督张之洞有折子,他举荐冯子材将军守关。"

"冯子材？他恐怕也有七十了吧。"慈禧不高兴地说，"偌大一个朝廷就没有一位大臣能出征吗？"

"太后说得极是。可是，冯子材虽老，闻未衰，将才难得。再说，他三次率军出关，熟悉边境军务，在广西的威望远播。"军机处大臣说。

慈禧沉默了好一会儿，暗淡地说："也只好如此了。"

在广西钦州镇，冯子材的家坐落在白水塘村，又叫宫保第，在这不起眼的小村庄却很引人注目。

宫保第府是一座三进九屋的巨大宅院，虽然没有京城皇宫的那种金碧辉煌的豪华，却也相当优雅舒适。绿瓦黄墙，高高的门槛托着沉重的红木大门，门檐下，有精湛的木雕门饰，上面漆着红黄二色，门前有两株合抱的老榕树，南风吹来，一片"淅淅沙沙"声，给院宅送来阵阵凉爽。

院宅后面有一片莲藕塘，塘中的荷叶绿油油，随着风轻轻荡漾，粉色、白色的莲花点缀着这片碧水。塘边一群白鸭子"嘎嘎嘎"地欢叫着，一位清瘦的老人，戴着一顶竹笠帽，裤腿卷到膝盖上，光着脚，手执一根长竹竿正在悠然自在地赶鸭子。这就是七十岁的冯子材将军，他早已解甲归田，回到老家，过上逍遥的田园生活，与儿孙共度晚年。

一位男家仆急急忙忙地走来，站在冯子材的身后，轻声地叫了一声："老爷，圣旨到！"

他声音不高，却使得冯子材一惊，扔下手里的长竹竿，急速地向家里走去。

"老爷，您的裤腿……"男家仆在后面提醒。

冯子材低头一看，他衣冠不整，连鞋子都没有，怎能接圣旨？不过，这时候也顾不得礼节了。他弯下腰把卷起的裤腿放下，把头上的竹笠帽拿下，捋了捋凌乱的银色发辫。钦州比邻越南，法国军队占领镇南关，步步逼入广西境内的坏消息，使得这位沙场老将忧心忡忡，无奈他年事已高。如今听闻圣旨到，便知事关重大。他跨过高门槛，三步并作两步走，来到前厅，只见一位年轻的官员，手拿黄色的圣旨，站在前厅里。

"冯子材接旨！"年轻的官员喊道。

冯子材赶紧双腿跪下。

年轻的官员摊开圣旨，高声念道："镇南关失守，边疆吃紧。令冯子材将军招募兵马，夺回镇南关。钦旨。"

"臣，领旨。"冯子材磕了个头，然后站起来，整整"衣冠"，双手接过圣旨。此时，他的心情又是忧又是喜。忧的是他已是这般年纪，不知能否胜此重任；喜的是在这国家存亡的紧要关头，皇上想的是他这早已退伍的老将。

冯子材，号萃亭，广西钦州人，自幼父母双亡，流落街头。每日，年轻的冯子材在街上讨吃，总要蹲在武馆的门前看练武。一天，他有幸讨得几文钱，便鼓起勇气，走进镇上的庞武馆，对教头说："我要学武。"他张开脏兮兮的手掌，里面握着几文钱。教头姓庞，为人豪爽，看到年轻的冯子材虽然贫穷，却一身好筋骨，目光炯炯有神，是习武的良才，便接纳他为弟子。冯子材也是不负教头所望，很快，他的武艺为众人之冠。后来，他投军入伍。历年来，他战绩累累，被擢升为广西提督，赏穿黄马褂。

晚风轻轻拂来，送来淡淡的荷香。冯子材站在院子里，仰头看着满天的星斗，心里却是沉甸甸的。他了解潘鼎新将军，潘将军的官职不是用钱买来的，而是在炮火中，用自己的生命换来的，由此可见潘鼎新不是个贪生怕死的人。可是，他为什么失职？冯子材身为朝廷官员，深知太后对洋人又恨又怕，她恨洋人动不动就用武力来威胁她，她怕一旦丢失了大清江山，无脸面对列祖列宗。于是，她对洋人的态度总是摇摆不定，一会儿要打，一会儿要和。对于镇南关，如果不是朝廷有令，潘鼎新一定会以命保卫，何以能让关口失陷呢？

此时此刻，最重要的是要重振军威，可是兵败如山倒，谈何容易啊？打胜仗最重要的一个因素就是"士气"，清军败退，帅将逃走，前锋士气低落，而法军正是胜者为豪，控制了中国的军事要塞，气焰不可一世。这样的情况下，要夺回镇南关，颇为困难。无论是地利，还是人和，他全都不占。

"冯将军，我来晚了。"

冯子材转过身来："噢，是唐大人来了。"

唐景崧是从越南撤退回来后，奉命来辅助冯子材招募军马的。

唐景崧说："冯将军，才接到龙州镇府抱怨，说有个叫什么'三点水'的帮会，勒索地主富商捐钱买武器。听说这个帮会是反朝廷的，要我们去镇压他们。"

冯子材闷闷不乐："我们无暇顾及这帮小小的游勇，目前最关键的是募集军队，准备打仗。我是个将军，可手里连一个兵也没有。"

"知道了，我会尽快地把那些溃逃的士兵召集起来，把军队建起来，越快越好。"

"那些溃逃的士兵绝大部分是外省人，对广西的潮湿闷热天气、山区的地理环境都很难适应。你尽快到左右江一带招募兵马，要打赢这场仗，我们的士兵既能开炮、射击，还要能跋山涉水……"冯子材说到这里，突然悟到了什么，他为什么不起用那些"三点水"帮会、游勇、山盗什么的呢？这些人打起仗来是不怕死的。如果对他们引导、训练有方，这些人将可以成为很好的士兵。再说，现在国难当头，匹夫有责。

冯子材的脸色变得开朗了许多，说："唐大人，你刚才不是说有个什么'三点水'帮会？我很想知道他们都是些什么样的游勇。"

"冯将军，是不是想招用他们？"

"让你给猜对了，"冯子才爽朗地笑起来，"你想我们手头一个兵也没有，哪管得了什么三点水、四点水的，有人就行。"

第十五章 投军入伍

水口镇的街头上，一群人挤在一个大布告牌前。南虎、逸曲、马七拳把头上戴着的竹笠帽拉得低低的，遮住了大半个脸，挤进人群里，只见布告上白纸黑字，笔锋苍劲有力，醒目地贴在木牌上，一个士兵在高声念着：

"……国门被毁，法寇不灭，无国也就无家，望大家同心协力，保卫祖国南大门。冯子材将军在招募兵马，凡满十八岁的男子，应报名入伍……"

南虎对冯子材将军敬慕已久，民众称为"冯青天"，他爱兵如子，军队纪律严明，深得民众的爱戴。冯将军发布的"四斩令"更为严厉："拦路抢劫者，斩；强奸妇女者，斩；偷牛偷猪者，斩；拐卖人口者，斩。"而今，老将军再次出山，如果能成为冯将军的士兵，也算是他南虎三生有幸了。想到这里，南虎便向前挤去，到官兵那里去报名。没想到，马七拳一把把他给扯住了。他回过头来，只见大哥的眼睛紧紧地盯着他。

"别忘了官府正在四处抓我们。你这么一去，就是自投罗网啊，我们快离开这里！"大哥压低声音快快地说。前些日子，他们放出风声，要地主富豪人家出钱买武器，被人告到了衙门，衙门便出告示捉拿他们。

南虎还没来得及说什么，就被大哥、二哥推出了人群。就在这个当口，人群里有人大叫起来："盗贼！盗贼！"人群顿时骚乱起来，没看清谁是谁，便撒腿四处逃离。

这么一来，市面也惊慌起来，开门营业的店铺，手忙脚乱地把店门关起，再顶上门杠。转眼间，人来人往的街市变得空无一人，镇上所有的路口都被官兵们把持了，一队骑着马的官兵正向他们迎面走来。三兄弟一看，急忙拐入一条小巷，不料，这是一条死胡同，无路可逃。三人只好打消逃跑的念头，站住脚，回过身来，无可奈何地当了俘虏。官兵们一齐围上，把他们带到一个坐在马上的武官跟前。

"你们是何人？为何逃跑？"武官厉声问道。

南虎抬头一看，是一个上了年纪的官员，身穿五爪九蟒武官补服，蓝宝石顶红缨帽，顶珠之下插有花翎，一看就知道是三品大员。别看他干瘦干瘦的，眼神却是咄咄逼人。南虎很不服气，他们这些大名鼎鼎的绿林好汉却被这样一个手无缚鸡之力的瘦老武官捉住。南虎不卑不亢，大声地说："我姓陆，叫南虎。我们没逃跑，是你们追赶我们。"

老武官并不恼怒，却像猫似的眯起眼睛，上下打量这个年轻人，只见他体格健壮，一身青布旧衣裤打绑腿，脚踏草鞋，却不失豪气。再看他身旁的两个伙伴，他们身体矫健，一看就知道是练功夫的人。老武官的嘴角上露出一丝不易觉察的微笑，他命令道："走，把他们先带回军营再说。"

南虎心里暗暗好笑，这老武官如此大意，也不让士兵们把他们的手绑起来，就让他们跟着官兵的后面走，这下可好，他们有机可乘了。他转过头来，对大哥、二哥使了个眼色，三人会意。不一会儿，当经过一片甘蔗地时，三人撒腿就跑，一眨眼的工夫，便消失在绿色的甘蔗地里。

这时候，南虎听到后面的士兵拉开枪扳机的声音，那老武官喊道："别开枪！"声音充满了威严。

"冯将军，再不开枪，犯人就跑了呀。"一个士兵说道。

南虎大吃一惊，停住了脚步。什么，这老武官就是冯子材将军？他猛一转身，连忙跑出甘蔗地。士兵们一看犯人跑出来了，立即把他团团围起。

不料，这位年轻人双手抱拳在胸前，激动地站在冯将军的马前，恭恭敬敬地行了个礼，说道：

"冯将军，请原谅我有眼不识泰山。我就是官府要抓的绿林大盗南虎，你要关，要杀，随你的便。但是，在我人头落地之前，请允许我跟着你打法国鬼子，把镇南关夺回来，然后，你再杀也不迟。"

"哈哈哈，"冯将军爽朗地大笑起来，"好一个南虎！就凭你这话，我不杀你。不过，我也有言在先，如果不能把镇南关夺回来，我把你，还有你、你，全杀了。"他用手指着身后的马七拳和逸曲。

不知什么时候，他们俩已经双双地站在南虎的身后，三人相视而笑。

冯将军一高兴，眼睛眯成了一条线，乐呵呵地道："年轻人，跟我回军营去吧。"

军营驻扎在镇外，军帐篷林立，一根三丈高的旗杆，顶上系着一面绿色镶黄边的蜈蚣旗，中间绣着斗大的一个黑色"冯"字，被风吹得"嘭啪嘭啪"作响。军帐里，三兄弟在忙着，南虎换上了崭新的对襟号军服，半截长裤加裹腿。灰色军服的背后印着一个黄色圆圈，像月亮似的贴在军衣上，圆圈的中间写着一个大大的黑色"勇"字。

马七拳看着南虎背上的字，好奇地问逸曲："二弟，你说，为什么这军衣后面写的不是'兵'字？"

"你想得倒挺美，我们这辈子也别想得个'兵'字，那是指八旗军和绿营军的，直属京城皇帝管辖。我们是'勇'，地方军，后娘养的。"逸曲一面裹绑腿，一面说。

所谓的八旗军就是满兵，是国家的精锐部队，大部分卫戍京师，掌管京师安全。所谓的绿营兵则是为弥补满军的不足，由汉人组成的汉兵，军队以绿旗为标志，以营为建制单位，故称绿营兵，也叫绿旗兵。原先，清朝廷是没有"勇"兵的。后来为镇压太平天国起义，曾国藩以团练起家，招募乡勇为练勇（即湘军），又称为勇营，军饷由地方募集。这些地方官兵只忠于自己的长官，不直接效忠皇帝，所谓的"兵为将有"，这就是"勇"兵了。按理说，冯子材的军队不属绿营兵，因为不属朝廷的军队编制，至于军饷，则是由富裕的省份广东、湖南、湖北拨来的，又叫"协饷"，所以说是"勇"兵更为确切。

"管他什么后娘养的，我们'勇'字兵才是真正的士兵哩。"南虎拍了拍胸脯，"那些八旗军、绿营军什么的，能打仗吗？只能守京城。"

"可不，瞧那些绿营军，平时神气十足，可是法国人的炮弹一响，一鸟枪都没放就逃走了。打法国鬼子呀，还得靠我们'勇'字兵呢。"马七拳说。

唐大人好不容易把大部分溃逃的士兵重新召集了起来，加上冯子材的老兵营和新募集的，共有一万多人马，分为十八个营，称萃军。南虎和他的五百绿林好汉组成特别的"敢死队"。

虽然冯子材手上握有十八个营，可是大部分是新兵，而且有近一半的武器装备是旧式的抬枪、士乃打枪、大吉枪。说起来难以置信，这么大的一支军队，仅有可数的连响洋枪、数尊劈山炮和后膛洋炮。冯子材深知，以这样的人力及装备，萃军要守住关前隘阵地都十分困难，更不用说取得大捷了。可是大敌当头，他也顾不得这么多了，时间不容人哪，一旦法军站稳脚跟，到时要想反攻也难了。他一面写信催促朝廷要银子，要装备，一面不失时机地加紧练兵。士兵除了能熟练使用武器外，还要队阵严密。《孙子兵法》中的六如：疾如风、徐如林、侵略如火、不动如山、难知如阴、动如雷霆。队伍因敌因地能够快速变换，灵活作战，才能取胜。

天还未亮，操练的牛皮鼓声击得震天响，士兵们揉着惺忪的眼睛，来到演武坪集合列队了。说到操练，正是那些原本是绿营的兵最不乐意的了。绿营是正规军，领军饷是法定的，操不操练，一文不少，就算打了败仗也无所谓，因为皇上要罚也只有罚当官的，挨不到那些当兵的，因此他们又称"老爷兵"。如今当了逃兵，日子不好过了。帅将被革了职，绿营没了，连皇粮也没得吃了，不论逃到哪里，都被民众指着鼻子骂得头都抬不起。现在尽管是在三伏天下，冯子材不但练兵，还要他们在太阳底下列队，一站就是几个时辰，尽管这样，也没人敢抱怨半句。

唐大人坐在指挥台的椅子上，看着一队队的士兵练习洋枪，有瞄准的，有挥刀、舞矛、拉弓射箭的，有排队阵法及队形变换的。冯将军规定三天一小练，五天一大练。所谓小练，就是练四个时辰；所谓大练，便是全军会操。会操这一天，冯将军亲自监督，任何人不得缺席。

南虎原是五百名绿林好汉的首领，入伍后，在萃军的敢死队里，他只是一个小小的哨长。不过，南虎并不在乎这个不起眼的芝麻绿豆官，从现在起，他们不再是山盗，再也不用东躲西藏的了。他们是名正言顺的"勇"字兵、敢死队，总有一天，他们也会当上英雄，升官发财。

可是，话又说回来，南虎过惯了绿林那种无拘无束的生活，军队生活的新鲜感一过，他浑身上下便觉得不自在起来。他不习惯军队严明的纪律生活，吃饭听鼓声，上床睡觉也要听鼓声。尤其不耐烦的是列队操练，听着口令向前走、向后走、转左、转右，脚步稍有不对，还被罚。南虎并不是个懒人，耍枪练武，他精神百倍，可是一到列队，骨架子都散了。他不明白这些列队有什么重要，这转左转右，能在战场派上用场吗？

晚上，军帐篷里又闷又热，难以入眠。好不容易到了清晨，空气清爽了下来，南虎睡得正香，军鼓却响了，催促士兵们到演武坪上集合操练。南虎挣扎着睁开眼睛，看士兵们列队走出去，他又闭上眼睛。心想，如果是打仗，我一定冲锋在前，没二话可说。可是现在没打仗，还不如养足精神，好去打法国鬼子。他翻了个身，把被单蒙住头，又睡了过去。他手下的士兵们看到哨长睡懒觉，也都倒在床上不起。

这时，逸曲急忙跑进帐篷："三弟，起床，要操练了。"说完，一把把被单扯开。南虎从床上坐起："什么操练呀，还不是浪费时间。我就不相信，能转左转右的士兵，就能打胜仗。"说完，一头倒下床，又睡了。

看到南虎并不理会，逸曲只好快快地离去，追赶他的队伍去了。

这是会操的日子，太阳还未升起，冯子材已经来到演武坪上。他衣冠整整，头戴正三品蓝宝石顶红缨帽，身穿蓝色孔雀带暗红色的九蟒五爪服，站在看台上。站在他的身边，还有身穿朝服的唐大人。十名卫士手持大刀，肃穆地在他们的身后站成一排。

这天晴空万里，没有一丝风，又将是炎热的一天。演武坪上，战鼓齐鸣，上万的士兵，脚踏黄土泥地，扬起一团团的尘土。萃军面对着看台按营、哨、队整齐地排列着，各营官则站在本营队列前，营官身旁站着一位旗手，高举不同颜色的营旗，分别绣着"韦""李""陈""黄"等各营官的姓。冯子材看着这巨大的阵营，感到自豪，在如此短的时间内，能建起这样强大的阵容，实为不易。这些士兵一旦训练好，将是一支能打仗的好军队。这时，各营官按次序跑步到冯子材跟前，大声地禀报实到人数、缺席和理由。

"敢死队二哨队缺席，理由不明。"

冯子材不由得双眉皱起："传该队哨长。"

"哨长南虎缺席。"

"岂有此理！"冯子材不禁大怒，"来人啊，立即把哨长给我绑来。"冯子材对这些敢死队寄予很大的希望。他知道他们勇敢有余，而纪律不足。他期望通过军训，改变他们的游勇、懒散的生活气息，成为真正的士兵。可是，他们却无视他的命令，竟敢罢操。

一队卫士跑进帐篷里，二话不说把床上的人一个个地拖了起来，南虎正要责骂，一眼看到他的队员们慌忙地把军衣穿上，他打起笑脸向卫士们打招呼。可是，一看到卫士们个个都板着脸，把他五花大绑地绑起，便知道这下子可是吃不了兜着走了。

在演武坪上，上万士兵整整齐齐肃穆列队，指挥台上，冯将军和唐大人正不耐烦地等着南虎他们。当他们一行人一出现，所有的目光都射向他们，像千万条钢针似的刺在南虎的背上。南虎心里暗暗叫苦，怎么这么傻，竟然忘了今天是会操的日子。

"把哨长带上来！"只听冯将军一声令下。

南虎被带上指挥台，只见冯将军目光冷峻而尖锐，像两把锋利的刀向他逼来。南虎不由得低下头来。

"南虎，你可知罪？"冯将军厉声地问道。

"知罪。"

"知罪就好。国有国规，军有军规。按军规，你身为哨长，带头违抗军令，罢练操，令罚打五十军大板。"

马七拳、逸曲一听，连忙走向前，他们双双跪下，请求道："冯将军，请原谅南虎这是初犯。"

"什么？你们竟敢为他说情？我就是看他是初犯，才罚五十大板。如果是再犯，那就是重罚了。来人，罚打他们各三十大板。我看谁还敢为违抗军令的人求情。"冯子材怒目圆睁，怒不可遏。

七八个大汉一拥而上，分别把南虎、马七拳、逸曲带下，按倒在地，解下南虎身上的绳子，挥起大板子，"一、二、三"地往他们的屁股使劲打，板子打在屁股上的声音"噼噼啪啪"，让人听着发抖。

南虎咬着牙忍着，屁股被打得皮开肉绽，一阵阵火辣辣地疼痛。他看着身边的马七拳和逸曲，他们被打得脸发青，嘴唇发白，咬着牙忍着，便说："二位哥哥，是我连累了你们啊。"

"别、别说了，我们曾对天发过誓的。"马七拳说。

"有难同当。"逸曲说。

这时，听到冯将军大声地说："士兵们，你们都看到了。想想看，对于士兵来说，什么是最重要的，睡大觉还是操练？士兵没有严格的训练，不能成为好的士兵。一个军队没有严厉的军纪，就像一盘散沙。你们说，这样的军队能打胜仗吗？"

"不能！"万声齐答。

"你们说对了，这样的军队只能打败仗。现在，法军打到我们的家门来了，如果我们的军队不能把他们打出去，我们就会丧家、丧国。既然我们是为了打法国鬼子走到一起来，我们就要努力去实现这个目标。再过些日子，我们就要与法国鬼子交锋，这场仗我们是要赢定了。所以，我们的军队必须强壮，听指挥。谁要是违背命令，就要受到军罚。其余在帐篷睡觉的士兵听着，今天会操后，你们围着演武坪跑十圈，再练射击瞄准两个时辰……"

当冯将军训完话，五十大板也打完了。南虎挣扎着站起来，心想，当着上万人的面被打屁股，这一下好了，脸都丢尽了。想当初，雄心勃勃入伍当英雄，现在，连面子都没有了还当什么英雄？可又一想，不行，我堂堂男子汉，不能就这样叫人给看扁了，我一定要争回面子。

南虎下了决心，便一瘸一拐地走到冯将军跟前，挣扎着单腿跪下，说："冯将军，我是罪有应得。可是，我敢说，没有你的瞄准练习，我的枪法是百发百中。"

冯子材的眉毛高高地挑起，惊讶地看着他，心想，这个南虎可不一般，竟然敢为自己辩护。

"话可当真？"唐大人问。

"南虎不敢戏言。"

"你要是打不中目标呢？"冯子材问。

"我愿被罚打一百军大板。"

"好！那就让我们看看你的枪法。别忘了，你可不能食言。"冯子材感兴趣地说。

"君子一言，驷马难追。"南虎一板一眼地答道。

唐大人授意卫士，一个卫士马上递上一支枪，南虎接过枪，单腿下跪："谢大人。"

演武坪上所有的人都紧张地盯着南虎，看着他困难地站起身。他拉开枪栓，把子弹塞进枪膛。然后抬起头，在空中寻找目标。万里晴空，连一只飞鸟也没有，最后，他的眼睛落在高高的旗杆上，一条缆绳紧紧地系着冯将军的绿色黄边蜈蚣大旗。南虎举起枪，瞄也不瞄，扣动扳机，"砰"的一声，随着枪响，系着旗子的缆绳被打断了，冯将军的大旗缓缓地飘落下来。

士兵们顿时欢呼起来。冯子材和唐大人更是大为惊奇，南虎竟有如此神的枪法。

冯子材捋着长须，眯着布满鱼尾纹的眼睛在想：南虎原是江湖上的山盗，这人有勇有谋，就是一身江湖气。不过，他倒是有一身的好武艺，若埋没了他，岂不太可惜了吗？

唐大人好像猜透了冯子材的心思，说："冯将军，目前正是用人之际啊，以我看，此人难得。"

"是啊，特别难得的是，前绿营兵溃逃前线，他却带领'三点水'的弟兄们去打法国兵。如果引导有方，他可成为个将才。"

"正是如此。"

"来人，给南虎一张椅子。"冯子材喊道。

听到这一声喊，南虎暗暗高兴，知道他的武艺被认可了。

一个卫士搬来一张木椅子，放在离二位将领不远的地方。

"谢将军，谢大人。"南虎高兴地抱拳鞠躬，顾不上屁股疼痛，端端正正地在椅子上坐下。

"南虎，我提升你为敢死队的统管。"冯子材说。

南虎睁大了眼睛，惊喜地跳了起来，双手抱拳过头，说："谢将军，我一定不负将军所望。"

冯子材说："我的话还没完哪。提升你和你受罚是两码事。会操后，你必须和其余罢操的士兵一起，围演武坪跑十圈。"

南虎高声说："谢将军！"

第十六章　关口借雨

在镇南关外以北八里处，是关前隘谷地，又叫横坡岭，是法军进出的必由之路。地势由北向南倾斜，关道两侧是窄口谷坡。冯子材决定在横坡岭筑工事，截击敌人。他令萃军士兵们连夜挑土运石，在窄口谷坡之间筑起了一道两米多高的土长墙，把通道拦住，长墙上留有几个缺口，每个缺口上安有栅门，再用草把长墙伪装好。此外，在长墙外挖了上千个梅花坑，坑里放有荆棘，坑口上方用草皮盖着做伪装，敌人一旦跌进坑内，即使能爬出来，也走不动了。最后，在关道外挖了一道四尺宽的深壕，把敌人的退路彻底切断。

冯子材的计划是：将南虎的敢死队及萃军的四个营作为战斗的主力军，他们的任务是把敌人逼出镇南关，赶入横坡岭。又将两个营的兵力部署在横坡岭后面的左、右两翼，以防止法军迂回龙州镇。其余的兵力将埋伏在横坡岭两侧，待敌人进入埋伏圈，一举歼敌。

冯子材把战略部署一一向众统领交代完毕，这才把萃军移向前沿阵地，在离关口不到几里路的山坡上扎下营来。法国人看到中国军队扎营，旌旗林立，他们在城头上也插满了旗子，吹起号，敲起战鼓，气势逼人。两军对垒，分外眼红。

中越边界崇山峻岭，除了镇南关、平而关、水口关三关，还有一百多个大小不一的隘卡。这些关口、隘卡是古代中越交通的口岸，除镇南关是贡道必经之口外，平而、水口两关是清政府明文规定允许民商出入的主要关口。自秦汉隋唐以来，越南被列为中国的藩属，因此，各朝代都没有将越南正式列为边疆的防卫对象，千百年来，这里的中越边界，有边界而无防御设施。如今进入这些关口的通道都被法军给封住了。

冯子材沉住气，带领他的统领们上到山头视察。他拿起望远镜向关口望去，镇南关一半城墙被炸毁，法军临时修复加固，并在关口周围建造工事，挖有又宽又深的壕沟，壕沟里面埋着削得尖尖的木桩子，那两重巨铁门紧紧地关着，关门上吊着一座吊桥。冯子材把望远镜缓缓地向紧靠关口左边的左辅山移动，而后，移向右边的金鸡山，两个山头均飘着法国的旗子，换句话说，法军在这两山头是稳扎稳打了。

冯子材放下望远镜，眉头皱起说："真是得天独厚啊。法国人只要守住这两座山，镇南关就不易攻下，再加上周围有深壕，埋有尖桩子，看来，我们有一场硬仗要打了。"

众人默默听着，这比他们想得要艰难得多。

　　冯子材接着又说："知己知彼，百战不殆。我需要一小队人马去骚扰敌人，摸清敌人的火力部署，你们谁愿去？"

　　大家你看我，我看你，这一去非同小可，说不准不能活着回来。

　　南虎向前迈一步，说："这当然是我们敢死队的事了。"

　　冯子材眼睛一亮，赞许地点了点头。

　　回到营地，南虎把骚扰敌人、探出敌人火力部署的事与马七拳、逸曲商量好，又在敢死队里挑出一百名精明强干的士兵。

　　"弟兄们，玩过猫抓老鼠吗？"南虎笑着问士兵们。

　　"我们这是打仗啊，还是玩游戏啊？"一士兵问。

　　"当然是打仗了。可是，这仗和打其他的仗不一样。"南虎狡黠地一笑。

　　"那谁是猫，谁是老鼠呀？"另一个士兵问。

　　"法国鬼子是猫。别看猫比老鼠大，张牙舞爪的，老鼠并不怕它，把猫玩得晕头转向。我们这次任务是玩猫，摸清楚猫的虚虚实实，到时听我的指挥。"南虎说。

　　"是！"众人答道。

　　第二天清早，南虎、马七拳、逸曲率领一百名敢死队员来到昨天视察镇南关的山头，冯子材亲自带领两营人马作为后备，以备万一。为了大长中国人的威风，冯子材下令十面战鼓同时击起，与此同时，三十门三百斤以下的前装滑膛劈山炮顿时轰鸣，以炮火掩护敢死队。一时间，鼓声炮声地动山摇，不可一世。

　　看到这般生猛景象，南虎不由得感慨万分，到底是萃军啊，有如此豪迈气派。他骑在战马上，战马不耐烦地扬蹄，仰头嘶叫。

　　时候到了，冯子材对传令兵下令："出击！"

　　南虎看到传令兵摇动红旗，便高喊："弟兄们，我们等候多时了，杀呀！"他双腿一夹马肚，战马撒开蹄子，像箭一样射出去，马七拳、逸曲紧紧跟上。敢死队员们鞭策扬马，旋风一般，刮向镇南关。

　　法军早已严阵以待。当敢死队逼近时，城头上的子弹像雨点似的射下来。南虎赶紧勒住马缰，领着他的队伍向右绕去，希望能找到火力弱的地方。可是，不管他们绕到哪里，敌人的火力都是一样的猛烈。敌人的大炮居高临下，从左右两座山对准敢死队，射下一颗颗炮弹，南虎被逼得步步后退。

　　突然，一声呼啸，一声巨响，一颗炮弹在南虎身后炸开，他转头一看，一个队员被飞来的碎片打中落马。南虎赶紧驱马过来，一手抓紧缰绳，俯下身来，把满头鲜血的队员从地上一把提起，坐在他的马后。与此同时，法军把吊桥放了下来，上百个法国士兵端着枪，从关门里冲出来，边冲边射击。只听到子弹"嗖嗖"地从耳边飞过。南虎领着他的弟兄们，一会儿奔左，一会儿奔右，这些受过很好训练的战马，不惊于子弹和炮火，跑起来一阵风，把法国士兵追得直喘气。末了，法军不敢追得离关口太远，便吹号收兵。

南虎这才也班兵回营。逸曲忙着检查伤亡人员："三弟，我们的队员一个也没少，有十个队员受伤，伤势并不严重。"

"情况比我想得要好得多。二哥，你去请军医给伤员们医治医治。"

这时，一个卫兵走进帐篷，说："南虎，冯将军让你去见他。"

"我马上就到。"南虎答道，他转过来对逸曲说，"二哥，我去去就来，这里就麻烦你了。哦，还有，告诉伙夫，晚饭弄些好吃的，今天大家都辛苦了。"

"知道了，你去吧。"

这时，太阳已下山。在晚霞里，远远地就看到冯子材的帐篷设在坡上，帐前的旗杆上挂着冯将军的大旗。南虎加紧步子朝将军的帐篷走去，帐外站着的卫士看到南虎，便朝帐里报道："南虎到！"

听到里面转来冯将军的声音："让他进来吧。"

南虎心里不由得一阵紧张，第一次执行任务，怎样回话才是有条有理呢？不容他多想，抬脚便走了进去。帐里已经点上了灯，帐篷的中央摆放一张长方形的木桌，旁边摆了几把椅子。冯将军和唐大人坐在桌旁，正在议事。

南虎单腿跪下，说："南虎参见冯将军，唐大人。"

冯子材说："起来吧，请这边坐。"

帐篷里的摆设比他想象得要简单得多，除了挂起的弓、箭、枪、望远镜，桌子上放着写字用的笔、墨、纸张、作战地图，没有一点豪华设备。南虎站起，走到桌边，在一把空椅子上坐下，又立即站了起来，他怎能和冯将军、唐大人平起平坐呢？

"坐，坐。"冯子材没有注意到南虎的不安，问，"南虎，今天把情况摸得怎样？"

南虎重新坐下，深深地吸了口气，说："冯将军，我们绕了一圈，没找到敌人火力弱的地方，看来他们把火力部署得很严密。再说，那壕沟确实很宽，跳不过去，我看连马也跃不过去，除非搭桥。"

"搭桥？"唐大人问。

"是，大人。敌人占有高处的地利，把我军的行动看得一清二楚。可是，我军呢，处在低洼，处处受阻。不过俗话说，山不转水转。我们可以把敌人的优势变为劣势，简单地说，就是把敌人的'眼睛'蒙起来，看不到我军的行动，只有这样，我们才有可能搭桥跨过壕沟。"南虎说。

"那么说来，只有乘夜偷袭了。"冯子材说。

"正是这样。"南虎答。

"嗯。"冯子材从椅子上站起来，背着手，在帐里来回踱步。过了好一会儿，说："夜袭，敌人自然就看不清我们的行动。与此同时，我们一定设法搭桥跨过壕沟。"

"南虎，你们为朝廷出了大力。好好干吧，只要我们把镇南关这一仗打赢了，朝廷一定有重赏。你辛苦了，先去休息吧。"唐大人说。

"谢二位大人。"南虎抱拳，鞠了一躬，转身便走出了帐篷。

南虎有生以来从没有像今天这样感到这么舒畅过。他一个乞丐出身的人，却受到德高望重的冯子材将军和大名鼎鼎的唐大人的称赞，想来他拥有一身武艺，在这军队里才有了用武之地啊。回到营地，老远就闻到肉的香味。在战地上是没有饭桌的，只见逸曲、马七拳和弟兄们围坐在地上，中间放着一锅肉、饭和几盘炒菜，他们边吃饭，边兴致勃勃地谈论今天的行动。

南虎一屁股在马七拳旁边坐下，说："哇，好香啊，还是红烧猪肉呢，口水都流了，我也来一碗。"

逸曲吆喝一声："嘿，那边的弟兄，请给拿个碗和一双筷子来。"

碗筷很快便送到南虎的手里。南虎盛上饭，夹起一大块红烧肉，大口大口地吃起来。

"南虎，冯将军和唐大人都说了些什么？"逸曲问。

"冯将军和唐大人非常满意我们的'游戏'，说我们辛苦了，为朝廷出了大力。只要我们把镇南关这一仗打赢了，朝廷一定有重赏。"南虎说。

"冯将军就是能体谅我们当兵的。"一个士兵说，"我听老萃军的士兵说，他们都愿为他死呢。"

"此话怎讲？"众人问。

"有这么个故事，一天，萃军路过一个集镇，冯将军看到集上不知出了什么事，引来很多围观的人。他走过去一看，一个饭店的老板正揪着一个萃军士兵不放。冯将军上前问：'请问，我的士兵有什么过错？'饭店老板粗声粗气地说：'你的士兵赖账，吃了我的米粽不给钱。'那士兵极力分辩：'你诬赖，我哪里吃你的米粽了？'粉店老板气愤地说：'哼，兵匪本来就是一家，没两样。'冯将军心平气和地说：'老板，国有国法，家有家法，军有军法。我们萃军有严规，士兵是不能上街自行买吃的。既然我的士兵说没有吃你的米粽，那就是没吃。'饭店老板一脸横肉，大声嚷道：'哦？你说他没吃，你看见了？你这官是怎么当的，你这就是包庇。'那个士兵一听，气不打一处来：'胡说！不许你诬蔑冯将军，你不信我没有吃你的米粽，是吗？好，我现在就剖开肚子，你看个明白！'说完，拔出佩刀，果真就剖腹自尽。众人一看，果然没有米粽。冯将军大怒：'好你这奸商，来人，把这奸商抓起来。'"

"难得这么一个忠心的好士兵。"一个士兵说。

"可不是嘛。后来，冯将军还叫人给这死去的士兵的家里送去五百两银子哩。"

"是啊，士兵们都尊敬冯将军，正是因为萃军纪律严明，所以他每仗必胜。"南虎说。

要夺回镇南关了，南虎的地兴奋的心情久久不能平静下来。吃完饭，大哥、二哥去张罗安排好伤员们，南虎便离开了帐篷。

夜里的空气又闷又热，野地里的青蛙一声高一声低，"呱呱呱"地叫得比往日更欢。南虎的身上汗湿黏黏的，他索性把上衣脱了，坐在草地上，抬头看了看夜空，淡淡的月亮周围有一圈淡黄色的光，好像戴着一顶帽子。记得小的时候听阿妈常说："月亮戴帽，无雨便是风。青蛙呱呱叫，大雨就来到。"果然是八九不离十，第二天又是风又是雨的，阿妈自豪地说不会看天气的种田人，种不好庄稼。南虎拿起脱下的上衣，擦了擦脸上的汗，周围没有一丝风，树叶一动不动，看来明天定有大雨。想着想着，突然，一个念头在南虎脑子里一闪：诸葛亮借东风，我为何不借暴雨呀！南虎不禁喊了起来："观音娘娘保佑！"从地上跳了起来，便往冯将军的帐篷跑去。

夜已深，将军还没睡，烛光把冯将军的身影投在帐篷上。南虎知道冯将军还在筹划偷袭的事。

"什么人？站住！"站岗的卫士喊道。

"是我，南虎。"

"让他进来吧。"冯子材在里面应道。

南虎赶紧走了进去，双手一拱，高兴地说："冯将军，明天有大暴雨。敌人绝想不到我们会在这样的天气袭击他们，再说，雨水会把敌人的弹药打湿，把他们的枪炮都变成哑巴。这可是千载难逢的机会啊。"南虎一口气说完。

冯子材眯起眼看着他，冷静地问："你怎么知道明天会有雨，而且还是暴雨？"

"您来看看。"南虎说完，拿起桌子上那盏烛灯，走到帐篷外。他把烛灯高高举起，灯火芯没有摇曳，证明周围没有一丝风。南虎又说："将军您听，今晚的青蛙比往日叫得都欢；再看，月亮那一轮淡黄色的圈，又叫'月亮戴帽'，说明这云层里有大量的水。所有这些，在农民看来是要下大雨的兆头啊。"

冯子材这才恍然大悟，一个偷袭的行动计划迅速在他的脑子里形成了，他不由得兴奋起来，说："太好了！南虎，明天我们大破镇南关，把敌人逼到横坡岭，在那里，一举把他们歼灭掉。"

第二日清晨，天空阴沉着脸，山顶上压着厚厚的乌云，时不时从远处传来一道道的闪电，沉闷的热空气，让人觉得连呼吸都困难。冯子材下令让士兵砍树去，做临时的搭桥。下午时分，厚厚的乌云终于盛不下那么多的水，天开始漏了。最初是"滴滴答答"豆大的雨点，很快，便倾盆似的倒了下来。雨越下越大，把天、地、树林和人都灰蒙蒙地笼罩起来。冯子材下令提前开晚饭，士兵吃完饭，天也擦黑了。

萃军的统领和士兵们又是兴奋又是不安。今晚的行动决定着镇南关的命运，能不能把镇南关从敌人的手里夺回来，就看这一仗了。帐篷里，南虎、马七拳、逸曲和敢死队员们把发辫扎起在头顶，裹上红头巾，打黑绑腿，把大刀背在背上，一眼看去，个个都显得那么龙精虎猛。

南虎点燃三支香柱，双手合拿香柱，高举过头，双腿跪下，给苍天磕了个头，高声说道："观音娘娘，保佑我们打胜仗，夺回镇南关！"

众人跪下，同声说："夺回镇南关！"

烧完香，马七拳站起来，说："弟兄们，在出发之前，再次检查你们的马缰，绑太紧了，马不舒服；绑太松了呢，不易控制马。再有，枪一定要倒着背，如果一进水，枪就打不响了。好了，分头行动吧。"

敢死队每人都配有一匹战马，一开战，他们便是冲锋在前，打头阵的。

冯子材把队伍集合好，一声号令：出发！

大雨下个不停，士兵们带上弓箭、大刀，把枪倒着背，再披上蓑衣。五百名敢死队员骑上战马，走在大部队的最前头。随后是工兵营，扛着土包、木桩、武器，无声无息地朝镇南关走去。另一部分队伍则埋伏在横坡岭周围。

真让南虎说对了，法国人做梦也没想到，中国人在这么糟糕的天气来袭击他们。再有，城墙外有宽壕、尖木桩，中国人想进也进不来，除非他们长了翅膀。夜雨天，法国士兵都早早地钻进舒服的被窝里。值日官把当班的哨岗安排好，也上床睡觉了。

听到法军的熄灯号吹过，城外搭桥的中国士兵们便开始往壕沟里扔土包，待土包把沟填满，在上面铺上木桩，临时的桥就算搭成了。大雨"哗啦啦"地下，把填土的声音给盖住了。敢死队和大部队等候在不远的树林里，焦急不安地等待冲锋号令。

法军营里，又到了换岗的时候。刚上岗的士兵不断地打哈欠从营房走出来，他听到城墙外传来一些沉闷的响声，便冒雨爬上城墙头。当他往下这么一看，只见在雨里，人群像蚂蚁似的密密麻麻的一片。他吓出了一身冷汗，大声惊呼："敌人！敌人！"连喊带爬地滚下了城头。顿时，法军从梦里惊醒。他们从床上跳起，叫着、喊着，胡乱把军衣套上，光着脚，抓起枪，便往雨里跑去。他们爬上城头，赶紧扣动扳机，没料到，枪都被雨给淋湿了，全都"哑"了。正不知道如何是好，成千上万的利箭像蝗虫似的从城外的树林里射来。士兵们赶忙躲开，不少人被射中，倒在地上，没被射中的，连忙跑下城头。

桥还没完全搭好，逸曲等不及了，拿起一捆炸药包，带领一小队人马冲过"桥"，把炸药包放在城门下雨淋不到的地方，揭开盖着炸药包的蓑衣，点燃火引子后，赶紧撤退。随着一声巨响，城门被炸开了。南虎大喜，把腰刀一挥，一声令下："弟兄们，杀鬼子啊！"他双腿一夹马肚，战马撒开蹄子，像箭一样射了出去。他一马当先，领着敢死队的勇士们，挥动大刀，铺天盖地冲进关门，"杀！杀！杀！"杀声震天响。

法兵赶忙把刺刀上好，一场短兵相接的肉搏开始了。许多法国士兵还是第一次面对面与中国士兵搏斗，看到中国士兵这么凶猛不怕死，他们早已心惊胆战。愤怒的敢死队员们驱马冲入法国士兵群里，挥起大刀，左劈右砍，在法军营地横冲直撞，不少法国士兵还没看清谁是谁，血淋淋的人头便滚落在地。山上炮台的法军唯恐打着自己人，也不敢开炮，气得只好干瞪眼。

长须飘飘的冯子材，虽然年已七十，却勇往直前，一马当先，挥着大刀，带领部队冲入敌人的阵营。全军一振，拔刀奋勇齐出，冲入法营，与敢死队一道，与敌人白刃格斗。两军混战，难舍难分。终于，法军支持不住了，纷纷向金鸡山上撤去。冯子材下令把法军营给烧了。

唐大人率领两个营、马七拳及一百名敢死队员攻打左辅山。法军守在山顶上的堡垒里面，顽强抵抗。左辅山的堡垒很是坚固，雨泼不进，炮轰和枪打也丝毫起不到威胁作用。就这样，萃军的冲锋被法军一次又一次地打退。唐大人又气又急，如果拿不下这个山头，天一亮，萃军就会暴露在敌人的眼皮底下。别说夺回镇南关，全军的性命也难保。

唐大人高喊："马七拳！"

"在。"马七拳急忙跑过来。

"正面攻打看来不行，你领着敢死队绕道到坡后，把堡垒拿下来。"唐大人说。

"遵命！"马七拳说，"弟兄们，跟我来。"

马七拳领着敢死队绕到坡后，一看，不禁大喜，这里的火力弱。正当他们爬到半坡时，不幸被发现了。敌人集中火力猛打，硬是把马七拳逼退了下来。马七拳气得直咬牙，恨不得把那该死的堡垒给炸了。

唐大人抹了抹脸上的雨水，这招也不行，怎么办？正在这时，看到一个人影猫着腰，在雨里跑。只见他跑跑停停，灵活地避过敌人的子弹，很快就上了半山腰，在离堡垒不远的一块大岩石后面趴了下来。这人影用竹蓑衣盖住头和枪，当敌人一开枪，红色的火光在堡垒的枪眼洞里一闪，这人影立即开枪。他的子弹好像长了眼睛似的，从那么小的枪眼洞穿进去，把堡垒里开枪的敌人打死了。就这样，这人影不断地变换位子，向堡垒的枪眼洞口射去，把堡垒里的敌人一个一个地打死了，堡垒终于沉默了下来。那人影从地上一跃而起，他拿下竹蓑衣，唐大人定睛一看，正是南虎。唐大人大喜，这真是奇迹呀！他赶紧鸣鼓冲锋，南虎领先冲进堡垒。

法军看到大势不可挽回，慌忙撤退，沿着唯一的关道，逃到横坡岭，山坡上埋伏在东西两侧的萃军十七、十八营，早已等候多时了。法军一看关道被土墙拦住了，知道有埋伏，可是，此地只有这一条关道，除了冲出墙外，没有别的路可走。正在这时，埋伏的子弹从山坡两边射来。战鼓敲起，萃军排山倒海地从两侧山坡冲下来。只见漫天的刀光剑影，直杀得法国兵心惊肉跳，事不宜迟，法军便向长墙的栅门冲去，跃过长墙，不幸又陷进坑里，法军真是苦不堪言，溃不成军。

萃军紧咬不放，追出关外二十余里，至第二天早上才暂且收兵。

第十七章　乘胜追击

镇南关首战大捷，大大地鼓舞了萃军的士气。冯子材乘胜追击，率军出关，不给法军以喘息的机会。3月26日，萃军追击到文渊，惊魂未定的法军连夜撤军。28日，萃军攻克驱驴。次日，萃军攻克了谅山。法军的指挥官被炮弹击中，受了重伤，致使法军群龙无首，战事紧迫，萃军兵临城下，法军只好将重军械、大炮和大量银圆弃入淇江，慌忙向越南南部逃去。

冯将军风尘仆仆地站在队伍前，说："官兵们，镇南关大战是我们萃军跟法国军第一次真正的交手。在这次枪林弹雨的肉搏战中，不断有人倒下去，又不断有人爬起来，但是，没有一个人退缩。我萃军将士个个都是好样的，人人以死报国，奋勇杀敌。我们不但一举收复了镇南关，又一口气收复了谅山。最值得我们骄傲的一点是，我们萃军是能够打硬仗的。弟兄们，你们辛苦了！"

"将军辛苦了！"众官兵高喊。

"自古以来，打胜仗靠的是什么？靠的是众官兵的英勇，我今天在这里谢谢各位了，可是光嘴上说谢是不足以给各位的励赏，我今天要给各位赏银，不论官兵，每人二两银子。"

钱虽不多，但表示将军对官兵们的鼓励，众人交头接耳议论开来："跟随冯将军打仗就是跟潘将军不一样。"

"刚打了一个胜仗，就得了赏银，如果我们连连打胜仗，钱有的是呢！"

"等到把法国鬼子赶回老家时，我们都发大财了。"

"官兵们，请安静，请安静。"冯子材挥着手说，"你们说对了，发大财的机会就在眼前，今天给你们的赏银不多，等把大仗打完，朝廷定有重赏，我要禀告朝廷给你们请大功呢。很快我们全军将要进攻河内，将法军驱出越南北部地区，这样我们的边疆才得以安宁。"

萃军将士斗志昂扬，振臂高呼："进攻河内！进攻河内！"

越南的河内是一座有着千年悠久历史的古城。早在7世纪初，这里就开始构筑城池，时称"紫城"。紫城位于越南境内红河三角洲的西北部，坐落在红河右岸，是红河与墩河的汇流处，环抱于红河大堤之内，故称为"河内"，曾为越南李、陈、后黎诸王朝的京城，又被誉为"千年文物之地"。河内不仅是越南最大的城市之一，而且拥有北方最大的河港码头，其地理位置也十分重要，无论是从越南南方到北方，或是内陆地到沿海，均是必经之地。自法国占领了越南后，河内就成了法国的重要基地，就连"法属印度支那联邦"总督府也设在那里。攻克河内，那就意味着把法国占领越南的大本营给拔掉，那么法国在越南的日子也屈指可数了。

当镇南关首战大捷的消息传到越北西线，刘永福为之一振，率起黑旗军，大战临洮城，把法军击败。刘永福又一鼓作气，收复了广威、黄岗屯、鹤江、老社等十多个州县。东西两线的法军惨败，消息传至巴黎，好战的法国茹费里内阁即刻轰然倒台。这一消息又使得在越南战场的清军将领们振奋无比。

这天，要进攻河内了。一清早，萃军营地沸腾，军队拔灶起营。成千上万的士兵集合列队，刀枪晃动，军旗迎风，战马嘶鸣。在全军的前头是南虎领着的五百名敢死队，他们长辫缠头，背着大刀，肩挎长枪，骑上战马，整装待发。战鼓擂动，老当益壮的冯将军和唐大人骑着战马，一身戎装，出现在队伍前，一杆"冯"帅大旗在他们身后扬起。士兵们欢呼起来："冯将军！冯将军！"看着这壮观场面，冯将军兴奋得脸泛红光，神采奕奕。他双手抱拳，不断地向众人拱手答谢。

冯子材高声地说："将士们，我感谢众官兵们忠贞报国之志，子材我定不负众望，进攻河内，旗开得胜！"

"进攻河内，旗开得胜！"将士们齐声高呼。

战鼓又擂起了，冯将军和唐大人骑着马，满怀着豪情地从队伍的中间穿过。此时，一匹快马飞奔而来，一边高声喊道："冯将军、唐大人接旨！"

两位帅将一怔，立即勒住马，回头一看，是南宁衙府的随从官。他来到跟前，气喘吁吁地跳下马，说："请二位大人接旨。"

全军上下骚起一阵不安，看着二位大人跳下马鞍，跪下。随从官打开圣旨，高声地念："朝廷有令，前线各路军于四月十五日停战，二十五日全面撤兵，原地待命。钦此。"

全军将士莫不愕然，看着跪在地上的冯子材脸色苍白，怔怔地盯着随从官，半天说不出话来。唐大人见此情形，赶忙说了声："谢旨。"磕了个头，搀起冯子材。

冯子材十分震惊，此时正是清军的大好军机，把法军赶出越南，彻底解除中国南部省份不再受法国侵略的威胁以及越南不再受法国的统治。机不可失，时不再来呀，可是朝廷却看不到这一切。过了好一阵子，他才缓过来，失望地摇摇头，多少将士们流血牺牲，却付之东流啊……他沙哑地说："唐大人，撤军吧。"

"撤军！"唐大人下令。

南虎骑在马上，看了看身后的队伍蜿蜒地走在回国崎岖的山路上，他双眉紧皱。

马七拳大惑不解："说是打河内，怎么又不打了？"

逸曲说："想来是法国鬼子被我们打怕了，向朝廷投降了呗。"

马七拳爽朗地笑了起来："番鬼是怕我们把他们的老窝给端了呗。"

南虎思索着什么："如果是法国鬼子被我们打怕了，向朝廷投降了，应该是法军撤出越南。可是正好相反，是我们撤出越南。想想看，天底下有这样打胜仗的吗？"

听南虎这么一说，逸曲想了想说："也是啊。"

南虎接着说："我们真不该撤军，再加一把劲儿，一定能把鬼子赶出越南。一旦被赶出去，他们要想再回来就不容易了。"

"怎会不容易了呢？"马七拳问。

"你想想，隔着这么一个汪洋大海，番鬼要运士兵、军粮、弹药都要用海船，渡过这么大的海，容易吗？至少也要一年半载，所以我说不容易。"南虎解释。

"如果把鬼子赶出越南的话，镇南关也不再受法军的威胁，这对越南，对中国都是件好事。可是，我们这么一撤，番鬼在越南就站住脚了，他们随时都可以再来袭击我们的镇南关，难道朝廷连这也不明白？"逸曲说。

"将在外，君命有所不受，冯将军可以不理睬朝廷。"马七拳说。

"冯将军也是身不由己。不过，话也说回来，只要冯将军和萃军驻扎在边境上，法军要打我们的话，也要掂量掂量。"南虎说。

"不错，他们知道我们萃军的厉害。"马七拳说，三人都笑了起来。

回到边界，镇南关好不热闹，镇子上的民众听说军队得胜归来，男女老少，敲锣打鼓放鞭炮，夹道欢迎。冯子材下令军队在野外扎下营来，便一面写奏折，报朝廷奖赏有功官兵，一面给全军三天的庆功会。这一来，营地里上上下下都忙开了，各营有杀猪的，杀鸡的，买菜的，买酒送酒的，忙得不亦乐乎。

入夜了，营地里燃起了一堆堆的篝火。冯子材和唐大人信步走到敢死队营地，看到南虎、逸曲、马七拳和队员们围着篝火，正开心地吃肉、喝酒、说笑。当南虎一看到二位大人到时，"嗖"的一声站了起来，并喊道："起立！"

队员们赶紧站起，挺起胸膛，齐声喊道："欢迎冯将军、唐大人！"

"请坐下，请坐下。"冯子材笑着说，自己首先在篝火边坐了下来。他看了看左右的士兵们还站着，又说："都坐下，都坐下。咦，怎么不给我们俩也来碗酒呀？"

南虎这才想起，赶紧抱起酒坛子，逸曲拿起两个碗，南虎往碗里斟酒。逸曲把酒碗一一递给冯子材和唐大人。

"来，为我们萃军打了胜仗，把这酒给干了！"唐大人说，把碗高高地举起。

"干了！"众人把碗举起，仰起头，把酒喝了。

火光里，映着一张张被战火熏黑的脸膛，开心地笑着，冯子材心里不由得一动，多好的士兵啊。昨天，他们还在战场上，在生死线上拼搏，哪里会想到今天坐在一起喝酒啊。冯子材笑着说："官兵们，我和唐大人很为咱们的敢死队感到自豪。有了你们敢死队冲锋在前，又有南虎的神枪，挽救了好些弟兄的性命啊。"

"冯将军过奖了。我们打胜仗，也是全靠冯将军和唐大人带兵有方啊。"南虎说。

"冯将军已禀奏朝廷，奖赏有功官兵。你们说说看，都希望朝廷赏你们些什么。"唐大人说。

"当然是赏银子了。"

"我希望赏我几亩好地，这样我的老父母就有个好日子过了。"

"我呀，有了钱，就娶个媳妇。"

"嘿，看你想得美的。"众人都笑开了。

马七拳说："冯将军，我希望我们兄弟仨和所有敢死队的弟兄们都能留在萃军，跟着冯将军干一辈子。"

"你们要走我还不准呢。只要萃军在一天，你们谁也不许离开我。"冯子材说。

唐大人看到南虎没作声，便感兴趣地问："南虎，你呢，讲来听听。"

南虎用手挠了挠头，不好意思地笑了笑。

马七拳睁大了眼睛，奇怪地说："嘿，我还从没见过南虎不好意思的。他一定有什么见不得人的事。"

"别看南虎不哼不哈的，其实，他的心思还挺重的呢。"说真的，逸曲也只不过是激将法而已。

听逸曲这么一说，冯子材倒是好奇了起来，说："南虎，有什么心思，讲来听听。我在这里，谅他们不敢笑话你。"

"冯将军，你别听他们胡扯，我哪有什么心事呀。我、我是想呀，如果能赏我戴一朵大红花，骑上战马，像英雄一样在镇上走一圈，我也就满足了。"南虎说。

听南虎这么一说，马七拳明白了，说："冯将军、唐大人，你们不知道，南虎在龙州的水口镇有个相好，就是姑娘家里嫌南虎穷，绿林人，不同意女儿嫁给他。所以，南虎才想戴大红花，向姑娘家显耀显耀哩。"

"原来是这样。南虎，这不用等朝廷奏准，我这当将军的就能给你戴大红花，让全镇子的人都看看，你是个了不起的英雄。"冯子材竖起大拇指说。

南虎高兴得从地上跳了起来，双手抱拳，给将军拱手："南虎谢过将军。"

南虎心里甜滋滋的，记得那是入伍前的事了：

一天，他在去水口的路上，远远就看到一位姑娘迎面走来，她手臂上挎着一个菜篮子，看样子是从集市出来。她穿着一件湖水蓝的斜襟上衣，刚好盖到腰部，一条深蓝色的宽裤腿裤子，胸前系着一条淡黄色绣花的围裙，那围裙剪裁得恰到好处，显出她那丰满的胸脯和柔软的腰肢，额前一排整齐的刘海，一条黑油油的长辫子垂在胸前。待走近时，他看到菜篮子装满了青菜、肉，还有一瓶白酒，想来是从前面不远的小酒馆里买的。

南虎主动地打了个招呼："你好啊。"

她向他点了点头就算回答，擦肩而过。

南虎发现，她清秀的眉毛下有一双水灵灵的大眼睛。他从没见过一个姑娘像她这么动人。

那姑娘也似乎感觉到了什么，回过头来，看到这壮汉子像一根木桩子似的站在路中，呆呆地看着她的身后，她报以一笑，露出一对甜甜的小酒窝。

南虎心里不由得一振，这甜甜的小酒窝是那样的熟悉，我哪里见过？南虎仔细地想了想，可是，怎么也想不起来。他敢断定，他见过她。心又想，她对我笑一定是喜欢我哩。

南虎追上几步，说："我们见过面，不是吗？"

姑娘只管往前走，并不理会他。

壮族人有唱山歌的习惯，尽管唱山歌不是南虎的拿手好戏，这时他也顾不得这么多了，扯起粗嗓子，唱起来：

"哎呀呀，花一样的姑娘一十八呀，扭着屁股走呀走呀——"

还没等南虎唱上两句，那姑娘突然转过身来，厉声问道："你想干什么？"

"我想娶你。"这话一下从嘴里蹦了出来，把南虎自己也吓了一跳。

"哼，"她从头到脚地把南虎看了一遍，"你也不撒泡尿照照自己，穷得连双鞋子都没有，还想娶老婆。"

这一说，南虎的气也上来了，他把双臂交叉在胸前，说："你也别在门缝里把人看扁了。没错，我是穷，总有一天我会用八人大轿把你抬到我家。"

"你说的比唱的还好听，"她一手提着篮子，一手叉着腰，嘲笑地看着他，说，"可惜呀，年轻人，你来得太晚了，我已经嫁人了。"她说完，把长辫子往后一甩，一转身，头也不回地走了。

南虎一听她嫁人了，心里凉了半截。但转眼一想，谁知道她说的是真话还是假话。看着她离去的身影，他决定弄清楚这姑娘是谁，他又在哪里见过她。

路边有个小酒馆，门外挂着一条红色带着狗牙边的布幌子，上面用毛笔写了一个又大又黑的"酒"字。南虎对这小酒馆并不陌生，有时路过这里，也会进去坐坐，也会喝上一两碗米酒解解乏。通常，茶馆、酒馆都是过路人歇脚、当地人闲聊的好地方，要打听什么事，此处最方便。想到这里，南虎便抬脚跨过门槛，走了进去。

"壮士，请这边坐。"酒馆小跑堂迎了上来，并不知南虎就是官府要抓的劫法国兵营的大盗，只当他是个常客。他把南虎带到一张靠窗子边的桌子坐下。

"老规矩，来一碗米酒。"南虎道。

"一碗米酒嘞！"小跑堂高声吆道。

小跑堂正要走开，南虎把他叫住了，用手指了指门外，问："你知道那长辫子的姑娘是谁？"

小跑堂向门外望了望，只见一片阳光灿烂，他丈二和尚摸不着头脑，问道："哪个长辫子的姑娘？"

"哎呀，我说你怎么这么不开窍呀。她不是刚从酒馆里买了一瓶白酒，才走了不一会儿吗？"

小跑堂用手挠了挠头，想了一会儿，说："啊，是的，才不久，是有位姑娘在这里买了一瓶酒来的，她是镇上谭家的大小姐。"

"谭家？是不是那个走私盐发财的谭家？家里是走船的？"南虎惊喜地问。他想起来了，那年他刚到龙州镇，正遇上谭家的儿子过生日，她领着她的弟弟走出家门，对他笑，露出两个甜甜的小酒窝，她还给了他红鸡蛋呢。这些年不见，她出落得更动人了。

"正是，正是。"小跑堂说。

旁边一个正在喝酒的客人插过话来，说："别看谭女那俊模样，水性可好啦。自小跟她阿爸走船，河上河下都走遍了，能游水，能撑船，说话做事爽快麻利得很呢。"

"听说她嫁人了？"南虎问。

"男大当婚，女大当嫁嘛。家里给她找了一门亲事，嫁给了镇头上的阿黎。"喝酒的客人说。

"阿黎有福气啊。"南虎这下心里彻底凉透了。

"福气个屁。谭女不喜欢他，亲事已经办了两年，她一直还没落夫家呢。"喝酒的客人说。

一听到这里，南虎又暗暗地高兴了起来。这是壮族人的风俗，新婚妇女要等到怀孕后，才能住在夫家。这么说，谭女一直住娘家，就像没嫁人一样，独往独来。

按习惯，当地的人爱喝酒，经常打赌看谁能喝，如果能喝很多酒且不醉，他就是英雄。南虎当下有了个主意，决定和阿黎打酒赌。主意拿定，南虎给酒馆小跑堂几文钱，让他去请阿黎明天来酒馆喝酒。

第二天，阿黎按约来到酒馆。他膀大腰圆，个子不高，长着一个蒜头鼻子。

"你就是阿陆吗？"阿黎问。

"我是，请坐。"南虎说。

"多谢。我们素不相识，为什么请我喝酒？"

"听说你是喝酒英雄，想结识你。"

听南虎这样一说，阿黎脸上笑开了。

这时，小跑堂抱来一坛米酒，顿时酒香四溢。阿黎深深地吸了一口气，说："好香啊。"

南虎把酒倒到两个碗里，把满满的一碗酒递给阿黎，说："来，干了！"

"干了！"

两人一碰碗，仰起头，"咕噜咕噜"地一口气把酒喝完。

"好酒，好酒！再来一碗。"阿黎把空碗推到南虎面前。

"阿黎，咱俩打个赌怎样，看谁能喝，是你还是我。"南虎提议。

"好啊，赌就赌。"

"你如果输了，给我什么？"

阿黎喝得正在兴头上，听南虎这么一说，脸就沉了下来，说："如果你要钱，我没有。"

"我不要钱，你的老婆怎样？"

阿黎一听，喷口大笑了起来："老婆？她还没落夫家呢。再说，一个不会生娃崽的女人，你要来干什么？"

"你要输给我，我就要。"

"想跟我一样，打一辈子光棍？有老婆跟没老婆一样。不过，你如果输了，你给我什么？"

"五十两银子。"

"五十两银子？"阿黎的眼睛瞪得像灯笼似的，这可是一大笔钱啊，"你在开玩笑吧？"

"不开玩笑。我说话从来就是一是一，二是二。不信？我这就把银子压在这里。请酒馆的账房先生为我们写赌约，这样，谁也不许赖账。"

看到桌面上白花花的银子，阿黎的眼珠子都要掉出来了："好哇，你要是赢了，我就给你一个不会生娃崽的女人；我要是赢了，这五十两银子就归我，值了。"

当下，南虎和阿黎把酒馆的账房先生请出来，当众写下契约：一个赌不会生娃崽的老婆，一个赌五十两银子，各人在自己的名下按下了红红的手印子。酒馆小跑堂当裁判，账房先生当见证人。这一下，小酒馆热闹起来，一群兴奋不已的酒客，你推我挤地围了上来。

小跑堂把酒倒入碗里，大声数着："第一碗。"

南虎、阿黎捧起碗，一仰头把酒喝干了，豪气干云。

小跑堂又把空碗斟满，大声地数着："第二碗……第三碗……第四碗……第五碗……第六……"

一坛米酒很快就没了，小跑堂又抱来一坛。两人喝得大汗淋漓，眼睛发红，头晕乎乎的，像飘在云里似的。南虎觉得小肚子胀鼓鼓的，他憋不住了，站起身来，歪歪扭扭地向门外冲去。酒馆里的人只听到门外"哗啦啦，哗啦啦"一阵水声，不由得肃然起敬。泥地被冲出了一个大坑，末了，南虎松了口气，又歪趔趔地颠着屁股回到桌上。

阿黎睁开迷糊糊的眼睛，看到南虎两个重叠的人影从门外进来，在他的对面坐下。阿黎口齿不清地说道："我要你输、银、银子。来，来呀，干了……"

"干、干了……"南虎喝得天昏地转，捧起沉重的碗，往嘴里倒酒。

两只空碗又被斟满了。阿黎的双手颤抖着，捧起碗，酒还没到嘴便洒了一半。他头一歪，"咔当"一声，酒碗从他手里滑下来，落在桌上，打碎了。他趴在桌上，醉得不省人事。

南虎又踉踉跄跄往门外跑去，"哗啦啦"地，泥地又被尿柱冲出一个大坑来。

第二天，阿黎酒醒了过来，想起昨晚的酒赌，把老婆给输了，不禁后悔不已。可是白纸黑字写得清清楚楚，要悔也悔不得呀。再说，如果全镇的人知道他反悔，他脸也没处放。正当他进退两难时，一个朋友悄悄地对他说，那个阿陆就是南虎，那个抢法国兵营、大名鼎鼎的大盗，是官府要捉拿的重犯。阿黎一听，高兴地跳了起来，他不但不输掉老婆，还将得到一笔大赏银呢。

阿黎大笑，说："阿陆啊，阿陆，没想到你也有这一天啊！"他赶紧跑到衙门府去告密领赏了。

夜晚，月亮爬上了树梢。

南虎把契约放在口袋里，来到了谭家的门口。他举起手，正要敲门，又停住了。心想：我该说什么？说阿黎把老婆输了给我，我来接老婆的？谭家一定以为我是个疯子，把我赶出门口。但是，如果我不说清楚，谁又能知道呢？不行，我一定得说。想到这里，南虎深深地吸了一口气，鼓起勇气，举起手来，正要敲门，突然，头被什么东西重重地一击，只觉得一阵眩晕，一股热热的血立即顺额头流了下来。南虎迅速拔出匕首，猛一回身，只见一个人影一闪，消失在屋边的竹林里。

一个声音在暗处里大声地喊道："南虎，我们是官府来捉拿你的，你跑不掉了。把刀扔过来，举起手来！"

南虎眼锋一扫，知道四周已被官兵围了起来，只好把匕首"哐当"一声，扔了出去。官兵们看到南虎手里没有了利器，便从竹林走了出来。

这时，躲在官兵身后的阿黎走了出来，说："阿陆，你想骗得了我？谁不知你是大名鼎鼎的劫法国兵营的大盗南虎？官府要拿赏你哪。你想得美啊，要和我赌酒，想赢走我老婆？没门！好在我发现得早，要不老婆就被你给骗走了。"有官兵在身后，阿黎的胆子壮着呢。

南虎沉住气，没回答。看着官兵一步一步地向他逼近，这时，他出其不意地从身后拔出手枪，"乒乒乓乓"地朝官兵们的身后打去。官兵们赶紧趴在地上，待回过头一看，只见后边的竹子被打断了，整整齐齐的一排，就好像是被刀削的一样。这样的好枪法，他们也早有所闻，如今亲眼看见，不得不佩服。尽管知道南虎无意伤害他们，他们还是趴在地上不敢动弹。

就在这时，南虎身后的一扇门被打开了，一只手从门后伸出来，一把抓住南虎的手臂，把他拉进了屋里，厚厚的大门又被迅速地关上了。屋里很暗，只听到一个女人的声音："跟我来！"没等他回答，他被拉着走，穿过厅堂，从后门出去便是河边，那里停泊着一只小船。

"快，跳上船！"她说。

在月下，他发现，这是谭女！他惊喜地喊道："是你？"

"别说话，快上船！"她一边说，一边解缆绳。

南虎赶紧跳上船，谭女用力把小船一推，船像箭一样迅速地射出去。南虎看到官兵们顺着斜坡跑下来，他在河中大喊道："官兵来了，快跳上船。"只见谭女不慌不忙地从地上拿起一根长长的竹竿，她往前跑几步，把竹竿插入水里，轻巧地往上一跃，像蜻蜓一样，越过水面，又敏捷地落在船头。南虎瞠目而视，他从没见过如此的功夫。

对南虎的惊讶，谭女报以一笑，抓起摇橹，快快地摇船。

早先在屋里时，谭女把外面的情况看得清清楚楚。当她得知在路上遇见的这位壮汉，就是专跟法国人作对、劫富济贫的大名鼎鼎的南虎，她不禁喜出望外。而对阿黎，她本来就看不上他，只是听从于父母之命，才嫁给了他。如今看到阿黎出尔反尔，她更是嗤之以鼻。在朗朗的月光下，她用眼角偷偷地向南虎看去，只见他身体彪悍，一道血迹落在他眉宇之间，更显英气。这才是真正的男人哩，谭女想到这里，心里不由得一阵发慌，心跳也加快了。

岸上，一群官兵追来，不断地喊：

"抓住他——"

"别让他跑了——"

眼看官兵追近了，谭女一把把南虎推到水里，她自己也跟着跳了下来，然后，把船推出几丈远。官兵追近小船，朝船上胡乱开枪，等到发觉小船根本就没有人时，便又吵吵嚷嚷地往下游追去。

待官兵走远了，他们便向小船游去，翻身上了船。南虎头上的伤口一遇到水，又开始流血了。谭女找出一瓶白酒，她把酒倒在南虎的伤口上，南虎痛得大叫一声。

谭女却若无其事地说："死都不怕，还怕这点白酒？"说着，从衣袖上撕下一块布，又把酒倒在布上，然后把伤口包扎起来。酒精渗入伤口，南虎痛得嘴都咧歪了。

……

南虎正想着想着，只觉胳膊被人碰了碰，扭头一看，是马七拳。

"三弟，怎么笑得跟个傻子似的？"马七拳说。

"嘿嘿，嘿嘿……"南虎被这么一说，更不好意思了。

还是冯将军解了围："来，把这碗酒干了！"

"干，干！"众人举起酒碗。

第十八章　胜者为败

　　冯子材果然没有失言，第二天把全军集合起来，表彰立功官兵。他把立了头等战功的官兵请到前边来，亲手把大红花给他们一一挂在胸前。

　　这天的阳光格外灿烂，天气格外清爽，英雄们戴着大红花，像状元郎似的，高高地骑在洗刷得光鲜锃亮的战马上，全军浩浩荡荡，敲锣打鼓地向镇子走去。南虎、逸曲、马七拳更是首当其冲，走在队伍的最前面。

　　镇子上从没见过如此的庆功典礼，街市两边站满了欢呼的人群。南虎知道此时谭女和她的家人也在人群当中，他把胸脯挺得高高的，心里好不得意！长这么大，今天是最风光了，跟着冯将军干就是没错，这英雄他是当定了。

　　看到南虎戴着大红花，当上了英雄，谭女的脸上也光彩了，说话也响亮了。回到家，她央求父母把阿黎的彩礼退回，要和南虎结婚。可是，谭女的阿妈怎么也不答应，她怎么能让像花一样的女儿去嫁一个穷汉子呢，当兵的一个月才拿几文饷啊。虽说阿黎也不是财主，好歹他还有一栋祖上留下的房子和几亩好地，生活也还过得去。嫁一个穷当兵的，以后的日子可怎么过啊。可是，谭阿妈被女儿逼得没办法，便想起了镇上有个算命瞎子，据说算得还挺灵的，得名"算半天"。如果八字注定南虎一生穷困潦倒，谭阿妈说什么也不同意这桩婚事。谭阿妈拿起南虎和谭女的生辰八字，找到了"算半天"。

　　"算半天"掐着手指头，口里不断喃喃地念道："甲午，子午——"不算则已，这一算，把"算半天"吓了一跳。没了眼珠子的眼睛睁得大大的，张大着嘴，半晌说不出话来。

　　谭阿妈看到他这副模样，叹了口气，说："唉，我早就知道，这后生仔能有什么大出息啊。"

　　"你说什么呀，你这后生仔将来了不得啊！""算半天"说。

　　"真的？"

　　"我能骗你吗？老嫂子，我算命算了一辈子，从来没有碰到这么一个命里注定头顶大罗伞的贵人哪。"

　　"你说那穷小子命里注定是头顶大罗伞的贵人？"谭阿妈被吓了一跳，"'算半天'，你没算错吧？这可是事关重大呀。"

　　"哪能错呀。不信？我再给你摆一摆……""算半天"又掐起手指头，口里喃嗫地念起。末了，"算半天"把身体往前一倾，神秘地说："男属木，女属金，夫妻和好，钱财畜旺，子孙满堂，木金万贵啊。老嫂子，遇到这么个贵人，我这辈子也算是有福了。这后生仔的生辰就不平常，八字写得清清楚楚，命里注定飞黄腾达呢。不要看眼前，如果十年内不应我的话，你把我'算半天'的招牌给砸了。"

听到这里，谭阿妈顿时眉开眼笑起来："瞧你说的，我哪能砸你的招牌呀，谢还来不及呢。"她把赏钱加倍地给了"算半天"，便高高兴兴地离去了。

父母依了谭女，把阿黎的彩礼退了回去，把谭女和南虎的婚事定了下来。婚礼就定在朝廷的历赏到来之时。

正当西南各省庆贺镇南关胜利，冯子材上奏朝廷，历赏立功官兵，南虎更是期待朝廷历赏到来，举行婚礼。此不料，朝廷有变。

军机大臣李鸿章上奏太后："法国将因愤添兵，不胜不休，如此下去，兵连祸结，则后患无穷矣。"

这一说，正中了慈禧太后的忧虑，不管中国军队打败打胜，她都一样的担忧：打败了，说明洋人的强大；打胜了，洋人将加倍地反击。而今中法宣战，中国军队每打必胜，按理说太后应该高兴，可相反地，她却担心长期作战，兵连祸结，将会激起国内的"兵变"，或者引起类似太平天国起义的"民变"。由此，她便遂准了李鸿章的奏折。朝廷和法国签订了《巴黎停战协定》，并下令清军全面撤兵，对此，法国政府也感到非常的意外。

消息传来，冯子材和各线将士皆扼腕痛愤，驻守边疆前沿不肯退兵。

李鸿章大怒，传旨斥责："若不乘胜即收，不唯全局败坏，且孤军火力深入，战事盖无把握。"并责令两广总督张之洞遵旨，若生他变，唯该督是问。

冯子材于心不甘，坚持不退兵，同时又给张之洞一个电报，请他上折"诛议和之人"，并表达了抗敌将士的共同心愿。

可是，朝廷决心已定，授权李鸿章在天津与法国驻华公使巴德诺于6月9日正式签订《中法新约》，规定中国承认法国对越南的殖民统治；中法两国派员勘定中国和越南北部的边界；中国以后要修铁路时应向法国"商办"；并同意在云南、广西、广东三省的中越边界开埠通商。法国从此侵入我国云南、广西，进一步加深了西南边疆的危机。

消息传出，中国人怒不可遏，胜者为败者，世上有这样的道理吗？

法国人是连做梦也没想到，他们被中国军队打得落花流水，差点没被赶出越南，然而，他们却赢得了他们梦寐以求的东西。这条约一签，中国与越南的藩属关系就此告终了。

说起来，广西离北京实在是太远了。当全国愤怒声讨朝廷的不合理签约时，广西民众还在庆祝中法战争胜利，南虎还沉醉在当英雄、做新郎的美梦中。冯子材将军还在期待着朝廷的历赏到来。

左等右等，这一天终于等来了朝廷的诏书。看到南宁衙府的随从官骑着马，步步进入兵营，冯子材和唐大人三步并作两步走，高兴地出得营帐，拍打马蹄袖，双双跪下，洗耳聆听宣读朝廷的重赏。随从官不紧不慢地下了马，面无表情地看了一眼跪在地上心情激动的冯子材和唐大人。他清了清喉嗓，打开黄绫缎子，大声地念道："命，冯子材将军就地解散萃军，所有官兵一律解甲归田，不得违命。钦旨。"

什么？解散萃军？冯子材犹如当头一棒，脸上的肌肉一阵阵地抽搐，一腔热血顿时变得悲凉，一句话也说不出来。

唐大人机械地磕了个头，嘴唇嚅动了两下，似乎说："臣，领旨。"

也不知道随从官听清了没有，他把黄绫缎子卷起，一把塞给唐大人，骑上马，头也不回地出了兵营。

唐大人黯然地站起，扶起直挺挺地跪在地上的冯子材，一步一步地走进帐营。

冯子材颓然地跌坐在椅子上，他一下子变得憔悴了许多，无力地抬起头，看着挂起的边境地图，那些用红毛笔圈起的都是法国兵营驻地，像张开的血盆大嘴，随时把广西、云南吃掉。他无可奈何地摇了摇头，国家是危机四伏，怎能就这样把军队解散了呢？萃军是一支难得的军队，有纪律，打战勇猛，有志谋。正因为这样，国土才得以保住。如今萃军一解散，法军就可卷土重来。

冯子材想着想着，突然悟到了什么，慢，解散萃军并不是因为仗打完了，而是因为萃军是一支汉人的军队，强大的萃军无疑对满人的朝廷是一个威胁。想当年，曾国藩募建湘勇军，当太平起义被平息后，曾国藩被迫把立了大功的湘军给裁掉，也就是因为朝廷对汉人的疑心和恐惧，恐其造反。今天，萃军也遭到同样的命运。朝廷对立有大功的萃军官兵不但不奖励，反而将他们一脚踢开，这样做岂不令官兵们有兔死狐悲之感？有朝一日，朝廷要用兵时，谁又会替朝廷卖命？

当各营官接到解散军队之命，刹那之间，军队像炸开了锅一样。这事来得太突然了，大家都在一心一意地等待赏银，想着怎样和家人一起分享这赏银，没想到等来的却是被朝廷一脚踢开。不论是营官，还是士兵，人人都在谈论解散军队的事，士兵们大多是贫穷的农民，都想投军打仗立功，升官发财。一旦离了军队，只有面朝黄土背朝天种地，有什么奔头啊？大家都不愿脱下军服，实话说，军饷虽不多，也总比在家挨饿受冻强。军队就是他们的家，离了军队，他们什么也没有了，即使是一个什长，手下只有十个士兵，好歹也称"长"啊，回家种地，想吆个"长"也吆喝不起来了。

南虎和他的敢死队员们对萃军有一种特别的感情，无论走到哪里，人们都对他们竖起大拇指，笑脸相迎，萃军给了他们一种从没有过的自豪感。如今，这种自豪感随着军队的解散消失了。

马七拳握紧拳头，气愤地说："三弟，我们出生入死，保家卫国，没想到朝廷把我们像垃圾一样扫地出门。"

"是呀，还说有赏银呢，朝廷如此对待我们真是太不公平了。"逸曲说。

"大哥、二哥说得都有理。赏不赏银倒是不重要，重要的是保住军队。没看到先前我们萃军往后一撤，那些法国鬼子又回来了吗？萃军不能解散，留得萃军在，法军就不敢轻举妄动。"南虎说。

"走，到冯将军那里求求情。"马七拳说。

说走就走。兄弟三人领着敢死队员们一同来到将军的营帐，跪在地上。

南虎说："冯将军，我们都是你忠实的士兵，打仗没得说的，冲锋陷阵的是我们。军队就是我们的家，有国才有家。国家没有强大的军队，就好比断了脊梁骨一样。在这里，我们请求你不要解散萃军。"

"将军，求你了！"队员们同声说。

"弟兄们，请都起来吧。"冯子材沙哑地说，一一把他们扶起。这些都是英勇的顶天立地的汉子，跟随着他在战场上出生入死，如今却跪求在地上。可是，他又何尝不想保住军队呢？"弟兄们，我怎么也忘不了那些我们一起过的艰苦的日子，一起把法国鬼子打得屁滚尿流。没有你们的英勇杀敌，哪有今天的镇南关。萃军是你们的家，我也是一家之长。如今，军队没有了，我这将军也当不成了。我心里最有愧的是，你们为国立了大功，却没有得到任何奖赏。说实在的，你们是我萃军里最杰出的士兵，有朝一日，你们都会成为很好的将领，特别是南虎。尽管这样，我却没有权力来保留你们。"

"冯将军，广西是我们的家乡，没有军队的保护，家乡人民就不能安居乐业。"逸曲说。

"不解散军队，就是冒'违抗朝廷'之罪，要遭满门抄斩，知道吗？再有，朝廷不给钱，军饷又从何而来？"冯将军说。

"为什么朝廷一定要解散萃军？"马七拳问。

"唉，总有一天你们会明白的。再说了，这是朝廷的旨令，太后的命令，我这做将军的也是身不由己啊。我很抱歉，朝廷对立有大功的萃军不但没有赏银，就连遣散费也不给。你们把枪和马都带走吧，有困难时，把它们卖了，也好救救急，反正军队也不存在了。"冯将军的声音变得颤抖了起来，眼睛也潮湿了。

就一夜的工夫，冯将军稀少的头发白了许多，往日尖锐的目光变得黯然，背也驼了，如果不知道他的人，很难相信这悲哀的七十岁老人就是昨天那叱咤风云、统率万人大军的统帅。看到这里，南虎深深地体会到冯将军内心那不可言喻的痛苦。萃军是将军一手创办的，他为萃军感到骄傲，就像为他的儿子感到骄傲一样，如今，朝廷把他的儿子给杀了，他能不心疼吗？

　　南虎虽然年轻，却也经历了不少次的生死离别，这一次也不例外。南虎双手抱拳，恭恭敬敬地给冯将军拱手："冯将军，多谢你对我们的栽培，给我们机会狠狠地打法国鬼子。记得那天，我们初次见面时有约在先，你说，如果我们不能把法国鬼子赶出镇南关，你就要杀我们。现在，鬼子被赶走了，我们也可以回家了，请将军多多保重。"南虎强作笑容，可是，挤出来的却是一个苦笑。

　　冯将军点点头，无言，重重地拍了拍南虎的肩膀。这一拍，多少千言万语尽在里头了。

　　此时，南虎并没有意识到，他在军队和冯将军的身上学到了不少的军事知识，为他今后的戎马生涯打下了坚实的基础。

第十九章　重操旧业

几天来，萃军的官兵也走得差不多了，冯子材这才松了口气。鉴于当年太平天国起义被平息后，朝廷迫使曾国藩裁军的前车之鉴，上千个不愿回家种地的勇丁们上街抢劫、群斗、杀人、放火、强奸，弄得当地的民众苦不堪言，因此，在乱祸发生之前，冯子材要尽快地把官兵们遣返家园。可是，回家也得要盘缠啊，朝廷对此分文不给，急得冯子材团团转。当地的富商土豪们也担心士兵闹事，便解囊捐助，这才得以解了燃眉之急。

原先跟随潘将军来广西的不少士兵们，看到军队没了，手里握着几个盘缠，心也飞回原籍与家人团聚了；那些年长的，更不愿把尸骨葬在他乡，也都迫不及待地离去，"落叶归根"啊。

最后一批离营的是南虎和他的敢死队。军帐里，南虎脱下军服，这军服经不起战场上的风风雨雨，膝盖和手肘处早已被磨损了，尽管破旧，南虎还是把军服小心仔细地折叠好，放在一块四方布里包起，把布包打了个结子，背在背上。犹豫了一会儿，又把布包从背上取下，打开，把旧军服取出来。军队都没了，还留着军服做什么？可是，他对军队一腔的热血仍未冷却，看着它就会想起那些激情燃烧的战斗日子，想了想，又重把旧军衣包好放在布包里。他换上投军前的旧衣服，黑色的对襟短打衣，扎上黑色的腰板带，扣紧袖口，低头一看，俨然又是一个绿林好汉。

"大哥、二哥，准备好了吗？"南虎问。

"当兵的除了武器之外，还有什么可收拾的？走吧。"马七拳说，把枪背上，和南虎一起翻身上了马。

逸曲拉起马缰，又回过头来，依依不舍地向空荡荡的营地环顾一周，往日这里热气腾腾，军旗林立，上万名将士一腔热血，奋勇杀敌，为死去的弟兄们洒泪，为胜利欢呼。可是今天，营地鼓息旗偃，利剑还鞘，将士们矫健的身影无处可寻，树上的枯叶无声无息地飘落，一阵酸溜溜的感觉涌上心头，人走楼空。逸曲默默地踩上马蹬子，用力往上一跃，重重地坐在马背上。"走！"他说。

昨夜，秋风不断。今早，枯叶落了一地。风去了，云却不走，阴沉沉地压在人们的头顶上。三人把缰绳一拽，马蹄便"嘚嘚"地踏着落叶，向军营外走去。早已等待在外的敢死队员们默默地跟上，踏上归去的路途。他们原本都是"三点会"

的成员，跟随他们的头领南虎、马七拳和逸曲来投奔冯将军的。当初兴高采烈来到兵营，当兵吃军粮，花军饷，穿军服，在军队里有奔头，立了功就可升官发财，光宗耀祖，前途无量。今天，军队没有了，想光宗耀祖也没了机会，心里有说不出的失落感。

出得营地，冷飕飕的雨点便滴滴答答地落下来，没过多久便止住了。南虎想起前年来投军时，也是这一行人，五百多名弟兄，个个血气方刚，意气风发。现在，就只剩下三百多个了，战场上不少弟兄为国捐躯。他们跟随他出生入死为了什么？还不是为了要立战功，升官发财，过上好日子吗？说实在的，南虎从心底里不愿返回山里，重操旧业，可是，不回山林，他们又可以去哪里呢？南虎默默无言，只听到马蹄踏在枯叶上的沙沙作响声。还有一事令他深深地感到苦恼，他不敢提，也不敢多想，那就是落到今天这地步，谭女还会嫁给他吗？谭家又能怎么看待呢？

回到山洞，一切依然如故，可是，居住山洞的人，情感却大大不一样了。不管他们曾多么拼命地去改变他们的命运，却毫无结果，转了一圈，又转回了原地。唉，人算不如天算呀。

马七拳和逸曲带领一队人马出去砍柴，南虎指挥另一队人打扫山洞，清理洞里洞外的野草、乱石，把干草和枯枝收集起来，铺在地上当"床"。不久，马七拳和逸曲把砍来的柴火堆起在地上，点起火，山洞里潮湿的寒气渐渐地被驱散了，洞里渐渐地暖和了。人们围坐在篝火边上，沉默寡言，提不起精神来。

南虎心里也不痛快，不过事到如今难过也没用，重要的是弟兄们齐心合力，振作起来。他站起身，大声地说："弟兄们，别耷拉着脑袋，打起精神来。俗话说'此处不留爷，自有留爷处'，别小看了这山洞，这是我们的家。我们爱住在这里多久就住多久，没人能把我们从这里赶出去，你们说是不是？山里饿不死我们，这里什么都有，野味、野菜、野果，还有马帮，要吃有吃，要钱有钱，愁什么？我们回家了，就应该好好地庆祝庆祝，对不？"

"对呀！"马七拳立即响应，从地上跳了起来，高兴地说，"对啊，我们大难不死，就该大大地庆祝一番，是不是？好，说干就干，弟兄们这就打野猪去，下山买酒去。"

"咳，我说呢，怎么个个都不说话，原来是没精神，想喝酒想的呗。我们下山买回几担酒，来个一醉方休。"逸曲说着，用手在空中重重地劈下来。

这三兄弟一唱一和，把山洞的气氛挑了起来。

大家你看我，我看你，想想也是，渐渐地露出笑容，嚷着："设宴洗尘。"

"一醉方休，一醉方休。"

"说到打猎，我最在行。好久没打猎，手都痒了。"南虎兴奋地说，"我领头，到了林子里，你们都得听我的指挥。"

第二天，大家分头行动。南虎把辫子在头顶盘起，扎紧，背上腰刀，拿起枪，带领一行人向深山密林走去。马七拳带领几个弟兄下山买酒。为了安全起见，逸曲看守营地，兼打炉灶。

南虎果然是打猎能手，破晓时分，他们满载而归，用竹竿担抬回了八头大野猪。这一下，驻地里忙碌起来了，他们把野猪开了膛，在小溪边洗净，然后把盐巴和采集到的野辣椒混合起来，把野猪里里外外抹了一层，然后堆起柴火，用木棍把猪架在火上烤。下午时分，马七拳和弟兄们挑着几担米酒回来了。

入夜，一轮圆月从东边升起，月明星稀，千里万里，月色朗朗，绿波滔滔。

山洞前，一堆堆篝火映着一张张笑脸，焦黄焦黄的烤野猪把一滴滴的油脂滴落在火焰上，吱吱作响，飘出诱人的香味。人们围着篝火坐着，用刀割下烤肉，喝一口酒，嚼一口肉，好不开心。这时，铜鼓敲了起来，"咚——咚——咚"，鼓声浑厚而洪亮，把弟兄们给激励了，他们挥动腰刀，随着铜鼓有力的节奏起舞，山里响起阵阵的欢笑声。

南虎端着酒碗，看着起舞的人群，在想着心事。

逸曲从另一堆篝火边站起，走过来，在南虎身边坐下："三弟，想谭女了吧？"

南虎没回答，只是摇了摇头。

"你瞒得了别人，还瞒得了我？"

"二哥，我这辈子恐怕也别想有个好老婆。我落到这地步，谭女还会嫁给我吗？"

"你说呢？"

"我要知道的话，还问你吗？"

"谭女与别的姑娘不一样，我看你最好下山一趟，当面问个清楚，总比你在这里疑神疑鬼的好。山里有我和大哥在，你就不用担心。"

"下山我也想过，可是我想见她又怕见到她。"

"你没有别的选择，再怕也得见。"

"好吧，你跟大哥说一声，我这就下山去。"

南虎牵出战马，跳上马背，双腿用力夹着马肚，战马便飞似的冲下山。来到岔路口，一条是通往镇子的大路，另一条是绕道镇南关的路。南虎选择了第一条路，可是，走不到一半，他又折回来了，转向另一条道。不一会儿，镇南关便展示在眼前。月色下，镇南关满目疮痍，被烧塌的城墙没有修复，两扇大铁门被炸掉了一扇，黑黢黢的关口敞开着。南虎担忧起来，萃军被解散，边境没有了防守军队，一旦法军来了，这三个镇子的乡亲父老首先遭殃，如何是好？南虎心里不是个滋味，可也无奈得很。他咬咬牙，夹紧马肚，向水口镇奔去。

清早，阳光从敞开的厨房门射进来，洒了一地。谭女把铁锅放在灶上，把柴塞进柴灶里，点起火。顿时，一股浓烟从灶里冲出来，她的眼睛被熏出了眼泪。她用袖口擦了擦眼睛，没注意到南虎就站在门边上看着她。当浓烟散去时，发觉地上有个人影，她转过身来，突然，水灵灵的大眼睁得圆圆的，惊喜地叫了起来："啊！"

"怎么，不认识了？"南虎把双手一摊。

"就是把你烧成灰，我也能把你认出来。"

南虎咧着大嘴笑。

"看你，只管笑，像个笑佛似的，也不知道给人家说些好听的话。"她转过身来，对里屋大声地说，"浩明，我到河边去，你来看灶里的火。"没等到弟弟浩明回答，谭女一把拉起南虎的手，跑下坡，来到河边。

南虎跳上小船，谭女习惯地把小船一撑推出几丈远，在地上拾起一根长竹竿。南虎坐在甲板上，欣赏地看着她把长竹竿往水里一撑，越过水面，轻轻地落在船头。她拿起双桨，轻快地把船摇了起来。

谭女一边摇桨，一边说："人们说你在军队里升官了，是吗？"从声音里听得出，她很为他感到自豪。

"如果我又回到山里当山大王，你还嫁我吗？"

谭女感到意外。她回过头来，这才注意到南虎没有了军服。她停止摇桨，小声地问："怎么？你被军队开除了？"

"被开除？没有的事。你坐下，让我慢慢地跟你说。"

谭女在南虎的身边坐下，静静地听着南虎一五一十地把事情说完。她按捺不住，愤愤不平地说："哼，这样的昏庸朝廷就该造反。不过，当山大王就当山大王，有什么了不起的，你们这伙人还怕成不了大事吗？"

"这正是我担心的。我们这群从军队出来的人，都持有武器弹药，个个历经沙场，血气方刚，若没有一个有智谋、有远见的头领，我们这群人只怕会成为一群乌合之众呀。"

"那倒不会。"

"怎见不会？"

"因为你们有有智谋有远见的头领。"

"谁？"

"你！你不是说过，当今朝廷无能，奸臣当道，官逼民反，你们要除暴安良，替天行道吗？你们能这样做就不是一群乌合之众。再想想看，冯将军当年不也是个穷要饭的孩子吗？他能成为将军，统率万人军队，你为什么就不能？"

听到这里，南虎心里一震。对呀，谭女说得有道理，除暴安良，替天行道是他兄弟仨做人的誓言，也是师祖多年的教诲。如今军队没有了，可是他们人还在，有人就有"军队"，天底下的军队都不是生来就有，而是打仗打出来的。再说，我也不比当年穷要饭的冯将军差啊，他能行，我为什么就不行？自古以来，山里的路是人走出来的，我们兄弟仨，还怕成不了气候？

南虎说："谭女，你这么一说，我心里亮堂了许多，你比我想得还要聪明。"

谭女笑了，露出一对甜甜的小酒窝，说："正是这样你才要娶我哩。"

南虎仰起头，笑着说："信不信由你，我是天地下最有福气的男人。"

也许是谭女对南虎的忠贞，也许是瞎子"算半天"的预言，总之，谭家没有反悔，在南虎二十四岁那年，谭家给这对新人完了婚，拜了天地。

第二十章　山盗马贼

萃军解体后，法军没有了威胁，便气势逼人地开回中越边界。更令人担心的是，法军调集比以往两倍还多的兵力驻扎在边境一带，又与当地的民众不断发生摩擦，边境的气氛越发紧张起来，法国人从一开始，就没有打算遵守中法双方在天津签下的条约。民众们对前不久法军轰打镇南关记忆犹新，惶惶不可终日，请求朝廷派兵驻守。

慈禧无奈，只好令广西提督苏元春前往龙州督办军务。

苏元春，生于广西永安蒙山镇城。十九岁时，他投效了曾国藩招募的勇湘军，累擢为参将。后来得到广西巡抚潘鼎新的推荐，朝廷命其为广西提督，统率一省各路官兵，驻柳州城广西提督衙门。苏元春接到朝廷任他为广西边防军务督办的命令后，考虑到柳州城位于广西中部，离中越边境较远，一往一返既费时又费钱，当下决定把广西提督衙门从柳州迁往边界的龙州镇。如此浩大的提督衙门提迁驻节地，扈从如云，大大小小上百名的官员，再添上一群群戴红穿绿的眷属，一时间，龙州镇被搅得沸沸扬扬。镇民们还未见到苏督军，而他的声威早已赫赫，地动山摇了。

这天，坐落在镇码头附近的官府前面，新立起了一杆三丈高的旗杆，旗杆是前不久从山上伐来的，木杆还散发出树林的新鲜气味。旗杆的顶上飘着一面巨大的绿旗，旗上用黄丝线绣着斗大的一个"苏"字，被河风高高扬起，发出"噼啪"的响声。这绿黄分明的旗帜，在这穷镇子上显得分外耀眼。几百名卫士全都换上了新绿军装，手持明晃晃的大刀，整整齐齐地列队在旗帜之下。一队吹鼓手们正欢天喜地地奏着"得胜令"，吸引了一大群前来看热闹的百姓。卫士营官们都配上了马，提督衙门的官员们、陈大人及龙州镇、水口镇及平而镇三镇的衙府官员们，衣冠整齐地躬身恭候着苏提督的到来。

这时，一行人马从码头方向行来。四十五岁的苏提督气度不凡，仰头挺胸地坐在一匹白色的高头骏马上。他身上崭新的一品武官，绣有狮子的袍服令人瞩目，头戴一顶花翎红缨伞形帽，帽顶上那颗珊瑚珠在太阳底下闪闪发亮。

龙州镇街早已张灯结彩，菜市场的露天戏台被打扫得干干净净，挂上了大红色布幕，孩子们搬来小板凳或搬来几块砖头，为家人早早占好看戏的位子。一条大船从南宁载来了一个大戏班子。船刚进入码头，戏班子便迫不及待地把锣鼓敲得震天响，又把镇子的人都吸引到码头上来了，兴致勃勃地看着戏班子从船上抬下红红绿绿的道具和金光闪闪的戏服。为了迎接新提督，官府不惜花大钱请来戏班子，要热热闹闹地大唱三天哩，这就叫与民同乐。

当听到新任的提督接管边境军务，南虎的气便不打一处来，朝廷原不该把战绩累累的冯将军和劳苦功高的萃军解散，他们拼出性命夺回镇南关，就为了让这个姓苏的来坐享其成吗？

"大哥二哥，我下山看个究竟去。"南虎说。

"你想'大闹天宫'吗？"马七拳问。

"时候未到。"南虎答。

"要不我和你一起下山？"逸曲提议。

"人多了反而不好办事。我快去快回，你们不用担心。"南虎换上黑色的短打衣，把短器藏在怀里，便策马下山了。

镇子上果然灯火通明，热闹非凡，正如他派出的探子说的一样。戏班子早已开锣，镇子的男女老少坐在戏台下，正兴高采烈地看着台上演出的《吕布与貂蝉》。拐过街市，来到苏提督新邸府，一道高过人头的白墙把苏府与世外隔开，高墙里面灯火辉煌，人声嘈杂，花园里正大摆酒宴。南虎把马停放在一家客栈的马棚里，便信步向苏提督的邸府走去。朱色的大门口站有四名武装的士兵，查看来往的客人。南虎转身，向邸府的后院寻去。

月色下，又厚又沉的后院大门紧闭着，南虎试着用手推了推，门板纹丝不动，被木栓从里面紧紧地顶着。这里静悄悄的，正想翻墙入院，不远处传来马蹄声，南虎赶紧趴下，藏在路边的草丛里。不一会儿，一队手持大刀的骑兵巡逻而过。正要起身，又见另一队骑兵从另一方向巡来。如此看来，这官府被看守得挺严实的，南虎告诫自己要多加小心。待马蹄声渐渐远去，南虎伸长脖子，四处看看，确定没有动静后，便纵身一跃，上了墙头。往下一看，院子很宽大，长满了野草。他扔下一小块石头，试看有没有看守的狗冲来，院里没有动静，他便往下一跳，双脚轻轻地落在地面上。

前面是马棚，紧靠着马棚旁边的是一座小木屋，一缕黄色的灯光从小木屋的门缝里漏出。南虎悄悄地向前潜去，闪身藏在阴影里，从窗子往里一看，只见屋里有一张小木桌，桌子上面搁着一盏小油灯，一张竹床紧靠着木桌子，一个老马倌坐在床沿上，正在自斟自饮呢。

南虎不想惊动老马倌，便蹑脚离开小木屋。来到马棚，在昏暗的马灯下，六匹壮马正低着头吃草。仔细一看，这些都是百里挑一的骏马呀。他用手一一抚摸，匹匹都是好马，最后的是一匹白色高头骏马，南虎不觉眼前一亮，用手摸摸马脸、马背，爱不释手，连声低低地说："好马！好马！"不如拿走三匹，他们兄弟仨正好一人一匹。主意拿定，非常惬意，南虎像影子似的飘向院子的后门，先把出口给打通，把顶着门的木栓移走后，沉重的木门毫不费劲地就给打开了。然后，他转身回到马棚，先把那匹白色高头骏马的缰绳解开，不料，那白马兴奋地高声嘶叫起来。

老马倌被马的嘶叫声惊动了。他从门里探出头来，只见一个人影在马棚里晃动，他一惊，以为是酒喝多了眼花，用手揉揉眼，再一看，果然是有人在偷马，他大声呼叫："快来人啊！抓偷马贼啊！来人啊！"

不好！南虎赶紧把第三匹马的绳子解开，翻身上了白色的高头骏马，牵着另两匹马，迅速地朝后门逃去。不料外面的士兵听到呼叫声，已抢在南虎之前，把出口迅速地给堵住了。南虎急忙勒住马，回身，顺着高墙跑了一圈，可是找不到另外的出口。正在为难时，看到一座假石山的后头有个通往花园的月亮门，南虎不管三七二十一，驱马闯入月亮门。

进了门便是后花园，宾客们正喜气洋洋地举杯祝贺，突然，三匹马闯来，在花院里横冲直撞，人们纷纷躲避。酒宴被打乱了，那些往日傲慢的贵人们抱头鼠窜。南虎很是开心，可也不敢多留，向大门口直冲过去。不想大门迅速地被关上了，一群士兵围拢、追赶，白色的高头骏马越跑越兴奋，士兵根本无法捉住南虎。

陈大人定睛一看，这盗马贼不是别人，正是南虎，他暗地里不禁担心起来："南虎呀南虎，你这是何苦呢？你夜闯提督府，必死无疑了。"

苏提督又是吃惊又是愤怒。吃惊的是何人如此大胆，竟敢藐视他的到来；愤怒的是好好一个酒宴被搅得七零八落，他的面子被扫得荡然无存。最后，一个营官急中生智，教士兵们暗中拉起一面大鱼网，当奔马和盗马贼迎面冲来时，他们把网扯起，紧紧地把人和马网起来。士兵们一哄而上，把南虎五花大绑地捆了起来。

苏提督冷冷地看着士兵把贼人押到跟前，跪在地上，他厉声地问："盗马贼，你是何人？"

"在下盗马贼。"南虎答。

在座的一听，都掩口偷笑。陈大人站在阴影里，有趣地看着。

苏提督不禁脸上一热，恼羞成怒，吼道："大胆！"

"小的不敢。"

"你不偷别人的马，为什么偏偏偷我的白马？要造反？"

"回大人，小的就是吃了豹子胆也没有这个胆量。只是可怜那些穷人，只有一匹马养家糊口，如果把他们的马给偷了，我良心过不去呀。可是，大人您海量，您有这么多的马，不在乎这一匹。"

"胡说！偷马的还讲良心？来人，把他拉出去，斩了！"

南虎一听，赶紧说："大人，我小命不值钱，丢就丢了。可是，大人今天刚上任，就开戒杀人，也不怕坏了你的大喜日子？"

苏提督把脸一沉，没想到这贼人还如此狡辩，正要发怒，陈大人走上前一步，两手一拱："提督大人，贼人既然已被抓获，缓天再杀也未尝不可。"

苏提督转眼一想，陈大人说得也有理。再则，他新到此地，也想得到地方官的好感，这样日后才好共事，不如来个顺水推舟，做个人情。想到这里，便说："好吧，看在陈大人面上，今晚不斩你。来人哪，把这贼人关在木屋里，明天再把贼人的头拿下。"

"遵命！"卫士们一拥而上，把南虎从地上提起，押到后院的马棚木屋。卫士们用麻绳把南虎的手脚紧紧地捆好，叫他动弹不得，把他扔在一堆干草堆上，便离去了。

老马倌早已喝得烂醉，倒在床上，像扯风箱似的打着呼噜。南虎像根木棍似的，直挺挺地躺在干草堆上，一阵晚风从窗外吹来，桌子上的小油灯挣扎了几下，终于熄灭了，一切都陷在黑暗之中。此时正是逃走的大好时刻，南虎用尽力气挣脱麻绳，可是，几根麻绳把他捆得紧紧的，哪里挣得脱。突然，他看窗子外面有个黑影一晃，又悄然地跳了进来，南虎不禁大喜。马七拳二话不说，用快刀割断麻绳，两人跳出窗子，跃过高墙。逸曲拉着两匹马等候在暗地里，三人翻身上马，便风驰电掣地离去了。

苏元春晚上喝了不少好酒，又睡了一个好觉，一清早起来，脸腔红润，精神焕发。他主意已定，今天要开戒，杀了那个盗马贼，来个杀鸡给猴看，看看以后谁还有这个胆量来反对他。梳洗完毕，把官服穿起，正了正伞形官帽，正要迈出门槛，一个卫士急匆匆地走来。

一进到门里，他单腿跪下："报告大人，盗马贼跑了！"

"跑了？怎么跑的？"苏元春一惊。

"不知道。捆在他身上的麻绳都被割断了，看来，他有同伙搭救。"

一听到有同伙，苏元春不安了起来，事情看来并不光是偷马那么简单。他曾听说有个叫"三点会"什么的，难道是这伙人干的不成？如果是的话，那么昨晚盗马的事就是有预谋的，是这伙人给他的一个下马威呀，竟敢偷他骑坐上任的马。想来他堂堂一个提督，指挥千军万马，却对付不了一群贼人，此不令人笑话吗？

"大人，还有呢。"

"快说。"

"是。今早，镇子上都传开了，说那盗马贼是神人，飞檐走壁，进得官府，偷了白马，又骑着白马大闹酒宴，来去无踪影。"

"得、得，别嚼舌头了。"

"是，大人。"

这时，外面传来门卫的声音："陈大人到。"

苏元春一屁股坐在椅子上，没好气地想，又是这个陈大人，如果昨晚不是他说好话，这盗马贼的头就被砍下来了，也不至于让他有机会逃走，让众人耻笑自己。

"早上好，提督大人。"陈大人一脚跨过门槛，拱起双手。

"好什么好，想来你都知道了，贼人已逃跑，你还有什么可说的？"苏元春冷冷地说。

"我正为此事而来。"

"来请罪？来献计？都不必了。我有兵在手，难道还对付不了一个小小的盗马贼不成？"

"提督大人，这贼人一旦回到山里，你就是有一千个士兵也无法抓住他呀。我对这些贼人略知一二，他们有谋有勇，不好对付啊。"

"那就就此了了？"

"倒也不是。我有个小小的计谋，此事不宜声张，一来免得打草惊蛇，二来让民众称你为宰相肚里能撑船，不与小人一般见识，与此同时，派人出去暗中查访捉拿犯人。"

苏督军细长的眼睛盯着陈大人，拇指和食指头捏着下巴的几根细长的胡子，心想，照陈大人这么说，如果派出一千个士兵也无法抓住他，自己岂不是更有失面子？不过，眼下有诸多事情等着他去办理，不能为了一个小小的盗马贼就花去他这么多的工夫。有一天他抓住贼人，绝不轻饶了他。想到这里，苏元春无奈地点了点头，说："就这么办吧。"

不料，正当苏元春无可奈何之时，法国人却帮了他的大忙。

第二十一章 刀下留人

驻越南的法国对讯站，给龙州提督衙门押送来二十四个在越南境内抓获的中国"游匪"。所谓对讯站，是中法战争后，为便于中法之间交涉，而在中越边境沿线设立的机构，其职责在于巡查边界，镇压反抗并有处理涉外纠纷特权。按两国的约定，对讯站没有权处刑。因此，法国方面便将这些大清国的游匪提交提督大人行法，法军将特派军使前来监斩。

苏元春按规定一一点收。不看这些游匪则罢，一看，心头一阵欢喜，原来二十四个游匪中那逃走的盗马贼便是其中的一个，真是踏破铁鞋无觅处，得来全不费工夫呀。

事情的由来是这样的：

前不久的一天，一队法国对讯站的士兵在巡查时路经一个越南山村，发现村外树林里的灌木丛有动静，以为是野兽，便开枪乱射，没料到打死的却是个猎野雀的越南小孩。士兵一看打错了，便叽里呱啦互相埋怨一阵，随后把小孩的尸体扔在草丛里，不了了之地走了。愤怒的越南村民们抬着小孩的尸体到对讯站去论理，却被法兵们拳打脚踢，有的村民还被抓起，以造反闹事罪关押起来。村民们忍无可忍，发誓要报仇，可是他们人手不够，请来南虎和他的弟兄们帮忙。

如此欺人太甚，南虎答应教训教训鬼子们。他与大哥、二哥商量好，摸清了鬼子出入的路线，便带领几十名弟兄，换上越南的无领黑上衣，拉起枪支，身怀刀、剑、弓箭等短型武器，越过边界，和越南村民们一起，埋伏在路两边的草丛里，来个左右夹击。南虎在草丛中作战的方法是尽量利用短型武器，因为这种短距离的作战，开枪容易误伤自己人，不到万不得已的时候不开枪。

山坡上，一条黄土路像蛇一样弯弯绕绕，山坡上的树木稀稀拉拉，按理说这不是最佳的埋伏地理位置。可是，这满坡的野草有一人之高，足以埋伏一个人；再则，正因为这地势不险要，鬼子怎么也不会想到有埋伏，南虎决定在这里给敌人一个出其不意。

不多时，一队法国士兵出现了，也许是天气太闷热，也许是走累了，他们衣冠不整，有的敞着怀走，有的把枪挂在肩上，有的挂在脖子上，一边走，一边叽里呱啦地说着什么。南虎的弟兄们毕竟是经历过战场的，沉得住气，耐心地等着猎物进入他们的埋伏圈。可是，其中一个越南村民紧张得控制不住了，猛地站起，握着刀，向敌人冲去。南虎一看暴露了目标，也只好下令出击。法国士兵们看到一群人手拿武器向他们冲来，赶紧抱头就逃，不分东南西北，拼命地往坡下跑。他们万万没想到，在慌忙之中跑进了中国的国界。这也是他们不幸中的大幸，请求边境上的中国对讯站的清军保护。南虎他们只好退去。

"没想到到嘴的鸡又给飞走了。"逸曲怏怏不乐地说。

"别急嘛，鸡飞了保证再飞回来，他们不可能待在清军营里不走吧？"马七拳满不在乎地说。

南虎蹲在地上，用一根树枝在地上画着一个大圈："大哥二哥，依你们看，鬼子会从哪条道回营？假定这圆圈是法国的兵营，离兵营不远是对讯站，这三条小路都可从边界回到他们的驻地。左边的这条路宽，好走，但要绕远路；右边的是近道，但要过一道峡谷，那里是最好打埋伏；中间的那道要过一条小河，那里也是给他们一个突然袭击的好地点。"

"如果是我的话，就会走左边那条路，道虽然远些，可是不易中埋伏。"逸曲说。

南虎点头同意。

真给逸曲说对了，法军士兵选择回营的路正是这条道，虽然远了些，可是最安全。清军把法军士兵安全地送过国境后，就不能再往前走了，法军士兵没法子，只好把子弹推上膛，紧紧地握着枪，一步一惊地踏上回营的路。

在路的拐弯处，有一块巨大的三叠石，三块巨大的石头叠在一起就像一道天然的屏障，想来这里远离树林，匪徒们埋伏的可能性不大。士兵们也就壮着胆子走了过去。不料，一群人好像是从石头缝里蹦出来的一样，突然从岩石后跳了出来，截住了他们的去路。好在法国士兵们也有所准备，立即还击，双方又是一阵激烈枪战。

南虎要快速解决，一举歼灭敌人。可是，没料到法军援兵来得如此之快，一队骑着快马的法兵突然从他们的背后出现。南虎一看，不好！赶紧高声喊道："全部撤退！快撤！快撤！"

原来，早先在山坡打伏击的时候，一名法国士兵竟糊里糊涂地跑对了方向，回到了自己的对讯站，立即通知大本营，法军当下派出三路人马来援救，正好赶上了这场枪战。

看到大军压来，那二十几名越南村民被吓蒙了。南虎稳住阵脚，叫马七拳和逸曲带领越南村民从两个不同的方向撤退，自己带领弟兄压后。法军疯狂地射击，子弹打到岩石上，迸出点点火花。一颗子弹从岩石迸回，穿过南虎的大腿，鲜血直流。南虎来不及包扎，忍着痛，一面回击一面撤退。毕竟他们众寡悬殊，被法军团团围住，马七拳和逸曲带领越南村民得以安全逃脱，可是，南虎和他的二十三名弟兄被抓获了。

这天，龙州镇上的法国教堂铜钟被敲得震天响，"咚咚……"震得人心发慌。提督府的清兵们全副武装，把守着城镇的各路出口。刑场设在城镇的广场上，在通往刑场的道路两边，布有重兵把守。正午时分，一队沉重的木轮囚车缓缓地轧过石子铺的路面，发出刺耳的声音。囚车上载着大木笼子，每个笼子关着四个"游匪"。他们身上的血迹干了，斑斑点点地染在被撕破了的衣衫上，双手被绑在身后，头被架在木笼顶的格子外面，头巾掉了，长发披落在肩上，冷漠地看着街道两旁拿枪的清兵和拥挤的人群。

谭女和她的弟弟浩明也挤在人群里。当得知她的丈夫南虎要被砍头时，她差点没有晕倒过去，冷静下来后想想，相信这只不过是谣言罢了。南虎有谋有勇，他曾陷入过那么多次的危机，都能化险为夷，这次也不会例外。为了证实她的断言是对的，她从水口赶到龙州镇看个究竟。当最后一辆囚车走过，却看不到南虎，她松了口气，她是对的，她的南虎没有被抓。

与此同时，逸曲和马七拳带领兄弟们也化装成百姓，挤在人群里，伺机劫持囚车，救出弟兄们，更重要的是救出三弟。他们早已把马匹准备好，一旦劫出南虎，便骑上马，冲出镇子。可是，他们迟迟下不得手，因为在囚车里没看到南虎的身影。

当然，苏元春也是个精明人，深知"游匪"的厉害，绝不会袖手旁观让他们的"头人"去死。为了不让"匪徒"们有机可乘，劫刑场，他派出大量的卫兵做好戒备。为了以防万一，他特意没有把那"头人"放在木笼子里示众。

广场被挤得水泄不通。不管见没见过"绿林三雄"的人，都深深感到惋惜，"绿林三雄"可是在镇子出了名的，他们要是被砍了头，以后还会有谁来劫富济贫呢？唉，好人命不长啊。

临时的看台就搭在刑场的南面，看台上坐着三个人：中间的是苏提督，右边的是法军派来的监斩军使，左边的是苏提督的母亲大人。苏提督身穿深蓝色的官袍，没戴官帽，脑后拖着一条梳得整齐油亮的长辫子，辫尾上系着棕黄色的发穗。法国的监斩军使叫霞飞，身穿笔挺的军服，大鼻子下两撇金黄色八字胡，胡子的顶端高高地翘起，佩着一把军刀，胸前挂满了亮闪闪的勋章，他的袖口缝有杠杠，显示他只是一位下级军官，他下巴仰起，冷冷地看着周围的人群。母亲大人身穿一件豆色绣花袍子，手拿着一串黑色的佛珠，闭着眼睛，嘴里"喃喃"地在念经。苏提督的母亲信一辈子的佛，昨夜，她苦苦地劝儿子积德，不要砍这么多的人头。苏提督也觉得母亲的话有理，可是，碍于有法国人监斩，他是执法的，不斩不行啊。

一个大木墩子安放在刑场的地上。一个手持锋利大斧的刽子手膀大腰圆，满脸横肉，光着膀子，腰扎一条黑板带，脑后的辫子紧紧地绕在头上。人们看到他大斧一挥，一道寒光，"咔嚓"一声，人群发出惊叫，"啊"一声，一颗人头滚落在地。就这样，一个接一个，二十三颗脑袋落了地，鲜血流了满满一地，空气里布满了血腥味。

最后一名犯人被带了出来，看到南虎手脚戴着沉重的铁镣，马七拳发出一阵长长的尖锐哨声，人群里发起一阵骚动，推推搡搡，大声叫喊着："刀下留情，不要杀他！"

"免南虎一死！"

"你们杀了南虎，观音菩萨不会饶恕你们！"

趁着骚乱，逸曲领着百多个弟兄往前冲。刑场情况紧急，守卫刑场的清兵立即筑起一道人墙，将人群与刑场隔开。他们不敢朝人群开枪，只好朝天空鸣枪警告。可是，骚动并没有平息下来，人群像潮水一样向前涌来。苏提督下紧急令，一营清兵疾奔冲进刑场里，把人群逼得步步后退。

南虎一步一步地走出刑场，忍着腿上的伤痛，仰起头，长长的头发披落在肩后，裤腿上的血迹已干，硬邦邦地贴在大腿上。他微笑地看着人群，听着他们的叫喊，有这么多人对他的支持，他感到欣慰。他眼睛在人群里搜索，相信此时谭女也一定会在人群里面。他深深地感到歉意，自从结婚以来，他没有时间好好地和她生活在一起，现在将要撇下她永远地走了，他对不起她啊。他低下头来，看到二十三颗人头静静地躺在地上，一地的血，把黄色的土地染得鲜红鲜红的，南虎的心疼得紧紧地揪起，天底下还有什么能比失去弟兄们的性命更为痛心的？他没能救他们的性命，他对不起弟兄们啊！面对被砍头，南虎没有畏惧，只是无奈罢了。既然人只能死一次，死也要死得像条汉子。

苏元春听到众人的叫喊，便断定此人不杀必有后患。他往前走了几步，大声地说："盗马贼，你可知罪？你聚众造反，打家劫舍，勾结越匪，袭击法军，罪该万死。本官今天砍你的头，你还有什么可说的？"

"苏大人，我没有罪！"南虎扬起声音，大声地说，让众人都能听到，"不错，我袭击法军，那是因为他们欺压中国人和越南人。说我勾结越匪，他们根本就不是什么'匪'，他们都是些穷苦的越南农民，被番鬼骑在脖子上拉屎，忍无可忍才拿起刀跟番鬼干的。说我聚众造反，打家劫舍，这倒是要看是造谁的反，打谁的家了。你们官府害怕番鬼，不为民做主，该不该反？有钱人仗势欺压百姓，这样的富家就该打，该劫。别看我身为绿林人，我也曾驰骋沙场，杀得番鬼鬼哭狼嚎，那才叫痛快呢。你说这些是我的罪过，也不怕遭雷公劈啊。我没有什么要说的了，堂堂正正地来，威威武武地去，要砍要杀，随你的便。"

刽子手虽没见过南虎，却听说过他的名字，没想到这条硬铮铮的好汉，却被断送在他的大斧之下。在他的一生中，他不知砍落了多少颗人头，手从未颤抖过，可是，如今看到南虎迈着沉重的步子，一步一步地向他走来，他的手禁不住地颤抖起来。

苏元春的母亲快快地数着佛珠，念着经，求观世音菩萨赦免儿子有罪的灵魂。那法国军官两手放在扶椅上，戴着白手套的手指头不安地敲打着扶手；苏提督的脸色变得苍白，也许是因为杀了这么多的人，也许是因为听了南虎的话，他的心里有愧吧。

南虎毅然地走到木墩子跟前，缓缓地跪下，把头搁在木墩子上，把眼睛闭上。

他看到了一团白云，穿着白袍的观音娘娘向他走来。南虎说："观音娘娘，你能告诉我，南方的那个好地方在哪里吗？"观音娘娘微微一笑，没有回音，白云又把她载走了。一个青面獠牙的妖人从地下冒出，拖起他的腿就往地狱里拽，南虎大怒，抡起拳头，可是他的手怎么也动弹不得，他急了，飞起双腿，往妖人身上踢去。听到一声大吼，南虎睁开眼睛，看到刽子手惊吓的眼睛睁得大大的，这才想起他这是在刑场。

在场所有的人都给镇住了，刑场上鸦雀无声。

这时，站在刽子手身后的监刑官突然一声高喊："看斧！"

刽子手一惊，大斧从手里跌落下来。

坐在看台上提督大人的母亲看到此情，打了个寒战。正当刽子手弯下腰去捡斧头时，她高声喊道："住手！"她转身对苏元春说："儿呀，刽子手的斧头落地，是观世音菩萨不让这个人死。观世音菩萨在保佑他呢。如果你杀了他，你会遭到惩罚的。儿子，听我一句话吧，这个人不该杀。"

苏元春是个孝子，听母亲这么一说，心里也嘀咕起来。可是，不杀吧，这法军监斩军使肯定不依。正在左右为难时，母亲大人为了儿子便委屈了自己的身份，向法国军官鞠躬、求情。

这法国军官虽听不懂母亲大人说的什么，却略知中国礼仪一二，赶紧起身，扶起苏元春的母亲，既是提督大人的母亲给求的情，他也不好端着架子。再则，虽然他是个军人，死人的事是司空见惯，不过，像这样残酷的刑法，人头一个接一个地滚落在地，死不瞑目，眨着眼睛看他，他早已看得心惊胆战。剩下这最后的第二十四个，他也不愿再看下去了，也乐得个顺水推舟，给提督大人的母亲一个面子，不便再追究了。

就这样，南虎到阎王爷那里打了一转，又回来了。

第二十二章　千里防卫

三更竹梆刚敲过，苏元春便睡不着了，在黑暗里睁着眼睛想心事。自从砍了二十三颗土匪的人头后，朝廷几个月来没有收到法国使馆的抗议，慈禧太后也算得到了片刻的安宁，奖赏他守关有功。可是，苏元春可并不就此宽心，树欲静而风不止啊，法军在越南边境源源不断屯集重兵，屯集粮食，说不定哪天又会大举进犯。

反正也睡不着了，苏元春索性起身。窗外透进一丝凉意，他随手从椅子上拿起一件长袍，披在身上。一道月光从窗外泻来，正落在墙上挂着的边界地图上，尽管每天他把地图看了又看，这时也还是不由自主地走近细细察看。图上密密麻麻，朦胧地标出山峰群立，古道陆路水路，蛇游似的穿梭在林海之中。

在与越南交界的广东、广西、云南三个省份之中，广西的陆路边境线最长，从防城的北仑河口到那坡县和云南交界的各达山，全长一千多里，全线处于崇山峻岭之中。如今，越南再也不是大清国的藩属了，中国有法国这样的强邻迫境，不能不辞行固圉之方，一变千百年来边境有边无防的局面。苏元春分析，滇、粤、桂三省皆与越南接壤，滇以互市为重，粤以海防为重，桂以守边为重……如何才能镇守边疆？潘鼎新丢失镇南关，诸多原因，其中最关键的就是边关防御不严。那么，怎样才能严守，攻其不破呢？唯一的办法是在沿边界各重要关隘筑炮台营垒，筑起永久性的防御工事。可是，这崇山峻岭的，无从下手啊。

苏元春揉了揉干涩的眼睛，把桌上的一盏油灯点燃，拿起油灯走近地图，灯光下，五座山峰像馒头一样垒起。他心头一动，如能把这五座峰峦连接起来，岂不是一道"长城"？秦始皇在北方筑了长城，从此挡住了匈奴的进犯，我何不在山峰连起处，筑一道城墙，挡住法军的入侵？这样一来，可是长久之计啊……

他越想越觉得这个主意极好，兴奋得手也颤抖了，他从桌上拿起笔，依据山势，在地图上一笔一笔地画起，在主峰及左右山峰修建双垛城墙，将其连接起来，城墙之间修筑炮硐台、烽火台、帅旗台，炮台群沿山峰修建布置，炮台间有城墙相连环护，连成一体，有如"长城"。

他一口气画完，天也亮了。一道曙光挤进，把屋里照得亮堂堂，苏元春把灯吹灭，往后退一步，欣赏他精心设计的防守图，雄伟的"长城"历历在目。一个人一辈子能修几道这样的"长城"？他用力地搓了搓手，等不及了，若能把"长城"修建完毕，这辈子也不枉来到这世上一遭了。

随后，他把三个镇子的衙府官员们请来，向他们展现他的千里防守图。

听完苏元春的详细陈述，陈大人问："主意是很好，可是，建这么大的工程，钱从何来？"

"这正是我请诸位来这里要商量的事。多少年来，朝廷从未在边境防卫下过本钱，现在情况不一样了，边境上的战争随时可能发生，我断定朝廷不会反对。可是，朝廷能拨来多少银子却不好说，因此，我想与各位大人商量，在各地募捐。"苏元春说。

"广西山多地少，历来贫穷，恐怕募捐也捐不到多少。"水口镇的官员说。

"我倒有个主意，可在广西广东两省同时募捐。广东是鱼米之乡，富商也多，不怕募不到钱，只是……"陈大人说。

"陈大人，有话只管直说。"苏元春听到"不怕募不到钱"这一说，兴奋得等不及了。

"让所有的募捐者，不论捐钱多少，将他们的名字刻在石碑上，以流芳百世。这样一来，有钱人便会踊跃捐款。"陈大人说。

"不错，好主意。"苏元春双手赞成。

把衙府官员们送走后，苏大人当即挥笔，上奏朝廷有关他的千里防务计划，从修复镇南关口开始，工程分首期和尾期实施，并请朝廷尽快拨来银两。他知道这样的雄伟计划，朝廷是不会拒绝的。

果然不出所料，朝廷批准了苏元春的边防计划。

听说要建小连城了，广西桂西南地区的农民们络绎不绝地拥进龙州镇。这些农民中有青壮年单身汉子，也有拖家带口的汉子，虽说做民工一天只能挣到几文钱，但对于这些遭天灾，颗粒不收的农民来说是一笔不少的钱了。一时间，人们在镇外搭起了密密麻麻临时住的竹棚子，给这个不起眼的穷镇子带来一股繁忙的生机。

终于，破土动工了。民工们先把山石炸开，再用凿刀把岩石凿成方块，然后把石块一块块地砌起。苏元春把全部心思都放在建小连城上，亲自监工，上山勘探、督工、督料、垒石架木，来不得半点马虎。

不久，眼看双埤城墙很快就把两座炮台连接起来，苏元春深感欣慰。

陈大人的龙州镇衙门就在南街，衙门的公堂大门朝着大街敞开，堂正中有屏风，绘有海水朝日图；水清、日明象征镇官府清正廉明。衙门的东侧置有一面大鼓，人称"喊冤大鼓"，是供百姓们申诉冤屈的。近两年来，没人申冤，"喊冤大鼓"也被冷落在一旁，陈大人心安理得，每次进出衙府大门时，看也没看它一眼，似乎忘掉了它的存在。可是，不知何故，连日来，门前鸣冤鼓声不断。

听到鼓声，陈大人立即升堂，衣冠楚楚地坐在大堂上，堂上悬挂着一匾额，上面写着"明镜高悬"，手持棍棒的衙役们挺胸凸肚地列队公堂两侧。公案桌上，整齐地摆放着朱笔、惊堂木、红黑两色令签。如打板子这样的轻罚刑，则用黑令签；如判处死刑，则是红色令签。当击鼓人被传唤上堂，陈大人低头一看，跪在地上的击鼓人又是衣衫褴褛的贫穷农民，料想与前日的案情出入不大。

陈大人把惊堂木一拍，厉声问道："为何击鼓？"

"大人，我们被逼得无路可走哇。我们家穷，多亏有一头水牛种田，全家才得以糊口。可是昨夜，来了一群盗徒把牛给抢走了呀。大人，你可要为我们做主啊！"

陈大人把身体往椅背上一靠，纳闷地想：这段时间连续发生抢劫案，是谁干的？按说本地的"盗匪"应该是南虎他们一伙，可是他们从不抢穷人。他们有严规"三不抢"，不抢中国穷人，不抢越南穷人，不抢镇子民众。盗首南虎曾说："我们在这里吃饭，就不要在这里拉屎。"话虽粗俗，但浅白易懂，人人严守。难怪镇上的老秀才感慨地说："盗徒所劫皆外人，不自残同胞也，众呼为'义盗'，盗亦有道啊。"因此，慕义盗者多来投奔，在中越边境，俨然独竖一旗，专与法人为敌，与民众秋毫无犯。那么近期连续发生的抢劫案件，作案的一定是外来的盗匪。这些盗匪又是从哪里来，往哪里去呢？

陈大人立即传衙役查清法办，盗徒一日不除，民众则一日不能安生。同时，又在镇子上贴出布告，告诫民众谨防盗匪。两天后，查访盗匪的衙役急匆匆地赶回来了。他俯在陈大人的耳边，咬了一阵耳朵。

陈大人脸上一惊，喃喃地说："这可如何是好哇。"

陈大人万万没想到，这群盗匪不是别人，正是苏提督手下的官兵们。这是棘手的案子，他们是绿营官兵，属于朝廷的，而他只不过是个小小的镇衙门，怎么能捉拿他们归案呢？可是，就此撒手，又如何平得了民愤？陈大人背着手，在屋里踱来踱去，左右为难。眼睛不由得落在大堂的一副挂联上：

吃百姓饭，穿百姓衣，莫欺百姓。

他略有所思："也只有这样了，我亲自去见提督大人。"说完，抬起脚，迈出衙府大门。

陈大人气喘吁吁地爬上山来，抬起头看着这又高又陡的崎岖山路，腿肚子都抽筋了。苏元春为工程的总指挥，干脆把营帐也扎在山上，陈大人也只有辛苦两条老腿了。

他对苏元春也早有所闻，当了十几年的高官，还是两袖清风，知道他的人称他为清官，不知道他的人说他是笨蛋，天底下哪有官不为己的？苏元春向来对军营账目来往一丝不苟，规定账房里对各项大小开支记载清晰，自己以身作则，从不因私挪用军款一文。小连城破土初期，日月支出，账目清爽。但是，随着工程扩大，先是建兵房，后来垒筑城门、水口关隘口，又加上什么军械局、兵营、军垦田等辅助设施，开销之大，渐渐地，苏元春难以控制。工程大了，账房人手多了，军营里进出来往人也杂了，以致好些项目皆无账可查。如今，苏元春建造防卫公务繁忙，松了缰绳，手下的官兵们就像脱了缰的野马，为所欲为了。

"啊，是陈大人来了，请坐，请坐。你先喝杯茶，解解渴，我这边正在查看账目，忙完就过来。"苏提督忙得又黑又瘦，像变了一个人似的。

"对不起，我来得不是时候。"

"别客气，你先歇歇脚，这山道可不好走啊，我这边就快忙完了。"说完，苏提督便回到桌子跟前，在账房老先生的对面坐下。

账房老先生说："苏大人，朝廷所拨的银子远不够用，募来的一百万两银子也所剩不多了。"

苏元春没搭话，皱着眉头，翻看账本。

"苏大人，你看是否把工程先停下，想法子把银子补足后再继续也不迟啊。"

"不能停。"

"大人，你把自己多年的积蓄都填补上了，就是这样，也是滴水解不了渴啊。我也知道有人从中浑水摸鱼，也交代账房里的去细查，可就查不出。唉，银库很快要空了。"

"朝廷拨的军饷该到了吧？"

账房老先生赶紧压低声音："大人，那可使不得呀，已经把士兵几个月的军饷给用了，再动用是要问罪的呀。"

"谁敢问罪？要问，就问我的罪好啦。"苏元春闷声闷气地说，"老先生，有我在，你不必惊慌。就这样吧。"

账房老先生点头退去。

听到这里，陈大人这才恍然大悟，怪不得士兵当"匪"呢，没军饷，能不去抢吗？苏督军办事不为人言，建小连城是他有生之年的大作，他亲手创建的"伟业"是不容别人插足，也不容在他的手里半途而废的。在他的眼里，建小连城正是他大显身手的时候，又可名垂千古，如何能停？

苏元春用手抹了抹脸，好像要把一脸的愁云抹掉。沉默了片刻，他深深地吸了口气，走过来，在陈大人对面的椅子上坐下。

"陈大人，我知道你无事不上山。找我有什么事就请直说吧。"

"提督大人，我知道你有为难的地方，可是，我不能不……"

苏元春摇摇头，叹了口气说："陈大人，是不是关于我手下官兵们的事？我知道了，我一定会严厉处罚的，你放心好了。"

陈大人点点头，苏元春都知道了，他也不好再说什么了。

第二十三章　重整旗鼓

俗话说"大难不死，必有后福"，可南虎的"后福"却是做上了苏元春的马夫。苏元春免他一死，却又不甘心把他关押在牢里，因为还得供他牢饭，便宜了他，可是，又不能放虎归山。想来想去，只有把南虎放到马棚里当马夫，让士兵看守着。

南虎哪能甘心当马夫，每天扫马粪、切马草、洗刷马、喂马草，一身硬功夫无用武之地，他一肚子怨气无处泄，只有空对明月，挥拳舞棒，以解心头之无奈罢了。曾好几次，他趁着看守他的士兵不留意时一逃了之，可是又转回来了，一来因为苏提督把谭女看起来当人质，只要他逃走，谭女就会遭殃；二来刑场刚过，正是风头火势的时候，他不能逃，不能因为追捕他，官兵们上山围剿，弟兄们遭殃。所以，他只好按捺下来，等事情平息下来再说吧。

他想念大哥、二哥和弟兄们，最难过的是，他一闭上眼睛，就像看到刑场上那二十三个弟兄的头被砍掉，鲜血淌满了一地，心里便像刀割一样地痛苦。这些日子来，他想了很多、很多，师祖说兵书有云："兵者，国家大事，死生之地，存亡之道，不可不察也。"又云："不知地利不可行师。"他的"三点会"绿林好汉不是军队，可是，在南虎的眼里与军队不相上下，一经与敌人打仗，就是踏上存亡之道，弟兄们的性命都捏在他的手里，如果这仗能重打的话，他该怎么打才能不流这么多的血，死这么多弟兄呢？他摇摇头，不知何以为好。

一天夜晚，南虎正在马房给马加夜草时，两个黑影溜了进来。

"三弟。"声音在身后响起。

南虎惊喜地压低声音叫道："大哥、二哥。"他赶紧把他们拉进里屋，"我早就盼你们来了，弟兄们都好吗？"

"都好都好，大家都等着你回去呢。"马七拳笑着说。

三兄弟能活着相聚，不容易啊，又少不了一番感慨。在昏暗的油灯下，南虎一脸的络腮胡子，原来的圆脸显得变长了，眼窝子深了，眼睛黑白分明，无畏的神色依然如此。

"怎么没看到那些看守你的士兵？"逸曲问。

"溜出去喝酒了。刚开始的时候，他们盯我盯得可严啦，连上茅坑都在外面守着。我对他们说，别老跟着我，如果我真要逃，就是有一百个士兵也守不住我，信不？他们当然信啦，因为我是大名鼎鼎的'盗马贼'嘛。"

三人都笑了。

"那你还待在这里干什么？走，三弟，我们一起回山林去。"逸曲高兴地说。

"你以为我乐意待在这里当马夫吗？我走了，谭女怎么办？他们拿着她当人质呢。再说，我不能让官兵们有借口来围剿山上的弟兄们。"

"那又能怎样？和他们拼了。"马七拳说。

"硬拼不是个办法，那又要死多少人？"南虎说。

"打仗嘛，总得死人。"逸曲说。

南虎摇了摇头。

"你怎么啦，只知道摇头？三弟呀三弟，亏你还是个绿林好汉。"马七拳说。

"你这些日子不在山上，弟兄们心里都没了主意，大家都盼着你回山呢！"逸曲说。

"山是要回的，只是时候未到罢了。"南虎说。

"时候？什么才是时候？我说你是害怕了吧！"马七拳生气了。

"怕？我怕个鸟啊，大不了砍头。近来，我想了很多很多，我们跟随冯将军打法国鬼，把番鬼打个稀巴烂。你、我，还有全体的弟兄们，我们拼出性命保住国土，夺回镇南关。可是，到头来怎样？我们还是被迫落草上'梁山'。不管我们有过多么大的功劳，朝廷把我们看作敌人，要砍我们的头。"南虎说。

马七拳眼睛一眨不眨地看着南虎，揣摩着他的意思，说："那么说，我们不该打番鬼了？"

"谁说的？不但要打，还要打得狠，以牙还牙。"南虎看看大哥，又看看二哥，停顿片刻后，又接着说，"我在想，二十三个弟兄在刑场上被砍头，我们为什么失败？倒不是我们打得不勇猛，而是我们不但被法国鬼追捕，就连朝廷的官兵们也不放过我们，中法两军联手起来对付我们，力量相比之下，敌人强大，我们弱小。你们想，我们这几十个人几十条枪，还继续用原来那一套路子来打，尽管我们有的是勇气，最终也是不能成功的。"

"那怎么个打法才能成功？"逸曲和马七拳不约而同地问，期待地看着南虎，急切地要知道成功的新路子。

南虎良久没有搭话，因为他自己也说不清楚。

在油灯下，三兄弟面面相对，六目相视，沉默了许久。

逸曲和马七拳不禁黯然，遗憾地想，经过那天的刑场，三弟变了，他失去了勇气，再不是以前那个敢冲敢杀的三弟了。

而南虎隐隐约约地感到，路，一定是有的，就是不知道应该在哪里转方向。

终于，逸曲打破沉默："三弟，人各有志，不勉其强。时候不早了，我们也该走了。"

他们俩站起身，抱拳拱手，给南虎道别："三弟请多保重！"语气里充满了失望。

"大哥、二哥，"南虎心情复杂，不知说什么才好，"也请你们多保重。"

马七拳、逸曲点了点头，转过身，翻过墙头，消失在黑夜里。

看着他们离去，南虎心里很不是滋味，一股失落感袭来。一阵晚风吹起，一片枯叶飘落在南虎的肩上，他拍去落叶，弯下腰。正当他抱起一捆马草，一眼看到月光把自己的孤影投在地上，像是一头被困的猛兽，喂马、扫马粪，他是报国无门啊。他气不打一处来，猛然地把那捆马草摔出去，马草散落了一地，继而又旋起几个"乌龙绞柱"，"嗖嗖嗖"地，把马草旋起天上地下，浑浑噩噩……

一天，两个看守他的士兵在马棚外小声地说着什么，南虎竖起耳朵，只听到："唉，这个月的军饷又没有着落了。"

"怎么办啊？老婆还等着钱买粮呢。"

"听说了吗？二营的人昨晚换上老百姓的衣服，又出去找钱哪。"

"怪不得二营的人不闹饥荒啊，我也找钱去。"

"咳，看你这傻样。钱哪有那么好找呀，是抢钱去了。"

"抢谁的钱？"

"老百姓的呗。"

"哎哟，上头要查出来是要砍头的。"

"砍什么头。你以为苏提督不知道？钱，他拿去修炮台了，他就是想给也给不起。士兵没有钱，能不抢？苏提督只好开只眼闭只眼啰。"

原来如此，近日来穷百姓频频被抢的事南虎也有所闻，他掂量着，这些伤天害理的事绝不是他的弟兄们干的。那么，又会是谁呢？现在南虎全都明白了，百姓不仅遭法国兵的殃，还要遭自己官兵的殃，这日子可怎么过呀？苏提督来龙州，就是为了对付番鬼，安民安国，可如今，番鬼不但猖狂，而且民不安国不泰。苏提督动用军饷，官兵们出去抢劫，事情如果传到朝廷，苏提督可就大祸临头了。转念又一想，南虎暗暗地高兴起来。苏提督焦头烂额之时，就是他南虎的吉祥之日了啊。机不可失，时不再来。他当即求见苏提督。

"苏大人，感谢你不杀之恩。近来你烦事不断，南虎愿效犬马之劳。"

"好一个囚犯，竟敢出此狂言。"

"别看我是个囚犯，我敢说今天在这天底下，也只有我南虎才能给你排忧解难。"

"大胆！本官何来忧难？来人，把他推出去。"苏元春被揭短，又气又愧，脸上红一阵绿一阵的。

"慢！苏大人，我要是没有这个胆量，也不敢来见你。说白了吧，你的难还不止一个。问问全镇子的人，谁人不知哪个不晓，你手下的官兵抢劫老百姓，你不是不知道，也不是不想制止官兵们的所作所为，可是要制止，就得给钱，这钱你是拿不出的，这是其一；其二，要是有人上奏朝廷，说你动用军饷，纵容官兵抢劫百姓，别说你提督当不成，就是连脑袋也保不住；其三，如果你被革职，小连城也就建不下去，这口气你能咽得下吗？你说说，这难大不大吧？”

苏元春干瞪着眼，半天搭不上腔来。南虎说的句句是实话，字字像子弹似的正打中他的要害，他心里不由得一阵阵发虚，额头上布满了一层细腻腻的冷汗。事情怎么会弄到这般地步？

看到这般情景，南虎不禁同情起来，苏大人这么做也是为了国家啊！

南虎拱手，说：“苏大人，人常说‘老马识途’，我身为绿林好汉，别的不敢说，‘找’钱的本事还是有的。我为人说话不含糊，我担保带领你的官兵去‘找’更多的钱，不过不是抢劫老百姓。这样既免民众告状，又不耽误小连城完工。”

苏元春的眼里闪过一道惊喜，他是个明白人，不用明说也知道南虎领官兵到哪里去“找”钱。只要士兵手头有了钱，就会停止抢劫；老百姓一旦没有了“盗匪”，也就停止鸣冤击鼓了。这样一来，大事不是化了了吗？想着想着，苏元春一脸的乌云渐渐消失了。庆幸听了母亲大人的话，没有杀南虎，如果把南虎杀了，今天谁能来给他解难呢？不过，他能相信他所说的吗？如果南虎趁机再次逃走，此不人财两空，更让天下人笑话他吗？

南虎看到苏元春的脸刚露了一线喜悦，又阴沉了下来，便猜到了几分，说：“苏大人请放心，我不会逃走的，要逃的话也早就逃了，还要等到今天吗？”

苏元春扬起眉毛，奇怪南虎还真能揣摩人心。他说得也对，以他这身功夫，就是把他关在铁笼子里他也能逃走。苏元春说：“那好。我应了你，给你个立功赎罪的机会，到马棚挑匹快马吧。”

南虎大喜，抱拳拱手：“谢提督大人！”

南虎一路跑回马棚，牵出一匹骏马，跳上马背，不朝清兵营，却往边界驰去。他要亲自打探好边界的情况，才好计划行动。

绿营里的官兵们已得知消息，能抢得更多的钱谁不开心？个个都摩拳擦掌，跃跃欲试，等待着领路人的到来。当南虎出现在他们的眼前，人人都觉得意外。那天在刑场上，他衣衫被撕破，脸上的血迹干了，散落着的长发把大半个脸给遮住了，虽然看不清他的脸膛，可是那股威武不屈的气概让士兵们肃然起敬。今天看到南虎衣着齐腰对襟短衣利利索索，脸上刮得干干净净的，一条辫子紧紧地绕在头顶，更显他天庭饱满，炯炯有神，胸有成竹。怎么看也不像个游匪，倒是个顶天立地的武士，跟随他准不会吃亏。

“怎么都看着我？信不过？”南虎笑着问。

“嘿，哪能不信？你的大名听得耳朵都起茧了，能有你领路是我们的福气。”一个士兵大声地说。

“是啊，是啊。”

"好。各位，我南虎说话一是一，二是二，我说带你们去发财，就绝不会让你们空手而归。"

"南虎，今晚我们到哪里下手啊？"一个小什长问。

"谁最有钱，就到谁那里去。"南虎答。

"那还用问？当然是地主佬了。"一个士兵说。

"错。地主佬的钱财都在稻田、庄稼里，你能把它带走吗？告诉你吧，最有钱的是法国兵。他们有仓库、兵库，粮仓里囤有吃不完的粮食，钱库里的钱就等着你去拿了，就看你敢不敢。"南虎说。

官兵们面面相觑，这才意识到，南虎要领他们去抢法国兵营。抢劫法国兵可不比抢手无寸铁的百姓来得容易，如果打起来，他们的腿哪有法国鬼子的子弹跑得快呀？

"怎么，害怕啦？有我在，你们怕什么？"南虎手拍胸口说，"不入虎穴，焉得虎子。我抢劫法国兵营又不是第一次，不是我夸口，抢十次，十次得手。"南虎压低声音，神秘地说："想知道为什么吗？因为我有一套绝活，只要我用手指向他们这么一点，他们就动弹不得，乖乖地让我把钱粮拿走。"

士兵们都乐了，南虎身上有一股说不清道不明的吸引力。

"好啦，笑归笑，只要你们听我的指挥，就不会出岔子。还有，我在这里先把丑话说在前面，抢来的钱财一律平分，不论是官是兵，每人一份，如果有谁私藏的话，别怪我不客气。"南虎的话铮铮作响，不容分辩。

南虎把官兵们分成几队，又分别向各队详细地交代他们的任务以及进攻和撤退的路线。他的做法是声东击西，一队人先把敌人引出营地，一队人乘虚而入，一队人截后。动作要快，干净利索，来去无踪。鉴于阮氏雄提供的情况，南虎将目标对准在边界的法国对讯站，因为交通不便，对讯站里往往储存有丰富的粮食和物资；再说，站里兵力不多，易攻；地点又靠近中国国境，易撤。

就这样，白天他们是官兵，晚上换上老百姓的衣服到法国人那里"取钱取粮"。果然，到衙门告状的人销声匿迹了，镇衙府门前的"鸣冤鼓"又沉默了下来。陈大人高兴地自言自语："这就好，这就好。"其中的原因他不想知道，也不愿知道。

可是，这可苦了那些法国人，这群"盗贼"虚虚实实，来去无踪，防不胜防。

当然，南虎是"醉翁之意不在酒"。他带领官兵们劫法国兵的目的，是借此机会拉拢更多的人，壮大自己的力量，至少，日后官兵们不与他作对。这样一来，他就解了后顾之忧。镇南关之战之所以能把强大的法军打败，其原因不仅是冯将军有精兵壮马，有勇有谋，更重要的是得到了官兵的拥护。

法印师祖曾说过要打胜仗，天时、地利、人和，缺一不可。南虎的"天时"是当地的官府、苏提督及朝廷军队等，均不与他为敌；南虎的"地利"则是这里是他的家乡，这里的一山一石，一草一木，他了如指掌，打起仗来灵活利用；南虎的"人和"则是中国的穷人、越南的穷人，人心都向着他，愿意帮助他。记得有一次，他在越南被法国鬼子追捕，正在无路可逃时，一家越南农民的主妇正在生孩子，家人二话不说，立即把他藏在床底下，得以躲过了法国追兵。此外，他还有大哥二哥，一群能打善战的弟兄们，个个都是说一不二的好汉，这些不正是他大好时机的有利条件吗？想到这里，南虎高兴得几乎要唱起山歌来，他双腿使劲夹起马肚，骏马撒开腿，向大山飞奔而去。他要尽快地回到山里，把他的计划告诉大哥二哥，重整旗鼓，接纳更多的人加入他们的队伍，不论是流浪汉、农民，还是官兵。

山洞口，一杆旗杆孤零零地立着，旗子没有了，山洞被遗弃了，一股阴冷的潮气从洞里迎面扑来。南虎怀着的一腔热情，被一盆冷水当头泼下，他失望地怔怔地望着旧地。自从他被捕后，弟兄们各自寻找别的出路去了，大哥二哥也转到红水河一带，当山大王去了。

看着这熟悉的山洞，多少往事历历在目。此时此刻正是他们的绝好时机，可以大干一场，可是，这里除了沉默的山洞、旧日的旗杆，却空无一人。南虎默然地看着升起的朝阳，心想：怎么办，就此罢休？不，我这辈子还从未认过输。他从马袋里抽出一把斧头，跑到树林子里，往手掌上吐了口吐沫，抢起斧头，大刀阔斧地朝树干上砍去，"嘭嘭嘭"的砍斧声，洪亮而沉重，在林子里回响。南虎把砍下的柴火抱起，回到洞里，在地上堆起几堆柴火，又把火一一点燃。火烧得噼啪作响，把野鸟、野兽、潮气一起赶出了洞外。南虎用手掌抹了一把汗，只要有志，哪怕只剩下他一人也绝不罢休。想当初他们上山的时候，不也是从零开始的吗？

"姐夫！"一个清脆的声音在洞外喊起。

南虎往洞外望去，只见浩明站在阳光下，显得那么精神抖擞。南虎惊喜地冲出洞外："浩明，你怎么知道我在这里？你姐还好吗？"

"我姐没事，她知道你自由了，要我来看你。姐说你一定会在山洞，果然不错。"

"你姐就知道我的脾气。我真对不起她，一直没有回去看她。"

"姐说你很忙，不用急着回去看她，重要的是先把山洞的事安排好。"

"难为她了，替我想得那么周到。时间过得真快呀，浩明，你都长这么高了，我都快认不出了。"

浩明高兴地笑了笑，转过身，用手指了指洞外："还认得它吗？"

南虎看出去，一匹白马拴在一棵树上，正低头吃草。"那不是我那匹白马吗？"南虎说着，快步跑出洞口，用手拍着马，咧嘴笑。

"你被捕后，我向大叔和二叔要你的枪和马。这两年，我每天练习打枪，骑马。不敢说百发百中，我可以边骑马边射击，把一棵树从中间劈开。我上私塾了，我想有那么一天，我们可以一起共大事呢。"

"说得不错，我真高兴有你这么个有志向的内弟。尽管我现在只有你一个，总有一天，我们会有自己的队伍。"

浩明笑了，把手指放在嘴里，吹起一声长哨，一时间，二十个年轻人从林子里跑出来，挺起胸，站立在他们的面前："看，姐夫，你不光有我一个，还有这二十个好汉呢。"

南虎兴奋地看看这个，拍拍那个，说："好样的，好样的，我真不知说什么才好。年轻人，欢迎到我的山洞来。"

浩明从马袋里拿出一面棕黄色狗牙边大旗交给南虎，说："姐夫，这是姐为你赶做的。"

南虎把旗子抖开，只见在旗的中间用黑丝线绣了一个大大的"陆"字。南虎激动地走到旗杆前，把旗挂起。他不再独自一人，他有这面大旗，还有跟随他的年轻人。他要把这二十一个年轻人训练好，成为好战士，再由每一个战士去指挥和训练十来个新战士，可想，在不久的将来，他便会有一支能打仗的队伍。

南虎差浩明到红水河走一趟，请大哥、二哥回山，共谋大事。当马七拳和逸曲得知南虎重整旗鼓，二话不说，带起人马回山与南虎相聚。他们的归来，对南虎来说犹如猛虎添翼。众人一致推举南虎为大头领，马七拳、逸曲为副头领，南虎的左右臂。逸曲又在洞口的上方提了"聚义洞"三个字。

"弟兄们，"南虎对众人说，"这聚义洞有两重意义，第一，我们闯江湖最重要的是讲义气，诚实守信；第二，是聚天下之义士。我们不是兵，我们是勇，是属于我们自己的。不过，我们总得有个名字吧。我提议就叫'绿林勇士'，怎样？"

"好哇！"

"这名字够响亮的。"众人齐声叫好。

"好，绿林勇士们，"南虎说，"如今天下不太平，法国鬼子横行霸道，朝廷苛捐杂税，官府贪官污吏，百姓民不聊生。我们聚在这山上就是要除暴安良，替天行道。可是，朝廷把我们看成是草寇。我们落草是事实，可不是寇，所以，不能把自己当成一群乌合之众。"

逸曲接着说："大家听好了，我们绿林勇士的勇规是：抢劫镇子民众者，斩；抢劫中国穷人者，斩；抢劫越南穷人者，斩；强奸妇女者，斩。凡有以上违规者，格杀勿论！"

众人肃静地听着。

边境线上，千里关山，森林茂密，幅员广阔，是桂、滇、黔三省管不到的"三不管"地区。在越南境内的三宣、北宁又是"两不管"地区，这"五不管"地区正好成了南虎的绿林勇士的广阔天地。他们出没边境，声望日益壮大，四方的慕义者前来投奔，归至八千人。

　　兵家最大的忌讳之一，就是兵力过于集中。南虎把绿林勇士分为三支队伍，马七拳和逸曲各带领三千五百人，南虎留下一千人，亲自训练，作为卫队。他模仿萃军的编制，各队设有大哨长、小哨长、什长；大哨七十五人、小哨二十五人。马七拳打蓝旗，叫蓝队。逸曲打红旗，叫红队。南虎打黄旗，叫黄队，浩明为卫队长。蓝队驻扎左翼山头，红队驻右翼山头，黄队坐镇"聚义洞"大本营。

　　这样的布局在南虎的脑子已经思考了很久，两翼人多，中间人少；如敌人进攻，以少数人把敌人吸住，左右翼大队伍迅速撒开如网，再向中间靠拢，里外夹攻，一举歼灭敌人。三支队伍成掎角之势，相互呼应，可分可合。

第二十四章　巧夺金龙峒

　　在两山之间的谷地是一大片开阔的绿草地，南虎正好用此当作练武坪。鉴于萃军训练模式，全军每天操练阵法，士兵耳听鼓声，眼看旗号，出击如风，动如雷霆。此外，还要熟练各种兵器、弓箭、刀枪术、马术、射击等。

　　这天比武，天还未亮，练武坪就热闹起来了。勇士们挥拳、踢腿、活动筋骨，要争个高低。临时的看台前放置着一张长木桌，上面摆着四十两银子、四坛好米酒、四朵大红花，每个项目的头奖是十两银子，二奖是一坛米酒，三奖是一朵大红花。看着这么多的奖品，勇士们鼓足了劲儿。

　　铜鼓牛角声响起，壮士们迅速地列队在各自蓝、红、黄旗下。三位首领迈着稳重的步伐，来到队伍的前面。南虎效仿观音娘娘，身穿白衣、白裤，系白头巾；马七拳、逸曲身穿深色短打衣，发辫紧盘头顶，头上系着队伍的蓝、红标志：蓝头巾和红头巾。勇士们身穿自家带来的衣服，颜色、新旧不一，但一律青布裹腿，系蓝、红、黄头巾。晴空万里，一排大雁正巧从头上飞过，南虎拔出手枪，朝天空开了一枪，一只大雁应声而落。众人看得目瞪口呆，以往只听说南虎有好枪法，今天是眼见为实，大开了眼界。

　　一声铜鼓响，比武开始。第一项是射箭，稻草人作靶子立在三十步外，每个选手只许射六箭，四箭皆中稻草人胸脯上的圆点为头名。第二项是枪击鹅卵石，十块鹅卵石放在一百步外，击倒八块鹅卵石者为优。第三项刀马术，骑马跃过障碍物，挥刀并能一刀把木柱子截两断者为一奖。最令人兴奋的是第四项马上射靶。这时太阳已高，比武场上热气腾腾。一根碗口粗的竹竿竖在比武场的东头，竹竿上挂有一面圆簸箕，为靶子。

　　浩明头上系着一块黄头巾，骑着黑马来到场子的中心，报上自己的姓名："卫队长谭浩明！"众人的眼睛随着他的马围场飞驰三周，然后他不慌不忙地举起手枪，"砰砰砰"地朝靶心连开六枪。定睛一看，连中靶子，众人一阵喝彩声。浩明好不得意，索性驱马跑到场子的另一端，然后掉过头来，握起双枪，双腿紧夹着马肚，迎着靶子飞驰而来，众人听到又是一阵枪连响，眼看着挂着靶子的竹竿被枪弹劈开了两半。

　　"好！好哇！"众人又是鼓掌，又是喝彩。

　　这时，一匹马从山坡下奔上来，骑马人高喊："报！！！"人们随声看去，只见马蹄踢起的一团尘土，像一条黄龙似的飞在马的后面。来到三位首领跟前，骑马人滚身下马，气喘吁吁地说："报告，驻在同登、高平的法军，大部分已经会集在金龙峒一带，峒圩里里外外扎满了军帐。"

"知道了，你辛苦了，歇去吧。"马七拳说。

逸曲不解："早在两天前，阮氏雄送来情报，说法国大军及马车带着武器装备向前沿边境移动，目的地不明，原来是到金龙峒。他们为什么到金龙峒，而不是镇南关？"

金龙峒在龙州的西北部约三十里的地方，与越南的琅县接壤，有七隘九十个壮族村庄，因境内有九条形如龙状的山脉，由此而得名"金龙"。金龙峒黑衣壮的妇女们虽穿黑衣黑裤，却喜爱用各种颜色的布巾裹起长发，盘缠在头顶，男子则头缠数圈黑布头巾，腰间系一条黑布腰带。在历朝历代，金龙峒都为中国管辖，是通往靖西、那坡、百色、云南的交通要道。

马七拳说："这么说法军要强行进驻金龙峒，苏提督能答应吗？"

"苏大人为什么不出兵？"逸曲问，"法军这是私自撕毁两国条约，霸占我江山啊。"

南虎沉吟了好一会儿，说："苏大人不出兵，这可不像他的性格，里面定有原因。大哥二哥，不妨我下山去，到提督府里打听情况，然后再作商量。"

"能行吗？"逸曲问。

"没问题。我在当马夫的时候，结识了提督府里的一个戈什哈（满语，护卫之意）叫陈炳焜的，他一定知道这里面的情况。"南虎说。

陈炳焜，广西马平县阳和村人，家贫，从小给地主家放牛。地主请了私塾先生到家中教儿子读书，陈炳焜放牛回来便跑到一旁用心聆听，先生见其聪明机灵，于是也常常给予指点，陈炳焜因此而粗通文墨。当他逐渐长大，知道家境不能供他读书，便只身闯世界。来到边关，经人介绍得以在苏提督手下当戈什哈，也就是高级官员的侍从护卫，他能读能写，聪明能干，为苏元春所赏识。

陈炳焜长得高瘦，眉清目秀，为人随和，在提督府里上上下下的关系都很融洽。那时尽管南虎是苏大人的囚犯，他并不介意，当囚犯的人并不都是坏人，他佩服南虎的所作所为，有事没事也到马棚来转转。

看到南虎来了，陈炳焜笑嘻嘻迎上去，说："好你一个南虎，东山再起，兵强马壮，好一段时间没看到你，连苏大人也得另眼相看了呢。"

"炳焜说哪里去了，上山也不过是混口饭吃罢了。士兵们不会因我回山而怨恨我吧？"

"这你就不用担心了，这些当兵的也总不能长期当'劫匪'，对吧？"他压低了声音，"苏大人由此渡过了难关，也不在乎你去你留了。你这么晚来访，无事不登三宝殿，说吧，有什么事？"

"知道为什么法军进驻金龙峒吗？"

"当然，这事苏大人和法国人争执也有一段时间了。法国人这么做是快刀斩乱麻，借口当地的土司将金龙峒借给越南琅县做抵债，当属越南领地，所以驻军金龙峒，先下手为强。"

大臣李鸿章在天津和法国签订了《中法新约》，条约规定在现边界的基础上进行调整。从前中越是藩属关系，边界无所谓勘不勘定，现在不行了，一寸一尺都勘得清清楚楚，而法国也想趁机扩大越南的版图，成为法国的殖民地。法国的勘界官员一边谈判，一边派出军队占领，金龙峒就是一例。

"就这样让法国人得逞？"南虎问。

"当然不。苏大人上奏朝廷，强调金龙峒是大清国领土，不管从国土，还是从战略来看，这块土地绝不能丢。法国人看中云南丰富的矿石，而金龙峒是到云南的通道，必要时动武也在所不惜。朝廷迟迟没有回复，苏大人等不及了，令龙州衙府的陈大人把陈年老账都翻出来，向法国人出示金龙峒七隘九十个村户历年来向朝廷缴粮的串册，以此表明金龙峒的壮民是大清国子民，据理力争。法越当局也知理亏，却不肯放手。"

"苏大人有何打算？"

"这就难为苏大人了。看来朝廷是不愿出兵，苏大人是朝廷官员，你说他能怎样，擅自出兵不成？"

南虎想了想，说："也是，苏大人是朝廷官员，身不由己。不过，我倒有个好主意，我是个'盗马贼'，说来就来，说去就去，谁也管不着。只要苏大人开一只眼，闭一只眼，不管我的事，不出一个月，我保证法军乖乖地退出金龙峒。"

陈炳焜抿嘴一笑，不相信地说："你有天大的本事？朝廷都管不了，你的那伙人能行？"

"你敢打赌？"

"赌就赌，有什么不敢的？"

"好，如果法军乖乖地退出金龙峒……"

没等南虎把话说完，陈炳焜便说："那我把'陈'字倒过来写。如果我赢了，你的'陆'字倒着写。"

"不行，不行，'陈'字倒着写还是陈吗？可不能拿祖宗来打赌啊。"

"那你说怎样吧。"

"如果你输了，你脚朝天头朝地，倒着走。"

"一言为定。"

"绝不食言。"南虎一笑，抱拳拱手，"告辞了。"他翻过墙头，顷刻间，便消失在夜幕里。

第二天，马七拳、逸曲、南虎及十五个卫士，换上"黑衣壮"的衣服，直奔金龙峒去了，他们亲自出马，探听法军的虚实。法军此次深入中国境内，是做好了充分准备的，所以来不得半点马虎。

过了不久，苏提督接到法国驻越南总督的抗议，抗议中国的"匪徒"数日来干扰法军，说半夜里，匪徒们无声无息地进了兵营，等到他们回过神来，匪徒没了，武器财物尽被一劫而空。驻扎在金龙峒各隘口、各村寨的法国兵营，接二连三地被匪徒抢劫，吃尽了苦头。苏提督暗自高兴，心知肚明，却装聋作哑不理会。既然法军称金龙峒是他们的"领地"，法方也不能强求苏提督出兵镇压这班"匪徒"，唯一的办法是集中力量歼灭他们。

可是，"匪徒"们也很狡猾，事先调查好法国人的路线，在必经之路埋伏好，十里一大哨，五里一小哨，布下了层层埋伏。法国人不禁大骂这伙"匪徒"是胆小鬼、懦夫。法国人打仗一贯是绅士风度，堂堂正正地站出来，面对面地开枪，死也死得光明正大。可是，这群"懦夫"却躲在草丛里、藏在树后，真是叫人防不胜防。更令法国人心悸的是，当"懦夫"们一听到铜鼓响、敲竹筒子或看到摇旗，立即从躲藏的地方正面、背面、左右夹击，他们出击迅猛，善用短器，刀、箭、飞镖，让法军没有反击的机会。在这崇山峻岭，跟野蛮人打仗，让这些训练有素的正规军大伤脑筋。

经过无数次的较量，法军下了大决心，不彻底歼灭这伙"匪徒"，法军一日不得安宁。他们派出奸细，查探清楚"匪徒"的驻地山头后，悄悄地调集几路兵马、十门大山炮，发誓一定要把"匪徒"的老窝给铲平。

这天凌晨，大山林晨雾朦胧，法军悄然出击了。他们兵分两路，从左右两面向山头抄去。这里山高林密，乳白色的山雾在林中游来游去，好像每棵树的后面都有一双眼睛在盯着他们。士兵们心里一阵阵发毛，睁大眼睛，握紧手里的枪，一步一惊心。一阵山风吹来，把浓雾吹稀薄了，影影绰绰地看到不远处的山头，"匪徒"的大旗在风里飘动，人影在周围走动，没有戒备的样子。法军的指挥官不由得一阵高兴，此次出击，"匪徒"们必死无疑。他传令下去，加快步伐，迅速穿越这片山谷。

不料，一声土炮轰起，打破了山谷的宁静。法军大惊，又见上百杆旗子像从地下冒出来似的，在两翼的山坡上摇动，说时迟那时快，马蹄声声，喊声四起，"杀！杀！杀！"上千个"匪徒"从山上冲下来。法军的战鼓敲起，士兵们立即一字排开，朝"匪徒"们射击，密集的子弹压得人抬不起头。与此同时，炮弹推进了炮膛，点上火，十门大炮便地动山摇地吼起来，一团团黑烟顿时把山林笼罩起来。

随着炮火烟雾散去，法军士兵们傻了眼，刚才那伙衣衫褴褛，气势汹汹的"匪徒"们好像被烟雾吞掉了一样，就连他们的土炮声、杀声、马声也都没有了，森林变得死静死静的。这到底打的什么仗啊？法军指挥官一时被弄糊涂了。

原来，这是一计。南虎很快就摸清了法军的兵力及火力装备，有了这些，他迅速地把兵力部署在不同的位置。在两山之间的谷地，他把攀山敏捷的勇士埋伏在高处，居高临下，把旗收藏好，把铜鼓包掩好，让敢死队切断敌人后路，再用一伙短兵把敌人诱进埋伏圈。待铜鼓一响，这伙短兵立即掉头，杀他个回马枪，使敌人瞻前顾后，打他们一个措手不及。

这法军指挥官也是身经百战的，很快就镇静下来了。他举起望远镜仔细察看，透过晨雾，在前方不远处的树林里，时隐时现地看到一群"匪徒"在逃，原来如此，看你们往哪儿逃。他令鼓手紧敲鼓点，命部队快速逼近，让右翼的队伍听到鼓声，把在逃的"匪徒"堵在他们两队的中间，来个前后夹攻。

越往前，林子变得越密，山也就越陡。冷不防，被追赶的"匪徒"们竟然猛然掉过头来，杀个回马枪。事出突然，法军惊慌失措。此刻，陡陡的山坡上红、蓝旗摇动，子弹从山谷两侧猛烈射来。法军毫不迟疑，摆开队阵，立即还击。一时间，山谷里充满了火药味和血腥味。

南虎站在高处看得清楚，法军准备得很充分，指挥相当有把握，前后排队列，轮番射击，有条不紊。双方对峙了好半天，不分胜负。终于，南虎摇动黄旗，给浩明发信号，浩明得令，领着他的卫队骑着战马，冲杀出来。法军没料到从背后杀出这么一股生力军，像洪水一般铺天盖地地涌来。法军顿时乱了阵脚，慌忙掉过枪头，杀出一条活路，狼狈不堪地逃回越南。

法军是又气又恨，想不到他们这大法兰西的文明帝国却屡屡败给这个叫南虎的野蛮人。他们百思不得其解，这群"匪徒"越是被他们打，越是变得强大起来。以前，他们是兵来则散，兵去则聚；如今，竟敢与他们硬碰硬啦。丛林战打不赢他们，不如换个方法。这南虎不就是要钱要枪吗，那就送给他好了，中国有句话说"钱能消灾"嘛。主意拿定，法军便差一个越南人给南虎送信，要南虎到镇南关前去会法军的使者，讲和。

马七拳开心地说："番鬼是给我们打怕了。"

逸曲担心地说："这恐怕是个陷阱，三弟，你不能去。"

南虎说："就算是陷阱，我也得去，不要让番鬼以为我们害怕了，小看了我们。不过，即使他们要杀我，也不是这么容易的。"

到了约定的那天，南虎用黄色的狗牙边大旗领路，朝着镇南关口开去。浩明头扎黄头巾，身骑一匹黑马，腰上别着双枪，英姿焕发地走在南虎的身边，跟在他们身后的是一百名精选的卫队。马七拳和逸曲带着队伍守候在不远处，一旦情况不对，便带领人马冲出关外营救。

苏提督也得到了消息，官兵们全副武装守候在镇南关城墙上，以防万一。

一队法国士兵身穿笔挺的军服，列队在关口对面的越南边境，五六个军官骑在马上等候着。

"吱呀"一声，沉重的城门被打开了。南虎身材魁梧，骑着白马走出门洞。只见他宽额大眼，一脸的英气，剃半头，散发不结辫，头裹白布长头巾，头巾两端绣着黄、红、蓝色狗牙，裹头巾在额前编成重叠人字；头巾两端从耳两侧垂到肩上，上身穿白色对襟密扣衣，敞襟不扣钮，下身白色宽脚长裤，脚穿草鞋，腰间佩七寸龙州刀，两支六响手枪。

法国人与南虎打了那么多的仗，今天是头一回看到其人，他们睁大眼睛，与其说他是个"匪"，倒不如说是中国神话里的一名天将。法国军官们解下插在腰间的手枪，交给身后的士兵，与越南的翻译官一道，驱马向前走来。南虎也把手枪和腰刀取下，交给身后的勇士，与浩明一道驱马前去会法国军官们。

"看，在翻译旁边的那个袖口上画有七道杠杠的军官，叫霞飞。"浩明小声地说。

南虎看去，只见他一身鲜亮的军服，胸前佩满了金光闪闪的勋章，他身体健壮，面部特广，头角峥嵘，高挺的鼻子下一丛浓重翘起的八字胡子，剪得整整齐齐。南虎认出他，正是那天在刑场上法军派来的监斩军使，几年来他又提升了。他听说过霞飞，此人作战勇敢，别看他是法兰西皇家的军官，出身也是卑微，家里是做皮匠的。

霞飞坐在马上一语不发，他没认出来这位南虎就是当年刑场上的犯人，中国同名同姓的人多了。他金黄色的浓眉下一双目光锐利的蓝眼睛打量着南虎，好像要弄个明白，此人是匪还是天将。过了好一会儿，他低声地对翻译官说了些什么。

"你就是南虎？"翻译官转过来问道。

"正是。"

翻译官把话传给霞飞。

南虎说："你们都不是面目狰狞的鬼，我不明白，你们为什么离开自己的家那么远，漂洋过海来到这里？"

霞飞听着翻译官把话翻译完，脸上扫过一阵不快，可是，很快就控制住了，此时不是辩论谁是谁非的时候。他扭转了话题："南虎，作为一个军人，我佩服你打仗勇敢。可是，你偷袭抢劫我兵营财物，用你们中国话说，那不是一个男子汉大丈夫做的事。我知道你们过日子很难，你要钱要枪，我都给你。看，这里是五十支崭新的来复枪，五百颗子弹，五百两银子，只要你停止袭击我军，这些东西都归你了。"

南虎一听，大笑起来。

"我不明白，这有什么可笑的。"

"我笑你看错了人，我们不是贪财的人。我们袭击你们，就是要让你们知道我们中国人、越南人也是人，不是任人宰割的猪狗。要想不被我们袭击，很简单，你和你们的军队离开这里，回家去，那不是一了百了了吗？"

霞飞的脸色很不好看，看得出他在极力地控制自己。他堂堂一个法兰西帝国的军官，怎能让这般蛮人如此这般地指责，说："你们偷偷摸摸地躲在草丛里，从背后袭击我们，这算什么勇士好汉？你要是个男子汉，今天，就站在这太阳底下，咱们面对面地打。"

"好哇。我的手要是发抖，就不是个男子汉。怎么个打法？你定个规矩好啦。"

"我从不与不是绅士的人决斗，这样会有失我的体面。今天，我也顾不了这些了，只要你答应你们的人停止袭击我军，我可以与你决斗，怎样？"

"斗就斗，"南虎正要下马，突然意识到什么，"等等，翻译官，这'决斗'怎么个斗法？"

"就是说你们俩面对面开枪，看谁先把谁打死。"翻译官解释。

"好！我正求之不得呢，我要对准他的脑门。"南虎轻松地说。可是，转眼一想：慢着，早先霞飞刀下留人，可不能把他打死。再说他要是被打死了，法国人就有借口大举进攻中国了，要不得。南虎大声地说："翻译官，问霞飞大人，我可以打他身体的哪个部位？"

翻译官瞪着眼睛，不明白南虎指的是什么。

"我是说，如果他要想留条命的话，就告诉我好啦。"南虎说。

霞飞听完了翻译官的话，气得那翘起的八字胡子都直了，瞪着蓝眼睛大声地嚷嚷。南虎听不懂，可是却很高兴把这位自以为强大无比的军官给气炸了。余下的军官们交换着眼色，脸色又是恼怒又是不安。

"那么你呢，你要他打你身体的哪个部位？"翻译官问。

"算你聪明。他要朝哪儿打就朝哪儿打，随他的便。"南虎说。

南虎和霞飞翻身下马，面对面地站着。两把手枪被仔细地检查后，交到了各自的手上。他们转过身，听着翻译官大声数着数，往前走，一步、两步、三步……南虎心想，这些法国人好生奇怪，开枪打人还要数步子。

"停。"翻译官喊道，"转过身来。"

南虎转过身来，看到霞飞愤怒的脸孔，他举起枪，南虎也跟着举起。在场的所有人都屏住气，只听翻译官数着数：一、二、三！"砰"的一声，两支枪同时响起。人们定睛一看，南虎手握着枪，纹丝不动。霞飞的枪掉在地上，手腕子的血溅满了衣袖，南虎的子弹穿过他的腕骨。按理说霞飞的枪法不错，他因气愤而手颤了一下，子弹正好从南虎的耳边擦过，把垂在耳朵的头巾打了个洞。

"赢了！我们赢了！"浩明高兴地举起双手，叫喊起来。

看到中国人又喊又笑，扬眉吐气，法军又恨又怒，可是又奈何不得。终于，他们吃尽了"野蛮人"的苦头，被迫退出了金龙峒。

可是，事情还没有完结，在京的法国使馆向朝廷提出最后通牒，对朝廷施加压力，称南疆的乱匪严重地骚扰驻越南边境的法国兵营，法国再也不能容忍，如清政府再不处置南疆的乱匪，法国将出兵中国。

第二十五章　招虎下山

面对法国的最后通牒，朝廷不敢怠慢，旨令苏元春速速镇压。苏元春着实犯了难，实话说，他欣赏南虎的为人，讲信义，说一不二，胆大过人。再说，南虎为他做了不少的事情，官兵们人心都向着他呢，如果举兵镇压，他岂不是以恶报德吗？可是，朝廷的圣旨他是万万不能违抗的呀。

一位副官献策，说："与其说南虎和他的好汉们是'匪'，不如说他们是一支有纪律、有训练、能打仗的队伍。不是我长他人威风，灭自己的志气，南虎的队伍比我们绿营强十倍。我们打不过他们，不如把他们招安。一来有了南虎和他的队伍，你的实力是大大地增强了，这对守卫边疆大有好处。二来'匪徒'没有了，对朝廷也是一个交代，这可是一箭双雕的好事呀。"

苏元春心里一亮，副官说得有理，朝廷不费吹灰之力就得到一支精兵，何乐而不为？当即令人贴出榜文："游说南虎下山招安成功者，有赏银子三百两，不成功者杀头。"几天过去了，没有人扯榜。苏元春仔细一想，心里犯了嘀咕，他怎么就没考虑到，南虎对朝廷向来不满，要他下山，谈何容易，故此没人敢扯榜。如果万一招安不成，那么他也只好硬着头皮起兵了。

终于，提督府里有一名小小的文书，姓吴名佑，自告奋勇上山。殊不知，吴佑是芒果村人，南虎儿时的伙伴。前不久，才由熟人保荐，来到提督府里当一名小小的文书。他这次斗胆上山，料想即使南虎不愿招安，也不会杀了幼时的伙伴。如果南虎下山，他便可领到苏提督的三百两银子奖赏，何乐而不为呢？

这天太阳刚二丈高，吴佑走得已是一身大汗。他挑着一担米酒，小心翼翼地踩着石阶，一步一步地向山上攀登。上到山腰处，只见绿松蔽日，吴佑放下担子，暂作小憩。他取下头上的竹笠帽，撩起衣襟，擦了擦脸上的汗。山风吹来，又觉凉爽，悦耳的松涛声阵阵可闻，闭上眼睛，犹如神游世外。从上往坡下看去，下面的石道绕绕，一目了然。想来南虎和他的绿林好汉只要守住这山腰，敌人要从这里经过，没有一番艰苦的搏斗，应该是十分艰难的。看看时候不早了，吴佑便挑起担子，匆匆赶路。

不想，从树后闪出一个蒙脸大汉，拦住了去路，喊道："干什么的？"

吴佑吓了一跳，很快就镇定下来："小的是卖酒的。"

"卖酒？"大汉往卖酒的身后看去，没有同伴。他放下心来。酒坛子一股香气扑鼻，他咽下口水，从口袋里掏出几文钱，说："山里有规定，不许白吃白喝。我给你钱，来碗酒解解渴。"语气比先前温和多了。

"大哥，你饶了我吧。我怎么敢收你的钱哪，别说一碗酒，就是十碗酒我也乐意给你。只是，这里山高林密的，不敢久留呀，我是担心……"

"嘿，你担什么心呀，这里是大名鼎鼎的南虎绿林勇士的地盘，谁敢打你的劫？"

"大哥，听你这么一说，我就放心了。"吴佑乐呵呵地放下担子，把酒倒到一个碗里，递给大汉，又说，"实在不瞒你，这担子酒呀是送给你们的头领南虎的。几个月前，我在镇上卖酒，几个无赖抢了我的酒不说，还将我打了一顿。好在南虎经过，帮了我。要不，我连命都没了啊。"

"你知恩报恩，好！谢谢你的好酒了。卖酒的，你顺着这条山路往上走吧，出了这片林子，便会有人带你去见我们的头领。"说完，他把两个手指放在嘴里，吸足了一口气，吹起一个尖厉的哨声，一直传到山顶。

果然，一个头系黄头巾手持枪的汉子早在等候。二话不说，便领吴佑一步一步地往陡坡上走去。

不多会儿，看到不远处的悬崖峭壁上一片平地，平地的后面立着一个巨大的山洞，洞口的上方写着"聚义洞"三字，引人注目。洞前的旗杆上飘扬着一面黄色狗牙边大旗，旗的中间一个大大的"陆"字。

"等着，我去通报。"汉子说，便向洞口走去。

吴佑放下担子，四下看去，在悬崖峭壁上有一道石阶，从洞口蜿蜒而下。一条小涧溪从高处的岩石缓缓流下，溪旁的矮树丛上晾着不同颜色的衣服，有人在洗衣，有人在挑水，有人躺在树荫下的草坪上。再往山谷那边看去，可看到一层层梯田，看来南虎的队伍开山种粮，官兵就是把山围困起来，也饿不死他们。

"卖酒的，把酒挑过来吧。"那领路的汉子在洞口喊着。

吴佑转过头来一看，他的心几乎跳到了嗓子眼儿，只见儿时的伙伴南虎坐在洞口前的一个石磴上，多年不见，他长得体魄魁梧，浑身上下透出一股雄赳赳的气质。吴佑赶紧把竹笠帽扯低，遮住大半个脸，挑起担子，向前移去。

看到卖酒人走到离他一丈远的地方便止步不前，南虎指了指身边的一块石磴，说："兄弟，这山路不好走哇，坐这里歇歇脚吧。"

卖酒人挑着担子，定定地站在他的面前，不言语，也不动，好像没有听到他说的话。南虎想这人的耳朵也许有毛病，便提高了声音："兄弟，请坐，喘口气吧。"

吴佑突然把帽子掀开，高兴地说："南虎，是我呀。不记得了？我是'无忧'啊。"村里的孩子都叫他这名字。

南虎一看，惊讶得眼睛睁得大大的。万万没想到，在这山里见到了孩童时的伙伴。他"噌"地站起来，高兴地冲到吴佑跟前，双手拍着吴佑的肩膀，叫道："哎呀，无忧呀无忧，你这是从哪里钻出来的呀？"

一别就是二十多年了，吴佑小时有着一张圆脸，脸上贴着一对八字眉，尽管他生气，也好像总是在笑，所以又叫他"无忧"。如今，圆脸变长了，唯有那对八字眉依然如故，令南虎想起了以往的种种乐事。

"无忧，你怎么上山来了？"

"嘿，你以为我闲来无事，上山优哉游哉？我是来要苏提督的三百两银子的。"吴佑哈哈地笑了起来，"好啦好啦，笑归笑，实话跟你说吧，这次来看你，我把我的小儿子给苏提督当了人质。"说着，在石磴上坐下。

"有那么严重吗？"

"你以为啊，你想，你打法国人，弄得法国人大怒。法国人一怒，慈禧就害怕了，指责苏提督安邦不得力，下旨苏提督砍下你的首级，以平法国人的怒气，你说严不严重吧？"

"苏提督要杀我？"

"不，是朝廷要杀你。苏提督是个爱才的人，怎舍得杀你这难得的将才？可是不杀你，又难以让法国人息怒。他想出了个好办法来保全你和你的弟兄们，那就是招你和你的弟兄下山，归顺朝廷。"

听到此言，南虎沉默不语。

"南虎，我今天上山才知道，你的山大王确实当得很不错。你练有精兵，种有粮食，你不企求朝廷什么东西，难怪你敢和法国鬼子作对呢。"

"你过奖了。"

"我不会恭维。可是，好是好呀，你总不能猫一辈子的山洞吧。你有老婆，有家，可你有家却不能回呀。"

"我们也是逼得无奈才上山的。想当年，我和弟兄们投奔冯将军，盼望打番鬼，为国效劳，日后图个在军队里干一辈子，祖宗脸上也有光。可是，等仗打完了，朝廷就一脚把我们踢开。两年的辛苦都白搭了，许多弟兄们的血也白流了，军饷没有了，穷日子无尽头啊。我们能上哪儿？没法子，只好回到山里。"

"这些我也听说了，我也知道你们的苦处。"

"不过，话也说回来，山里也不错。我们住在这里自由自在，谁也管不了，要打番鬼便打，要抢番鬼便抢，不用理会慈禧那一套。"

"就算是这样吧。可是，自古以来，有多少反朝廷的英雄好汉能当一辈子的山大王，能坐天下的？一个都没有。就拿远的来说，梁山一百零八好汉，近的就是你阿爸的太平军，他们轰轰烈烈地与朝廷打了十几年，到头来怎样？全军覆没，株连九族啊。唉，没有人能反天子而赢天下的啊。"

"你是说，我是走他们的老路了？"南虎的语气有些不快，"再说，当梁山好汉、太平军有什么不好？至少能把那些昏君庸君，残害百姓的贪官污吏打得魂飞魄散，吓得他们心惊胆战。这样的好汉，生为人杰，死为鬼雄，也不枉这一生一世。”

“说得好，我很佩服。实话说，这些年来，我一直为你感到自豪。你想想，朝廷拥有千军万马，无数的强兵猛将，却拿法国人无可奈何。可是，你一个穷要饭的南虎，凭着一身胆气，一身硬功夫，却把法国人打得晕头转向，奈何不得。比起梁山好汉、太平军来，你比他们强多了。因为，你不光反朝廷庸君，你还反番鬼，保卫边疆，英雄哪。”吴佑竖起大拇指，“天下无乱，何来英雄？这几年，来投奔你的人少说也有好几千，你的队伍日益壮大，这说明了什么？说明人心所向。可是，有句话我不知道该说不该说。”

“有话就说吧。”

“南虎，你的羽毛已长丰满，可是，直到今天你始终飞不起来，你知道为什么？”

“为什么？”

“因为，有一条铁链子拴住你的脖子，那条铁链子就是朝廷。你想想，你劫富济贫，替天行道，打法国番鬼有什么罪，以致朝廷要镇压你，杀你？罪就罪在你名不正，言不顺，名不正则有理也变得无理了。不管你们做了多少的好事，为朝廷立了多大的功劳，朝廷都视你们为‘乱匪’。除非你的名正了，否则，只要法国人一抗议，朝廷便加罪与你，追杀你。中国这么大，都在天子统治之下，你们这伙反对朝廷的好汉尽管有上千人，可比起朝廷的百万大军，就像大海里的一滴水，很难与之抗衡，难成大气候。依我看，苏提督这次招你下山，正是个好机会。只有归顺了朝廷，你的名才得以正，你才可以翱翔天空。”

“万一，这是苏提督给我设下的圈套呢？”

“苏提督没有必要这么做。其一，苏提督的军队耐看不耐打，真正要和你们打起来，还说不准谁胜谁负呢。其二，苏提督全力以赴建大连城、小连城、炮台，他是自顾不暇，没有精力顾及法军。你的绿林勇士正好帮了他的大忙，把法军的注意力吸引过去，让苏提督有足够的时间把炮台建完，他是求之不得。其三，你带领队伍打劫法国兵营，无疑是给苏提督解决了军饷的难题。你想，他杀了你，灭了绿林勇士，对苏提督本人有好处吗？”

南虎想：吴佑说得都在理。可是话又说回头，如果我手上没有上千名勇士，足以和苏提督抗衡，苏提督要招我的安吗？不会。他招安的目的，不外是看上或是妒忌我能打仗的“军队”。我有德于苏提督，按理说他不会加害于我，可是，他是朝廷将帅，朝廷的旨令他敢违抗吗？如果把弟兄们的生命交给他，他会不会像砍下二十三个弟兄的头一样，把我们全给杀了呢？我不害怕朝廷，也无惧慈禧的淫威，朝廷昏庸无能原本就该反。问题是，我这“军队”的武力只限于在这些山头上，这条边境线上，出了这些地带，我们便是被朝廷追杀的“过街老鼠”。那么，我们应该何去何从？

南虎一夜未眠，只觉脑袋重沉沉的。清晨的太阳刚升起，他便骑上马，出去散散心。有着浩明和卫兵左右跟随，南虎策马奔跑在山林小道上。阵阵晨风迎面吹来，顿时觉得清爽了许多。

不觉来到一个宽谷，山脚下有一个明镜似的小湖，一道银色的瀑布正从山顶的悬崖直泻下来，落在湖中，激起几朵浪花，抖起细细的波纹。几只白色的水鸟在湖面上自由地飞来飞去。往上看去，只见半山腰上一座寺庙，那红色的瓦顶在绿色的丛林中，很是抢眼。也许是因为师祖的缘故，南虎对寺庙有种特殊的亲切感，决定登山拜访。他们牵着马，一步步地走上狭窄的石阶。来到庙前，只见深棕色的大门紧闭着，木门上的漆已掉得斑斑驳驳，门上方写着"玉佛寺"三个字，还清晰可辨。

卫士把马拴在门前的一棵老树上。浩明走上寺庙的台阶，拍了拍门上的铁环，响声惊吓了树上的鸟儿，拍打着翅膀"扑扑"地飞起。不多时，听到"吱呀"一声响，沉重的木门被打开了，出现一个身穿灰色袍子的中年和尚，双手合掌在胸，躬了躬身，说："施主请进。"

进得大门，是宽大的前院庭。一棵有水桶般一样粗壮的百年老松站在院子的中间，洒下一片阴凉。地上铺着青石砖，因为年代已久，已被磨损，但院子干净，整齐有序。迎面一尊金色的佛像，含笑坐在大堂的中央，南虎走上前，点燃几炷香，把香柱插在香炉里。他退后几步，双腿跪在红色的禅垫上，恭恭敬敬地给金佛磕了几个头。然后，他站起身来，掏出一把香钱放在香桌上。

"施主请随我来。"那中年和尚说。

来到后院的一间禅房，一位老方丈盘腿坐在禅垫上，手捻佛珠，闭着眼睛在念经。房正中置有供桌，桌上一尊香炉，飘起袅袅香烟，房里一股清香的檀香味。听到脚步声，老方丈微微地张开眼睛，指着对面的椅子："施主请这边坐。"

待来客就好座，老方丈问："请问施主贵姓？"

"姓陆。"南虎答，指着坐在他旁边的浩明和卫士，"他们是我的兄弟。"

"哦，难得陆施主光临，为寒寺增光不少。以前没见过陆施主，你们一定是远道而来。说起来，我也一样啊，原籍是广东，"老方丈缓缓地说，"我父亲原是广东一名小吏，我十岁那年随父到广西，路上遇上匪徒。我父受惊，一病不起，不久就过世了。幸亏一个过路和尚救了我，把我带到这里。时间过得真快呀，一转眼就八十年了。"

南虎大为惊讶："老方丈，这么说来，你今年是九十了？"

"是啊，是啊。这么多年在这寺庙里修身念佛，只是近来啊，不觉思念广东老家啊。想来，我修身念佛八十年，还是没有脱得了凡俗之心啊。"老方丈微微一笑。

老方丈已是九十高龄，银白色的胡子有一尺之长，银色的眉毛也有一寸之长，除了眼角几条鱼尾纹外，他脸膛红润，额上没有皱纹，他不仅熟读佛经，而且还是个静观云生的慧者。听着老方丈娓娓而谈，南虎不由得想起了世事通达的法印禅师。禅房外，阵阵的山风把松树林吹得"哗哗"作响，禅房内，面对这位银眉长须的高僧，闻着熟悉的檀香味，南虎感觉到多少日子没有过的放松和安宁。

"老方丈，我每次遇险，都得到观音娘娘相救。我有心要念佛经，可是总静不下心来。"

"那是因为你的心不清。心不清则静不下，心越是不静，则越是烦事缠身哪。"

"老方丈说得极是，我一生爱打抱不平，所以得罪了不少人。想来，天下不太平，我就是想静，也静不下来啊。"

"你去恶为善，是有佛心之人哪，除暴方能安良。观音娘娘虽然大慈大悲，可并不宽恕恶魔。陆施主，看你眼神游移不定，想来有烦事相扰，不妨说来与老僧听听。"

"不瞒老方丈，我家人口众多，地处繁忙市镇。那里有恶人霸道，闹得左邻右舍日夜不得安宁。我看不过，便领弟兄们打抱不平，可是父母不准，指责我多事，惹麻烦，硬是不让我和兄弟们做事。可是，我生性耿直，不能眼看恶人作恶而撒手不管啊。"

"人生在世，上有父母，下有兄弟，犹如天和地。父母生你，给了你生命，犹如上天，不可违也。下有兄弟支持，犹如脚踏大地。这天地之间，是你生存的空间，二者不可缺一。天有刮风下雨的时候，可不曾置你于死地。万物众生始于天，死了也就归于天啊。"

南虎想，朝廷天子视他为逆子，故要杀他。若要天地能相容，只有顺其自然，如今苏提督有意要安抚他的全部人马，这不是绝路。就像吴佑所说的，一旦系在脖子上的铁链子没了，他就像鹰一样，飞得更高、更快。如果他能保住武力，又持有朝廷的名分，他便可以做更多更大的事情，做他所想做而不能做的大事。南虎想着想着，拧起的眉毛慢慢地舒展开了。他上有天，下有地，头顶天空，脚踏大地，能不成大业吗？如果拧着干，到最后，也恐怕是一事无成啊。

"陆施主，你眉宇之间阳刚气盛，依老僧看，你前程无量，有生之年必大有作为。"

"谢老方丈吉言。"

"老僧虽不常出寺院大门，也常闻发生在这边境一带的事。不用你说，我也知道你从何来，为何到此。请记住老僧一句话，安邦才能定国呀。"

南虎心头一动，他招天下之勇士，就是要替天行道，安邦定国。朝廷视他为"乱匪"，"乱匪"又怎能担得起安邦大任哪？南虎心里豁亮了起来，站起身，给老方丈鞠了个躬："晚生记住了。"

一行人向老方丈告了辞，策马回到"聚义洞"。南虎立即招来大哥、二哥商议大事。南虎把法国领馆抗议，朝廷下旨，令苏提督镇压绿林勇士以及苏提督派吴佑前来招安的意图，一一向他俩细说了一番，还有与"玉佛寺"老方丈的一席谈话以及自己的想法。

逸曲静静地听完，说："三弟，我同意你的想法，记得黑旗军的刘永福将军吗？他被迫退到越南后，最终还是归顺了朝廷，现在是驻守闽粤南澳的一员大将哪。"

马七拳说："依我看，苏提督不是一个贪得无厌的提督，他一上任，就大刀阔斧地督办边防，一心守御南疆。他这么做，是我们有心想做，却难以做到的事情。如此，投奔了他，也不委屈了我们自己。"

南虎说："我们加入朝廷军队后，就可以名正言顺地打番鬼，保边疆。我不是宋江，更不会昧着良心让奸臣把弟兄们一个一个地杀掉。苏提督如守诺言，我们便留下；如不投机，我们便拉队伍回山。只要我们弟兄团结一致，哪怕是上刀山下火海也不怕。"

得到南虎的决定后，吴佑便转回提督府禀报，苏元春大喜，尽快定下了南虎下山的日子。

与此同时，南虎、马七拳、逸曲做好了下山的计划。

"大哥、二哥，别怪我多虑，这些年来，朝廷千方百计地追捕我们，因此，我们还得要有所防范，以免中计。"

"对，害人之心不可有，防人之心不可无嘛。这么说来，三弟一定有妙计。"马七拳说。

"妙计不敢说。我想这次下山可分为两步走，第一步，我带领浩明和五百名黄旗卫队为先头部队下山，大哥和二哥的红、蓝旗队原地不动，守住我们的大本营。如果我们中了圈套，你们立即派人来营救。"

"如果平安无事，我们便下山与你会合，对吧？"逸曲说。

"正是。"

"这样最好。"马七拳双手赞成。

一切布置就绪，下山的日子也到了。南虎蹬上白战马，身着白衣、白裤，扎白头巾，挎上一把腰刀，腰肋插着两把法国手枪。浩明骑着一匹红马走在南虎的身边，他头扎黄头巾，一把明亮亮的大刀背在背上，双枪稳稳地插在板腰带上。随后的是五百名扎黄头巾的卫士精兵，自豪地高举黄色的狗牙边大旗，"哗啦啦"地扬在空中。虽然他们衣衫褴褛，却勇敢无畏，精神抖擞地奔往龙州镇。

龙州提督府前，搭起一座临时的看台。府旁飘着一面绿色的大旗，中间一个斗大的"苏"字。士兵们全副武装，衣冠整齐，在台下摆起阵列，与其说是欢迎，不如说是在显示军队的威容罢了。苏元春身穿戎装，高高地坐在看台的大红椅子上，眼睛盯着路的尽头，只见一团尘土滚滚而来。

待尘土散去时，一队衣服杂乱无章的队伍站在他眼前。苏提督定睛一看，几乎不能相信，怎么只有这几百号人马。

"南虎，我知道你是讲信义的，你有几千人马，怎么只来了这些？"苏元春不快地问。

"苏大人，实话相告，大队人马还留在山里，只是要证实你没有设下圈套。"南虎说。

"放肆，我堂堂提督，怎会做小人奸谋之事？"苏元春大怒，可是一看到南虎不卑不亢的态度，他把怒气压了下来，"俗话说，用人不疑，疑人不用。"

"兵家也说，兵不厌诈。"

苏元春捋着下巴的几根胡子，心想，他这么做说明他处事谨慎，也在情理，便说："好啦，不管怎么说，你归顺于我，日后就要听我的命令。"

"遵命。不过，我把丑话说在前面，归顺并不等于我们把自己卖给你。如果有一天，我们志不投，道不合，我们还会拉起队伍回山。"

苏元春冷目灼灼地凝视着南虎，只见他剑眉虎目，乌黑有神，这人他是知道的，不但胆大过人，而且有谋略。这第一步他已经成功地把南虎劝说下山，这第二步嘛，就要看日后的了。

第二十六章　何罪之有

苏元春正式收编了南虎和他的绿林勇士为朝廷的绿营军，为健字前营，南虎任营管带，并负责驻守镇南关前沿阵地。

消息传来，驻越南的法军大为光火。经过近十年的血战纠缠，法军总算明白了，仇视他们的不是朝廷，而是具有魔鬼天才的绿林勇士首领陆亚宋。这些年来，他们想方设法除掉他，可是，不但没有灭掉他，他还堂堂正正地当起朝廷的军官来了。于是，法国驻越南的总督向苏元春交递一封抗议信：不准陆亚宋当官，并要苏元春立即撤去他的官职。

苏元春一看，气不打一处来，这些法国人管得也太宽了吧，竟然管到他提督府的内政来啦。他划了一根火柴，正要把信给烧掉，可是又一想，使不得，如果法国人得不到他的答复，他们一定会向朝廷抗议，这样一来，事情恐怕就更不好办了。

苏元春把南虎召到提督府，说："南虎，越南总督来信抗议，不准你陆亚宋当官。"

"哈，这越南总督是抬举我南虎了，从什么时候起，他们关心起我这穷要饭的来了？"

"别打哈哈了，说正经的吧。我们得想办法堵住他们的嘴。"苏元春皱着眉头说。

"提督大人，你真要撤我的官呀？你想想，这一撤不要紧，可是，一帮绿林弟兄们会怎么想，说你听从番鬼的？一旦他们被激怒了，闹起事来，那就不好收场了呢。"

苏元春用手捋着下巴的几根胡子，心想，自他上任广西提督，把提督府从柳州迁往龙州，广西全省兵额不足六千，就这几千人还缺乏训练。一旦上战场，这样的军队不堪一击。自南虎受编后，把健字前营分为三队，又把前沿阵地划分为三个地段，每队各管理一个地段，营总部设在镇南关，由南虎坐镇。南虎提出：要保卫这偌长的边疆，就得有足够的兵力，扩壮队伍。就凭着他旧日与各地游勇的关系，南虎竟然把左右江一带及云南境内的游勇头领，大哥、二哥、三哥给说动了，带起人马前来投诚，因而解决了兵源不足的难题，由一个营扩展到了三个营，分为前、中、后营。除了马七拳、逸曲、浩明为各营管带，原来游勇的头领们、大哥、二哥、三哥也因投诚有功被重用，委任副管带、哨长不等。

南虎从萃军里学到其中最重要的一点是军纪，正如冯将军所说的，游勇们勇气有余，纪律不足，没有纪律的军队犹如一盘散沙，打不了胜仗。半年多来，他加紧训练这些投诚的游勇们。健字前营人在其位，各尽其职，被管理得井然有序，法军为此也不敢贸然行动，就连那些从越南地区流窜来的游匪也闻风丧胆。这样的营管带和士兵，上能打大仗，下能对付游匪，难能可贵，上哪儿去找啊！

想到这里，苏元春说："南虎，要堵法国人的嘴不难，我有一计，就是不知你肯不肯依。"

"只要提督大人不撤我的官职，说什么我都依。"南虎赶紧回答。

"改名字。从现在起你不叫陆亚宋，就叫……就叫陆荣廷，怎样？"

陆荣廷？南虎眼睛一亮，好一个名字，够响亮的。南虎单腿跪下，双手抱拳过头："多谢提督大人！"

苏元春当即给越南总督回信，说经查实，他的清军里没有人名叫陆亚宋的，有一名营管带姓陆，名荣廷。法国人明明知道苏元春在狡辩，可是又拿不到证据，也只好作罢。南虎暗自高兴，苏元春这一招真见效，这样一来他就可以全力操练士兵了。

谁知平静没几天，重大情况发生了。

这天上午，南虎正在练兵坪上主持会操，一名卫兵急匆匆地冲上看台上，嚷道："陆管带，出大事了。"

"别慌里慌张的，什么事？"

"有三个法国牧师从越南进入广西境内，在红水河一带被一伙游匪抓走了。"

"谁敢这样大胆？"南虎颇感意外。

南虎虽然目不识丁，可粗中有细。走马上任后，便给法军部去公文及在他管辖的地方内张贴布告：他，陆荣廷，镇南关守关的营管带，将履行清朝廷与法国签下的条约，除了不允许任何军队、任何士兵以任何借口进入关口外，边关将向法国生意人开放，允许进入广西境内做买卖；允许法国传教士自由传教，任何人不得阻拦。可是，就在他的管辖内，三个法国牧师竟然被游匪抓走了。

事情原来是这样的：三个法国教士在没有与边关官兵取得联系的情况下，乘一艘木船，擅自从越南沿河进入广西内地，来到红水河一带，便遇上了一群游匪。法国教士是秀才遇着兵，有理说不清。游匪们哪管朝廷与法国签下的条约，既是他们自己送上门的，哪有不要的道理？二话不说，便把他们绑架起来。如今他们是生是死，不得而知。

事不容迟，南虎救人要紧："卫兵，火速请三位副管带到我这里来。"

"遵令。"卫兵答应一声，转身跑下看台。

"等等，"南虎想到了什么，"请副管带马七拳领一百名精兵前来。"

"遵令。"

待卫兵走后，南虎立即回到营部，叫人把战马备好，把两支手枪检查一遍，插在腰间，再取下挂在墙上的望远镜。这时，听到外面传来急速的马蹄声，不用看，就知道是马七拳、逸曲和浩明来了。果然不错，他转过身来，见到这三位副管带走了进来。

"大哥、二哥、浩明，你们都知道事情了吧？"南虎问。

"在路上卫兵对我们说了。"马七拳答。

"那好，我就不多说了。这里是我的计划：我和大哥速速去解救这些教士，二哥和浩明驻守镇南关口，必须提防着对面的法军，不能让他们趁我们空虚而入，特别在这个节骨眼上，当心这些番鬼拿这个借口来袭击我们。"

"三弟，有我们在，你就不用担心了。"逸曲说。

"那好。大哥，我们这就走吧。"

他们翻身上马，朝营外走去，那里，一百名士兵骑在马上，已整装待发。

遵守朝廷签下的条约开放关口，允许传教自由，南虎身在其位，就有责任保障教士们在广西境内的安全。洋教士之中有好人，也有坏人，就像中国有好和尚，也有坏和尚一样。在十万大山的瑶族地区，就有善心的传教士们用白银买下山地，无偿地交给当地的村民们合伙耕种，后来教堂建起，传教士又在教堂内设医，免费替穷苦的病人断诊施药。在壮族的那蒙地区，传教士们也以同样的方式买了水田，租给壮民教徒耕作，租税往往低于当地佃户缴纳给地主的地租，如遇有灾荒年景，则不收租。这样的好传教士们确实大得人心。

遗憾的是，好些洋教士却傲气十足，比如龙州镇法国教堂的那位杜波教士，仗着他们国家的利枪坚炮，欺压中国人。在广西西林县，也有这么一位法国教士叫马仙的，前不久，他途经路边一小酒店，看见小酒店的墙上有村民贴的禁教村约，他勃然大怒，令随行的两名中国教徒砸毁酒店，殴打店主，还强迫店主沿着到教堂的路，燃爆竹向教会赔罪。这位马仙平日作恶多端，民愤极大，村民们愤怒不过，鸣锣全村前来抗议，马仙见势不妙，便与这两名中国教徒一起向民众开枪射击，打伤打死民众无数。这一来，群情激怒，以乱刀把马仙砍死。平心静气地评论是非，马仙先向民众开枪，而民众出于自卫把马仙打死。可是朝廷不敢为民做主，令清军去围剿村民"缉凶"，几十个被视为"凶手"的村民们被打死不算，又将西林县官罢官革职。广西是全国倒数第一的穷省，还得从藩库中挤出四万两银做赔偿，法国领事这才了结。

今天，这三个洋牧师如果被杀的话，不知又有多少中国人的命要拿来抵，广西又要赔偿多少银两了。南虎意识到事态严重，不禁着急起来。如果这些游匪用这三位教士做"大鱼"，向朝廷要赎金，什么都好办，只要人还活着。可是如果把他们给杀了，那后果就严重了。

南虎心急火燎的，双腿紧夹马肚，朝着红水河飞似的奔去，他一定得想法救出这三位法国教士。可是，当他们这一行人马不停蹄地赶到出事地点的时候，游匪早已撤离山寨，南虎抬头一看，天啊！他差点没有惊落下马，他们来迟了一步，三颗血淋淋的洋人的头颅就挂在山路边的树上。

……

近半个月来，苏元春病了，病得还不轻哪，躺在床上浑身发疼发热，身上冒出斑斑的小红点，带有亮晶晶的小水疱。

老郎中不用把脉，一看就心里明白："提督大人，你这是长期劳累又加怒火攻心所致。只要把毒气散出就好，不过还要静心调养一个月，这红疹才能消退啊。"

"多谢了。"苏元春有气无力地说。

老先生开了方子，交给卫兵到镇上的药铺抓药，并吩咐："这是三天的药。有两味是后放的，待药熬好后再把这两味药放下，捂上药罐盖子约一袋烟工夫，即可把药倒出给提督大人服用。三日后我再来。"他一一交代清楚后便离去了。

苏元春心里清楚得很，什么怒火攻心啊，全是朝廷给逼的。前不久西林事件——马仙教士被杀，继而三个法国教士被杀，朝廷震怒，指责他治匪不得力，旨令广西巡抚王之春赴龙州查办。

王之春，湖南清泉县人，早年参与平息太平天国起义，先后作为曾国藩、李鸿章和彭玉麟的部属，在任广西巡抚之前，曾任四川、湖北、山西、安徽等地的布政使、巡抚。提起王之春，官场上的人都惧他三分，他凭着与李鸿章的关系，在朝廷也是说得上话的。

对王之春赴边防龙州，苏元春是忧喜参半。忧的是，王之春是来者不善，每到一处尽挑骨头挑刺的，稍有不慎便招致大祸。喜的是，此时巨大的边防工程终于竣工了。苏元春呕心沥血，不畏艰难终于建起了如此强大的国防工程，为此，他感到非常自豪。因此，他希望王之春的到来，能将这辉煌的功绩上报朝廷。由此一来，可将功补过，免去朝廷对他剿匪不力的指责。

那天，全军将士列队在龙州码头上，迎候从桂林省府来的广西巡抚大人。队伍后面不远的地方，列站着武官骑坐的一匹匹高头骏马，一顶顶官员乘坐的轿子停放在马群的另一边，其中最令人注目的是，一顶为王之春准备的八人抬崭新的绿呢轿，轿顶盖的周围镶有一圈金黄色的流穗，轿的旁边，侍立着八位身高体壮的轿夫，一律深黄色滚黑边的轿服。从邕州城和其他城镇赶来的一班文武官员们，都清一色地穿朝服，就连那些没有级别的各府小文书们，也换上崭新的衣帽。他们正三三两两地围在一起，高声地互相寒暄着。龙州镇的民众们从没见过如此这般文武官员云集的气派场面，也都挤来看热闹，把这一码头围得水泄不通。

子午时分，王之春南下的官船便靠岸了。顿时，乐手们奏起"得胜令"，一班文武官员立即按照品级排列好。打头的是提督苏元春，他头戴伞形红缨帽，顶上镶有一颗大红珊瑚。虽说苏元春和王之春都是一品官员，可是王之春却自居苏元春之上。

苏元春迎上前，抱拳拱手，说："欢迎，欢迎，巡抚大人一路辛苦了。"

王之春双手抱拳，还礼："辛苦不敢当，我们吃朝廷的俸禄，效忠心也是应该的嘛。"

"巡抚大人说得极是。"

军鼓擂起。王之春抬头一看，官兵们个个精神饱满，特别是站在"陆"营旗下的士兵，更是威风十足。王之春指着站在营旗下的营管带，问："那位，便是陆荣廷吧？"

"正是。巡抚大人，你也听说陆荣廷了？"

"何止听说，简直是如雷贯耳。"

苏元春心头一怔，听不出此话是褒还是贬。他侧面望去，王之春清瘦的脸，像刀削似的瘦尖，毫无表情。无从辨出他的意思，苏元春一时也无从搭话。

王之春把目光收回："提督大人，恭喜边防工程竣工了，不妨让我先一睹为快呀。"

这一句话正说到苏元春心里去了，他早想寻机会提及此事，没料王之春却先开了口。他对法教士被杀的事只字不提，一上岸就提出去看边防工程，是个好兆头。苏元春巴不得立即就上山，可嘴上却说："巡抚大人，是否休息一两天，再上山也不迟啊。"

"我不累，走吧。"

"那我就恭敬不如从命了。"苏元春满脸笑容，一挥手，八位身高体壮的轿夫立即把轿子抬了过来。

一行人来到山上，苏元春兴致勃勃地介绍道："这里为小垒城，由五山峰衔接连成一道城墙，故称小连城。原名榜山，又名将山，位于龙州县城西四公里处。主峰和左右山峰建设炮台五座，左可阻挡镇南关孔道，右可控制水口关隘口，与下冻、水口炮台连成一体。扼守南关来路和守卫水口关方向的水陆通道，中可环顾四方。沿山修筑城墙工事环护，炮台与炮台之间由通路接连起来，各炮台配有兵房、药库操场等设施……"

王之春放眼望去，这山巅连峰，在主峰及左右山峰的五座峰峦上，青石砌的炮台和碉堡傲然屹立在山峰，双垛城墙坚固无比，战壕蜿蜒于山梁之间，把炮台和碉堡相连。炮台群绵延三十余里，有如一道"长城"。看着看着，王之春不免忌妒起来，他是没有这个能力建起如此雄伟壮观的城防的。如果朝廷看到这般伟绩，一定会给苏元春加官晋级，那么，苏的声望和地位一定会高于他，这可不是他希望看到的。

来到南峰，城内半山腰有一天然山洞，又叫龙云洞，该洞分上中下三层，可容纳数千人。洞外坦坦一席平地，入得洞内，迂回曲折，沿路向走去，又听洞里溪水潺潺。举着火把走了约一袋烟的工夫，洞里忽然豁然开阔，举头一看，顶部有个洞口，一缕日光直泻下来落在一道石雕门牌上，上面刻有"保元宫"三个字，那是清军的指挥部。洞壁上有一行题字："日月与天分一半"。字体苍劲有力，一看便知是苏元春的手迹，王之春的眉头不动声色地微微皱起。

　　他们这里走走，那里停停，却听不到王之春半句赞扬的话，苏元春心中大为不快。可是，他又哪里想得到，王之春这次来视察，并不是来替苏元春邀功，而是来挑刺的呢？苏元春当了大半辈子的大官，却不知官场凶险如履薄冰，他得罪了王之春还蒙在鼓里。当初，王之春负责中法双方勘议中越边界的事务，对法军占据金龙峒不以为然，而苏元春却据理争辩，寸步不让，最后收回了国土。然而却让王之春失了面子，耿耿于怀。

　　他们下山回到龙州督军府，王之春劈头就问："提督大人，听说你那陆管带是绿林出身，是个强盗，对吧？"

　　"不错，他是绿林出身。不过我以为，他盗亦有道，所劫者皆法国人，不自残自家同胞，他的林规'三不'，不抢中国人，不抢越南人，不强奸妇女，在边疆一带为众人称赞，称为义盗。"

　　"好一个义盗。不管所劫者是法国人，还是中国人，盗就是盗。那么，我再问你，三位法国教士被杀，你打算如何向朝廷交代？"

　　苏元春心里一阵不快，但还强压着，说："我已派人查明，这批游匪是从广西和云南交界的山区游窜来的，他们杀了人便已撤回到那里的山寨了。这股游匪与别的游匪不一样，他们凶狠狡诈，据说，他们的头领是个读书人，我正设法去追捕凶手。"

　　王之春背着手，来回地踱步说："你说'正设法去追捕凶手'，那就是说凶手还在外逃。看来单凭清军的力量来平息广西匪患是艰难的，为何不借用夷人之力呢？"王之春停住脚步，"当年曾国藩大人曾得英国舰队以力相助，建立了水师，我大清国的水师才得以振威。夷国强大，武器先进，我想，我们与法军为邻，他们是不会拒绝助一臂之力的。"

　　苏元春怎么听怎么不顺耳，不驻守边疆，不知其苦衷。他按捺着性子说："巡抚大人，这两年来中越边界勘定，法军强占我国领土的例子也不少。自古洋人对我大清国不怀好意，他今天帮你，明天就要挟你，要你赔款，割地。"

　　"你指的赔款，莫不是指八国联军的赔款吧？我们战败了，义和军又杀了那么多的洋人，人家能不索赔吗？至于割地之说嘛，天津、上海、汉口、广州均有夷人的租界，这些口岸与洋人通商，一是增加了朝廷的税收，二是我们学到了夷人之技长，这有何不好？"

　　苏元春一时竟答不上话来。

　　王之春用眼角瞟了一眼苏元春，看到他被问住了，便缓缓道来："太远的我们不说了，就说目前的吧。边界的匪患一日不平，民众一日不得安宁。我再提醒你，既然我们平匪有困难，请求法军帮助也未尝不可。"

　　苏元春连忙说："巡抚大人，这可万万使不得呀。法军三番五次要进犯我边疆，我军拼死拼活才把他们给顶住了。如把他们请入，岂不是引狼入室吗？"

王之春勃然大怒："你说我引狼入室？那么，以你之见，给游匪们晋级加官，做朝廷军官，那才是平息匪患的办法吗？"

听到这里，苏元春才突然悟到王之春说的那句"简直是如雷贯耳"指的是什么了。

苏元春不动气地道来："我不称他们为匪徒。我敢说，我不是第一个，也不是最后一个朝廷官员重用这些勇士们。早先，冯子材将军招他们入伍，打败了法国军队，夺回了镇南关；我招他们下山，加强了边疆防卫，扩充了兵源。广西贫穷，地处边疆，游匪甚多，斩不胜斩。要平息匪患，其办法不只是一味地砍头，有剿，也有抚嘛。"

对苏元春有剿有抚之说，王之春嗤之以鼻。他自以为是清朝廷中少有的文武兼备的洋务人才，自然不把苏元春放在眼里，更可恨的是受到苏元春的"顶撞"。王之春一怒之下，甩手转回桂林省府去了。于是便着手奏劾苏元春，说他通匪济匪，弊难枚举，游匪之乱，苏始酿之。他不但只字不提建造边防工程的丰功伟绩，反而弹劾苏元春在保元宫上的题字"日月与天分一半"有反朝廷之意。

朝廷大吃一惊，即令岑春煊任两广总督，到广西查办此案。

岑春煊，广西西林县人，字云阶，壮族，是原云贵总督岑毓英第三子。早年随父入京晋谒，并留京就读。因其父岑毓英于朝廷有大功，他病逝后，朝廷施恩于其子，岑春煊就此得荫赏四品太仆寺少卿。别看岑春煊是个富家子，他富有兴国之心，力主变法维新，深得光绪帝的赏识。后来，京城被八国联军攻占，慈禧太后和光绪帝仓皇出逃，偌大一个朝廷，居然无兵无臣保护皇驾。岑春煊惊闻，率起两千人马星夜赶来。太后和光绪帝有如惊弓之鸟，躲藏在京郊一间破庙，岑春煊环刀彻夜庙外守护。夜里，听到太后梦中惊呼，岑春煊高声应道："臣，春煊在此保驾。"太后闻此，得以宽慰，而后由岑春煊安全护送到达西安。皇太后感叹不已，她母子二人遭劫难，众多朝廷将领竟然无一人前来搭救，唯有岑春煊。如此一斑，可见他对太后的一片忠心。太后说："若得复国，必无敢忘德也。"太后果然不食言，岑春煊荣从此仕途通畅，历任陕西、广东、四川、山西巡抚、云贵总督，而今，又破例任命为两广总督。

说到破例，原是朝廷有禁令条文，为了防止官员们结党营私，谋反叛乱，朝廷条文规定不派官员回到原籍任要职。岑春煊原是广西人，却任广西总督，由此可见皇太后对岑春煊的信任了。

苏元春知道大祸临头了。官场上谁人不知，哪个不晓"三屠夫"："屠财"张之洞，挥金如土；"屠民"袁世凯，杀人如麻；"屠官"岑春煊，反腐劲官。纵然，苏元春自认行得正，不能与贪官污吏并论，可是心里也不免发虚。他万万没料到，边防工程建成之日，就是他的厄运之时啊。早年，他曾为朝廷平息太平军起义，出生入死；如今，呕心沥血建起大、小连城，没有功劳也有苦劳啊。

这样一来苏元春便怒火攻心，病倒了。

岑春煊果然不负"屠官"其名。一到广西，便处理了一批贪官，下至县官，上至提督，这提督不是别人，正是苏元春本人。岑总督弹劾苏元春克扣兵饷、题诗造反。而广西的"匪乱"，其责在于苏元春。

军营里，浩明一进门便嚷道："苏提督大难临头了，听说朝廷准了岑总督的弹劾。"

马七拳说："你才知道呀，我们刚才还在议论呢，苏提督对朝廷可是一片忠心，却落得如此下场。人说官场上风云多有不测，果真是这样，看来，我们这官当不当都罢了。"

逸曲说："人言道，朝中有人好做官。如果苏提督真的被罢了官，我们如何是好？"

南虎说："大哥、二哥，我们全凭自身的本事才穿上这身武官服，我倒不怕他岑总督把我们给罢了，此处不留爷，自有留爷处。如果这岑总督胆敢把我们逼急了，大不了拉起队伍上山去。不过，我担心的是苏提督，不管怎么说，他有恩于我们。"

正说着，听到一声高喊："报告！"

一个卫兵急急忙忙地跑进营门，来到南虎跟前，单腿跪下："报告陆管带，岑总督派来的官兵已经到了龙州提督府，说是要把苏提督押京问罪。"

"来得这么快？走，我们去看看。"南虎说。

卫兵把马牵来，一行人翻身上马，急忙冲出营地。赶到提督府，府上已被抄了家，书本纸张零零落落散了一地，桌椅板凳翻的翻，倒的倒。苏元春本来就是两袖清风，无家无室，多年来也顾不上婚娶，把所有的俸禄和积蓄都拿来建工程了，想来抄家也抄不到什么。

这时，一位跟随苏提督多年的老管家战战兢兢地走来，说："陆管带，提督大人已经被带走了。"

"上哪儿了？"

"解押京城，下天牢哪。你们赶得上的话，兴许还可以在码头见他一面。"

"快走！"南虎说，跃上马背，飞驰而去。

一行人来到码头，匆匆跳下马，只见码头上已空无一人，江面上，一艘快船载着苏元春，正驶离龙州镇。

南虎又气又急，大声地对着江上喊道："我归顺朝廷，剿抚土匪，苏提督何罪之有啊？"一阵江风刮来，把喊声带去了。

他们无奈地遥望着船渐渐地远去，直到从他们的视野中消失……回到营房前，天色已暗，只见一个孤零零的人影候着，看到南虎一行，他欲前又止。南虎好生奇怪，翻身下马，走上前一看，原来是苏提督的戈哈什陈炳焜，往日笑嘻嘻的脸变成了一张苦瓜脸。

"苏提督一去，我无处安身了。"陈炳焜愁眉不展地说。

"炳焜，你要是不嫌我这里池塘小，你在我这里当个小什长吧。"南虎说。

陈炳煜眼睛一亮："真的？"

"当然，不过，是委屈你了。"

"南虎，你够义气。委屈什么呀，能有一个安身之处就谢天谢地了。"陈炳煜高兴地说。

南虎让卫士将陈炳煜安排妥当去了。看到苏提督如此的遭遇，军心都乱了。朝廷办事如此草率，以后，他们这伙归顺朝廷的游勇又将如何履行职责呢？

"苏大人得罪了朝廷的什么人，竟被打下天牢？"逸曲不解。

"依我看，苏大人正是因为招我们下山，才背上了不该有的罪名。"马七拳闷头闷脑地坐在椅子上。

"我们也总不至于被牵连上吧？"浩明小声地问。

南虎沉默了一会儿，说："很难说，与其坐以待毙，不如我前去拜访岑总督。"

三人吓了一跳。

"三弟，我知道你心中不平，可是又能怎样呢？你这去见岑总督，不是自投罗网吗？"马七拳说。

逸曲却不同意马七拳之说，道："我看岑总督没有理由抓三弟，他只抓贪官，整肃吏治。听说南海知县裴景福，贪污受贿达二十四万银圆，岑总督一到，他就逃到澳门，岑总督派兵舰追到澳门，要葡萄牙当局将裴景福交出归案。再有，广东海关管库书办周荣曜，侵吞公款数百万元，还花银子贿赂庆亲王给说情，岑总督根本就不怕什么皇亲国戚，此案一样被查清，周荣曜便被革职查办了。岑总督办事雷厉风行，如果三弟有罪的话，他要抓也不等到今天了。"

南虎说："如此说来，岑总督是个忠臣，我更得去见他了。苏提督是被蒙上了不白之冤，我们不为他说句公道话，谁又可以呢？再说，让他看看，我们到底是不是土匪。以最坏的打算，万一我回不来，你们拉起队伍上山，不让他们把我们砍尽杀绝，我会想法子逃出来，到山上会你们。"

他们知道南虎去意已定，也不再劝了。大家分头行动做好准备。

第二十七章　京城"屠官"

总督岑春煊的临时行辕就设在十几里外的一座寺庙里。一面巨大红色的旗子，中间写着一个黑色"岑"字，飘扬在大门的右方。一顶八人抬绿呢大轿停放在门口，准备好大轿的主人随时要出门。门外，六面红色的大牌子上面醒目地写着黑色的"肃静""回避"等字。两队刀斧手手持大刀，站在门口左右两侧，守卫着总督的行辕。

清早，南虎带上浩明及十名卫兵，骑上马，向岑总督的临时行辕驰去。在离寺庙几十丈远的地方，南虎翻身下了马，浩明和卫兵们见状，也跟着下了马。他们手牵马缰，徒步向前走去。

"站住！来者何人？"卫士长一声吆喝，挡住去路。

"健字营管带陆荣廷，求见岑总督。"

"请在此等候，待我禀报总督。"

"多谢了！"

看着卫士长离去，南虎心里嘀咕了起来，他是一名下级军官，而堂堂一省之冠的总督凭什么给他进门。他不请自来，是不是太冒昧了？如怪罪下来打扰总督，重则被杀头，轻则被罚打。可是，既然已经来了，就不能退回去。正想着，一位身体清瘦，头戴伞形凉帽，身穿深色长袍的侍从官迈出寺院门槛。南虎一看，便大步走上前。

这侍从官明明看到南虎，却不理会，扬起下巴，眼光冷冷地越过面前的来客，一副居高临下的样子，高声叫道："谁是管带陆荣廷？"

南虎心想此人真是狗仗人势，难道总督手下的人都这样待客的吗？南虎也扬起下巴，用力喊起："管带陆、荣、廷、在、此！！"其声音之响亮，把众人的耳朵震得嗡嗡直响。

站在两边的卫兵们不禁捂嘴偷笑。

侍从官被吓了一跳，俗话说不怕官就怕管，虽说侍从官还够不上一个芝麻绿豆官，可是，如果他不通报，谁也进不了这门槛。所以来访的人从来都是客客气气的，生怕得罪了他。不料，今天遇上一个吃了豹子胆的。这侍从官也是个欺软怕硬的家伙，一下子拿不准这人有多大的来头，立即软了下来，说："总督大人有请。"

听到这话，南虎高兴起来，忘记了先头的不快，赶紧扯起浩明，刚要迈进门槛，就被侍从官给拦住："对不起，只有陆荣廷一人可以进。"

"也好，浩明，你就在外面等我吧。"南虎说完，便随着侍从官进入庙门。

进了大门是一个宽敞的院庭，院庭的中间是正堂，堂上供着佛像。左侧有个月亮门，穿过月亮门便来到了一个四合院。南面的房子大些，门外有卫兵把守。南虎一看便知，那一定是总督办理公务的地方。果然，南面的房门打开了，走出一个身穿深蓝色长袍的侍从，示意南虎入内。

屋里光线明亮，阳光从窗外射进来，落在窗前的大书桌上，上面堆满了文件。一个与南虎年纪不相上下的官员，正坐在书桌前翻阅文件。他身穿栗色缎子长袍，脑后一条梳得光亮的长辫，他体格粗壮，粗眉大眼，嘴唇上留有一撇八字胡。听到进屋的脚步声，他连眼皮子也不抬，专心读他的文件。

南虎断定他就是大名鼎鼎的岑总督。南虎也不敢打断，拘束地站在屋子中央，这里望望那里看看，耐着性子等着总督把文件阅完。屋里铺着青地砖，靠着窗边上摆放着三张红木椅子，椅子上铺着绣花的红色坐垫，除此之外，屋里没更多的陈设。屋子里死静死静的，静得连他自己的呼吸声都能听到。南虎能经受枪林弹雨，刀光剑影，可是就受不住这种寂静。他不安地站着，走也不是，不走也不是。要是换着以往，他早就甩手走了，哪受得了这般冷落？可现在不行啊，受不了也得忍着。

按说岑春煊应该把行辕设在广西府的所在地桂林城，此城位于广西的东北方向，与桂西南的边陲要地相隔甚远，如有军情，十天半月都送不到，往往贻误军情。再则，广西首府云集了各级官员，一旦得知朝廷的命官、新总督前来办案，不难想象，将会有多少官员和绅士前来"相助"，告状的，说情的。碍于地方官员的面子，新任总督不管愿不愿意也得与之周旋，更重要的是，这样的"相助"容易把水搅浑，误导案情。岑春煊是个聪明人，他派了个副官去桂林应酬，自己却驻扎在龙州镇，远离官场。这就好比登高望远，景色尽收眼底，把官场里的一举一动看得清清楚楚。他所到之处，大刀阔斧，"屠"了大大小小的贪官污吏不下百人，不但"屠"了苏元春，就连巡抚王之春本人也一并弹劾。

终于，岑春煊把文件读完了。他抬起头来，看了看前面站着的南虎，慢条斯理地说道："你就是他们说的那个南虎？"

南虎赶紧抱拳拱手，答道："在下正是。"他不知道总督大人所指的"他们"是谁，是指苏提督、王巡抚，还是那些法国人？

岑春煊上下打量着南虎，只见他身材魁梧，头戴伞形凉帽，遮不住饱满的天庭，剑眉下一双虎眼，黑白有神，说话丹田气十足，那副身架子利索得像一匹骏马，似乎撒开蹄子就像拉开的弓箭射出去。岑春煊不动声色地把身体往椅背上一靠，冷冷地说："大凡来我这里的人，无非就是要升官晋级。怎么？不满意当管带？试问，你有何本事要升官晋级哪？"

"回大人，我没有本事，也没有做高官的非分之想。"

"那你来干什么？就不怕我砍下你的头？"

"你如果杀了我，消息一旦传了出去，以后谁还敢来见你？再说，你杀了我对你没有好处。你有重任在身，要抓到杀害那三个法国教士的凶手，非我不行。"

岑春煊一声冷笑："嗬，好大的口气呀。何以见得？"

"总督大人，你熟读兵书，当然不会忘记兵书上说，知己知彼，百战不殆。要剿游匪，就必须知道游匪。"

"就算是这样，我凭什么相信你，就凭你这三寸不烂之舌？"

"就凭我当年是大名鼎鼎的绿林勇士，手下聚有上千名好汉，练就了一身与游匪打交道的本事。"

听到这里，岑春煊捋了捋他那短短的八字胡，两只铜铃似的眼睛盯着南虎，他虽然是广西人，可从小在京城长大，对他的家乡并不熟悉，要想马到成功，就必须得到本地有声望的官员相助。他起用了冯子材，无奈冯将军已是高龄，力不从心，刚到任不久后就病倒了，临终之前他对岑春煊提起若得南虎，剿匪可望。想到这里，他便对站在一旁的侍从说："给陆管带看座。"

南虎微微一笑，知道他被认可了。

侍从赶紧把椅子搬到桌前，在岑春煊的对面，让南虎坐下。

"你知道那些杀害三个法国教士的游匪吗？"岑春煊问。

"不敢说完全知道，可也略知一二。那伙游匪的头领叫陈斌，原是个读书人，千辛万苦赴京赶考，不料落了榜，想来他寒窗十年苦读书，全给毁了。他恨朝廷不识人才，有负于他，便决意不能留名千史，也要遗臭万年。他纠集了一伙零散游匪，当了他们的头领，经常出没于广西和云南交界的山区，绑票、撕票、打家劫舍，作恶多端。还有一点，陈斌当游匪不光是为了钱，他明知朝廷允许传教自由，却偏要杀害那三个法国教士，其用意就是给朝廷制造麻烦。"

"正是这样。太后不要让法国有借口出兵，命我一定要剿平他们。以你之见，如何才能把他们手到擒来呢？"

"总督大人，游勇们的习惯大致是相同的，他们的生活就像林中的野鸟，来去迅速，行踪无定。如果我们大军压境，他们一定会化整为零，让我们找不到目标，跟我们打游击战，也许几个月都找不到他们的踪影，我们在明处，他们在暗处，防不胜防。"

岑春煊细细地听来，到目前为止，他还没有听到有哪一位官员有这样独特的见解。看来，冯子材说得不差，有南虎这样一名虎将（他还未是个将，不过他会破例给他的），还愁平息不了广西的土匪吗？岑春煊心头大悦："给陆管带上茶。"

南虎颇觉意外，岑总督不但让他看座，还给他上茶，如此看来，他今天是来对了。

"陆管带，你还记得冯子材将军吗？"

"回禀大人，冯将军有恩于我，我一生难忘。"南虎便一五一十地说起如何夺回镇南关，如何追击敌军，又如何被遣散，"在我心里，冯将军永远是我的恩师，我在萃军里学到不少东西。"

令岑总督不解的是，既然如此，南虎为什么又回到山上当游勇，以致苏元春被弹劾通匪？对于这些问题，南虎一一如实回答。岑春煊闭着眼睛，听得仔细，没有打断他的话。末了，南虎便鼓起勇气，提出最重要的问题："总督大人，有一事梗在我心里多日了，今天只求一吐为快。"

"说吧。"岑春煊仍然闭着眼睛。

"苏提督不该遭受如此下场，他是被冤枉了啊。"

岑春煊把眼睛睁开，脸色沉了下来，他盯着南虎，过了好一会儿，又把眼睛闭上，阴森森地问："你知道我一生最恨的是什么？"

"如果我没说错的话，你最恨的是说客。"

"算你聪明。那么，你怎么这般不知好歹，竟敢为一个被打下天牢的罪人开罪？"

南虎赶紧起身，双手一拱："总督大人，我南虎一不图当官，二不图财，今天我冒死见你，就是要为一个忠于朝廷，立有大功的人说句公道话。如果我说的有半句谎言，我南虎甘受其罚。"

"趁着我还没有把你的头拿下，说吧。"

"苏提督无罪。第一，说他通匪济匪。这所谓的匪就是指我和我的弟兄们。实话说，我们从萃军返回山里起，劫富济贫，专与法国军队作对，这有何罪过？苏提督招我们下山，归顺朝廷，把几千名游勇整编为朝廷军队，加强了边疆的军备防卫，同时又安抚剿平了这一带的游匪，这有何罪过？第二，说苏提督克扣军饷，这倒有此事。可是，事出有因。这些年来，建大连城、小连城、炮台，全部工程共用去白银四十多万两，朝廷拨经费不足一半，这些都是有账目可查的，大部分经费都由苏提督找的募捐和自筹垫付。他不仅捐出自己的俸银和多年的积蓄，还变卖了田产，最后，才不得不动用军饷。这些军饷都没有入到苏提督的私囊，全都用在建炮台上了啊。第三，题词造反，敢问，这么一位为边疆倾荡了自己的家产，把全部的心血都放在建立强大的边防守卫的将军，是蓄意反朝廷吗？"

岑春煊死死盯着南虎，心想：苏元春已定罪，是一条落水狗，人人喊打，他所到之处，听到的都是落井下石的话，唯独南虎，竟敢来到他府上为苏元春喊冤。由此可见，南虎是个讲信义，知恩报恩的人，难得呀。提起边防工事，他到龙州的当天就上山去看了，那确是气势雄伟，他也不得不为之赞叹。

岑春煊沉思了一会儿，说："南虎，事情没有那么简单。不过，对于你所说的事，我会查清楚，上奏朝廷。目前，最要紧的事是剿平那伙杀害法国教士的凶手，以免引起中法两国的争端。你刚才说了，此事非你不可，那么，你给我讲讲看，如果我命你去打这场仗的话，你将如何打法。"

……

在寺庙的大门外，浩明不安地来回走动，左等右等，几个时辰过去了，还未见南虎的身影，浩明不免暗自焦急。他不敢想，万一南虎被扣押起来，那将如何是好？他伸长脖子往门里张望，可是看不到任何的动静。

终于，南虎出现了。他刚一迈出门槛，浩明迫不及待地迎上去，边走边说："姐夫，你没事吧？你进去了这大半天，也总不见你出来，我担心死了。"

"看你，急什么呀，我不是好好的吗？"南虎笑嘻嘻地说。然后，他低下声音，神秘地说："来，浩明，我给你看样好东西。"说着，把一卷文件递了过去。

浩明接过来，打开一看，这是委任状：任前健字营管带陆荣廷为前锋统领。

浩明眼睛睁得大大的，惊讶地说："哎呀，姐夫不得了啦，你被提升为统领了，你对总督说了些什么呀？"

"说了我想说的话，还差点被砍头哪。"

浩明听得糊涂了："姐夫，你差点被砍头，怎么还当上了统领了呢？"

"观音娘娘保佑呗。走，上马，我们有重任，快快回营去。"

一行人跃上马背，匆匆地离去了。

第二十八章　抚剿游勇

终于，岑春煊把他的临时行辕从十几里外的寺庙搬到了龙州镇原苏元春的提督府。岑春煊很感意外，看到苏元春的提督府上除了几张旧书桌、椅子和一张木床外，四壁皆空空如也。无论怎么说苏元春也是朝廷堂堂一品官员，生活却如此简朴，难以想象，就此一斑，足以见得南虎所说的没有半点掺假。岑春煊给朝廷递上一份复奏，再加上苏元春到京后极力为自己辩白，一些仗义执言的老朝臣也为他辩护，朝廷把苏元春打入天牢的死罪，改成流放新疆，待复核重审。岑春煊为自己的不慎感到内疚，如果他重新起用苏元春，广西情况又将会如何呢？

南虎果然不负他的重望，对杀害三个法国教士的事件办得很光彩。他先礼后兵，先是游说游匪们放下武器，愿意接受招抚，归顺朝廷的留下，愿回家种地的发放盘缠。最后，匪首陈斌一伙要与他决一雌雄，顽抗到底，南虎绝不留情，一举歼灭。南虎本来就是游勇出身，熟知这些游勇们不满的是什么，要的是什么，因此，他对游勇们和土匪们下手，得心应手。他采取的策略就是以抚为主，除非罪大恶极、血债累累，否则他绝不轻易动用围剿。因此，既消灭了游匪，又得到了民众的称赞。

捷报递到朝廷，太后大喜，杀害牧师的凶手已灭，朝廷又赔了些银两，两国的一场争端才算化解了。

岑春煊瞄准了太后的好心情，趁热打铁，向朝廷上一道奏折，扩充兵力。此时，正值 19 世纪末 20 世纪初，广西城乡游民充斥，烟赌遍地，会党横行，广西成了"盗匪世界"。扩充兵力的目的，一是为了边疆防卫，二是平息乱匪，三是图谋步步为营，稳定中南地区的局势，同时也稳固他在两广的地位。

苏元春在位时，招抚了以南虎为首的一批绿林好汉，桂西南才得以扩充到三个营的兵力，而岑春煊决意再招募十倍的兵力，建立一支强劲的队伍。他深知广东人善理财，广东又是鱼米之乡，不算是全国之首富，也是名列前茅，而广西虽土地贫瘠，却养育了精悍、富有战斗力的壮族人。他只要把广西军队组织起来，其兵力不但可巩固南疆边防，又可为广东之后盾。广东广西唇齿相依，一个有钱，一个有兵，相互补齐，互相声援，互为犄角之势，便使这中南两省立于不败之地。

岑春煊把奏折呈上后，心里忐忑不安，生怕被拒绝。对当年太平军的起义，朝廷如今还心有余悸，对满人以外的民族防范甚严，兵权统统由朝廷牢牢地控制，每当有奏折招募兵马，朝廷向来是慎之又慎。此次朝廷却一反常规，不知是因为太后心情甚好，还是对岑春煊的信任，没费多大的周折，奏折便批复了下来："照此办理。"

岑春煊大喜，立即把南虎叫来。经过抚剿陈斌等游匪一仗后，总督对南虎的带兵才能更加信任，凡有关军务事均与他商议。南虎受命后，立即招募新兵，将所部兵力扩充高达二十营。一营分五个哨，前哨、后哨、中哨、左哨、右哨。每哨八十人，每营四百人，全军八千多人，称荣军，由陆荣廷统领，马七拳、逸曲帮统，营管带谭浩明、陈炳煜、莫荣新、韦昌荣。

提起莫荣新，他早先在冯子材手下当兵，在萃军里作战勇敢，特别是在镇南关大战中立了功，被冯子材提拔为哨长。

说起韦昌荣，他对南虎还有救命之恩呢。当年，马七拳和逸曲带领弟兄们从红水河回来与南虎会合，韦昌荣便是其中的一个。一次，他们中了法军的埋伏，发生激烈的枪战，法军的指挥官用枪瞄准了正在指挥撤退的南虎，韦昌荣一看，来不及喊，便用力把南虎推开，他的肩膀中了枪弹，南虎对他的忠义之情念念不忘。

荣军的大小头目都是由南虎信得过的人来担任，马七拳、逸曲和浩明是不用说的，都是他的左膀右臂。陈炳煜、莫荣新、韦昌荣这三个弟兄，他们大胆过人，有忠有义。南虎深信"忠义"二字是根本，没有忠心和义气，就没有今天荣军的强大，他要把荣军建成一支牢不可攻的整体，彼此荣辱与共，生死共存。

一个多月来，岑总督书桌上的那盏油灯常常掌到半夜才熄掉，岑春煊虽是高官，眼前却不能享受人间的荣华富贵，忙得一天也只能睡上两三个时辰，他真想离开这般繁乱公务，踏踏实实地睡上几天几夜。可是不行啊，今夜好不容易把桌上的公文批阅完毕，第二天一早起来，桌上又堆满了。

"总督大人，陆统领在门外候见。"内侍报知。

"快请他进来吧。"

"遵命。"

话刚落音，南虎便大踏步地走进门，他双手一拱，说："参见总督大人。"

"南虎，请坐。你知道在河池、融水一带，有个游勇头领叫覃老发的吗？"岑总督开门见山地问。

"何止知道，覃老发原也是'三点会'的成员。他武艺高超，拳术十夫莫当，能开强弓射箭，枪法百发百中，加之为人豪爽义侠，在河池、融水一带备受众人拥戴，手下有好几百号人。"

"嗯。"

南虎看着岑春煊不停地在屋里来回地踱步，不置可否地应了一声，心想莫非岑总督要平剿覃老发？南虎说："总督大人，谅我斗胆说句公道话，覃老发是锄强扶弱的江湖豪客，他不为非作歹，也不容手下的人打家劫舍。若能说动此人归顺朝廷，将是个冲锋陷阵的好将领。可是，如果我们围剿他，他便会与朝廷势不两立。"

"言之有理，可惜呀，这么一个将才死了。"

南虎大吃一惊："死了？以覃老发的武艺，要杀他可不容易。"

"不幸的是，他是被人设计谋害的。"

"被谁？"

"柳州军统领祖绳武，他利用陆古祥做诱饵。"

提起陆古祥，南虎是最熟悉不过了。陆古祥是广西宣化县大塘人，那年，他应召投入冯子材麾下，在镇南关一战中，他作战奋勇，打埋伏，冲夺炮垒，突入敌阵，无不一马当先，被擢升为率领百多人的哨官。后来萃军被遣散，他便邀了一伙无处可投的士兵上山，成了部众的"统领"。这支队伍携带武器，身穿清军服，以半游勇半军队的形式活跃于广西、云南、贵州地段。当时，三省边境土匪猖獗，使得商旅闻风而止，而当地清军有限，不足以平乱。陆古祥凭着昔日在军队的信誉，便带起游勇们，武装护送商旅，因而沟通了三省的货运，他们便从中抽税得以维持。后来，陆古祥接受了苏元春柳州府的招抚，被整编为绍字四营，陆古祥为营管带，隶属柳州军统领祖绳武统辖。

柳州地处广西的中部，又称龙城，位于江的北岸。城三面临江，叫柳江。柳江东下珠江，南上邕江，西连西江，是南北往来的重要交通枢纽。柳州人粗犷豪爽，喜唱山歌，喜习武艺。原先，这里是清军苏元春提督府所在地，为威震军声，一年一度的比武大赛已成了不成惯例的惯例，每年秋收后的季节，各路武艺高手云集城中。后来，尽管苏元春把提督府迁到了龙州，一年一度的比武大赛也按惯例照常进行。

事情的来由是这样的：比武大赛的这天，阳光分外耀眼，秋高气爽，比武的中心就设在城内的广场。各种风味小吃在广场的四周围摆起了档口，支起了小桌子。未到巳时，广场上早已聚集了几十堆的人群，每一堆人群都围着几个演武人，演武的风格各有不同，南拳、北拳、各路刀枪棍棒，场面非常热闹。有钱的，看完后随便往场子里抛去一把铜钱，帮个钱场；没钱的鼓掌连声叫好，捧个人场。演武人也特别地卖力，使出看家本领吸引看客，施展各自的能耐。最后，由众人推出高手中的高手。

此刻，在广场南面的一堆人更是连连叫："好！好！好！"把众多的人吸引了过去。挤进人堆，只见演武者年仅三十出头，身高六尺，上穿壮族蓝黑色对襟圆领衣，敞怀，衣短不过肚脐，下穿宽脚叠裆裤，腰间系条宽布黑色板带。此人打了一阵拳，把刀枪舞得"呼呼"作响，末了，也不喘口气，便连连举起百八十斤的石礅，脸不红，心不跳。

清军统领祖绳武是个鸡肠鼠肚的人，凡是武艺比他高强的人，他都嫉恨。此时他换上了平民的服装，也挤在人群里看热闹，他对随从耳语："查清这位臂力过人的壮人是何方人士。"

不一会儿，随从回话："统领大人，此人就是覃老发呀。"

祖绳武一怔，转而大喜，覃老发自己送上门来，还能让他跑了不成？覃老发一直以来是他心头的一大患，他手下聚集上万的游勇，设营在油麻弄，并控制四十八弄、五十二峒一带，声势浩大。祖统领曾率领大军多次围剿，均无功而返，好不恼怒。没想到今天在城里碰上了，他立即下令把广场悄悄围起，准备抓人。

本来嘛，柳州是老虎口，覃老发本不该来。不过，这天云集了各路武艺高手，先不说结交江湖豪杰，就是一睹为快也值得。再说他武艺高强，对于那些滥竽充数的清军，倒也无所畏惧。此刻，一看情况不对，覃老发便对空鸣枪，众人听到枪声，顿时乱作一团，纷纷四处逃离。覃老发和他的同伴也在浑水摸鱼中，得以安全逃脱。祖绳武大怒，覃老发竟然从他的鼻子底下溜走了，使他又一次威风扫地。就算他这当统领的不说，部下也在偷偷地嗤笑，更使他恼羞成怒，发誓报仇，可是又无从下手。他的一名师爷为得到统领的赏识，便献上一计，附在他耳边"如此、如此"地一番道来。祖绳武大喜，立即把绍字四营管带陆古祥招来。

"陆古祥，听说你曾是'三点会'的成员，是吧？"祖统领劈头就问。

"回大人话，那都是过去的事了，您是知道的。"陆古祥答。

"当然当然，我知道这事，是不会追究的。不过，我听说你与覃老发相识，对吗？"

听到这里，一丝不安的神情从陆古祥的眼睛掠过，又一想，既然统领已经知道，不如如实道来得好，随便如何发落吧。他说："不错。可是自从我投奔了冯子材将军，在越南打战，这么多年来再也没见到他了。"

"你也知道，朝廷有令要杀覃老发。说句心里话，我也佩服覃老发江湖侠义，很不忍心杀他啊。可是，上头的命令我怎能违抗呢？我琢磨来琢磨去，只有你才能救他。"

"我？"

"正是。朝廷有旨，对所有的游勇们先抚后剿。我想派你去说服覃老发，如果他愿意归顺朝廷，可免一死啊。而且跟随他的部下也一并整编为清军营，由覃老发做营管带，你看，这不是一举两得的好事吗？"

陆古祥细细地听着，心里想开了。覃老发如今的境况是困难重重，两年来清军频频围剿，他是东躲西藏，没有一天安稳的日子。现在祖统领开了这口，无疑给打开了一条出路。覃老发既能保住他手下的弟兄们，又能升官，两全其美，想来覃老发是不会拒绝的。想到这里，陆古祥说："我陆某愿前往劝说覃老发下山。"

再说，覃老发早已频闻，昔日相识的游勇们陆陆续续地归顺了朝廷，他的朋友陆古祥受抚任官，担任营管带。就连在桂西南地区，那大名鼎鼎的南虎陆荣廷也任朝廷清军统领，这些现身说法对于覃老发来说都是不置可否的。当陆古祥前来游说，他当然不拒之门外，便一口答应下山。

次日，祖绳武设下酒席，请覃老发前来共商归顺事宜。因为是陆古祥来做的说客，覃老发深信不疑，率卫士十余人下山赴约，哪料，那是祖绳武设下的"鸿门宴"，早在酒席周围埋下伏兵，祖绳武一声令下，伏兵四起，在毫无准备的情况下，覃老发连同卫士全被杀了。

听罢岑总督的话，南虎心里不是个滋味，覃老发死得冤啊。过了良久，他问："陆古祥被骗，他能甘心吗？"

"陆古祥这才如梦初醒，对覃老发的死悲痛不已，可是，他又能怎样呢？他要辞官回乡种田，祖绳武不准。"

"总督大人，你为什么告诉我这些？"

"因为我不想让你生疑，以为朝廷官员都是不讲信义的人。广西匪乱，其根源在于民心丧乱，欲安广西，先得民心。我们是朝廷官员，必须言而有信，言而无信就会失人心，导致祸乱不止。广西军队有很大部分的官兵是招安来的，如果朝廷官员们都像祖绳武这般无信无义，军队哗变就可能随时发生呀。"

"总督大人，谢谢你的直言，你的用心良苦我明白。想起来，我们绿林勇士原先是没有纪律约束的，我们之所以能打胜仗，也是出自勇士们的忠、信、义。听你这么一说，你我是不谋而合，有了忠义，民才能安，国才能富呀。"

岑春煊点点头，这也是他看重南虎的地方。

再说，祖绳武诱杀了覃老发后，处处感到陆古祥对他的提防，也感到一股不满的情绪正悄悄地在军营里蔓延，由此，祖绳武派出奸细紧盯着，但愿不要出大事才好。说来也巧，事情的余波未尽，清军要调防，祖绳武正好借此机会把陆古祥的绍字四营调离，以免日后后患无穷。

陆古祥接到调防广东的命令，他坐立不安，为何偏偏这个时候调他的防呢，其中一定有原因。有覃老发的前车之鉴，他不得不防。担心祖绳武是否借调防之令来灭掉他们。当即，他把副管带沈鸿英和三个哨长等几个心腹招来，密谋对策。

"我们惹不起还躲不起吗？三十六计，走为上计，拉起队伍一走了之。"副管带沈鸿英说。

"说得容易，营地被祖绳武看守得这么严紧，怎么走？"另一个哨长不同意。

"我看这样吧，我们先按兵不动，但暗地里把手下的士兵运筹好，等到调防的那天，一旦全军离开营地上船，立即抗令起义，怎样？"陆古祥主意拿定，一不做二不休。

众人一致同意。半个月后，调防的日子到了。太阳还未升起，陆古祥带领全营整装完毕，迅速离开营地，来到码头登船。正当船升火起锚时，陆古祥一跃而起："弟兄们，祖绳武杀了覃老发，今天他又要加害于我们，把我们调离柳州，不反更待何时？"

"反了！反了！"

众官兵齐声附应，对祖绳武种种作为他们早就按捺不住了，如今营管带一声令下，众人举臂拥护，全营纷纷弃船登岸。陆古祥先发制人，带领官兵直捣柳州府衙门，马平县衙门。一时间，柳州城枪声大作，道台和知县仓皇逃命。

祖绳武惊闻调防清军兵变，这一惊非同小可，上头要追究下来，他连小命都保不住。赶紧下令，把城里城外的清军调来镇压。

陆古祥只有一个营的兵，而祖绳武的人马则是三个营。陆古祥不担心他们寡不敌众，而是暗自幸喜，愚蠢的祖绳武把营地里的军队都搬空了，他正好乘其空虚，把军营给拔掉，为覃老发报仇。陆古祥迅速占领有利地形，留下两百精兵，吩咐他们不要打退官兵，也不能让他们打败，只要像米糊一样紧紧地把清军给黏住就行。随后，便亲自带领所有余下的弟兄们直捣清军大营，轻而易举地缴获了大量枪支、弹药、银粮。末了，一把大火把大营给烧了，然后索性打开监狱，释放囚徒，这才领着弟兄们撤离柳州城，上山。

祖绳武一看，营地起火！不得了，急忙赶来。哪里还有陆古祥和他的官兵们的踪影？只见一团团燃烧的烈火。

有了这批钱粮弹药，陆古祥更有恃无恐了，领兵挺进四十八弄、五十二峒，那里原本是覃老发的根据地，与覃老发的残余部分会师。陆古祥起义首战成功惊动四方，邻近云南、贵州的绿林人纷纷前来投奔归附，起义军的规模迅速扩展到万人之多。

四十八弄和五十二峒位于贵州省边界，那里青石嶙峋，山峦起伏，而且峒弄的四面是断崖绝壁，形成了天然"城墙"，易守难攻。此时，陆古祥是兵强马壮，把其作为根据地，只要把守住各隘口，就是天兵天将也休想进到峒弄里来。而峒弄里面却是一坦开阔平地，约有二十里长宽，那里栋栋竹楼群起，田连阡陌纵横，一年到头风调雨顺，一年收获两季水稻，即便清军将弄峒围困起来，也不怕断粮。

扎下了大本营，陆古祥解除了后顾之忧，便一不做二不休，四处出击。攻打忻城，袭击北泗、北棚，捣毁柳城、融县、罗城、环江，把桂西北的地方衙门捣了，把清军打得人仰马翻，最后的目标将是攻打省会桂林城。

起义军声势如此浩大，广西告急，京城震惊，把就近的湖南清军急调入桂助剿。湖南清军自以为强大，浩浩荡荡地开来，不料刚进入山谷，便遭埋伏，起义军满山满岭，杀声惊天动地。湖南清军在慌乱之中，误入死谷，几乎全军覆没。报传来，朝廷更加恐慌，有恐广西再爆发一次太平天国起义，于是急令广东、湖南、湖北、云贵、安徽，加上广西军共六省清军，一齐扑向峒弄，由两广总督岑春煊亲临督战。

战地上，数万锦旗林立，清军如此浩大的声势，不但没有把起义军吓破胆，反而听到起义军的牛角声不断，铜鼓喧天，严阵以待。岑春煊视察了地形后，不得不佩服陆古祥的明智，占领这么一个地势险要、得天独厚的地方，清军只要一进入这断崖峡谷，只怕来得多回头得少呀。

果不其然，清军奋战了几天几夜，付出惨重代价，只夺下前沿几个隘口，起义军被迫后撤，仍然坚守"城墙"。岑春煊估计清军一时难以攻下，下令就地扎营，不料，半夜下起暴雨，山洪暴发，清军扎营在低洼，不少士兵在洪水里挣扎、丧生。岑春煊捶胸顿足："天不助我也！"无奈，他便打出最后一张王牌，差人连夜赶到镇南关，速调陆荣廷的荣军。

南虎接到调令，立即招来马七拳、逸曲、浩明及各营管带前来议事。

南虎说："岑总督迟迟不调我荣军，是因为荣军担任着防守桂西南边关的重任。只要有荣军在守，法军不敢轻举妄动。如今，正值广西境内大乱，我们更要提防法军趁火打劫，袭击我关口。在桂西北那边，数万名清军打了二十多天，还攻不下四十八弄、五十二峒，死伤不计其数，岑总督才不得不调我荣军前往。"

"荣军一走，法军很可能乘虚而入。"马七拳说。

"正是。我决定将前营、左营、右营留守镇南关。营管带陈炳焜、莫荣新、韦昌荣听着，你们听候于副统领马七拳的指挥，如有战事，一定要坚守到大队伍赶回来。"南虎说。

"四十八弄和五十二峒在桂西北，从那里回到桂西南的边关，只有水路可走，以最快的速度也得走十天半月啊。如有战事，大队伍赶不回来。"逸曲说。

"赶不回也得赶，我们兵力有限，不能留下更多的了。邕州城还有两个营的兵力，可以应急，就这样定了。各营管带马上回营地准备好，明天与我同行共赴柳州战场。"

"听令！"众人答道。

第二天，江面刮起大风，难以行船。南虎心急如焚，如贻误战事，军法不容。可是，如强行走船，说不定全军葬于江底。幸好到了午时，大风变弱，甚至停止了。

南虎大喜，大旗一挥："起锚！"上百艘船纷纷起锚，载着十五个营的兵力，浩浩荡荡地向东驶去。荣军在柳城离船登岸，一路急行军。此时正是谷熟之际，南虎严令部队不得践踏庄稼，对沿路民众秋毫无犯，违者军法处置。

当地民众对朝廷军队早已是又恨又怕，军队还没进村，村民早已躲到深山老林里了。清军所经之处，有如一群群飞来的蝗虫，成千上万的士兵就把庄稼地踏平了，连门板窗棂也未能幸免，被拆来当柴火烧了。可是，这支高举着"荣"字大旗、穿着朝廷军服的队伍，一不进民房，二不打扰村民，三不动民众一丝一毫，入夜扎营在村寨之外。寨民纷纷走出山林，好奇地站在路边观看。更令他们大为惊讶的是，荣军讲的都是他们听得懂的壮话，而不是那些听不懂的"官话"。原来，这些朝廷官兵都是壮族人呀，竟连那头戴伞形红绫帽顶的统领也是说壮话的，这一发现不得了，民众对这支荣军一传十，十传百。一个老汉壮着胆子过来，对统领南虎用壮话搭讪几句。

"你们这是去四十八弄、五十二峒的吧？"

"是的咯。"

"那里打不得呀。"

"你给我讲讲，怎么就打不得？"

"你去见了就知道啰。"老汉摇摇头，走开了。

南虎心里纳闷，打不得是什么意思，是说土匪太多，清军打不过他们呢，还是说那里地形险要攻不得，或者两者都是？

这次进军桂西北，对南虎是个考验。南虎生在桂西南，长在桂西南，打仗也在桂西南，这是第一次走出"家门"，加之他不会看地图，逸曲真担心像湖南清军那样误入死谷，误了战事。不久，逸曲的担心化为乌有了，每到一处，逸曲负责安排扎营，视察各营有无违令之事，挖土起灶，做饭。南虎顾不上喘口气，骑上马，带上卫士，亲自四处勘查。他的记性出奇的好，只要看上一眼，山脉、河流、悬崖、断壁、峡谷统统都印在脑子里了。

离峒弄二里外的地方，六省的清军扎下大营，像铁桶似的把四十八弄、五十二峒紧紧地包围起，就是连鸟也飞不出去。南虎登上高坡四处看去，在西南面约二里宽的地方，却看不到一个清军营帐，连军旗也没有一面，南虎不禁生疑：那西南面为何没有清军防守？南虎要去弄个明白。

他策马来到一座小桥，桥下是一条清得见底的小河，桥边有一个用竹子搭起的小凉亭，亭的柱子上挂有十来双草鞋，那是供过路人用的。这是壮族人好客的习惯，过路人的草鞋坏了，就把草鞋取下换上好赶路，不用付钱。过了桥便是一条小路，弯弯曲曲地把十来座竹楼连起，路上看不到一个人影，竹楼里也是空荡荡的。南虎不解，寨子里的人都上哪儿了？一连几个寨子均如此，南虎的眉头不由得紧皱起来。来到西南面，原来这里是二里地宽的烂泥塘，牛都走不过去，更何况人了，所以没有设岗兵。

回到驻地，逸曲迎了上来，看到南虎眉头不展，意识到情况不顺。逸曲送来一大碗水，南虎接过，一口气喝完，用手背擦擦嘴，说："二哥，说来你不信，我走过几个村寨，全是空寨子。"

"人都到哪里了？"

"我也在想哪。壮族人是不轻易离开世世代代住的寨子的，我估计，十有八九是游匪们以保护村民为名，把寨子的男女老少都骗到弄峒里了。这样一来，弄峒里聚有这么多无辜的男女老少，朝廷的军队就不敢打他们。"

"原来是这样。这么说，这仗可不能硬攻，否则，这些无辜百姓便成了游匪们的陪葬。"

"这正是我担心的。"南虎说到这里，突然悟到那天在路上，那位老汉对他说"那里打不得"指的是什么了，是指那么多的无辜百姓。

浩明在一旁说："要不伤无辜百姓，只有想法子劝说寨民们回家。"

"怎么劝？"南虎问。

逸曲说："那好办，张贴布告就是了。"

浩明说："我们怎么进得弄峒里去贴布告呢？再说，寨民们有几个识字的？即使贴出布告也是对牛弹琴呀。"

三人都默不作声。这时，外面军鼓响起，是开晚饭的时候了。

"走，先去吃饭，吃饱了再说。"逸曲说。

三人步出帐外，只见士兵们三五一群，席地而坐，捧着饭碗吃饭。东边，一轮明月正在升起。

南虎抬头看着又大又圆的月亮，问："明天该是八月十五了吧？"

浩明不假思索地说："可不是嘛，往年这个时候，村村寨寨都在忙着赶明天的歌圩呢。可是现在，打枪打炮的，逃命要紧，还唱什么山歌呀。"

壮族人爱唱山歌，每年的三月三和八月十五都是壮族人的歌节。通常，山寨的年轻人是不用媒人的，山歌就是他们的媒人。当月亮升起时，一群群的男女青年坡对坡地坐着，这坡唱起，那坡回应。别看壮族人识字不多，心灵得很，开口就成歌。唱得情投意合时，双双走下坡来，手拉着手，到竹林里谈情说爱去了。

南虎心头一动，计上心来，想着想着，他不禁乐呵呵地笑了起来。

逸曲和浩明交换眼色，莫名其妙。逸曲说："三弟，你吃错药了？"

"我像是吃错药的？来，我有一计……"

南虎把他的想法对他俩一一说来，二人顿时眉开眼笑。

第二天夜晚，月亮又大又圆又亮，把山坳照得犹如白昼。南虎下令全军登上山头唱山歌，荣军的士兵别提多高兴了，打仗归打仗，过节归过节嘛。面对着坳弄，他们放开喉咙唱了起来：

> 山歌一唱喜心头嘞，又解忧来又解愁，
>
> 白发双亲念儿郎嘞，铜打肝肠都想断，
>
> 儿郎上山不复返嘞，家有田地闹饥荒，
>
> 儿郎儿郎请听清嘞，回家种田又耕地，
>
> 来年丰收糯米香嘞，娶个媳妇抱儿郎，
>
> ……

南虎意在攻人先攻心，通过山歌，让寨民们放下武器回家去。寨民不是不识字吗？逸曲把招抚的布告编成山歌，男女老少均可明白。根据情报，除了附近山寨的民众外，这四十八弄、五十二峒的大本营里，连同小孩家眷也有几万人。

几十天来，山弄里听到的只有枪炮声，闻到的全是火药味。今晚，枪炮声突然间没了，取而代之的是那优美情深的"劝归歌"，山谷里回音之大，歌声传遍四野。弄峒里的人们好生奇怪，纷纷走出竹楼倾听。

外省清军对广西荣军本来就看不起，特别是对他们的统领陆荣廷，他出身低微，来自绿林，怎可与他们高官贵族出身的统领平起平坐？更令他们忌妒的是岑总督如此看重他，把荣军调来打硬仗，这对他们无疑是个侮辱。没想到仗还没打呢，却带领全军唱山歌去了，这唱山歌能把敌人打败吗？统领们纷纷嘲笑，要看陆荣廷的好戏。

没想到，岑总督却哈哈大笑，说："唱山歌好嘛，我也去听听。"

第二天清晨，南虎下令攻击，营管带谭浩明带队冲锋。游勇们居高临下，凭险固守，双方对峙直至中午。南虎赶到，经观察，发现游勇们没有重武器，除了一些长短枪外，大多持大刀长矛、山石，不时还看到后面夹杂着运送山石的妇女儿童。南虎决定用大炮假攻，镇住游勇们。于是下令把五门大炮推上山坡，朝离隘口处不远的地方开炮。果然大炮一响，游勇们、妇女儿童们纷纷逃离，南虎不敢怠慢，趁着游勇们还没回过神来，一跃而起，边打枪边冲上坡，众人一看统领一马当先，也都不甘落后，一口气冲上，夺下隘口。

昨晚唱的山歌果然生效，当荣军冲上四十八弄，几百名游勇不做反抗，立即放下武器。一伙不愿投降的，纷纷向五十二峒撤退。五十二峒是陆古祥起义军的最后据点，其山比四十八弄更险要，防守也更加坚固。陆古祥没有重型武器，只有长枪和短枪，除了他的一营官兵有战斗力外，其余的游勇是不堪一击，尽管如此，荣军也难以攻下。进入五十二峒只有一条石阶古道盘旋而上，只要陆古祥扼守住这狭口古道，荣军便是有来无回，那么，只有用大炮狂轰，炸平五十二峒，可是这样一来，就会流血成河，不行，那里有不少无辜民众呢。南虎得想出一个两全其美的法子，既要攻下五十二峒，又不死那么多的人。在这当口，他想到了那片烂泥塘。

入夜，枪声没了，山坳里死静死静的，双方打了一天，人也倦了，刀枪也乏了。

浩明带领士兵们牵来十几头大水牛，把它们赶入烂泥塘。南虎紧张地看着水牛一步一陷地往前走，好几次几乎陷到脖子，竟然又一跃而起，最后安然无恙地走过去了。南虎大喜，如此沉重的水牛可以过得去，那么人过去应该不成问题。

尽管是这样，浩明还是不放心，令士兵们把山坡上的长毛竹砍下，这些毛竹足有碗口粗，三丈长，把三四根毛竹绑在一起像竹排似的，万一陷进泥坑起不来，就可借助竹子的浮力拔出泥坑。一切准备妥当，他令一千多名士兵们脱下军服，只穿一条裤衩，把枪顶在头顶，浩明领头走进陷到半腰的烂泥塘。

天还未亮，陆古祥被激烈的枪声惊醒。他跑出竹楼一看，上千个"泥人"铺天盖地向寨子冲来。陆古祥大声喊起："快起来，起来！清军来了，快跑，快跑！"他抓起枪，冲下竹楼。身后一小队人紧紧跟上，向密林逃去，陆古祥没有料到，南虎的荣军竟敢走过那片烂泥塘。

陆古祥一行人躲在山洞里，外面激烈的枪声渐渐地熄灭了，陆古祥看着衣冠不整、垂头丧气的弟兄们，心里一阵难过，说："弟兄们，我们无路可退了，你们放下武器，招安吧。我知道这清军统领南虎，他不是祖绳武，他讲信义，只要你们投诚，他会放你们一条生路的。"

"那你怎么办？"他的副管带沈鸿英问。

陆古祥黯然地看了看沈鸿英，此人胆大，能打仗，从绿林起就跟随他，朝廷招安后，是他一手提拔他为自己的营副管带。陆古祥说："不要管我了，我要是能逃出去，算我命大，你们好自为之吧。"

"你说统领南虎讲信义，你为何不投奔他？"沈鸿英又问。

"我带兵造反，攻打各地衙门，已构成重犯，罪不可赦。即使南虎讲信义，他也救不了我，你们走吧。"

众人听了，默默起身，走出洞口。而沈鸿英坐在地上一动不动。

"沈鸿英，你为何不走？"

"陆兄，你有恩于我，在这生死关头我怎能舍你而去？你走到哪儿，我跟你到哪儿，我这辈子跟你跟定了。"

陆古祥感动地说："沈兄，患难见忠诚啊。"

陆古祥累极了，连日打仗，没有睡上一个好觉，眼睛也熬红了。想来这山洞隐蔽，荣军一时还不会找到这里来，休息片刻，再谋生路吧。一旦坐下来，眼睛闭上，就睡死了过去。

等他醒过来时，发现他被五花大绑起来，周围都是朝廷官兵。他大惊，四处一看，只见沈鸿英站在一旁，他马上明白是沈鸿英出卖了他。陆古祥大怒，骂道："呸，你这无耻之徒，连猪狗都不如。"

"陆兄，休怪我无情。你知道你自己是罪不可赦，我可不能跟着你一起死啊，说什么也得给自己留条后路。我让清兵抓你，是戴罪立功啊。"沈鸿英说。陆古祥气得朝沈鸿英的脸上狠狠吐了一口唾沫，就被士兵带走了。

南虎正在清理战场，只见浩明领着一队士兵，正押着一个俘虏迎面走来，南虎走向前一看，正是陆古祥。南虎二话不说，抽出腰刀，把绳子给割断了，低声地说："陆兄，我以为你早远走高飞了呢。"

陆古祥苦笑地说："南虎，昔日我们并肩作战，没想到在这样的情况下又见面了，我是你的阶下囚呀。"

"陆兄啊陆兄，你是一条硬汉子，我敬佩。"

"我知道我是罪不可赦，你就是有心要救我也救不了，有你这句话，死也无憾了。"

南虎默默地点头，沉默了一会儿，说："上头来命令只要抓到你，就把你送往省府桂林。"

"我早知如此。"

"我能为你做些什么？"

"唉，我是不孝之子呀。人到死前才知道尽孝心，可是，已经晚了啊。不瞒你说，我家里有七十岁的老母亲。"

"你放心去吧，我会替你照顾她的，直到给她老人家送终。"

陆古祥感动得双手抱拳："多谢了！我在九泉下也瞑目了。"说完便仰起头，向前迈去。

南虎遗憾地看着他的背影，自言自语地说道："不杀祖绳武，覃老发和陆古祥的冤魂不散啊。"

陆古祥走出没多远又停下，想到了什么，转过身来向南虎走去："南虎，有一事我不得不说，沈鸿英跟随我多年，是我一手把他提拔起来的，当了副管带。今天，他借刀杀我，终归有一天他也可杀你，此人不得不防啊。"

南虎点点头，人之将死，其言也善啊，说："沈鸿英虽有才，却无德，小人一个。"

多年后，果然应验了陆古祥的话，不过，那是后话了。

第二十九章　喜得虎子

就在庆祝平剿游勇胜利的那天夜里，官兵们都围在篝火边喝酒吃肉，好不热闹，逸曲注意到南虎不动声色地离去了。而后，一个身穿短打衣的黑影溜进了统领祖绳武的营帐，第二天清晨卫兵发现统领祖绳武被人暗杀了。消息传出，众人议论纷纷，都说是覃老发和陆古祥的冤魂报的仇，投降的起义军人人拍手称快。

投降的起义军加上游勇，共有上万人之多。虽然归降了，鉴于覃老发被杀之事，降军乃惶恐不安，担心哪一天被推出去杀头，因此，降军上下士气萎靡。南虎理解士兵们有这样的疑虑也是自然的，要稳定军心，取决于他自己对他们的信任。

南虎决定用人不疑，疑人不用。在战地上，原担任守战地营部的是浩明的武弁营，南虎有意把他们调开，从起义降军中挑了五百名勇士当亲军，把担任营部的警卫交给这五百名勇士，身边只留浩明一人。南虎这大胆的决定，连逸曲都为他捏把汗，如果降军哗变，他们二人功夫再好，也是寡不敌众；所以，他在暗地里做好保护。起义降军官兵们对南虎早有所闻，如今统领对他们如此信任，他们深为感动，疑虑全消，甘愿跟随南虎转战。就这样，南虎一口气连连打了大大小小十几个胜仗，招安平剿游匪。所到之处，平剿战斗进行得十分顺利，先后平息了柳江、河池、桂北、桂西南、右江的匪乱。

一天，南虎走过草坪，无意中听到几个招抚过来的士兵在谈论什么，便竖起耳朵。

一个年纪稍大的说："平剿招安，别以为仗打完了，天下就太平了，我看不见得。"

"人是招安了，可人心可不安啊。"一个光着膀子的士兵说。

"是啊，生活没着落怎么能安得下来？听说那些招安回了家的弟兄，穷得连耕牛稻种都买不起。"

"弄不好，还不又上山当游匪去？唉，他们那些当官的哪里知道，家里有老有小，谁愿意上山？还不都是穷逼的。"

南虎听了，深深忧虑起来，广西被称作"乱匪世界"，都是因为太穷，要彻底平息游匪，光靠武力打压，解决不了根本，最重要的是安抚民心，否则，游匪再次乱起的话，就难以平息了。可是，怎样做才能做到安抚民心呢？他翻来覆去地想了一宿，次日拿定主意去见岑总督。

岑春煊细细听过南虎的担忧后，有同感地说："打江山难，坐江山就更难。依你之见，如何才能安抚民心？"

"我记得法印师祖曾说过，他说古人有句话'王者以民为天，而民以食为天'。那就是说人要吃饭，肚子吃饱了人就不会造反，就不会铤而走险。换句话说，就是给民众一条活路，生存的活路。"

"对，那是西汉的司马迁在《史记·郦生陆贾列传》中写到的。你继续往下讲。"

"我想光实施招抚政策还不够，凡有愿意回家种田地的，不但发放路费，官府还要低价卖给他们耕牛和种子，来年丰收后再折价还清，否则他们回到家没有生计，还不又重操旧业？还有，去年这一带地区闹蝗灾，政府想法减少对贫穷农户的征税，对他们至少一年内不纳税，让他们喘过气来。只有农民富了，村镇市场才能发展稳定。"

听到南虎如此道来，岑春煊很感意外。南虎不断文识字，可是却知道欲能立稳脚跟，先取人心这个道理，这是他在苦难中悟出来的道理啊。因而，在绿林时就有好几千人慕名投奔他。如今治匪乱，他也是在于循取人心之本，变乱为治，可称为英雄。

岑春煊对此大为赞赏，说："我看可行。这样吧，你说一年，我给你多加一年，两年内不交税，怎样？至于政府的银饷嘛，我先从广东调一部分来救急。其余的事你着手办理吧。"

"谢大人！"南虎高兴地拱手道谢。

得到岑春煊强有力的支持，南虎的腰杆子硬多了。游勇们得到了招抚政策的实施，拿起盘缠回家了；愿意种田地的，买到了低价的耕牛和种子，来年丰收后再折价还清，何乐而不为，更高兴的是两年内不上税。果然，两年下来，农民家里囤起了余粮，乡镇市场也逐渐稳定了。就这样，安抚了民心，又稳定了军心。多年来令朝廷束手无策的广西的匪乱，从此得到了控制。

岑春煊之所以能打开广西如今的局面，有劳南虎的鼎力相助。上百年来，多少个朝廷将领曾尝试稳定广西局面，却都大败而归。广西是一个很特殊的地方，山区交通不便，土地贫瘠，土官多，少数民族多，地处南疆，乱匪横行，不具有魄力的人是难以驾驭这样一个地方的。岑春煊独具慧眼，此人非南虎莫属，便上奏朝廷，升授陆荣廷为右江镇总兵，为正二品，位列大员。

俗话说"水涨船高"，马七拳、逸曲、浩明也因此得以晋升。

消息传来，平静的水口镇一下子像炸开了的锅。这么一个不起眼的水口小镇出了这么一位大人物，把镇上的人眼红得不得了。这可真是应验了"算半天"的预言，谭妈乐得嘴都合不上，忙不迭给"算半天"送上一份厚厚的重礼以示谢意。

俗话说"妻随夫贵"，谭女一跃成了二品夫人，有钱有地位有身份，她嘴上不说，心里却甜滋滋的，感到非常的自豪。买了田地，盖起了一栋三进九屋的红瓦青砖大房子，又在后院里养了猪鸡鸭牛羊一大群。南虎在外头忙着带兵打仗，她当妻子的把家担起，振兴家业。不管男人走到哪里，家，总是牵着男人的根呀。

看着日益兴大的家业，谭女总觉得这个家缺少了什么，这么一栋大房子，就缺孩子的笑声。没有孩子，人们会嘲笑她的男人不是真正的男人。然而，南虎却不以为然，从喝酒打赌那一刻起，他就知道谭女不能生育，可他还是很爱她，非她不娶。可是谭女却不这么想，她暗自伤心，万不能让陆家断了香火呀。

九月九是送子娘娘的生日，据说送子娘娘在这一天是最显灵了。每年的这一天，镇子庙街上搭起错错落落的席棚子，小摊贩早早地就从邻近村寨、镇子赶来，挂起颜色鲜艳的小娃崽衣帽，虎头帽虎头鞋，测字打卦，卖时令水果，路边摆起矮木桌、小矮凳子，再支起灶子，架上铁锅，便张罗炒卖米粉，蒸肠粉，煎糯米糍粑，烧猪烧鸭。庙街上人来人往，络绎不绝，还搭起了戏台子，锣鼓喧天，热闹非凡。妇人们打扮得光光鲜鲜的，前来求子，祈求家人平安。男人们也拥来观看漂亮的妇人们，凑凑热闹。

谭女起了个大早，把乌黑的头发绕在脑后结起一个大发髻，把少许香油倒在手心上，两手搓搓，均匀地抹在头发上，又在耳边插上一朵带着闪亮珠子的红色绸缎花。末了，换上一件深紫色的圆领斜襟衣，黑蓝色的裤子，裤脚边上绣有一圈小花。谭女这般细心地打扮，才显得她对送子娘娘的一片诚心。

娘娘庙有着一人高的青砖围墙，走上三级石台阶便是朱红色的大门，门口外站着一个三四岁的小男孩，头上扎着几根稻草在出卖，他身边坐着一个满脸忧伤的女人，想来是这男孩子的母亲。孩子不知道悲伤，瞪着一双大眼睛，好奇地看着这么多花花绿绿、来来往往漂亮的女香客们。谭女不在意地朝男孩子看了一眼，便急匆匆地跨入门槛。

庙里飘着香火的青烟，院子里挤满了女香客。她们有的拈香，有的跪拜，有的祷告，喃喃的祷告声在大街外都可听到。谭女点燃一把香，跪在地上，看着送子娘娘安详地端坐在大堂上，怀抱一个胖娃娃。谭女闭上眼，心里默默地祈求，似乎看到孩子一双明亮的大眼睛，她睁开眼四处看去，除了人群外，什么也没有看到，谭女重闭上眼睛。祈求完毕，她把随身带来的香果供品摆在香桌上，便来到求签桌子前，她双手捧起一竹筒使劲地摇签，一根竹签掉出，拿起一看是上上签，谭女好不高兴，把事先准备好的用大红纸剪的小衣裳放在娘娘的脚下，然后再深深地一拜。出得庙门，她的目光无意中与那男孩子的目光相遇。她突然悟到祈告时看到的那双明亮的大眼睛就是这小男孩的，男孩一脸的饥色，身上的衣服很旧，但干净，缝补得整整齐齐。

"大姐，求求你发发慈悲吧，买了我儿子吧。别看他瘦，他可是从不生病。"男孩的母亲跪在地上，仰起菜色的脸，哀求着。从她的无领黑衣和她说话的口音，不难看出她是个越南人。

谭女问："孩子多大了？叫什么？"

"他刚满三岁。他爸死得早，还没来得及给他起名。"她撩起衣角擦了擦眼睛，又说，"我借钱给他阿爸医病，钱借了不少，病却没治好，他死了。我没钱还债，除了这么一个儿子，我什么也没有。唉，命苦啊，只好卖儿子还债啊。"

小男孩看到母亲落泪，举起小手，给母亲擦眼泪。这一举动触动了谭女，这般小小年纪就这么懂事，难得呀。谭女说："好吧，我买下他。"从衣兜里拿出一些银子，交给男孩的母亲。

"哎呀，这银子太多了。大姐，你叫我怎么担当得起呀。"

"大妹子，拿着吧，还债要紧呢。"谭女抱起孩子，轻轻地说，"好孩子，说声再见吧。"

孩子定定地看着母亲，没有说话。母亲把稻草从孩子的头上取下，扔开，又用她那干瘦的手掌擦干净儿子的小手，噙着眼泪，依依不舍地说："好儿子，到了新家要听新阿妈的话啊。"

孩子伸出双手要母亲抱，母亲心一硬，转过身去。

谭女抱着孩子往前走了几步，想了想，停了下来，转过脸来，看到孩子的母亲坐在地上痛不欲生。看到此情此景，她不忍把这母子俩拆散，便又走回来，说："大妹子，我要请一个帮厨的。你如果不嫌弃的话，就到我家里做活。这样，你们母子俩就不分开了。"

男孩的母亲睁大眼，简直不敢相信她的耳朵，天底下能有这样的好心人。她"扑通"一声跪在地上，重重地给谭女磕了几个响头。

谭女收养了儿子，迫不及待地要把这消息告诉南虎。第二天一早，她梳洗好，给儿子换上一身新衣服，打起轿子，带着儿子去镇南关南虎的军营驻地。

南虎正在演兵场上跑马，这是他的惯例，不管再怎么忙，他总不误了骑马射击。听到卫兵报告他的太太在营部等候，他便急急忙忙地赶回来。谭女从不打扰他的军务，今天一大清早她就赶来了，一定是有急事。还没等马停住，南虎便滚身下马，三步并作两步走，疾步走入大门。一看到谭女满脸笑容，他松了口气，知道一切尚好。

"谭女，你难得来，多住几天吧。"

"我如果不走，恐怕演兵场再也看不到你的影子了。"谭女说着，从水盆里拧起一把毛巾，递给南虎擦脸，"猜猜，我给你带来了什么。"

"新做的布鞋。"

"不对。好了好了，不为难你了。"谭女说完，转身走到里间屋，领出一个小男孩，男孩身穿蓝色绸缎长马褂，一双明亮的大眼睛怯生生地看着他。谭女对孩子说："这是你阿爸，叫声阿爸。"

阿爸？南虎莫名其妙地看看谭女，又看看小孩，不知怎么回事。

"南虎，我收养了个儿子，我希望你待他就像待我们自己亲生的一样。"

儿子，我有了个儿子？南虎又惊又喜地一把抱起孩子，孩子在他宽厚的怀抱里，像只小猫似的，显得那么的瘦小。

正在这时，逸曲一头撞了进来，一眼就看到谭女，笑着说："哦，是弟妹来啦，三弟也不打声招呼。"

"我也是刚到的。"谭女笑盈盈地答。

"二哥，你来得正好，来，看看我的小儿子。"南虎把孩子抱了过来。

"儿子？"逸曲这才注意到南虎怀里抱着的孩子，他有点意外，从未听说三弟有儿子。

"收养的，是越南人的孩子。"谭女解释。

"二哥，你看看他这双大眼睛，这孩子真是聪明。"南虎高兴地说，"我要请镇上最好的老先生教他读书写字，这孩子将来比我有出息。他叫什么名字？"

"还没有名字呢，就等你给取了。"谭女说。

"二哥能写能读，劳你的大驾，给侄儿取个名字怎样？"南虎问。

逸曲思索片刻，说："叫陆裕光怎样？裕是丰盛的意思，光是明亮。"

"裕光？丰盛、明亮，好，好名字。晚上我请大哥、二哥、浩明来吃晚饭，让他们见见裕光侄儿。"南虎大声地说。

孩子的亲生母亲姓孔名雀，倒是有点像中国人的名字。她做事很尽心，又很能做饭，不但能炒越南菜、中国菜，还能做法国菜。来到陆府，也是她的福气，不但不愁一日三餐，而且还能和儿子天天在一起，这种舒适的日子在她一生中从来没有过的。不久，她的脸色红润了起来，双眼皮的大眼睛也开始变得明亮、水灵，胸脯也日渐丰满，她是个漂亮的女人。

说来，孔雀也是个苦命人。她的母亲早先在一个法国人家里帮厨，被这家的男主人奸污了，不久便怀上了孔雀。女主人非常生气，把孔雀的母亲赶了出去，她腆着个大肚子，伤心至极便上山以求一死。在山上，被一个姓孔的中国樵夫发现了，把她给救了，女儿生下后，就随这位樵夫姓孔取名雀，在孔雀十岁的一天，她继父上山打柴，被法国兵乱枪打死了。

有了儿子裕光，谭女在欣喜之余，还是惋惜她的丈夫没有亲生骨肉，人常说，子孙满堂才是大福大贵哩。谭女心想，自己不能给丈夫带来人丁兴旺，何不给他娶个二房呢？她首先想到的是孔雀。孔雀是个好女人，年轻、温柔、厚道，更重要的是她能给这个家庭带来更多的儿子。一想到这里，谭女心里又矛盾起来，丈夫一旦有了孔雀，他还会像以往那样爱自己吗？作为女人，谭女一万个不愿意与另一个女人分享丈夫的爱。可是，不娶二房，南虎就永远不会有自己的亲生儿子，这实实在在地为难她自己了。谭女经再三思量，权衡利弊，最后拿定了主意。

这天吃过晚饭，屋里掌上了灯，谭女像往常一样走进孔雀的房里。自从孔雀进了这个家门，谭女就不觉得寂寞了，她把孔雀当成妹妹一样来看待。儿子裕光还是和孔雀睡在一起，每晚掌灯时，谭女都要到孔雀的屋里，和儿子裕光玩一会儿，看着他睡去，然后，她姐妹俩坐在桌子边，无边无尽地聊起来。

油灯下，谭女坐在孔雀的对面，看着她做针线活儿，问："孔雀，你有没有想过再嫁人？"

孔雀微微一笑："想啊，怎么不想，可是要嫁个合适的男人也不容易啊。"

"我倒有个合适的人，就不知道你中不中意。"

"真的？说来听听。"

"这个男人是做官的，家里有钱，正当壮年，长得高大、英俊。"

"你就别来取笑我了，除了你的男人陆老爷外，天底下哪儿找这么好的男人啊？"

"我说的正是南虎。"

"什么？"孔雀一惊，抬起头，眼睛睁得大大的，疑惑地看着谭女。

"别这么看着我，我没疯。"谭女笑着说，"我想你做南虎的二房正合适，你考虑考虑，决定了就告诉我。不管你是否同意，我待你都会像妹妹一样。"

几天后，一个男仆来到镇南关，说家里有事，谭夫人请陆老爷务必回去一趟。南虎不知何事这么急，男仆也说不清。南虎不敢迟延，把军务向大哥、二哥、浩明及各管带一一做交代后，骑上战马，带上两个卫兵，急匆匆地往家里赶去。

天擦黑时，南虎和卫兵就到家了。大门紧关着，门外的两个大红灯笼把灯光照在大门上，勾出两个晕红的圈子。门外面倒没看到什么异样的动静，南虎疑惑地下了马，走上前去，用手拍拍门上的铁环。

一个看门院的仆人应声打开门，恭敬地说："老爷你回来了。"

"嗯，家里出事了吗？"南虎问，跨过门槛，一眼看到一个陌生的女人在院子里的一个窗口窥看他，当她看到南虎发现了自己，便急忙转身离开窗口。

"那女人是谁？"南虎问看门院的仆人。

"回老爷，她是帮厨的。"

半年多来，南虎忙得抽不出身回家，而谭女常带着儿子去军营探南虎，有时住上十天八天的，让南虎有更多的时间与儿子在一起，父子俩出去骑马、打枪。南虎难得回家一趟，此刻看到里里外外收拾得井井有条，每一进的院子里四周都挂着灯笼，青砖地板打扫得干净，院子里的花草也剪得整齐，他感到很舒心。

听到南虎的声音，谭女笑盈盈地迎了出来："我就估计你这时候到了。"她穿着一身紫红色的衣服，耳边戴着朵淡黄色的花，脸上抹了一层淡淡的妆，耳边的金耳环闪闪发光，这一身打扮更显魅力。

南虎一把搂住谭女的腰，一边跨进上房，一边说："多日不见，你越发迷人了。"

"那你就常回家，天天看着我好了。"

"好啊，省得夜夜梦到你。"

餐桌已摆好，两支红色的大蜡烛欢快地燃着，屋里荡漾着一片温馨的气氛。饭桌上丰富的晚餐飘出诱人的香味，还加上一小壶烫好的米酒。

"到底是家里好啊，老婆、热饭、好酒，赛过活神仙呀。"

"你先歇歇，我去打盆热水来，给你洗洗脸，然后再用餐，好吗？"

"你在这里陪我坐坐，让卫兵去打水好了。"

"只要你在家，就由我来伺候你。"谭女说完便走了出去。

南虎看了看餐桌，上面摆了三个饭碗和三双筷子。南虎不解，家里只有他和谭女，怎么会有三双筷子呢？

不一会儿，谭女端着一盆水回来了。南虎洗了脸，脱下军服，换上宽大舒适的白色绸衣裤，然后在餐桌边坐下。正在这时，一个女人抱着儿子裕光来到门口，南虎抬头一看，正是先前在院子里见到过的那位帮厨，她穿着一件淡蓝色绣花衣，脑后绕了个大发髻，耳边一朵小花，在红色的灯光下显得楚楚动人。

"今晚的饭菜都是你这位帮厨做的吗？好香啊。"南虎边说边拿起饭碗，赶了一天的路，早已饥肠辘辘。

"对的，她做得一手好菜，"谭女站起身，走到门口，把孔雀和孩子拉到桌子跟前，"她是我们裕光的亲生母亲，我观察她多日了，她是个好女人，贤惠、漂亮，我想请你收下她做你的二房，你看怎样？"

南虎差点没给噎着了："什么？你要我娶她做二房？"

"南虎，你听我慢慢地给你说来……"

南虎仔细地听着，深深地为谭女的贤惠所感动。为了他，为了陆家的兴旺，谭女才不得不做出这样的决定，天底下有哪个女人有谭女如此的胸怀啊！

谭女选了个吉日，两个月后，南虎正式娶了孔雀为二房。

俗话说，好心人有好报。不久，谭女竟然怀上了孩子！南虎万万没想到有这样的奇迹出现，高兴得不知如何是好：老天有眼啊，我有了个亲生的儿子！

九个月后，谭女生下一个大胖小子，取名陆裕勋，字小干，小名"小虎"。

第三十章　海渡东洋

穿过总兵府的大门是一个四合院似的院落。大门坐南朝北，院子里东西厢房共六间，清一色的青砖灰瓦，是府上处理日常公务的地方。大堂是总兵府的主要建筑，也是南虎工作、审理公文、议事的地方。

南虎荣升正二品大官，可是每每戴上花翎红顶帽，穿上深蓝缎子袍褂，摆着马蹄袖，浑身上下都觉得不自然，直挺挺地坐在大案台后面的太师椅上，像是被绑架似的。他的身边坐着三品官员逸曲，每当上大堂议事，南虎总少不了他。案台下方是两排座椅，坐着前任聘用的幕僚：文案师爷、刑名师爷、钱谷师爷、书启师爷、账房师爷等七八个师爷。别看他们一副恭恭敬敬的样子，他们从骨子里就瞧不起南虎这位武夫。

南虎不安地扫了一眼案台上的文件、纸张、毛笔、砚台，只觉脑袋一阵阵地发涨。以他的性格，与其坐在衙府，不如冲锋陷阵打个痛快。坐在他身旁的二哥，扬起下巴，对这一班师爷连看也不看一眼，稳如泰山。可是南虎就不行了，他如坐针毡，职务在身，不上堂不行，只好硬起头皮撑着。

"总兵大人，"老夫子从椅子上站起，双手打了个拱，递上一份文件，"这是南宁府刚送到的刑案呈文。"

朝廷对地方的文武衙署没有设幕僚固定官职，均由各衙署酌情任用。幕僚中地位最高的师爷向来是被主管重用，视为上宾，又称老夫子。

"嗯，知道了。"南虎说，坐在椅子上一动不动。

卫兵从老夫子的手里接过文件，放在南虎的案桌前。

南虎瞥了幕僚们一眼，拘束地拿起案台的公文，递给逸曲。每有公文、书信交递到总兵部，都少不了让逸曲或浩明念给他听。每当这时，幕僚们交换眼色，这还不算，更令他感到难堪的是，当他拿起毛笔在文件上"署名"时，从眼睛的余光里就会看到那些幕僚们拱起眉毛，从眼角里窥视他。南虎笨拙地像握枪似的拿起笔，在墨砚上舔了舔，额头上不由得渗出一层薄薄的冷汗，装着没看见那些鄙视的目光。他连名字都不会写，只能在文件上打个圆圈，代替署名。

终于有一天，他"签署"完公文，来到过道舒口气时，听到几个幕僚在背后嘲笑："知道那些圆圈意味着什么吗？"

"零蛋呗。"

"零蛋不就是傻蛋吗？"

"哀哉，哀哉！"

一阵哄笑声。

南虎又羞又怒，这些文人竟敢如此耻笑他。可细细一想，一个只能打圈，而不能写自己名字的总兵，又怎么能让别人尊重你、信任你，又怎能担此大任呢？人常说"三日不读书，面目可憎"，民众向来尊重读书人，甚至有钱人也要养一群白吃饭的秀才在家里，以表明他们对知识的尊重。民众如果遇上官司，他们找人出主意的不是官员或有钱人，而是读书人。尽管许多读书人很穷，却受到尊重，因此，他们往往又很清高。在他们的眼里，南虎虽身居要职，也不过是个武夫、莽夫而已。南虎这才知道，要统率好三军，不光有好枪法，好武功，还要能读会写，具备政治远见。前者是武功，后者是文治，二者不可缺一。可是，他已步入中年，这才开始学文化，能行吗？可是，不行也得行啊。

幕僚为他物色了当地一个有资历、有名望的黄举人。南虎大喜，以重金聘他为师，向他学文化。这天是拜师之日，南虎在家里设了便宴，与此同时，一并请来了马七拳、逸曲和浩明。不料，众人左等右等，晌午已过，这位黄举人却迟迟未露面。

"三弟，酒菜都凉了，看来这位黄举人不买你这番诚意呀。"马七拳说。

"刘备三顾茅庐才请得诸葛亮出山，我这里才等了几个时辰算得了什么。再等等吧。"南虎笑着说。

不久，派去接黄举人的马车和卫兵回来了。

南虎急忙迎出，双手一拱："有请黄举人。"

可是，马车垂下的帘子没有动静。

卫兵急忙从跟随着马车的后面走过来，说："大人，黄举人要我把些礼物带给您。"说完，交给南虎一封信和那所谓的"礼物"：一小罐子沙土，上面插了一节小松枝。

逸曲打开信，大声地念道："你不是刘备，我也不是诸葛亮，何须三顾茅庐？"

马七拳、浩明面面相觑。

南虎捧着那插着松枝的小罐沙土，他虽不善理解文人的比喻，可是，这么一件"礼物"却是最明白不过了。黄举人比喻南虎就像这个小罐子沙土一样，是个愚夫，如何能使小树枝长成参天大树？南虎的脸腾地涨红了，他愤怒地举起手来，"啪"的一声，把泥罐子重重地摔碎在地上，这黄举人也欺人太甚了吧。

马七拳、逸曲、浩明同情地看着南虎，受到如此奚落，羞辱难忍，一时也不知说什么才好。俗话说，树怕剥皮，人怕伤心啊。

南虎紧握拳头："我发誓，我要让这班读书人瞧瞧，我陆荣廷不但能打枪，还能吟诗作对。我就不信，没有你这个黄举人，我就不能学习经文。"

他把这一天定为他的"耻日"，来勉励自己奋发图强。

逸曲走上前，说："三弟，我倒有个主意。前些日子你不是保举了五位儒士当官吗，何不请他们相助呢？"

原来，南虎立有军功，朝廷赐他五个红翎顶帽，有资格保举五个儒士当官，这是清朝廷一向看重的"养士"之道。南虎为选拔谁而忙乎了好一阵，最后推荐了五位品学兼优的儒生、贡生。

南虎拍拍脑袋，大喜："对啊，我怎么就没想到这上头呢，他们辅助我学经文是绰绰有余啊。"

世上无难事，只怕有心人。这话可是应验在南虎身上，他立志要做的事就一定能做到。他给自己定下学规，不管公务多忙，每天写五十个大字。鸡未打鸣就起床读书，做到口诵心惟，手不释卷，手不辍笔。除了读古文和练书法，他还喜读《三国志》《列国志》《七侠五义》《七剑十三侠》之类的武侠小说。对那些见义勇为、路见不平、拔刀相助的侠士特别推崇。此外，背诵《千家诗》《唐诗三百首》及李白、李商隐、李贺、杜甫、陆游、辛弃疾、苏东坡等名家的诗词。

冬去春来，这年又到了"耻日"。南虎在家设宴，请来了幕僚、老夫子和一班秀才，其中有曾奚落过南虎的黄举人。马七拳和逸曲公务在身不能前来，只有浩明做陪客。看到南虎、浩明二位主人穿着随意的长衫马褂，一脸笑容，这些文人可心里却打着几个问号，今天既不是过节，也不是红白喜庆，请的哪门子宴啊？

大厅左右，分别摆上了两排酒席，正前方是主人酒桌，挂着一条红横幅，上面写着"秀才不出门，能知天下事"。大家这才知道"论事"是今天酒宴的目的。文人们心里有了数，一一拱手问候，入席就座。

南虎站起身来，清了清喉咙，说："谢谢诸位光临。今天请大家来没有别的意思，只是想和大家聊聊，题目写在这里了。"

话刚落音，黄举人站起身，为之四顾，踌躇满志地说："我想问总兵大人，光绪二十一年，康有为'公车上书'光绪皇帝，何为'公车上书'？原出自何处？"

南虎笑了笑，踱步离开席桌，走到宴席中央，从容地道来："公车最早为汉代官署名，臣民上书和征召都由公车接待。后来，也代指举人进京应试。原指入京请愿或上书言事，也特指入京会试的人上书言事。出处《史记·东方朔传》：'朔初入长安，至公车上书，凡用三千奏牍'，我答得对吗？"

众人拍手叫好。

黄举人原想给南虎一个难堪，不料却让他在众人面前露了一手，心中有一丝不快。

南虎笑笑，他赢了第一个回合，接下的他要杀个回马枪了："远的不说，就说近的吧，光绪二十年，中日甲午战争，中国败于日本，次年春，乙未科进士正在北京考完会试，等待发榜，消息传来《马关条约》割让台湾及辽东，赔款二万万两，在北京应试的举人群情激愤。举人康有为、梁启超写了一万八千字的'上皇帝书'，十八省举人响应，一千三百多人连署。光绪和恭亲王奕䜣看了之后，十分欣赏，还下令誊抄四份，一份呈慈禧太后，一份交军机处转发各省，一份存乾清宫，一份存勤政殿，以备展阅。黄举人，你是秀才不出门，能知天下事。你能说说这'上皇帝书'都说了些什么？"

黄举人张着嘴，半天答不上来，不禁愧红了脸。他不得不承认，南虎这几年长进之大，令他刮目相看。

看到此情，南虎好不得意，当年被奚落的耻辱得到了还击。

浩明则心领神会，这请宴不是为了出一口气，更重要的是使这些读书人知道南虎不单是一个武夫，他现在文武双全，有了这些，往后的事情就好办得多了。

鉴于甲午战败，中国的北洋海军、南洋水师及广东水师均被日本海军打得一败涂地，随后，八国联军攻入北京，中国清军在北方的精锐力量几乎全部崩溃。因此，朝廷不得不实行"改革兵制"，为重振国防编练新军。在光绪三十二年（1897 年），岑春煊向朝廷保荐中国西南部的重将南虎到日本做军事学习、考察。

南虎这辈子还没有出过远门。这第一次见到大海，一眼望不到尽头的海水，他不禁纳闷，这大海有边吗？这么多的水怎么会是蓝色的呢？这些蓝水又从哪里来的呢？难道是从天上落下来的吗？这天究竟有多大才能装得下这么多的水呀？站在甲板上，阵阵的海风迎面拂来，他伸出舌头舔了舔嘴唇，海风飘过之后留下的是淡淡的咸味。咳，大海还真像人们常说的，"深不可测"呢。

他深深地吸了一口气，感慨地想到，百日维新失败后，国人对朝廷维新图强的希望完全失望了，有志青年纷纷漂洋过海，出洋寻找变法图强的真理，到日本留学的青年最多。日本虽小，但自明治维新后，国家日益强大，兵器先进，军队更是亚洲之冠，竟然打败俄国、中国这两个泱泱大国。有人称日本是所向无敌的军队，南虎则认为这话言过其实，长他人志气灭自己威风。甲午战争的失败不是中国人无能，而是朝廷的软弱，加上一些清军指挥官贪生怕死，贻误了战机。不过话也说回来，日军不光有杰出的指挥将领，先进的武器，更重要的是有能打硬仗的士兵。南虎给这次日本之行订下了计划，凡军队所有之事必悉心考察，学习先从当士兵着手。

到了日本不久，南虎的喜悦心情便消失得了无踪影。首先是在大阪公园陈列着当年在甲午战争中从中国掠获的大量的"战利品"，作为一名中国的将领看到这些"战利品"，深感悲愤、耻辱。甲午战败，中国赔款二亿三千万两白银，使得日本这小岛国一下子成了暴发户，每到一处都可感觉到日本人那种自大而又鄙视中国人的傲气，就连日本小孩子也跟着拖着辫子的中国人后面唱："中国佬，拖辫子，打败仗，逃跑了。"更甚的是，有人在背后叫他"豕尾奴"。南虎恨不得对准那些小日本的胸口狠狠一拳，可是又一想，中国不争气，难怪别人看不起。要想别人看得起，首先要自强。

日本军校坐落在一个市郊外，军校里有日本学生，也有中国学生，设有典（各兵科操典）、范（射击、筑城等教范）、令（野外勤务令）及五大教程（战术、筑城、兵器、交通、地形），令南虎目不暇接。很多技术上的课程，军校当局是不对中国学生教授的，又往往借军事秘密之口，干脆把中国学生遣开，但对队列步伐之类的训练却是要求得一丝不苟，操练一遍又一遍。南虎明白这些步伐整齐只唬得了那些无知的人，好看而已，对于他这身经百战的老兵来说，新兵器和新战术才是打胜仗的根本。

这天是战斗演习。南虎站在队列里抑制不住内心的兴奋，心想在课堂上你不教我，演习地里你总不能把我的眼睛给蒙上吧。他一心要身临其境地看看久闻大名的日本帝国是如何部署战术的。当队伍拉到野地，日本矮教官竟然把中国学生与日本学生分开，把中国学生带到一片远离战斗演习的荒地里。

"坐下！"矮教官命令道，"你们，不得越过这地段，进入演习地。"

南虎不满地问："我们也是军校的学生，为什么不许参加演习？"

矮教官怒目而视，从来没有学生敢质问教官，何人如此大胆？他举起军刀，嚷道："军令如山，违者，斩！"他也学得一句中国话。

中国学生们虽心中不满，可也得遵令，一一在草地上坐下，被画地为牢。

听到一声炮响，演习开始了。在明晃晃的太阳下，远处一团浓浓的黑烟升起。南虎站起身，与众人一道，手搭凉棚遥望，但离得太远，什么也看不清。

南虎愤愤不平，这么多有志青年千里迢迢来到日本，为的就是学习，平日稍有不慎被恶声训斥，刮耳光也是常有的事，那也忍了，不想今天竟受到这般的歧视。法国人欺负中国人，就连这小日本也如此对待中国人，这不是在灭中国人的志气吗？他一怒之下，抬起脚，大步踏出禁地线，以示抗议。有的同学跟着也站起身，要随着南虎一起走。

日本矮教官一看，不得了，中国人要造反了。他高举起军刀，威胁地大声吼道："站住！都给我坐回去！"

学生们互相望望，迟疑地坐下。

而南虎竟头也不回地走了。作为军人他知道这是违抗军令，可是作为中国人不甘受辱的志气，驱使他宁愿冒着抗令被罚。

不出所料，南虎被罚禁闭一天。

第二天，也不知是日本的什么节日，军校放假一天。学生们都到街市里喝酒，游玩去了，校园里一下子空了，四周静悄悄的。南虎走出了禁闭的黑房子，也没心思四处走走看看，便到附近一家中国人开的小酒店买了些酒和下酒菜，回到学校，坐在宿舍的门边，看着渐渐西斜的日头，一个人喝起闷酒来。

"给我也来一杯怎样？"一句生硬的中国话响起。

南虎回头一看，是他的日本班长中野太郎。此人高颧骨，一双小眯眼，平时对中国学生总是吆吆喝喝的，唯独对南虎不敢怠慢，也许是南虎身上有着一股"犟劲"吧。南虎从心眼里就瞧不起他，可是此刻有个人说说话总比独自闷喝要好些。

"坐吧。"南虎给他倒满了酒杯。

两人一碰杯，"干了！"南虎一仰头，把酒喝干了。

"南虎，你是好样的。"中野太郎说。

"你指的什么？"

"那天演习你不听指挥官的命令，就不怕他挥起军刀砍了你？"

"中国人不怕死。"

"我们日本人也不怕死。"中野太郎喝得有点迷糊了，使劲地睁开那对小眯眼。

不多时，军校的宿舍总监恰好走过，听到宿舍里传来桌椅翻倒的异样声音，便走过去看个究竟。他推开门，看到里面是一片混乱。桌子和椅子被打翻在地，菜碟子、酒瓶子、打碎的酒杯子落满了一地。一个日本学生双手被绑起，坐在地上，畏怯地睁着两只醉醺醺的小眼睛。一个喝得满脸通红高大的中国学生，脑后的长辫子绕在脖子上，双手握枪，歪歪扭扭地走着。他停在日本学生的面前，弯下腰，用枪在日本学生的面前画了一个圈，问："小日本，不怕死，是吧？"

"不许胡闹！"总监大声一喊。

醉汉子慢慢地转过身来。

这时候，好些学生也陆陆续续地回来了。看到这场面，都很兴奋，拍起手来。小眯眼班长听到掌声，便"嘻嘻"地笑了起来。汉子受到鼓舞，亢奋地跟跟跄跄地朝门口走去。出得门外，他猛地一旋身，只听他一声大吼，举枪朝天，"砰砰砰"连连发枪。人们抬头一看，院子里一棵足有大腿那么粗的樱桃树，树枝被子弹整整齐齐地切断，掉了下来。人们看得目瞪口呆，日本学生更是惊讶得不得了，没料到中国人有如此好枪法。

"把枪放下！"宿舍总监高声命令。

汉子一怔，缓缓地转过身，跟跄地走了几步，眼睛迟滞地看着宿舍总监。

宿舍总监虽然比汉子矮一头，但他的声音充满了威严："我再重复一遍，把枪放下！"

汉子冷冷地问："为什么？因为你的声音比我的高？"

"我是军校的宿舍总监。"

"哈，好大的官哪。"

"来呀，警卫，缴下他的枪。"

汉子瞥了警卫一眼，不以为然地把两支手枪放在一起，用右手递了过去。警卫紧了紧腰里别着的手枪，走上前去，正要从汉子的手里把枪拿起。突然，他被反身一推，几乎抛出一丈多远。警卫站稳脚跟，迅速地转过身来，下意识地往腰里一摸，不觉一惊，别在腰里的手枪没了，像变魔术似的，三支手枪全握在汉子的手里。学生们雀跃不已地欢呼起来，又是拍手，又是叫喊，又是吹口哨。汉子得意地笑了，他是打中国功夫的，这一点小玩意算得了什么。

那日本警卫是又气又急，捏起拳头，要冲上来打个胜负。

"且慢，"汉子伸出手来制止，"我醉了，小心功夫不饶人。"说着前仰后合地打起醉拳来。

众人眼睛睁得大大的，从没见过这样的拳术。那日本警卫被惊住了，不敢往前迈一步。汉子仰起头大声地笑起来，这么多天来今天笑得最痛快了，中国人不露一手，你们日本人还当我们是猴子呢。

宿舍总监气得脸涨得紫红，咬牙切齿地骂："八格牙鲁！"

"什么？你敢骂我？"汉子对着他，眼睛瞪得像灯笼一样大，这下子，他真正地发怒了。

院子里鸦雀无声。

宿舍总监面对这么一个醉汉子也奈何不得。他深深地吸了口气，按捺着性子问："你叫什么？"军校里这么多的学生，他不知道谁是谁。

汉子把两支手枪别在腰间，手里握着一把，自豪地报来："中国广西总兵陆荣廷。"

宿舍总监一听，倒抽了口冷气。天啊！他想，今天算自己倒霉，碰上了"茅坑里的石头"。他对陆荣廷早有所闻，此人不好对付，还是小心为好，特别是在他喝多了的时候，他说："好一个陆总兵。不过，这里不是广西，你也不是总兵，你必须遵守我的命令，今天你喝酒闹事，关你一天禁闭。"他的声调不容申辩。

"好啊，那就看看，谁禁闭谁。我陆总兵就有权禁闭你，走！"南虎用枪逼着他。

"你敢？"总监伸直脖子喊道。可是，一看到黑黝黝的枪口对着他，他也只有好汉不吃眼前亏，一步一步地向黑屋子走去。

当夜，南虎大闹军校的事在学生里很快传开了。中国学生拍手叫好，南虎为他们出了口气。日本学生则对南虎刮目相看，叫他是中国神功夫、神枪手。

第三十一章　后会有期

鹅毛大雪飘飘扬扬地潇洒了好几天，今天总算停住了，可是，天空还是阴沉阴沉的，打不起精神来。一阵阵寒冷的北风刮来，堆在光秃秃的树杈枝上、矮小的屋顶上、街道上的厚厚积雪岿然不动。提起今年的连连大雪，当地的日本人禁不住流露出喜悦之情，中国北方有句谚语"瑞雪兆丰年"，在日本也大概如此吧。

又到了周末，南虎换上长衫马褂，穿上柔软舒服的布鞋，跟往常一样走进一家中国人开的小酒馆。酒馆门上挂着一张厚厚的棉帘子，挡住外面的寒气，酒馆里面七八张方木餐桌，整整齐齐地沿着墙边，靠着窗子摆下。一个铁火炉子摆在酒馆中间，烧得旺旺的，上面搁着一壶水，水在壶肚子里烧得吱吱作响，从壶嘴里喷出团团白色的蒸汽。

南虎悠闲地坐在靠窗的桌边，时不时地拿起小酒杯，轻轻地抿了一小口，又把酒杯放下，两个指头捏起一颗油爆花生米，扔进嘴里，慢慢地嚼着。从窗子望出去，外面白皑皑的一片，街道行人穿戴得严严实实的，把头缩在脖子里，匆匆地走过。看着阴沉沉的天空，南虎不由得想起广西，那里的山总是那么的绿，水总是那样的清，一年到头阳光明媚。

时间过得真快呀，想起他初到日本时，那正是樱花盛开的时候。要说樱花，单独看一朵花，无论是从它那淡淡的颜色或花的外貌远远比不上中国的梅花来得妩媚动人，可是那满山遍野的樱花汇在一起，有如花的海洋，令他赞叹不已。他的日本班长说那可不是最美的呢，最美的是樱花凋谢的时候，一夜之间，樱花落满了一地，枝头上看不到一朵恋舍不离的花朵。南虎大惑不解，樱花凋谢是一件无奈而又遗憾的事，为什么是最美的？后来，他才悟出了一个道理，樱花的性格象征着日本武士的精神，他们为了信仰，死而无恋。

南虎跷起二郎腿，看到脚上的黑布鞋上沾一小点灰尘，他用指头轻轻地把灰弹掉。这布鞋是谭女亲手做的，虽然家里并不缺钱，但她总不嫌麻烦到市集选鞋布，煮上一小锅米糊，把米糊涂在一块木板上，把剪成一片片的布片一层一层地糊在木板上，放在太阳底下晒干。晚上，她坐在油灯下，把鞋样放在干硬的布片上画好，剪下，把顶针戴在右手指上，一针一线地纳起鞋底。在他的家乡，人们看到男人脚上的布鞋上那细密均匀的针脚，就知道妻子有多聪明、贤惠。

记得那年是浩明的生日，请来了一台戏班子来助兴，唱的是《木兰从军》。那位扮演花木兰的女演员更是得到众人的喝彩，她不仅长得俊俏，而且文武双全，做、唱、念、打、把子、刀枪，样样拿得起放得下，她的长矛枪舞得有如"金蛇狂舞"，众人看得目不转睛。到了下半夜，不论是看戏的，还是唱戏的，大家余兴未尽。浩明便吩咐厨房煮好宵夜，邀请戏班子所有的人员与宾客们坐在一起享用，还特别请扮演花木兰的女演员坐在南虎的身边。

一个坐在南虎对面的男演员问道："陆大人，听说去年你生日的酒宴上，那个演花旦的男演员留着小胡子，是吗？"

提起这事，南虎禁不住大笑起来："是有这么回事。那小子太喜欢他那撇小胡子了，舍不得剃掉。"

另一位老演员说："亏他做得出，花旦长了两撇小胡子还是花旦吗？他坏了戏规。大人，你惩罚他了吗？"

"就为了两撇小胡子惩罚他？别人不敢做的事他敢，有这个勇气就不简单，我赏他五十两银子。"

"曜！算他走运。如果换了别的老爷，他就倒大霉啰。"

大家伙正说得高兴的时候，坐在南虎身旁那位扮演花木兰的女演员，说时迟，那时快，拔出南虎腰间别着的手枪，朝院墙的一棵大树"砰砰"就是两枪，众人大惊。南虎看去，一个刺客从大树上跌落下来。卫兵们一拥而上，刺客死了，胸口上中了一颗子弹，"花木兰"救了南虎一命。南虎很意外，她不但戏唱得好，枪法也准。

谭女坐在女宾客席上，一颗心悬得老高，要不是这位女演员的好枪法，南虎今晚就没命了。南虎平息匪乱，救了不少人，也得罪了不少人，要置南虎于死地的大有人在，今晚就是一例。她想，她不能跟随她的男人转战南北，要保证南虎的人身安全，就得有一个比卫兵更贴身的人在身边。从她今晚的观察，这女演员对南虎尊重，也有好感，再加上她的武功和枪法都不错，如果她能成为陆府的第四位夫人，她就会比卫兵更能保证南虎的人身安全。

不久，这位文武双全的女演员成了陆府的四夫人，她叫冯春燕。

正想着，觉到一股寒气逼来，南虎扭头一看，酒馆厚厚的门帘子被掀了起来，两个男子从外面走进来。

"南虎，我就知道你在这里。"一进门，一个学生打扮的年轻人高声地说。酒店里没有别的人，说话也不用顾忌。

这年轻人是曾涯，广西来的留学生。他们在酒店里已经见过好几回了，南虎也高兴难得有机会与家乡的人叙谈叙谈。"在这里喝上一口暖酒，也不至于一个人孤独啊。来，请坐。"

"借酒浇愁，愁更愁啊。"与曾涯一同来的男子用广东话说。

此人个子清瘦，三十上下，鼻梁上架着一副近视眼镜，透过镜片一双南方人特有的大眼睛闪着智慧。他身穿中国留学生常穿的铜色钮扣深灰色服，上衣的左右上下均有带盖子和扣子的方形口袋，干净利索。他没有辫子，留着洋人的发式，一看就知道是个洋派人物。从他的言谈举止间，不难看出他是个有学问，有聪明才智的人。

南虎向来尊重读书人，热情地站起身，把两把空椅子从旁边的桌子移过来，又转过头对酒柜台高声喊道："酒家，请给我两个朋友上酒杯，再来一盘油爆花生米。"

"好嘞！"酒家在里面应道。

说广东话的男子刻意打量了南虎一眼，见他身穿棕色长衫马褂，个头很高，身板儿极为壮实，额头顶上的头发剃得青光，脑后拖着一条长辫，略黑而略圆的脸上两道粗黑的浓眉很是显眼，一双虎眼，眸子里闪着自信的光。一举一动流露出沉稳、敏捷，浑身上下透着一股刚毅劲儿。

南虎转过身来，对来客说："来、来，请坐请坐。听口音，你是广东人吧？"

"对的，广东番禺县。"男子一面说，一面在空椅上坐下。

"广东广西唇齿相依，我们也算是半个老乡，对吧？"南虎笑着说。

"南虎，这位是我的朋友胡汉民先生。"曾涯介绍说。

南虎抬起眉毛，稍感意外，没想他们在日本相遇。他对胡汉民其人早有所闻，从小能文能诗，十三岁时写下种竹诗："种竹北窗前，潇潇清香发。本以招凉风，反教蔽明月。"光绪二十七年（1901年）中举人，在日本诗法政大学，是革命首领孙中山的得力助手，在日本也是个活跃的人物。

南虎站起身，拱手，微笑道："久仰久仰。"

看来胡汉民不习惯拱手，站起身，微微点点头，就算还礼了。

酒家走过来，把两只小酒杯及一盘油爆花生米摆在桌上，便离去了。

南虎拿起酒壶，往酒杯里一一斟酒，再把酒杯往朋友面前移去，说："来、来，酒暖乎乎的，趁热喝。胡先生，敬仰敬仰，你读的书比我吃的盐都多。"

胡汉民谦虚一笑："南虎，我久闻你大名，特别是你几日前大闹军校，闹得日本人不得不竖起拇指，说你有骨气，是神枪手呢。今日有幸得以一见，果然，你是名不虚传，一身豪气。"

"不敢当，不敢当。"南虎摇摇头笑着说，"豪气不敢说。酒这玩意儿不是好东西，喝多了就像小孩子似的，做事没了分寸。受禁闭，活该。"

胡汉民说："南虎，我们在日本成立了一个同盟会组织，志在反清……"

胡汉民及其一伙进步人士在日本四处奔走，取得日本民间和政界的支持，鼓动在日本留学的中国有志青年推翻清政府，复兴大汉。今天，他们俩来酒店见南虎是有目的的。南虎在广西掌握军权，如能得到南虎的支持，就是得到广西军队的支持。

南虎接过话："这事我知道，军校不少学生都加入了同盟会，还听说你们同盟会的筹备和成立都是在东京内田良平家里举行的，对吧？"

胡汉民说："没错，你怎么知道得这么清楚？"

南虎笑着说："哎，这地方有多大？中国人之间有什么事，一夜就传开了。还听说这叫什么内田良平的是日本黑龙会的会员哪。日本黑龙会就是想要把满洲东北三省、蒙古、俄国的西伯利亚连成一片，成为日本经营大陆的基地，是这样吗？"

胡汉民不以为然："经营大陆？谈何容易。"

南虎说："不是我有偏见，我对洋人向来有戒心，特别是东洋人。"

胡汉民拿起酒杯，抿了一口，说："我以为对洋人可不要用一成不变的眼光看问题。举例说吧，国人把洋人都叫'番鬼'，可是人家'番鬼'就是比我们强。就拿香港来说吧，原先那是一个充满鱼腥味的穷港，连朝廷都不愿光顾，可是到了英国人的手里，就变成了繁荣昌盛的港口。你想想，这是什么原因呢？"

南虎思索了一会儿，说道："原因就在我们的清政府昏庸腐败。可惜啊，百日维新没有成功。"

胡汉民道："说得好！中国毁就毁在清政府的昏庸腐败。看看日本人，他们学习西方，进行明治维新，国家才得以迅速崛起，国力才得以富裕强盛起来。今天，谁也不敢欺负这日本小国。所以我们要推翻清政府，借助一切外来力量来建立一个全新的中国政府。"

南虎说："清朝廷腐败没得说的，可是，说到要借助外来的力量来建立一个全新政府，这不妥。自古以来，凡借助外来的力量做事，后患甚多，不可不防。"

"南虎，早年，你加入'三点会'，反对朝廷，出生入死十几年也没成功，最后只有归顺朝廷。为什么？就是你的实力不强。我们只有借助外来的力量，才能驱除鞑虏，反清复明。"

南虎反复掂量，细细地斟酌，半晌才说："驱除鞑虏就是赶走满人，你要把他们赶到哪里去？"

"回他们的老家满洲。"

"满洲不就是东北吗？那也是中国呀。唉，赶来赶去，还不是在自己家里吗？不容易啊，就连光绪的维新都失败了，你想，他是个皇帝，想办的事都办不到，而你手中无兵无权，更谈何容易啊。"

"照你这么说，没有希望了？"

南虎想了想，说："希望当然有，只是时机未到而已。"

"时机，什么是时机？你看看周围，有多少有才华的青年致力于推翻清政府，这就是时机。清政府毁了中国的大好河山，不反它更待何时？"

南虎把背靠在椅背上，望着窗外阴沉沉的天，尽管朝廷昏庸腐败，但始终还掌管着国家的主权，中国才不至于像越南一样沦为法国的殖民地。问题的关键是如何维新自强，才不让洋人坐收渔翁之利。当前，各国列强已经把中国瓜分得四分五裂，正虎视眈眈地等待中国大乱，以夺取之主权。想到这里，南虎说："胡先生，作为一名军人，我担心政府一乱，天下大乱。"

"南虎，你是多虑了。"

南虎承认胡汉民说得不无道理，中国必须维新自强，到底是上过洋学堂的，说话头头是道："胡汉民先生，方才我所说的时机，就是指同盟会只有几百人，除此之外你们没有枪，没有军队，没有钱，就算有外来的力量支持，你们也没有根据地啊。而清政府有百万大军，力量对比如此悬殊，你怎可能推翻和建立一个新的政府？弄不好便是秀才造反啊。"

"话可不能这么说，根据地会有的，重要的是我们有海内外有志青年、洋人给予无私的支持，有了这些因素，中国革命定会成功的。"

想到历年来洋人对中国发起的战争：鸦片战争、甲午战争、马尾岛海战、八国联军攻打北京，等等，中国不但赔了银两，还被瓜分国土，这些都是洋人啊。南虎忧虑地说："我倒没有你那样的自信，也不会称那些来到我家里抢劫的'强盗'为朋友，至少在他们离开中国之前。如果你革命的财力物力都来自洋人，那么，你欠他们的就太多了，日后如何还得清？"

"这是革命的需要。"

南虎摇摇头："俗话说，吃了人家的嘴软，拿了人家的手软。天下没有便宜的买卖。"

看看时候不早了，胡汉民便站起身来告辞，说："南虎，今天我们谈了很多，很高兴我们对朝廷腐败有共同看法，只是各有不同的做法而已，这很正常，希望我们以后还有机会再继续谈。"

南虎站起身，拱拱手，说："好呀，咱们后会有期。"

可是，谁也没料到，事隔不久，他们的"后会"不是在酒馆，而是在战场上了。

第三十二章 炮台失守

光绪三十三年（1907 年）八月的一天，一个卖艺人来到镇南关。他穿唱大戏里的关羽长袍、大襟、右衽、交领、宽袍大袖，脸上抹了朱红色，头上戴了一顶黑色书生式的皂帽，腮颊上挂二尺来长的黑长须，手里没握青龙偃月刀，却是张飞的丈八蛇矛。这位不伦不类的"关云长"身高七尺有余，一手持矛，一手捋着长须，往关口里这么一站，当即招来一群守关士兵的好奇围观。

"你是谁呀？"一个士兵问。

"关公、关云长，这样的大英雄你都不知道？""关羽"挺直胸膛，用鄙视的眼光瞄了他一眼。

"嘿，戴一顶书生帽，有你这样的关云长吗？"

"你怎么错拿了张飞的丈八蛇矛？"

大伙儿哄笑起来。

"关羽有万夫不当之勇，你说你是关羽，敢不敢与我比武？"一个士兵粗声粗气地问道。

"关羽"头昂着，看也不看他一眼，不屑一顾地说："不用一个回合，就要你小命。"

那士兵拨开人群走上前来，像尊铁塔似的往他面前这么一站，"关羽"一看，不得了，这士兵的腰围比大酒缸还要粗哩，如何搬得动他。一脸的傲气顿时消失了，堆起笑容，说："大兄弟，这已经响午了，我还没吃饭哩，怎有力气与你比武呀？"

士兵们一听都哄闹了起来："好啊，你原来是个假的。"

"他竟敢来戏弄我们。"

"打呀，把他打出关去。"士兵们一拥而上。

正在这时，一个声音在人群后面吼起："住手！胡闹什么？"

大家伙儿一怔，回过头来，原来是矮哨长，姓吴，外号"武大郎"。别看他五短身材，却臂力过人，双手可举起六百斤重的巨石过头。正因为如此，他才得以入伍，为此他非常自豪，见人就说"天生我材必有用"。一天夜里，他和另一名士兵值岗，法军来偷袭，等他俩发现时，敌人已经摸上那狭窄的石阶。情况危急，他既不能开枪，更不能暴露给敌人知道他们只有两个人。他急忙让那名士兵速速回驻地要援兵，自己拿着锋利的钢刀藏在石阶后的岩石后面，豁出去了。当走在最前头的两名敌人逼近时，他用尽力气挥起钢刀，敌人还没来得及吭一声，就被一刀砍死，两具尸体从石阶上滚下来，把后面的敌人给吓懵了，以为中了清军埋伏，便急忙撤退。"武大郎"立了一功，被提升为哨长。

士兵们看到是吴哨长来了，都遵从地后退。

没料，"关羽"高举起丈八蛇矛过头，高兴地大声喊起："武大郎，是你呀。"

吴哨长脸顿时沉了下来，自升为哨长后，再没人敢称他"武大郎"，此人竟敢无理。正要发怒，只见"关羽"一把拿下遮着大半个脸的长须，嚷着："怎么，不认识了？我是梁泉啊。"

武大郎定睛一看，可不是吗？他惊喜地冲上前，双手够不着梁泉的双肩，只握住他的手臂："哎呀，梁泉呀，几年不见，我以为你死了呢。"

"哪能啊，舍不得你武大郎呢。"

武大郎退后一步，上下打量梁泉，嘴里发出啧啧声："梁泉呀梁泉，总也改不了你那德行，神捣什么呀，扮什么'红脸关羽'，人不人，鬼不鬼的。"

梁泉笑着说："嘿，我要不是这等模样，能把你招引出来吗？我知道你升官了，大哨长一个，门槛也高了，难得一见啰。"

梁泉长得一表人才，能说会道，把武大郎说得心里挺舒服的。早年，他俩都是苏元春手下后营的什长。后来，苏元春被流放新疆，梁泉心里不平，离开了军队，在中越边境拉起十来人为一伙，做起大王来。两位旧友重逢，格外高兴。武大郎现在是负责驻守镇南关炮台的哨长，他哨里八十个士兵，足有一大半人是从苏元春的军队里留下来的。

"我这算什么官哪，芝麻绿豆都比我大。走，到兵营里聊聊去，弟兄们见到你一定高兴。"

他俩边走边聊。

"说说，你这些年来都干什么来了。"

梁泉小心地左右看了看，压低声音说："干大事。听说过有个叫什么同盟会的吗？他们把我们这些游勇聚集起来，叫革命军，在河内有日本人和法国人训练呢，管吃管穿。"

"革命军？那是干什么的？"

"驱除鞑虏，恢复中华，建立民国，平均地权。"

武大郎听不懂，他只关心钱："革命军发饷吗？"

"暂时没有，不过他们管吃。等革命成功平均地权后，你就有田有地了，还怕没钱吗？"

武大郎看了他一眼："那如果不成功呢，不是白干了吗？"

"别急，我的话还没说完呢。如果你支持革命，立即就拿到四十两银子，叫作'准备金'。"

"什、什么金？"

"准备金，就是准备起义的银子，一共四十两哪。"

"四十两银子？那是我月饷的十倍呀。"武大郎兴奋地说，"我起义了。有银子还不干吗？不拿白不拿，是吧。"

半年前，日本政府鉴于清政府的强烈要求，驱逐孙中山几位同盟会人士出境。那天大雪纷飞，新年刚过，孙中山告别了日本妻子，被迫登上候在码头的船，他发誓有朝一日他还会回来的。孙中山可不是一个容易屈服的人，清政府越是容不得他，他越是要造反。他想到越南，那里紧连着中国地处边陲的广西，山高皇帝远，朝廷鞭长莫及，而且边界可进可退，便于迂回作战，特别是便于武器和人员从国外的输入。再有，原龙州一带的第三十四代土司李佑卿是同盟会会员，在云南和桂西北地区聚集了七八十名游勇，是一支起义的武装基本力量。

很快，孙中山在河内甘必达街61号设立了西南武装起义的指挥部。并任命王和顺为镇南关都督，负责筹备镇南关起义。王和顺，任命黄明堂，广西邕宁人，原广西游勇的首领为助手。黄明堂别看，原广西的四大游勇头目之一，在家里排行第八，人称"八哥"黄明堂是游勇头目，他能文能武，早年屡试不第，报国无门，只好加入了"三点会"。他性格豪放，见义勇为，好打不平，作战勇敢，在当地会党中颇有声名威信。

孙中山在南洋募捐到一笔钱，在香港买了四十二杆枪，就这样，镇南关起义就计划好了，起事时间就定在农历十月十三日晚上。

几天后，起义总指挥的王和顺姗姗来迟，算露面了，一群会员们迫不及待地围上来，七嘴八舌地责问。

"王都督，你让我们好等啊。"

"你以为在玩游戏哪，你贻误起义，该当何罪？"

曾涯的心里凉了一半，看到王和顺无精打采地坐在椅子上，不管众人怎么说，他都不开口。看到他那副样子，哪有一点起义的雄心豪气？曾涯没好气地说："你倒是说话呀。"

王和顺呆呆地坐了半天，这才吞吞吐吐地说："我病了，无法指挥起义，你们另找人担当指挥吧。"

曾涯不听则已，一听更是火上烧油："你开什么玩笑？你可是起义的总指挥，哪能说换人就换的？你生病是假，贪生怕死才是真。"

听到此话，王和顺火冒三丈，从椅子上跳了起来，大声地嚷："你看我像是个孬种吗？这么多年我提着脑袋与清政府对着干，眉头皱都没皱一下。实话跟你说吧，起义军根本不听我的，我指挥不动他们。"

原来，土司同盟会员李佑卿的起义军公然不服从他的指挥，王和顺一气之下，甩手就走了。说不干就不干，连脸也不露。

孙中山双眉紧锁，这一情况是他始料不及的。枪还没打响呢，自己内部却闹开锅了。士兵可随时撤换，可是，撤换一名总指挥却不是那么容易的事，全盘计划全给打乱了，怎么办？孙中山掂量来掂量去，无奈，只好改选黄明堂为起义的总指挥。

不料黄明堂提出："我指挥起义可以，但是，起义军在镇南关的军事行动由我全权负责，王和顺不得插手。"

孙中山一脸的愁云，八哥是接受了任命，却提出这么苛刻的条件，这分明是门户之争啊，孙中山虽不满意，也只有答应。

终于，光绪三十三年（1907年）农历十二月二日的夜晚，中越边境笼罩在夜幕之下，山峰连绵，万籁俱寂，在死静的夜里只听到起义军"沙沙"的脚步声。起义战士们穿戴着各种颜色式样的衣帽，越南通帽、戴鸭舌帽、竹笠帽、草帽等，在孙中山的带领下，从越南边境悄悄地进入广西境内。

驻守在炮台的两哨士兵早已在梁泉和"武大郎"的鼓动下投诚起义，因此，起义军不费一枪一弹，就轻而易举地拿下了镇南关左、中、右三座炮台。

清晨，一阵急促的敲门声把南虎给惊醒了。春燕灵敏地翻身下床，穿上鞋，三步并作两步走，快快地把门打开。只见惊慌失措的陈炳焜连滚带爬地进了门。

"不好啦，不好啦，镇南关的三座炮台全、全给起义军占领了。"

南虎只觉脑袋"嗡"的一声响："什么时候？"

"昨、昨天夜里。"

"怎么没听到枪响？"

"驻守炮台的士兵起义投诚了。"

南虎大怒："你这官是怎么当的？手下的两哨士兵起义投诚。你全然不知？"

陈炳焜脸色发白，战战兢兢地头也不敢抬，说："我、我这就去组织反攻，一定把、把炮台拿回来。"说完，转身就走。

看着他慌慌张张离去的背影，南虎匆匆把军衣扣上，此刻，马七拳、逸曲和浩明也前后匆匆赶到。

四人快马来到炮台附近。只见这里浓烟四起，显然是山上射下炮火所致。关口右边的右辅山又叫金鸡山，山顶上左、中、右三座炮台全插满了起义军的青天白日旗，他们斗志昂扬，在山头上互相摇旗呐喊胜利。当年苏元春建炮台时，把左炮对准镇南关孔道，阻挡敌人；右炮用以控制水口关的隘口，中炮可左右兼顾，这些炮台又是难攻易守的重地。

陈炳焜知道他丢失炮台罪责难逃，气急败坏地这里跑，那里骂，催促士兵做起百多架云梯，扎起几十包炸药包。先头部队拿着炸药包，爬上云梯。陈炳焜虽被提拔为营务处官员，从没经过战场，如今慌了手脚，更好比一只无头苍蝇。

山上炮台上，孙中山亲自指挥开炮，炮火猛烈，清兵没上到一半就被炮火击毙，击退，死伤无数。

南虎看到这么多士兵们被打死打伤，便迅速做出决定："浩明，你快去把陈炳焜换下来，登上左辅山，从上面和下面，三面发起进攻。"

"是！姐夫，把他们往死里打。"

"我说发起进攻，没说要你把他们往死里打。把他们给镇住就行，要他们不要乱轰我们的士兵。"

浩明叨咕着，又要打，又要不死人，这仗可怎么打呀？

左辅山设有不少中小型的炮台，它虽没有右辅山高，可是也是一个制高点。南虎要发起三面进攻，其目的是分散金鸡山三个炮台的火力。

南虎转身回到总兵府，还没喘口气，便听到卫兵前来报告："报告大人，云南统领龙济光来访。"

南虎愕然，云南的龙军怎么突然会出现在广西，尤其是边境告急之时？正纳闷时，龙济光大踏步地走进来。只见他身穿二品绣狮子补服，头戴伞形帽，红色珊瑚珠顶，面脸红光，身高体壮，肤色稍黑，气度高傲，圆眼有神，一看就知道是个精明强干的人。

说到行军打仗，他不如南虎；说到钻营，是个人物。龙济光是云南蒙自人，出身滇南世袭土司。光绪年间，龙济光在云南大办团练，招兵买马，手里便握有上千人马，后来在协助朝廷剿灭云南的"彝乱"立有大功，被正式任命为朝廷武官。

龙济光拱手："南虎，辛苦了。"

南虎打起精神，拱手："龙兄，别来无恙。"

他俩均是二品官，南虎无须打官腔。

他看到南虎的诧异神态，龙济光笑了笑，露出一排整齐的白牙，说："你还不知道吧，我奉太后旨命，带领三个营的兵力到广西督战，就驻扎在龙州镇。"

南虎眼里闪过一丝不快，这么说太后对他有疑虑，故派龙军前来监视荣军，这事蹊跷。既然太后对荣军不信任，为何令他漂洋过海火速赶回来呢？

龙济光看在眼里，知道南虎还不知朝情，也不便多说："南虎，我特意来跟你打个招呼。你是主，我是客嘛，以后还有有劳你多指点的地方。"

"不客气，龙兄慢走。"南虎也不留客。

龙济光前脚刚走，后脚马七拳、逸曲就到了。

南虎说："说曹操，曹操到，我正要卫兵去通知你们。"

马七拳说："听说朝廷派有不少奸细在日本活动，你在日本与同盟会人接触，令太后大为不安。"

南虎说："我说呢，为什么云南的龙军突然来到广西。"

逸曲说："龙济光与岑总督有交情，故得太后信任。可是除了你，太后没有其他的人选可以掌握广西中越边境，所以就命你速回。我们如能打胜，则平安无事；如打败，龙军就会从我们的后面攻打过来。"

马七拳说："太后这么做，是防止一旦荣军同情革命党，龙军就可包围、牵制住我荣军。"

南虎双眉皱起："看来朝廷已做好了准备。"

这时，又是一声巨喊，如雷贯耳："朝廷急电！！"

南虎浑身一震，只见一名传令兵骑马飞奔而来。马未停住，传令兵便滚身下鞍，几步跑到南虎跟前，双手递上朝廷万急电报。南虎赶紧接过，打开一看，上面写道：

"限电报到之次日起，七天内收复南关，赏银八万，逢官升三级；逾期无功，统领以下各级军官，一律军前正法。"

南虎牙关咬紧，眉头紧锁。三座炮台都储备有充足的炮弹，而且驻守炮台的士兵对阵地了如指掌，要在七天内反攻夺回炮台，难上加难啊。更重要的是，起义军中有他留日时的同学、友人如曾涯、胡汉民等，他也曾表示过支持起义，他总不能将起义军往死里打啊。

第三十三章　断水逼退

军情无论是对起义军，还是对南虎，都不利。起义军面对的不单是南虎的荣军，还有云南龙济光的龙军。而南虎上头有朝廷压着，身后有龙济光盯着，前面有起义军的炮火逼着，他是进也不是，退也不是。进吧，前面是推翻朝廷的起义军，他不能往死里打。退吧，龙军在后面就会冲上来，领了头功，他被杀头是小事，起义军全军被歼，而荣军统领以下各级军官，一律军前正法，这可是大事。

其实，炮台上面也是争执不下，南虎派人送上山的信，说自己准备响应，请革命军信任他。以曾涯为首的坚持起义军必须信任南虎，与南虎联起手来，共同打胜这仗。可是，不少人持反对意见。

鉴于朝廷不遗余力地调兵遣将，大军压境，情况紧急，南虎不得已，又请了一位樵妇再次送信上山，信上说："……荣廷现虽食清朝俸禄，但以前曾统率游勇，专与清兵为敌，此公等所知者。荣廷前以时运不佳，不得不暂时屈身异族，以俟机会，区区此心，尚祈谅之！"又说"……荣廷现有众六百余人，随时可投入麾下，以供驱使，倘苟录用，即请给一确证，俾得知所去就，若至明日，则有清军自凭祥开来，后日，更有二千清军开来，事急万分，祈为自重"，等等。

南虎该做的都做了，可是，山上并没有停火的意思。炮台继续炮轰，岩石被炮火烟熏黑了，被烧毁的树木冒着青烟，青烟围绕在山坡上久久不愿散去，明晃晃的太阳下，清军士兵的尸体七横八倒地躺在坡上，一班士兵手摇着白旗，把山坡上的伤员运下来，空气里充满了火药味和尸体烧焦的臭味。军情急转直下，清军源源不断地开来，拟将镇南关封锁，包围。如此一来，上百个起义人员必然是有来无回了。南虎明白，此时起义军只有暂时退出，保存实力，以待时机，否则，后果将不堪设想。

为了避免暴露自己，南虎率军缓缓向炮台逼近。荣军武器装备良好，这时要拿下炮台，一举歼灭为数不多的起义军绝不是问题，可是，荣军的枪炮都往炮台旁侧发射，一来是做给龙军看，二来是要起义军撤退。可是，起义军这边却是真打，恨不得把荣军杀个片甲不留。一声呼啸，又是一颗炮弹飞来，南虎赶紧卧倒。一声巨响，炮弹在离他不远的地方炸开，碎石泥土被掀起丈高，落了他一身，伞形帽被突起的气浪掀掉了，辫子也散开了，他抹了抹脸上的泥土，脸上没有血迹，幸好没被伤着。他拿起千里镜朝山上看去，三座炮台齐鸣，炮弹一颗颗地射出。他捏手指一算，离朝廷的期限只有不到四天的时间了。

在掩体工事里，逸曲取下系在腰间的葫芦，拔开塞子，仰起头往嘴里倒水，一滴水都没倒出。他摇了摇葫芦，没听水响声，一看，葫芦底被碎石打了个小洞，水早就流光了。逸曲无奈地把葫芦扔在地："渴死我了，一整天没水喝。"

马七拳取下他的葫芦，一看也没水了。

南虎把他的葫芦从腰间取下，递给过去："二哥，我这里还有水。"

逸曲一把接过，来不及说声谢，拔开葫芦口的塞子，"咕噜咕噜"地一口气灌进喉咙，喝完了，用手抹了抹嘴："嘿，痛快，这下可解渴了。"说着，把空葫芦递给南虎。这当儿，他的手停在半空，又把葫芦收回，反反复复地看。

南虎纳闷地看着他，只见逸曲抬起头，眼里闪起惊喜的光芒："三弟，其实要夺回这三座炮台也不难，不用三天时间，我保准把炮台交给你。"

南虎和马七拳交换目光，忧虑地想逸曲是不是打仗打昏了头脑。

南虎说："二哥，军中无戏言啊。"

"我有一计，保准行。"

"快说来听听。"南虎和马七拳异口同声。

"炮台上是没有水源，对吧，驻守炮台的哨队每日的饮水都是用竹子做成水龙接灌上去的，对吧。记得有一次水龙坏了，一下修不好，士兵们只好用肩挑，炮台的石阶有三四百级那么多，又高又徒，士兵们叫苦连天，还记得吗？"

马七拳一脸的泥土和烟熏，黑乎乎的，他这一笑，露出一口白牙，他一拳打到逸曲的肩膀："二弟，真有你的。"

南虎用手拍着前额，恍然大悟："哎呀，我怎么就没想到这一层呢？断了水源，起义军没水喝，还能守吗？这令我想起一个人，当年苏元春建炮台时，他在山上干了好几年。"

这人姓卓，原是个什长，后升为哨长。当年苏元春建筑炮台，工程需要的所有木材和石材都是他的营干的活。卓哨长对左辅山、右辅山，乃至镇南关一带地形可谓了如指掌，大道小径，岔路歧途，羊肠小道，即使闭上眼也能认得出来。

很快卓哨长被找来了，他四十岁左右，军服上有不少被炮火烧焦的洞眼，右边的衣袖被撕掉了，他人清瘦却硬朗，眼睛不大却有神，一条辫子绕在脖子上，一脸的尘土："大人，在右辅山的南台下面，有个叫四方领的小山，那里有水源。这么多年来一直供给炮台上面的饮水，除此之外，别处是没有水的。"

逸曲高兴地说："四方岭的旁边有一座小尖山，只要我们占领了尖山，就可控制四方岭和水源了。"

"好是好啊，"南虎并不那么乐观，"尖山上插有起义军的旗子，那么致命的地方他们不占领，那才是笨蛋呢。如果硬攻吧，便会打草惊蛇，他们就会不顾一切死保水源，这样，这步棋就走死了呀。"

马七拳点了点头："说得也是啊。不过我们惯用夜里偷袭，用这样的手段来打他们一个措手不及，等他们清醒过来时山头已经在我们手里了，那才叫本事哩。"

南虎考虑到大哥说得有道理，硬攻看来是不行，就应用迂回的策略。趁着黑夜神不知鬼不觉地从小路摸上去，以饿虎擒羊之势一下把尖山占领，咬住不放，截断通往四方岭的路口，断其水源，没有了水，起义军就会自动退兵。

浩明建议："姐夫，要不要把我营埋伏在边境一带，堵死起义军撤往越南的退路，一举歼灭他们？"

南虎不假思索，果断地说："不能这么做，恰恰相反，我们要网开一面，让他们安全撤离。我们的任务只是拿回炮台，不是歼灭他们，知道吗？"

马起拳和逸曲心照不宣地交换了目光，这问题到了谁的身上，都是一大难题。

这天是农历十二月六日，卓哨长自告奋勇带领两哨敢死队员们，挂上长枪，怀藏短器耐心地待命。马七拳和逸曲的人马不动声色地埋伏在四方岭和尖山一带，一旦火拼起来，他们就可掩护卓哨长撤退。

朝廷的限期很快就到了，如拿不回炮台，统领以下各级军官便会被惩罚，一律军前正法。南虎心里七上八下的，成不成功在此一举了。

夜，柳叶似的弯月，像个羞答答的大家闺秀，缓缓地从西面踱来。根据农历推算，今夜是上弦月，从初二到初七，也就是上弦月上半夜出来，后半夜时分便没入西方。

二鼓更交，月已沉下，天乌星稀，四周静谧，时不时听到炮台那边传来零落的枪声，行动开始了。卓哨长带领敢死队员们悄然地来到山坡，他领头行前，命令士兵排单行，把枪挂在胸前，后人拉住前人的发辫，一个接一个地把辫子拉紧，顺着悬崖小道，鱼贯而行。

走了一个多时辰，上到了四方岭。卓哨长让大家趴下隐蔽好，他猫着腰向前，四周看不到一个人影，只有一杆起义军的旗子孤零零地插在山头。卓哨长向后面招了招手，士兵们从隐蔽的地方跃起。经四处查找，证实没有敌人后大家才松了口气。原来，起义军根本就没有驻兵守水源，他们只顾打炮去了，忘了这致命的关键，可见起义军里没有经验丰富的指挥将领。士兵们迅速来到尖山，发现这里也无敌人。大家欣喜若狂，不用吹灰之力，唾手就把这一山一岭给占领了。此外，还获一面青天白日旗，得了一百元（龙济光有令，每获一面旗赏银一百元）。卓哨长立即派一人下山报信后，又布置兵力据守在山头，驻守在山腰。不久，浩明带领六十名精兵到来，加强山头的据守。部署完毕，天也蒙蒙亮了。

"看，挑水的来了。"卧伏在浩明身边的卓哨长轻声地说。

浩明微微抬起头望去，在小路的尽头走来八九个挑着水桶的挑夫，他们边走边开心地说着什么，从他们戴着的布帽、越南的宽檐帽，就知道不是本地农民，本地人不管是晴天雨天，只要一出门干活，都戴上竹笠帽。浩明下令不许打死一人，只要把他们逼回去就行。

士兵们一轮扫射，子弹扫在路上的岩石，迸出点点火花。这突如其来的情况把挑夫们吓坏了，扔下水桶，扭头拼命地往回跑。约莫过了一个时辰，挑夫们镇静下来后，壮起胆子又来挑水。士兵们又如法炮制地一轮扫射，把他们打缩了回去，又来又打，再来再打，下半日，挑夫们就再不敢出现了。到了晚上的下半夜，趁着月落天黑，挑夫们蹑手蹑脚地来了，不料又被一轮枪弹扫射逼了回去，他们尝试了几次都不得手，也就作罢了。第三天，再也看不到挑水的了。

山下，南虎与大哥、二哥用千里镜向山上瞭望，中南北三炮台，一整天如死一样毫无动静，心想炮台上已断水三天，除非天下大雨，否则渴也被渴死。

入夜，马七拳带领敢死队摸上山，来到南炮台，上面空无一人，只见炮弹壳丢了一地。摸到中炮台，这里也毫无动静，一名士兵在黑暗中差点被什么东西绊倒，低下头仔细一看，是一具尸体。看来起义军仓促撤离，没有来得及把尸体抬走。三座炮台一一查遍，已无起义军的踪影，只见炮弹、炮壳、碗筷、水壶零乱丢了一地，就连起义军的几面旗子丢在地上都无人顾及。原来，在断水的第二天夜里，起义军拆开南炮台一个缺口，从小路撤入越南同登去了。马七拳为谨慎起见，立即命令不许作声，不许点火、吸烟。布置好了警戒，他便赶回去报告。

南虎一听大喜，立即登上山，高兴地对卓哨长和士兵们说："辛苦了，你们可是立一大功啊。"

南虎站在高处，往青山炮台看去，那里是龙济光的统领部所在，遥遥相望。他微微一笑："大哥，向龙军的炮台密集扫射。"

马七拳会意地笑了："好呀，龙统领那样蛮强好胜，不打他几轮，能服我荣军，肯让我们独占首功吗？"

炮台上顿时枪声炮声大作。今天正好是第七天，朝廷的期限日最后的一天。

远处，龙济光悠然自得地坐山观虎斗。从枪炮声的激烈程度，他知道那边正打得你死我活，他不着急，等荣军被打得差不多时再去"收拾残局"。这样，他便可以轻而易举地夺得首功；更令他高兴的是只要荣军元气大伤，龙军就可取代荣军在广西的地位。不料，枪炮声骤然停止了，龙济光顿起狐疑，怎么？战斗这么快就结束了？

这时，帐外一声高喊："捷报！"

龙济光从椅子上弹起，只见传令兵跑进来，单腿跪下："大人，荣军捷报，收复炮台。"

像被狂风打落了的风筝，龙济光重重地跌落在椅子上，心里懊丧得很：让荣军夺得首功。

杨师爷在一旁说道："龙大人，我对荣军收复炮台有疑心。"

"此话怎讲？"

"方才听到枪炮巨响，随后荣军就收复炮台。既然双方打得如此激烈，为何看不到一个俘虏，连敌人的尸体也没有，这里面有诈。"

龙济光侧着脑袋想了一会儿不明白地问："诈在哪里？"

"这炮台可不比一般，荣军哪能这么容易拿下来，肯定是与革命军串通好，以朝廷的八万赏金做交易，只要革命军撤退，这银子就归他们了。"

"就算是这样，也不是诈呀，只要把炮台拿回就行。"

"话可不能这么讲，大人，荣军是做交易，根本没有打胜，可是上报朝廷说是打了大胜仗，那可是欺君之罪呀。"

龙济光顿时眉开眼笑，拍了拍杨师爷的肩膀："杨师爷，经你这么一拨我就明了了。"他来回地走了几步，回过身来，对师爷说："我要是连升三级，绝忘不了师爷你。"

一个卫兵从帐外进来，单腿跪地，道："龙大人，陆总兵有请。"

"看，说曹操，曹操到。"龙济光笑着对杨师爷说，接着提高声音，"备马！"

荣军营地里像过年似的洋溢着喜庆，而龙济光领着卫队一行人穿过荣军的营地，心里却是灰溜溜的，他们心知肚明，如果他们的统领不观坐"钓鱼台"，哪至于荣军独获首功呢？

来到指挥营帐，只见南虎、马七拳、逸曲、浩明、陈炳焜及几员大将早就迎候在帐前。龙济光赶紧滚身下马，堆起满脸笑容，拱手说："陆大人，恭喜、恭喜，荣军荣获全胜，真是给朝廷添了光彩呀。"

"哪里哪里，没有龙军做后盾，荣军能打胜仗吗？"南虎笑着说，拱手回礼，"请里边坐！"边说边领头进了营帐。

龙济光仰头随后，心里却暗暗地想："别来这一套，迟早我要你吃不了兜着走。"

众人在椅子上坐好。龙济光扫眼看去，椅子上坐着陈炳焜，眼里带着笑容。龙济光冷冷地想：你笑什么笑，你陈炳焜丢了炮台，本该杀头以正军法，可南虎却死保你，说什么在这关头杀人会扰乱军心，说什么砍头容易，如果能让他戴罪立功，不比杀他更好吗？哼，瞧他这副高兴模样，还以为自己了不起呢。他把目光移到马七拳、逸曲和浩明身上，三人挺胸直背，气度不凡。马七拳和逸曲一股老黄忠的气概，浩明英俊，年轻有为。南虎有他们左右辅着，如虎添翼。唉，可惜呀，我身边就没有这样的人才。

南虎一挥手，八个卫士从帐后出来，每人手上捧着大红木托盘，上面盖着红绸巾。他们来到龙济光面前呈一排，单腿跪下。南虎走过来，把盖在托盘的红绸巾掀开。龙济光眼睛一亮，红绸下面全是白花花的银子啊。

南虎说："龙统领，实话说，这次胜仗应属两军所有，龙军和荣军都立下汗马功劳，没有龙军助阵，荣军难以收复炮台。这里是四万两银子，朝廷八万赏金的一半，请龙大人查收。"

这可是龙济光万万没料到的，白花花的银子送到手，哪有不要的道理？这样一来，吃了人家的嘴软，他想要反咬一口也不行了。龙军上下都称赞荣军够义气的。呸！义气个屁。尽管龙济光拿了银子，心里还是憋着口气，他气南虎样样占全了，升了官，发了财，得了人心。南虎这是欲夺天下，先取人心，而人心之本，在于行仁义。这是他一贯的绿林作风，不独吞，有钱人人有份。

说句实在话，南虎夺回炮台，纯属意外。由于起义军缺乏周密的部署，镇南关起义是彻底失败了。

荣军的敢死队员们如数地拿到朝廷赏金，好些士兵看着眼红，后悔没报名当敢死队。不过，他们也都高兴地得到数量不等的赏银，当兵打仗嘛，要的就是升官发财。朝廷给统领以下各级军官连升三级；马七拳、逸曲为二品官；南虎为一品官，并特授予"捷勇巴鲁图"称号。

第三十四章　衣锦还乡

　　江面上，驶来一条引人注目的大官船及七艘小官船。看那气派便知是广西总兵、一品武官兼任广西提督的行船，船上的周边插满了各色彩旗，唯有大官船上一面绿色蜈蚣脚大旗，旗中间一个巨大的黄色"陆"字飘扬在船头，旗下十人卫士迎着江风挺胸肃立着。这些官船从西南至东而下，看不到半点路途颠沛的劳累。朝廷调岑春煊回京，任邮传部尚书，由岑春煊举荐，南虎被任命为广西提督。

　　获得朝廷准假省亲，南虎带起八位夫人，四个儿子、两个女儿、三个养子养女、副官、随从、卫士等，不下两百人，扬帆启程，气势磅礴地踏上回乡之途。南虎的亲生儿子及养子一律身穿军装，威风凛凛地站在他的左右，这做父亲的感到十分自豪。大儿子陆裕光是二夫人从越南带过来的。二儿子陆裕勋是大夫人谭女所生，又是南虎最宠爱的儿子。三儿子陆裕藩是三夫人所生，四儿子陆裕彰是四夫人所生。他们继承父业，在父亲开办的讲武堂里学习。堂址就设在龙州南标营，由日本士官学校毕业的吴元泽先生和蔡锷先生先后任讲武堂教官兼总办。

　　唯有养女婿苏希洵例外，他跟几个儿子不一样，不喜欢舞枪弄棒，偏爱读书写字。一天，他对南虎说："岳父大人，我要留洋读书。"

　　南虎感到意外，却是暗自称赞："把你的想法说来听听。"

　　"岳父大人，当年曾国藩赞成'师夷长技以制夷'，为振兴国家，他提倡洋务，举办军械所，派少年出洋求学，学习西方科技，因此，中国才生产出自己的轮船和枪炮。"

　　"你想做枪炮？"

　　"不，我要做一名律师。中国将来需要制定新法规，需要好律师。"

　　"这些年来，我与法国军队打得你死我活，不过，他们的国家治理得有条有理，令我敬佩。正是这样，他们的国家才得以这么强大。你如果愿意，我送你到法国学习，广西将来需要你这样的好律师。"

　　就这样，南虎把女婿送到法国学习西方的法律去了。后来，苏希洵成为中华民国司法院第一届大法官，那是后话了。

　　说是省亲，其实，南虎没有任何亲可探。可是生他养他的芒果村，还有那他曾经流落街头的小镇——武鸣镇，却是不断地回绕在他脑子里。想来在旅途的那一头，有什么可留恋的呢？留在脑海里的都是不堪回首的心酸往事，可是心酸事里有一缕割不断的思乡情，像一条细长的风筝线把他牵回去。

南虎身穿长衫马褂走到船头甲板，任江风把襟裾吹起。看着两岸边上又高又陡的石山擦身而过，山还是那些青山，树还是那些高高的木棉树，开满了红艳艳的花，把山坡都染红了。江水还是那么的清，江底下的鹅卵石子，仰望江面上来来往往的船只多少年了，也不觉得累。又听到了水手们熟悉的吆喝声，大声地给舵手发出向左、向右、满帆或落帆的指令。想起那年他只有十七岁，和张老船行驶在这条江上，凭着一身功夫和一身胆量，只身闯荡世界。不觉已是三十三年过去了，鬓角也开始染霜了，真是人生易老天难老，世事沧桑啊。想到这里，他心头涌起无限的感慨。

大哥、二哥先后辞职退伍了，朝廷给了他们每人一大笔退伍银子。他们一走，把南虎的心也给带走了，心里空荡荡的，总觉得丢了什么似的。在过去的岁月里，三兄弟朝夕相处，他的每一次行动，每一个决策的胜利，都有赖于大哥、二哥的支持，可谓是"独木不成林"，三鼎立天下，他不能没有了大哥、二哥啊。

俗话说"合久必分"，想来人世间的事也就是如此了，奈何不得。那天，他让谭女亲手炒了几个小菜为他俩送行，兄弟仨坐在一起叙旧，一醉方休。

要说退伍，二哥逸曲也舍不得离开军队，他弟兄仨经历了千辛万苦才建起这么一支雄大的军队，怎能说走就走了呢？可是他的父亲韦老爷年老体弱，逸曲为人儿子，尽不了义务，也该尽一份孝心啊。

提起逸曲的老父亲韦老爷，那天是他八十五岁生日，兄弟三人决定去给他老人家拜寿。南虎让管家到镇子采购了一堆寿礼，马七拳和逸曲戴上红色珊瑚珠顶花翎帽，身穿二品武官绣狮子补服。南虎头戴一品亮红顶花翎帽，穿一品武官绣麒麟补服。这些朝服，平时他们难得穿上一回，一是不想在众人面前显耀，二是忙着练兵打仗，也没必要穿得这般隆重。今天可是大不一样了，用这身朝服宽慰老父亲，光耀韦府的门庭哪。

广西有同姓同族同住一条村的习惯，韦家村就在河的上游。韦府的老爷子在村里是有脸面的长辈，这天，他过八十五岁大寿，全村像过年一样，喜气洋洋。一串大红灯笼高挂在韦府大门外，每个灯笼上都描着金色"寿"字。朱红色的门上贴着大红对联："名高北斗，寿比南山"。两串大红鞭炮用竹篙挑起，从高大的屋檐一直垂落到地上。府院里，摆开几十张酒席桌子，搭起戏台子，几天前，戏班子已经定好了。

府上的仆人来来往往，扛着肥猪和活蹦乱跳的鸡鸭鱼羊，挑着蔬菜、烧酒。邻近村镇有头面的宾客们，早早地打发家仆，挑担子到韦府送寿礼。大管家在院子的一头摆上一张桌子，挑礼来的仆人在桌子前排起长龙，管家忙着一一过目、清点、登记。

韦老爷子穿着崭新的棕色长衫马褂，脚蹬白布袜配棕色布鞋，头戴黑色瓜皮帽，一条银白色的发辫梳理得一丝不乱，垂在脑后，发辫尾端整齐地系着一条黑色的丝穗。他拄着手杖，坐在院子里的太师椅上，看着这一派繁忙景象，心里却高兴不起来，他想念儿子啊。逸曲是家里的独生子，他一怒之下把不肖儿子赶出了家门，之后又懊悔万分，可是碍着做父亲的尊严，他就是犟着性子不把儿子找回来，君子一言，驷马难追。一晃又是这么多年过去了，他的健康状况日益下降，还能活多少年？他希望在有生之年再看看儿子，再说，偌大一个家业不能没有后人继承。

大门外吵吵嚷嚷的，村民们纷纷拥向江边，好奇地看到一艘气派非凡的电船向这不起眼的村码头靠来，甲板上一班吹鼓手正欢天喜地地奏乐。船头一面红旗子，上面一个大"祝"字，船后一面红旗，上面一个大"寿"字。

一个孩子急急忙忙向韦府跑来，边跑边高声报信："韦老爷、韦老爷，你的儿子给你祝寿来啦！"

韦老爷子的心里"咯噔"一下，战战兢兢地从椅子里挣扎着站起来。

"韦老爷，你的三个儿子好威风啊。"孩子羡慕地说。

韦老爷子一怔，又颓然地跌坐在椅子上。三个儿子？我哪来的三个儿子？莫不是报错信了？

那孩子硬是把他从椅子上拉起来："韦老爷，快，快去看看啊。"搀着他向大门走去。

门外的街巷锣鼓声喧天，韦老爷子满腹狐疑地迈出门槛，只见三个身穿一品、二品朝服的大官，由一队卫士前呼后拥地朝府上走来，打头的正是儿子逸曲。多年不见，他出落得雄赳赳，威武不凡。老父亲不觉眼前一黑，逸曲一步上前扶住他。老父亲睁开眼，两行老泪雨似的落下。

逸曲向后退了一步，跪在地上，马七拳、南虎也一左一右随着跪下。

逸曲说："父亲，大哥马七拳，三弟南虎，随不孝之子逸曲前来给您拜寿来啦。"

"来了就好，来了就好……"韦老爷子不知说什么才好，真是喜从天降。他扶起马七拳，又扶起南虎，再扶起逸曲。

父子俩禁不住抱头大哭。做父亲的又是惭愧又是自豪，惭愧的是这么多年来一直把儿子拒之门外，自豪的是儿子当上了朝廷的二品大官。更令他惊喜的是，他有三位了不起的儿子，在众人面前脸上光彩得很哩。

正当一家子惊喜交加，一匹快马急速地奔来，马蹄敲在石板铺的街面上，众人震惊。逸曲让管家把韦老爷搀进大门里，众人纷纷向两旁靠去，让出中间一条道，快马停在三位高官的面前，传令兵滚身下马，疾步来到南虎面前，单腿下跪，双手呈上一份电报，说道："大人，北京急电。"

南虎急忙接过，打开一看，只见上面写道："朝廷有令，全军进入警戒状态。"

"发生什么事了？"马七拳问。

"我也纳闷呢。"南虎说，"镇南关收复后，革命党人退到越南，两年来没有任何迹象再次夺取镇南关。南疆边境防卫坚固，法军近来也没有大动作。那么，这一定是与近日来皇帝和皇太后的病情有关。"

逸曲说："听说北京陆军部在调防呢，太后将驻扎在北京南苑的陆军第六军跟驻扎在直隶涞水的第一军对调，知道是为什么吗？"

南虎说："第六军原属北洋军，他们的统帅是段祺瑞，是袁世凯的亲信。而第一军原属清兵部，是满族将领铁良控制的满人部队。早先朝廷把清兵部和袁世凯统率的北洋新军合并，统编为陆军部，铁良担任军部尚书，尽管这样，太后还是不放心第六军哪。恐怕是她预感到寿数快到了吧，担心一旦驾崩，宫里有变，不得不防。"

马七拳说："这么说来，难道是朝廷对袁世凯起疑心了？"

南虎说："是不是朝廷起疑心倒说不准，不过，就算太后信得过他，满朝的皇亲国戚却未必。你想袁世凯既是北洋大臣，又统率北洋新军，手握政权，又握军权，他们能不忌恨吗？改为陆军部后，袁世凯没了军权，心里当然不服，只是他很聪明，不露声色罢了。"

逸曲说："百日维新那时，袁世凯招出光绪帝的秘密，也还得不到朝廷的信赖，枉费他的一片苦心了。"

南虎是猜对了，太后此策是以防骚乱，以防袁世凯利用她和光绪帝驾崩后拥立某个亲王篡夺皇位。她将满将铁良的第一军调进京城后，立即驻防京都的各个据点，又派二十支宪兵分队驻守进出外国使馆的路口，以阻止人们进入。

生日酒宴刚结束，南虎和马七拳便起程赶回镇南关，布置军队加强边防警戒。

几天后，北京传来消息，太后和光绪帝驾崩。溥仪皇帝登基，改元宣统。

南虎忧虑地想，清廷气数不旺，君主一代比一代小。同治皇帝六岁登基，光绪皇帝四岁继位，溥仪皇帝登基才两岁零十个月。国不可一日无君，可有君主又如何？虽有亲王和众大臣辅政，可君主不能处理国政大事，有等于无。虽说慈禧皇太后治理国家无才能，好赖中国还掌着自己的政府，不至于沦落为洋人的殖民地。太后去世了，皇帝儿溥仪如嫩芽一样，能经得起寒霜，保得住国土吗？

转眼便是宣统二年了，朝廷军队整编，把原广西清军改为广西巡防营。说是"营"，实际上还是"军"的编制，分桂东北和桂西南两大阵营：桂西南为"广西边关巡防营"，驻守中越边境，由提督陆荣廷统率；桂东北为"桂林巡防营"，驻守省府桂林，由提督王芝祥统率。王芝祥是北京通州人，光绪二十三年（1897年）中举人，历任河南知县、广西知府监司、广西右江兵备道，光绪三十二年（1906年）署广西按察使。

……

南虎伫立在船头上，正在独自胡思乱想，不觉前面来到一个不知名的小圩镇，船放慢了速度，缓缓而行。河边上，一个老头独自坐着，看到前面驶来的官船，他伸长脖子认真看了看，少顷，把放在脚边的破旧的竹笠帽拿起，戴在头上，想想觉得不妥，又把它从头上拿下，放回脚边。这一举动，招来南虎一瞥，他心里一动，这老头好生面熟啊。

南虎把手一挥，命令："把船停下！"

一群随从不知何故，又不敢违命，便手忙脚乱地吆喝着，把船队停下靠岸。

南虎只身下船，快走上前，只见老头衣衫褴褛，一条花白凌乱的辫子，前额的头发好久没有剃了，长得老长老长，脚上的草鞋帮子快要磨断了，还勉强地套在脚上。他的脸上、身上长着斑斑点点的癞痢，时不时地用手去挠挠这里，抓抓那里。

南虎看着他，怎么也想不起在哪里见过。

老头没好气地道来，一口的广东口音："看什么看，脸上长癞痢关你什么事？"

南虎惊喜地喊起："我说呢，怎么就看你面熟。哎呀，张老船，是我啊，南虎，还记得我吗？当年我俩逃出邕州城，一起摇船到龙州，还记得吗？"

"记得又怎样？你现在是大官啰，我哪能高攀？"

南虎并不理会张老船的话里有话，在他的身边一屁股坐下，用手指着前面的大江，说："三十多年前，是你用船经这条江把我送到龙州的。没有你，哪有我今日呢？没想到今天又见到你，我们是有缘分，对吧？"

人在落难时才见真情。张老船这么一个落魄的老头听到这席话，激动的泪水在眼里直打转，南虎完全可以不认这份旧情，可他这么一个大官就偏偏朝他走来。

"张老船，你怎么会落到这地步？"

"唉，说来也是命该如此吧。我们在龙州码头分手后，我便顺江划船到越南，用船替买卖人运送山货，从码头到码头，没料遇上贼人，连船带货一起劫走，我一路乞讨才回到中国。哀哉！你看我这一身病，好也好不了，死也死不了，活受罪呀。"

"人算不如天算，遇上天灾人祸也是由不得的事。张老船，今天算你'倒霉'遇上我，你听我安排吧。听也得听，不听也得听。"南虎笑着说，拍了拍张老船瘦骨嶙峋的肩膀。他回过身来对他的副官说："李副官，你去请一位好郎中给我的老朋友看病，钱不要计较，把病治好为止。另外，在这码头上寻上一栋好房子，买下来，把我的朋友给安顿好，再给他买一条新船。没有船怎么能叫张老船呢，是吧？"

李副官一一应诺。

张老船颤抖着簌簌地站起，激动得差点没给南虎跪下，老天爷没让他死，等的就是这一天啊，他说："南虎，你让我说什么才好哇。"

"什么也别说了，"南虎压低声音说，"我给你买船还有个用意呢，哪天我们一起行船到黄河。还有黑龙江，那水是黑的，这你可就不知道了吧？"

他俩会意地哈哈大笑起来。

看到身边的卫士随从副官们莫名其妙地看着他俩，南虎用手指戳戳张老船，说：

"你知我知，他们什么也不懂。"

张老船认真地点点头："是，他们什么也不懂。"

俩人又开心地笑了起来。

南虎对李副官细细交代了一番，便向张老船告别："李副官会把所有的事情都办妥，你放心跟他去吧。在这里我就先告辞了，回头再来看你。"看着李副官搀着张老船一步步地走上码头，他便转身上船。

不日来到了邕州城，为迎候提督大人，一队红衣绿裤的吹鼓手一大清早就候在码头上。看到官船远远驶来，未等靠岸，锣鼓唢呐便一并齐喧，一班文武官员们按照品级排列好，打头的是头戴五品伞形蓝缨帽的邕州知府刘大人，武官宣抚使莫大人，千户王大人……南虎早就吩咐过不要惊动本地官府，悄悄路过便可。不料地方官府听到一品大官路过此地，哪里敢怠慢？邕州城一不是首府，二不是要塞，别说一品大官，就是三品也难得光临。一班文武官员受宠若惊，把压在箱底的崭新朝服穿戴整齐，鼓乐迎候。南虎也只好穿着长衫马褂走上前拱手，应酬。

"提督大人，如不嫌弃，府上备有薄酒宴，为大人和家眷洗尘。"知府刘大人恭恭敬敬地邀请。

"多谢知府大人的厚意，只是这次行程已安排好，不便耽搁，我看下次再到府上，如何？"南虎客气地谢绝了。

"那我就恭敬不如从命了。"知府刘大人松了一口气，实话说州府银两不多，要招呼好这两百多号人，少说也得上千两银子。

卫士们牵来马匹，把一箱箱的随身用品从船上卸下，装上马车，女眷们登上早已备好的轿子，一行人便又浩浩荡荡地出发了。

离家乡越来越近了，从坡上往下看去，那熟悉的武鸣小镇远远地映入眼帘，南虎的心情也不由得激动起来。他骑马走在谭女的轿子边，谭女把轿子的窗帘子撩起，兴致勃勃地听南虎指着前边的山路、树林，说他七岁那年，就是从那条小路走来的。

山坡上，一群放牛娃好奇地看着这群来客，花花绿绿，好不气派，好像是从天上下来似的。南虎不禁想起一首唐诗，真是：

> 少小离家老大回，
> 乡音无改鬓毛衰。
> 儿童相见不相识，
> 笑问客从何处来。

镇子的小桥上站立着两个男人，一个白发苍苍，另一个三十七八岁。南虎驱马上前，仔细一看，赶紧翻身下马，快步走上前，双手紧紧地握着老者的手，高兴地说：

"哎呀，是李叔啊，真没想到是你来迎我，这些年你还好吧？"

"好，好。镇上都传开了，说你这小乞丐当上大官了，你阿爸阿妈在上天也高兴啊。来，来，你还记得他吗？"李叔把身边的儿子推到南虎的面前，"那年你背着他在伞铺里干活，这小子还尿了你一身哩。"

众人都笑了。

南虎笑着说："怎么记不得，当时我恨不得打他一屁股呢，没想到他也长这么大了，这一晃多少年过去了，我们都老了。李叔，真没想到我还能活着回来见你。"南虎回头招呼他的夫人和孩子们一一前来拜见："这是李叔，小辈的叫他李叔公。"

"见过李叔。"夫人们齐声问候。

"见过李叔公。"孩子们参差不齐地道。

李叔看着八位夫人，个个都是这么漂亮，孩子们雄壮魁梧，他喜得嘴都合不拢，说："南虎啊，你好福气啊，有那么好的孩子们，娶了这么多的漂亮女人。"

"托观音娘娘的福。当年也是多亏了你收留我，帮我渡过难关。"

"过去的伤心事就别提了。"

南虎眼尖，看到一个挂着一节竹竿，有五十多岁的男人站在离小桥不远的地方，他衣衫破烂不堪，瘦得就剩一把骨头，好像一阵风就能把他吹起来似的。他畏畏缩缩，一副欲前又止的样子。南虎快步走上前去，仔细一看，那不正是一起讨饭的伙伴青蛙吗？

"青蛙！是你呀，你还活着哪。"南虎惊喜地叫了起来，双手紧紧地扳住青蛙的双肩，摸到的是一把骨头。

"活着，活着。我们的伙伴死的死，走的走了，我不走，就等着你回来。我知道你一定会当上大官，一定会回来。南虎，你果然当上了大官，你果然回来了。不过，看到你这么威风，我又害怕了，害怕你不认识我这老乞丐呢。没想到你还跟从前一样对我。"青蛙一口气说，苍白的脸上一对忧郁的大眼睛露出无限的欣喜。

"当年没有你教我如何讨饭，我早就饿死在街边了。"南虎把青蛙领到家人跟前，说，"这位是青蛙，我要饭的伙伴。小辈的就叫他青叔吧。"他转过身对青蛙说，"你流落街头一辈子，往后就和我们住一起好了，好吗？我的家也就是你的家。"

青蛙激动得差点没晕倒过去。他今天来只是想念小时的伙伴而已，看看南虎当了大官是什么样子，他也就心满意足了。没想到南虎竟给他一个温暖的家，他真有点不知所措了。

正在这时，一队人匆匆忙忙地赶来。领头的是镇衙门的知县石大人，随后的是文武官员和一班鼓乐手。知县石大人来到南虎跟前，气喘吁吁地拱手作揖赔罪，说道："提督大人，小的有罪，来迟了一步。邕州府说大人将在邕州城小住一宿，没想到大人来得这么快。"

　　南虎笑着说："归家心切嘛。"

　　"也是，也是。"知县石大人频频点头应道。他一挥手，一班鼓乐手便热热闹闹地吹打起来在前面开路，领着一行人步行走入镇子。

　　南虎搀着李叔走在街上，左顾右盼，街市没有什么变化，只是冷冷清清的看不到人影。

　　"李叔，镇子的人都上哪儿去了？"

　　"说来你不知道，当年你讨饭街头，那些打骂过你的人担心你回来报复，都跑到山里躲起来了。"

　　"哦，原来是这样。"南虎想着什么。

　　第二天，南虎令他的卫士和副官们上山，把躲在山上的乡亲们都请回来，在镇上请了三天的客，镇上所有的男女老少都请来。那位迫害猫仔致死的丝绸老板去世了，儿子是个赌徒，把家产赌没了，当爹的一气，两脚一伸，走了，青蛙说这是上天对他的惩罚。几年前，李叔的老婆从楼梯上面失落滚下来，折断了颈骨，没两天就死了。据说独眼龙跟着几个鸦片贩子走了，到云南发鸦片财去了。

　　法印禅师早已圆寂了，他如能活到今天也该是上百岁的寿仙了。说起来他不但是南虎的导师，还是他的救命恩人呢。南虎决定做七天的打斋法事，以感谢法印禅师对他的恩典。

第三十五章　桂林兵变

　　家乡虽然没有了亲人，可是祖先的坟墓都在这里，这里就是他的"根"。南虎把家从龙州迁回了家乡武鸣镇，购了四十亩荒地，建起了规模宏伟的宁武庄。庄前还建有农市场、戏台子，农民们可自由来往做买卖、看戏。用南虎的话说是："与民同乐，共同观看，更有乐趣。"

　　宁武庄呈"回"字形，外围建筑供官士、幕僚及其家眷的住处，内围则是长形的四合院，又叫陆公馆，是陆家眷的住宅。庄前有排楼大门，门前一对威武的石狮子，大门两侧的耳房为卫兵室。庄里还建有陆氏家祠，立有祖先宗亲神位及两广总督岑春煊的长生绿位牌。南虎视岑春煊为恩主，他从当上清军管带、都司、守备、参将，军衔一级级升迁，终于跻身于大将领行列，都是得到了岑春煊的提携。滴水之恩，当涌泉相报。陆氏家祠是一座仿古庙式的建筑，屋脊有双龙抢珠，瓦檐四角拱形弯角站着小狮子，祠堂上方挂有金字横匾，"忠义报国，孝友存家"是南虎的亲笔字，字体浑厚有力。

　　宣统三年（1911年），炮声隆隆，武昌起义爆发，红、黑、黄三色组成的起义大旗取代了朝廷的黄龙旗。驻湖北武昌的清军统领黎元洪为起义军总督，率领起义军一举收复武汉三镇，成立了"临时军政府"。

　　黎元洪，湖北黄陂人，早年在天津北洋水师学堂学习，精通英语、船舶机轮、航海知识、大炮、洋枪等知识，毕业后加入北洋水师服役。在中日甲午海战中，他的舰艇被日舰炸毁，黎元洪落海获救，死里逃生。后来，他投奔两江总督张之洞，曾三次被派出赴日本考察军事、政治，颇受器重。而后，任二十一军新军统领，驻守湖北武昌。黎元洪在军中威望甚高，被起义军推为首领。

　　武昌起义闹得天翻地覆，广西及十四个省份纷纷宣布独立，脱离朝廷，全国热烈响应。朝廷大为震惊，自太平天国起义平息后，在这几十年里，大大小小的起义没有间断过，可是，也没有像这次的起义来势如此凶猛，随着全国十四个省份宣布独立，其他省份也蠢蠢欲动，如不立即将起义镇压下去，后果不堪设想。可是，要平息起义非北洋军不可，无奈北洋军六个军，十五六万人马，上至将领下到士兵，只听从袁世凯，朝廷根本指挥不动。朝廷对此束手无策，只好重新起用被贬了官职的袁世凯。

　　袁世凯，字慰亭，生于河南项城县一个世代官宦的大家族。因为是河南项城人，又称"袁项城"。二十二岁弃文从军，随军东渡朝鲜平叛，深得李鸿章的信任。甲午战争后，为振兴国防，朝廷聘用德国军官教练训练新军，李鸿章保荐袁世凯以朝廷道员衔赴天津督练"新式陆军"，由此，他掌握了一支七千多人的新军武装力量，这支队伍便是日后发展起来的北洋军的基本力量。李鸿章死后，袁世凯继署理直隶总督兼北洋大臣。所谓的北洋，指的是渤海、黄海、朝鲜半岛一带。

北洋军下属有六个镇（军），其中就有五个镇（军）的兵权掌握在袁世凯的手里，由他的心腹大将冯国璋、段祺瑞、徐世昌、王士珍、曹锟、张勋等统领。他们都是袁世凯从早年天津督练新军中挑选的出类拔萃的学生，培养成袁的私人亲信。摄政王载沣是小皇帝溥仪的生父，他虽然手握朝廷大权，可更担心袁世凯的势力日益发展壮大，威胁到朝廷的利益，到时候再想来除掉他就更加不易了。隆裕皇后也觉得在理，自然不反对。于是，载沣拟了一道将袁世凯革职，拿交法部治罪的谕旨。

袁世凯明知是强行罢他的官，可也奈何不得，他昔日的权势已随慈禧太后一同被埋进了陵墓，能保住脖子上的这颗脑袋，已经是不幸中之万幸了。迫不得已，脱下官服，回到河南老家，"散发天涯从此去，烟蓑雨笠一渔舟"。谁又能料到武昌起义之际，便是他时来运转之时，给了他一个"起死回生"的大好机会呢。

袁世凯果然不负朝廷重望，一上任便十万火急地命曹锟率军从安徽向湖北进攻；命海军舰队速速开往汉口，锁住江面；命悍将冯国璋打急先锋，星夜赶往湖北，陆地水路双管齐下；命段祺瑞控制交通运输命脉，保证军需供给，一举平定起义。

段祺瑞，字芝泉，安徽合肥人。二十一岁那年，以优异成绩考入李鸿章开办的北洋武备学堂第一期预备生，段祺瑞"攻业颇勤敏，以力学不倦见称于当时，治学既专，每届学校试验，辄冠其侪辈，与王士珍等齐名于世"，受到李鸿章的器重。1888年冬，以第一名的成绩被获准与其他四位同学以官费入德国柏林军校学习炮兵。学成回国，天津小站练兵，在袁世凯手下任炮兵学堂总办兼统带。任练兵处军令司正使、江北提督等职，是袁世凯的心腹大将。

冯国璋，字华甫，河北人，有胞兄弟四个，他排老四。光绪十一年，考进北洋武备学堂学习，他刻苦好学，每次考试都名列前茅，毕业时，以成绩优异留校当教习，颇受学生敬佩。在他担任清政府练兵处军学司司长期间，团结官兵，亲手培养了一批忠实北洋派的军官，对北洋军集团的形成起了不可估量的作用。冯国璋是袁世凯的心腹爱将，与王士珍、段祺瑞并称"北洋三杰"，龙、虎、狗，各有千秋。王龙王士珍为"龙"，是北洋军的"龙头"，聪明过人；段祺瑞为"虎"，性格坚定，狂躁如虎；冯国璋为"狗"，厚道实在，可是聪慧、灵活、善变，更为袁世凯看重。

北洋大军动如雷霆，湖北战事急转而下。汉口城被北洋军猛烈炮轰，浓烟四起，几乎成了一片废墟。黎元洪率起义军奋力抗击清军，无奈北洋军火力强大，汉口、汉阳相继失守。都督黎元洪急电向南虎求援。

这正是南虎最担心的，北洋军无论是从武器装备，还是军队的数量，黎元洪的起义军望尘莫及。可是广西出兵援鄂，必须得到广西沈都督的同意，并拨给军饷。虽说南虎身为提督，一省军营的最高长官，仍受沈都督的节制。这些年来，广西巡抚的调任像走马灯似的，走了张之洞，来了岑春煊；走了岑春煊，来了张鸣岐；走了张鸣岐，最后宣统二年（1910年）来了个沈秉堃，湖南善化人、监士出身。说起来沈都督胆小怕事，根本无心与朝廷对抗，鉴于大势所趋，不得不宣布广西独立。这会要出援兵，他能同意吗？不过话也说回来，广西已经宣布脱离朝廷，他就算不同意也得出兵。现在武昌告急，南虎也顾不得这么多了，拿起毛笔，写下电文，向广西政府请求拨款出兵：

"……黎都督来电，我军血战六昼夜，敌人火器太利，汉阳不保，……且廷本武夫，长在进攻，不长治安，自接电后血愤填胸，寝食俱废，郁郁出此，以待毙矣，决计带二十五大队，星夜北征。王芝祥提督文武兼备，世界魁杰，以代提督，实为稳当。想我父兄子弟无不赞成，万请王提督拨饷百万，以资接济。廷此一去，誓灭此朝食，有死无退，倘报频闻，是民是匪，尚难分辨，倘系我国同胞，尚祈来归，同成北伐，切勿观望，并盼电复。荣廷叩佳。"

写完后，南虎又重阅一遍，然后放下笔，长长地吁了一口气。他在电文里提到"请王提督拨饷百万"，而不是说筹饷百万，那是有他的目的的。广西的藩库设在省府桂林，在藩库里尚存有两笔大款项：一笔是守城专款，纹银共七十余万两；另一笔是全铁路款，共三百万银子。这些款子由提督王芝祥管理，不到万分紧急的情况，不能动用。南虎这用意可谓是一箭双雕，一是要兵，二是向王提督索取款百万。当然此次出兵用不了这么多钱，可是南虎担心局势不稳，万一情况有变，分散专款是保全之计，就算藩库的银子难保，失去的也只是一部分。

当卫兵把写好的电文拿去发出时，第一道晨光从窗外射进来。南虎打了一个哈欠，一口气把油灯吹灭，便信步走出书房。电文是发出了，心里还是不踏实，总觉得不放心，可是细细一想，又觉得发出的电文没有纰漏之处。他估计广西政府拨饷出兵，再快也得七八天的时间，而武昌军情紧急，不能延误，决定先派出一个先锋营急援，等军饷一到，大部队即可增援。事不宜迟，立即让传令兵把出兵的命令发了下去。

浩明知道了南虎的决定，便匆匆赶来："姐夫。"

"哦，是月波啊，有事吗？"

浩明给自己取了个字，叫月波，月色水波，有诗情画意，南虎觉得这字很不错，浩明这么一个带兵打仗、冲锋陷阵的人，有这份雅意就了不得。

"你令小虎率领先锋营援救武昌，能行吗？我看小虎太年轻了，还是让我去吧。"

"月波，当年你跟随我打法国鬼子的时候，才十四五岁，比小虎更小。你行他怎么就不行？好铁就得火炼，不炼不成钢啊。"南虎说，也不理会浩明的反应，来到长廊，从兵器架上抽出一把大刀，走下两级石阶，站在院子中，例行每天的功夫晨练。

陈卫士长急急忙忙地走来，手里拿着一份电报："陆提督，桂林急电。"

南虎接过，只见上面写着："昨晚桂林城内枪声四起，桂林巡防营哗变，叛兵乱抓，乱杀人，抢钱，劫洗店铺。"

南虎又是一震，桂林兵变，恐怕沈都督会有人身安全的危险，但愿王提督早有防卫。不过南虎对沈都督安危的顾虑是多余了，枪声一响，沈都督脚底抹油，溜了。昨晚，他有恐叛兵闯进杀了他，急忙招起跟随他来广西的二十个亲兵，带起他的眷属，趁着天黑，无声无息地溜出了桂林城，打道回湖南老家去了，扔下一群乱兵，一座乱城置而不管。天亮时，当桂林民众得知沈都督及其家人已无处可寻，人心更加慌乱。

"报告！"

南虎心头又是一惊。

卫兵双手递上一份电信："桂林电报。"

接过打开一看，是王提督发来的。他讲述了昨晚发生的情况，闹兵变的士兵多数来自湖南。当他们得知藩库里存有大笔银子，便要抢走，反正朝廷也快完蛋了，清兵也当不成了，不如抢走银子，回老家过几天好日子。最后说沈都督已逃走，他只好以代都督的名义贴出告示，平息兵变，维持市面治安，并提议尽快改选都督，电邀南虎到桂林商议大事。

南虎双眉紧锁着，把电报递给身旁的浩明，自己在石阶上缓缓坐下。昨夜士兵哗变，逼走沈都督，今早王芝祥自任都督来平息兵变。其实，提督是一军最高帅将，平息兵变原本就是他的职责，根本无须行使都督的大权来处理。这一连串事情的发生是偶然的，还是有人故意在做戏？

对王提督，南虎向来不敢恭维。长期以来王提督一心想独揽广西大权，而沈都督胆小怕事，下台也是早晚的事。王提督为人傲慢，心狠手辣。1903年，他上任广西右江兵备道时，将绿林出身的梁果周及他绿林出身的全哨官兵集中于右江道台衙门前，毫无理由地下令军队以乱枪把他们一一打死，一个不留。全军上下无不震惊，南虎更是大为惊愕，王芝祥这么做，究竟是"杀鸡给猴看"呢，还是显耀他的权威呢？因为南虎和他荣军绝大部分官兵均来自绿林。后来王芝祥调离了广西右江，众人无不拍手称快。他俩一个在桂东北，一个在桂西南，井水不犯河水，谁也不冲谁，倒也相安无事。

现在，桂林成了王提督的天下，实力与南虎不相上下，而今王提督邀他到桂林共商大事，里面是否还有其他的用意？前些日子，王提督调防，把大部兵力调驻桂林，说是保护桂林省会安全，并在暗中招兵买马，扩充兵力。王提督为什么擅自云集兵力，扩充实力？这与昨晚的兵变有关吗？

"姐夫，"浩明打断南虎的沉思，"依我看，这时候上桂林，不可不防啊。"

"这一层我也想到了，我远道而来，率兵不多，万一他不服我，我不就成了虎落平阳，为他所挟制吗？"

"即使是带上所有的兵，他是主你是客，也是压不住他这'地头蛇'呀，再说，边境这里也总不能把军队抽空了吧。"

南虎考虑了一会儿，说："目前拿不准王提督的用意，他邀我赴桂林的事能拖就拖。我这里再给王提督追发一封电报出兵武昌。一是解救武昌，二是对王提督采取缓兵之计。"

……

再说沈都督回到湖南老家后，便向广西政府提出了辞职。那么，谁将接手都督一职，负起广西大任，又成了众人关心的话题。王提督以为这都督一职非他莫属，前些日子桂林因闹兵变引起的市面动荡不安，已渐渐地平静下来了，商店也陆续地开门营业了，大家都称赞是"王都督"的功劳。王提督也心安理得，坦然接受"都督"的桂冠。他要趁热打铁，改选都督迫在眉睫，接二连三地给南虎发去电报，催促他到桂林商量大事。

第三十六章　广西都督

南虎是你急他不急，说什么"出兵武昌为当急之首，改选都督一事可暂缓"，并一日几封电报，催促援兵武昌。使王提督大为恼火，愤愤地骂道："呸，狗屁。你南虎出兵是假，要银子要兵才是你真正目的。"他躺在床上，垫高枕头，苦苦想着，一旦把兵、银子拨出去，南虎如虎添翼，还把自己放在眼里吗？这可是几百万两银子呀，哪能说给就给了呢？正因为他王提督掌握兵权和财权，南虎才不敢轻举妄动。可是，如果不给吧，把南虎给惹急了，动起真格来，也是棘手的事。

说实在的，他们的竞争对手并不多，偌大一个省份，只有他和南虎才有资格参与谘议局选举广西都督的宝座。谘议局是地方自治选举机构，光绪三十二年（1906年），朝廷试图改革时成立的，由地方上的开明绅士当任议员，参与政府议事。广西谘议局就设在桂林府，王提督每日主持省会军务、民政大事，和议员们是抬头不见低头见，关系相处得也融洽。

想来他有比南虎更有利的条件。就拿军政来说吧，桂东北是他多少年来经营的大本营，省府桂林是他的地盘，桂林巡防营是他一手改编过来的，军队听他的；从德才方面来说，他也比南虎高一筹，论学识，他是清科举人；论地位，他早在南虎之前就已经是朝廷的一品武官，文武双全，没得说的。自他任布政使以来，在各级衙门都安插有自己的人，只要他一句话，上上下下闻风而动。别的不说，就说这次桂林"兵变"事件，全有赖于他的声望才平息了下去，桂林民心才得以安稳。像他这样有能力的官员，广西找不到第二个，如此看来议员们对他继任都督应该没有异议。

想到这里，王提督为之一振，连夜召集谘议局的议员们改选都督。他有心给议员们施加一些压力得以顺利通过，可是又不敢太明目张胆。他便借口防止有人捣乱，命全副武装的卫兵们把守议事室周围，不许任何人进出，大有如临大敌之感。

当然，众议员们也不是傻子，对王提督的用心良苦不是不知道，只当作视而不见，听而不闻而已。他们对王提督在当年右江兵备道杀人过多记忆犹新；而南虎当年抚剿游勇会党，则以抚为主，很得人心。两者相比之下，南虎人望则更高。更为重要的是，全国宣布独立的十四个省份对将来各省如何治理的问题上，特别提倡地方自治，省人治省。广西也不例外，议员们一致赞成桂人治桂。这一手可是王提督始料未及的，既然是"桂人治桂"，那么，原籍北京通县的王芝祥就更是名落孙山了。王提督大为失望，他白忙乎了一场，到头来也只是为他人作嫁衣裳。

就在此时，武昌局势转缓。鉴于西方各国都有他们的租界及对外贸易分布在中国沿海各城市，内战必然祸及他们的国民和贸易，自然不希望中国有内战，从而积极撮合双方谈判。在京城的各国领事联名，由英国出面向朝廷提出与起义军议和，这正中了袁世凯的下怀。今日东山再起的袁世凯，反省了被罢免的挫折之后，再也不是往日的"忠臣"了。他要趁天下碎裂之时，夺取天下；即使不能独坐天下，至少也可分坐天下。武昌起义机会千载难逢，正好利用起义军来要挟朝廷，停火谈判非他莫属。果然，内外交困的朝廷，责令袁世凯为代表，南北和议谈判。

前方停火谈判使得南虎松了口气，电告桂林，取消援兵计划。

不想王提督却急了，他不能"赔了夫人又折兵"，这前线一停火，他就没有理由出兵了。都督当不成，军队和银子也没了。他不管三七二十一，先下手为强。一边集合各巡防营，一边暗地里打开藩库大门，搬走几百万两银子，趁南虎还未到任之前，带起军队和银子北上，一走了之。随之给南虎发电："为当急之首，我即出兵援助武昌。"

南虎一肚子的狐疑，王提督迟迟不发兵，为何在局势缓和的情况下发兵？立即回复："……今接鄂黎都督电，局势缓和，北伐之师，亦可暂止，庶免徒劳往返。"

南虎当任广西都督的消息传得比电报还快，在桂西南地区，全军上下无人不知谁人不晓。在陆公馆，浩明一进门，就兴冲冲地说："姐夫，恭喜你当选都督了。"

"什么喜呀，我忧还忧不过来呢。"南虎答道。

浩明一愣。只见南虎坐在椅上，面对着窗口，看到的只是他的背影。听话听音，一听就知道他心里不快。果然，南虎转过身来，脸上看不到半点笑容，手里正捏着那份委任状呢。

浩明当然明白南虎忧虑之处，走上前，说："姐夫，莫不是因为王提督带兵出走，刮空藩库银子的事？"

"可不是嘛。桂林省会这阵子一会儿闹兵变，一会儿谣言四起，杀满人杀旗人，闹得人心惶惶。驻守桂林的军队全让王提督给带走了，一个兵都不剩，又兼广西刚独立，省府这会儿没人坐镇，蛇无头不走啊。更麻烦的是军队一走，坏人乘机浑水摸鱼，趁火打劫，西江的桂平，抚河的平乐，柳江的武宣，桂北的龙胜，桂东的钟山均发生骚乱。各处土匪冒称革命民军，四出劫掠，大河上下船只不能通行，好在我们桂西南、中越边境情况还算稳定。王芝祥这王八蛋，亏他做了这么多年的官，于民众不管，搬走军队，刮走银子。你看，我这都督能单靠这张委任状，就坐稳江山吗？"南虎像打枪一样，一口气把一肚子的怨气吐出来。

"当然不。要镇得住这场混乱，须有重兵压阵。"

"这正是我伤脑子的事。我们桂西南的军队要驻守边境，不能抽空，就是硬挤也调不出几个营的兵力。"

"首要之急，就是招募兵马。"

"说得轻松，哪来的钱？"

一提到钱，两人都沉默了。政府没钱怎么运作？可是不法分子镇压不下，骚乱平息不了，坏人惩罚不得，民心就不能安定。换句话说，广西独立的局面就很难维持下去。

"姐夫，依我看……事到如此，也只好唱一出空城计了。"

"空城计？怎么个唱法？"

"利用你在民众中的声望，领兵北上桂林，兵不在多在于精，那些趁火打劫的匪人必定以为你手里一定有重兵，否则也不敢北上，便不敢放肆猖狂。尽快上任，镇住省府桂林，否则群龙无首，局面混乱。与此同时，电告龙统领派兵援助。如此，赢得时间来解决银子的事。"

南虎点点头，说："唔，也只能这样了。"

南虎决定抽调韩彩凤的二营做随同，急赴省会桂林。

韩彩凤是南虎的义子，广西柳城人，出身绿林，认南虎为义父。此人忠义、彪悍、勇敢，素有赵子龙之称。他脚患风湿病，走路吃力，可是这并不妨碍他行军打仗，他坐轿督战，与部下一起冲锋陷阵，屡战屡胜，是南虎的心腹之一。

不想正当南虎召集韩彩凤及二营士兵，准备第二天一早北上赴桂林，忽接梧州来电：梧州告急！

原来是同盟会的王和顺闹的事。镇南关起义失败后，王和顺从越南逃到广东，为广东会党的头目之一。当他得知广西独立，谘议局的议员们选举陆荣廷为广西都督之后，他大为不服。他以为自己是"老革命"了，理所应当为广西独立政府的都督。他气愤地喊道："陆南虎算什么东西，他不过是一条忠实于朝廷的狗，他拥护共和革命是假，宣布广西独立也是假的。我革命这么多年，立志推翻清皇朝，才是当然的广西都督。我要杀回广西，把陆南虎赶走。"他派出会党的巫其祥，带领几百名广东民军为先锋队，开着轮船、大船、鱼雷艇，声势浩荡地从广东出发，企图占领梧州后，进军南宁。

王和顺之所以从梧州下手，是看上那里水陆交通发达，是从广东到南宁的必经之路。自古以来，梧州又是珠江上一个战略节点，桂江、西江、浔江三江在此汇合流入广东，这里商贸繁华，是广西税收的重要来源之一。占领了梧州，无疑就是卡住了广西的咽喉。

广西藤县、武宣、贵县的同盟会也积极响应广东的民军，围攻浔州，其用意在于攻下浔州，北上柳州。则柳州的同盟会意图割据浔州、梧州、柳州，推举会员刘古香为广西都督。一时间，各地摩拳擦掌，同盟会民军大举围城，桂平巨绅程大章出城阻止，理由是广西已经独立，并援兵支持共和，同盟会民军不应再以革命之名占据民国独立政府的城池。但民军不听，继续进攻，城内驻军统领和知府不得不关闭城门，并急电南虎解围。

民众们惊慌不已，各地闹事，广东民军压境，气势逼人，而沈都督已逃走，王提督率军携款早已离境，桂东北地区既无指挥官，也无军队，更无银子，现在面临战事，将如何是好？陆荣廷虽已被推选为都督，可是还未到任。此时此刻，唯有桂西南出兵，因此梧州各界人士及全体商绅要求提督南虎尽快前来解围："闻公不来梧，众大失望，现在民军充斥，是民是匪，如何应付，非公到不能取决。务请到梧一行，决定危局而慰民望。"

南虎唯恐一旦梧州失守，各地叛匪就会乘机而起，混乱局面一发不可收拾。他当机立断改变行程，兵分两路：一路是韩彩凤及二营士兵直赴桂林，维持省府无政府之状态；另一路是他赴梧州，解其燃眉之急，然后再北上桂林就任。他急电梧州道台沈林一、巡防营统领宋安枢、新政府军标统任福黎，告知他们自己已在途中，令他们无论如何守住梧州，等待他和援兵到来。同时，命谭浩明派重兵驻守龙州、镇南关，不让法军趁广西骚乱，举兵来犯；命营统领林俊廷驻守河池、南丹一带；命营统领莫荣新驻守南宁一带。一切安排妥后，他带上四夫人春燕、陈卫士长、陈炳煜及一个卫弁营，一行人沿西江下梧州。

说起四夫人春燕，南虎由心底里佩服，她可算是女中豪杰。她一身好武艺，轻盈如燕，枪法极好，重友情，也善交际，既是南虎的得力助手，也是南虎的贴身卫士。平时，如不跟随南虎出巡，她便挽起衣袖，与谭大夫人一起操持家务。在家里，为人处世，钱物开销，从不苟刻，将陆公馆上上下下管理得井井有条，就连谭大夫人也夸她具有《红楼梦》里的王熙凤的才干。她生下儿子陆裕彰后，就交给六夫人抚养，便全心全意跟随南虎走南闯北。

南虎一行分乘四艘大电船。他与四夫人春燕、陈炳煜、陈卫士长共乘一艘船，其余三艘由卫弁营分乘，前后护着主船。营里只有一百名卫弁，个个都经过严格挑选，他们不但忠义，有准确的射击技术，还要有高强的拳、棒武功。

一路上，江面上大小船只，客船、货船川流不息，一看便知这上游地区局势稳定，百姓安生。南虎坐在甲板上，看到船越往下走，江面船只越少，末了，江面上除了他的电船，看不到任何船只。空旷的江面，任机电船鼓起排排巨浪，呈八字形，像白龙朝岸边滚去。广西独立了，可百姓却过着惶惶不可终日的日子，就连靠打鱼为生的渔家，也不敢在江面撒网捕鱼，这样的日子可怎么过？南虎深深地忧虑，他不能让民众对民国独立政府感到失望，认为今不如昔呀。想来，骚乱的主要原因之一，是地方政府运作不起来，有法律却不能执行。

这时，四夫人春燕在甲板上放下一张矮小的饭桌，在桌上摆上三菜一汤，便招呼坐在甲板沉思的南虎："当家的，晚饭好了，趁热吃吧。"

南虎来到桌前，席甲板而坐，一看桌面上，便高兴地说："嚯，好大一条煎鱼啊！你钓的？"

"我哪有这样的本事呀，是陈卫士长钓的。"

陈卫士长是宁明人，跟随南虎多年了，是南虎信得过的保镖。

"不过呀，鱼是我做的。好吃吗？"春燕笑眯眯地问道。

南虎嚼了一口，很香。嘴上却说："哎呀，难吃死了，我这辈子还没吃过这么难吃的鱼哩。"又夹起一大块鱼肉，挑出鱼刺，把肉放进嘴里，津津有味地吃着。

"看你吃得这么香，还说难吃？人家忙了半天，也听不到半句好话。"

南虎哈哈地笑了起来。

陈炳焜走上甲板，南虎便招呼："炳焜，来、来，来得早不如来得巧，好吃的煎鱼，你也来尝尝。"

陈炳焜当年丢失炮台，本该军法处置砍头，后来炮台收复，朝廷免了他的罪过。虽然在战场上他还够不上一个有经验的指挥官，可是善于处理人际关系。苏东坡说过，世上天生四种人：智、辩、勇、力。有力气的人不一定聪明，而聪明的人不一定有力气；能说会道的人不一定勇敢，反之，勇敢的人不一定能说会道。陈炳焜早年读过几年私塾，能写会算，为人聪明、机灵，处事圆滑，在军中很有人缘。人各有才，就看掌权的如何用人罢了，用人得当，则如虎添翼；用人不当，则贻误大事。因此，以他的聪明才智，又受到了南虎的重用。

"谢谢。"陈炳焜说，在南虎的对面坐下，四夫人春燕给他盛上一碗米饭，他点点头致谢，一边接过饭碗，拿起筷子，一边说道："南虎，我们后天一早便可提前到达梧州。"

南虎说："好呀，原计划是中午到达梧州，看来我们比原计划早到了。"

"是啊。这两天是顺风，船走得快。"

"可见人算不如天算啊。"

"你看要不要通知梧州方面做好准备？"

"准备什么？"

"请他们准备好车轿，迎接我们进城。"

南虎摇头："不行，现在是共和了，新条令说'官员出门不得乘舆'，我如不遵守新定的规矩，将来如何执行法制？特别是现在这时候，民众的眼睛都看着咱们哪。"

"就听你的。"

梧州码头，巫其祥带领的民军先锋队已抢先一步到达。梧州的新政府军标统任福黎负责驻守码头，接到消息说巫其祥的先锋队后面有援兵，两千多民军分别从安平县、藤县，正陆续朝这里开来。任福黎迅速将兵力布置，防守码头沿江一带，随后传下命令，令巫其祥及船队在三小时内退至下关。巫其祥一看，码头上壁垒森严，上还是不上？可又一想自己是革命党人，是受革命党的命来接管梧州财政大权，哪里有后退的道理？结果，双方不让，争执起来，以致火拼。

别看这些先锋队来势汹汹，这些人原本就不是什么正规军，不堪一击。革命党人在南洋募集到一笔钱，在桂江、西江一带招兵买马，游勇和会党人员听到加入"革命"，有饭吃，有饷发，有武器，也就踊跃参加。好些先锋队员连枪都不会使，就匆匆上阵了。枪声一响，逃的逃，死的死，船只被炮火烧毁，就连巫其祥本人也乘着鱼雷艇逃之夭夭。还在途中的各路援兵，听到先锋队大败，也纷纷退回了原地。

看到敌人退去，新政府军队不敢放松丝毫。清晨，天还未亮透彻，任福黎正奉命严密防守江边及码头，透过江面上的晨雾，朦胧地看到四艘电船靠岸。任福黎立即紧张起来，连忙调集防守士兵，严实地把码头围起。任福黎叮嘱士兵："没我的命令，不许开枪！"

晨雾中，他看到一群身穿军服的士兵，携带枪支弹药，听从指挥，有次序有纪律地登岸。他心里不禁纳闷，民军可没有这样的纪律，要说这群人是乱匪吧，不如说更像正规军；说是正规军来了吧，又没接到上头的通知。有一点他得小心的是，开火之前先弄清来者是什么人，免得造成大祸。

他猫着腰，小心地从隐藏的地方向前摸去。这时，东方露出一线曙光，其中一艘船头飘着一面黄色的大旗，隐隐约约地看到旗的中间一个大黑"陆"字。他一惊，站直腰背，莫不是陆都督来了？

埋伏在后面的士兵看到他们的指挥官惊愕、迟疑，不知发生了什么事，也都一齐围了上来看个究竟。

从船上下来的士兵们分左右两排列队，中间走来一个五十多岁的男人，身材魁梧，齐耳短发，穿长衫马褂，一副军人的威风；再一细看，所有的士兵都戴着军帽，脑后都没了辫子。

南虎大踏步走上前："如果我没弄错的话，你就是任标统，对吧？我是陆荣廷。"他微笑地自我介绍，并伸出手来。

任福黎一听，顿时手足无措，赶紧把手在军服上擦了擦，迎上去握住那粗糙有力的大手。要是在独立前，对这么一位重要人物，他就得行下跪礼啊。

他激动地说："陆都督大……"猛想起现在是共和了，不能称"大人"，便改口，"大、大清早的，没想到是您到了。要不我让人去通知梧州府沈道台，说您到了？"

"不用了。我们一路走去，权当活动坐乏的身体好啦，你来领路。"

"那我就恭敬不如从命，陆都督，这边请！"任福黎说。

他们边走边聊。

"任标统，巫其祥的先锋队被打败了，你们为梧州人民立了一功。"南虎说。

"都督过奖了。"任标统说，"昨天一早巫其祥就到了，他把民军留在船上，派代表上岸谈判，说他们才是真正的革命军，来接管梧州的财政大权。我们趁他们还在与沈道台和梧州商会代表谈判时，袭击了他们的船队。"

南虎心里一怔，清楚地记得梧州发来的电报说："巫其祥派匪徒到县自治公所，勒令交财政，放监犯，缴枪码，并到警局强夺枪支，当场被警方击毙。巫军借端滋扰，梧城危在旦夕。"当时，南虎考虑到情况的严重，便批回文："若系借名滋扰，就严加惩处。"可是，他又哪里料到，来电夸大其词了呢？

南虎双眉微微皱起，问："那么说，巫其祥民军的士兵们并没有上岸，勒令交财政，放监犯，缴枪码，是这样吗？"

"是这样的。"

"有多少民军士兵被打死？"

"有八十多，被俘虏六十多，其余的都逃走了。"

"嗯。"南虎回应了一声，默默地走着，心里想，巫其祥只是派出代表，没有派兵上岸，这就说明他是先礼后兵，有礼在前。那么不管来者出于什么动机，梧州方面理应以礼还礼，不应从背后袭击，否则民众会怎么看我们独立的新政府呢？

不一会儿，便来到了梧州府，这是一座三进九屋的建筑。时候还早，为了不惊动更多的人，南虎和随行人员避开大门，从二进的西门进入州府。州府的院子里铺着青砖，地面上打扫得干干净净。

"陆都督，我这就去叫醒沈道台。"任福黎说。

"不急，天色还早呢，沈道台这些日子也够累的，让他多睡会儿。"南虎阻止了。

他来到院子中间，撩起长衫的下摆，在腰间打了个结，深吸气，双臂缓缓抬起，双膝微微下蹲，"野马分鬃"地打起太极拳来。

当沈道台起床时，听到卫兵前来告知陆都督已到府上多时了，他大吃一惊，连拖鞋也来不及套上，光着脚丫子，穿着睡衣，三步并作两步，赶到院庭，只见南虎正用毛巾擦汗呢。

"陆都督，实在对不起，我失礼了，失礼了。"沈道台频频道歉。

"俗话说'有钱难买天光觉'嘛，天亮之时是最好睡觉的时候，能吃能睡就是福啊。"南虎笑着用南宁白话说，南宁白话与广东话相似，而梧州靠近广东，当地人都说广东话。

沈道台听到这口音，紧张的情绪松弛了许多，说："客厅里已备好茶点，请陆都督到里面休息片刻。"

南虎一行人步入客厅，沈道台一面派人通知州府军政官员及商绅会长们前来，一面赶紧回屋梳洗更衣。

不多一会儿，梧州各界代表、商绅会长和军政要员都陆续到来，本来就不宽敞的客厅顿时挤得满满的。人们首次看到南虎，没想到这陆都督是这么平易近人，他脸庞稍黑，眼角布满了皱纹，微笑着——拱手向众人问候。鉴于梧州地理位置靠近广东，颇受广东的新潮思想影响，不少代表西装革履。

南虎说："今日有幸与大家见面，久违，久违了。我陆荣廷原本一介武夫，智虑短浅，何足以肩负广西都督重任？可是唯迫于大义，不敢固辞，现拟即日诣省受事。顾自独立半月以来，各属抢劫、截饷、攻城、踞卡之案，日有所闻，毋亦我父兄子弟尚有不能自白之苦衷抑郁而出此欤。我父兄子弟受苦沉沦久矣，满虏之残暴，民贼之欺虐，已二百余年。荣廷亦曾受残暴欺虐之一分子，处积威之下，虽积不能平，不能构发万一，痛可知也。兹者以汉人办汉事，荣廷复以桂人为桂事，倘使我父兄子弟，尚有不能自白之苦衷，迫而为此暴动之举，荣廷何颜以对祖宗？今与你父兄子弟约，荣廷百无一能，唯此耿耿之血忱，尚堪自信，我父兄子弟对于地方有难诉之痛苦，对荣廷有欲赐之教益，无不虚心纳受，立到立办，其各勿隐……"

这话说得实在、诚恳，没有半点高官的架子，代表们颇为感动。当说到平息革命党巫其祥及他的先锋队时，南虎特别提到，梧州府为了民众的安全，不得不开枪镇压。不过，当前广西刚宣布独立，新民国政府不同于旧朝廷政府之处是以安天下为重，尽量避免流血事件。巫其祥民军在梧州有多人伤亡，不管怎么说，都是不应该发生的事。一席话，说得大家心服口服。

南虎并不以为这一席话就能消除同盟会党人及广东民军对广西新民国政府的怨恨，要消除双方的对立情绪，还得他亲自出面。第二天，南虎致电广州同盟会，电文中陈述道："……独立以后，官民同是革命，不可谓首创者为革命，响应者非革命也。果是热心爱国，护持同胞，即使同盟在前，亦不可尚存党见，自隘范围。"与此同时，邀请同盟会的领导人到梧州会谈。

在广州，以王和顺、刘古香及巫其祥为首的同盟会员们正为梧州的败仗在气头上，愤愤指责广西独立政府的不是。当接到南虎打来的电报，上面说道："……官民同是革命，不可谓首创者为革命，响应者非革命也……"也觉说之有理，便决定接受邀请，并要听听南虎对无辜死去的民军士兵作何解释。

这天，南虎穿着长衫马褂，站在梧州码头上，带领一群梧州的政府官员在迎候广州来客。船靠岸后，刘古香、巫其祥及同盟会员们一味地板着个脸孔，一一走下船。南虎也不计较，上前握手，很有气度地把他们迎进梧州府会客厅。

在历史上，朱元璋奉行的策略之一就是缓称王，即不要过早称帝，以免树敌过多。南虎知道，正是由于他掌握了一省的最高的权力，以王和顺为首的同盟会员才对他产生不满，树他为敌，从而引发了巫其祥的流血事件。为此，南虎明白地向广州的同盟会员指出："我陆荣廷，本是草莽之人，受广西乡亲父老之托，肩挑都督重任。按照新法令，我任期三年，三年期满后，重新选举，所有的有志爱国人士均有权利加入竞选。这是广西独立政府的法令，我个人全力拥护。"

这么一来，以王和顺为首的同盟会员也无话可说。广州同盟会员们也知道，他们民军也有错误的地方。广东广西宣布独立，同是支持革命的政府，广州民军在没有得到广东独立政府的许可下，便擅自出兵，以武力来对付广西民国政府，是他们违背了法令，可是，南虎并没有一句责备他们的话。

南虎给了陈炳焜一个手势，一队士兵鱼贯而入，每人手里捧着一个大木托盘，托盘上是白花花的银子。看到这么多的银子，在座的人亦感诧异，不知南虎葫芦里卖的什么药。

南虎沉重地说："两天前，这里发生了冲突、流血事件，不管怎么说，都是令人心痛的惨事。可是，人死了不能复生，唯有对死难者的家属表示深深的哀悼。这里是从梧州藩库中调发给在这次冲突中死难民军的抚恤金，白银五千两，由巫先生转交死难者家属。"

这可是巫其祥万万没想到的啊。广西独立政府如此大量，不但没有指责对方，反而赔偿抚恤金。巫其祥从椅子上站起来，一时也不知说什么才好，半晌，才喃喃地说道："我，我代表死难者家属，谢谢了。"如此一来，不但抚平了他们的对立情绪，更让他们觉得愧意。

更让巫其祥及同盟会员们感到意外的是，南虎在民军死难的江边隆重地办法事，以超度亡灵。当天傍晚，西江河边点起上百支蜡烛，成百上千的民众聚集河边，南虎从寺院请来高龄方丈、三位大士和三十位师傅诵经，法会隆重庄严，木鱼梆声时而高亢，时而低沉。当和尚师傅们诵经法会高潮之时，原来满星灿烂的天空，竟然被感动得洒下雨点。在大慈大悲的佛祖引领下，亡魂从此脱离苦难，不再游荡荒山野岭，往生净土，登上极乐世界。

次日，对于那些带头起事被捕的民军分子，没有血债的，南虎一律释放，不再追究。从此，桂东北一带的骚乱得以平息。

第三十七章 途遇黑店

南虎忙得不可开交，接见梧州各界人士、鼓励学生返校、商人经商，重申新民国政府以维护民众利益为宗旨等。十几天后，梧州局势逐渐平稳了，南虎带起队伍，像他来时一样，没有锣鼓喧天，没有轿子，悄悄地登上电船离去，到桂林上任去了。

溯抚河而上，是从梧州到桂林比较方便的路途之一，沿途经过昭平、平乐、阳朔三县。两岸的青山擦身而过，崎岖的山间小道像拧麻绳似的绕了一山又一山。清清的抚河水从山脚底下流过，虽然也是拐着弯儿走，可也还算是平坦。这时正值元月，是抚河的冬季枯水期。从梧州出来时还可乘坐小电船，过了第三个水渡口后就不能再乘电船往前走了，水浅，河身缩小，便改乘较为轻便的木船。可是，在枯水期间行船易触暗礁，加上河风大，滩水急流，行船困难，通常在这季节，船家在万不得已的时候是不走船的。

南虎知道一行人都在看着他，如果他一犹豫，船队就会停止不前。他可不能坐等到夏天，等江水满的时候再走啊，再说桂林那里还在企望着他上任，诸多的事情还等着他来处理。

南虎对大家说："我谭老丈人走了一辈子的船，虽然我算不上行家，可也学会了辨别风向、水流。来，我来给船队导航，一路多加小心就是了，走吧。"他脱去长衫马褂，换上练武的青布对襟短打衣，扎紧袖口，系好裤腰带，稳稳当当地往船头这么一站，像尊铁塔似的。这一百多号人，弃电船，分乘十五艘小木船，队伍一下变得壮大起来。

听到南虎大吆一声："起航啰！"

十五艘船便一齐回应："起航啰！"

船尾梢上的橹一左一右地摇了起来，"吱呀吱呀"地响。北上桂林是逆水行舟，船走上水路，摇橹的就吃力多了。只听到前头领航的南虎不时喊道："偏向左！……偏右！……直走！……"船队摇头摆尾，像一条长龙似的游在水里。这一带多是石山，河床是鹅卵石底子，透过清澈的河水就能看到河底的暗礁。遇到水浅的地方，船吃水深，队伍便舍舟登岸步行，晚上又回到木帆船上吃饭睡觉，木船又成了他们的水上客栈。遇到滩流多，船家不摇橹，而用篙左撑右推，硬是渡过滩流，颇费气力。

南虎真正地体会到了梧州之所以繁华，是得之地利。梧州傍着一条西江，其江面宽阔，江水也深，可走帆船、机轮船、大货木船。沿江往西走可直达南宁；往桂西北去，进入右江百色，直捣滇黔；往桂西南去，连通左江，可抵达重镇龙州，控制法属越南；再往东面走，可直下广东，通达粤海。仅此一条西江就可联动四方，进口广东棉纱、布匹、洋货，出口广西桐油、八角、桂皮、中药材，农商贸易畅通无阻，这样的得天独厚怎能不繁华？可是，到桂林仅一条抚河水路可走，还听天由命，天要不下雨，水路就不通，来往商贸就被滞阻。更重要的是遥遥远离桂西南，难以控制千里之外的关口战场，一旦边境告急，远水难救近火呀。

当岑春煊任两广总督时，他就提议把省会从桂林迁移南宁，曾几次上书太后，陈述桂林、南宁两地的地利和弊病，他说广西桂林省城，僻在东北一隅，所辖州县，有远至二千五六百里者，平时已觉控制不便，有事更觉不灵。南宁位于左右江二水交汇之区，西资滇、黔之货，东通粤省之饶。地当适中，襟带江流，百货交通，五方杂处，实为向来军府所驻之地。

南虎这趟出行，真正感受到了岑春煊所说的桂林僻在东北一隅，诸多不便的说法。可惜这些折子都没有递到慈禧太后的手里，都让朝廷那几个与桂林府有关系的官员给扣压了，可见反对迁省一事，上至朝廷，下至桂林省府，阻力何等之大。

论地理位置，桂林邻靠湖南，其气候、语言及风俗习惯大致与湖南接近，太平天国被平息之后，不少湖南籍的官员到桂林省府任职，因此当岑春煊提出把省会迁往南宁时，便遭到众官员们一致反对，一则是为南宁的气候、语言、风俗习惯与桂林大不一样；二则是远离湖南老家，眷属来往、住宿等也是个问题。在南虎看来，重要的是外人欺凌我中国，实以法为戎首，自甲申攘越以后，虎视眈眈，日以谋我中国，东瞄广东，西瞩云南，中击镇南关。一旦战事起，敌人从河内必首战龙州镇南关，而后广东钦廉。如将省城移置南宁，南宁为龙州之后翼，为广东钦廉之前翼，边局固可一振矣。由此看来，迁省之事势在必行，但不可操之过急，可也不能拖延。南虎决定在把迁省的问题提出后，交由议员们讨论决定，然后再付诸行动，在此之前，他必须了解更多当地的情况，以便做出提案交付议会。

主意拿定，南虎便对陈炳焜说："明天你给我找三匹马，我们兵分两路走，你带领卫弁营随船队尽快赶到桂林与韩凤彩会合，那里的治安急需你们维持。我带上四夫人和陈卫士长走旱路，沿途察看桂北民情。我这当都督的不知道当地民情说不过去，这样的话我们就会比你们晚到桂林几天。"

"是否多带上几个卫兵，你们才三个人，恐怕不安全。这一带土匪多，昨天要不是我们枪多，船队就被劫了。"陈炳焜不放心地说。

"太兴师动众了，不好。我们三个人有六条枪，怕什么？四天后，我们到达阳朔，从那里进入桂林，就这样定了。"南虎把手一挥，不容多说。

次日早晨，陈炳焜果然牵来三匹马，南虎换上向船家买来的旧衣服，深蓝色土布，上衣至臀部，前襟为琵琶扣，裤腿宽大，裤长至脚脖子。春燕一看，禁不住笑了起来，南虎这一身打扮，完完全全一个船家人。春燕穿上一身较为朴素的衣服，像农家妇人似的把一块布巾扎在头上，把手枪藏在衣襟里。陈卫士长也换上一身船家的衣服，把一卷行李绑在马上，三人跃上马背，离开了船队，朝东北方向驰去。

冬天的太阳虽然耀眼，却没有暖意。山风刮来，穿着的厚衣裤，感觉就像穿着夏天的单衣薄裤，抵挡不了刺骨的寒风。上到山顶，南虎手搭凉棚极目望去，但见山丘连着山丘，满坡尽是枯黄了的野草，寒风把染黄了的树叶抖落，剩下光秃秃的树枝，呆板地站立在野地里，远近看不到村寨人烟，一种荒凉之感油然而生。船家曾说前面约五十里的地方有个十来户人家的小村子，他们决定赶到那里吃午饭。

可是走了几个时辰也看不到一个人影，莫非船家记错了？晌午已过，太阳冷冷地悬在头顶，赶了大半天的路，三人的肚子早就饿得"咕咕"直叫。三人下马，坐在枯草上休息片刻。

陈卫士长爬上高高的岩石，举起望远镜，从高处往下巡视。只听他高兴地叫着："看，那里有几户人家。其中一户人家的门口还挂着一幅红色带狗牙边的招牌，上面歪歪扭扭地写着'酒馆'呢。"

"好哇，到那里吃午饭去！"南虎说。

一听到有饭吃，三人立即来了精神，跳上马，策马朝坡下小道跑去。

酒馆门前竖着几个木桩子，那是拴马用的。门前空荡荡的，一匹马也没有，一个像是跑堂的年轻人，腰里系着一条围裙，正坐在门槛上，无聊得打瞌睡哩。一阵马蹄声把他惊醒，抬头一看，来了三位客人。他一跃而起，回头向屋里大声吆喝："掌柜的，有贵客来了！有贵客来了！"他笑嘻嘻地迎上来，殷勤地说："我来替你们拴马，三位请里边坐。"

陈卫士长看他个子不高，人倒挺机灵，不过那脏兮兮的样子，好几天没梳洗了，一条零乱的辫子，看着就觉得不舒服，便说："不劳你，我来。"他一手提起三条缰绳，利索地一一拴在木桩上。

"嘿、嘿，那么请二位里边坐吧。"跑堂的说着，把客人领进门，一边还啰唆地念叨着，"昨天我等了一天，一个人影都没有。今天一早呀，喜鹊在屋顶上叫，我想保准有客到。可不，你们这就到了。敢问客官从哪儿来，到哪儿去？"

"从梧州来，到桂林去。"南虎答。

"桂林可是个好地方啊，山清水秀啊。不过，这时候到桂林的路可不好走哇。"别看他脏，人还挺精明。他眼睛一滴溜，就看出这三个客人是有来头，腰间胀鼓鼓的，一定是万贯缠腰哩。

"我听说这地方有个小村子，怎么没看到？"南虎问，挑了一张临窗的桌子，与春燕面对面地坐下。

"早先是有，给土匪烧了，没了。"跑堂的答。

这时，陈卫士长走进来，在南虎左边的空条凳上坐下。

"三位客官，这里有上好的桂林三花酒，要不来一瓶？"跑堂的问。

"我们赶路，不喝酒。有什么好菜？"南虎问。

"红烧猪头肉，红烧猪脚，辣椒炒鸡脯，青蒜炒肉丝，还有……"

南虎打断他的话，说："好啦，就给我们来这四样菜，再来一个蛋花汤。"

"好嘞。要不要来一瓶桂林三花酒？"

"我说你这跑堂的怎么这般啰唆，跟你说过不喝酒。"南虎不耐烦地说。

跑堂的一愣，两眼一转，赶紧堆起笑容："嘿，是，是，你看我这破记性。"说完，便转过身，挑起门帘，匆匆进里屋厨房。

南虎警觉地给陈卫士长一个眼色，陈卫士长会意地起身，悄悄地走到门帘边，只听到里面低声地说："他们不喝酒。"

"那咋行？"

"他们要喝汤。"

"那也行啊。"

听到这里，陈卫士长赶紧回到座位上，给南虎点了点头，南虎什么都明白了，春燕下意识地摸摸腰部。

这时跑堂的转回来，春燕便问："跑堂，这里有解手的地方吗？"

"有，有，请这边走，后门的左边便是。"跑堂的说着，便走过去把后门打开。

春燕站起身，走出后门，只见后院里有三个男人，一个在挥斧砍柴，一个把砍好的柴火堆起，另一个在扫院子。看到春燕走出后门，他们都转过身来，看了她一眼。

南虎随意地往窗外看去，陈卫士长像是闭目养神，可南虎知道他在耳听四方动静。

不一会儿，上菜了，冒着热气的四菜一汤往桌上一摆，顿时香气扑鼻。南虎搓搓手，刚要拿起筷子，突然，他改变主意，大喝一声："掌柜的！"

在场所有的人，被这突如其来的吼声吓了一跳。

跑堂的小心翼翼地走过来，问："客官，有事？"

"没你的事，叫掌柜的出来。"南虎大声地说道。

门帘一挑，走出一个四十岁左右的男人，他身材结实，宽脸高颧骨，一脸络腮胡，腰间系着一条黑乎乎的围裙。他也是做贼心虚，看了跑堂的一眼，但很快就镇定下来。

"掌柜的，你来。"南虎向他招手，拍着身边的空条凳，"请坐！"

这哪里是邀请，简直是命令。掌柜的拿不准什么意思，狐疑地坐下。

"晌午了，看来你也饿了，我们一起吃，怎样？"南虎说着，把汤盛到碗里，不由分说，放在掌柜的面前，"喝汤！"

"不，不，这是客官的，我、我怎好喝呢？还是你喝。"掌柜的把汤碗推到南虎的面前。

"叫你喝你就喝，我说这汤做咸了，你来尝尝。"

"不能喝，不能喝。"

"为什么不能喝？难道汤里有蒙药不成？"

掌柜的一听天机泄露，脸色顿时一变，"嗖"的一声站起，抬起脚，一脚踹翻桌子，把饭菜洒了一地，嚷道："你这人，敬酒不吃吃罚酒。你说对了，汤里有蒙药，怎样？这又不是毒药，死不了人。不吃也行啊，把身上的钱留下再走，少一文不行。"

"原来你这是黑店啊。"春燕故作大惊。

掌柜的不屑一顾地瞥了她一眼，扬起下巴说道："黑店又怎样？我要不把你们的钱拿走，前面有大把的黑店等着，还不如我先下手为强。"

这时，早先春燕看到的三个大汉，提着枪从后门闯进屋里，跑堂的利索地把一杆长枪递给掌柜的。

掌柜的用枪口对着南虎，说："好啦，废话少说，把钱留下，否则休想走出这门口。"

南虎扫了他们一眼，说："笑话。我要不给呢？"

"那你们仨就趴在这里。"说着，他"咔嚓"一声，拉上枪栓。

一看不对头，春燕和陈卫士长正要动作，被南虎制止。他不慌不忙地把长条凳从地上扶起，往凳上一坐，跷起二郎腿，拍拍裤腿上的尘土，道："有真本事就拿出来看看，别咔嚓咔嚓地拉枪吓唬人。"

这一来，倒是把掌柜的给愣住了，这伙人你看我，我看你的。平常人早就被他们这架势吓得屁滚尿流，求爷爷告奶奶的了，可是这三个人如此镇定。说他们是船家吧，又不像船家，农民不像农民，商人不像商人，难道他们也是黑道上的人，放他们一马？不行，我这当掌柜的可不是个认输的种。

南虎看他没作声，又说："怎么样，咱俩比比看，你如有真本事，赢了我，身上所有的钱都给你。如果你输了，把这黑店关了，别再坑好人。"

"这样最好，免得我动手。我这人只要钱，不要命。杀了人我得偿命，这样的赔本生意我不做。说吧，你要怎样比？"

"我把一枚铜钱用线吊起，挂在五十步以外。你的子弹能把铜钱打中，你赢，我打中，我赢。"

掌柜的一听大喜，大手一挥："好，君子一言，驷马难追。挂铜钱！"

众人一起走到屋外。陈卫士长用一条长线把一枚铜钱吊在枯树枝上，然后数着脚步往回走，数到五十步便停止，用树枝在黄泥地上画一条线。掌柜的走到地线上，众人屏住气，看着他端起长枪，"砰"的一声枪响，定睛看去，铜钱中间的小眼被子弹穿过时炸大了一圈，如此好枪法真是不得了。南虎一行三人也不由得暗暗佩服。黑店的几条汉子高兴得你推我搡的。

掌柜的一脸的傲气，他把一颗子弹推上膛，手一扬，把枪抛给南虎，说："看你的。"

南虎接过枪，瞄也不瞄，食指一勾，子弹飞出，不偏不倚，正好从铜钱眼里穿出。掌柜的一怔，在这方圆几百里的地方，无人不知他的神枪，正是这样，他的黑店才没有被同行黑道铲平。他自以为是世上独一无二的，没想到竟然山外有山，有人与他不相上下。这时，一只黑乌鸦从众人的头上飞过，"呱呱"地叫着。南虎抬起头，拔出手枪，又是一枪，乌鸦和枪声，几乎同一时闻声坠落。

掌柜的又是一惊，此人的枪法可是比他高明多了。再细一看，打枪的人体格高大魁梧，身手不凡，难道是……他这一惊不得了。可是，转眼一想，此事还得慎重，便说："手拿红木一枝，棍缠红丝线。"这是"三点会"的暗语，凡外出对上暗语，便知道是自己人。

南虎接下："红丝领路，我随行。"

"你挑的是什么？"

"五色丝线，龙官杂货。"

掌柜的赶紧单腿跪下，双手往头上一拱，大声说道："哎呀，原来是李大哥呀，小的有眼不识泰山，冒犯您了，请多包涵。"

李大哥？南虎真是丈二和尚摸不着头脑："你是谁？"

"小的是刘五，您还记得吗？早年您是陆川宝馆的老板，我就是那时加入'三点会'的呀。光绪二十四年（1898年），那陶财主和官府要抓您，还是我给您报的信呢。这么多年了，您一去没了音信，也许记不得我了，可我还记得您哪。"说起来，那晚上他跑去报信，黑灯瞎火的，也没看清李大哥长得啥样，只看到他魁梧高大而已。

经他一说，南虎便恍然大悟，刘五指的"李大哥"正是李立廷，广西陆川人，是个绿林豪侠，在玉林、梧州这一带的黑道上很有声望。李立廷年纪与南虎差不多，也是身体魁梧，喜习武，性格豪迈，讲义气，好结交朋友。早年，他家境小康，在陆川开了个赌场叫宝馆，为的是结识各路好汉，后来被众人推举为当地"三点会"的头领。光绪二十四年，一个姓陶的财主心怀不满，便向官府告发李立廷"三点会"的秘密组织。李立廷得悉，连夜逃走，官府抓他不到，便将其胞兄押走交差。为救胞兄，李立廷铤而走险，劫狱救兄，不料寡不敌众，狱没劫到反而丧失几个弟兄的性命。一怒之下，他举旗造反，反清复明，替天行道。一时间，方圆几百里十万人响应，李立廷带领起义队伍浩浩荡荡地席卷玉林、梧州、柳州。衙门告急，朝廷出榜悬巨赏捉拿李立廷，下令远在龙州的苏元春把李立廷捉拿归案，李立廷逃离广西，苏元春找了个身材高大的替身"就地正法"，向朝廷交了差。

南虎说："刘五，当年你也是一条好汉，为什么却干起这种谋财害命的勾当？"

"李大哥啊，我谋财是真，害命却不敢。唉，说起来也是有愧啊，'三点会'

的人被打得七零八落，我们没处安身，为了活命，也只好走黑道了呀。"

"这一带黑店多不多？"

"这还能少得了？他们那才是真正的谋财害命呢。本来这里附近有个小村子，前阵子也不知从哪儿来的一帮土匪，要村子给他们一笔钱，村子没凑够这么多，他们一把火把房屋全烧了还不算，把村民们赶到一起，都给喂枪子儿了；一到夜里，山里的野狗野狼跑来吃死人，那些狼狗的嚎叫声呀，像地狱似的。这会儿说是独立了，土匪更加猖狂，官府哪敢管啊，连知县都跑了，你说谁还能管到咱老百姓？"

南虎皱着双眉听着，沉默不语，难怪这一路上看不到这小村子。

刘五以为"李大哥"不高兴，便打起精神，说："李大哥，早些日子就听人说你从南洋回来了，我托哥儿们打听你的行踪好去投奔你，没想到今天是大水冲了龙王庙，自家人打自家人。来、来，我给你们做顿好饭去，咱们弟兄们边吃边聊。"

目送刘五和他的手下人进了屋里，春燕说："路过的大都是穷苦人，刘五虽说不害命，可是设黑店抢钱就是犯法呀。"

陈卫士长说："是啊，知县跑了，官府不管事，加上这一带的巡防营都走了，土匪就更猖狂了。"

"要剿平这一带的土匪，没有军队不行。龙州边境的驻军不能动，新招的士兵连枪都不会使，土匪根本不怕。"南虎说着，走到树前，抓住那枚铜钱，用力一扯，把丝线扯断。他手指捏着铜钱，翻来覆去看了看，说："刘五不杀人，看来良心还未完全泯灭，再说他有好枪法，也是个难得的人才。"

春燕知道南虎向来偏爱有好枪法的人。可谓听话听声，锣鼓听音，听他这么一说，便知道南虎有意招用刘五，说："纵然刘五有长处，如果留用他，将来一旦败坏军营风气，那危害就更大了。"

陈卫士长点点头："四夫人的话也有道理。不过，刘五说他只谋钱，从不害命。依我看也确实如此，先头，他如果真要杀人的话，他早就开枪了。"

"目前正是用人之际，埋没了他的枪法，又太可惜，他的枪法在荣军里也是少有的。就看……就看此人怎么用了，用其长，避其短，只要有个好长官管着他，他就'邪'不到哪儿去。"南虎说到这里，心头一动，有了这个好长官，这治理桂北土匪的麻烦，不就迎刃而解了吗？

春燕说："你说的好长官是指陈炳焜？"

"陈炳焜压不住他。"

"浩明？"

"浩明是个好指挥官，可惜不是这里的本地人，镇不住本地的绿林人、黑道人。"

陈卫士长这可听出道道了，问："都督，你可是指那位李大哥吧？"

"正是。"

正在这时，刘五走出来："李大哥，饭菜已经上桌，请入座吧。"

众人一起进屋，看到桌上满桌的菜肴，南虎的肚子又"咕咕"地响起，拿起筷子，正要夹菜，刘五说："李大哥且慢，让我把各盘菜先尝一口，让你们放心饭菜里没有蒙药。"

南虎笑着说："刘五，用人不疑，疑人不用。我们既坐回到这饭桌，就是信得过你。我也实话跟你说吧，我不是李立廷。"

"那，那你是谁？"

"陆荣廷。"

刘五一惊，跌坐在地。这不是新上任的都督吗？传闻他以前也是绿林人，后来被朝廷招安。我今天谋算他的钱，他如能饶了我，算我命大，如杀了我，也只好自认倒霉了。

"扑通"一声，他跪下求饶。

"刘五，你知不知罪？"南虎声音不高，却是一板一钉的。

"知罪，知罪。"

"知罪就好。你说你谋财不害命，只不过是让你自己的良心好过些罢了。其实，谋财与害命是一样的，你想，你把穷人的钱抢走了，他们怎么活？你把商人的钱拿了，他们还怎么做生意？你这不是把他们往死路上逼吗？"

"小的再也不敢了，再也不敢了。"

"你理该按刑法处置。"

听这一说，跑堂的和那三个大汉一齐下跪。跑堂的说："陆都督，我们从此洗手不干，你就高抬贵手，饶了掌柜的吧。"

南虎看了他们一眼，说："大胆，你们竟敢为他求情，不怕我把你们也一起处置了？"

跑堂的赶紧磕了个头，说："大人，我们一起发过誓的，有难同当，有福共享。如果大人你不能饶了掌柜大哥的话，我们弟兄们也只好随大哥去了。"

南虎嘴角露出一丝不易觉察的微笑，这伙人倒很讲义气："都不怕死？好样的。我给你们一个立功赎罪的机会，五天后到桂林来见我。"

"是，是。"

"桂林巡防营北上了，营里空缺，你如愿补上空额。"

刘五眼睛睁圆了，不相信地看着南虎。桂林巡防营招兵时他也曾试过，因为有反清的前科，他被拒于门外。今天喜从天降，他双手一拱："谢都督！我们弟兄几个都愿为都督效劳。"

"好，你们都一起来。肚子饿了，吃饭吧。"南虎说着，拿起了筷子。

第三十八章　省会桂林

1912 年 2 月，桂林，天寒地冻。厚厚的云层像棉絮似的，把太阳严严实实地蒙起，地面上结起了一层白霜。通常这个时候，人们都缩在家里，烧起木炭手炉，闲逸地听着窗外呼呼的北风。可是，今天是大不一样，听说新都督进城，人们不畏风寒，拥挤在南门外的将军桥，争先恐后地一睹陆都督的风采。

"听说这位陆都督既不是举人、王亲贵族，也不是富家子弟，与所有的前任都不一样呢。"一位四十来岁的男人说。他的鼻子被冻得通红，像个红萝卜似的。

"别那么大惊小怪的，谁个不知呀，陆都督以前就是个乞丐，后来入伙当了绿林豪杰，就是义盗，知道吗？听说他的枪法可神了，就连飞过的大头苍蝇，一枪也能把它撂下。"一个三十来岁的男人神乎其神地道来，自广西宣布独立，推翻了清朝，不用梳辫子了，他便把头发束起在头顶，用小竹木圈箍住，又横插根竹筷子固定住。

"哇，好厉害啊。你说，他长的什么样子？"挤在旁边一个瘦高的男人，冷得把脖子缩在厚厚的围脖里，感兴趣地问。

"我说呀，他就像武侠小说里的江洋大盗，一脸络腮胡子，额头上一道刀伤疤痕，长辫绕在脖子上，手提大刀，大喊一声'放下买路钱'，信不信？"那位头发束在头顶的男人说道。

"嘿，瞧你说的，人家现在是都督了，哪还有喊'放下买路钱'的道理？"那鼻子被冻得通红的男人说，撇撇嘴，一脸瞧不起的神态。

一位穿着深蓝唐装，头戴护耳棉帽的男子很感兴趣地听着身边的这几个男子议论。这位男子说他年轻吧，眉宇之间流露出稳重；说他人到中年吧，又眉清目秀，细皮白嫩的，他笑了笑，说："一会儿看到都督，你们不都清楚了吗？"

那头发束头顶的男人又说："倒也是，这位都督是个武人，打仗行，可治国啊，就不知怎样了。"

那瘦高的男人叹了口气，说："广西这些年不是打仗，就是闹土匪，可不，前些日子梧州又打死了人。唉，就该我们老百姓倒霉，你看好端端的一个桂林城，如今变得冷冷清清的，巷里膻腥，狐兔纵横，民屋十室九空啊。就说这新政府吧，要钱没钱，要兵没兵，弄不好，咱们百姓就要挺尸街头了。"

大伙儿不觉黯然，默不作声，对前些时候的兵变还心有余悸。一阵寒风吹来，都把脖子缩了起来。

那细皮白嫩的男子看到这景象，便说："这会儿清朝廷倒了台，共和新政府成立了，柳暗花明又一村，这不正是百姓所盼望的吗？听说这都督在处理梧州打死人的事，大得人心呢，就连梧州同盟会的头面人物还送他一枚自刻的'陆荣廷都督'的大印章呢。我看这陆都督能行，他能文能武。"

原来这细皮白嫩的男子不是别人，正是四夫人春燕。她不跟随南虎一道进城，却女扮男装，穿起这身打扮混在人群里，一来可以了解民情，二来也乐得自由自在。

正在这时，南门外的军乐手们奏起军乐，前头的鞭炮声随即响起，"噼噼啪啪"的爆得可欢了。人们伸出脑袋，拉长脖子，看到一队卫兵们肩挎来复枪，腰别驳壳短枪，个个体格强壮，精神抖擞，一律身着浅灰色军服，大盖帽，整整齐齐列队走来。民众们惊讶地发现，士兵们都没了辫子啊，一律短发齐耳，人群里发出阵阵"啧啧"的赞扬声。

在卫兵的护拥下，一个五十来岁身体魁梧的军人出现了。他穿着民国都督的棕黄色军服，戴着镶着金边的大盖帽，左右肩章缠着一圈金色短穗，胸前一排金色的扣子，一条宽皮带从左肩斜挂下来，腰里一边挂着一把长马刀，马刀长至拖地，发出"锵锵"的响声，腰皮带上插着一把黑色的驳壳手枪，脚上踏着一双乌黑光亮的高筒军靴子，两道剑眉威仪凛然，一双虎眼炯炯有神，大步子迈得稳健有力。他额头上既没有刀疤，也没有络腮胡，脸上刮得干干净净，一头短发，精干利索。有趣的是，一顶八人抬的空轿子忙不迭地跟在他的后面，桂林府早就准备好轿子迎接都督，哪知这都督并不买这个面子，步行入城。

人群里发出雷动般的欢呼声，吹奏乐震天响，民众你推我拥，拥挤不堪，卫兵连忙维持秩序。南虎边走边扬手向众人问好，好奇地看到人群的衣着打扮，无奇不有。

广西宣布独立，不少民众把辫子剪了。可是桂林闹兵变，巡防营的士兵满街跑杀光头（那些剪了辫子的人）。虽然兵变平息了，可民众有如惊弓之鸟，那些没有剪辫子的，暗自庆幸自己的明智；那些剪了辫子的，恨不能变魔术似的一夜之间把辫子长回来。兵变的暴乱一过，共和政府又说不许留辫子了。这来来回回的一折腾，弄得民众茫然不知所措，是剪好呢还是不剪好呢，于是聪明的人便想出了两全其美的办法，既不剪又不留。有的把长发束头顶，再戴上一顶青布巾帽，像唱大戏里的书生；有的干脆把长发绾在头顶上一扎，在"发髻"上再系一条发带，像武打小生似的雄赳赳；有的把长发剪至脖子根，以防情况有变接上假辫子；有的将大部分头发剃掉，只留头顶一小撮梳一条老鼠尾巴似的细辫，平平地盘在顶上，藏在帽子底下，一旦有变，把老鼠尾巴垂下救命，更多的人是将一条假辫钉在瓜皮小帽里，卷在帽子里，遇到有紧急变故，将辫子解开急救。

南虎遗憾地想，这条不起眼的小辫子真让民众费尽了心机啊。早在今年的1月1日，南京中央民国临时政府已经宣告成立，可是，民众对新政府还是没有信心。今天，他和他的士兵在众人面前亮相，一律剪短发，身穿民国军服，就清楚地告诉他们，清王朝一去不复返，不要让辫子再为难自己了。

记得南虎初学文化时，最喜欢读史书，听故事。一天，当文案林绍斐教他《史记·陆贾列传》，其中有陆生曰："居马上得之，宁可以马上治之乎？"其意为武力可以夺取政权，却不能单靠其来维持政权。南虎问林绍斐："这么讲，要哪门子治才好？"林答："要文武并用，文武要有新秀。"

这一说给南虎很大的启发，想当年他凭着一股勇气，一身功夫，一杆枪和一伙绿林弟兄打天下，是马上得之。而今，他被推选为都督，治理大政，更须重用文治。在梧州时，南虎已考虑到这一步棋，给五君子发出信函，召集他们到桂林共商大事。这五君子便是才华横溢、科举出身的翰林陈树勋、崔肇琳，举人李开侁，秀才林绍斐，进士唐钟元。

此刻，在桂林都督府里热闹非凡，挤满了上百个大小文武官员，除了布政使、都监总管、防御使、都防御使、团练使，还有名目繁多的什么加官、试官、赠官、加职、加衔、兼官等，熙熙攘攘地挤在一堂，坐立不安地等候新都督的出现。以前，他们身为朝廷官员，穿朝服，挂朝珠，戴翎顶帽，一个小小的地方官儿，那神气也比得上"万岁爷"了。如今广西独立了，朝廷没了，堂皇的朝服改成了长衫马褂，与老百姓没区别，辫子也没了，想在辫尾上系条发穗儿，显示显示身份也使不上了，要多别扭有多别扭。不过，最让他们惶恐不安的是，一朝天子一朝臣，新都督上任，他们的官饭碗还能端多久，就全看他的恩惠了。

左等右等，新都督迟迟不露面。每次派去打听消息的差人回报，一会儿说新都督正和民众握手寒暄，一会儿说都督正与民众团体的代表们谈话，这些官员们都有被冷落一旁的感觉。眼看就要到傍晚了，准备好的丰盛酒席，没人敢动，菜也凉了。正等得不耐烦的时候，突听到门卫大声传报："都督到！"众人不禁为之一振。

布政使的陈藩台和李臬台赶在众人的前面，大步来到大门，只见陆都督及他的卫弁们正迎面而来。他俩跨出门槛，几步走上前，来到南虎的面前，弯腰拱手："陆都督，一路风尘，辛苦了！"

陈炳焜在旁，赶紧向南虎介绍："这位是布政使的陈藩台，这位是李臬台。"

南虎听得出他们一个湖南口音，一个柳州口音。他伸出手来，一一与他俩握手，用武鸣官话说："陈藩台，李臬台，幸会，幸会。辛苦谈不上，让你们等候多时了，不好意思。"武鸣官话与湖南、柳州、桂林话相似，不用翻译他们也能听懂。

陈藩台满口湖南话说："哪里，哪里。众人是盼星星盼月亮地盼着您到来，今日看到您，心里也踏实了。"

"正是，正是。"李臬台应道。

南虎笑吟吟道："看来，我们是有缘分才能在桂林见面，日后有磕磕碰碰的地方，还请多包涵。"

陈藩台谦虚地拱手，自王提督走后，省府就数他能说得上话了，听南虎这般说，预感到自己日后定受重用，喜不自胜。他躬了躬身子，说："哪里、哪里！陆都督，里边请。"

挤在大门的众官员见此状况，连忙闪开一条过道。而后，又像众星捧月似的，拥着新都督进到府里。

"陆都督，天已渐晚，您也累了一天了。我们备有一些薄酒淡菜，为您接风洗尘。"陈藩台说。

南虎抬头一看，不觉一怔，大厅里摆着几十桌酒席，酒桌上铺着绣花大红台布，富丽堂皇。南虎虽没吃过，倒也听说过，是为官场中之极上等的酒席：满汉筵席。通常大凡钦差过境，朝廷大官员回乡，地方官府常用满汉筵席款待。这富丽堂皇的酒席共有八十多种菜肴，满汉做法各占一半，其中最为特别的是烤红白乳猪，据说是用调和好的面糊把乳猪的一半覆盖好，烤好之后，再把烧煳的面糊剥去，显出半边白色。

南虎脸色一沉，眉头皱起。之前，他曾吩咐过陈炳焜，政府要节省开支，不许大摆宴席，可是……

李桌台看到都督的不快，赶紧解释道："陆都督，这是省会的惯例，凡有重要官员到来，必为其接风洗尘，以表地方官员的一片诚意。我们按惯例办事，请不要见外。"

"也是，也是。"陈藩台与众官员也一并附和。

面对这几十名政府官员，南虎不想这第一次见面，就给他们个下马威，便转过身来，对陈炳焜借题发挥，说："陈师长，你是怎么搞的，明知新成立的都督府，就连最起码的军政开支都极为困难，遑论顾及民生了。我们财政山穷水尽，百业俱废，人民嗷嗷待哺。可是，这几十桌酒席，少说也得几千两银子，这个数字，也足够一营士兵一个月的开销了。"

新都督话说得声调不高，却像抽鞭子似的，打在众人脸上，红一阵白一阵的，满以为即使不讨个笑脸，也不至于讨个没趣。陈藩台心里明白这些话都是说给他听的，他是理财的，财政方面他最清楚。他也是想尽了法子从政府开支、兵部里挤出这点银子，也只是想讨好新都督，以便日后得到关照而已。俗话说"棒不打送礼的"，难道连这点面子都不给吗？想到这里，他心里气痒痒的，暗想，新都督是把好心当作驴肝肺了，凭什么拿热脸来蹭他的冷屁股。这穷要饭的，捡了个便宜当了都督，早知我也拿起银子，回湖南老家养老去，免得在这被奚落。不过，他也是好汉不吃眼前亏，嘴上却说："是，是，都督说得对，要节省开支，下不为例就是了。"

陈炳焜心里明白，南虎的话不是对着他来的，既是这样，他也乐得给众人做个台阶，便打圆场说："陆都督，都是我的不是。既然酒席也摆上了，生米煮成了熟饭，不吃也浪费了。您多少也吃一点吧，下不为例就是了。"

吃了人家的嘴软，拿了人家的手短，南虎打定主意不吃，可也不想叫众人的脸下不来，便说："我不饿。陈师长，警卫营的士兵们也累一整天了，你到外面把他们请进来用餐吧。"说完，不理会众人的反应，带着陈卫士长走出门口。其实，这会儿南虎的肚子也饿得"咕咕"叫了。

出得大门，刚过拐角，就看到四夫人春燕迎面走来，她还穿着那一身女扮男装的唐装。南虎一把扯住她的衣袖，说："饿了吗？走，我给你讨饭去。"

"嘻，看你这身军服，讨什么饭呀。"

南虎低头一看，可不是吗，这身将军服别说讨饭，吓也把人吓跑了啊。

"我把长衫马褂给你带来了，给。"春燕说。

南虎这才看到春燕的肩上挂着个包袱，他奇怪地问："你怎么知道给我拿便服？"

"这你可不知道了吧，众人的眼睛都盯着都督府呢，不用明说也知道里面在做什么，在大摆酒宴呢。我嘀咕着，备着万一用得着呢，就顺手给带上了。"她把包袱从肩上取下，递给南虎，说："换上吧。"

"在这大街上？"

"街上没人，这黑灯瞎火的，谁能看到你穿的什么裤衩？"

陈卫士长转过身去，捂嘴偷笑，俗话说"一物降一物"，将军在外，这样的事也只有四夫人才拿得起。

南虎顺从地脱下军服，换上马褂。春燕说："街上都传开了，说都督府上大摆酒宴，这新都督正嚼着鸡腿呢，看来呀，他也不是个清廉的好官，嘻嘻。"

"别嘻嘻哈哈的，我心里还正恼着呢，这些官员们哪知百姓的苦，这酒宴花费多少银子啊，我正愁政府没钱开支，他们可好，大把大把地花。"

陈卫士长把换下的军服折起，包在包袱里，挂在肩上。南虎让他回府，也换上一身便服，然后到街市来找他们。说完，三人分两头走，南虎和春燕一高一矮地朝街市走去。

大冬天，天黑得早。寒气阵阵，南虎不由得把身上的厚马褂紧了紧，两手交叉插进袖筒里。他忙了一天，直到现在才静下来，留意看看桂林市容。不宽的街面上铺着青石板，房屋大都是砖木结构，类似南方各市镇的街道建筑，都带有骑楼。市面生意清淡，街上行人寥寥无几，街道两旁的店铺也都早早关门了。时不时还遇上六人一队的巡逻士兵，擦肩而过，南虎认出他们是韩凤彩的士兵，在维持治安。因为南虎的这身打扮，他们没有认出他来。

春燕说："不如我带你到一个热闹的地方，那里准保有好吃的。"

南虎咧嘴一笑，说："你倒挺机灵，到这里才一天的工夫，你就知道哪里有好吃的了。"

"这桂林城才有多大呀，走马观花的，一个时辰就走遍了。"

来到城北角，果然，这里灯火通明，人来人往。沿街看去，妓院、赌场、当铺、酒店一家挨一家。不远处，人群乱哄哄的，一群人从赌馆里边打到街上，南虎和春燕赶上前，站在阴影里，探头一看，原来是两家赌馆的人不知什么原因打了起来。正打得难舍难分，来了一队士兵前来阻止，可是打架的人群全然不理会。

一声枪响，人们一怔，看到一个剽悍的年轻军官举着驳壳枪对天，扯着嗓门喊："混账！打什么打，要扰乱治安吗？有事到巡防营部说去。你们再打，全都关到牢里。"

打架的人群一看，正是他们领教过的新来军官，一个不留情面的人，说话一点不含糊。打架的人劲头也蔫了一大半，陆陆续续地退回自己的地方。

那军官正是南虎的义子韩凤彩。看到打架的人退回各自的地方后，他领着士兵到这两家赌场查看一番，看到没什么大问题后，方才离去。

南虎和春燕从暗处出来，发现换上便服的陈卫士长正在四处寻他们的踪影。南虎向他招招手，陈卫士长便向他们走来。

拐过街角，这里没先前那条街吵闹。一个店门外挂着"饭馆"的大红牌子，正敞开大门营业。店里烧着个取暖的火炉子，几个客人刚吃完饭，正走出大门，店里头高挂照明的灯笼，把橘黄色的灯光泻出门外。一个衣衫褴褛的瘦老头坐在街边，正在摆卖两捆木柴，一个小孩畏缩在老人的身边，每看到有人走过，老人便央求："行行好，买木柴吧。"背对着酒店的光，看不清老人的脸。

一个店伙计从里面走出来，对老头吆喝着："走开，走开，跟你说过多少次了，到别处卖去，你别赖在这里不走，客人都给你吓走了。"

南虎走过去，对那店伙计说："年轻人，你家里也有老人，别这么凶神恶煞的。"

店伙计一看，为首的是穿长衫马褂的，必定是做生意的老板，两位穿唐装的男子必定是伙计。他连忙堆上笑脸："是，是，三位客官请里边坐。"他点头哈腰地把客人领到一张饭桌前，又忙不迭地送上一壶茶水和几个杯子："请问三位客官点些什么菜？"

店里暖洋洋的，往凳子上这么一坐，真是舒服多了。南虎问："我饿得肚皮都快贴脊梁骨了，有什么即刻上的？越快越好。"

"米粉上得最快。"

"有桂林马肉米粉吗？"春燕问。

"当然有。"

"好，来三大碗。"春燕答，转过头来问南虎，"怎样？"

店伙计也不等南虎搭话，便扯起嗓子，向里边喊道："三大碗桂林马肉米粉嘞！"南虎奇怪地看着春燕，她怎么知道马肉米粉？

春燕咧嘴一笑，说："桂林马肉米粉只有在桂林才吃得到，又便宜又好吃。民以食为天嘛，哪里有好吃的，我知道得最快啦。"

"就数你好吃。"

突然间，坐在店门外卖柴火的老头放声哭了起来，一声高一声低，好不伤心。南虎叹了口气，说："难为了他老人家，这么大冷的天坐街边，也没人要买他的木柴。"他转向陈卫士长："你去给他一些钱，让他好回家吧。"

"是。"陈卫士长站起身，走出店门。不一会儿，他急忙地转回来，说："是那小孩，看来是不行了。"

南虎站起身来，急忙走出去，只见老头呼天唤地地喊着，孩子全身发热，昏迷不醒。南虎一把抱起孩子，走进暖和的酒店里，把孩子平放在桌面上。陈卫士长赶紧提起茶壶，往杯子斟了些茶水递给南虎。

春燕扶起孩子的头，南虎一口一口地喂他茶水。老人一边哭着一边说："昨天下午他的脚被狗咬了，我想卖了柴得了钱，就看郎中，哪知孩子这会儿挺不住了啊，我就这么一个小孙子啊，呜呜……"

南虎一查看，孩子的小腿上果然是又红又肿，不能再耽误了。他对春燕说："到柜台拿纸笔来，我给他开个方子。"

老人泪汪汪的眼睛看着南虎，转悲为喜，说："你是郎中？哦，真是观音娘娘保佑啊！"

"以前是乞丐，学了这一手，保命。"南虎说着，从春燕手里接过纸笔，坐到旁边一张桌子上写了起来。

这时，伙计捧着个托盘，上面放着三碗米粉，正好走出来。一看孩子躺在桌面上，不由得大怒。他把托盘放在旁边的桌子上，怒冲冲地对老头喊道："你这老不死的，得寸进尺，让你在门前卖柴，已经给你很大面子了，你还要在我的饭桌上睡觉？你吃豹子胆了你。"说着伸手就抓孩子。

不料一只手像铁钳似的紧紧地夹住他手臂，动弹不得。扭头一看，是其中一位穿唐装的男子。"不许你动这孩子！"他说。

南虎方子开好了，递给春燕，说："小二，快到对面的药铺抓三服药，另一服是外用的。"

春燕咧嘴一笑，她什么时候变成"小二"了，抓起方子，对南虎说："是，掌柜的。"轻快地走了出去。

陈卫士长放开店伙计的手臂，一边扶孩子坐起，一边喂水。

南虎问那怒气未消的店伙计："有家吗？"

"当然有，当然有。"店伙计答道。

"有孩子吗？"

"有个小子。"

"如果有一天你的小子被狗咬了，你能不救吗？"

"客官说哪里的话，哪有不救的道理？"

"将心比心，你就不要再为难这一老一小的啦。"

店伙计无奈地往柜台里看去，那里站着一个四十多岁的男人，看那架势就像店掌柜的，他无奈地摆摆手，意思是算了吧。店伙计这才离去。

在一个角落的桌子上，一个彪悍大汉正抿酒吃饭，头上裹着黑布巾，像是山里人的打扮，默默地看着这一幕。

少顷，春燕买药回来了。

南虎说："小二，你快到厨房煮药，不得迟延。"他把外用的黄色药粉倒进碗里，用水调成糊状，敷在孩子的脚上，从衣里子扯下一块布，把孩子的脚给包扎好。

不多会儿，春燕端来药汤，往药汤吹了吹气，慢慢地给孩子喝。老头看到孩子得到照顾，情绪也安定了许多。

南虎给老头买了碗米粉，他俩边吃边聊。南虎问："老人家，家住哪里？"

老头沙哑地答道："桃花村，离桂林有二十多里地。"

"好漂亮的名字。"

"唉，名字好有什么用？活在这世上也活受罪呀，过一天是一天呗。"

"孙子的阿爸还好吗？"

"他阿爸死了。三年前，这孙子才三岁，他阿爸被土匪绑票，我们交不起钱，就给撕了票（砍头），惨啊。他阿妈改嫁了，家里只剩我们这一老一小的啦。"

南虎不由得想起自己的童年，同情地点点头，问："家里有耕地吗？"

"耕地没有，可是要纳的'大粮'倒不少。"

所谓的"大粮"就是清政府的田赋制度，县官府每年征收按亩交纳的地税，百姓称为"大粮"。

南虎问："没土地还要交税？"

"唉，看来你不是种地的，你不懂。在村里，像我这样无田重税，有田无税的人家遍地都是啊。我们家原来也有几亩祖上留下来的好地，光绪二十七年（1901年），闹天灾，颗粒无收啊。为了活命，也只有忍痛把地卖了，给那有钱人做了佃农，那些有钱人是买地不买'大粮'的。说来也是难啊，做佣农得的那一点儿粮食，连糊口都不够，哪还够交税？欠呗，官府年年催税，我们年年欠，谁家谁户不欠'大粮'的？只有那些有钱人才不欠。"

南虎默默无语，他记得那年的天灾又称"壬寅奇灾"，广西久旱无雨，赤地千里，春种全无，作物全部枯萎。

这时，孩子慢慢地睁开眼，叫了声："爷爷……"

老头赶紧俯身过去："爷爷在这呢。"

南虎舒了口气，孩子情况有起色，但不稳定，便对老头说："老人家，天晚了，又是大冷天的，你和孙子就在店里住下吧。你孙子还要连吃两三天的药，方能脱险，等孙子的病情好转再回家吧。"

"唉，好人啊，我哪来的钱哪？只有这两捆柴……"

南虎微微一笑："这样吧，这担柴火我帮你卖了。这酒店用柴火多，就卖给店里好了。"南虎走到柜台前，身子往上面一靠，说："掌柜的，这两捆柴你买下怎样？出个价吧。"

掌柜满脸不高兴，瞥了南虎一眼，说："这柴火不值什么钱，不过，就看在你的面子上，我买了。"他扭头朝里面喊："伙计，把这两捆柴搬到厨房里。给，这是五文钱。"

南虎说："五文钱买两捆柴？你给得也太少了吧。不过，我今晚也没空跟你计较了，有空房吗？给我一间。"掌柜一听，有生意了，脸上立即堆起笑容："客官，你咋不早说呢，空房有的是，有的是。"他扯起嗓门："伙计，把这三位客官送到楼上的客房。"

南虎也不理会，从柜台上把五文钱拿起，又从衣袋里掏出十文钱，走到饭桌前递给老头，说："给，这是十五文钱，柴是卖得便宜了些，既是急着出手，也就不计较了。住房的钱由我来付好了，你爷孙俩住下就是。药在这里，小二明天还会来看望你。"

"大好人哪，你这样对我，叫我怎么过意得去呀。"老头颤抖抖感激地说。

南虎说："老人家，人活在世上，谁都会有难的时候。"

店伙计从里屋走出来，径直走到南虎跟前，躬躬身，说："客官请随我上楼。"说着，起步上楼梯。

南虎从桌上抱起孩子，交给老头："早早歇好。"

老头抱过孙子，正要踏上楼梯，被店伙计一把拦住："嘿，你这老不死的，这地方是你上的吗？"

老头一怔，不知所答。

南虎见状，便走过来，说："客房是我要的，给这一老一小住下，我不欠你的店钱，怎么就不能住？"

伙计说："你住可以，他们不行。这孩子晦气，要是死在店里，这生意还能做吗？"

南虎说："你怎么知道这孩子要死，他不是好好的吗？"

"不管怎么说，不行，就是不行。"

"你别这么不讲理，这爷孙俩今晚就是住定了，难道你还能把他俩赶到街头不成？"

"就算是这样，你又能怎样？"

听到吵闹声，五个穿黑衣裤的打手从里面走了出来，摆起架势，一副来者不善的样子，店里的空气顿时紧张起来。那位坐在角落头裹黑头巾的大汉，警觉地看着双方。

"慢，"南虎说，"我看你们就不必动武了吧，我们只要住店，不想打架。不过……"

店伙计说："不过什么？难道怕你不成？"

南虎说："这我可不敢说。如果真要打的话，你们五个，再加上你这伙计和掌柜，也不是我小二的对手。"

在柜台里的掌柜一听再也忍不住了，大喊一声："哼，好大的口气，今晚我也是一忍再忍，可是你还是不给面子，来啊，把他们都打出去！"

打手们听到命令，蜂拥而上。就在这一刻，冷不防杀出一个程咬金，只听角落里响一声大吼："住手！"

众人一愣。南虎、春燕、陈卫士长扭头一看，那裹黑布头巾的大汉一个箭步冲上，一堵墙似的，隔在南虎一伙及打手们的中间。他手指着掌柜的，厉声问："有你掌柜这样做生意的吗？"

掌柜的看到大汉雄赳赳的样子，倒抽了口冷气。两眼骨碌一转，他人多势众，这条街上，就数他养的打手最多，他的后院还有十多名打手还没出动哩，怕他什么。他壮起胆子，问："这是我的生意，关你屁事。"

"大路不平，众人还踩哩，怎么就不关我的事？"大汉答道。

南虎一听，心里称赞，好一个侠义。

"你是哪里钻出来的浑蛋？"掌柜恶声地问道。

"浑蛋不是，好汉一个，李立廷！"

掌柜大吃一惊，这里的黑道、土匪、强盗只要听到这名字，没有不让路的，他怎么能惹得起？

南虎心头一亮，真是踏破铁鞋无觅处，来得全不费工夫。他早就派人去打听李立廷的下落，没想在这店里给遇上了。他张开嘴，正要说什么，只听掌柜的一声冷笑，说："你说是就是了？没准你是冒充，假的呢？"

南虎一想，这话也有道理，大汉有什么凭证证明他真是李立廷？南虎两眼一转，有了，他把三根筷子横摆一个"三"字，在"三"字的顶上摆上一个小茶杯子，说："好汉看茶。"李立廷是当年"三点会"的首领，如果好汉不是假的话，他就知道如何"用茶"。

大汉一看，高兴地咧嘴一笑，从桌上提起茶壶，一上一下反复三次斟茶，又叫"三点水"。

南虎大喜："果然是李兄啊。"

门外传来一阵急促的马蹄声，众人向门口看去，只见黑暗里，一个人影翻身下马，他进了门口，才看清楚是穿着军官服的陈炳焜。他急匆匆地走进店里，便说："陆都督，总算是找到你了，五君子在府上已等候多时了。"

众人一听，都惊呆了，万万没想到这位穿长衫马褂的竟是大名鼎鼎的都督陆荣廷。

第三十九章　文治天下

老人家差点没晕了过去，店掌柜连忙从柜台后面，忙不迭地来到南虎跟前，双腿跪地，又是拱手又是磕头。都督的地位相当于前清的巡抚，是名副其实的封疆大吏，手执一省最高权力，高踞于数百万人之上，生杀予夺，平头百姓哪敢仰视？如今得罪了他，死有余辜啊。

李立廷则喜上眉梢，单腿跪下，抱拳拱手："早闻陆都督大名，今日一见，果然是名不虚传。"

南虎赶紧扶起李立廷，拱手回应，说："李兄，我一直在打听你的下落，不料今晚有幸得以相见。"

"从报上知道民国政府成立了，就从南洋赶了回来。前些日子到了梧州，听到大街小巷到处都在谈论你陆都督，都在称赞你。我想这样的新政府我不支持，也枉费了我好汉的名声，所以，也就跟着你的踪迹寻来了，兴许还可以为政府效犬马之劳呢。"

"李兄，像你这样的人才，我是打着灯笼还找不到呢。请到都督府来一趟，我有要事与你商量。"正要转身离去，这才注意到店里的掌柜、伙计、打手们还跪在地上，磕头求饶呢。

掌柜头也不敢抬，嘴里不断地说："小的有眼不识泰山，得罪了大人，还祈望大人高抬贵手，不计小人过。"

南虎说："好吧，今晚就饶了你们。不过，这位老人和小孙子就交给你们照看好了，不要为难他们，听好了吗？"

掌柜连声应道："没问题，没问题。小的一定尽力而为，尽力而为，如出什么差错，愿受惩罚。"

老人家谢道："陆都督，我是三生有幸，托了你的福啊，我今生报答不了，由孙子来报吧。"

"老人家，"南虎说，"你多保重，明天小二还会来看望你。我还有公事在身，就先告辞了。"

"你走好，走好。"老人家说。

一行人走出酒店，一头撞进寒夜里，春燕不禁打了个寒战。卫兵把马牵过来，南虎和陈炳焜翻身上马，南虎对李立廷说："李兄，对不起，我得先赶回府，陈卫士长和小二与你步行到都督府。"

"陆都督请放心，我们随后就到。"李立廷说。南虎双腿一夹马肚子，便冲进黑暗里。

都督府里的酒宴早已散了，桌子椅子一并撤走了，大厅里又恢复了原貌。众官员们喝得不痛不快的，也没了兴趣"猜酒拳"，没待酒过三巡，都陆续地离去了。这酒宴确确实实地满足了这群士兵，吃了个酒足饭饱的。

来到都督府门前，南虎滚身下马，两位站在都督府大门的警卫，看到都督骑马走来，赶紧立正、敬礼，然而，却又控制不住地打了几个响亮的饱嗝。

南虎笑了笑，把手举到帽檐处，回了个礼，也没说什么。卫兵赶紧接过缰绳，南虎和陈炳煜大步地朝里面走去。

会议厅里灯火明亮，几个木炭火盆子烧得旺旺的，厅里暖暖和和。五君子坐在厅里正在说话，他们都穿着长衫马褂，辫子也早剪了，瓜皮小帽下的一头短发，倒也显得利索。看到南虎进来，都从椅子上站起身来。

南虎赶紧说道："先生们，请坐，请坐，一路上辛苦了。"南虎把五君子称为"先生"，一来是对他们的尊敬，二来南虎确实受惠于他们的教习文化。看到五位先生顾不上洗脸更衣，风尘仆仆，南虎也颇为感动。

翰林陈树勋笑着说："南虎，桂林市都传开了，你今日罢宴席，给众官员们来了个下马威，官场上是前所未有的呀。你开了好头，俗话说上梁正，下梁才不歪呢。"

南虎笑了笑，说："你们刚到就全知道了，消息好灵通啊。"他在椅子上坐下，把冻僵的双手伸在火盆子上面，暖了暖，而后搓了搓双手，说道："先生们，我要你们火速赶来，是为我出谋划策。目前，广西新政府的局面要比你们想象得严峻得多。龙统领的援兵到了广西，迅速地分驻在苍梧、桂平、玉林一带。重兵压来，一些不法分子猖狂的气焰暂时收敛了许多。我们便赢得一些时间，可是，援兵也是暂时的。随着湖南、广东和湖北的独立，原先朝廷立下对广西协饷援助的规定也无形中被取消了。虽说南京中央临时民国政府宣布成立，可是新政府是两袖清风，帮不上广西的忙。没有军饷，如何谈得上重建桂东北巡防营，加强军事防备呢？各位先生，我们有千难万难，最难的就是银子。没有钱就招募不了兵马，没有军队社会治理不好，平定不了民军和土匪，民生就无救，以致广西重新沦为盗匪世界。"

大厅里陷入一片沉默。广西长期以来财政入不敷出。岑春煊在职时，将军队增至三十余营，军费往往不敷。为此朝廷规定，广东每年助广西白银五十万两，湖南助二十万两，湖北助十万两，又称"协饷"。

秀才林绍斐想了想，说道："我倒有一个办法，政府想要钱来得快，最好的办法是开赌场。"

南虎问："开赌场？那可是黑道上的玩意儿，政府怎么能做？"

翰林崔肇琳附和："我看这主意可行。正因为是黑道上的玩意儿，政府才要拿过来加以整治。在广西赌场遍地，有人的地方就有赌场。他们在暗里，你抓不到，也管不着，任他们胡来。一旦把他们纳入政府的管理之下，领取牌照，纳税金，无论是从政府的收入，还是社会治安来说，都有好处啊。"

进士唐钟元也说："广东邻近香港澳门，也颇受其风气所染，广东赌市盛行，说白了就是博彩业。广东开赌征捐，每年政府的征收少说也上百万元之数啊，这是广东重要的税收来源之一。"

南虎默默地听着，把几位先生的意见细细地想了想，说道："你们说得都有道理，如果我们要不管，黑道就要占领这个角落，我同意政府把赌场接管过来。不过，光靠赌场还不够，考虑考虑看，还有其他什么更好的办法。这样吧，崔先生，你先拟个赌场新规定及条令草案，我们再商议决定。"

崔肇琳很有才气，很多政府文件都是经他的手拟的，南虎喜作诗，有些诗歌也是由他做的润笔。

事情就这么定了，南虎便转了话题，问道："先生们，你们知道在农村有'无田税多，有田无税'的现象吗？"

"怎么没有？"林绍斐说道，"这要说起来就话长了。早在雍正朝代，朝廷为了有效保证赋税的顺利征收，减轻人民负担，制定了'摊丁入亩'政策。从理论上来说，这是保证国家赋役最可靠的办法。因为土地是固定不动，跑不掉的，有地便会有人耕种，其赋税就不愁没有着落，因此，朝廷按每田赋银一两均摊丁银若干计算，然后一起输纳征解。可是实际上却不是如此，比如闹土匪，人口逃亡，闹天灾，土地荒凉，加上连年战火不断，土地买卖和占有的情况更是混乱，也就出现租税隐匿现象了。"

听这一说，南虎就清楚了，农村这种情形，清赋是当务之急。

陈树勋说："千头万绪，应先从清赋下手，成立广西清赋总局，责成各县知事清查田地，改革田赋制度。"

南虎问："依你之见，如何改革为好？"

坐在一旁的李开侁说："重新登记田地占有者，然后再算其应该缴纳的田税，不过，这就太麻烦，费时太多，而且富户、地主们定会抗税，给政府找麻烦。不如把历来实行的按亩征税，改为按收益课税。比如说，每产谷一百斤，征赋银一角，栽种杂粮之畬地，每产粮一百斤，征收赋银六分，这样，田多的富人也赖不得账了。"

众人都赞成这主意好。

南虎大喜，说："很好、很好，立即着手进行成立广西清赋总局，制订出《清赋章程》，然后发布各市、县严格执行。"

这时门外刮进一股寒气。众人扭头一看，只见陈卫士长、春燕、李立廷走了进来。

南虎从椅子上站起，说："来，来，李兄，让我给你介绍介绍，这五位是我的

'诸葛亮'，林先生、崔先生、李先生、唐先生和陈先生。先生们，这位是当年带领十万人造反朝廷，大名鼎鼎的李立廷。"

五君子起身，抱拳拱手："久闻大名，幸会，幸会。"

"不敢，不敢。"李立廷拱手还礼。

陈卫士长搬来一张椅子，让李立廷坐下。

南虎说："李兄，先头没来得及多聊，就急着赶回来了。你从南洋回来，回陆川老家看了吗？"

"看了，陆川、玉林到处走了走。这桂东北地区闹土匪不断，烧杀抢掠。还看到一个村子前不久刚被土匪洗劫过，十几具尸体扔在村头，村子空荡荡的，村民都逃光了，地里的庄稼都荒废了。西江河道也不安全，商船被劫常有发生。"

南虎说："这正是我担心的，农民不能种地，田税就无法交纳，河道不畅通，商物就不能流通，土匪不平，百姓何以安生？"他接着转向诸位先生："我打算建立一支水师，由李立廷任水师统领。李兄不但有一身好武艺，且为人正直忠义，是众所周知的侠义好汉。我要借助他的声望，剿土匪，护商航，你们看如何？"

"那么建立水师的钱从何而来？"陈树勋问。

"这点我也想到了，水师的职责是剿土匪，护商航，保证河道畅通，商物得以流通，这些都是商人们双手赞成的，因此，我打算在各商家那里募捐，不足部分从广东借一些补上，你们看如何？"

先生们面露喜色，点头赞同，南虎已经想到他们的前面去了。

李立廷更是喜出望外，没想到他一身好胆识，这下可有了用武之地，不过……他说："陆都督，你知道我是会党的人，还这么看重，让我受宠若惊啊，只怕我能力不足，贻误大事啊。"

南虎诚恳地说："李兄，任何党派，凡对国家有利的，都应予以重用，这职务非你莫属。我已经考虑过了，你是最合适的人选，请不要推辞了。广西新政府目前的首要任务就是要安定民心，土匪不除，民众一日不能安生啊。"

李立廷心头一热，抱拳拱手，说道："承蒙陆都督看得起，我李立廷顶天立地一个汉子，绝不辜负你的重托。"

南虎重重地拍拍李立廷的双肩，说道："任重而道远啊。不过，你也不是单枪匹马，有几位你当年的弟兄过两天会来投奔你。还有，这位是陈炳焜师长，他熟悉这里的军务，他会协助你筹建水师。"

陈炳焜高兴地说："有了你这虎将，没有办不成的大事。"

这时，一位传令兵手里拿着一份电文连走带跑，慌慌张张地闯进会议厅，说道："南京政府有变，孙总统辞职！"

众人惊愕。

第四十章　清帝退位

宣统四年，1912年2月12日，钟鼓楼刚敲过"亮更时"，那浑厚绵远的钟声传遍了京城，沉重的城门缓缓地被打开了。上千名全副武装的禁卫军来到东华门外，十步一岗五步一哨地，把里里外外迅速戒备起来。市民们不安地看到这般戒备森严，知道皇宫将有重大事情发生。随后，又见大臣们翎顶辉煌，穿朝服补褂，胸前挂着红珊瑚、琥珀、绿松石朝珠，陆陆续续地来到宫里，做最后一次朝见仪礼。这天，隆裕太后接受袁世凯提出的条件，宣布清朝退位。大清帝国二百六十多年的统治，就这样宣告结束了。

次日，孙中山辞去临时大总统一职。1912年3月10日，踌躇满志的袁世凯在北京宣誓，就任中华民国临时大总统。

远在桂西南的广西，让人郁闷的连绵阴雨天终于过去了。太阳出来暖洋洋的，把地上的潮湿吸干了，广西武鸣镇更是风和日丽，灵水河边的柳树抽出了绿绿的嫩芽。

在陆公馆里，南虎光着膀子，腰里系了条宽布腰带，正在挥大斧劈木柴。他把一段木头立起，抡起斧头，用力地往下劈，"咔嚓"一声，木头被劈成两瓣儿。公馆厨房劈木柴的活，几乎让南虎给包了，在繁忙公务之余，他喜欢劈木柴这样的重活，出一身大汗，人也轻松了许多。

"好呀，你这都督管天下事，连劈柴这活也不放过。"一个声音在南虎的身后响起。

南虎直起腰来，回头一看，原来是岑春煊，惊喜地喊道："哎呀，原来是云阶兄，几年不见了，稀客稀客。"他扔下手上的斧头，把手往裤子上擦擦，伸出手，迎上前。

穿着长衫的岑春煊迎上，握住南虎的手，笑着说："你这南虎，让我好找。"

"云阶兄，你来之前也没打招呼，好让我到南宁去接你。这路不好走，到秋天就好了，路就该建好了。咦，你怎么突然想起到我这穷乡僻壤来了？"

"我从上海到云南，路过顺便来看看你。到了广西才知道，你把广西省会从桂林迁移到了南宁，我早先没办到的事情，给你办好了，不简单。"

"过奖了，我只是步你的后尘而已。"

"从南宁到武鸣镇，一路上不是修路，就是炸山，颠颠簸簸好不容易才到了这里。"

"云阶兄辛苦了，今晚我亲自下厨，给你炒盘牛肚下酒，给你赔罪，怎样？"

"别，别，你那炒牛肚我领教过，那牛肚还带着黑黑的牛粪，洗都不洗就炒了，闻着就吃不下饭，还下酒呢。"

"哈哈！"南虎爽朗地笑了起来，解下腰带，擦了擦脸上的汗，"那不是牛粪，是牛滞，吃了清热祛火。"

"清什么火，我的火气早没了，头上的棱角都被磨没了。"

不提则罢，一提起几年前，光绪三十三年（1907年），稀里糊涂地被慈禧太后免了职，岑春煊的气就不顺。当年，岑春煊主张变革官制，提早立宪，被袁世凯和庆亲王视为政敌，他俩设法伪造岑春煊与慈禧太后的仇人梁启超合影，要借慈禧之手来扳倒岑春煊。慈禧也不糊涂，但她不能加罪于庆亲王，只好丢卒保车，免了岑春煊的官职，也就不了了之了。

南虎笑着说："云阶兄，你只是无奈罢了，棱角还锋利着呢。俗话说，江山易改，禀性难移嘛。"

岑春煊大笑。两人边走边说，进到客厅，里面早已摆上了新沏好的茶，一股清香飘浮在空气里。

"云阶兄，请坐。"南虎说，从卫兵手里接过黑色的唐装对襟衣，往身上套，"众议员都一致推选袁世凯为临时总统，你怎么看？"

"抛开个人的恩怨不说，不管袁世凯出于什么样的动机，他能说服清帝退位，就是给中国立了一大功。你想，中国处于两个政府的局面，北方清政府，南方民国政府，如果清帝不退位的话，中国就有可能分裂，南北如何才能统一？举兵打仗？不行，中国已千疮百孔，再打内仗，百姓还要不要活命？各国列强就会趁机占领国土。"

"袁世凯给皇室最优待的条件，极力维持清皇室的尊严，清帝才同意退位，南北才得以和平统一，这也正是他的聪明之处。"

岑春煊抿了一口茶，说："是啊，这可不是谁都可以做到的事，这个劝说皇帝退位的人还非袁世凯不可哩，他手里有实权，熟悉宫廷，也能揣摩他们的心理，知道皇帝最担心的是什么，退位后最顾虑的是什么。你想，溥仪和太后除了不过问政事之外，他们住在宫里，生活待遇、太监宫女伺候，生活与在位时没多大的改变。"

"很遗憾，孙中山匆匆当上总统，又匆匆下台。说起来我们也是老相识了，他奋斗了几十年，为的是建立起一个共和政府，机遇来了，可才上任不到两个月就下台了。"

"这临时政府要钱没钱，只好伸手向别人借去。遗憾哪，他们就是看不到，江南是鱼米之乡，广东、湖南、湖北，特别是上海，中国第一富城，每月仅厘金、捐输的收入就达六七十万两银子。再则，外国商人麇集此地，大把大把的银子。只要把上海和广东的海关税缴入新政府囊中，就此一项，政府就会有钱运作了嘛。"

"说得容易做起来难，海关为西方列强所把持，税收都归他们所有，临时政府也无奈得很呢。"

听到这里，岑春煊就火了，嚷道："咱们这民国政府是吃素的？这里是中国，西方列强把持中国的海关税就是没有道理，你民国政府不去强争，他们能乖乖地把海关税交给你吗？"

说话间，一个年轻英俊的军官走进客厅，长得跟南虎很相似，身材高大，浓眉大眼，穿着棕黄色军裤，一件白土布衬衣，腰间系着下厨用的白围裙，走到南虎跟前，说："父亲，饭菜已好，请进餐吧。"

南虎说："小虎，这是你岑叔叔。云阶兄，这是我的二儿子，大名叫陆裕勋，字小干，家人叫他小虎，从陆军讲武堂毕业后，还没提拔哩。"

"岑叔叔，你好。"小虎问候。

"好、好、好，有其父必有其子，将来跟你父亲一样有出息。"岑春煊笑着说。

饭桌摆在荔枝园里，浓密的果树给园子洒下一片阴凉。大儿子裕光和三儿子裕藩腰间也都系白围裙，与二儿子小虎一起，端饭、端菜、端茶，从厨房到荔枝园，忙前忙后的。

岑春煊看着奇怪，问道："南虎，你厨房里缺人手？"

南虎微微一笑，把三个儿子叫到跟前，说："告诉你岑叔叔，你们为什么帮厨。"

"家父定有家规，每天早上，家人都要练习打枪，没打中靶心的，都要被罚到厨房帮厨。"裕光说，他有一张宽脸，颧骨颇高，个子长得没有两个弟弟高。岑春煊知道这就是南虎收养的越南孩子。

"你们都没打中靶心？"岑春煊好奇地问。

"我打四枪，两枪出了靶心。"

"我有一枪没中。"

岑春煊不禁哈哈大笑起来，说道："南虎，你教子有方啊。"

"云阶兄过奖了，只是世道还不太平，马不能卸鞍罢了。再过些年，我老了不能动的时候，这些年轻人就得把这担子接过来，没有真本事哪成啊。"

"这倒也是。自古说，人无远虑，必有近忧。"

正说着，崔肇琳、林绍斐和谭浩明一齐来了。三人都穿着长衫马褂，戴瓜皮帽，特别是浩明，长得清秀，身材高瘦，穿着一身深蓝色的长衫，没有了军服，倒像个斯文书生。他们意外地看到岑春煊来访，大家都很高兴，一一拱手问候。

浩明笑着说："云阶兄，怎么也没想到你来了，看你气色很好，近来一定事事顺心。"

岑春煊说："浩明，我是无官一身轻啊，哪像你们父母官，想闲也闲不得哩。"

"你们来得正好，来、来，请就座吧，我们边吃边聊。"南虎说。

三人是陆公馆的常客，也没推辞，一撩长衫，就在椅子上坐下。

崔肇琳说："昨天财政厅开会，不少人对政府'延期兑换券'之事有争议。"

自省会从桂林迁到南宁后，南虎把宣统二年（1910 年）成立的广西银行，改组为民国广西银行。为了解决军政费用开支的问题，财政司长在陆荣廷授意下，将广西银行原已印好存库的银行兑换券分期尽数发行。把兑换券的背面原已印有"如欲兑换现银，均可随时向本省总分行兑取"的字样，临时改名为"延期兑换券，规定自发行日起的四个月内，概不兑现，如有强行兑换，立予严拿枪决"。因为银库没有足够的现银，要想资金得以周转，只有采取延期兑换的做法。

林绍斐说："最有争议的是，延期兑换券上面写着'如有强行兑换，立予严拿枪决'。有人说，对要求兑换纸币的人开杀戒，岂不是有伤民国政体吗？"

南虎想了想，说："这样吧，把'立予严拿枪决'一句改为'不保证兑现'，你们看如何？"

林绍斐同意："这样好，语气比较缓和，民众易接受。"

岑春煊插话进来："不单只是广西现银拮据，好些省份的银行也存在这样的问题，据我所知，四川省也在发行延期兑换券。"

崔肇琳又问："还有，宣统二年广西银行印发的纸票'乌龙票'，如何处理？"

乌龙票是清宣统二年广西银行印制发行的，面额为伍元的银圆票，钞票正面主图案为两条十分醒目的乌龙腾起，民众又称为"乌龙票"。

"对财政方面，我不懂行，先听听你们的意见。"南虎说。

林绍斐说："由于资金短缺，短期内我们无法印制新版纸币。我认为，清朝广西银行发行的官银钱号纸币共三百一十三万元及乌龙票都不能废除，否则，必导致市面混乱，纷扰兑换。我们只能暂时沿用，进行过渡，这样才能稳住市场。"

"主意是不错，可是对于兑换，我们没银子呀。"浩明说。

"维持乌龙票在市面流通，就是因为新政府拿不出这么多的现银。若需兑换银圆，需等四个月以后。"崔肇琳说。

"四个月后就有银子了吗？"浩明不解地问。

"只要广西局势稳定，不打仗，银行售出的纸币换回现银，就可作周转。与此同时，各地放款，田赋及各种商税关税又可如期收进，金融流通。只要政府信用益加扩充，民众也不急着兑换银圆。"林绍斐解释道。

南虎用心地听着各人的见解，说："好一个缓兵之计。我想，乌龙票也作延期兑换好了。过些时候，我们自己新成立的广西银行发行纸币，再用这些纸币来兑换乌龙票吧。"

大家一致赞成。

第四十一章　高价郎中

冬去春来，转眼三年过去了，再过几天就是清明节了。清明前后，天空飘起细雨，绵绵长长，淅淅沥沥，抽丝一般，天空阴沉沉的，指望不到哪一天太阳才能露脸。

虽然南虎是条壮汉子，也怕着这阴雨连绵的天气。每到这个时候，以前当绿林时落下的风湿病又犯了，年轻时不觉得什么，上了五十多岁，才觉得年纪不饶人哪。膝关节阵阵疼痛，像针刺似的，不由得他逞强，只好躺在床上。

不出所料，国民党的"二次革命"以惨败告终。袁世凯以一副保卫共和制度者的姿态，疾呼保卫共和，反对分裂，大肆追捕国民党人。孙中山、黄兴、陈其美等人被通缉，相继出逃，东渡日本。南虎遗憾袁世凯没有自知之明，这次"革命"的失败实质上不是他袁世凯的胜利，而是民国政府，国家得以安定团结的胜利。谁又能料到，"二次革命"为袁世凯做了"嫁衣裳"，1913 年 10 月 6 日，袁世凯以绝对的多数，当选为第一任民国政府的正式大总统，黎元洪当选为副总统。

南虎侧过头看着窗外，远处的大灵山被云雾隐藏起来，一片朦胧，心里想着远在京城任职的二儿子小虎——陆裕勋。去年，袁大总统授予小虎陆军步兵中校，奖五等文虎章，调往北京，任京师模范团副官。所谓"模范团"是袁世凯新创建的新式军队，从各地军队中抽调各级军官、士兵，建制为团，训练后派到各师充当军官，以改造和优化军队中军官的结构。在南虎看来，小虎被提拔，并不是袁世凯看上他的才华，而是袁世凯大获胜利，对那些没有参加"二次革命"起义的省份和都督们封官许愿，以加强他的人际关系，抬高他的声望罢了。

起初，南虎不同意小虎上京赴任，因为官场上奸恶狡诈，而袁世凯又是个疑心很重的总统，俗话说伴君如伴虎。可是儿子却跃跃欲试，认为模范团采用的是德国战术和操法，设有步、炮、骑、工、辎五科，学好后，可为今后的广西军队打好基础。南虎也觉得有道理，广西军队是需要这样的军事人才，模范团所教的军事知识是广西所不具备的。小虎欢天喜地北上了，南虎却有一种说不清道不明的不祥预感，谭女说那是因为他舍不得小虎远离家的缘故。南虎可不是那种儿女情长式的父亲，那年武昌起义，他让小虎带领一营人赴战场，支援黎元洪的武装起义，他连眼睛眨都没眨，好男儿志在四方嘛……正想着，腿上一阵疼痛袭来，他翻了个身。

谭女进到屋里，轻声说道："南虎，我给你找来了一个最好的郎中。"

"个个都说是最好的郎中，我看他们只会要钱而已。"南虎说，紧皱着眉头。

"上次那郎中给你做针灸，不是好了些日子吗？"

"现在不是又疼起来了吗？"

"这是老毛病了，不怪郎中不好。今天郎中已给你请来了，不看也得看。"

"好，好，就听你的还不行？"

谭女微微一笑，把被子给丈夫拉好，便掀起门帘，走出房门。少顷，领进来一位四十来岁的郎中，穿着黑长衫，戴瓜皮帽。谭女搬来张木凳子，放在床前，让郎中坐下。

南虎看病也有了经验，不用郎中开口，便伸出手来让他把脉。郎中闭起眼睛，先用两个手头压在脉搏上，而后三个指头，然后四个指头，如此，又重复了一遍。少顷，他睁开眼睛，说："都督，请让我看看你的舌头。"

南虎伸出舌头。

郎中仔细地看了看，点点头说："都督，你脉弦滑，舌质红，舌苔黄腻，湿热太重。舌质红之证，易误为阴虚，其实是虚火上炎，心肾不交，肾阳不足，真阳不能潜伏。"

什么阴虚阳虚的，南虎听不懂。

郎中看到南虎的疑惑，说："简单地说，你的病不轻啊。"

"轻还找你？"南虎说。

"也是，也是。承蒙都督看得起我，我敢保证能治好你的病，只是要花大价钱。不过，你大都督也不在乎这几个银子，如果你同意的话，马上给你开方子。"

"说吧，多少银子。"南虎问。

"不多不少，一万。"

"一万？你比慈禧太后的御医还高明？"

"哪里，哪里，都督过奖了。"

南虎勃然大怒："趁着我还没一枪崩了你，滚出去！"

郎中大惊，险些没跌坐在地上，头也不敢回地跑了出去。

南虎气得掀开被子，跳下床。没料，膝盖痛得又一屁股坐回到床上。谭女给他揉着膝关节，一边"哧哧"地笑了起来。

南虎气鼓鼓地说："还笑呢，我就没听说过，一万银圆买一个药方子，我吃了长生不老是不是？"

"在跟谁生气呢？"一个声音响起。

南虎抬头一看，是浩明来了，他气还没消呢："你来得好，那郎中哪里是看病，分明是敲诈。"

浩明笑了笑，说："姐夫，我看你三分是病，七分是心病。"

南虎瞥了浩明一眼，没说话。

浩明又说："我要是说得没错的话，你担心小虎了吧？"

"我担心什么，年轻人就应该出去闯荡闯荡，要不，能成大器吗？"

"说得也是。你看最近的报纸了吗？"

"还提报纸呢。你姐说呀，养病养病，心要清静，身体才能养好病。她把所有的报纸都藏起来了。这哪里是养病，简直是软禁。快说，外面都有什么新闻？"

"最大的新闻是，袁世凯要当皇帝。"

南虎一惊，两眼盯着浩明，似乎听错了似的，半晌才说："你说什么？袁世凯要当皇帝？"

浩明点点头："没错。"

"我看袁世凯是疯了。当年曹操的儿子曹丕劝曹操当皇帝，曹操说我儿要把我放在火上烤哩。你看，就连曹操都知道不称帝，他袁世凯不是疯了是什么？"

浩明略有所思，问道："小虎最近来信说了些什么吗？"

"问我？问你姐。"

二人把脸转向谭女。

谭女说："小虎只寄回过两封信，还是你亲自拆的呢。"

南虎点点头："那信我知道，他刚到北京，说平安到达，请勿念。还有一封是说他学习很忙等的事。"

"打那以后，再也没接到他的信了。"谭女说。

南虎忧心地说："小虎也许太忙，我们多留意事态的变化就是了。"

半月多后，阴转晴天，太阳终于露了脸。天气转暖，南虎的腿疼也好了许多。家人把座椅搬到百花盛开的院子里，南虎坐在太阳底下，暖洋洋的，好不舒服。他闭上眼睛，听着鸟儿在树枝上唱个不停。近日来，全国反对袁世凯称帝的呼声四起，前两天，蔡锷派人来访，提到两件事：一是云南反对袁世凯称帝，他即将宣布云南独立，这一行动，希望得到广西支持，否则，袁世凯必令广西出击云南，使之腹背受敌。二是在这期间，希望南虎确保不让龙济光从广东假道广西，进攻云南。对蔡锷的这两个要求，南虎全都许诺。如今，北京和云南正僵持着……正想着，又听到陈卫士长的声音。

"都督，一位从北京来的先生叫王祖同的，要见你。"

王祖同？这名字很陌生，莫非是小虎托人捎信来了？南虎睁开眼，说："快请他进来。"

不多一会儿，陈卫士长领着一个男人走进院子。他四十五岁左右，身材不高，消瘦，高颧骨，穿着一件深棕色的长衫，戴一顶黑呢礼帽。来到南虎跟前，他把礼帽从头上取下，双手握在胸前，身体有礼貌地向前倾了倾，说："我是袁大总统的使者王祖同。陆将军，恭喜了，袁大总统特授你为陆军上将，耀武上将军。这是特授公文。"

南虎颇感意外，起身接过总统的公文："我无功受禄，深感有愧。王祖同先生，你从北到南，一路辛苦了吧？"

"还好，还好。我在北京乘火车到上海，从那里改搭轮船，一路也还顺利。陆将军，看来，你的气色比我想象得要好得多啊。"

南虎笑了笑："我们壮族人山歌里常唱道'太阳出来啰，喜洋洋咧'。你看这么好的太阳，病就好了一大半。"

"有道理，有道理。袁大总统听说你病了，一来让我专程把特授公文亲手交给你；二来是看望你，给你送来一份礼物，这是袁大总统送给你的一万银圆，他说愿你早日恢复健康。"他示意随行送上一包用红色缎子包着的礼物，双手递上。

南虎好不诧异，袁世凯怎么知道他病了？又怎么知道这一万银圆药费的事呢？人们传说袁世凯的探子遍天下，看来不假。南虎笑着说："陈卫士长把礼物收下吧。请转告袁大总统，谢谢他的关心。"

"一定带到。"王祖同点头应道。

王祖同像是期待着什么，直挺挺地站在那里。南虎两眼盯着他，那意思是还有事吗？王祖同双手捏着黑礼帽，一副欲言又止的样子。

老实说，南虎心里也明白，前些日子大总统给儿子封了官，晋了级，现在又是给他高官、送来厚礼，这牛一翘尾巴，南虎就知道它要拉屎。王祖同期待的无非就是他南虎支持袁世凯称帝的话，可是，南虎就是滴水不漏。

为此，袁世凯大为不满。南虎就说了一声"谢谢"？就这么简单？那可是一万银圆啊，肉包子打狗，狗吃了还摇摇尾巴呢，这个南虎可好，连尾巴摇都不摇。北方十四省的都督们都一致拥护他当皇帝。中南五省，只有广东听他调任。"二次革命"后，袁世凯为巩固他在南方的势力，撤了广东都督陈炯明，安插龙济光重掌广东军政大权。龙得以东山再起，知恩图报，坚决支持他当皇帝，还送上一块价值连城的美玉，使得袁世凯爱不释手，用它雕刻成了一枚皇帝的御印。其余四省呢？都看着广西，南虎举足轻重，如果有他的支持，那四省也不会反对，那样，他坐上皇帝的龙椅就为期不远了。可是，南虎可不比龙济光，他是绿林游勇出身，一身的刺儿，催急了反而不好，逼上梁山也终非良计。袁世凯唯有耐下性子，再想计策。

这天清早，南虎跟以往一样来到都督府，却意外地发现在门上挂着个牌子，上面写着"会办广西军务"。南虎纳闷，他怎么不知道有这么一个会办？他推开门，只见王祖同在审阅文件。

南虎困惑地问道："咦？你怎么会在这里？"

"哦，对了，我正要告诉你呢。是这样的，袁大总统委任我来会办广西军务。"

"什么？我广西大把的人才，你算是哪门子的人，用得着从大老远把你请来？你回去对袁大总统说，广西财政紧缺，请不起你这'大人物'。"

"这你就不用担心了，中央政府支付我的饷。"

"为什么事先没有你的委任文件？"

"你不是病了吗？"

"放屁！"南虎重重地把门"嘭"的一声关上，悻悻而去。

慢着，南虎放慢了脚步，容我好好想想……这几日不断报来，说下面各县、市、镇等地出现不少陌生人，特别是在茶楼、旅馆、码头等地方，看来这些都是袁世凯派来的探子。这还不算，现在又派他的老表王祖同到广西来监视我，还任什么屁职，他的企图就是要控制我兵权。哎呀，不对呀，袁世凯早就向我动手了，他先把小虎调到北京，不是提拔他，而是把他当作人质，小虎前脚刚走，王祖同后脚就到，如果发现我对袁世凯有二心，小虎就别想活着回来。

想到这里，南虎恍然大悟，他连连拍着天灵盖，天啊，我怎么这么糊涂？怎么就没看清他的计谋？那么，这下一步棋该怎么走？把小虎叫回来，赶走王祖同？不行，事情没那么简单，这样一来，袁世凯就有借口撤掉我的职，把广西兵权交给龙济光，这中国的西南部就成了袁世凯的天下，而我就被再次"逼上梁山"，重操旧业。不行，这步棋可不能这么走。

在没有想出好法子之前，南虎装糊涂，既不能把王祖同赶走，又不说接纳。只有使出缓兵之计——称病，告假回宁武庄养病。

第四十二章　京城密使

六点未到南虎便醒了，看了看窗外还未隐去的晨星，伸了个懒腰，然后一骨碌跳下床。他的心情特别的好，接到大哥、二哥的电报，说"生意"谈成，即返。前些日子，他请马七拳和逸曲做他的特别使者，到北京探听时局，同时也看望小虎，以便做出下一步的部署。王祖同和他的密探们对此事全无察觉，还真以为南虎在家里养病呢。想到这里，南虎微微一笑，真所谓"道高一尺，魔高一丈"，袁世凯对南虎实行封锁外面的消息，而这"孙悟空"早已钻到铁扇公主的肚子里了。

打开房门，一阵寒意袭来，南虎连打了两个响亮的喷嚏，精神为之一振。他转身回里屋，脱下睡衣，换上深棕色的马裤，随手取下挂在墙上的对襟白色唐衣，穿上，扣好扣子，把脚伸进擦得锃亮的高筒黑靴，扎上军皮带，把两支手枪插在腰带上，又紧了紧腰带，便大步地走出房门。陆公馆的院子里静悄悄的，只听到自己的靴子踏在青砖路上发出"铿铿铿"的声音。天上，一弯淡淡的残月尾随着他。

来到马棚，里面挂着的马灯发出幽暗的光，他心爱的白马在安静地吃草，看到主人，它兴奋地嘶叫起来。南虎轻轻抚摸马背，它全身雪白没有一根杂毛，一匹难得的骏马。南虎把一副皮鞍子搭在马背上，扣好鞍座带子，牵马出棚，来到练马场。

山区的清晨虽然很冷，毕竟是春天了，野外开满了野花，几缕乳白色的晨雾飘浮在绿茵茵的草地上。南虎用鞭子往马身上一扬，骏马便撒开蹄子奔跑，南虎飞步追上，双脚一蹬，两手向前按着马背，纵身一跃，便稳稳当当地骑在昂首大马上，顺着练马场飞奔，一圈、两圈、三圈……渐渐地，南虎浑身热了起来，这时天也大亮了，远近景物清晰可见。南虎用双脚夹紧马肚，腾出双手，拔出双枪，向远处竖起的靶标边跑边射击，左右两手扣动扳机，只听到"砰"，枪枪正中靶心。尽管南虎身经百战，是神枪手，可每日还是枪不离手，达到了神奇的地步。别看他已五十多岁，这一阵下来，脸不红，气不喘。

太阳出来了，跑马场上也渐渐地忙碌起来。看到陈卫士长骑马向他跑来，南虎便勒住马缰。

陈卫士长来到跟前，小声地说道："马七拳和逸曲正在书房里等候。"

南虎大喜，二话不说，策马就走。他来到公馆大门，翻身下马，把马缰绳交给卫士长，并小声嘱咐："任何人不许进书房。"

马七拳和逸曲此行到北京，除了南虎之外，没有其他人知道。南虎之所以选择他俩，是他们胆大、心细、判断力强，绝对可靠。况且他们退伍多年，此行赴京城，不会引起王祖同及众密探们的注意。

马七拳和逸曲正坐在书桌前喝茶，看到南虎进屋，都站了起来，伸出手，三双大手兴奋地紧紧握在一起。虽说这么多年来他们书信不断，可是自分手以来，这还是第一次见面。

南虎高兴地说："大哥、二哥，我天天盼着你们回来，眼都快望穿了呀，你们都还好吧？"

"两个大活人，生龙活虎，你说好不好吧。"逸曲说。他眯起眼笑，眼角添上了几条笑纹。他的老父亲过世后，逸曲不甘于做乡绅，便变卖家业，到香港开了一家丝绸商行，继后，又开了一家茶叶庄。生意越做越大，可他还是喜爱习武，刀枪棍棒不离手。

"快说说，京城情况怎样？见到副总统黎元洪了吗？见到小虎了吗？"

"三弟，看你急的，坐下，待我们从头细细说来。"马七拳笑着说，他虽年过半百，满头的银发，身板子还是硬朗，这都是早年练功夫打下的好底子。他抿了一口茶，不慌不忙地叙来，"那天，我俩从上海乘火车到达北京，一下车，看到车站周围布满了身穿制服的警察，来来回回地巡视，气氛很紧张，街上闲人不多，行人也匆匆。"

他俩走出北京车站，一个拉黄包车的车夫眼尖，立即向他们走来。

"先生，要坐车吗？"车夫是个年轻人。

两人刚要上车，三个梳分头，穿黑色唐装的男子围了上来。其中一个一扬手，吊起地道的京片子问道："从哪儿来的？"

"上海。"逸曲应道。

"干啥的？"另一个问。

"做丝绸生意的。"马七拳答。

三人上下打量他俩，只见他俩一个穿一件深蓝缎子长衫，外套一件滚金边的马褂，另一个脸上架着一副太阳墨镜，头戴黑礼帽，手里拿着一根文明棍，倒也像个有钱的商人。他们看不出什么疑问，便走开了。

看着这伙人离去，逸曲对车夫说："我们饿了，知道哪里有好饭馆吗？"

车夫讨好地说："瞧您说的，我们做拉车这行的，还有不知道的吗？前面不远就是前门大街，那里有富春酒楼、太妃酒楼、福禄酒楼、好运酒楼，都是有名的酒楼，去哪一家？"

"就到好运酒楼吧，得个好意头。"马七拳说。

两人坐上黄包车，车夫有着一副好腿力，一路小跑起来，风呼呼地擦过耳朵。

"车夫，刚才那三个穿黑衣的是什么人？"马七拳问。

"他们能是什么好人啊，袁大总统的密探呗，这些人可得罪不起啊。您刚到京城，可得小点心，不是我多嘴，这大街小巷全是。城里的老人说呀，这密探之多，也可与明朝东厂比美了。我不知道东厂是什么，听我老爷说呀，那是明朝设立的东缉事厂密探局，是监视政府官员、社会名流、学者的。袁世凯的密探，不但监视官员们，哪怕你是乞丐、大字不识的老百姓，只要非议袁大总统，就会立即被抓，进牢房呢。我这拉车的，成天在外跑，这样的事儿见多了。"

说着便来到前门大街，只见这里是商贾云集，车水马龙，杂耍卖艺，算命卜卦，好不热闹。车夫停在一家酒楼前，说声"到啦"。两人抬头一看，只见一座酒楼，绿檐碧瓦，朱红匾上描着金线，上面端正地写着"好运酒楼"四个金色的大字。

"嚯，好气派啊。"马七拳说。

"您看，我没说错吧，您吃了就知道了，全北京城找不到第二家。"车夫说。

逸曲付过车钱后，两人便进了酒楼。这里生意果然极好，楼下热闹嘈杂，逸曲说："大哥，我们到楼上吧。"

跑堂的一听，说："楼上是清静些，不过今天上面有三桌席生日庆酒，也许不太安静。"

"他吃他的生日酒，与我们有什么关系？"逸曲说着，也不等跑堂的搭话，扯起大哥的衣袖，径直上了楼梯。

楼上有好几间屏风相隔的雅座，因为生日庆酒占地方，便把屏风都撤了，形成一个大厅，厅的中间摆着三桌大酒席，坐满了男女宾客，举杯祝词，好不热闹。顶头的地方，一张空桌靠着临窗，倒也安静，跑堂的就把他俩领了过去，很快便送来一壶热茶和杯子。逸曲点了一只北京烤鸭，三菜一汤，跑堂拿起菜单，下楼去了。

逸曲端起紫茶壶，往杯子里倒满了茶，说："来，大哥喝口热茶。"

马七拳看着窗下的市容，说："这京城就是比广西热闹。"

"自然了，这里原本是皇帝住的地方嘛，商人政客，谁不往这里跑啊？"

正说着，厅中的酒席上在议论着什么，他俩便竖起耳朵。

"看了昨天的报纸了吗？"

"还没来得及看，有什么新闻吗？"

"新闻大着呢，说袁大总统的后花园发生了一起谋杀案。"

"谁被杀了？"

"报上没说，只说发现了一具男尸，身穿西装，还打着领带呢。"

"那一定是有身份的，一般的老百姓哪会穿西装打领带的？"

"你说，这袁大总统的后花园里，怎么就没有警卫？他的探子满城都是，唯独不看好自己的门。"

"哈哈哈！"

众人正津津乐道间，突然，楼梯响起一阵急促的脚步声，众人望去，大惊，四五名警察冲上楼来。马七拳和逸曲赶紧闪入靠在身边的屏风后，从后面看出去，警察直扑向这张酒桌，将一桌人全数抓走，一个不漏。

马七拳和逸曲面面相觑，不亲临其境不知京城的气氛如此紧张，大有山雨欲来风满楼之感。经这么一折腾，两人也没了胃口，胡乱吃了一些，也没吃出味道来。

"大哥，前门外大栅栏有家丝绸店与我有生意来往，不如我们先到那里了解了解情况，再做打算，你看如何？"逸曲提议。

"这样也好。"

经一打听，那家丝绸店离此地不远，往西走，拐过两三个街口便是。两人下了好运酒楼，便朝西走去。此刻已过了晌午，春天的太阳还是暖洋洋的。马七拳是第一次到京城，看到什么都觉新鲜，他一路左顾右盼。渐渐地，他发现情况不对头，有人跟他们的梢。他用手臂碰碰逸曲，给他一个暗示，逸曲心领神会，二人迅速地拐进左边的一条小巷，那跟梢的还是咬住他们不放。二人越走越快，一心要摆脱他。

"嘿！站住。"跟梢的大喊一声。

他俩哪有站住的道理，摆不脱他，还能让他逮住不成？俩人"嗖"的一声，转过身，摆起架势，打架他们可是一把好手。

跟梢的一个箭步冲上，说："我如果没认错，你是马七拳吧？"

听这么一问，两人倒愣住了，不知该说是还是不是。

那人把头上压着的礼帽取下，又脱下黑墨镜，说："怎么？不认识了？我是苏玉魁呀。"

"玉魁？"马七拳喜从天降。

"这世界说大也大，说小也小，真没料到在这里遇上老朋友。"逸曲高兴地说。那年劫杨癞子的马帮，就是玉魁走的镖。

"与你们擦身而过，我就看着你们眼熟，没想到真的是老朋友。哎呀，这一晃就是这么多年过去了，走，到我那里喝杯茶去。"玉魁说。

马七拳和逸曲相视一笑，欣然应邀。

马七拳边走边问："玉魁，你怎么会在京城？"

"那年离开了你们后，我就到北京找我叔叔来了。他在会友镖局当教头，给我在镖局谋了一份差事，一待就是二十几年。你们什么时候到的京城？"

"今天才到。你不知道，我们今天是有惊无险哩。"逸曲说。

"碰上密探了吧？我可以想象得到。不过，在这前门外珠宝市和大栅栏，你就只管放心，这里是归我们镖局保护的，街道两头都设有铁栅栏，由镖局把守，有事的时候，铁栅栏被关上。警察和密探在这里也不敢太放肆。"玉魁说。

会友镖局与其他的镖局没有什么两样，进了门是柜台和客厅，是接待客人的地方，出了后门是一个练武的大院子，一排架子靠墙立着，上面摆满了长短各式兵器。他们在客厅里坐下，一个徒弟端出一壶热茶，放在桌子上，便离去了。

"来，来，喝杯热茶。"玉魁往各人面前的杯子里倒满了茶，压低声音说，"你们三弟南虎当上了广西都督，你们此行到京，不说我也能猜出几分，此行与袁大总统称帝有关吧？"

逸曲和马七拳交换了眼色，玉魁眼明，瞒不过他。

马七拳点头："你说得不错。"

"北京的情形不比以往了，你们是外地人，尽管有一身的好武功，还是小心为好。我们是老朋友了，有用得着我的地方只管说。"

"多谢了。玉魁，不知你对模范团熟不熟悉？"马七拳问。

玉魁说："要见小虎，是吗？"

马七拳和逸曲诧异地睁大眼睛，问："你神了，怎么猜得这般准？"

玉魁微微一笑，说："做我们这一行的，一是察言观色，二是摸底牌，知道了你的底细，猜个八九不离十。会友镖局早先有一位学徒叫柱子，入了模范团当兵，所以，模范团的情况我们一清二楚。南虎的儿子在模范团任副官，你一问模范团，不是与小虎有关，又是什么？你们大概还不知道，南虎的二女婿龙运乾，也在模范团里任职呢。"

龙运乾是龙觐光的儿子，与南虎的亲生女儿素容结婚，龙觐光就是龙济光的亲哥哥。虽然陆龙两家结了亲家，可不是一条道上的人。袁世凯任命龙济光在广东执政的同时，也任命他的哥哥龙觐光为临武将军兼云南查办使，袁世凯的用意很明白，布下他的心腹，安插龙家兄弟重兵驻守广东和云南，从而钳制广西。而今，又利用姐夫的关系来监视小虎，袁世凯可谓用尽了心机。

逸曲叫起："坏了，这二女婿可是认识我们，如果知道我们来北京见小虎，可不就坏了大事吗？"

马七拳说："这可万万不能让他知道。"

玉魁说："这样吧，你们在酒楼等候，我叫柱子请小虎出来吃饭，不就行了吗？"

第二天，小虎应约前来。他穿着蓝色的军服来到大栅栏的一家酒楼，一进雅座，意外地看到马七拳和逸曲坐在里面，他惊喜地嚷道："大叔、二叔，你们怎么会在这里？"

"来看你的呗。"逸曲笑着说。

"我父亲还好吧？"

"你父亲一顿可吃下一头牛，你说好不好吧？"马七拳说。

逸曲说："小虎，这位是你玉魁叔，你父亲的老朋友，好在有他的帮忙，才见到你。"

"多谢了，玉魁叔。"

逸曲又说："坐下，给我们说说模范团的事吧。"

小虎在一张空椅子上坐好，想了想，说："袁大总统对模范团很重视，举例说吧，我们每月初发放军饷，袁大总统不是亲自来，就是派人来监督，说是防止有人克扣下层军官和士兵的军饷，团员们都很感动。我们的待遇比起北洋军来说，要高得多，我每月的军饷为四两二，吃得也不错，为照顾我们这些从南方来的官兵，团里吃的主要是白米饭，遇上有野外实习任务，外加白面蒸馍。训练十分艰苦，我是副官，可是每天两次术科训练，两次训堂是不能缺的；此外，还要亲身体会大小岗、抬大米、烧煤等各项士兵做的勤务。每期按季节发放四季军衣、内衣、皮靴、雨衣、被褥等物品。每次袁大总统来训话，全体团员都要高声宣读誓词，'服从命令，尽忠报国，诚意卫民，尊敬长上，不惜性命，言行信实，习勤耐劳，不入党会。誓原八条，甘心遵守，违反其一，天诛法遣'。一句话说吧，模范团只忠实于袁大总统，实际上是袁大总统的御林军。"

马七拳问："听说北洋军和模范团格格不入，为什么？"

小虎说："袁大总统建模范团的主要原因是北洋诸将派系林立，各有山头，都成了骄兵悍将。特别是陆军总长段祺瑞，又傲又倔，脾气上来，连袁大总统也让他三分，所以，袁大总统很不放心，他要培养一批新的力量来取代北洋派，这就是模范团。段祺瑞及陆军部是不许插手和过问模范团的事，我们只听从袁大总统和他的大儿子袁克定的调配。"

玉魁插话："听说，袁克定原打算把模范团扩大到一个军，袁大总统担心规模太大会导致北洋诸将的猜疑，所以只办一个团。"

"是的。袁大总统知道段祺瑞虽然不满，可是还不到反对他的地步，所以也尽量地把事情做得圆滑些。"小虎说。

"那么，模范团对袁大总统称帝有什么看法？"逸曲问。

小虎说："模范团里是不许谈论政事的。倒是听二姐夫说起，他说北洋军里几员大将都不支持帝制，好歹他们都掌管一部分的军政大权，袁世凯一旦当了皇帝，那不就成袁家的天下了吗？对他磕头称臣吗？如果袁世凯死了，他的儿子就有可能得以继承。特别是段祺瑞，他最恨袁克定了，一想到他要当上皇太子，对他磕头礼拜，他气得鼻子都歪了。"

"小虎，你二姐夫这些话可信吗？"马七拳问。

"我想他不会编造这些谎话来骗我。那天袁克定请吃饭，把二姐夫也请去了。我二姐夫一回来就悄悄地跟我说，他说袁克定在宴席上大骂段祺瑞、冯国璋，说他们都是忘恩负义的人。还说段祺瑞对他父亲，一而再再而三地痛陈什么利害，说什么此事关系国家安危及袁家性命，万不可做，万不能做，此时悬崖勒马尚可挽救。

他父亲大怒，厉声责骂段祺瑞何必大惊小怪。还说冯国璋还大老远地从南京跑到北京，问他父亲说听人们说他要当皇帝，有这事吗？这有负于天下的事，咱们可不能这么干啊。我二姐夫说呀，袁克定骂这些北洋军大将，都是害怕他日后当了皇太子，来整治他们呢。"

逸曲感叹地说："在这种时候，段、冯两位大将敢进言，可谓难得啊。他们自入军界起，就跟随袁世凯，没有袁，也就没有他们的今天，他们之间的关系可不比一般啊。"

"哦，还有，"小虎说，"袁大总统向我问起我父亲来着。"

众人警觉，异口同声道："问什么？"

小虎说："那天，袁大总统来到模范团，他说小虎，你知道你父亲对有人劝我当皇帝有什么看法吗？我说我不知道，我父亲没有跟我提起过此事，再说，我父亲是绿林出身，不关心北京的政事。我告诉他我父亲是都督，可是更像一个团总，管的都是琐琐碎碎的事情，比如油盐柴米之类的啦。袁大总统听了点点头，再没多说什么。"

玉魁微微一笑，说："小虎，你这么说很聪明。袁大总统就担心你父亲反对他称帝呢。"

逸曲说："从表面看来，北洋军不支持袁世凯称帝。依我看，这两者是互相依存的关系，不到万不得已，无论是北洋军还是袁世凯，都不会撕破脸。换句话说，如果袁世凯倒台，涉及他们的切身利益，他们也会奋起，拼死保护袁世凯的。"

这时，一个保镖走了进来，在玉魁的耳边说了些什么，玉魁点点头。待他离去后，玉魁说："小虎，你二姐夫寻到这里来了。"

众人一听，不安起来。

"我得离开这里，免得连累叔叔们。"小虎站起身。

"慢，小虎，坐下，这时候离开更让他起疑心。我让人把他引开就是了。"玉魁说。

"玉魁叔，这能行吗？"

"这几条大街都有会友镖局的人，他们会有法子把他引开的，你们先坐，我去去就来。"玉魁说完，起身离去。

马七拳沉思了一会儿，说："小虎，一会儿你到药铺子买两条人参，就对你二姐夫说，你去买人参寄回广西，父亲身体不好，给他补补身子。"

小虎一一应下。

不多时，玉魁回来了，说："放心吧，不碍事。"

小虎见天色不早，也就告辞离去。第二天，在模范团当兵的柱子回来报知一切平安。马七拳和逸曲这才放下心来。

马七拳说："玉魁，我们在京城还有一件大事要办，就是把南虎的信当面交给副总统黎元洪。"

玉魁脸上露出难色，说："外面传闻，袁、黎这两亲家有如仇敌，副总统闭门谢客，而且袁总统对他的亲家也封锁起来，在黎府附近都有袁世凯的密探，难就难在如何进黎府大门。"

袁黎的"政治联姻"早就闹得满城风雨。袁世凯提出与黎家换亲，以黎家之女嫁袁家第九子，或是袁家之女嫁黎家之长子。黎夫人很不高兴，不愿袁家之女做她的儿媳妇，可是，又不能拒绝，只好将女儿与袁家第九子定了亲。

"这样吧，照目前的情形看来，你俩贸然闯去定为不妥。不如我先去探清情形再做打算。"玉魁说。

"那就麻烦你了。"逸曲说。

第二天，玉魁乘一辆黄包车，来到东城区王府井大街东厂胡同，这里原先是前两广总督瑞麟、宜隶总督荣禄先后住过的地方。黎元洪的住宅是一栋砖混结构，尖形瓦顶，大理石台阶的建筑。玉魁让黄包车慢悠悠地走，从敞开的大门看进去，院内有喷水池、方亭、石雕仙人像等，整座建筑十分讲究。门口站有警卫，几个穿黑衣的探子来回在门外游荡，紧盯着黄包车，直到离去为止。院宅前前后后都有密探紧盯着，看来光明正大地从大门直接进去是不可能的了，只有翻过围墙。

晚上，马七拳和逸曲换上黑色短打衣，躲在墙根的黑影里，这时，鼓楼敲过十一点，墙里墙外一片寂静。他俩一纵身，跃上墙头，院子里一片漆黑，只有一个窗子里还亮着灯。他俩跳下墙头，双脚轻轻点地，猫腰溜到亮灯的窗子下，从缝里窥去，只见副总统坐在书桌前，在写着什么。逸曲轻轻地敲了敲门，黎元洪警觉地抬起头，继而，逸曲又轻轻地敲了两下。如果是坏人要谋杀他，便会一脚踢开门，冲进屋，绝不会像这样有礼貌地敲门。黎元洪把门打开，惊异地看到两个黑影一闪而进。

"你们是何人？"黎元洪厉声问道。

"黎副总统，我们是从广西来的，请原谅我们用这样的方式来见你。"马七拳说。

"广西都督南虎派我们来见你，我是南虎的二哥叫逸曲，他是南虎的大哥叫马七拳。这里有他给你的一封信。"

一听广西南虎，黎元洪立即高兴起来，伸手接过信："难得你们从大老远来，来，来，请这边坐。"

未等坐好，黎元洪迫不及待地看起信来。

马七拳和逸曲坐在书桌的对面，书桌上堆满了书、报纸、文件。靠墙是一个大书架子，上面放满了中英文书籍。不难看出，黎元洪是个爱书的人。

这时，黎元洪看完信，他抬起头来，说："南虎问我，对袁世凯当皇帝有何看法。我这就告诉你们，袁世凯是在胡闹！我们革命的目的就是推翻帝制，建立共和。如果他当了皇帝，能对得起武昌死难的烈士们吗？我在参政议院发表演说，曾勉励议员们对政府尽力辅助，使之成为强有力的政府，使立法职权代表人民，严守共和真谛。袁世凯非常恼火，因为我是'首义元勋'，又是他的亲家，袁世凯才不敢对我怎样。我曾希望袁世凯当皇帝不是他的意愿，而是那些别有用心的人鼓动罢了。不幸的是，袁世凯真是一心一意要当皇帝，我对他彻底失去了信心。我提出辞职，回湖北老家养病，我一旦离开京城，也就由不得他了。袁世凯是一口拒绝我辞职，我算是看透了，他是绝不让我走的，绝不放虎归山；可也不能容我这样一个民国的元勋在他皇帝的圈子里，不伦不类，是吧。就这样，他买了这住宅'送'我，让我'闭户养疴'，我只是空有个副总统的头衔罢了。"

……

南虎双眉紧皱，专心地听着，没有插话。

末了，马七拳说："黎元洪要我们带给你两句话：坚持道义，紧握兵权。"

南虎点头，明白黎元洪所说的道义就是得民心者得天下。武昌起义推翻了帝制，建立共和，是民心所向，所以得天下。袁世凯要走回头路，重建帝制，他是失道寡助。道义、财富、强兵是南虎多年奋斗的目标，他绝不会轻易放弃的。

南虎说："大哥、二哥，谢谢你们带回的情况，有了这些，我心里就更明了，袁世凯当总统还是当皇帝，是关系到中国的共和民国能不能存在的问题。"

逸曲说："我担心小虎待在袁世凯身边，伴君如伴虎啊。"

南虎说："有道理，得先把小虎召回来，越快越好。"

第四十三章　晴天霹雳

该如何把小虎召回，南虎颇费了一番心思。如果说是父亲病了，要儿子回家，这本是人之常情，无可辩驳。可是，有着王祖同和他的密探们盯着，这谎话一戳就穿。还是谭女聪明，就说男大当婚，给儿子说了一门亲事，让儿子回来完婚。这样的喜事，袁世凯就是想拦也拦不住，难道他能反对陆家办喜事，反对盼望抱孙子的南虎不成？

这一招还真灵，袁世凯果然准了小虎的假。南虎暗自高兴，小虎来了电报，说立即起程返家。倒是袁世凯越想越觉得不对头，对于他当皇帝的事，南虎一直保持沉默。目前，他正是紧锣密鼓，准备登基的关键时刻，小虎早不结婚，晚不结婚，偏偏这个节骨眼上回家结婚，这里面大有文章。儿子一走，南虎就没有了后顾之忧，他就可大胆地反对我，不是吗？陆荣廷啊陆荣廷，一旦查出你在耍我的把戏，我要你后悔莫及，天底下没有这么便宜的买卖。

一连几天，陆家大张旗鼓地准备喜事，假戏也得真做。由四夫人春燕牵的线，女方是她娘家在贺县的远亲，姑娘今年十八，长得挺水灵的。一想到小虎就要到家了，南虎有说不出的高兴，可是，高兴之余又隐隐地心神不定，静不下心来读书写字，便信步来到督军府。广西督军府是由南宁旧镇台衙门改建而成的，大门是一个有三四丈高的大楼牌，楼牌之上镶着"广西督军府"五个大黑字，颇为庄严。每日清晨，卫士们在督军府门前放醒炮，正午放午炮，夜里的头更和二更，楼牌上都吹号打鼓，作为标准时刻。

时候还早，醒炮刚打过，督军府里静悄悄的，南虎把电灯打开，几年前建起了南宁第一个电厂，市民及政府都装上了电灯。他在办公桌前坐下，批阅案头上的文件，只听到墙上的挂钟"嘀嗒嘀嗒"地响。听到脚步声，抬头一看，是浩明与五君子结伴而来，南虎说："先生们，早啊。你们送来的文件我都仔细看了，有些细节还要推敲，商议。"

众人在椅子上坐下。

这些都是有关南宁六个城建工程项目：建镇宁炮台；建屯驻兵力的大兵房；建广西陆军军械局；建兵轮船码头；建昭忠祠，为纪念苏元春以及对广西有功勋的将领们而建的，这一项的建祠资金由南虎捐出；最后一项，也是最大的工程，就是拆城填濠。

整个南宁城池大体呈椭圆形，南北稍长，东西较窄，有"直城三里七，横城七里三"

的说法，城池总面积不过三平方公里。自省政府迁到南宁后，各政府部门也随即而来，市里人口突增，城内已无余地建民房，便考虑将城墙拆卸，填平城壕，进行变卖，作为建房之地。

陈树勋说："此工程浩大，目前款项无着落，依我之见，此计划可以分步进行。"

林绍斐说："对，先扩地一部分，把变卖得来的资金，再周转入第二部分的工程，如此循环，可减少政府的财政压力。"

崔肇琳说："我赞成这个办法。"

南虎说："我看这做法可行。然后你们再详细讨论，做出规划。关于筹建镇宁炮台一项，此项关系重大，要谨慎些。我要亲自审阅炮台设计，与广西银行商量有关建炮台的资金后，然后再做决定。"

商议完毕，午炮也响过了。警卫送来一人一碗南宁米粉，吃过午餐，南虎领着众人到街上查看市场行情。

出了督军府，拐过街头便是市中心兴宁路，那是一条主要的商业街，什么金银首饰店、广西银行、五洲大药房、亨利眼镜店、布店、古玩店、茶叶店，五颜六色的广告从街头到街尾，令人看得眼花缭乱。自广西民国政府成立以来，平剿了匪患，民生得以保护，生产得以发展，商贸得以扩通。时间虽然不长，但初见成效，各省商人到广西做生意的不少，有广东帮——经营花纱匹头、洋杂海味；江西帮——经营景德镇瓷器；湖广帮——经营海味、山货；福建帮——经营茶叶、漆器、山货；浙江帮——经营丝绸、针缝业。

经过一家花纱布匹店，楼下是店面，楼梯口上挂着一个写着"粤东会馆"字样的牌子。店铺的李老板正坐在柜台后面喝茶，看到南虎一行走过，便笑脸迎出。

"李老板，什么时候从广东回来的？"南虎笑问。

"回来有二十多天了，店里事多，一进完货就赶着回来了。"

"近来生意还好吧？"

"好，好得很呢。我兄弟听说这里生意好做，也跟来了，到龙州、水口开分店去啦。"

浩明一听，高兴地说："好哇，就希望你们到那里做买卖，越多越好。龙州镇和水口镇不单做中国人的生意，更多的是做越南人的生意。再说，今天的水口镇大不一样了，那里的买卖也是旺得很呢。"

浩明说得是实在话。前年水口镇遭大火，镇上的房屋多是木头房和竹楼建筑，大火一起便一发不可收拾，一夜工夫，全镇被烧成一堆灰烬，好在谭家公馆建在河的对面，没遭火劫。浩明不忍心看到乡邻们无家可归，便把自家的积蓄拿出来，给镇里建房屋，不够的，又变卖田地产，把钱补足。水口镇因此因祸得福，如今，整个镇子焕然一新，一排排一栋栋的青砖黑瓦房，整整齐齐。镇子的中心建有农贸市场，市场的两旁是各种商店。更令镇民们兴奋的是，在市场东南面方向，建有一个戏台子，供民众们免费看戏。浩明又在龙州河上建起了一座铁桥，交通方便了，中越边境来往做生意的人也多了，人称这里"小香港"呢，由此可见这里的繁华。

一天走访下来，南虎虽是累，可心里踏实多了。这时夜幕已落，满天星斗，一轮满月洒下银色的月光，映出地上的身影长而细。南宁的陆公馆建在石牌坊，三亩地的范围上立着三座中式的楼房，院子里建有石柱撑起的亭阁和一个戏台子。刚走进石牌坊，就听到一阵阵的锣鼓声，南虎知道家人都在看戏呢。果然，进了大门，就看到五六盏汽灯在戏台子上高高挂起，把戏台子照得雪白，一个身穿黑色武打衣的小武生，从高台上一个跟斗翻身而下，台上正演《时迁偷鸡》呢。夫人们、孩子们、佣人们坐在台前，正聚精会神地看戏。

谭女眼尖，看到丈夫进门，便起身迎来。"回来啦？还没吃饭吧？"她轻声地问。

"饿得很呢。"

"我让人把小桌子摆在这里，你边吃饭边看戏，好吗？"

"听你安排好了。"

回到屋里，南虎换上一身便服，洗过脸，便来到院子。这时，小饭桌已经摆好，上面是冒着热气的三菜一汤，南虎刚坐下，正要拿起筷子，就听到外面转来一阵急促的马蹄声，跑得这么紧迫，南虎顿时不安起来。他站起身，快步来到大门，只见一个人影骑在马背上，飞奔而来，来到他跟前，滚落下马。南虎定睛一看，是跟随小虎多年的贴身卫士，南虎的心立即抽紧了。

"都督、都督，二少、二少、他他……"卫士泣不成声。

小虎又称二少。

"慢慢说，二少怎么啦？"南虎急急地问。

"二少他、他昨天得了急病，死了。"

谭女一听，只觉眼前一黑，当场晕了过去。南虎眼快，一把接住她才没跌落在地。南虎急忙地把她抱进屋里，平放在床上，又赶紧派人去把医生叫来。过了好一会儿，谭女才醒过来，一眼看到南虎伤心的面孔，就"哇"的一声哭了起来。看到谭女醒过来，南虎略为放心，吩咐佣人好生照顾，便转身走出房门，小虎的卫士立在门外等候着。

南虎把他拉到一边，说道："二少到底出了什么事？你慢慢地、详详细细地把事情从头给我说来。"

卫士擦了擦眼泪，抽了抽鼻子，便叙述起来："那天，袁大总统准了二少的假，我们便兴冲冲地回到模范团。正当我们收拾东西，准备起程的时候，二姐夫龙运乾来了。他说正好他也要回广西梧州探望二小姐。正好结伴，路上也不至于闷得慌。"

当然，有二姐夫做伴，小虎自然高兴。一行人当晚便乘上火车南下。到了上海，龙运乾提议在上海玩几天，小虎说以后有机会再说吧，他归家心切哩。龙运乾笑他，说小虎想新娘子了。他们下了车便搭上到广东的轮船，两位年轻军官，风华正茂，一路谈天说笑，倒也不觉路途劳累。

龙运乾说："小虎，等到袁大总统登基当了中国的皇帝，我们模范团的官兵比起北洋军来，那可要风光得多了，你我还怕没高官当吗？"

"依我之见，袁大总统最好不称帝，你没看到全国上下都反对吗？他要给我高官我还不要呢，免得连我也一起挨骂。"

"我可不怕。只要有官当，管他皇帝不皇帝的。"

"二姐夫，话可不能这么说。现在是民国，共和是人心所向呢。"

龙运乾没搭话，少顷，又问："知道你父亲对称帝这事怎么看吗？"

"我想他是不会支持的，他要的是民国，不是皇帝。"

龙运乾默不作声。突然，他想起了什么，向周围窥去，看到没人注意时，松了口气，转过头来，注视着轮船后面的螺旋桨旋起层层的白浪花，几只水鸟在互相追逐，大声地欢叫着。其实，龙运乾并没有回广西的打算，是袁世凯派他来严密监视小虎，探清楚他父亲的态度的。如果这父子俩反对他登基，袁世凯用手抹了抹脖子，做了个杀头的动作。想到这里，龙运乾心里打了个冷战，小虎是他的小舅子啊，他怎么能下得了毒手？再说，如果岳父大人知道他害死小虎，一定饶不了他，想到这里，背上冷汗直淌。袁总统叫他放心，说沿途有人在暗中保护他，说穿了就是监视他，如果他放了小虎，这个人就会杀了他。龙运乾低下头来，他不干也得干，干也得干，豁出去了。说起来，他的父亲和叔叔都是忠实于袁世凯的将领，龙家正因为靠上袁世凯这座大山，才有如此高官厚禄，前途无量。再说袁世凯是一国之主，万人之上，陆家又算得了什么？

终于，船在梧州码头靠岸了。龙运乾的家在梧州附近，可是这时天色已晚，也不便赶夜路。上了岸，他们找了一个小客栈住一宿，天明各自继续赶路。这一晚，龙运乾躺在床上，翻来覆去睡不着。那贴身卫士对小虎是寸步不离，明天他俩就要分手了，怎么办？小虎一坐上船到南宁，他就没有下手的机会了。

第二天清早，龙运乾抓紧最后的机会说："小虎，我家离这里不远，要不要去看看你二姐？"

"这次就免了吧，过两天你和二姐也要到南宁参加我的婚礼，有机会见到她的。上午十点钟有到南宁的船，我想早点回家，免得母亲挂心。"

"这样也好，不如我叫店伙计给你买早膳，吃了好上船。"

"那就谢谢了。"

"好，我这就去安排，祝你一路顺风。"

"二姐夫，多保重。"

"后来呢？"南虎急着问。

"后来，二姐夫就走出了房门。我把东西收拾停当，二少叫我出去请一辆马车。

当我把马车请来的时候，店里的伙计买回来一碗肉米粉，放在桌子上便离去了。我把行李拿到马车上，二少就坐下吃米粉。等、等我把行李放好，转回到店里的时候，就发现二少脸色铁青，抱着肚子倒在地上。我吓坏了，赶紧抱起二少，我喊着，二少，二少，你怎么了？你怎么了？二少已经说不出话来，不到一会儿，他、他就不行了。客店里的人说是得了绞肠痧，急症死的。"

南虎沉默了好一会儿，伤心地问："尸体呢？"

"随后就到。我骑快马来报信。"

"知道了，你去歇吧。"南虎无力地说。

看着卫士离去，南虎颓然地跌坐在院子里的石凳上，两行热泪无声地从他那布满皱纹的眼颊流下。世界上没有什么比失去爱子更令他心碎的了。南虎木然地坐着，直到远处响起一声闷雷，他缓缓抬起头，天空一片黑暗。

许久，他才从悲哀中慢慢地回过神来。小虎一向身体强壮，很少生病，怎么会得了急病？而且是卫士临出门前一分钟，他还是好好的，怎么会就死了呢？死得这么突然，是吃错了什么？是不是中毒？如果是中毒身亡，那又是谁放的毒？是他的卫士？不，不会，他为人厚道，跟随小虎多年，再说，他也没有必要去杀害主人。是二女婿？更不会，他是自家人，小虎的亲姐夫。那么，小虎真的是得急病死的？

南虎独自坐在门口，等着儿子回家。不到一夜工夫，他的头发全白了。

天蒙蒙亮的时候，一辆马车拉着小虎的尸体来到家门。南虎担心谭女心里承受不了，便让家佣把尸体搬到侧屋，尽量避开她。南虎从桌上拿起油灯，细细查看，儿子的五官扭曲，可想而知他死前承受多大的痛苦，脸呈青灰色，七孔都有鲜血流出的干迹。这些迹象表明，小虎是中毒致死。南虎还不敢贸然下定论，便让大管家速去把原衙门府的验尸官请来。

验尸官一刻也不怠慢，迅速来到陆公馆。大管家把他领进停放尸体的侧屋，一踏进门，就看到尸体平放在靠窗子的小床上，南虎伤心地坐在小床前，等候他的到来。验尸官径自向尸体走去，凭着灯光，他仔细查看眼睛、鼻子、嘴巴、脖子，然后又检查手臂和腿脚。而后，他直起腰来，问："可否借我一根银簪子用用？"

"大管家，到谭老夫人那里什么也别说，就拿根银簪子来即可。"南虎吩咐道。大管家离去后，南虎问验尸官："依你看，我儿子死于什么原因？"

"都督，从表面看来，他的全身出现紫色斑点，七孔流血，十有八九是食物中毒。不过，我还要做最后的检查，才能下结论。"

南虎点点头。这时，大管家把银簪子取来了。验尸官把一小杯清水放在桌子，然后用一根小棍子把小虎的嘴撬开，用筷子把口腔里残留的食物夹出，放入清水里，又把银簪子浸入水中，眼看着银白色的簪子渐渐变黑。

"是砒霜，剧毒。"验尸官对南虎说。

虽说南虎已心有准备，也不禁为之一震，是谁这么狠毒？他深深吸了口冷气，事情不是杀了一个人这么简单，背后有鬼。他对验尸官和大管家说："这事只有你俩知道，对谁也不能说出真相，就说是得急病死的。"

目送大管家送验尸官离去后，南虎端来一盆温水，拿毛巾沾了沾水，一点一点地擦干净儿子的脸膛、脖子。想起武昌起义那年，他派小虎带领一个营去援助，而浩明担心小虎太年轻，没经验。小虎不服气地说："舅舅，那年你跟我父亲打法国鬼子的时候，你年纪比我还要小哩。"浩明无话可答，小虎去了，果然不负所望，他带兵打埋伏，袭击北洋军列车，得到统领黎元洪的赞扬。渐渐地，南虎的脑子冷静了下来，莫非小虎的死是给我一个"杀鸡给猴看"吗？与北京局势有关？我要弄清究竟是谁下的毒。不过，此事要做得不露声色，免得打草惊蛇，那么，派谁去查访呢？

南虎把四夫人叫到他的书房，又把书房门关起，然后对她说："春燕，有件要紧的事需要你帮忙。"

"当然，没得说的。"

"已证实，小虎是被毒死的。我不知道是谁下的毒手，背后是谁下的命令。"

"我该怎么做？"

"你带上小虎的贴身卫士立即去梧州走一趟。找到小虎住过的那家客栈，打听是哪个店伙计给买的米粉，然后，想法子要他说出是谁指使他在米粉里下的毒药。弄清后也不要张扬，尽快赶回来。"

"知道了。"

春燕回到她的屋里，换上练武的短打黑衣，又用一条黑头巾把头发裹起，一眼看去，还以为是个男子呢。她在腰间佩上一把七寸长的匕首和两把驳壳枪，待一切准备停当，马也备好了，在院子里等候。

南虎走上前来，把一个包着银子的小包袱斜绑在春燕的背上，说："带上银子，你有用得着它的地方。"

"你自己也多保重，我会尽快赶回来的。"春燕说完，翻身上马，两腿一夹马肚，马跑了起来。与小虎的卫士一起，消失在晨雾之中。

第四十四章 梧州客栈

春燕昼夜赶路,马不停蹄。她骑的红马四肢修长,胸骨粗壮,腿部肌肉发达,奔跑时速约二十公里,最快时速可达六十公里,真是名副其实的好"马力"。终于,在第四天掌灯时分,梧州便映入眼帘。

两人在路边一家饭馆门口下了马,到了这里,春燕不急于进市里,跑了这么长的路,人和马都累了。吃好了饭,精神也恢复了,卫士给两匹马饮水添草,春燕一边喝茶,一边等待夜幕降落。渐渐地,月亮升到头顶,街上闲人不多了,春燕说了声"是时候了",两人便起身,跃上马背,向市里奔去。

"四夫人你看,前面不远的那个客栈就是。"小虎的卫士用马鞭指着前面。

春燕顺着望去,在街的右边,一家门前挂着两盏灯笼,是用红色桐油纸糊成的,呈半透明状态,上下饰以绿荷叶边,两盏灯肚上分别写着"客""栈"字样,这种灯不容易被风刮灭,人称"气死风"灯。来到客栈门口,两人下了马,春燕四周一看,这条街不是闹市,比较安静,街上行人寥寥。

"你看好马,在门外等我好了。"春燕吩咐完,便径直走了进去。

客栈里挺安静的,客人们都歇去了。柜台上放着两盏油灯,里面坐着一位清瘦的老账房先生,正在打算盘记账。听到脚步声,他抬起头,从顶在鼻梁上的老花眼镜看过去。

春燕向他走过去,打招呼:"在忙呢?"

账房老先生没搭话,看她这一身打扮,一身黑衣,裹头,肩披黑斗篷,男不男,女不女的。做客栈这一行的,南来北往的,什么样的客人都见过,他看了客人一眼,"嗯"的一声便是答应了。

来客把身子往柜台上一靠,压低声音,说:"几天前,有一个年轻人死在你们的客栈里。"

账房先生一怔,说:"我不知道。"

春燕紧盯着他,账房先生心一虚,把眼睛从春燕的脸上溜开,埋下头继续算账。

春燕盯了好一阵子,看他无意交谈,便从衣兜里拿出些银子,"啪"的一声,用力地往柜台面上这么一放。

账房先生老眼一亮,白花花的银子啊,他的态度就变了:"哦,我记起来了,有这么回事。听说那天早上,客栈里的一个小伙计帮一位年轻的房客买早餐,后来,不知怎的，这年轻人就死了。"他伸出瘦骨嶙峋的手，像爪子似的，把柜台上的银子捋走。

"那个小伙计叫什么？现在在哪里？"

他瞪起细长的眼睛，像老鼠似的滴溜溜地转了一圈，随后，像猫似的眯起来，心里在嘀咕着说还是不说呢。

春燕敢肯定这狡猾的账房先生心里清楚得很。春燕决定重赏，只要有钱，他什么都会告诉你。春燕拿出五十两银子，放在柜台上。账房先生一看，眼睛、嘴巴都笑开了，正要伸出他的爪子去拿钱，春燕左手把银子捂住，右手从腰里拔出匕首，"噔"的一声，把刀子插在台面上，说："如果你对我说实话，这些银子都归你。但是，你要是撒谎的话，小心我割断你的喉咙。"

账房先生微微一笑，把台面上的银子刮走，稳稳当当地揣入怀里。然后，他把身体往台面靠过去，压低声音说："他叫阿富，今年二十岁。事发后，他不敢留在客栈里，也不敢回家。他有一个姐姐，独自带着一个孩子，替人缝缝补补，是做针指活的。阿富就躲在他姐姐的家里，麻雀巷十六号。"

"麻雀巷十六号？"

账房先生点点头。

春燕拿起匕首，在他的面前一挥，一道寒光闪过，说："如果你骗我，你也跑不了，在你没来得及花这笔钱之前，你就见阎王去。"说完，转身就走，一阵风似的刮了出去。

春燕以前走戏班子的时候，也常到梧州码头演出，对梧州并不陌生。她跃上马背，领着卫士，踏着月色，七拐八拐，不一会儿便来到麻雀巷。麻雀巷其实是靠近西江河的一条小街，路面是青石板，两旁是高矮不一的旧房屋。春燕边走，边细查看门牌号，果然，在一个旧围墙的大门外，挂有一个牌子，上面写着"针指"的字样，门的顶端写着"十六号"。

"就是这一家。卫士，你在外面等我，我先进去看看，别给弄错了。"

"你一个人能行吗？"

"没问题。你看好马，别作声。做好准备，如果情况不对，我们撤退也快。"

春燕跳下马，试推大门，门被紧紧闩住，推不动。再一看，围墙不太高，她纵身一跃，上了墙头，往下一看，这是一个小院子，里面有两间矮旧房，挨着旧屋的墙边放着一个大水缸，水缸旁边堆有一堆柴火。院子里静悄悄的，春燕轻轻往下一跳，猫腰溜到窗户下，往里看去，一个女人在桌前的油灯下做针线活，一个五六岁的男孩睡在旁边的床上。春燕转身寻到西面的小房子，只听里面传来响亮的打鼾声。从窗子窥去，在月光下，一个年轻人巴叉着腿，仰面躺着，睡得正香。春燕心想，这一定是阿富了。

　　她用匕首轻轻地撬开门闩，把门推开一道缝，像猫似的溜了进去。说时迟，那时快，春燕拿起床上的被单紧紧蒙住阿富的头。阿富惊醒过来，要喊也喊不出，他的胸口被膝盖重重地顶住，他的手也被紧紧地扣住，动弹不得。

　　"乖乖地别喊，也别动，我不杀你。你要喊，我一刀把你刜了。"

　　阿富惊讶地发现这个袭击他的原来是个女人。这一发现，使他勇气大增，他一个大男人难道还怕一个女人不成？他使劲地踹脚，要把那女人踢倒。不料，他大腿被一个手掌刀劈似的狠狠一砍，大腿肌肉疼得痉挛，他身子不由得蜷曲起来。

　　"哼，我要没有这点功夫，也不敢来逮你。"春燕厉声说。

　　"我不知道，什么也不知道。"阿富恐怖的声音在被单里闷声闷气地喊。

　　春燕把匕首的刀刃压在他的脖子上。

　　虽然隔着一层被单，阿富也感到冷冰冰的硬刀子逼在脖子上，顿时腿也软了，哪里还敢动弹？

　　"听着，阿富。"阿富又是一震，这女人怎么知道他的名字？那女人压低的声音又说，"你说实话，我不杀你，你如骗我，别怪我刀下无情。你说，是不是你放的毒药？"

　　"是，不是，不过，不是我要这样做的呀，我根本就不认识他。"阿富申辩。

　　春燕把刀子逼紧。阿富感到脖子上的暖血渗了出来，又赶紧说："我、我说得一点不假……是、是那个年轻的军官指使我做的呀。"

　　"那个年轻的军官是谁？你把事情的前前后后给我说来。"

　　"你、你能不能把刀子松松，好，这样我可以说话了。那天的傍晚，客栈来了三个房客，两个穿着蓝色军官服的年轻军官，一个是穿士兵服的。第二天早上，其中一个年轻军官差我去买碗米粉，我就去了。当我走到街拐角时，那位叫我买米粉的年轻的军官正等着我，他一把把我拉到街角说，听着伙计，你想要银子吗？我说当然了。他说好，我这里有一包东西，你把它放在米粉里，端去给客栈里的那位军官。我问他你要杀他，你们有仇啊？那年轻军官恶声地说，别多嘴，叫你做你做就是了。我说如果被发现，我会被杀头的。他说蠢话，这事你知我知，还会有谁知道？看看我手里拿着的是什么？二十两银子呢，只要你答应，就都归你了。我说才二十两？不干。他说三十两，怎样？

　　我长这么大，还没见过这么多的银子呢，我心动了，再说，这些客人都是路过此地，一面之交，事后各奔东西，谁也记不住谁。那年轻的军官见我没搭话，于是，又多拿出十两银子，共四十两银子。我一看，好家伙，四十两银子啊，我在客栈里干好几年也挣不到这么多啊。我接过那包毒药，抓起银子，放进口袋。我说好吧，事发后可不要来找我的麻烦。他说，你记住，别拿了银子不干事，如果他不死，你也别想活。说完，他就离开了。我买了米粉，把药放进去，送到客人的房里，我也不敢在客栈里待，就跑了。唉，早知如此，何必当初，这下子是恶有恶报了。”

春燕问："那个年轻的军官长的什么样子？"

"他人长得挺体面的，高额头，大眼睛，对了，在眉头上有一颗大黑痣。"

春燕大惊，那是二姑爷啊，小虎的亲姐夫，他怎么能杀自家人？春燕愤怒地说："为了四十两银子，你就可以杀一个无辜？"她恨不得一刀子把他的喉咙割断，转眼一想，留下他日后也是个人证。"我今天留你一条命，但是，我给你一样礼物，让你记住，永不要贪财害命。"说完，她把被单塞进阿富的嘴里，然后，在他的大腿上狠狠地割了一刀。

听到一个闷声的惨叫，春燕不理会，把刀子在被单上擦了擦，把匕首插进刀鞘，转身出门，翻过墙头。

"走！回家。"春燕对卫士说。

两人跃身上马，转眼间便消失在夜幕里……

第四十五章　风雨欲来

黄昏过去了，天上隐出颗颗星星，犹如月亮的泪珠，布满天空。夜空下，一根三丈高的旗杆立在陆公馆门前，上面悬挂着一块白色的长方形招魂幡，幡上写着一个巨大的黑"丧"字，在晚风里，一会儿轻轻地扬起，一会儿又无力地落下。陆公馆门前，一座用松枝和白纸花扎成的牌楼高高地立起，门口挂起的大红灯笼，一一换成白绢制成的素灯，就连那两只雄壮威武的石狮子，颈脖上也挂起白绢，默默地蹲在大门两侧。

灵堂设在正厅里。灵堂的正面挂起白色巨大的幔帐，幔帐上面挂着小虎的照片，身穿军官服，军帽下面，一张年轻英俊的脸上伴着笑容，看着灵堂正中停放着深红色的木棺。木棺前头立放着一个白花圈，上面写着个"奠"字，八支点燃的高脚烛灯停放在木棺旁。灵堂两侧分别坐着二十个身穿灰色长袍的和尚，手里敲着木鱼，嘴里"喃喃"地念经，和尚们那混浊、苍老、沉重的声音，时而高，时而低，谁也听不清他们念的什么，只听到一片"嗡嗡"声回旋在灵堂之上。

从早到晚，亲戚、朋友、士兵、军官、政府幕僚川流不息，一概一身缟素前来吊丧。他们轻声细语，脚步也悄然，生怕惊动了安息在木棺里的灵魂，往日欢乐热闹的陆公馆，充满了凝重而悲哀的气氛。

南虎一身素装独自坐在灵堂的角落里，呆呆地看着烛灯滴落下一串串的烛泪。昨天，春燕赶回来了，带回的消息使他又是震惊又是愤怒，头上冒起的青筋突突直跳。他二话不说，抓起两把驳壳枪，怒气冲冲地冲到马棚，跃上马背，他要冲到龙家，将龙运乾这兔崽子揪出来，将他的身体穿遍子弹孔。

春燕策马从后面赶来，大声喊道："当家的，你这是到哪儿去？"

"我一枪子毙了这兔崽子！"

"龙运乾不在家，素容说，她丈夫急急忙忙地回来，连口水都没喝，又急急忙忙地回北京去了。"

南虎更是气炸了，嚷着："回北京去了，你他妈的回北京去了，我要你跑不出我的手心，我要毙了你！"他双腿使劲夹紧马肚，白马像旋风似的奔跑起来，南虎举起双枪，朝天空连连射击，直到枪膛里的子弹打没了。无奈，他悻悻地打马回府。

回到书房，一股怒火仍然烧在胸口，几乎喘不过气，他在书房里，来回地踱步，猛然抬起头，墙上挂着的一幅大字"忍"，跃入眼帘。这是他亲手书写的字，每当控制不住怒气的时候，他便会看着它，使自己平静下来。今天，他可是怎么样也平静不下来，心口一阵阵地作痛，他这才真正地体会到，为什么古人把"忍"字书写成一把刀刃搁在心上，这就是忍啊！心里再流血，也得撑下去。他警告自己，小不忍，则乱大谋。

南虎独自坐在灵堂的角落里，苦苦思索，龙运乾不会无缘无故地毒死自己的亲小舅子，背后一定大有文章，那么，是谁在背后指使的呢？

前些日子，北京拥护帝制的一伙政客成立了什么"筹安会"，为称帝做好理论和社会舆论的准备，近日来，皇帝的"大典筹备处"也登台了。正当北京紧锣密鼓地准备新皇帝登基，我却把儿子招回家，袁世凯一眼看穿我的用意，这人质一走，他就不能控制我，也就是说将失去西南各省的支持，所以先下手为强，以此来要挟我。他之所以挑中龙运乾来做他的帮凶，是因为我们两家的亲家关系，小虎不会提防，容易得手，而龙家对袁世凯的忠心，是一百个放心，龙家父子对他一贯言听计从。

那么，我该怎么办？如果我现在把龙运乾抓起来，龙陆两家便会打个你死我活，得益的便是袁世凯，乐得个"坐山观虎斗"。那么，把枪口对准袁世凯？那更不行，袁世凯是一国之总统，手里握有国家的财、政、军大权，还有北方十四个省行政长官的拥护；而目前，全国只有云南和贵州两省持公开反对态度，双方力量相差悬殊，我要小心行事。这仇不是不报，而是时候未到，时候一到，我把账给他全算清，现在只能是打掉牙往肚里吞。

"陆都督，这里有你两封电报。"陈卫士长走过来，打断了南虎的沉思。

南虎接过电报，一看，一封是龙济光发来的，另一封是袁世凯发来的吊唁电。南虎气得全身发抖，骂一声"狗屁"，把电报撕个粉碎，扔在焚纸钱的火盆里。不想，又来了一个姓吴的先生，自称是袁大总统派来的私人代表，亲自到陆公馆吊唁。南虎瞄了火盆一眼，好在纸片都已化成灰烬，他决定逢场作戏，将计就计。

吴先生站在死者的遗像前，焚了几炷香，鞠了一躬，把香插在香炉里，随后从衣袋里掏出白色的手帕，擦了擦眼泪，伤心地说："陆将军，袁大总统对你儿子陆裕勋一向很看重，万万没想到祸从天降，大总统为此深感痛心。"

"请转告大总统，难得他如此重惜人才，感谢他这些年来对我儿子的栽培，我陆某人绝不会忘记他的恩典。"

"陆兄，你也许还不知道，袁大总统对你一向是很敬佩。"

"承蒙袁大总统看得起我，我才荣获'陆军上将'的称号。如国家有需要我效力的地方，我陆某人一定义不容辞。"

"有你这句话，袁大总统一定非常高兴。"

南虎勉强挤出一笑，点点头。

当天，南虎给袁世凯发了一封回电，感谢大总统的关心和慰问。

　　尽管如此，袁世凯还很不放心，他密命王祖同严密监视，探清南虎的真实态度，同时，伺机暗中策动南虎的大将陈炳焜倒戈，许诺只要他倒戈，广西督军的位子就是他的。同时，命龙济光前来南宁吊唁，见机行事，必要时以武力夺取南虎的兵权。

　　此时此刻的南宁，正是山雨欲来风满楼。

　　王祖同奉命来到陆公馆，小心地试探："陆将军，袁大总统宣布把1916年元旦改为'洪宪元年'，广西政府将有何打算？"

　　不料，南虎却爽快地回答："我遵命，立即令广西改洪宪元年就是。"

　　王祖同简直不敢相信自己的耳朵，又说："据我所知，云南和贵州正在招兵买马，准备出兵反对大总统登基呢。"

　　南虎眉头皱起，说："这我也听说了，蔡锷这是不自量力啊。我已与龙济光、张勋、冯国璋、段芝贵等将军们商量过了，请求大总统恩准，我们联合出兵讨伐云贵两省，你看，这是刚拟好的给大总统的电文。"南虎说着，把手上拿着的电文递过去。

　　王祖同接过一看，心中暗喜，却又为南虎暗中叫冤，南虎啊南虎，早知如此，你当初就不该顶着干，以致儿子遭殃啊。便说："南虎，我刚得到大总统的口信，贵州宣布独立，大总统撤免了贵州的行政官，有意任命你为贵州宣抚使，并要你率兵攻打贵州督军刘显世。"

　　南虎一听，脸色渐转庄重，说道："难得大总统这么抬举我，国家有难，我南虎身为将军，一定不辜负大总统对我的信任。"

　　"有你这话大总统就放心了，我想大总统的委任文很快就会下来。"

　　南虎心想：你袁世凯聪明，我南虎也不傻，你要我去贵州无非是调虎离山计，好让陈炳焜倒戈，我的周围是危机四伏。从表面上，南虎却装得若无其事，暗地里却紧张地想对策。想来想去，看来也只有王祖同才能帮他解这大难了。

　　人去世后，每逢七日家里便点灯、焚纸、烧香来祭奠，直到七七四十九天，俗称"做七七"。陆家的"七七"还没做完，南虎正值丧事，按理说暂不处理公务也情有可原，可是，为了表示支持袁大总统，南虎大造声势，准备起程赴贵州上任。

　　正在此时，又接到龙州边境传来告急电文。因此，南虎把龙州边境告急电报往会办广西军务的王祖同桌上这么一放，便离去了。这一来，王祖同可是抓瞎了，他能文却不能武，让他探风声，动动嘴巴，写写电文可以，让他处理边防军务，他可是无从着手啊。王祖同急了，误了边境大事他可担当不起啊，赶紧电文袁大总统，南虎必须坐镇广西。

第四十六章　潜入禁地

　　繁忙的西江河上，从东驶来一条大轮船，方头高尾，尾梢有两层，一层是舵机房，另一层安置家属或带客。船上装满上千桶桐油货物，船身漆着红色，船的两侧划过两道金色的条纹，其颜色鲜艳，引来不少同行货船羡慕的眼光。甲板上，站着一位颇有身份的年轻商人，他身穿青绫长马褂，头戴一顶黑呢帽，身材高大，一张四方脸，笔直的鼻梁上架着一副金边太阳镜，手里捧着盖碗茶，边喝茶，边有兴趣地看着来往的船只。

　　此人叫林虎，字隐青，广西陆川人。早年在江西武备学堂学习，辛亥革命时率部到南京，任南京临时政府陆军部警卫混成团团长；后来任江西陆军部第一师第一旅旅长。"二次革命"中，袁世凯令北洋大军南下讨伐江西起义军，林虎奉命踞守湖口、九江等要塞地区，致使北洋军久攻不克。后来，北洋军改变战术，偷渡长江，将林虎军队重重包围。起义军大败，江西督军李烈钧大势已去，林虎只好率其部，硬是冲出重重包围，一场恶战下来，林虎名声大振，由此得了个"飞虎将军"的美称。为了逃避袁世凯的重赏捉拿，"飞虎将军"林虎逃到香港，与梁启超相遇。

　　在香港的革命党人也在密切注视北京局势，对如何反对袁世凯称帝一事，他们反复仔细讨论研究了全国的形势，最后把目光集中在广西都督陆荣廷的身上。从他的出身、背景和他一贯的思想行为以及他目前掌握的兵力来看，只有他最有可能举义旗，也最有力量来与袁世凯抗衡。因此，决定派梁启超和林虎潜入广西，策动陆荣廷起义。

　　"林虎，从香港入广西有几条路可行？"梁启超问，这是他第一次去广西，不免有陌生感。

　　"路有两条，一条较快，但较有危险；另一条较慢，但比较安全。"林虎答。

　　"哪一条比较危险？"

　　"乘船走西江河，经梧州直达南宁，这条水路布满袁世凯的密探。另一条就是拐个大弯，从越南进入镇南关，到了龙州，便可乘船直到南宁，不过，出入越南必须持有护照。我们是政治逃难到香港的，哪来中国护照。"

　　"这倒不难，有钱还担心弄不来护照吗？"梁启超说。

　　"时间不等人，我走快道，乘船走西江河，经梧州直达南宁。我是广西人，比你熟悉广西的情况，有事的话也好应付。"林虎说。

　　商定的结果是，梁启超从越南进入镇南关，万一林虎出了事，他仍可完成使命。随即，两人便分头上路。

　　一路上，林虎小心行事，不敢乘客船，便搭上桐油货船。半夜时分，船开始驶入梧州码头。从船舱看去，这里桅杆林立，大大小小的货船、客船，黑压压的一大片，梧州的贸易是如此的繁华。林虎暗自高兴，这一路上平安无事，明天一早，他就可改乘小火轮船到南宁了。不想，船刚一靠码头，一队持枪的官兵就跳上了船，林虎一惊，拔腿想逃走，可又一看，岸上站着一队官兵看守所有的船只，而其他的船只也在一一地被搜查，往哪里逃？

　　"船上所有的人全都站到甲板上，不许在船舱里待着，快，快！"士兵们喊道。

　　林虎把帽子往下拉，遮住半个脸，只好硬着头皮走出船舱。一抬头，与一位从跳板走下来的五十出头的军官打了个照面。顿时，两人都怔住了。林虎不禁暗喜，天助我也！

　　原来，这位军官不是别人，正是梧州水上警察厅厅长李立廷。两人都是陆川人，林虎的叔叔曾是李立廷的好友。

　　李立廷心头一怔，不动声色地转过身，对身边的副官说："刘五，你带领士兵们下到船舱搜查。"

　　"遵命。"刘五应道，把士兵们领走了。

　　李立廷走近林虎，压低声音说："你好大的胆子，怎么闯到这里来了？你知道，所有到南宁的路都封锁得很紧。"

　　"李叔，我知道，袁世凯就要封锁南虎，我就是为这个来的。"

　　"这几天的风声特别紧，北京已经探到香港派人到广西的行动了，所以查得特别紧，你得赶快离开梧州。对面的那条小货轮已查过，明天一早开往南宁，等我们离开后你就上那条船好了。"

　　"知道了。"

　　看着李立廷把士兵带走后，林虎不敢多留，给船主付过钱后，便向那条小货轮走去。

　　到了南宁，这里正是军队调动频繁的时候，客栈里都住满了士兵。林虎找不到旅馆，最后只好来到一所水上客栈住下。房间极小，只能放下一张单人床和一张小桌子，尽管这客栈如此简陋，房间的左左右右都住满了各县"民众代表"，准备到北京请愿，请袁世凯总统当皇帝的。当然，这些都是王祖同一伙策划的，为袁世凯大造声势。看到南宁情况如此紧张，此处不可多留，林虎决定尽快把事情办完，离开此地。他来不及喝口茶，便向督军府走去。

　　一个年轻的值日官接见了他，说："陆将军有病，不在府里。"

　　"那么谭浩明军长在吗？"

"谭军长开会去了，也不在府里。"

"谭军长派我去检查事情，我急于要向他报告。不如我留下纸条，谭军长回来时，请你交给他。"

值日官爽快地答应了，并递给他纸和笔。林虎接过，匆匆写下："谭军长，我今天到此地，住济安筏客栈，有事面谈，林隐青安上。"林虎把纸条折叠好，交给值日官，便离去了。

回到客栈，左等右等，眼看太阳斜西了，仍无消息，忐忑不安，也许这值日官是王祖同的人，把我的字条给拿走了，也许谭军长不回督军府……不管怎样，他一定要完成此行的使命。于是，林虎决定写一封长信：

"陆将军，我受香港国民党同志之托，来与你面达一切。我有幸到南宁，虽未和你见面，心里觉得愉快。但恐你事多，未能即时见面，有恐时间有限，未能把海外同志的一切意见谈得清楚，所以先写封信给你……"

林虎写完，把信读了两遍，修改了几个地方的用词，认为满意，便把信封好。这时，太阳已落山，林虎又来到督军府，亲自把信递了进去。

回到客栈，又是一阵着急的等待。掌灯时分，仍不见动静。窗外，见不到月星，天上布满浓云，不时电闪雷鸣，将近十点钟，大雨滂沱。看到此情景，想来今晚不会有任何消息来访，林虎闩紧门，正要上床休息，这时，门上响起一阵轻轻的敲门声。

林虎一惊，快步来到门边，警惕地问："谁？"

"是你要见的人。"外面一个男子轻声答道。

林虎喜从天降，赶紧把门打开，门上站着个陌生的彪形大汉，穿蓑衣，戴竹笠帽，后面跟着个手提马灯的随从。

"请进，请进。"林虎说。

两个来客把水淋淋的笠帽和蓑衣脱下，放在地板上。

"请坐。"林虎盯着大汉在桌边的空椅子上坐下，那随从静静地站在门边。

"你是从梧州来的吗？"大汉问。

"正是。"林虎答。

大汉从口袋里拿出一张字条，问："这是什么？"

"这是今天上午我给谭浩明军长留下的条子。"

"这又是什么？"大汉把一封磨损了的信放在桌上。

林虎拿起一看，激动地说："这是前年我从香港前往新加坡的途中，给陆将军写的信，没想到他一直保留着。"

"对不起，林团长，因为我们未见过面，不得不小心行事。我姓马，叫马济，我父亲叫马七拳，陆将军是我的义父。"

"哦，你就是马济马团长，久仰，久仰。"林虎高兴地说，他早就听说马济是南虎手下一员不可多得的大将。

"我义父知道你来……"

林虎连忙用手制止,说:"这里不是说话的地方,这客栈的前后左右都住满了上京请愿代表。这里只是一板之隔,小心隔墙有耳。"

于是,马济便邀林虎一同出去。马济把笠帽给林虎戴上,把蓑衣往自己头上遮好,三人便走进夜雨里。穿过几个清静的小巷,来到河边的一座小寺庙。

马济敲敲门,不一会儿,一个小和尚给他们开了门。看来马济是这里的常客,小和尚问都不问,就把这一行人领到院子里的一间客房里,送来了一壶茶水便退了出去,把房门轻轻闭上。

"为了避开密探的耳目,不得不找了这个可靠的小寺庙。"马济说。他把茶壶提起,给林虎和他自己倒了一杯茶,接着又说:"义父已知道你到了南宁,今晚看了你的信,义父要我来代表他对你的感谢。感谢海外的同志们不把他当外人,如此看重他,同时,十分敬佩你为国家出力,敢于冒险进入广西,很不简单。"

"你义父过奖了,我也只是尽一点微薄之力而已。"

"请你谅解,义父不能亲自见你,派我来与你接头。实话说,你一离开梧州,李立廷就已经通知我们了,王祖同也接到革命党人潜入广西的行动,在去往武鸣镇陆公馆的路上设了警卡,以为你一定会往那里去。我在督军府里看到你给浩明舅舅的字条,知道你在客栈等着,不会去陆公馆,也就放心了,所以等到天黑后才来与你接头。"

"原来是这样。你义父和你浩明舅都好吧?"

"义父称病,其实也是装的,这都是为了蒙过密探们的耳目,这几天,义父和浩明舅请王祖同一道打麻将,打得挺热乎的,表面上,南宁的事务暂时由我来管。袁世凯之所以要封锁外界与广西的联系,是义父对他支持与否,举足轻重。袁世凯不担心云南,因为云南军并不强大,但是,可以这么说吧,我义父控制着南方局势,一旦他支持云南,两省联合起来,对袁世凯就造成很大的威胁。所以,袁世凯一边拉拢我义父,一边派来王祖同监视他,切断任何人前来策动他造反。义父也顺水推舟,与王祖同周旋,表示拥护袁世凯。义父要我对你说,他已决定反袁,但目前他还要一些时间来完成他的准备工作,其中最重要的是筹备军饷及暗中调配所有的军队进入部署。在这之前,他不能有任何迹象反袁。王祖同的密探无孔不入,稍有不慎,不但大事难成,广西的政权也难保。义父说,袁世凯为人狠毒,要战胜袁世凯只有给他一个措手不及。"

"有你义父这一席话,我也无须见他了,我的任务已经完成了。我想,我不宜在南宁久留,明天我去看到梧州的船期,立即动身离开。"

"既然这样,我这就给你找船好啦。"马济叫过随从,让他出去联系到梧州的船。

随从离开后，马济叫来几个菜，说："我想你大概也饿了，我们边吃饭边等消息。"

"实话说，我这一天心里焦急，也忘了吃饭。现在才觉得肚子饿得贴脊梁骨了。"

两人边吃饭边说话，林虎告诉马济，梁启超从越南进入广西，马济说他会让梁启超安全离去的。

听到督军府敲过二更鼓，外面的雨也停了。随从回来了，报告已联系好了一艘装载八角香料的轮船，天亮起程到广东。

"太好了，这样你可直达广东，就不用在梧州转船了。我让随从送你上船。最后还有一件事，请你不要误会。义父说，为了麻痹密探们的疑心，等你确实离开南宁后，我们拟出红花榜来捉拿你。"

林虎咧嘴一笑："好一个马后炮。"

两人来到客栈，林虎把简单的小箱子提上，登上了装载八角香料的轮船。当督军府刚打过醒炮，货船便起锚，离开了南宁码头，向东驶去。看着渐渐变小的南宁城，林虎心想，南宁看上去是一座安静的边城，却不知里面危机四伏啊。

一路上倒也顺风。从江面瞭望，梧州市遥遥可见。正在林虎暗自庆幸，一艘快艇开足马力从后面追来。林虎一看，暗暗叫苦，真是半路杀出了个程咬金。快艇逼至轮船边，用喇叭喊，说他们是水上警察厅的，命令停船检查。一听是水上警察厅的，知道是李立廷的手下，林虎松了一口气，料想不会有事。轮船停了下来，五六个持枪士兵跳上船，把所有的人都赶到甲板上，一个当官的，穿着笔挺的军服，背着手，一个一个地审视，最后，把目光停在林虎的脸上，突然喊了一句："我要找的就是他，把他带走！"长官说的是正宗的北京口音，林虎的心顿时沉了下来。

士兵们一拥而上，不由分说，五花大绑地把林虎架到快艇上，又开足马力向江面驶去。林虎坐在甲板上，这下是落入虎口了，如何是好？在这江面上连逃走的机会都没有，自认倒霉。正在想着，一艘来历不明的船从右面冲来，快艇上的官兵一看来者来势汹汹，便鸣枪警告。那条船毫不理会，继续全速驶来。

快艇上的长官大怒，站在船尾，对着喇叭喊："我们是水上警察厅的，在执行公务。你们再不停船，我要向你们开枪了！"

不料，对方的船"叭"的一声枪响，快艇的长官应声倒下，一股鲜血从他的大腿流下。士兵们一看，个个都吓呆了眼，端着枪动也不敢动，看着一伙蒙脸大汉从对方的船上跃上快艇。

林虎一看，暗自叫苦，他是糟糕透了，遇兵绑又遭匪劫，全给他碰上了。这世道真是乌烟瘴气。不过，也不用怕，大不了就是一条命。他闭上眼睛，一副听天由命的样子。这时，两个蒙面大汉直向他冲来，二话不说，把他从甲板上提起，又迅速地把他押到匪船上，然后飞快地驶去。

快艇上，一张纸片失落在甲板上。一名士兵赶紧抓起，一看，是悬赏布告："悬拿林虎，广西人，畏罪潜逃，捉拿归案，重赏银两五千。广西都督：陆荣廷。"

　　这士兵气愤地骂起来："他妈的这帮匪徒，白白让他们抢走五千两银子！"

　　这里，林虎还没有定过神来，只见那伙蒙脸大汉把黑布从脸上拿下，林虎一看，为首的正是李立廷。"侄儿，受惊了。"李立廷笑嘻嘻地说，露出一排白牙。

　　"李叔，怎么是你呀？"林虎丈二摸不着头脑。

　　"我和刘五早先放走了你这革命党人，被撤了职。只好操回老本行，替天行道了。"

　　"李叔，连累你了，真对不起。"

　　"看你说的，有南虎在，还怕日后没官当吗？"

　　两人开心地笑了。

第四十七章 暗设连环计

元旦刚过，陆府上上下下又开始忙开了。每年这个时候，陆家都要为谭大夫人做生日寿宴，在八位夫人当中，只有大夫人才可以享受这特权。人们都知道，南虎很念谭女的情，当年，她不嫌弃他贫穷落魄，一心嫁给他，又帮助他闯下江山，如今，陆府有这样的荣华，少不了谭女的一份功劳。因此，每年谭女的生日，南虎都要大大地庆贺一番，以表他对大夫人的一份情意。

生日在二月里，"恭请光临"的请帖在年头就发出去了。从壮族传统来说，儿子过世不久，陆家不得举行任何的大庆宴。但是，在这非常时期，南虎也顾不得传统了，他要王祖同认为，对于儿子的死，他看得并不比大夫人的生日来得重要，其中更重要的是，他要召集所有的高级将领们前来议事，因此，请他们来参加夫人的寿宴也是理所当然，密探们自然不会起疑心。

生日这天，陆公馆里里外外张灯结彩，披红挂绿，两盏巨大的红灯笼高高地挑起在大门口的上方，一轮金黄色的流苏垂在明亮的灯笼下边，两个大金的"庆""寿"字分别写在灯笼上，就连那两尊守在大门的威严石狮子，胸前也挂起一对金珠银丝的红绣球。

从清早起，来客不断。各位夫人打扮得光鲜照人，谭女穿上一条淡紫色的罗裙，一双浅紫色的绣花鞋，脸上施上一层淡淡的胭脂粉，一对珍珠耳环衬托她更显端庄。别看她快六十的人了，还是不减当年的风韵。

"王祖同大人到！"站在门口的随从高声报信。

听到声音，南虎快步迈出房门，满脸春风的样子，穿一身银灰绫缎长衫马褂，一头短发整整齐齐地梳往脑后。"王兄，有失远迎。"南虎双手抱拳，笑盈盈地施了个见面礼。

"恭喜贵夫人大寿。"王祖同拱手还礼。

"王兄重任在身，在百忙之中为我夫人贺寿，我陆某人真是感激万分啊。"

"陆兄，元旦过后就再也没看到你的影子了，也不见你请我来打麻将了，你说病了，我怎么就看你满脸红光？"

南虎哈哈大笑："我瞒不过你。"又压低声音说："实话告诉你，我是装病，在家偷闲呢。"

王祖同笑了："陆兄，你可骗不了我。"他暗自在想，人们都说南虎城府深，我看不见得，此人读书不多，说话做事也不会绕弯子，直来直去。就说打麻将吧，硬是不服输，输了银子还要争个面红耳赤的，直到把银子"赢"回来才罢休。可是，第二天想想，又为自己赖牌子觉得不好意思，又叫家仆把银子双倍地送回来。有时他赢了牌子，一高兴便卷起衣袖下厨，亲自炒菜，他做的白斩鸡切得大块大块的，筷子都夹不起。南虎说在陆家吃饭，没那么斯文。他叫王祖同把白毛巾放在大腿上，两手抓起一块白斩鸡，往姜葱酱油碟里一蘸，吃起来分外有味，而后，将油腻腻的两手往毛巾上这么一擦，干净利索，颇有蒙古王公贵族用衣袖抹嘴边羊脂的风度。

两人边高声谈笑，边走进院子。迎面走来浩明，他本来就长得斯文得体，这一换上了长衫马褂更显得随意潇洒。

"谭军长是风度翩翩呀，让我看了都嫉妒。"王祖同笑呵呵地说。他说的也是实话，他长得又干又瘦，是那一类穿龙袍不像太子的人。

浩明笑眯眯着说："王大人，我哪能比你，等袁大总统一登基，你就好比大鹏展翅，行程万里了啊。"

"彼此，彼此。"王祖同渐渐把笑容收起，"大总统对目前南方形势有些忧虑，想知道陆兄有何打算？"

南虎沉思了一会儿，说："云南督军蔡锷率军起义，我作为中央政府的一名军人，当然是义不容辞，尽我军人的天职出兵云南，镇压叛逆。不过……"

"不过什么？"王祖同紧追问。

"王兄，你是知道的，去年我从广东借军饷六十万两，才勉强渡过年尾的难关。广西贫穷你是知道的，除了缴纳国税外，所剩无几。如今我要举军进攻云南，没有粮食，如何出兵？我已向中央政府要军饷，还没有下文呢。"

王祖同同情地点点头，南虎说的也是实情，去年商量借军饷的事他也在场，他说："如果陆兄决意出兵云南的话，我想中央应该支持你，尽快解决军饷事宜。"

"出兵的事我主意已定，不能更改。王兄，有你这句话，我也就放心了。"南虎舒了口气。

在花园的东南面是一个戏台子，挂起深红色的布幕。戏台下，摆上了三十桌酒席，男宾们坐左边席，女宾们坐右边席。前面排正中的席位是给重要贵宾准备的，王祖同坐在贵宾席上，左边坐着南虎，右边是浩明。待客人就好座，佣人们送酒端菜，穿梭似的来回于客桌之间。

第一巡酒刚过，一个头戴乌纱帽，身穿大红袍，脸腮挂面须的"天官"走到戏台子的前面，对宾客们深深地鞠了个躬，拱手，大声说道："祝各贵宾步步高升，福星高照！"

按例，须由在贵宾座上官位最高的客宾给赏，这当然就是王祖同了。他一扬手，两个男仆抬着早已准备好的一个托盘，上面堆满了黄灿灿的铜钱，疾步上前，合力举起来向台上一泼，"哗啦啦"！满台的铜钱响，来了个"满堂红"，众人鼓起掌来。"天官"又鞠躬致谢，接着走下台子，来到王祖同面前，一腿屈地，双手高举戏折子说："请大人点戏。"

说起"点戏"还颇为讲究的呢。遇上不懂戏文的乱点一气，看到吉祥的戏名便点，弄不好会闹出笑话，因为名不副实的戏文不少，如果又恰恰犯了主人或某一宾客的忌，有如揭人之短，尴尬之场面可想而知。王祖同接过戏折子，挠了挠头，论官场，他头头是道，可是，说到戏文，他却有如"半夜吃黄瓜，不知头尾"之感了。他只好把折子递给南虎，说："陆兄，这个你比我懂行，就请你代劳吧。"

南虎接过，笑着说："王兄，你胸中点兵千万，还怕点戏？不过，我这当主人的不难为客人，我代劳了。"南虎爽快地点了一出《六国封相》。

"天官"拿到戏折子，回身面向戏台，高声报道：《六国封相》，准备了！"台后的演员们听到后，便忙碌起来。不多一会儿，便准备完毕，前台的锣鼓"咚咚锵锵"地敲响了。

这出戏说的是战国时期，齐、楚、燕、赵、韩、魏六国联合抗秦，戏中角色众多，"行头"也倾箱展陈，排场热闹，服饰耀眼，气氛热烈、欢快、吉祥。除了喜庆的热闹之外，南虎意在不说之中，那就是精诚团结，一致抗敌。

正当大家看得津津有味时，王祖同的一个随从走来，俯下身子，在他的耳边悄悄地说了些什么。只见王祖同站起身，对南虎说："对不起，我去去就来。"说完，疾步向大门口走去。

大门外，一位副官在等候，一看王祖同迈出，他迎了上去，递上袁世凯从北京发来的急电。王祖同接过，匆匆打开一看，上面一行字："陆意举兵云南，可靠否？"

事不宜迟，王祖同立即给袁世凯回了封急电："消息可靠，祖同可作担保。"

接到王祖同的回电，袁世凯喜出望外。事不宜迟，为了使广西尽快出兵，平息云南起义，他电令广东的龙济光给广西调拨一百万军饷，五千支快枪，不得拖延。

这天，是庆寿宴的第三天，也是最后一天了。从下午起，春雨便开始飘落，打在门前的石狮子上，发出淅沥的声音。雨幕中，传来的汽车喇叭声、马蹄声不绝，陆公馆门前车水马龙。今晚是军队将领及眷属们的庆寿宴，只见师长陈炳煜、林俊廷、浔梧镇守使莫荣新、巡防司令韦荣昌、团长马济、沈鸿英，还有营长们等偕夫人们一起到来。大门前，各长官的卫兵们、眷属的佣人、车夫们，前前后后忙个不停。

吃完寿宴，夫人们便张罗着摆上桌子椅子打麻将。女宾们在前厅，男宾们在后厅，那搓麻将牌的声音在陆公馆的大门外都可听到。

客人们兴致勃勃地边高声说笑，边搓麻将，南虎脸上笑着，可心里却悠闲不下，从广东调拨的军饷不日就到，他决定今晚将宣布大事。在这些将领里面，有谁会反对我的决定呢？他把眼光停在谭浩明身上，他从十四五岁起就跟随我打法国鬼子，剿匪平乱，这么多年来他干得很出色，绝不会对我有二心。坐在他身边的莫荣新呢？我和他从绿林起打天下，是死难兄弟，他不会。那么坐在前面那一桌的林俊廷呢？在光绪二十八年（1902年），他率五六十人带枪向我投诚，后来在河池、南丹一带平乱、剿匪有功，得以提升，他为人讲信义，他也不会反对。那么陈炳焜呢？前阵子，王祖同暗地策动他造反，被他拒绝了，他如果要反对我的话，他早就反了，还等到今天吗？那么，看起来只有沈鸿英了。沈鸿英人品不好，可是他能打仗，我就是看中他这一点儿，任命他为营长。此人有才无德，小人一个，须提防。

　　想到这里，南虎悄悄地把陈卫士长叫到密室里，对他说："我今晚要召开秘密的军事会议，按级别你没有份参加。但是，我有一个特殊的任务要你完成，所以把你叫来。"南虎的表情冷峻严肃，从桌子的抽屉里拿出一支大号曲尺手枪，说："这只手枪是给你准备的，我今晚要向将领们宣布讨袁，支持云南独立。如果开会的人都赞同，发誓不泄露秘密，则平安无事。"南虎把枪递给陈卫士长，又说："我对沈鸿英不放心，他要阴阳两面。如果他今晚悍然反对，或者不表示同意或不同意，我给你使个眼色，待我转入后房，你就开枪打死他，不得迟疑。其他的人，不管是亲戚、朋友，如有反对讨袁、支持云南独立的，也坚决除掉，毫不留情。"

　　陈卫士长立正，低声地说："将军的命令，我绝对服从！"

　　墙上的时钟敲过十二点，军官们被传到密室里，大家都不知怎么一回事。众人狐疑地沿着长方形的大木桌坐下，少顷，看到南虎穿着将军服，谭浩明穿着军长军服，肩并肩地一起走了进来，后面跟着陈卫士长。

　　南虎走到众人的面前，锐利的目光向全体将领扫了一眼，清了清嗓子，用他那浑厚的声音说道："各将领们，袁世凯不安于做大总统，却丧心病狂地做什么皇帝。中国好不容易才推翻了皇朝，建立了民国，人心大快。袁世凯此举，举国反对。现在，云南、贵州已宣布独立。广西何去何从？我们如果看不清形势，助袁为逆，势必被人讨伐。"南虎停顿了一会儿，严峻的眼光向众人一一审视，看到大家神情肃默，全神地听着他的讲话，又接着说："袁世凯对我陆荣廷是又恨又怕，在他的眼里，我陆南虎是茅坑里的石头，又臭又硬。他一旦当上皇帝，绝不会容我，此人心毒手狠，毒死了我儿子不算，又派王祖同和密探们监视我们广西民国政府，随时随地要置我们于死地，我们与袁世凯势不两立！当然，这不单单是牵涉到我个人的恩怨，更是关系到国家的前途，民国的前途。所以我们一定要把袁世凯推翻不可！弟兄们可赞成？"

　　"赞成！"众将领起立，一齐高呼，众志成城，锐不可当。

　　"好！君子一言，驷马难追。我们大家同心合力，一干到底。如果半路有反悔的，我陆荣廷不论是父子、亲戚、僚属、好友都不惜大义灭亲，格杀勿赦。"南虎一字一板地说，就像刻在石板上，不容改变。

"大义灭亲，格杀勿赦！"众人誓言。

南虎又说："在这里，我对众将领们宣读'广西军民通电'，在座的各位军人，凡有赞同者，请在'通电'上面签字。通电如下：

"民国成立，四载于兹，元首固我变更国体之权，人民应负拥护共和之责，乃袁氏伪造民意，帝制自为，吸吾膏脂，以供运动，禁吾言论，以遂阴谋，正气摧残，群邪竞进，大信全失，邦本动摇，我同胞艰苦缔造之'中华民国'，竟断送于袁氏之手，凡有血气，罔不痛心……"

南虎的话刚落音，谭浩明领头响应："事关民国存亡，我是民国之军人，义不容辞，誓歼民贼。"说完，提起笔，在通电上签上名字。

所有的将领们也纷纷起身，一一在通电上签字。

唯独沈鸿英站在桌子对面，彷徨瞻顾，欲罢不能。他知道袁大总统一旦登基，凡是支持他的都会得到优厚的回报，升官发财那是不在话下。可是，迫于陈卫士长那老鹰似的双眼紧盯不放，他感到一种威胁。他唯有好汉不吃眼前亏，移动沉重的脚步，走上前签字，以示赞同。

看到众将领同仇敌忾，南虎心里一块石头落地，深为有这么一班忠心耿耿的弟兄感到快慰。他高喊一声："点香！"

两名士兵搬来一个大香炉，放在主席台前，便离去了。众人走到前面，每人燃起三根香柱，南虎领先，众将领鱼贯而行，把香柱插在香炉里。而后，在香炉前列队，屋里肃静，看着青烟袅袅，众人举手宣誓："驱逐国贼，保卫民生，愿肝脑涂地，倘有悔心，冷弹身亡！"

两天后，从广东拨来的一百万军饷和五千支快枪如数送到。南虎便忙开了，大张旗鼓地调兵遣将，准备向云南出兵。

正在南虎准备出兵时，南宁麻雀巷的陆公馆门前突然变得热闹起来。大管家忙不迭地请来一班鼓乐手，又差人买回炮仗，在门口支起一根丈来长的竹竿，把长长的炮仗悬挂在竹竿上。公馆里面则由春燕调派，准备好宴席的酒菜；谭女则吩咐佣人把公馆里里外外打扫干净。路过的百姓互相打听，不知陆公馆又有什么大喜事。

晌午时分，大管家疾步走来，大喊道："来了，来了！"

他把鼓乐手们排列在巷口，吹吹打打地奏起乐来。鞭炮点燃了，爆米花似的，噼里啪啦响起，巷子弥漫着刺鼻的火药味。从烟雾中走来一队士兵，分左右两排站立，少顷，走来四匹高头大马，打头的正是亲家龙觐光，他身高六尺，与弟弟龙济光长得很相像，圆眼浓眉，大耳宽脸。稍后的是南虎、浩明、马济。

原来，亲家这时候到来不是偶然的。袁世凯派出北洋十万大军，兵分三路，由北向南挺进。第一路是总司令曹锟，率队从湖南湘西进入贵州，从侧面进攻云南；第二路是主力军，总司令张敬尧，从四川进军云南，从正面攻击；第三路是龙济光，假道越南，从背后进入云南。袁世凯相信，只要把绝对优势的兵力集中于云南一隅之地，要六个月内平定云南不在话下。不料，驻越南法国当局拒绝让中国军队假道越南，这样一来，广东龙济光军队也只能假道广西，进攻云南。

然而，云南的蔡锷起义军号称有三个军，实际上只有七千余人马，而此时的四川、贵州也不敢孤注一掷，抵抗北洋的十万大军。实际上，云南蔡锷是孤军作战。如果龙济光得以经广西从背后袭击云南，毫无疑问，云南独立便宣告失败。可是，南虎已表态"拥护"袁世凯，怎能违抗命令，不让龙军借道广西？

还是浩明想出个好法子："姐夫，这不难。你不用出面，就让民众团体呼吁，阻止派兵到广西境内好了。我看，袁世凯正要民心拥护他的时候，他是不敢强行的。"

这一招果然灵，袁世凯为难了，这时候他不能得罪民众，可是，又不能放弃他的军事计划。想来想去，心里便有了个绝妙的主意。他将龙济光的哥哥龙觐光提升为临武将军及云南查办使，命他假道广西到云南。

南虎知道这是冲着他来的，龙觐光是云南查办使，回云南也是理所当然。再说，他们是两亲家，如拒绝他来广西，从道理上说不过去。

就这样，两亲家见面，各怀心计。

"到家了，亲家请进。"南虎笑盈盈地说。

龙觐光迈进门槛，左右环顾，羡慕地说："亲家，你这公馆好气派啊，我的寒舍是望尘莫及啊。"

"哪里，哪里，你兄俩坐镇偌大一个富省广东，我这里不过是穷省广西，小小的宁武将军罢了，哪比得上你弟弟振武上将军来得威风啊？"南虎特意把"上"将军一字加重语气。

听锣听声，听话听音，龙觐光一听便知南虎心中的不平。论兵权，龙济光没南虎的实权大，南虎在广西根基很深，是他打出的天下。而龙济光在广东是没有根基的，如果没有袁世凯在背后撑着，他早就被赶出广东了。可是，论背景，南虎是"朝中无人，难做官"，而他弟兄俩正是傍着袁大总统这大靠山才青云直上的。

龙觐光淡淡一笑，没理会。

南虎说："来，来，亲家，我这里备了一席薄酒，为你洗尘。请坐。来到这里，就当自己家，请随意好了。"

"难得亲家这么盛情，谢谢。"

"我还以为我的二女婿会随你一道来广西呢。"

"我也希望他借此机会来看望你，不过，他公务缠身，从北京模范团回来后，就一直待在广东，忙着帮他叔叔管理军务。"

"你好福气，有这么个好儿子。"

"瞧你说的，他不也是你的儿子吗？"

南虎哈哈大笑，说："你说得对，来，为我们的'好儿子'干杯！"

"干杯！"两人一仰头，把酒喝干，放下酒杯，夹起一口菜，大口大口地嚼着。

龙觐光想起了什么，说："亲家，我这次奉大总统之命，直捣云南省会昆明，可是我兵力不足啊。"

"亲家有何打算？"

"不知你可否借我几千士兵？等云南平息后，我立即归还。"

"没问题，虽然我广西军饷有限，好不容易才得到大总统调来一万军饷。不过，我们是亲家，你有难我能不帮吗？"

"那就太感谢了。"龙觐光得到袁世凯的指示，要他利用这个好机会，向南虎借兵，有借无还，削弱南虎的兵力。

南虎爽快地说："给你一个团的兵力怎样？如果还不够，再从南宁招一万兵，你广东弟弟那里有的是钱，有了这个还怕招不到兵吗？"

其实，南虎的如意算盘早打好了：一是把一个团的兵力借给龙，其目的是牵制住龙觐光；二是允许他在广西招兵买马，其用意是"诸葛亮借箭"，借助龙觐光的银子，扩展壮大广西军队，何乐而不为呢？

龙觐光一听，喜得心花怒放。几天来他苦思冥想，向亲家借兵，如何才能做得滴水不漏，没想到南虎竟如此慷慨。

南虎一副憨样，放下筷子，一手抓起一块白斩鸡，在酱油碟里一滚，大口地嚼起，把油腻的手往毛巾擦擦，又举起酒杯。

龙觐光要趁热打铁，趁着南虎没有反悔之前，把事情给办了，便小心翼翼地试探："咱们商量商量招兵的事吧。"

"担心我喝多了误事，对吧？你放心好了，我有位得力的军务办，叫王祖同，有他协助，没有办不成的事情。"

龙觐光一听到王祖同的大名，便像吃了一颗"定心丸"。

南虎并没有反悔。他把大儿子陆裕光的一个团，共两千人马"借"给了龙觐光；又安排陈卫士长带领一个卫士营，"护送"亲家过境。在王祖同的协助下，一万人马很快就募齐了。在广东的龙济光闻讯大喜，龙军在广东不得人心，难以招募兵马，在这么短的时间内建起一支新龙军，实在令他欣喜万分，立即向广西调运枪支弹药，把新兵武装起来。殊不知南虎已神不知鬼不觉地把他的一批老兵参入新兵营里，又向龙觐光推荐两位有经验的管带。

这一来正中龙觐光的下怀，他担心这支新兵能否应付云南大战，有了这两个颇能打仗的管带，上战场不成问题。龙觐光决定从广西的西林县直捣云南昆明，这是一条最近的道。一切就绪，大军浩浩荡荡地出发了，龙觐光率队伍往桂西北方向进军，南虎率队往桂东北，从贵州进入云南与龙军会合。

在出发前，南虎又做了两件要事：一是命马济带领几千人马暗中尾随，切断龙军的退路；二是把陈卫士长叫来，对他说："这次派你去'护送'亲家，是要你严密监视龙觐光的行动，如果发觉情况对我们反袁不利时，你把他给杀了，以免纵敌贻患。"

陈卫士长这一下可为难起来了，对将军交代的任何任务，他二话不说，坚决执行。唯有这个，他觉不妥，便说："将军，你们是两亲家，我若杀了他，将来你后悔，不又是我的罪过吗？"

"要护国成功，就要大义灭亲，怎么会是你的罪过？"

"如果龙觐光死了，那时亲家变仇人，龙家还能容得下二小姐吗？"

这一问，正刺到南虎的痛处。转眼间，他脸色变得很不好看，来回急急踱了几步，又停在陈卫士长面前，严峻地说道："容不下又何妨？大不了令二女退亲回家，为了讨袁护国，就是断绝婚姻关系，养她一辈子，也无妨。你执行命令，其他的不必多虑。"

"是，将军。"陈卫士长一声立正，领命而去。他知道，将军是铁了心与袁世凯宣战了。

看着陈卫士长离去的身影，南虎颓然地跌坐在椅子上。他想起二女婿毒死小虎的所作所为，一股怒火愤愤燃起。在陆家，除了他和春燕外，没有第三者知道二女婿的罪行，他之所以保持沉默，是为了二女儿素容——六夫人的亲生女儿着想。当初，他没看清龙家的为人，答应了这门亲事，让女儿素容嫁到龙家。龙运乾毒死了小虎，而他却不能惩罚龙运乾，就是因为这两个孩子都有陆家的血源，他不情愿看到女儿成为寡妇。儿子已经去世了，不能复生，如果女儿离婚，一个被男人休了的女人，一辈子也别想抬起头做人，俗话说，嫁鸡随鸡，嫁狗随狗。由于这个原因，南虎也只好忍着。但是今天不同，不管他和他的家庭付出多大的代价，为了国家，他不惜一切。

南虎还考虑到，鉴于袁世凯势力强大，许多人嘴上喊反袁，实际上都在持观望态度，不敢轻举妄动。南方除了云南、广西、贵州三省之外，各省的实力派早已被袁世凯精心策划，调换成他的党羽了，广东的龙济光就是一例，因此，全国反袁称帝的雷声大，雨点小，力量薄弱。所以在袁世凯看来，云南起义也不过是"蚍蜉撼树"而已，根本不当一回事，他照样在元旦登基，申令帝制，在居仁堂接受百官朝贺。

南虎对云南的局势分析，虽然蔡锷和云南都督唐继尧举旗反袁护国，但唐继尧观望的成分更大些，因为云南总兵力三个军，他只给蔡锷一个军，名义上七千人，实际真正能打仗的少于此数。唐继尧这么做是在保存他的实力，而蔡锷却是单打。云南的起义力量尽管是那么薄弱，袁世凯还是调动了北洋军十万兵力来对付，由此可见，袁世凯非常担心一旦反对他的力量蔓延开，局势将难以收拾，因此，他要速战速决，一举歼灭云南军。

这将是一场硬战。南虎兵分两路，命谭浩明带领一个师，从龙州经金龙峒、隆林进入云南。而南虎本人则率领十二个营，往东北方向进军，从柳州经贵州，进入云南。南虎大造声势，目的是把北洋军的注意力引到他挺进的大军，得以让贵州方面配合马济的军队，偷袭龙觐光，来个前后夹攻，以解除龙军从背后袭击谭浩明军队的后顾之忧。

谭浩明深深地为南虎捏一把汗，北洋十万大军，且装备精良，桂军是望尘莫及。这场仗既打勇气，更打智慧。南虎是豁出去了，做好了最坏的打算，留下一张暗牌：把袁世凯调拨的五千支德国制造的快枪装备了十个营，称广西陆军游击队，驻守左右江、龙州、百色一带。万一南虎在云南大败，袁世凯得胜，就以这十个营控制桂越边境，凭借左右两江及其复杂的山貌地形为持久的根据地，以待东山再起。

这一切南虎做得滴水不漏，王祖同监视他如此严紧，竟然无从知晓，待各军营一经出发，他立即给袁世凯发电报喜：各队伍按预定计划进攻云南。

云南，简称滇。这里不仅山多，河流湖泊也多，构成了山岭纵横、水系交织、湖泊棋布的特色。总司令曹锟率北洋军入川以来，与蔡锷的护国军接上火，连连打了几个小胜仗，好不得意，以为云南军队不堪一击，也不过如此，因此紧咬着蔡锷的护国军的尾巴不放。这天，他率队来到宁河，此地是三面临江，一面是山峦，而蔡锷的军队就埋伏在对河的山上，曹锟急于事功，率领大军强行渡河。

蔡锷看到此情，不由大喜，曹锟犯了兵家大忌：兵力过于集中，目标暴露无遗。蔡锷集中炮火，向河边猛烈轰击。北洋军顿时溃不成军，慌忙撤退；此时，蔡锷军旗满山遍野，冲下山头，乘胜追击。

山地多的云南与北方的平原大不相同，北洋军在平原作战，有如洪水猛兽，可是，一到了云南，山峦重重叠叠，他们就晕头转向了。北洋军地形生疏，见路就逃，不料误入绝路，被困在两旁高山下的一条峡谷中。蔡锷大喜，枪炮居高临下，硬是把曹军逼退到死谷，成了笼中之鸟。曹锟一看，退路被堵死了，犹如咽喉被卡住，进也进不得，退也退不了，急得团团转。即使他的兵力比护国军多出几倍，也是有劲使不上。

正在危难时刻，在蔡锷军的后面突然响起炮火，一片杀声，在烟雾中一杆大旗冲上山坡，定睛一看，旗上一个巨大的"吴"字。蔡锷一惊，不好，北洋军的援军从后面杀来，便急忙掉转过枪口。曹锟大喜，天无绝人之路！原来是号称有"战死精神"的北洋将军吴佩孚，听到曹总司令被困，立即率领骑兵赶来解救。

吴佩孚，字子玉，山东蓬莱人，清末秀才，毕业于平武备学堂，先后被授予准尉、少尉、中尉衔。后来，在曹锟的提拔下，吴佩孚继任第三标标统，师部副官长，少将旅长。

只见吴佩孚头裹青巾，右手高举指挥刀，指挥军队向山头冲去。又见他左手举驳壳枪，一马当先，左手枪连珠般放，右手刀逢人便砍，勇冠三军，所向披靡。曹锟立即反攻，与吴佩孚一道前后夹攻蔡锷军。蔡锷意识到寡不敌众，立即下令队伍，从左右两侧撤退。蔡吴两军相遇，短兵相接，刀光剑影，蔡锷死命杀出一条血路。吴佩孚恐有诈，不敢追击，便吹号收兵。这一仗下来，蔡锷损失重大，只剩下不到三千名战士了。经过这一战，北洋军从此不敢轻敌，重新部署阵地，命大将冯玉祥前来增援吴佩孚，做猛烈的反攻。

云南战事紧迫，蔡锷军随时有被歼灭的危险，局势不容多想，南虎立即向全国发表通电声援云南，宣布广西独立，并与广西各将领联名，电致袁世凯辞职：

前大总统袁公惠签：痛自强行帝制，民怨沸腾，云贵责言，干戈斯起，兵连祸结，徂冬涉春，国命阽危，未知所届。……查约法第四十六条，有总统对于国民负责之规定，失政犯宪，万目俱瞻，厉阶之生，责将难卸？……荣廷等以数年来共事之情好，不忍我公终以祸国者自祸，谨沥诚奉劝，即日辞职，以谢天下。荣廷等当更任力劝云、贵同月息兵，则公志既可以自白，而国难亦可以纾矣。事机安危，间不容发，务乞二十四小时赐复，俾决进止，不胜沉痛待命之至！陆荣廷、谭浩明、陈炳焜、韦荣昌签字。

袁世凯无疑是当头一棒。前脚收到王祖同发来的报喜，说大军已出发，挺进云南，后脚接到南虎的劝退电报，并限他在二十四小时内答复。这到底是怎么一回事？此时的云南军只剩下三千多人，弹尽粮绝，陷入困境，平乱云南，即在眼前。他不明白为什么南虎把自己连同云南一起埋葬。蔡锷苦战了三个月，不但没有撼动他袁世凯一根毫毛，反而将他自己陷入绝境，而南虎这时候去救他，难道不知道他将会被粉身碎骨吗？如果把南虎的行动看成是下井投石，政治投机，渔翁得利，他投的哪门子机，得的哪门子利啊？他要投也投他袁大总统才对啊。袁世凯摇摇头，百思不得其解。想来他一贯待南虎不坏，而且他们有约在前，他出钱，南虎出力。可是南虎得了钱，就翻脸不认人，背叛了他。事出太突然了，袁世凯竟然不知所措。他急忙给王祖同发急电，要他尽一切力量去阻止陆荣廷。

此时的王祖同已是灰心丧气，惶惶不安，作为袁世凯的大密探，他的前景恐怕是凶多吉少。他无可奈何地给北京复电，道："陆荣廷已宣布独立，无可挽回，请中央善之处理。"他做好了被杀头或下大牢的准备。

可是，万万没想到的是，他不但没有受到惩罚，反而收到南虎送来五百两银子的厚礼，送他返家。实话说，南虎并没有打算为难王祖同，相反地，他还要感谢他呢。如果没有王祖同的担保，事情恐怕不会进展得这么顺利，知恩图报嘛。

再说，龙觐光的队伍翻山越岭，走了九天，好不容易才到达百色镇，前面不远便是西林县了，一旦过了该县，就进入云南境内，云南已遥遥在望。龙觐光不顾路途的劳累，摊开地图，计划好下一步的路线。这时团长陆裕光向他走来，龙觐光说："陆团长，你来得正好，我打算派出一队先遣营尽快进入云南，与北洋军接上头，告诉他们，我们很快就到。等我们一到，随即发起三面夹攻，敌军便会溃于一旦。"

陆团长没有反应，不说是也不说不是。

龙觐光有点不高兴："就派你手下的三营为先遣营，就这样定了，你去吧。"

陆团长还没有走的意思，却递上一份电报，说："这是给你的。"

龙觐光接过一看，是南虎要龙觐光宣布反袁，并令他限期在二十四小时内答复。不看则已，一看他一口气差点上不来，两眼直瞪瞪地看着陆裕光，半天回不过神来。过了好一会儿，他回过神来，咆哮道："你这兔崽子，给我滚出去！"

陆裕光平静地说："我不能走。我奉父亲之命，严密监视亲家翁龙大爷。"

龙觐光气得浑身发抖，拔出手枪，逼着陆裕光说："你、你再不走，就别怪我不客气！"

好汉不吃眼前亏，陆裕光转身出门。

这时马济率队赶到。二话不说，在龙军司令部外面架起一尊信号炮，并大声喊道："听着，亲家翁龙大爷，如果你硬不就范，我即以炮号为令，我们的队伍就会向你军发起进攻！"

龙觐光跳起来，愤愤地骂着："马济，你这个狗东西、狗杂种、大逆不道的逆子，看我将来怎么收拾你。"他冲出房门，跳上战马，集合队伍，立即出发，离开此地越快越好。

可是，那两个由南虎推荐来的管带却率领队伍挂起了白旗。

龙觐光又恼又恨，恨不得一枪毙了他们。可是又一想，不行，这样一来他的队伍便不打自乱，这正是这两个管带求之不得的。龙觐光只好集合起他从广东带来的警卫营，先布防警戒，再做打算。

龙觐光两眼冒金星，险些没气疯了。不久前他还暗自偷笑，以为自己老谋深算，骗到南虎一个团的兵力，还扩充一万兵马。谁又能料到，他竟然中了南虎的圈套，这骗局做得如此天衣无缝，害得他好苦啊，恨不得一枪把南虎给杀了。在这二十四个小时内，他如果宣布讨袁，他将前功尽弃，多年来的努力毁于一旦。可是，如果不从，枪口已顶在自己的胸脯，处境极险，何去何从？龙觐光像热锅上的蚂蚁。

留守在广东的龙运乾，得知父亲大人在广西身陷重围，他要全力营救，可是他也是做贼心虚，哪里敢向岳父求情？唯有求妻子素容去向谭大夫人说情，他知道除了谭大夫人，别的人是求不动岳父的。果然，谭大夫人心软，接到女儿素容的电报，便应承下来。她打电报给南虎，说政见虽不同，亲戚还是亲戚，她希望保证龙家父子的生命安全。可是，事关重大，她又劝告女婿和亲家响应讨袁为好。

　　龙觐光此时是喊天天不应，叫地地不灵，他孤军无援，势难抵抗。接到儿子打来的电报劝他答应讨袁，至少还能保住兵权，只要留得青山在，日后还怕没柴烧吗？经过激烈思考，龙觐光只好提起笔，在宣布讨袁的电文上签下"鄙人同意"四个字。龙觐光眉头一皱，想出一计，要保留一部分军队和武器只有将计就计，他说："马济，我已签字讨袁了。我看队伍应继续向云南挺进，帮助云南反击北洋军，我想这也是你义父要做的事。"

　　马济也很聪明，便顺水推舟："我义父交代过，只要你讨袁，其他都好说。那就请你编点龙军吧。"

　　龙觐光暗自高兴，编点的意思就是他可以留下一部分军队，其余部分交还给南虎。他立即下令，让各指挥官把队伍集合起来，搭好枪架，听候点名。不料当枪支架好，队伍列好队时，马济和陆裕光的队伍以迅雷不及掩耳之势，一齐冲上，缴了所有的兵械。龙觐光暴跳如雷，他又上当了。

　　马济却不理会这些，转身面向士兵们，说道："广西已经宣布独立，我们与袁世凯势不两立，你们之中不论是士兵还是军官，凡愿意回家的，都可拿到路费；凡愿意继续留在军队的，我们欢迎。"

　　龙觐光像泄了气的皮球，瘫坐在地上。南虎不费一枪一炮，将他的一万人马以及广东的警卫营全缴了械，他做梦也没想到，他大名鼎鼎的龙将军手握千军万马，不料在短短的一天里，竟变成了光杆司令。

第四十八章　渔人得利

　　云南，蔡锷将军的起义大军旗高高地插在山崖上，在斜阳余晖中显得分外苍劲。军旗被炮火烧掉了一角，旗子上布满了枪洞子，一个大黑"蔡"字还清晰可辨。蔡锷的灰色军服布满了汗渍和尘土，裤腿上被烧穿了几个洞，被撕破了的衣袖子任凭山风吹起，像翅膀似的飘在肩膀上。从山坡往下看去，一天硬仗下来，留下的全是尸体，横七竖八地遍布山坡，双方都不敢贸然把尸体取回。再往远看去，敌军扎起的临时帐篷，像鼓起的土包子，一杆杆的军旗在山风里"哗啦啦"作响，以表示他们明天再战的决心。

　　此时此刻，蔡锷军是兵疲马乏，子弹奇缺，在敌众我寡的情况下，他们顽强地坚持了三个月也算是奇迹了。当广西都督陆荣廷宣布独立，护国讨袁的消息传来，全军官兵真是喜出望外。蔡锷盼着广西援军的到来，眼都快望穿了，明天如果援军还不到的话，情况就不可设想，此时他只剩下三百名战士和二百发炮弹了。目前他能做的，是以守为攻，只要守住这山头，敌人冲不上来，他就能再多坚持一天，赢得一天的时间等待援兵。趁着天黑，顾不上劳累，他与战士们一起把山石一一垒起，筑起一道高墙。

　　天亮了，敌人开始向山头猛烈打炮，也许敌人知道山上所剩的起义士兵不多，也不急于攻上山头，大炮轰了三个时辰之久，幸好有这堵筑起的高墙，蔡锷军伤亡不至于太惨重。直至上午十一时左右，敌人的炮声骤然告止。蔡锷知道，这时候敌人要攻上山头了，便令战士们严阵以待。良久，不见敌人有动静，蔡锷满腹狐疑。而后，发现敌人阵地上扎起的临时帐篷起火，冒起滚滚浓烟。原来，谭浩明的大军早已得知蔡锷军的困境，他们昼夜急行军，出其不意地在敌人的背部出现。敌军万万没想到一支生力军从天而降，背部受攻，措手不及，仓皇退去。蔡锷军无不欣喜若狂，广西援军的到来就像是一剂强心剂，云南军心大振。蔡锷举头望天，连身喊道："天助我也！"

　　与此同时，马济把龙觐光队伍的兵械给缴后，迅速整编好队伍，急速进入云南，与云、贵、川军会合，向北洋军发起猛烈反攻。北洋军抵挡不住这股勇猛的生力军，开始溃退。

　　起义军在云南的胜利并没有使南虎过于乐观，北洋军的败退是暂时的，他们拥有先进的武器装备和强大的兵力，一旦他们退到一定程度，集聚兵力再发起反攻，那时起义军能否立得住脚就很难说了。目前护国军的力量只有广西和云南，力量单薄，他必须迅速壮大阵营，将滇、黔、桂三省连成一片，以巩固护国军后方的基地，以此向东推进，力争粤、闽、湘、赣四省独立；而后向北挺进，将川、陕、鄂、豫四省与西南联手。如此前后左右夹攻，扰乱敌人阵脚，在乱中取胜。

主意打定，南虎便改道直插湖南。他之所以看重湖南，是因为其地理位置重要。湖南在广东和广西以北，是堵住北洋大军进军西南的前锋要地，如湖南一失，北洋大军便可源源不断地直捣中原，占领广东、广西、贵州、云南。

就在这时候，一个消息使南虎喜出望外，他的恩师岑春煊从海外筹到一笔巨款：一百万元现款和一百万元的军械，其中是步枪一万四千五百支，山炮二十门，德国重机关枪八挺以及各种弹药。这些军饷和军械真是雪中送炭啊，大大地增强了南方的实力。有了这批军械，南虎将军队增编为六个军，汇编成维护民国的"护国军"：第一军长为蔡锷；第二军长为李烈钧；第三军长为谭浩明；第四军长为李耀汉；第五军长为莫荣新；第六军长为林虎。陆荣廷西南的六支护国大军，浩浩荡荡逼近长沙，像六把尖刀似的，迫使全国形势势如破竹，急转直下，不少省份纷纷宣布独立，反袁称帝。

这样一来，北京乱了阵脚。

袁世凯从登基到今天，仅是短短的两个多月，他由万人朝拜的新皇帝变成了孤家寡人。首先是陕西宣告独立，紧接着是四川督军陈宦，这些都是他的心腹啊，都倒戈了，来电劝他退位。还有湖南督军汤芗铭，是他不可多得的重臣，也竟然与南虎联起手来反对他。最令他伤心的是，北洋军内部也分裂了。虽然，从一开始段祺瑞就不赞成帝制，可也没有反对的动作。可恨的是冯国璋，是他一名好学生，想不到他竟与另五位将军一起联名，向全国发表声明反对他称帝，并要他取消帝制，这五位将军都是他大江南北的中流砥柱啊！

想着，想着，袁世凯不觉一阵昏厥，口中喃喃："完了，完了……"众叛亲离啊。昨晚，他看到一颗流星从天上掉下，这是他有生以来看的第二次。第一次看到时，李鸿章去世了，这次也许该轮到他了。说来也巧，他的历代祖先都是在五十九岁之前死的，相家说五十九岁是袁世凯生坎的一大关，今年他已五十八岁，他害怕挨不过五十九呢。他两眼失神，望着黑黝黝的殿顶。

在湖南，湘江上飞快地行使着一艘全身涂着深棕色漆、头尾收尖的单桅船，人称"乌江子"。"乌江子"驶到码头，从甲板上跳下一人，拾石阶而上，急匆匆地向桂军驻营地跑去。

随军幕僚崔肇琳急忙迎上，来人向他交递了两份文件，崔肇琳一看，喜不自禁，一反老成持重的常态，高兴地喊来："好消息！好消息！袁世凯取消帝制了。"他人还未进入军帐篷，其声已传了进去。

南虎大喜，几步迎上："快念来听听。"

崔肇琳把一封电信打开，说："这是袁世凯以大总统身份给你发来的，曰：'帝制取消，公等的目的已达，务先戢干戈，共图善后。'还有这一封，曰：'余已取消帝制，尔应取消独立。'"

南虎接过两封电信，看了看，又想了想，说："袁世凯在向我讨价还价呢。"

"是啊，袁世凯的用意很明白，只要你南虎取消广西独立，其他省份就会跟着取消。"

南虎说："袁世凯是抬举了，我哪有那么大的能耐？我反对他称帝，不是出于我们之间私人恩怨的问题。说句心里话，当初袁世凯劝清帝退位时，他所作所为也有值得令人敬佩的地方呢。"

崔肇琳惊讶得眉毛竖起："没想到你在为他说话？"

"我从没想过为他说话。想想看，当初他劝清帝退位的时候，他完全可以用北洋军将紫禁城围住，把太后、太妃、皇帝、亲王、郡王、贝勒、贝子抓起来，杀了，以免后患，这样的例子还少吗？说说满人入关时对明朝宗室毫不留情，斩尽杀绝，斩草除根，汉人记忆犹新。可袁世凯没这么做，为什么？不是因为他忠实于清廷，而是他知道如果他用武力把他们杀了，赶出北京，他们能服吗？一旦他们退回到关外、满洲，东山再起，如此大战，中国何时才得以和平？正如云阶兄所说，清廷以宣统名义颁布退位诏书，由此南北得以统一。袁世凯在逼迫清帝退位的事情上存有私心，这点不假。可是，中国没有死更多的人，得以从清政府转为共和政府，要不然，民国新政府与清政府发生南北混战，其结局如何，不是你我能说得清的。"

"说得也在理。"崔肇琳点头赞同，"那么说，他可以将功补过了？"

"话可不能这么说。袁世凯称帝就是背叛了民国，也丧失了做总统的资格，他必须辞职。依照民元'约法'，应推举黎元洪副总统为大总统。"

南虎这么说，也是这么做的。他发去电报，要袁世凯辞去大总统职务。

这可是要了袁世凯的命，皇帝当不成，大总统还在，这大权说什么也不能丢。他立即行使大总统职权，命令南方的护国军：一、滇、黔、桂三省取消独立；二、三省治安由三省军民长官维持；三、三省招募新兵一律解散；四、三省开往战地的军队一律撤回驻地；五、三省军队即日起，不准与官兵交战；六、三省各派代表一人来京筹商善后。

南虎大怒，袁世凯没有半点悔意，完全是一副以胜利者的口吻发出的命令。南虎在这一问题上是没有半点商量的余地。经滇、黔、桂三省讨论后，也提出六项条件：一、袁世凯退位后免其一死，但须逐出国外；二、诛帝制祸首杨度等十三人，以谢天下；三、登基大典筹备费及用兵费六千万，应查抄袁氏及帝制祸首十三人的财产赔偿；四、袁氏三代应剥夺民国公民权；五、依照民元"约法"，推举副总统黎元洪继任大总统；六、除国务员外，文武官吏均照旧供职，但关于军队驻地，须得受护国军都督的指令。

这六项条件比袁世凯的那六项来说是厉害多了，袁世凯哪有接受的道理？这样一来，双方僵持不下。

作为国务卿的徐世昌感到此事非常棘手，袁世凯令三省护国军退兵，而三省却要驱逐袁世凯出境，双方哪有调停的余地？不管他国务卿怎么处理，都两面不是人，两边不讨好。徐世昌想了又想，无计可施，无可奈何之际递上一份辞职书，一走了之，三十六计走为上计。

国务卿徐世昌这一走，袁世凯更是没了主意，唯有依靠他昔日的大将段祺瑞，任命他为国务卿兼陆军总长，重新掌管大权。

段祺瑞真是一步登天，做梦也没想到当上了内阁总理的高官。说起来他还要感谢南虎哪，正因为南虎对袁世凯这般坚决地反对，他才得以青云直上。

这正是：鹬蚌相争，渔人得利。

第四十九章　陆谭时代

大总统去世了，副总统黎元洪继任大总统。南虎取消了护国军，取消了广西独立，拥护以黎元洪为代表的北京中央民国政府，率领大军离湘返桂，南北就此得以统一。

继而，北京政府表彰了维护共和民国有功的将领，陆荣廷获"再造共和"之荣誉，授予勋一位和一等大绶嘉禾章，并委任他为两广巡阅使；任命谭浩明为广西督军；陈炳焜为广东督军。

眼看端午节就要到了，广西民众在这天照例要划龙船、吃糯米凉粽。好些心急的主妇们早早就买好了绿油油的新鲜粽叶，洗干净，扎起来，挂在绳子上晾干，又用竹筒子把雪白的糯米量起，放在木盆子里，再加入几大瓢邕江水，把糯米浸泡起来，泡软了才好包粽子哩。到了过节的前一天，家家户户把剥了壳的花生米放在炒铁锅里炒，花生米在铁锅发出欢快的噼啪声音，大街小巷都可听到，还能闻到飘出的香气。

这天，主妇们起了个大早，把围裙往腰间扎起，摆起家当，正要包粽子，只听到街上传来一阵敲铜锣的声音。人们探头一看，只见两名身穿军服的士兵，一人敲锣，一人拿着大喇叭，高声喊："家家户户都听好啦，都督有令，今年过节不得包粽子，不得划龙船。所有民众停止宴乐二十七天，民间娱乐停七天。"

"什么？几百年的习惯，说禁就禁了？"民众大为不快，一时间街头小巷议论纷纷。

"据说是北京下的命令，是因为袁世凯死了。"

"袁世凯又不是皇帝，凭什么不让百姓过节，吃粽子？就是太后死也没这么多的禁令。"

别说民众不理解，就是南虎也不理解。一个背叛了民国的人，本来就不应该得到国葬的厚遇，可是，作为总理的段祺瑞要借此机会大显身手，不但办葬礼，而且还要办得堂皇。其豪华气派，就连慈禧太后的葬礼也望尘莫及。南虎打算在端午节期间，与民众好好地庆祝一番，吃凉粽，划龙船，颁奖烤猪。不料，上头来了一道命令不许过节假日，不得不把计划给取消了。

浩明一脚踏进南虎的书房，劈头就说："姐夫，你没听到外面的民众都在骂你这新任的两广巡阅使呢。"

"想都想得到，用得着听吗？"南虎正坐在书桌前，抬起头对浩明说，"常言说，宁犯天条，不犯众条。我这是倒过来，宁犯众条，不犯天条。北京如此大肆挥霍国库的钱，为袁世凯送葬，值吗？我是一万个不同意，不过，为了维护刚恢复起来的中央政府，我也只好违背民意，遵从北京的命令，不过节。"

浩明一转话题："姐夫，这两年打仗，广西军校被迫停办，我想把军校恢复起来，我们原桂林陆军学堂有一批年轻有为的战士呢，比如李宗仁、白崇禧、黄绍雄，都很活跃，广西需要一支训练有素的新式军队，这支军队就叫'广西陆军模范营'吧。还有，广西的棉纱从来都是从广东买进的洋纱。我看到湖南农民种的棉花太好了，我们广西就没有，我想在广西推广种植棉花，这样一来我们不但不用买进洋纱，还可以出口到越南，一举两得。"

"好你个浩明，你这广西督军是新官上任三把火啊，不但办军校还要破天荒种棉花。好得很，我支持。"

"再有，我们广西民国政府应该把南宁海关从洋人的手里接管过来。"

"嗯，这事我一直在考虑，就是没找到合适的人选。"

"听说过一个叫范云梯的广西永安人吗？"

"你说的是步月吧？光绪二十三年（1897年），他参加朝考，中一等第二名。二十八年（1902年）出任琼崖兵备，审结当地恶霸强抢民女案及上诉案件多起，颇得民心呢，怎能不知道？"

"他辞职回乡了，听说当地百姓还送他'两袖清风'的大匾呢。你不是一直在物色任海关总监督的人选吗？我看，以步月的学识、资历、人品，他是最合适的人选。"

光绪三十二年（1906年），南宁开关，与外国正式通商，凡是从广州、梧州、贵县等下游商埠驶来的船只到达南宁，须湾泊进海关水筏，凭税单和运照办理入口报关手续，经海关派员上船检查所载货物和旅客，验核后旅客才得登岸，货物才得起卸、转运各地。由越南、龙州、南宁开往下游的船只，也同样要办理申报纳税手续。南宁海关，又称"洋关"，而洋关税又是广西财政收入的主要来源。

遗憾的是，这么重要的海关一直由洋人来管理。南虎明知鸦片走私情况严重，鸦片从越南入境，转运南宁，伺机过南宁洋关、河运梧州进入广州。可是却没有进出船舶公开载运鸦片或截获入境鸦片的任何记录，这就奇怪了。这只是其中一桩，那么关税有没有作弊的，就不得而知了。长久以来，南虎一直考虑把洋人从海关里"请"出去，由政府来接管。可是，这位接手海关的官员必须清廉、正直。现在范云梯正具备这样的人品，南虎终于有了合适的人选。

范云梯也不推辞，走马上任。这天，他穿一件粗布长衫马褂，与普通职员们没有两样，来到洋关，那是一座固定泊在邕江水面上的水筏趸船。在办公室刚坐下，就看到一个头戴黑礼帽，身材高瘦的人登上水筏趸船，对一位迎面走来的职员说要见洋关督长，那职员用手指指范云梯的办公室，便离去了。那戴礼帽的人三步两步走到范督长的办公室，未曾开口，却先将一个红色的布包放在桌面上。

听到布包搁在桌面上发出沉重的金属响声，不用问，范云梯便知布包里包的是金条、银圆之类的东西。范云梯看着他，没吱声。

戴礼帽的人往前一靠，俯下身来，压低声音说："老番有一批货要入关，求你行个方便，这是一点小意思，不成敬意，事成之后还有重谢。"

"什么货？只要不是违法的，当然没问题。"

那人回头看看，没人注意，说："大烟。"

"大烟"就是鸦片。南宁关对所管辖的进出口船舶三令五申，严禁夹运走私鸦片，没想到竟有人在光天化日之下，公然来买通官员。范云梯控制着心中的怒气，将布包往前一推，冷冷地说："这货不能入关。"

那人一愣，自从南宁开关以来，任总管的都是外国人，之前任税务司的是位英国人。通常，只要是老番的货船，又打点得当，英国人二话不问，大笔一挥，爽快。今天洋人不在，这个穿长衫的也不过是临时代理主事罢了，这么不给面子，不收礼物，也不办理入关批文，尽给抬杠，等洋人回来，看不收拾你这代理才怪哩。不过，话说回来，要是耽误了老番的生意，他可是担当不起。想到这里，他板起面孔，以势压人，大声质问："是老番的货，你敢怠慢？"

"别说老番，就是老魔也不行。"

"哼，好大的口气，也不看看你是什么人。"

"什么人？中国人。你呢，一个败类。"

那人气得浑身发抖，拿起布包转身就走，而后直闯都督府，告了海关一状，说是南宁关违反国际惯例。

南虎这可高兴了，把刚上任的海关督长请来，说："步月呀，你上任才两天，就得罪了番鬼，不简单啊，人家把状告到我这里来啦。"

"老帅，"广西称南虎为"老帅"，为广西老元帅之意，"我就料到他们要告我，可是没想到这么快。我早知道海关督长是得罪人的差事，否则你也不找我了，大不了摘下我的乌纱帽。外国船运货偷税漏税不说，还走私鸦片，你说，我能不拒吗？"

南虎说："步月，你拒得好呀。他以为他拍番鬼的马屁，我们都督府也拍番鬼的马屁，没想到状一告，都督府连他一船鸦片全给没收了。"

"好哇，他是躲鬼躲入庙了。"

"明天我要在海关码头上把这批鸦片当众销毁，你来主持。"

"这是我分内事，义不容辞。"

"我查了这么久也抓不到线索，你刚上任就截查了一桩鸦片走私，人赃俱获。那些为老番办事的人，向来吃里爬外，损了中国人的利益不说，我看连老番也看他们不起。"南虎拿起盖碗茶，拿起盖子，习惯地拨了拨浮起的茶叶，喝了一口茶，转过话题，"步月，有一事想向你打听打听，新宁县的知事温德溥，是你的同乡，对吗？"

"是的。他又叫润亭，是蒙山县新圩太岁村人，岁贡出身，我是蒙山县东平里水窦村人。我们虽然不是一个村子的人，都是读书人，也偶有来往。"

"依你之见，如果任命他为南宁知县，可否胜任？"

范督长没有立即回答，却捧起茶碗，抿了一口，思索了一会儿，他知道南虎一直在物色南宁知县，却找不到合适的人选，说道："温德溥论才华和胆识，在我之上。只因其貌不扬，用官场上的话说，有损官员之形象，所以官场上不太得意。我虽说刚到南宁不久，对这里的情况也略知一二，知道老帅有心要惩治那姓韦的恶霸，特别是韦茅虎及其手下的恶霸，不除不足以平民愤。我想，以润亭的刚直，说一不二的性格，整治南宁省会，他是最好不过的人选。"

"以貌取人向来是行不通的，有才就行。温德溥在新宁县捕盗得力，有功，省政府要给予大力表彰。我想利用表彰大会这个机会，提高他的声望，任命他为南宁知县。"

都督府迟迟没有委任南宁知县的事，早已引起人们的各种猜测。而今，南宁知县要走马上任的消息不胫而走，民众都想知道此人是谁，特别是韦茅虎和他手下的人，不能让小小的知县束缚他们。如果新知县胆小怕事，倒也罢了；如果是个不买他们面子的人，他们也做好了给他点颜色看看的准备。

这天，都督府开表彰大会，请来各级政府的官员、各界人士及大小绅士们，人们熙熙攘攘会集一厅。会上，先由陆老帅宣读表彰，大谈大表温知县的功德，继而，便宣读南宁知县任命状。当温知县从人群里站起身，上主席台接受委任状时，众人怔住了。只见他身高不满五尺，干枣核一样的瘦脸上，两只眼睛还一大一小，如此相貌，也能担当南宁知县如此重任吗？

看到众官员们交头接耳，窃窃私语，温知县一副不慌不忙的样子，大大方方地从老帅的手里接过委任状，从容地给众人鞠了一躬，这样的场面他经历多了，多怪为不怪嘛。

当晚，温知县来到范督长的家里，一进门劈头就说："步月，你我是同乡，你如此推荐我，不怕人们说你任人唯亲吗？"

"我只知你是个难得的人才，是唯亲又何妨？"

"实话告诉你吧，我此次赴任，只怕是身家性命难保了。"

范督长吃了一惊："润亭，为何这么说？"原想勉励一番，不料却听到这样泄气的话。

"你想，韦茅虎这帮人是吃素的？他有钱有势，手下又是作恶多端，犯案累累。无论是官是民，皆欲除之而后快。可是这么多年来，没人敢动他一根毫毛，为什么？俗话说打狗看主人，韦茅虎不但财大气粗，而且背后有大靠山，谁要动他，也得三思而后行呢。"

"就算是吧，你也不至于性命难保啊。"

"步月，你是知道我的为人的，我是不会有负你和陆老帅的知遇之恩，更不会有负百姓之期望。我若秉公拿下韦茅虎，为民除害，他在京做官的家人岂肯放过我？我也想过了，到时不单单自身难保，还要殃及家族呢。"

范督长联想起自己在海南岛苦苦工作十载，为百姓斗豪强、惩腐恶的往事，最后却被贬了职，不觉深有同感："润亭，你说得也是。不过，陆老帅是个有心之人，决心整治南宁地痞恶霸，让民众得以生计。你只管大胆为之，有麻烦时，我都会尽力保你，再则，有老师做你的靠山，你就放开胆子干吧。"

"谢谢。不过，我既已上任，也绝不退却，尽力而为吧。"温知县虽说其貌不扬，骨子却坚硬，雄心万丈，一到任便大张旗鼓地在街头巷尾张贴安民告示："商人守商法，民众守民法，凡有违法违章之事，一律追究法办。"

不料，安民告示贴出不久，便发生了一起人命案。

事情是这样的，在邕江上众多的疍民中，有一条小艇，里面住着一个爷爷和一个刚满十七岁的孙女小莲，爷孙二人相依为命。小莲长得眉清目秀，一双杏眼，脑后挂着一条粗大的辫子。这天，爷孙俩把小艇靠在江边，小莲像往常一样，连蹦带跳地上码头的菜市买菜，不想正遇上韦渔霸迎面走来。一看到小莲，韦渔霸顿起邪心，上前去厚颜无耻地调戏，小莲又羞又怒，连忙跑回船上。当天夜里，韦渔霸带了几个人，划船找了一圈，终于找到了小莲的小艇。几个打手跳上小艇，不由分说便把爷爷绑走，押回船上，渔霸上了小莲的小艇。小莲一看不对头，赶紧顺手抄起菜刀，渔霸早有准备，把小莲手上的菜刀打落，然后，像饿狼似的向她扑去。被奸污了的小莲拿起菜刀，往自己的脖子上抹去。爷爷一看小莲倒在血泊里，不顾一切向渔霸扑去。

韦茅虎得报侄子闯下人命案，便匆匆赶来。一看不得了，如追究起来，人证物证，吃不了兜着走。他命令将证据毁灭掉，要打手们把被打得半死的爷爷绑在小艇上，再往艇上浇上火油，放了一把火，伪装小艇失火，然后扬长离去。

温知县大怒，安民告示才贴出不久，有人竟敢无视法规，闯入民船，奸杀少女，烧船灭口，简直是无法无天了。他二话不说，立即下逮捕令。

一队卫兵抄起武器，直奔韦渔霸住宅。不料扑了一空，人跑了。

"跑了？跑了和尚跑不了庙，我要是逮不到你韦渔霸，就算是我无用。"温知县秘密派人向韦府佣人打听，证实韦渔霸确实是躲在韦府里，便派出一队卫队到韦府抓人。可是韦茅虎称病，拒不开门。温知县想，不亲自出马也不行了。他带起卫队硬是闯入韦府，以韦茅虎教唆他人毁灭证据并匿藏罪犯之罪，将叔侄两人一并捉拿归案。

韦府的家人像炸开了锅，又气又急，没想到温知县如此"绝情"，出高价收买，威胁告京城，软硬兼施，温知县就是不放人。不得已，只好找到陆老帅求情，不料老帅"病"了，不见客。不得已只好打出十万火急电报给在京的韦绍皋，要他火速救人。韦绍皋接到电报，也是远水救不了近火，只能给都督府南虎拍电报，要他"妥善处理，免出变故"。南虎自然知道这"免出变故"是给他的一个暗示威胁。可是，他已决意要除去南宁一大害，正好利用这起案件，一除为快。事不宜迟，他暗地里通知温知县将这两个恶霸立即依法处决。

第二天，"病"情稍好的南虎姗姗起程，骑上白马，不紧不慢地来到南宁县衙。只见县衙外面早已挤满了人，民众对韦茅虎等人早就恨之入骨，看到恶霸被捉拿归案，无不拍手称快。不料，听到陆老帅在大庭广众下命令温知县放人，民众顿时哗然。

只有温德溥心知肚明，他们在演一出双簧戏，便也挺高胸脯，高声说道："回禀总督，韦茅虎二人知法犯法，杀人偿命，卑职已根据国法将二人正法，请总督明察。"

"人死了不能复活，罢了吧。"陆老帅无奈摆手，把二人已被正法的消息回电京城。

南虎深知官场风险，尽管温德溥是依法办事，杀人偿命。可是，今天杀了韦茅虎，明天韦绍皋必要将温德溥置于死地，可谓"官大压死人"，在民国初期也不例外。他料定韦绍皋必会大动干戈，说不定连范督长也会受到连累，为此，他必须保护温德溥。赶在韦绍皋到来之前，他免去温德溥南宁知县之职，并调他任武鸣知县。

韦绍皋接到南宁的电报，得知韦茅虎等已被处决，不由火冒三丈，马上起程赶回南宁，扬言杀了温德溥为韦家报仇。只恨他晚来了一步，温德溥已被免职，调离了南宁。一经打听，民众也证实陆老帅确实亲自到县府说情救人，只因提前审决才没救下。此事做得有理有节，尽管韦绍皋找碴，也找不到半点理由去加罪南虎。此外，就算他知道南虎有意包庇，安排温德溥在武鸣任职，可是，若是他把武鸣知县抓走，不就是抓走了总督家乡的父母官吗？惹恼了南虎，在京城告他一状，说不定他这京官的乌纱帽也难保。想来想去，人死不能复活，不能让自己也栽倒在这案上。为此，韦绍皋只好作罢，含恨回京城去了。

转眼又是夏天了，"望仙坡"上的花草树木长得特别茂盛。据说，每年"三月三"山歌节，天上的仙女乘着彩云来到坡上，随着山歌翩翩起舞，撒下了满坡的金银花，"望仙坡"由此得名。坡顶上原有一古祠叫"六公祠"，因多年失修，已破烂不堪，南虎决定将其拆除，在原来的地基上筑炮台，命名为"镇宁炮台"，即保卫南宁的意思。

民工们从离城四十里外的凤凰岭开山，把凿下的红砂石岩源源不断地运到望仙坡。经过一年半的砌建，一座环形城堡式的炮台终于建成。前不久，巨型的钢炮从龙州炮台运来，在南宁石巷口码头起岸，全城像过节似的，人们兴高采烈地拥到码头，围观军工兵们光着膀子，大汗淋漓地用一条条大铁链子把这堆上千吨重的炮筒、炮座、铁轮、铁轨，一寸一寸地绞拖。听着口令，一、二、三，拖！一、二、三，拖！

就这样从石巷口一直拖到四脚亭，经镇宁街直拖上望仙坡的镇宁炮台。

今天，大炮已安装完毕，南虎等不及了，要先睹为快。南虎已年过六十，腿上的功夫不减当年，与浩明一起，沿着坡上的石阶向上攀登，健步如飞，如履平地，后面跟着林绍斐和崔肇琳，这两个书生走得汗流浃背，苦不胜言。好不容易登上阶顶，仰头一看，一座炮台犹如立在空中，城墙顶上立着四面杏黄色蜈蚣边大旗，"镇""宁""炮""台"四个大黑字分别写在四面旗上，在山风里哗哗作响。

建炮台的工兵们在炮台门口列队欢迎，两位从广东请来的军械技师把陆老帅、谭都督及政府要员们领进城堡式的炮台里。

一行人沿着阶梯登上炮台，众人的眼前不由得一亮，太阳下，一尊黑黝黝气势雄伟的大炮，在空中昂首挺立。炮台由三部分构成：炮台、铁炮及围墙。炮台分为上下两层，上层有四条横桥，把围墙的顶部与炮台连通，下设南北两门。用红砂岩砌的围墙将炮台团团围住，围墙有两丈余高，一丈五尺之厚。墙头建成长城似的锯齿状，可供射击用和士兵行走。围墙内是掩体隔室、兵房、弹药库等，每间隔室均设有枪眼，内大外小，便于观察和射击，整个炮台可驻一个连的兵力。

南虎爱不释手地抚摩着大炮说："黄技师、陈技师，你们的主意好得很哩，如果不把大炮拆开，何以能把这条'巨龙'从龙州运上这望仙坡？"

"我们也是从前人那里学来的，当年苏元春将军建镇南关炮台时，也是用这种拆装的办法把上千斤重的大炮从德国运到边境。"黄技师介绍说，"这铁炮高一丈五，炮身长约二丈，是德国克虏伯工厂制造的，炮身能沿铁轨自由旋转，向三个方向射击。"

"等等，"浩明问，"你说炮身能沿铁轨自由旋转，为什么才能向三个方向射击？"

"对于一个固定炮台来说，三百六十度的大转角是极为不安全的，二百七十度是安全指数，所以，我和陈技师决定只调装周转三个方向。"黄技师说。

"哪三个方向？"浩明问。

"由你们定好了。"陈技师说。

南虎走到围墙边，整个南宁城尽收眼底。他手搭凉棚，向远处瞭望了一圈，然后，指着远方说："那是西南方向，面临越南，法国鬼子可从越南边境进攻南宁。这东面靠临广东，鬼子可以从海上登陆香港，经广东进入南宁。正南面是南海湾，鬼子可从防城登陆，进攻南宁。唯有北面，是中国的内陆，也就是我们的大后方，鬼子不容易从北面进攻南宁，除非中国南部整个给他们占领了。"

"北面也是你的家乡武鸣镇。"浩明说。

众人都笑了。最后，众人一致赞成将大炮调转向东、西、南三个方向。

"炮台里有水源吗？"南虎冷不防地问。

众人一愣，从未想过水源是个问题，因为坡下就是白龙湖，那里是取之不尽的水。

　　浩明一听就明白了："当年得以拿回镇南关炮台，就是断了起义军的水源。吸取这个经验，炮台里面一定要有水源，有备而无患，一旦炮台被围住，只要有水，就可坚持到援军到来。"

　　南虎点头："正是。"

　　陈技师和黄技师你看我，我看你，面呈难色。

　　"说来惭愧，"黄技师说，"我们只会安装大炮，不会打井。"

　　"会安装大炮已经很了不得了，俗话说，隔行如隔山嘛，这有什么惭愧的？"崔先生说。

　　"中国人打了几千年的水井，这还难得住吗？到农村请来几个老农，准行。"浩明说。

　　"我们拆城墙时，把北门至镇宁炮台一带地域往城外伸延，这样一来，那里的沙井街、镇宁街、安宁街吃水也都成了问题。"崔先生说。

　　自古以来，居民都是取邕江水饮用。北门一带的居民远离江边，家里有人力的话，每天到邕江挑水，没人力的话，付挑水夫三文钱一担水，一个月下来，钱也不少。挑水夫也不容易，挑起一担水，少说也有百来斤重，夏日炎炎，登上邕江的百级码头，穿过市街，汗水湿了一路，要遇上刮风下雨，更是苦不堪言，现在市区往外扩延，吃水更成问题。

　　南虎说："建房打井，都是为子孙后代造福，应同时并举。"

　　就这样，南虎在沙井街投资打了两口水井，因此后人称沙井街为"孖井"街。孖井的水特别清，夏日凉如冰水。

　　正如南虎说的"欲保全国，必先保全广西，欲保全广西，必官尽其职，军尽其力，士农工商各守秩序"。这十年来，这对郎舅掌握广西的军政大权，建军保疆，查田清赋，促进生产，发行纸币，振兴商业，修桥、筑路、打井，有利民生，广西群匪屏迹，路不拾遗，夜不闭户。这是广西的"黄金"时期，人称"陆谭时代"。

第五十章　出兵南下

广西武鸣镇，烈日炎炎，酷暑难耐，过了晌午，街上行人更少，镇上变得宁静了许多，时不时鸡犬之声从柴扉稻草垛间传出。倒是往日清静的灵水湖变得喧闹起来，一群孩子在湖中打打闹闹、戏水、跳水，把水面上的白鸭子赶得到处乱蹦乱飞。湖边一块巨大奇石，形如螃蟹，向湖心伸去，三五一群的壮家女一边卷起裤腿站在水里捶打衣服或坐在奇石边浣纱，一边谈笑风生。碧绿的湖水从湖底的泉眼汩汩地涌出，人们说无论灾旱多重，湖水从不干涸，甘泉从不曾断涌，灵水因此得名。

从灵水湖往西去，便是南虎的邸府明秀园。这里三面环西江河水，半岛呈葫芦状，绿树成荫。在河边的树荫下，南虎坐在一张矮竹椅上，从小泥罐子里拿出一条小蚯蚓，挂在鱼钩上，又把长长的钓鱼竿伸到河中心，鱼竿上那小小的浮标，悠然地浮漾在水面上。一阵河风拂来，轻轻荡起浮标，送来了一丝凉爽。南虎把背往椅背上靠去，听到从后院的荔枝园里传来的阵阵蝉鸣，他忧心地闭上眼睛，说起来钓鱼不是他的嗜好，他是"醉翁之意不在酒"罢了。这里的清静，让他得以好好地思考近来纷至沓来的紧张局势。

北京政府"院府之争"闹个天翻地覆。黎元洪大总统为人厚道，凡事忍让，而国务院总理段祺瑞却是逼人咄咄。终于黎元洪忍无可忍，下令免去段祺瑞总理职位。段祺瑞哪有接受的道理，通电各省均不承认免职令。为赶走黎元洪，他游说"辫帅"张勋，只要辫子军撵走黎元洪，他就支持辫帅复辟清室，张勋信以为真，果然中计。正当张勋在紫禁城给溥仪行跪拜大礼时，段祺瑞组织了"讨逆军"，自任总司令，高举"反对复辟，保卫共和"的大旗，浩浩荡荡地打进北京城。辫子军哪里是北洋军的对手？枪声一响，便四处逃命。张勋大惊，他千算万算，就是没有算到"黄雀在后"。

想到这里，南虎失望地摇了摇头。唉，张勋呀张勋，你真糊涂啊，中国要的是民国，不是皇帝，你怎么就不明白呢？想起去年双十节国庆，黎总统邀请南虎进京，路过徐州时，张勋亲自到车站迎候他。当年他们两人都在苏元春手下共事，也算是老朋友了，旧友重逢，分外亲热，回到使署，这张辫帅在大厅里还行跪拜大礼呢。南虎对张勋说，民国了，清朝那一套就免了吧。张勋摇摇手，一笑，意思说我行我素。南虎还以为张勋只是怀念旧恩而已，真没想他险些葬送了民国，让人耻笑一辈子。

说起来黎元洪这总统当得窝气得很，吃亏在于手里没有兵权，腰杆子硬不起来。

然而，获得法国法律博士的女婿却不以为然，说："黎总统手里没有兵权，只是其中的一个因素，更重要的是国人把共和制，及内阁制混为一谈。黎元洪坚持的是美国式的总统制，而段祺瑞要的是法国式的内阁制。更甚的是，尽管段祺瑞要的是内阁制，可并不遵守内阁制法令，他独断独行，凌驾于法令和众议会之上。这院府之争，早晚必导致内战。"

南虎愕然，女婿的话也正是他所担心的。

段祺瑞干得太漂亮了：赶走了黎元洪，解散了国会，赢得了"三造共和"的桂冠，一箭三雕。他重返国务院的第一件大事就是解散国会，废除《约法》。因为法律明确规定，大总统的职责是掌握一国之军、政、财大权；而国务院的职责是：辅助总统。段祺瑞横看竖看，怎么看都不顺眼，于是将《约法》除而后快。

南虎拍案而起，坚决反对解散国会，反对废除国法，宣布两广自主。段祺瑞把自己凌驾于国法之上，天地难容。在两广自主的带动下，云南、贵州也宣布自主。

段祺瑞对南虎恨之入骨，可是鉴于一片强烈的反对声浪，他有点招架不住了，不得不给在南京的副总统冯国璋去电："四哥，快来！"

因有黎元洪的前车之鉴，早先他离开他的根据地湖北，赴京任副总统，成了袁世凯在北京的瓮中之鳖，冯国璋迟迟不赴京，他盘踞江苏，紧抓兵权。可是这一声"四哥"，把冯国璋的心叫得热乎乎的。"段虎""冯狗"本是"同根生"，都是袁世凯的得意门生，一手扶植起来的得力重将，两人无论从地位、威望还是名声上都相差无几，甚至可以说是并驾齐驱，想来此行赴京上任，段祺瑞断不敢对他傲慢无礼，安排好后便赴京上任。不料好景不长，虎、狗的院府之争便开始了。段祺瑞执意要去掉南虎这心腹大患，撤掉陆荣廷两广总督的职务，而副总统冯国璋拒绝签字，让段祺瑞碰了一鼻子灰。他这才体会到，"冯狗"也不好惹，要想控制他就像控制黎元洪一样是很困难的，冯国璋出任江苏都督多年，统兵数万，兼有江苏地盘与西南各省做呼应，他有声望、有军队、有地盘、有势力，段祺瑞压不住他。

正当南虎忧虑地思索着，浩明来了："姐夫，接到你的电报我就从龙州赶紧回来了，什么事这么急？"

南虎用手拍了拍身旁的草地："坐。"

待浩明坐下后，南虎说："前些时候广东的胡先生来访。"

近来，胡汉民常代表孙中山来访。南虎和孙中山有书信来往，少说也有十多封了，孙中山已从海外归来，对目前的混乱局势，二人均有同感，孙中山说："国会为民国中心，宪法为立国大本，公等既忠诚爱国，拥护中央，即应以拥护国会与宪法为唯一之任务。"对此，南虎一致赞同。

浩明道："听说了。胡先生是个说客，孙中山向你讨广东，要将国民党的根据地建在广州。"

"正是。"南虎打断了，"孙中山是真心维护国法，但几经周折都无法为党部谋到护法的根据地。虽然在很多问题上，我与孙中山、国民党的看法有分歧，可是，目前国难当头，我们必须联起手来，否则护法难以成功啊。"

"你答应了。"

南虎点点头："答应了。我对胡先生说孙中山先生是广东人，回广东也是理所当然。再说，广东并不属于广西，更没理由把人家排斥在外。"

"那你还担心什么？"

"何止是担心啊，他们打了我一个措手不及。国民党一进驻广州，立即成立了什么中华民国'军政府'，还通过了什么《军政府组织大纲》，选孙中山为大元帅，我和云南的唐继尧为元帅。元帅我是坚决不任的。这另立政府，是我始料未及的。我们目前当务之急，就是恢复黎元洪合法总统职务，以及合法国会，而不是另建一个政府。"

果然，段祺瑞迫不及待地以"背叛民国"罪，通缉孙中山等国民党人。继而又打出"迅即出师，共图讨贼、复我共和"之口号，出兵南下，以武力统一中国。

不日，三十七万北洋大军浩浩荡荡向南逼下。

第五十一章　南北大战

十万火急！湖南告急！

三十七万北洋军沉重的辎重车、炮车、马铁蹄把大地践踏得沉闷地呻吟着，刺耳的铁器声直撞长满荆棘的高山崖石，颤抖在秋高气爽的空间里。天空上，一轮明晃晃的太阳被扬起的尘土蒙得不明不白。

湘人不明白，两广宣布自主，广州成立军政府，与湖南有何干系，为何段祺瑞不进军两广，偏偏拿湖南开刀？这正是段祺瑞的战略战术，陆南虎占据两广，桂军的战斗力不可小觑，而湖南实力薄弱，易速战速决，且其地理位置在两广之上，一旦控制湖南，便是卡住了两广之咽喉，而后再向广东广西推进，一举拿下。

南虎考虑到湖南省为两广之门户，又系滇黔之咽喉，万万丢不得。如北洋军占领湖南，西南则腹部受敌，足以置西南于死地。他更为担心的是，湖南的兵力不足一个师，要抵挡三十七万北洋大军，简直是天方夜谭。因此，南虎决定速速出兵湖南。从广西调四个军，广东调一个军，一共五个军的兵力入湖南省。命谭浩明为护法联军总司令，命陆裕光、林俊廷、韦荣昌、马济、林虎五人分别为第一军到第五军的司令，挺进湖南。

浩明知道由此表明南虎决心已定。不过他有些担心，广西调出四个军的兵力是倾巢而出了，驻守龙州、镇南关的兵力也就所剩不多了，他说："万一边境告急，大队伍一时也调不回。"

南虎解释道："这些我也考虑过了。目前欧洲大战尚未结束，法国自顾不暇，大部分法军调去欧洲战场了，留在越南的法军不多。我以为在近期内，法军没有力量来挑起中越边境的大战。把少量的兵力留下驻守边境、镇南关，其余的随你北上。在二十四小时内出发，不得延误。"

"遵命！"

军营里顿时忙乱起来，通知官兵们销假归营的，请求提前支饷，以便安排好家眷的，委托熟人、朋友照顾老母孩子的。军供处更是忙得团团转，上千上万官兵的被服用具、武器弹药补给一样不能漏掉。更重要的是赶制弹药箱，调来足够的火轮船运送军队和物资。

广西这边忙成一锅粥，湖南那边更是人心惶惶，一面调集兵将，一面等待广西援军。

大部队全部准时出发，浩浩荡荡的船队，顺着西江往下走。不日，到了广东，弃船登岸，乘车到韶关。

韶关本是一个安静的小城市，今天却热闹非凡。广东民众知道西南联军将从韶关步入湖南，都纷纷赶来送行。人群挤满了街道两旁，敲锣打鼓，放鞭炮。南虎特意让桂军的铜鼓手排列在韶关车站大门，给联军官兵们鼓劲，南下的国会议员们也早已聚集在临时车站送行。当军队进入车站，几十面铜鼓一起敲起，"咚锵、咚锵、咚锵"鼓声雷动，全体官兵无不感到振奋。

南虎穿着棕黄色民国将军服，戴着镶着金边的高顶将军帽，两道剑眉威仪凛然，一双虎眼炯炯有神，左右肩章绕着一排金色短穗，胸前一排金色的扣子，一条宽皮带从左肩斜挂下来，脚上一双乌黑光亮的高统军靴子，腰里一边插着黑色的驳壳手枪，一边挂着长马刀。迈着稳健有力的步子，南虎走上看台，虎眼微微眯起。只见士兵们肩挂子弹袋，身背长枪，有粤造六八步枪，有汉阳造七九步枪，压后的是大炮、辎重营，看到桂军军容如此严整，他又是满意又是自豪。站在他身旁的是总司令谭浩明，他一身笔挺的将军服，宽檐大盖帽，一双高筒黑靴，红色的肩章上闪着一排金星，腰扎一条黑色军皮带，腰间挂着军刀。

南虎扬起手来，铜鼓便停了下来，南虎提高声音道："将士们，我们西南军人不要战争，可是段祺瑞逼着我们，不打不行啊。他践踏国法，发动内战，国人无不愤怒。国法为民国之命脉，国法存，则民国存，国法亡，则民国亡。今天，我们就是为了保卫民国，维护国法而战。我们必胜！"

"必胜！必胜！必胜！"将士们齐声高呼。

"实话说吧，刮尽了家底我们也只有五个军，一共八十个营的兵力，不到十五万人，远不足北洋军的一半，而我们的武器装备也不如北洋军来得精良，弹药也不如他们充足，这些都是我军的弱处。不过……"南虎提高了声调，"我们广西军打起仗来'烂打'（顽强），彪悍、不怕死。我们的将士是以一比十，以十比百来算，兵在于精，在于勇，而不在于多，大家说对不？"

众人鼓掌。

南虎对浩明点了点头。浩明往前迈出两步，大声地说道："官兵们，今天是出征的日子，也是关饷的日子。你们可别说，总司令只知道让我们打仗，忘了我们的饷啊。"

官兵们都笑了起来。

浩明又接着说："我不但没忘，从今天起，还给每人加饷一元五角。"

上万人的军队又是意外又是高兴，不约而同地欢呼起来。月饷六元六角，在市面上，二分钱可以买一盒火柴，六分钱买一包纸烟，五元买一头黄牛，又称"黄牛票"。省着用的话，一年下来，买十二头黄牛还有余啊。这时，十个卫兵，两人一抬，把五个大木箱子抬到队伍前面，"嘭嘭"地放在地上，掀开盖子，一沓沓的广西银行发行的绿色纸币，整整齐齐地压满箱子，众人又是一阵骚动。

军长马济、陆裕光点着各自的军号，各营队官上前把钱一五一十点过，然后抬回营队里，按着名册唱着名字，士兵一个个走上前来领取。银行行长也派人到场，官兵们如愿意把钱存寄银行的，打仗归来后，连本带利一起算清，皆大欢喜。

终于，部队开拔了，离开了韶关不久，便进入湖南。一路上，浩明重申军纪：不准打骂百姓，不准随地大小便，不准调戏妇女。部队所到之处，受到湘人燃爆竹夹道欢迎。人们比喻谭总司令为"万家生佛"，成千上万的人群拥上街头，一睹西南联军统帅的风采。沿途码头、渡船可看到湘人建的"驱魔碑"，一米高二尺宽的石碑上刻着陆荣廷左手持抢，右手握剑的尊像，在像的两旁刻着："少壮震粤裳，威震百蛮疆，左执斩妖剑，右执平虏枪，鹰扬播四海，鬼神遁他方"。

俗话说秋老虎，这话一点儿不假。湛蓝的天空没有一丝云彩，头顶上火辣辣的太阳，顽固地动都不动。浩明骑在马上，脸被晒黑了，鼻梁被晒脱了一层皮。他抬头看了看天空，但愿能扯过一片白云把火球遮起。前面的黄土路上扬起一团黄尘，两匹战马从远处奔来，浩明手搭凉棚一看，是派出去探察情况的前锋队长和他的警卫。

前锋队长来到跟前，跳下马，举手敬礼，大声说道："报告，谭总司令，前面便是衡山，北军早已抢先一步，占领了衡山一带的险要位置，并做好加强防御工事，准备和我军决战。"

浩明又搭起凉棚向四处看了看，说："传话下去，就在这里扎营。"

"谭总司令，左面有个林子，在那里扎营比较凉快。"前锋队长说，手指着不远处的一片绿林。

"凉快是凉快，一旦敌人的炮火轰来，把林子烧起，我们都成了'烧鸡'了。"浩明说着，举起胸前挂着的望远镜，向左右看去，而后指着右边，说，"前锋队长，那边好像是个村子。"

前锋队长顺着方向望去，说："是，一个二三十户人家的小村。离村子二里地的地方有一条小河，那里还有个旧寺庙。"他把这一带都巡视了一遍，就是闭上眼睛也能说出来。

"好得很，你立即通知各营队不准进村子，在河边扎营，临时指挥部扎在旧寺庙里。还有，请马军长和陆军长到指挥部来一趟。"

"遵令！"

待前锋队长离去后，浩明领着卫兵们来到河边，一看，这里果然不错，树木虽然稀疏，但有了河水，休息、做饭也方便。进入寺庙，这里破烂不堪，门窗已脱落，剥落的红墙上挂满了蜘蛛网。卫兵们砍来树枝，扎起当扫把，三下五除二，把灰尘和蜘蛛网扫个干净，再把破青砖垒起，把破门板搁在上面，给总司令又当桌子又当床。

听到门外的马蹄声，知道马济和陆裕光来了，浩明走出门口，果然是他们。

浩明说："走，我们一同到前沿阵地看看去。"说完，便跃上马背。

三人连同前锋队长，一道策马奔去。来到前沿阵地，只见野地里北军军旗林立，军帐篷密密麻麻，军营井井有条，战线拉得老长。他们固守阵地，以逸待劳，而且兵精械足，大有压倒一切的气势。

马济说："看这阵势，他们的兵力不少于十万。"

陆裕光说："我们联军加上后勤部的全部兵力，加起来也不过七万人左右，其余的还在途中呢。"

浩明放下望远镜，说："不错，将是一场恶仗，北军还有二十七万的军队正朝湖南压来呢。"

众人不语，继续策马前去。

来到衡山附近，前锋队长指着北面的两座高山说："这两侧山势险峻，大路从山间穿过，是易守难攻之地，故称'护湘关'。湘潭是北军的基地，从湘潭到衡阳必须经三条道路：第一道是经朱亭；第二道是经福田铺；第三道就是这里的护湘关了。"

浩明下马，从马袋里拿出军事地图，在地上铺开。衡山位于湘潭和衡阳之间，护湘关地形险要，他决定把主力放在这里。浩明说："在这两侧高地加紧构筑工事，重点设防，做好兵分三路的设防，右翼为马济的第四军；左翼为湘军；中路为桂军主力，由我指挥。陆裕光，你军在其余两条道路上也都布置沿线设防和进攻的部署。"

"是！"马济、陆裕光应道。

这时，一阵急促的马蹄声从后面传来，众人不约而同地回过头，看到联军的供给处长骑马奔来。来到跟前，供给处长翻身下马，气喘吁吁地说："总司令、马军长、陆军长，我们买不到粮食。"

"怎么回事？"浩明问道。

"镇上的掌柜说什么也不收广西纸币，他说这钱一文不值。买不到油盐柴米，士兵就没了吃的呀。"

"他竟敢不收？我去解决好了。"陆裕光说。

"不行，这不是拿枪逼着他收就可解决的问题，看来是湘人对广西纸币的情况不了解，这样我去好了。你和马济抓紧时间，尽快把高地的工事筑好。"浩明对供给处长说，"我们走吧。"

自南虎任广西都督后，对银行进行改制，发行新纸币，在广西历史上是首创。纸币的面额上端横书"广西银行"四字，外侧展开三面旗帜，分别是五色旗、十八星旗和海军旗。在面额的左右两侧，两个椭圆形内分别是交通图和大楼图。背面印有"广西都督陆荣廷布告"的全文："广西银行纸币，向来市面流通，交换取携方便，本与现金相同。民国成立以后，信用益加扩充。旧币不敷行用，允宜增发为功。准备巨资兑换，以期活动金融。粮税买卖照用，不得折扣欺蒙。禁止私行伪造，如违惩究不容。布告同胞知悉，各宜一体遵从。"这些年来，由于广西政局安定，经济得以发展，市场稳定，纸币面值也得以稳定升值，有良好的信誉。香港汇丰银行以一元广西纸币兑换香港纸币一元三角，在武昌也作大洋一元计算。再加上携带方便，商人们都乐意使用。

来到镇上，只见十几名买货的士兵，有拿扁担的，有拉着马车的，在店门外的街边等着。他们谁也不敢与掌柜争吵，那是违反军纪要被罚的，只有乖乖地坐在地上等着。看到总司令，"唰"的一下都站起来，举手至帽檐敬礼。浩明跳下马，顾不上打招呼，直接走进店里。

看到这般架势，老掌柜就知道是大官来了，便起身迎出来。他面有难色地说："长官，不是我不卖，是不敢卖呀。这么多钱，弄不好要倾家荡产的呀。"

浩明安慰地说："老掌柜，这不怪你，要换了我是你，我也不敢卖呀。这样吧，这镇上有没有钱庄？"

"当然有了。这么大的镇子没钱庄哪行啊？"

"好，我有两个办法。一是拿广西纸币到钱庄去兑换大洋，今天就拿大洋做交易好了。二是你叫一个腿快的伙计，拿上这一元广西纸币，到钱庄去一问就知道了，广西纸币在广西、广东、香港汇丰银行、湖北，都有很好的信誉。你如信得过，我们做生意，我们成千上万的大部队，生意是有得你做的。如果信不过，也不勉强。你看吧。"

老掌柜心想，这位大官与以往的军人不一样，不以势欺人，也不抢劫，说话有理，也实在，看来这广西军队就是不一样。如果到钱庄去兑换大洋，今天把货交了，恐怕他们日后不再回头，断了生意。如果他们的纸币在钱庄那里有信誉，可做担保，那就没有什么可担心的了，这么大的军队，就是做上几桩生意，也够吃好几年的了。想到这里，老掌柜便转身到柜台里，与一个年轻的伙计咬了一阵子的耳朵。只见那伙计点点头，拿起纸币，走出店门。

老掌柜叫人端来椅子，送来凉茶水，招呼客人。浩明又累又渴，也不客气，一屁股坐下，端起茶水，一口气连喝了好几杯。此时，街上出现了年轻伙计的身影，他一路小跑地回来了。老掌柜一看，伙计这么快就转回，赶紧迎上去。两人在街心嘀咕了一会儿，待老掌柜转过身来时，只见他布满皱纹的脸上堆满了笑容，连连说："要得，要得。"

浩明知道事情已办妥，与供给处长交代好，便告辞了。

从镇子回营地的路上，远远地，发现一群当地的百姓乱哄哄地朝马济的军营走去。浩明心里"咯噔"一跳，知道出事了，两腿使劲往马肚子一夹，战马顿时飞跑起来。

来到营地，只见马济把队伍集合起来，宣布查究。看到浩明跳下马鞍，马济立即迎上来，一五一十地把事由说了一遍。原来，一名士兵在村子附近对一村妇说了些粗野的话，那村妇又羞、又恨、又恼地跑开了，村民大为愤怒，大喊："捉拿奸人哪！"一路追赶到营地来。

浩明听后，对马济说："这是你军里的事，你来处理好了。"

马济走到排列整齐的队伍面前，大声地说："一路上，部队一再宣布军纪，不准打骂百姓，不准随地大小便，不准调戏妇女。可是，就有人偏偏不听。今天，是谁调戏妇女了？站出来！"

队伍站在太阳底下，没人敢吱声，静得连心跳的声音都听得清楚。

马济生气地说："怎么啦？不是称'好汉'的吗？有种的，站出来！"

还是没人敢吱声。

马济顺着队伍一排一排地寻去。终于，发现队伍里一名士兵神色惊恐。马济一个箭步上前，那士兵"扑通"一声跪下求饶："马军长，我错了。我再也不敢了，饶了我，我这是第一次，饶了我吧。"

马济铁青着脸："哦，你这才知道错了？不行！家有家规，军有军规，犯了规就该受罚。来人！拉出去毙了！"

众人一听，大惊失色。

那违犯军纪的士兵赶紧转向他的团长，又是磕头，又是求饶。团长知道，部队刚入湘，不重罚立不了军威，也震慑不了兵痞作风。不过，枪毙的惩罚是重了些。他面有难色地向总司令看过去。

浩明知道在这种时候马济唱黑脸，就要有人唱白脸，否则情况便会僵持住。浩明给团长使了一个眼色，团长便会意了，对马济说："马军长，我的部下违法，我这做团长的也有失误的地方。目前大敌当前，饶他一命，以立功赎罪吧。"

众士兵见团长说话了，都一齐跪下求情。

村民们觉得说了几句粗野话就要一条人命，也未免过分了些，都一齐向军长求情。

看此情形，马济便顺水推舟，说："好吧，就看在众乡亲的面子上，饶了你一命。不过，你明知故犯，军纪容不了你，罚你三十军棍。"

当着众人的面，那士兵被惩罚了。第二天，这事一传十，十传百，很快，桂军的好名声便在湖南省传开了。

山上的工事修好了，秋也深了，风也凉了，漫山遍野的黄叶，临风般地燃烧着。护湘关拔地而起，峰岭冷漠中透着刚毅，山顶上的岩松，在秋寒里苍茫地饱含着魄力，一杆"护法联军"的大旗"哗啦啦"地飘在寒风里。桂军凭着险阻地形驻守关口，一到夜晚，战地寒月明朗，山林石峰，幽灵般地兀立，偶尔山风刮起，传来军旗的抖动和黄叶的簌簌声。全线进入战备已多日，战地虽是一片沉静，可此时无声胜似有声啊，两军暗地里都在憋足了劲儿。

浩明从山顶俯瞰，两军战线共长二十五公里，离护湘关十多里的地方是茶园铺，是护湘关的前沿阵地，历来是潭衡旧驿道中途站之一，小集镇由此而繁华。如今，镇民们全撤走了，镇上由桂军第一师重兵把守。

终于，在十月六日清晨，衡山之战拉开了序幕。北军的大炮吼起，先是闪起一团团耀眼的火光，好比一朵朵怒放了的烟花，接着轰隆隆的巨响，有如山崩地裂，一颗颗炮弹像一群群蝗虫似的向桂军阵地飞来，几丈高的泥土柱直蹿而起，天空被掀起的泥土遮起，世界顿时一片黑暗，大地像海浪似的晃动。北军看到桂军在衡山以北只有不足两个团的兵力，却要防守约十五公里的正面攻击，力量分散，决定在此打开缺口。待大炮群狂轰滥炸一阵后，北军主力向桂军发起进攻。

陆裕光从山顶往下一看，密密麻麻的北军士兵正往山坡上冲来，他额头上的青筋紧张得"突突"直跳，待士兵们进入他们的射程内时，他大声命令道："打！狠狠地打！"

前面的北军士兵被逼得后退，后面的后援部队发起了更大的冲锋。

马济看到陆裕光军情况紧急，如不增援，防线就有被北军突破的危险。他提起一挺机枪，带上一个加强营从右翼前去援助。子弹嗖嗖地从耳边刮过，他毫不理会，把机枪紧夹在肋部，夹得发痛了也不觉，手掌捏出了汗，就像抹了一层黏液似的。乱飞的子弹逼着他时不时地卧倒，把脸伏在潮湿的泥土上，一股泥土的清香混着刺鼻的火药味直往鼻子里钻。终于，他看见了褐黄色桂军的战壕，听到士兵们的叫骂声："打这些王八蛋！""冲他的'鸟蛋子'射去！"马济微微一笑，广西兵好样的！他从地上一跃而起，领着士兵们冲上去，跳进战壕里。看到马军长领着援兵到来，士兵们为之一振，憋足了气，打！马济赶紧架起机枪，指头勾着扳机，一串串的子弹飞出，逼近的敌人赶紧掉头退却。

马济、陆裕光乘胜追击，一声号令："冲啊！"他们抓起机枪，领头跃出战壕，猛冲猛打。风在耳边"呼呼"地刮过，全身的肌肉绷得紧紧的，一味往前冲，双臂紧夹着机枪，指头勾着扳机，机枪里的子弹打光了，也全然不知。

看到桂军将士们饿虎般地杀来，北军士兵们撤退速度之快，有如长上了四条腿。转眼间，桂军夺取了敌人的前沿阵地，逼近敌人的主阵地。马济、陆裕光知道敌人很快会反击，便马不停蹄地指挥士兵们在敌人阵地的死角挖好攻击掩体。没想到北洋军的反攻来得如此之快。在掩体挖好之前，北军组织了反击大队，冲了上来。马济命令机枪、步枪、手枪密射，阻止敌人接近。前面的北军士兵纷纷倒下，可仍不退却，后面的敌人像洪水似的不断涌来。

马济这时候要想撤退也来不及了，敌人离太近，没有时间撤，很快桂军的子弹打没了，怎么办？在这紧急关头，退路是没有的。马济豁出去了，拔出腰刀大喝一声，领先跃出战壕，进行肉搏。士兵们一看军长领头短兵相接，也都抽出刺刀，跳出战壕，向敌群冲去。敌人先是一愣，紧接着也拔刀迎上。桂军的一个排长刺死一个敌人，被他身后的一个敌人看到，便举起枪刺，正要向排长的背上刺去，说时迟那时快，马济抢起一个飞毛腿，把那敌人踢翻，仰面倒地，排长一个回身，把那敌人刺死。士兵们用枪杆、刺刀互相拼杀，枪杆被折断了，刺刀被打飞了，便抓起石头打。士兵杀红了眼，互相扭作一团，滚在地上，有的抓起泥土，互相往眼睛撒去，泥土迷了眼，看不见，担心打错自己人，便用广西话破口大骂，对方回骂北方话，便知道不是自己人，继续打。有的抓起石头砸头，直到脑浆迸裂，血肉模糊。肉搏激烈之惨状，令北军胆战心惊，败退下去，当日不敢再反攻。他们领教了广西军队的顽强异常，抵死不退的"烂打"精神。

浩明急忙调来两个营援助。看到肉搏后的场面，他眼睛也红了。马济的军服被撕破了，两只袖子被敌人扯没了，一脸的血迹，两眼闪着寒光。这场激战，伤亡十分惨重，其中的第三营，近一半的士兵是从广西红水河一带招来的壮族汉子，个个虎背熊腰，十分好打，这场仗下来，伤的伤，死的死，只剩下两个人。一看到总司令，硬汉子也禁不住地大哭起来。浩明喉头哽咽，沉重地拍拍他们的肩头，一句安慰的话也说不出来。

夕阳把天空染红了，像血一样的沉重，压得人透不过气来。

湘军司令把后勤做到了战地，亲自到前线犒劳，送来热茶热饭，派来救护队护理伤员。救护队把一具具尸体抬下战场，放在草地上，并抬来上千具棺材。这时，老天爷也感动了，洒下雨点，不一会儿，雨点儿变得密集起来，足足下了半个时辰。湘军送来殓服，死去的士兵，不分南军还是北军，一律换上雪白的衣裤，静静地平放在棺材里。桂军大为感动，这样的人葬，不论对死去的还是活着的官兵，都是一种安慰。

雨停了，衡山顶上出现一条彩虹。马济集合部队，朝天连放三枪，给死去的弟兄们送葬。

第五十二章　多事之秋

前方战事吃紧，后方广东起火。西南联军在湖南拼死作战，而广州军政府国民党人提出驱赶广西籍的广东督军莫荣新，要"粤人治粤"，发誓要控制广东财、政、军大权，而广东督军却是寸步不让，双方是有你没我。南虎把精力集中在战事上，无暇顾及。

1918 年 1 月 4 日，国民党人开火了，炮打广州都督府。

对国民党炮轰督军府事件，湖南、云南、广西，西南护法各省连锁反应，一致要求在广州召开"西南各省护法联合会议"，以解决炮轰事件。

南虎提前到了广州，他领着春燕和陈卫士长来到西关城，前去探望老熟人——武艺高强的黄飞鸿师父，黄师父在西关城开了一个药馆，他们是当年在刘永福的黑旗军里结识的。

从广州的观音山往西走不远便是广州西关城了，所谓"城"，是西门外一带地方的统称。明末时期，西关城建起十八甫，开设十三行，所谓十三行又叫洋行，是华洋交易地，是广州金融、饮食、南北药材、北货、洋纱丝绸布匹、米行和酸枝家具的主要商业贸易大本营，难怪广东人称为"金山珠江，天子南库"。清代时期，先后兴建了宝华街、逢源街、多宝街等居民住宅区，大多以洋船洋货贸易为生，因此，西关城又是广州人烟最稠密的地方。洋行商人经营有道，熟谙番情，交易数额非常可观，仅此十三行的海关税收入，除支付全省军饷、衙门、衙役差饷所需之外，尚有盈余五十多万两上缴朝廷。因此，又造就了不少西关富庶人家。

许多达官贵人居住在西关城，豪宅阔门高槛，店铺林立，一眼望不到尽头，五颜六色的招牌令人眼花缭乱，目不暇接。难怪广州人说，广州通夷舶，珠贝族焉，西关城尤财货之地，肉林酒海，无寒暑，无昼夜。没到西关城前，以为这说法言过其实，今天，南虎身临其境，看到街道熙攘，车水马龙，人来人往，果然是热闹非凡。

"老帅，前面就是'宝芝林'药馆。"陈卫士长说，他身穿一套民国军军服，大盖帽，打绑腿，腰间挎着两把黑盒子手枪。

"走，给黄师父一个惊喜。"南虎说。

三人加快了步子。

黄飞鸿师父是广东南海人，家境贫寒，自幼从父习武，尽得家传功夫。他的虎鹤双拳，声威叱咤，龙腾虎跃之势，在武林中享有"虎痴"之雅号。黄师父不但武艺高强，医技也不凡。一次，黑旗军首领刘永福意外堕马，腿伤久治不愈，后闻武功超群的黄飞鸿在广州开设"宝芝林"医药馆，其驳骨疗伤之技，时称一绝，便慕名而来。果然黄师父身手不凡，手到病除，刘永福大喜，请了大臣张之洞为"宝芝林"题写"医艺精通"的匾额，并聘其为黑旗军军医及武艺教头。

只见药馆高槛朱门，两盏大红灯笼高挂，虽不豪华，可气度不凡。大门上方悬挂着张之洞题写的"医艺精通"木匾，字浑厚有笔锋；门的左边有前榜："武艺功夫，难以传授；千金不传，求师莫问"。据说那是几年前，他精通武术的儿子遭同行嫉妒，遭暗算惨死，黄师父受此打击，故此不再传授武技。在门的右边贴着一张大药方，上面写着："此药方功效，活血散瘀，消肿止痛。牛大力一两，千斤拔一两，半风荷一两，宽根藤一两，田七五钱，金耳环五钱；以上诸药浸酒一斤五两，十五天后可用于骨头未折，皮肉未开之一切跌打肿痛及练功积瘀、跌打损挫之伤。"

南虎赞许地笑了，一抬脚，迈进药馆里。也许是时候还早，大堂里很安静。中草药柜子和柜台占据了大堂的大部分地方，散发出一股草药的清香味。墙上的挂钟"嘀嗒嘀嗒"发出清脆的声音，大堂正面挂着几幅山水画，画下面摆放着几张酸枝椅子和一张小茶几。一只灰色的猫懒洋洋地睡在柜台上，听到脚步声便惊讶地睁大眼睛，随后"嗖"的一声跳下柜台，往里间跑去。那猫好像是向主人通报似的，很快，门帘被撩起，一位身穿长衫，戴着老花镜的老人健步走出来。他已是七十多岁高龄，看起来跟六十岁差不多，得助于多年练习武功，他身子骨挺立，浑身上下透出一股当年的英姿。

"黄师父，你好啊！"南虎拱手问候。

"好好，请问要买些什么药啊？"黄师父从里间出来，看到三位来客，因背着光线，看不清脸部，只见拱手问候的人身材魁梧，穿一件白布长衫，一顶黑礼帽，身后跟着一位随从，也穿长衫，戴黑礼帽，个头不高，清瘦身材；站在靠门口的地方倒是站着一位士兵，腰里别着手枪，看样子像是警卫。他一下子拿不准来客是军人还是商人，便客气地说："请坐。"来药店求医的人有富有穷，有军人商人，黄师父一视同仁。

"黄师父，不认得了？我是南虎啊，当年在黑旗军刘永福的手下当哨长，还跟你学过武功呢。"

黄飞鸿仔细一看，可不是吗，惊讶得睁大了眼睛，高兴地说："哎呀呀，真是南虎啊，一别就这么多年了。听说你高升了，恭喜呀。怎么，今天想到来看我来了？"

"前些日子忙于战事，一直没时间来，心里不安啊。"

"来了就好，来了就好。知道你荣升了，任两广总督了，也是我们武林人和广西人的骄傲啊。"

"也多得你早年教导有方啊。"南虎说，指着门外贴的药方子，"黄师父，别人的祖转药方恨不得挖地三尺埋起来，你倒好，贴街招了。"

"别看这西关城有钱人多，做苦力的人更多，容易跌打扭伤，看医生太贵，把方子贴出来，他们抓几服药花不了几个钱。"

"别人做医生，谋的是钱。你做医生，谋的是善，难得呀。"

"钱多少才是够？够吃够穿就行了，做善事，积积德吧。"

"黄师父，我来给你介绍介绍，这位是我的四夫人春燕。"

"你好，黄师父。"春燕拱手问候。

"你不说，我还以为是位书生呢。女扮男装，好一个花木兰。"黄师父赞许地微笑。

"真给你说中了，她可是一个女中豪杰，跟着我走南闯北呢。"南虎说。

"你有福气。"黄师父笑呵呵地说。

"黄师父，我们难得一见，我想请你和师母到茶楼喝茶，叙叙旧，怎样？"南虎说。

正说着，一个清脆的声音传来："是谁来了呢？"接着门帘撩起，一位五十岁上下的妇人走出来。一眼就看出，她也是练武艺的人，全身上下利索得很，身穿一件小花布斜襟唐装，梳发髻，耳边插有一朵小黄花，当年也是一个俏丽佳人。

"这是我的太太，叫阿桂。"黄师父说，"阿桂，这是南虎陆荣廷，这是他的四夫人春燕。"

阿桂原是黄师父的习武徒弟，黄师父的原配夫人死后，阿桂便嫁给了他。

阿桂的眼睛惊喜地一亮："你就是两广总督？真是贵客啊。四夫人你好，想不到你这么年轻漂亮。请坐，请坐。"

"不用了，阿桂，南虎要请我们去喝茶呢……"

黄师父的话还没说完，阿桂赶紧说："去吧去吧，药铺有我呢，放心吧。"

"师母真是个贤内助啊。"南虎称赞。

"不瞒你说，这些年也多得她的照顾，铺里铺外一把好手。"

"别老黄卖瓜，自卖自夸了。"阿桂笑着说，把一行人送出门外。

广州茶楼比比皆是，西关城的茶楼陶陶居又数全城第一，位于第十甫路，那里是繁华路段，商贾云集，茶客来自四面八方，络绎不绝。早在光绪六年（1880 年），陶陶居就开张了，这里的沏茶向来很讲究，虾饺、烧卖新鲜可口，因此一年到头生意兴旺。来到第十甫的路口，一眼就看到东面的陶陶居，雕龙画凤的凉亭，两层古香古色的楼十分别致。不论是富人或穷人，陶陶居一样接待，楼下在大堂叹茶的多是打工仔、老街坊，每个茶位五仙（五分钱）；楼上的雅座多是富人闲聊、谈生意的地方，每茶位一毫五仙（一角五分）。广州人不论贫富，都喜欢喝茶，上午喝早茶，下午喝午茶，夜里喝晚茶。老茶客一般是"一盅两件"，即一杯茶，两个叉烧包，或烧卖、虾饺之类的，一边喝茶一边天南地北地瞎聊，又叫"叹茶"。

黄师父是这里的老茶客了，眼尖的跑堂伙计便笑盈盈地迎了上来："黄师父，这边请。"领头往楼上走去。

待四人在雅座坐定，跑堂伙计问："黄师父，还是铁观音茶？"

"知道了还问。"

"好嘞。"跑堂伙计应了声，离去了。很快，点心上桌了。虾饺、烧卖、豆沙包子、牛百叶、蒸排骨、蒸凤爪摆满一桌，紧跟着，一壶新沏的铁观音热茶送来了。

黄师父提起茶壶，往茶杯里斟茶，说："早先，这茶是献给皇上用的，皇上喝一口，只觉满口生香，回味无穷，便问种茶的，这是什么茶，种茶的说还没有名字呢。又说一天夜里，他梦到观音菩萨赐给他一株茶树，第二天果然在家门前有一株茶树，就挖来栽种了。皇上大喜，说就赐名'铁观音'吧。你看，喝'铁观音'要懂行，先闻其香，再品其味，其味无穷。"

南虎拿起茶杯，闻了闻，品了一口，赞道："果然又香又甘口，名不虚传。"

黄师父向周围看去，说："说这茶楼生意旺，也大不如从前了。以前要是来晚了，还排不上座位呢，一等就是几个小时。今天你看看，空桌还不少呢。"

"什么原因？"南虎问。

"还不是因为炮打都督府的事，这大炮一轰，富人家都跑了，市场也萧条了，香港的银市也掉了四成。你说，莫督军是打仗出身的，还怕你大炮轰不成？"

"等过一阵子，事情平静后，市场会恢复繁荣的。"南虎说。

"有你坐镇，这就乱不到哪里。是啊，你南虎能当上两广巡阅使可真不简单哪，不是用钱买到的，看你一身的伤疤，就知道是在枪林弹雨里打出来的，难怪连张作霖也得称你为大哥呢。"

"黄师父，连这你也知道？"春燕惊讶地问。

黄师父笑眯眯地点头。那是在"重建共和"后的第一个双十节，大总统黎元洪封南虎为"再造共和"的功臣，并邀他到北京。当然，到京的还有各省的大人物，张作霖就是其中的一个，张、陆二帅一见如故。国人称他们为"南鹿（陆）北獐（张）"。两人的经历很相似，同是清末时期的绿林英雄，受朝廷招抚安后，成为清兵的管带，而后荣升为封疆大臣。张作霖据守东北，号称"大帅"，陆荣廷威震西南，号称"老帅"，就连他们的儿子张学良和陆裕光也成了拜把兄弟。

这天，京城秋高气爽，两位帅将带领手下人到紫禁城游览。太和殿前的铜龟、铜鹤、铜鼎一如既往地立在宽阔的丹墀平台上，皇宫的气派犹存，可是面目已非昔日，当年太后点将出征的大广场上空无一人，杂草丛生。一行人来到太和殿，几只被惊了的野鸟从空殿里蹿出，飞在大广场上空，从众人的头顶掠过。南虎一看，从腰间拔出手枪，对空中就是"砰砰"两枪，两只鸟应声而落。人们早听说南虎的神枪，今日目睹，果然是身手不凡，众人拍手叫好。

张作霖一看，不服气，大呼一声："牵马来！"他也有一绝，能在疾驰的马上左右盘旋，前后倒挂马颈，以闪避枪弹。

他的副官小声地说："大帅，皇宫里不许骑马，尽管皇帝退位了，规矩还在。"

大帅深感遗憾，不能大展奇技。他眼睛一转，有了主意，说："陆老帅，你我是打仗打出名的，今日咱们就数数谁身上的伤疤最多，多者为大哥，怎样？"

"好哇。"南虎爽快地答应了。

两位帅将立即脱衣扯裤，好在这天没有女眷在场，将军们脱得只剩一条内裤衩。众人兴致勃勃地从头顶到脚跟，身前身后，一处不漏地数来，结果，陆老帅有八十三处伤疤，而张大帅仅得五十二处。张作霖哈哈大笑，自愧不如，拱手称南虎为"大哥"。

这事一传十，十传百，就这样传开了……

南虎摇摇手，说："好汉不提当年勇，过去的事就不说了。说目前的吧，国民党人要把我桂系赶出广东，这我也理解，'粤人治粤'嘛。广东人对广东有特殊的感情，他们了解广东，知道如何管理、整建广东，就像我对广西的感情一样。不过，当前国难当头，前方在打大仗，我们一撤，便会牵涉到各个方面，打完仗再考虑也不迟啊。"

黄师父说："我是广东人，说一句公道话。桂系怎么啦，桂系没有在广州城开一枪一炮……"

南虎一转话题："西关城是个好地方呀，不来不知道啊。"

"何止是好，还是个聚宝盆呢，什么东西到了这里，就能变成金子，不论是吃的、穿的、卜卦算命的。喝完茶我们到处走走怎样？你是这里的父母官，不知道西关城还成？"

"好啊，难得有你这老广东做向导。"南虎高兴地说。

喝完茶，一行人出了茶楼。来到城隍庙附近，这里卜卦、看相的江湖术士比比皆是。江湖上有"九金、十八皮、七十二套寡头"之说，九金即算命、看相、测字、扶乩、圆光、走阴、星象、法师、巫师。南虎自小生活坎坷，对江湖术士的话，也信也不信。信，比如谭女的母亲去算命，"算半天"说的话多年后应验了；不信，因为不少人也只是一派胡言而已。不远处，街边上摆有一张小桌子，桌前挂着一个红布幡，上面写着"小诸葛亮"。

黄师父指着说："看，那'小诸葛亮'在这一带颇有名气呢。"

这天南虎的心情特别的好，一听此言，顿起好奇心："是吗？不妨去试试，看他灵不灵。你们在这里等着，我一人前去即可。"

"小诸葛亮"看到一个穿长衫的生意人向自己走来，便打起十二分的精神。此人身材魁梧，步子迈得稳健有力，说是他个商人，更像一个军人。来到桌前，南虎一屁股在凳子上坐下，把手放在桌上，利索得很。他张开手掌，便问："请看我贱相如何？""小诸葛亮"见他的手掌粗大厚实，厚厚一层的手茧子，不像是生意人的手，倒像是武枪弄棒的手。这一看一听，心里有数，此人若非有权势之人，就是要我"砸台子"。再往他身后看去，一个穿长衫的像是个跟班的，一个穿军衣的像是卫兵，这第三个嘛，不看则已，一看一惊，那不是大名鼎鼎的黄飞鸿黄师父吗？早就听说两广总督陆荣廷与黄师父有旧交，没想到……"小诸葛亮"眼珠子滴溜一转，行，知道了，你来者不善，有多衰我就骂你多衰（有多坏骂多坏）。

他清了清嗓子，从容地说："从你的手相开来，你一生不走运，如今更是血光冲天，死到临头了。"

南虎心头一沉。

"小诸葛亮"一看南虎的脸色沉下，便笑了起来："你本来就当了大官，还问什么贱相，找骂呀，真系唔衰揾(音：wen)来衰咯（广东话，本来好好的不该来找骂）。"

南虎看到把戏被戳穿，哈哈一笑。把钱放在桌子上，扬长而去。

从此，"陆荣廷看相，唔衰揾来衰"便成了广州的一句俗语。

第二天，针对炮轰事件，西南各省护法联合会议在广州终于召开了，再次明确，西南护法不是要推翻已有的北京民国政府，而是以战促和，促使早日恢复民国，国法。大会还通过了护法联合各省只承认北京民国政府，承认冯国璋总统为全军的元帅，取消了广东大元帅府。

第五十三章　胜败乃兵家常事

　　1月的长沙，北风啸啸，草木凋零，一片萧条。长沙城里，到处可看到湖南战场被炮火毁坏的房屋，士兵们在清理街道，帮助修理民房。不少市民都陆陆续续地回城了，看到被炸塌了的房屋，一边摇头叹气，一边无奈地这里拣拣，那里修修，希望将就着度过这个苦涩的冬天。

　　看着这些怆然的情景，浩明感到十分压抑。湖南战事处在混沌状态，北洋军内部的斗争愈演愈烈，直系要和，皖系要打；南虎要和，国民党人要打。总统冯国璋极力阻止发生更大规模的内战，要南虎暂且按兵不动，等待他对北军的停战令。在这样的情况下，西南军只好在长沙停滞不前。这不战不和的局面不知要拖到什么时候。更重要的是联军几万兵力聚滞在长沙，十天半月尚可，时间一长士气就涣散了。自古以来，兵家最忌滞兵。看来，南北和谈真是难、难、难啊。

　　渐渐地，湘人失去等待总统冯国璋下达停战令的耐心，要驱赶北洋军出湖南的情绪日益高涨，湘军士兵们也跃跃欲试。如果他继续按兵不动，不进攻岳阳，很可能会导致湘、桂两军不和，导致分裂的危险，同时，也会加深广东国民党人和桂军在广州的矛盾。此时此刻，曹锟的大将吴佩孚已率军南下湖北，时间不等人。应先发制人，在吴佩孚的新主力军抵湘之前，收复岳阳。这样做，一来把北洋军赶出湖南，二来稳定湘军的情绪。主意已定，浩明感到轻松了少许，事不宜迟，他便大踏步往回走。

　　拂晓，西南军攻打岳阳的战斗打响了。西南军密集的枪声炮声从各个战场同时响起。左翼战场，上千名战士好比发怒的猛兽，杀声惊天动地，猛攻猛打，首先突破敌人的防御线，敌军抵挡不住，纷纷后撤。联军乘胜推进，迫使守敌退守后山坪一线。

　　驻扎在岳阳里的部队均属冯国璋的直系，他们原本就不愿与西南军发生冲突。看到西南大军兵临城下，北军将岳州焚烧，全军向湖北武昌全速撤退。浩明早已探到军情，有意网开一面。他把联军队伍调开，让北军直系的王汝贤部、范国璋部得以顺利撤离。

　　马济一马当先，占领了岳阳。

　　北京，段祺瑞捏着指头，算起来北洋大军南下也一个多月了，一举扫平西南的捷报迟迟未到，心里好不焦急。就在此时，却传来北军总司令王汝贤和副司令范国璋撤离岳阳。段祺瑞气得鼻子都歪了，冲着冯国璋大声地喊道："岂有此理！王汝贤、范国璋擅自退兵，军法惩治！"

冯国璋瞥了他一眼，不慌不忙地说："将在外……"

"告诉你们直系军人，特别是王汝贤、范国璋，不该起阋墙之争，使西南收渔人之利。"

"西南怎么了，人家没打我们，倒是我们跑到人家门口先动起刀枪来，怎能说西南收渔人之利呢？"

"中国只有北洋军，没有西南军。西南军是我们的敌人，不扫平西南，中国就永远统一不了。"

"北洋军代表不了整个中国。中国有北有南，西南军怎么啦，他们也是炎黄子孙，他们要的是和平统一中国，而不是战争。你再看一看湖南战场，都成屠宰场了，多少人死在枪弹之下。"

"你要害怕死人，就别当总统。"

"我当总统就是不要死这么多的同胞，再说，我当不当总统也不是你说了算。"

"实话告诉你，要是没我，你总统根本当不成。我辞职谅你也不敢签字，我倒要看看你有多大的能耐。"

"我冯国璋别的能耐没有，可是，在你辞职书上签字的能耐还是有的。"

说起来北洋军也不全是段祺瑞的天下，内部分为三大派系：以段祺瑞为首的皖系，掌握安徽、山东、浙江、福建等省；以冯国璋为首的直系，掌握河北、江苏、江西、湖北长江流域；以张作霖为首的奉系，掌握山海关以东以北的黑龙江、吉林、辽宁东北三省及内蒙古的三市一盟。这皖、直、奉系谁也不服谁，大有"相煎何太急"之感。

这段虎、冯狗越闹越凶，怎么也谈不拢。末了，冯国璋借口南下督战，乘火车离京，直奔他的直系老窝。不料被段祺瑞识破，立即派军队强行截车，将冯国璋带回并软禁在京。总统出走，岳阳失守，令段祺瑞大为愤慨，发誓不惜代价夺回岳阳。他汇集了三路大军，总司令为曹锟。第一路张敬尧，第二路山东督军张怀芝，第三路曹锟，其大将吴佩孚。三路人马都是北洋军的精锐部队，其中张敬尧、张怀芝两路统帅是段祺瑞的宠将。北洋军浩浩荡荡，来势汹汹，南北大战在即。

吴佩孚刚升任师长，踌躇满志，一心要打胜仗来树其声威。可是，也深知广西军不可小看，每当北军士兵一听到桂军，未曾开火，早已三分畏惧。就说岳阳一仗，旋踵即打垮了北洋军的四个师，不能不令人佩服啊，广西兵枪法准，敢玩命，又能打。

不过秀才出身的吴佩孚有韬略，善于抓住对手的弱点发动攻击，他的本事绝非那些混饭吃的北洋督军们可比。大军作战，向来是兵马未动，粮食先行；而人称"吴小鬼"的吴师长，他的做法却是：兵马未动，探子先行。从探到的军情，西南联军已是严阵以待，而湘军的战斗力大不如桂军，因此，吴佩孚决定避开硬的，暂先避免与桂军直接开仗，先吃软的，突破战斗力不强的湘军防御线。

一进入阵地，吴佩孚以弱当强，集中绝对优势兵力，以五六倍之兵力，四面包围，聚而歼之。于是，当日便击败了湘军，冲破第一防御地带，向纵深推进。

浩明急忙增援，命令马济占领制高点万峰山，并在高山两侧埋下伏兵。待北军进入埋伏圈，马济打了个措手不及，北军死伤不计其数。

吴佩孚一看不得了，中了埋伏，急忙吹号收兵，另做打算……

次日上午，在联军万峰山的阵地上，一位团长报告："马军长，我团警戒的正面远处发现敌情。"

"有多少人？"马济问。

"约一个团，打着大旗，向我方向前进，他们人不多，我有把握把他们一举消灭掉。"

马济举起望远镜，向远处瞭望。只见前方约有一个团的兵力，旗鼓整齐地向阵地正面逼来，而在左右翼，密密麻麻尽是穿着泥黄色军服的人，像潮水一般滚动。马济当机立断："绝对不能打，这团敌人显然是'吴秀才'使的诱敌计。"

"何以见得？再不动手就迟了。"

马济把望远镜递给他，说："你看看这边，再看看那边。敌人是怕我们溜走了，所以才用这团敌人把我们吸引住，大队的敌人便可从容地向我们左右迂回、包围我们。要不，他们为什么这么明目张胆，大张旗鼓地向你走来，白白送死不成？你快去通知炮团，立即撤退！"

"立即撤退？"

"还要我再重复吗？赶紧传令！"

"是！"

原来，吴佩孚一改昨天的战术，把集中绝对优势的兵力分散。将一部分兵力牵制住联军的埋伏，将两路重兵迂回包抄，围攻万峰山。

马济率着队伍正迅速撤离，正在这时，浩明派来的卫兵气喘吁吁地赶来了，连声叫着："马军长，总司令有命令，前面的敌人打不得，立即后撤。"

马济说："你辛苦了。如果等你的通知再撤就太晚了。"他举起望远镜，看到敌人向左右运动，好险啊，如果被团团围住，冲不出包围圈，则全军覆没。马济把连长李宗仁叫来，说："李连长，你们连赶到左边的坳口，阻击敌人的迂回，然后，迅速撤退。"

"是！"李宗仁敬礼，回身跑去了。

看着李宗仁远去的背影，马济心里挺喜欢这比他小三岁的"李猛子"。李宗仁原是南虎举办的广西陆军小学第三期学员，后来考入广西陆军速成学堂，学成毕业。他打仗勇敢，因此被提为连长，人称"李猛子"。

马济撤离，吴佩孚扑了个空，但占领了万峰山阵地。联军的第一防御地带彻底被攻破，第二防御地带的羊楼司则暴露在敌人面前。羊楼司位于万峰山与大药姑山之间，周围山势陡峭，铁路横穿峡谷，是由武昌入岳阳的咽喉要道。

天明时，吴佩孚以联军十倍的猛烈炮火，对马军的第二防御地带发起猛烈炮轰，马军也回击炮轰。两军交火，一片耀眼的炮火，阻断了人们的视线。在天空下，炮弹从四面八方射出，一排排开花弹在头顶上崩裂，纷纷跌下，随着剧烈的轰炸，大地在摇晃，下沉。

几个时辰后，马军的大炮被打哑了，吴佩孚举起望远镜，看到联军的工事被毁得也差不多了，便下令步兵发起总进攻。然而，桂军"烂打"，依托阵地顽强抗击，激战至次天下午，终于抵挡不住北军的猛烈冲击而撤退。

这次战斗，是大战以来最激烈的一战，南北军双方死伤不计其数，南军伤亡更为惨重。

吴佩孚是计算对了，只要把联军的防御打开一个缺口，便有如大堤决堤，溃不可堵。次日上午，最后一道防线也被攻破，西南联军只得向岳阳方向后撤。

云溪是通往岳阳的最后一个要地，由桂军陆裕光军一个旅和湘军第一团防守。

吴佩孚亲自指挥攻城部队发起进攻，从北面和东面向撤退的西南军扑去。西南军竭力抵抗，从后面出其不意，袭击北军。

北军背受利剑，顿时乱了阵脚，官兵死伤不计其数，急报主帅。吴佩孚急忙呼张敬尧率兵驰援。北军以四个旅的兵力，合击西南军不到两个旅的兵力，西南军寡不敌众终于支撑不住，放弃云溪。

北军攻占云溪后，吴佩孚乘胜追击，立即对岳阳城发起总攻击。五艘北洋军舰沿湘江而下，配合陆军进攻。

浩明率联军死守岳阳城，以密集的火力压住城下，使北军每往前挪一寸，都付出极大的代价。

吴佩孚一咬牙，命令炮团集中火力，往死里打。顿时，炮弹排山倒海似的压向城墙，不多会儿，一片片城墙倒塌，北洋军发起冲锋，先头部队突入岳阳城内，不料，遇到西南军的强劲反击，不得已，又退出城外。

浩明原想北军士兵从北方来到南方，不适水土，计划拖住他们，拖得越久越好，等到他们的锐气没了的时候，一举攻破。可是，北军凭着兵力雄厚，武器精良，以破竹之势，一口气把三条防线一举攻破。如果西南军死守岳阳，西南大军则被牵制住，以致让北军张怀芝有机可乘，长驱进入湘东，西南军势必腹背受敌。

南虎当机立断，决定退出岳阳，以待时机夺回。于是，趁着夜幕，浩明率着守城的军队撤离岳城。紧接着，长沙失守！

长沙落到吴佩孚的手里了，马济被迫率军驻守在离长沙一百多里外的攸县。未等马济喘口气，号称十万兵力的北军第二总司令张怀芝便尾随而来，进攻攸县的马济军。

攸县南通粤广，西屏衡岳，北达株洲、长沙，素有"沿海的内地，内陆的前沿"之称。县城东南两面环水，东面有城墙，南面则是一个没有城墙的开阔大码头，只有西北两面接连陆地。一旦敌人攻破西北城墙，便成了背水一战，十分危险，此地不可固守。因此，战斗打响不久，马济便率军在河面搭起一座浮桥，退出攸县。

西南军被北军逼得气都喘不过来，将士们都憋着一口气，发誓要报仇。卓营长向马济请战，一定要反攻攸县。提起卓营长，人人竖起大拇指。卓营长是广西人，早先在苏元春手下当兵，苏元春看到此人胆大心细，有勇有谋，便破例提拔。说起来，他还是南虎的妻舅呢，他的妹妹是南虎的第三位夫人。

马济说："我的心情跟你一样，不过，张怀芝有十万人马，武器装备精良，而且还有四架飞机，可谓是地下跑、天上飞的他全都占了，反攻谈何容易？"

卓营长摇头说："我受不了这口鸟气。我们像老鼠似的逃来逃去，广西兵的骨气都没了，也无颜再见江东父老，非反攻不可。"

马济心情沉重，默默点头，卓营长说得也有道理，不单是无颜再见江东父老，就连士气也败完了。反攻攸县很重要，如能打赢，则重振军威，如败了呢……马济不敢往下想。

卓营长从衣袋里掏出平日的积蓄，双手递给马济，说："马军长，我决心已下。今日一别，也许没有了相见之日。如果我回不来，请把这些转交我家里，我生当衔环，死当结草。"

马济心头一热，眼睛湿润了。他把钱接过，说："好，祝你马到成功！我把全军最好的武器调拨给你，还有足够的弹药。你进到攸县，只要把我姓马的布告一贴，赏你八万元，怎样？"

"你可说话算数。"

"君子一言，驷马难追。"

两人相视一笑。

"你打算要多少兵力？"

"打先锋嘛，我的两营士兵已足够。他们自广西起就跟随我，不是我夸口，个个都是以一当百的勇士。"

"好。不过，你不是孤军作战，我配合你，率军打外围，阻击敌人的增援部队，切断通往攸县的所有道路；再有，让湘军也一起来配合行动。"

"那样更好。"

第二天，马济、卓营长及湘军程军长化装为本地的渔民，划起一条小渔船向攸县驶去。这里原是马济军的驻地，他对这一带地形十分熟悉。只见北军连夜加紧修筑工事，东面环水的城墙上和南面开阔的大码头上，建起了一个挨着一个的防守工事；西北两面的陆地上也布下重点设防，大炮封锁、控扼通往攸县的通道。他们查看一番后，都觉得这将是一场硬仗。

"北军防守严密，正面攻击不是上策。"湘军程军长说。

"尽管北军防守很严，只要打他一个措手不及，在他们的炮团开炮之前，冲过大炮的封锁线，到达城墙附近，就可取胜。"卓营长对他士兵的战斗力有十足的信心。

马济沉默，他又何尝不想要争回这口气呢？可是，赔上卓营长这么一个悍将，再加上两营士兵的性命去争一口气，不值。他猛然想起义父南虎常说起孙子兵法中的"不战而屈人之兵"，心头一动，计上心来。马济诡秘地一笑，说："卓营长，我给你三天时间做好反攻的准备。"

"不用三天，明天就反攻。"卓营长等不及了。

"心急吃不得热豆腐。三天，一言为定，时机一到，我便下令。"

半夜里，马济下令兵士们把鞭炮点燃，扔进铁桶、竹筒里，顿时，"噼噼啪啪"之声大作。北军闻声，以为联军趁夜反攻，急忙集合部队，进入工事，准备迎战。哪知道只听见联军营里"枪声"阵阵，却不见有士兵冲锋。联军不断地"打枪"，搅得北军整夜不得安宁。终于，北军张敬尧有所悟，原来联军采用疲兵之计，用枪声搅得他们不得安宁。他嗤之以鼻，好吧，你尽管打你的枪好了，这点小把戏骗得了谁？第三天夜里，联军的"枪声"又打响了，马济举起望远镜，看到城墙上下，敌军除了当班上岗的哨兵外，其余的士兵根本不予理会，防御工事里面也看不到士兵们严阵以待。马济微微一笑，是时候了。与此同时，卓营长的两营士兵头扎黑布巾，腿打绑带，肩膀上的枪擦得锃亮，挺胸肃立着，举行誓师大会。队伍的前面是一座临时搭起的看台，台上放着五张桌子，案桌上摆着几缸米酒。一杆黑色的军旗，上面一个大大的"卓"字，迎风招展。

卓营长没戴军帽，头上也扎着条黑头巾，一脸张飞似的大胡子遮住了大半个脸。他站在队伍前，大声地说："打败仗，把两广人的脸都丢尽了。用北方人的话说，'不蒸馒头争口气'。今天，我们就是要把这口气争回来，反攻攸县！把这几缸米酒干了！"

"干了！"众人齐声高呼，人人摩拳擦掌，斗志昂扬。

拂晓时分，反攻开始。城外密密麻麻的枪声大作，北军安然地躺在床上，直到城头上站岗的士兵发现，在黑暗里上千名士兵向城门冲来，他大惊疾呼："敌人来啦！敌人来啦！"沉浸在黎明前的攸县立即骚乱起来。

卓营长骑着一匹战马，跑在全线前面，领着高举着黑旗的卓字营骑兵，像一支飞箭似的向攸县城门射来。湘军无数支"麻雀"小队满天飞。北军急忙迎战，当看到不怕死的黑旗军猛冲猛打，只许前进，不许后退，心早已虚了几分。只是凭着筑起的工事壮胆，顽强抵抗。

卓营长一马当先，冲过敌人大炮的封锁线，逼近城门。这时候，北军的大炮根本起不了作用，可还是不停地乱轰，以助其威。北军士兵一队又一队地从城里冲出，一场短兵相接开始，城外到处都是敌人，联军的"麻雀"队正好发挥其威力。下午时分，大雨突降，北军的大炮哑了，可北军士兵仍不退却，一拨退下，一拨又起，激战持续了一夜。黎明将近，北军的抵抗减弱，联军勇往直前，冲进城门，又是一阵激烈的巷战。

天亮了，雨也停住了。败退的北军从水路、陆路逃到郊外，不料，遇到已等候多时的马济给他们狠狠的迎头痛击。卓营长率兵从城里杀出，从敌人的背部、左右两翼包抄过来，杀得北军到处乱窜，不少士兵无路可逃，便跳进河里，大多数的北军士兵不会游水，不少溺死在河里。

侥幸逃出攸县的北军扼守黄土岭。马济率军紧追不舍，在黄土岭与敌人展开激战。北军终于不支，遂放弃黄土岭。马济乘势猛追，陆续攻克醴陵、株洲，前锋距长沙省城仅数十里才鸣金收兵。经此一战，张敬尧军几乎全军覆没，西南联军大胜，缴获大炮，枪支弹药无数，城里，北军士兵的尸体遍地都是。可以想象得到，昨日一战，敌人何等惨败。

卓营长立即写了布告，张贴在县城中心，上面写着："奉粤军马济军长之命，反攻攸县，今已将攸县收复，名城无恙。"

待马济领着一队骑兵进到城里，见到布告，不禁哈哈大笑。他果然也不食言，赏给卓营长及其队伍八万元。

张敬尧是败到了极点，一仗败不成军。他只身一人，一口气逃到汉口，向总司令曹锟连哭带诉："三爷呀，救我一命吧……他妈的张怀芝，他是见死不出兵救援我，致使我遭受惨败呀……"发誓从此再也不回湖南了。

第五十四章　擒贼先擒王

　　西南军把张敬尧打得一败涂地，而张敬尧却又偏偏是段祺瑞的心腹，他的失败有如狠狠地扇了段祺瑞的一个耳光，令段祺瑞难以咽下这口气。不过话又说回来，虽说张敬尧败退，可是，湖南战场还是他的北军占上风。"吴秀才"有如天兵天将，直捣长沙，夺取衡山，最终又占领了衡阳。西南军被"吴秀才"打得节节败退。嘿，天下之大，好像只有"吴秀才"了，天马行空独往独来。如果令"吴秀才"再往前逼近，西南军再后退一步，便是广东境地，如此一来，整个湖南完全落入他段祺瑞北洋军的手里。此时，西南军五六万的兵力，现所剩不足四万，他们的情形十分危急。在广东方面，他命心腹大将龙济光，率队伍从海南岛渡过海峡，攻占了海康、遂溪、廉江、化县等地；福建的北洋军也同时进入广东。段祺瑞深深吸了口气，此时此景，南虎首尾不顾，如若趁他焦头烂额之时，来个擒贼先擒王，平定西南便屈指可数。不过，南虎一身硬功夫，有万夫不当之勇，要拿下他谈何容易。

　　话说一物降一物，"五爪金龙"是在京城的五位武艺高强的人，他们的功夫也不低于南虎。为首的叫郭殊武，原是段祺瑞的保镖，不但枪法高强，武术也高强，数十人不能近身，深得段祺瑞的赏识。第二个外号"飞毛腿"，飞檐走壁如履平地，腿上的功夫更不用说，枪法也好。第三个叫"术士"，擅长阴阳八卦，很有智谋，武艺不凡。第四个叫"鲁智深"，第五个叫"毛和尚"，两人学的均是少林武功，是擒拿格斗的高手。

　　在山林的小路上，传来"嘚嘚"的马蹄声。南虎骑在马上，头裹白头巾，一身白色的武服，为了出门方便起见，他从不穿军服，多年来，也改不了效仿观音娘娘偏爱穿白色便衣的习惯。一阵冷风夹带着细雨迎面吹来，他不由得打了个寒战，把衣领紧了紧，扭头看了看走在他左右两旁的四夫人春燕和军师崔肇琳。他们也冷得鼻头通红，嘴里哈出团团白气，不用朝后看他也知道，压后的陈卫士长也都冷得脸孔发青。他们一行四人，衣衫单薄，一路颠簸。从广东韶关出发的时候，正是阳春三月，阳光明媚，日暖花开。没想到，一进到湖南境内，小雨淅淅沥沥的，下个没完没了，半点春意都没有了。到处都是湿漉漉的，空气也是潮乎乎的，刮起风来，连骨子里都是透冷的。

　　南虎一路心事重重，领着一行人赶到郴州城与浩明会面，商量如何解救目前的危机。湖南战事迫人，龙济光趁机袭击广东，紧紧地牵制着桂军的林虎，林俊廷、和沈鸿英军，使南虎调不出军队去支援湖南战场。在反攻攸县一战，把张敬尧打得溃不成军，总算争回了一口气，让北军知道，西南联军不是软骨头。但最终，西南联军还是被"吴秀才"逼退，所剩不足四万兵马已退到了南岭山脉。南岭山脉这一带大有"北瞻衡岳之秀，南直五岭之冲"之势，自古以来被视为中原通往华南沿海"管钥之地"。

南虎默默地坐在马背上，随着马的行走一颠一簸的。想起崔肇琳曾一针见血地说，我军大败，其原因有二，一是吴佩孚的部队善打，二是我们自己内部的原因。他明白崔肇琳说的"内部原因"指的是什么。当初联军拿下岳阳后，部队逐渐发生居功骄傲、不守纪律的情况，而且竟然首先发生在桂军的高级将领中。军长韦荣昌居然在一家妓院里喝花酒，那天，军队的士兵也到该地喝酒作乐，妓院里的人前来劝阻他们不要太吵闹，说"韦军长在里面呢"。一个士兵不服："打下岳阳城，我们都是英雄，他闹得，为什么我们就不行？"韦荣昌听到大怒，认为有失面子，令人把那士兵拉出去毙了，军队哗然。另一员大将便是桂军第三军军长，他的养子陆裕光，攻下岳阳后，以为天下太平，便偷偷溜回长沙，吟歌醉酒，乐而忘返，以至于吴佩孚攻下岳阳，联军大败，而他这第三军长却无处可寻。南虎闻讯，怒不可遏，贻误军情，军法难容，下令把陆裕光提来法办。谭浩明、林俊廷、马济则认为大敌当前，将不可杀，便一齐说情。看在众人面上，南虎饶他一命，可是，不罚难以平众怒，便责令打五十军棍，以立功赎罪。想到这里，南虎气得面肌抽紧，即使陆裕光受了五十军棍的惩罚，也不足以平他心头的怒气。

入湘时，大敌当头，西南联军齐心合力，斗志昂扬，互通情报，联手作战，那可真是百战百胜。可是，就在胜利之时，不单单陆裕光、韦荣昌目中无人，就连湘军的指挥官也都把功劳往自己身上揽，嘴上不说，可暗地里互相不服气。这样，当然不能很好地配合作战。这就被吴佩孚看出了破绽。他将联军各个击破，致使一方被打败，全军一溃千里，不可收拾，真没料到我们桂军竟被打得如此狼狈。南虎打了大半辈子的仗，从没有败得像今天这么惨重。

一路上，春燕小心翼翼。她有一种不祥的预感，一边跑马，一边四处瞭望，看不到异样，可是，她感到在路旁林中，有眼睛在盯着他们。她的眼睛落在南虎的身上，他的白衣裤在绿色的林中很是显眼，如果有人瞄准他，便是很好的目标，春燕有意放慢马速。

南虎见状，以为她累了，便说："我们赶了大半天的路，歇口气吧。"说完，翻身下马。

春燕往后面看了一眼，对陈卫士长打了一个眼色。陈卫士长会意地把双枪推上膛。春燕把南虎拉到一棵大树后，从袋子里掏出一套黑色的衣服，示意南虎穿上。这样一来，他们四人都是一身黑衣，也辨不出谁是谁了。

南虎连问都没问，随手接过，穿上，心里还想着陆裕光贻误军情的事，一将无能，累死三军啊。他越想越气，一咬牙，翻身上马，双腿狠狠地往马肚夹去，骏马便撒开蹄子，飞奔起来。三人连忙紧追。

晌午时分，来到一座小边城，此处离郴州城还有三十多里路，南虎决定在这里先吃点东西，然后好赶路。来到一个饭馆门前，四人下了马，陈卫士长把马匹牵到门前的一棵大树下，将马拴好，便尾随他们进了饭馆里。饭馆里客人不多，看到他们四人进来，都送来注目礼，也许是这小城的外来人不多的缘故。

正在这时，一位穿绸长衫马褂的男子从坐凳上站起，几步走到南虎跟前，高兴地说："哎呀呀，是陆老帅啊，想不到在这里碰到你，真是巧啊，请都请不到你呀。"

南虎一看，原来是衡阳商会的唐会长，也欣喜地说："唐会长，你怎么到这里来了？"

唐会长说："不瞒你说，我在羊角山庄有公馆，明天是我的五十岁大寿，所以到城里买些庆寿用的东西。你看来得早不如来得巧，你既然已经到这里了，就请你们参加寿宴，你看可好？"

"唐会长，谢谢你的邀请。不过，我们还要赶路呢。"南虎婉言谢绝。

"老帅，你的到来无疑给我和家族增添光彩，就不要推辞了，我们今天在这里偶遇，也是有缘啊。"

在衡阳时，他与唐会长有过几面的交往，这邀请正是拉拢人心的好机会，这样的事情断然是不可轻视的，想到这里，南虎笑着说："唐会长，那我们就恭敬不如从命了。"

一行人坐下，吃过午饭，便起身朝羊角山走去。

湖南江河多，湖水也多，翻过两座山坡，便一眼看到坡下一潭碧绿的湖水，湖边上一座黑瓦白墙的大公馆，公馆里家人们、仆人们进进出出，湖边的一大片草地上放有牛羊，再远的地方是一层层的梯田，好一个世外桃源啊。

生日酒宴极其丰盛，衡阳有头面的人物都前来祝寿，看到陆老帅是座上嘉宾，众人对唐会长更加刮目相看了，不时与南虎敬酒、寒暄。春燕换上一身绿色的罗裙，含笑坐在南虎的左边，右边坐着唐会长，再过去就是崔肇琳，陈卫士长则站在南虎的身后。

这时，一位送菜家仆端着汤钵子，径直朝贵宾席走来。他步子迈得快了些，引起唐会长的注意，抬头一看，不是家役，而是一个陌生人，他惊诧地问："你是何人？"

南虎扭头看去。春燕坐在椅子上比南虎矮一头，说时迟，那时快，春燕左手猛力一推，将南虎推倒，与此同时，一声枪响，端托盘下的手握着一把手枪，子弹飞出膛，正射到南虎椅子上，同一时刻，春燕右手握的手枪和陈卫士长的双枪同时射出子弹，把伪装仆人的刺客当场打死。

众人惊慌万分，纷纷卧在地上。唐会长差些没吓晕过去，身子像抖筛子似的抖个不停。

这时，南虎眼睛的余光看到院墙头有影子一晃而过，立即从腰里拔出双枪，猫腰走到大厅的门边，并命陈卫士长领着护院保镖们从后院包抄过去。

在院墙外面等候的四人听到枪声，知道里面已经动手了，"飞毛腿"一跃上墙，不想刚一露头，一颗子弹飞来，他便仰面坠落。其余的三人一看，也不知高墙里面的情况如何，又发现有人正左右包抄过来，只好一边射击，一边往附近的树林撤去。南虎和春燕提着枪冲出大门，凭着好枪法，南虎一枪一个，把三人一一撂倒。

唐会长诚惶诚恐地说："老、老帅，这可不是鸿门宴啊。"

刚才发生的事太出乎意外了，特别是唐会长的惊讶南虎也看到了，说："这事与你没有关系。"

唐会长战战兢兢地走来，他看了看躺在地上的刺客，说："我从未见过这些人。从他们的肤色和外貌看来，都不像是湖南人，他们是怎么混进我家里的？"

南虎把唐会长拉到一边，轻声地说："今天宾客不少，很难保证这里面没有他们的同伙。这些刺客是冲着我来的，这里离北洋军驻地不远，我担心还会有不速之客，为了不牵连你和家人，我们不能久耽搁了，就此告辞吧。"

唐会长为难地说："老帅，我怎好让你们就这样走了呢？都是我这当主人的怠慢了贵客啊。"

南虎宽心地一笑："唐会长，你的心意我们领了，来日方长嘛，我们还会有机会再聚的。实话告诉你，我们是条大鱼，猫闻到腥味还会再来，鱼一走，猫也会跟着走，免得他们来骚扰你和家人。"

"这一路可是不安全呀。"唐会长担心地说。

"不打紧，我们都是从枪林弹雨闯过来的人，能应付得了，放心好了。让我向众人说声再见吧。"

唐会长领会南虎"说声再见"的意思，如果有奸细，就会去通风报信。唐会长返身进了大厅，高声地说："各位来宾，一场虚惊，很对不起出了这样的意外，让大家受惊了。我这当主人的当罚，罚大家一醉方休。"

众人笑了起来。

南虎说："不管怎么说，今天是个好日子。遗憾的是，我还有公务在身，先告辞了。"

在众人的目送下，南虎一行人离开了唐府。晚上，在路边的小客栈歇了一宿，无事。第二天继续赶路。下午时分，便来到了联军营地。

谭浩明急忙迎出，几个月来忙于打仗，他人也瘦了一圈，头发也顾不上剪，长得老长，也只好像当年打法国鬼子时候一样，扎上一块头巾，倒也显得利索。

一行人进到军帐，一团热气扑来，里面生着一盆火，把寒气赶了出去。

南虎一面领着众人在火盆边坐下，一面说："浩明，送点吃的来，我们都饿坏了。"

"早已准备好了，就等你们了。"浩明笑着说。

这时，三个卫兵送来热茶热饭，放在旁边的一张简易的饭桌上，便离去了。南虎四人是饥寒交迫，二话不说，捧起饭碗，大口大口地吃起来。浩明坐在一旁，不时地往他们的杯子里添热茶。

南虎吃饱饭，喝了热茶，顿时精神了许多。他用手抹了抹嘴，微微一笑，说："被打得不是个滋味，是吧。不过……我认为，北军的情况也有所变化，而我们并非到了山穷水尽的地步。"

"此话怎讲？"浩明问道。

崔肇琳说："老帅的意思是，北军不是铁板一块，我们有机可乘。你细细一看便可看出，三路北军，人心不一。张怀芝乃山东督军，有山东老巢，对湖南毫无兴趣，打起仗来，一步三窥，生怕赔掉老本，不划算。张敬尧饭桶将军一个，他名为攻岳城总司令，可进攻岳阳时，他按兵不动，他与段祺瑞是深交，就等着坐收渔人之利。只有吴佩孚一路军，孤军作战，猛冲猛打。你以为吴佩孚没看出来吗？其实，他精明得很呢，他是为他自己打仗，一心想得到湖南督军一职，好有一块属于自己的地盘。不想，长沙得手，论功行赏，吴佩孚却什么也没有捞到，段祺瑞竟然把湖南督军的位子给了他的挚友张敬尧，而令吴佩孚离开长沙，攻打衡阳。这口气要放在谁的头上，都难以咽下，更何况烈性子的吴佩孚了。"

浩明说："难怪吴佩孚到了衡阳，就停止追击我们了。"

南虎说："不能说停止，只能说是放慢了速度而已。段祺瑞的目的还未达到呢，他能让吴军停止追杀吗？"

"那么说，我们应该集中力量反攻？"浩明问。

"目前还不行，"南虎皱起双眉，"这么多的伤病员需要补充，弹药所剩也不多了。还有，粮食最多也只能支持十天。我已通知广东把军需品尽快送来。在这之前，先按兵不动。"

两天以来，南虎、崔肇琳和浩明三位首领聚在军帐里，在商谈什么，众人不得而知。最后，决定在永州召开联军营以上指挥员的会议，讨论战事。

会议这天，各军将领一一到齐。崔肇琳领来了一位四十岁左右的来客，他身穿灰色长衫，个头不算高，身板儿却极为壮实，清瘦的脸上架着一副黑边眼镜，一双眼睛虽是不大，但眸子里闪着自信的神气，一举一动从容不迫，文质彬彬之中却又透着一股精明干练、刚毅的劲儿。他安静地坐在众人的后面聆听，一语不发，也看不出他的脸上表情对众人发表的意见有何反应。南虎看着他脸生，不过，既然是军师领来的，一定是有来由的。

湘军一位指挥官说："吴佩孚已占领岳阳、长沙、衡山、衡阳，目前，还不断往前推进。战事对我们不利，我以为，我军暂且撤退，以保实力，来日再战。"

"往哪里退？再退就是广东韶关了。"

"那又怎样？胜败不争在这一朝一夕，留得青山在，还怕没柴烧吗？"

"撤退也不是个办法，你退一尺，他进一丈。"

"我们连连吃败仗，即使退到广西，北洋军也会打到我们老家方可作罢。目前的战事如此不利，依我看，是我军指挥官不得力。"

"你可得说清楚，是哪位指挥官不得力了？"军长韦荣昌不高兴地问，他不就吃了一桌花酒吗？而连遭指责，那可与打败仗是两码事。

"我看谭司令就是草包一个，你们桂军一枪不发，就退出长沙，让吴佩孚白捡了个便宜。"湘军陈旅长不满地说。

谭浩明尴尬地坐在那里，脸上红一阵白一阵的，恨不得地下有个坑，一头钻进去。

在座的人哗然！你一言我一语，有赞同，有反对，一片乱声。

这时，一个从容不迫的声音在众人的后面响起："你们这么说是言过其实了。"声音不高，却有力。

大伙儿一愣，扭头看去，原来是那位身穿灰色长衫的读书人。

读书人站起来，接着说："按理说，这是你们的军事会，我不该多言。可是，既然你们的军师请我来，我也就不客气了。谭浩明总司令从十四岁起，跟随你们的陆老帅打法国鬼子，到今天也有三十多年了，他身经百战，打了无数个胜仗，富有'烂打'精神的广西军，枪法准，敢玩命，又能打，就是这些老将们一手培养、建立起来的，就连北洋军见了他们也畏惧三分。远的不说，就说两年前，在云南的护国战中，谭司令率护国军反对袁世凯称帝，那一仗不是打得很漂亮吗？袁世凯死了，民国得以生存，他有一份功劳。此番护法战，桂军入湘，统帅谭浩明不旋踵即打垮了北洋军四个师，收复长沙，占领岳阳城，显示出能战的实力。那会儿，有谁说打了大胜仗的谭司令是草包一个？"

听到这里，大伙儿都笑了。

南虎没笑，他在注意地听着，心想此人不一般，看问题很有见解。

谭浩明的眼睛潮湿了，多少天来他总在自责，打了败仗，他这司令有不可推卸的责任。

读书人接着又说："胜败乃兵家常事。联军的败仗因素众多，其中最重要的，是你们的对手比你们强大不说，背后还有小日本支持，他们要钱有钱，要枪有枪，要人有人。而联军连续作战一年有余，人员伤亡，兵疲马乏不说，枪支、弹药、粮饷也难以供给。谭司令看到敌强我弱，不宜打硬仗，于是撤军，走为上计，以保存实力，这并没有错。最终谁胜谁负，还很难说呢。"

"我们目前的状况是，进也不是，退也不是，你说怎么办吧？"一位指挥官问。

"好办，以守为攻。这里地势险要，是易守难攻的地方。刚才有人说，联军应该撤离湖南。依我之见，联军应守住永州，不应该撤离，如果湖南失守，如同两广之门户被打开，北洋军就可以直捣黄龙——我们广东的大本营了，这样一来，段祺瑞的'武力统一'那可算是真正得手了。"

"看来你有所不知，"湘军一位指挥官说道，"没听到湖南老百姓称我们湘军为'叫花军'吗？不但军械缺，粮饷也缺，说是一个师的正规军吧，实质是一个杂牌军，能派上战场用的枪支，合起来也不过四千，这样可怜的军队能与强大的北洋军抗衡吗？"

"是'叫花军'又怎样？'叫花军'不是胆敢反击攸县，不是把装备有飞机大炮的张敬尧一路大军打得一败涂地，不是一举收复攸县、醴陵吗？我看天底下有这样的'叫花军'，就了不得。"读书人说。

马济拍案而起，说："说得好，士气可鼓，不可泄。这位先生，你说，动用多少兵力才可以守得住永州？"

"三百。"

"三百？"众人哄堂大笑。

马济大手一挥，高声说道："请安静，这位读书人有志气，我马济敬佩。不过，三百兵力太少，我给你三千，怎样？"

"不多不少，就三百。"读书人固执地说。

卓营长站起身来，说道："兵不在多，在于精。我是卓字营长，从我营里拨你三百士兵。"

读书人眼睛一亮："卓营长，早闻你卓字营的士兵以一当百，不过，我只想借用湘军三百士兵，足矣。"

人们交头接耳："湘军？他在吹大炮。"

"秀才造反，三年不成。"

"他没打过仗，哪知道北军的厉害？"

听到这里，崔肇琳站起身来，介绍道："刚才我不便打断大伙儿的议论，所以没给你们介绍我这位朋友。这位是张其锽先生。"

众人一听，顿时肃然起敬。

南虎大喜，他早就听湘民们谈论过一代奇才张其锽，可惜没有机会一见，不想今天是踏破铁鞋无觅处，得来全不费工夫。

张其锽，字子武，广西桂林人，是清末进士。他熟读经史子集，对命理、星相之类术数也有很深的造诣，人称"张铁口"。他广求武艺高师，不分寒暑，苦练武术，练就了一身过硬本领，飞檐走壁如履平地，徒手对付数十人不在话下，别看他一个文弱书生，却是文武全才，后来被任命为南武军的统领。民国后，他辞去职务，隐居上海。如今，湖南告急，崔肇琳便想法把他请来。张其锽看好永州，这里五岭绵延，岭与岭之间是一道狭长谷地，是进入广西和广东、控制中原和华东的重要通道，史称永州"距水陆之冲，当楚粤之要，遥控百蛮，横连五岭，梅庾绵亘于其前，衡岳镇临于其后"，为历代兵家必争之地，张其锽便在这里布下阵势。

南虎与湘军商量，拨调张其锽三百名士兵，又按张其锽的意思，全军连夜赶制上千面军旗，如期送来。张其锽指挥士兵们把旗插在永州各处山坡上，绑在树梢上，虚张声势，布下疑兵之计。

"张先生，"南虎颇为担心地说，"吴佩孚也是熟读兵书之人，何以见得他会中你的疑兵之计？他只要派出几个探子，你的计谋便被识破。退一万步说，他即使不中你的计谋，这区区三百人马，又如何抵挡得住吴佩孚的十万大军呢？"

"老师，给你说对了。我区区三百人当然是抵挡不了吴佩孚的十万大军。不过，我有段祺瑞帮忙，准行。"

看到南虎疑惑的眼神，张其锽笑了笑："很简单，吴佩孚在湖南大出风头，是段祺瑞最不愿看到的。当初段祺瑞为什么派曹锟打头阵？其用意就是用曹锟来打击直系，如果曹锟战胜，皖系便可坐收渔人之利；如战败，死的是他直系的人。不料，吴佩孚出手不凡，出师不足两月，把西南军打得溃不成军。每攻下一座城池，吴佩孚便大张声势地安抚人心，救济难民。不难看出，吴佩孚是有意获取人心，因此博得'吴青天''善战将军'的美名。湘人恨北军，却不恨吴军，因此段祺瑞根本收不了'渔人之利'。倘若吴佩孚在湖南站稳脚跟，一旦羽翼丰满，直系在湖南得势，对皖系势必造成很大的威胁。段祺瑞深知其利害关系，所以先下手为强，委派他的大将张敬尧为湖南督军，速到长沙任职，而把吴佩孚排挤出长沙，令其继续率军南下。吴佩孚满心以为湖南督军非他莫属，不想却让张敬尧给夺去了，吴佩孚憋着一肚子的火气、怨气，无处发泄，当然上战场时，也就不会再像当初那样猛打猛冲，为段祺瑞卖命了。"

南虎点头，张其锽说得有理，他是利用皖系和直系之间的矛盾，才有此惊人之举。不过，南虎布兵，总要做两手准备，有备无患。南虎说："退一步说，如果吴佩孚不中计，又将如何打算？"

"这就得动用你的大将马济和卓营长了。吴佩孚此次追杀，深入我岭南地区，而离北洋军大本营也越来越远，只要我们切断吴佩孚的粮食供应之道，长沙是远水救不了近火，士兵们没吃的，还能打仗吗？再说，我这疑兵之计，不需要吴佩孚信以为真，只要他生疑便可。"

这与南虎的想法不谋而合。吴军生疑，便会止步，联军就有机会与其周旋。不过，南虎也做了最坏的打算："我将湘军布置在山谷一带，将马济的粤军迂回到北军的背后，如果吴佩孚不中计，而做拼死一战的话，联军便前后夹攻，血战谷坳，叫他们有来无回。"

"好，这叫万无一失。"

待一切布置妥当，便到了五月。满山的桐子树开花了，白里透红，空气里飘着一股淡淡的幽香。湘人说湖南没有春秋之分，只有冬夏。可不，这才进入五月，已是烈日炎炎，骄阳似火了。

山路上，吴佩孚的万人大军浩浩荡荡地向南移动。山坡上，马匹艰难地拉着炮车，吴军的战士们吃力地推着粮食、弹药辎重车。段祺瑞再三敦促速速占领湖南，吴佩孚无奈，只好把司令部设在衡阳，不管他愿不愿意，也得起兵南追。一路上，士兵们走得汗流浃背，热不可耐，进入永州境地，越往前走，地形越险要。远处，山岭逶迤绵延，近看，山崖险峻，谷地狭长，大蟒蛇似的，弯弯绕绕。吴佩孚骑在马背上，警觉地眼观四处，耳听八方，他这身经百战的将帅，已闻到了"鱼腥味"。忽见羊肠小道上，一匹骏马急速奔来，定睛一看，是他派出的探子。

探子来到跟前，滚身下马，报告："大帅，前面山林布满了联军的军旗，还时不时地看到有士兵在丛林里走动。"

正说着，另一个探子也回来了："报告大帅，我绕道到岭后，看到后面树林的上空飘起缕缕的青烟，是埋灶做饭的炊烟，估计山林里伏有成千上万名士兵。"

"知道了。"吴佩孚举起望远镜看去，只见山高林高，密密麻麻的军旗在风里摆动，绿树林的上空的确飘着股股青烟。他的部队一路畅通无阻，没想到联军在这里设下重兵。细细一想，又觉不对劲儿，既然是打埋伏，为何这般大张旗鼓？哈，这原来是疑兵之计，不足以担心，只管前进好了。

正要下令前进，又止住了。慢！说不定是用疑兵之计来诈我，正因为我"识破"他们的计谋，率兵硬冲过去，不就正好中了南虎的疑兵之计吗？陆老帅布阵是兵不厌诈，虚虚实实，真真假假。西南联军虽然被打得节节败退，可是，抵抗北军的战斗力没有完全失去，尤其是桂军元气未受到严重伤害的情况下，不得不防。想到这里，他传下命令，全军暂且退出山谷，来到一片开阔地带上，就地扎营，修筑工事，与湘军对峙。待探清军情后，再做打算。

山上，那三百名湘军士兵惶恐不安，惊疑地伸长脖子，看着山下的北军席卷而去，真不敢相信，一场大战，就这样悄然而止了，神了！

南虎与张其锽站在山顶，不动声色地看着北军后退，一切正如他们所设计的那样。

几天过去了，西南联军没有发起进攻，吴佩孚也按兵不动。又过了几天，两军相峙，相安无事。

"我们该走第二步棋了。"南虎说。

"信我已经写好了，请老帅过目。"张其锽从衣袋里掏出一封信，递给南虎。

南虎打开信纸，一行行浑厚有笔锋的毛笔字呈现在眼前。信中一针见血地指出，吴佩孚攻打湖南是在替他人做嫁衣裳。不管他立下多大的汗马功劳，段祺瑞不买他的账，也不会把他看作自己皖系的人，而把湖南督军的职位给了张敬尧。吴佩孚攻打湖南，分明是在拆冯国璋的台，冯国璋将不把他看作直系的人，而皖系也不领他的情，他将里外不是人，两面不讨好。信中还阐明了战争一日不止，国家一日不宁，长此纠纷，则国亡无日。我们军人要以和为贵，上为国家百姓着想，下为自己的利益考虑。"战"不但两败俱伤，且祸国殃民；"和"不但两得其利，且国安民乐等利害关系。再有，"吴秀才"有言在先："先挫西南声威，然后言和"，现在是言和的时候了。南虎很是欣赏，此信写得有理有据有节，能让人信服。

第二天，太阳刚爬到树梢，黄土路上走来一辆老牛车，"吱呀吱呀"地响着，不紧不慢地向吴佩孚的军营走去。来到军营门前，被卫兵挡住了。

"干什么的？"卫兵厉声问道。

"我们受衡阳民众委托，给你们吴大帅送信来的。"张其锽用一口湖南话答道。

卫兵仔细地打量，只见此人头戴一顶遮太阳的竹笠帽，脸上架着一副眼镜，一件蓝布长衫，是个读书人。坐在他身边的老者也同样戴着竹笠帽，穿着一件黑长衫，黑布鞋，一看就是湖南城镇的老乡打扮。"你们在这里等着，待我去通报。"卫兵声音缓和了许多，他们的吴大帅不但对湖南老乡友善，也告诫士兵们不许对民众无礼。

吴佩孚是自恃清高的秀才，而张其锽学识不凡，从某种程度上说，比吴佩孚还略高一筹，可以与其平起平坐，为此，张其锽提议他一人前往即可。可南虎则以为，论带兵打仗，张其锽略逊吴佩孚一筹，吴佩孚也大可轻视之。如果他们两人合起来，论文比武，都在吴佩孚之上，吴佩孚就不会挥他们而去，因此，两人决定结伴而来。能否说服吴佩孚停战，在此一举。

不一会儿，卫兵转回来了，说道："你们进去吧，我们大帅的营帐就在左边，他在等着你们呢。"

"老者"举起牛鞭，轻轻地在牛屁股上打了一下，老牛移动步子，拉着车子慢悠悠地往营地里走去。只见营地里一顶顶帐篷整齐地排列着，各队营地前竖立着各自的旗子，上面是"陈""王""张"等各队指挥官的姓，井井有条。向左走了不远，果然看到一个巨大的营帐，帐前立着一根三丈高的旗杆，上头飘着一面红色大旗，旗的中间一个巨大黑色的"吴"字。守在帐前的卫士走上前来，拉住牛车，让老者和读书人一一下了车。这时，吴佩孚从里面迎出来，他上穿一件白布衬衣，下着军马裤，脚踏黑马靴，干净利索，别看他个子高瘦，却不乏其威严。在护国战时，南虎和吴佩孚打过交道，一眼便认出他来，那时吴佩孚还只是一个旅长呢。

吴佩孚把来客请进帐篷，只见里面陈设简单，一张茶几，几张木椅子，一张大案桌占据了大部分的地方，上面放着一张大地图。案桌旁边立着一个木架子，上面挂着军衣、军刀、手枪及马鞭。卫士把两张空椅子拉近茶几，送来一壶热茶，便离去了。

"请坐，请坐。"吴佩孚说，自己便在主人位上坐下。他面带笑容，看着客人撩起长衫的后裾，从容就座。

"吴大帅，鄙人姓张，我二人受民众之委托，给大帅送来一封信，请过目。"张其锽站起身来，双手把信递上。

"谢谢！"吴佩孚接过信，从信封里抽出信纸，细细读了起来。

张其锽和南虎一边抿茶，一边注视，只见吴佩孚脸上的笑容渐渐收敛了起来，随后，脸色逐渐地变得严峻起来。

实话说，吴佩孚被这封信给打动了，信中的观点与他自己的想法正是不谋而合。他吴佩孚立下大功，而张敬尧却无功受禄，得了湖南督军的职位不算，还处处排挤他出湖南，这口气他当然咽不下。湖南位于四省的交界处，崇山峻岭，层峦叠嶂，南邻广东，北靠长江，是承东接西、南联北进的枢纽，其特殊地理位置极具战略意义，自古为兵家必争之地，因而又有"得湘者得'中原'，得'中原'者得天下"之说。当然，这"中原"不是指北方的中原，而是指西南地域。而今，他既不得湘，也不得"中原"，更不得天下。他如果继续率师深入岭南地带，有一天把西南军逼急了，无路可退时，他们就有可能作困兽搏斗，俗话说，兔子急了也要咬人哩。弄不好他自己在给自己挖坑，陷入进退两难的境地，这种结局，是他最不愿意看到的。再说，他的军队打仗已久，士兵们疲惫不堪，也不愿再打硬仗，不如就此停手，以顺民意。全国反战的呼声越来越高，民众厌倦战事，西南求和的声音也在加强，此时勉强用兵，从道义上也说不过去。反之，他就此停战，说不准可名利双收呢。

吴佩孚默默思索着，从椅子上站起来，来回踱了几步，而后，他停在两位老乡跟前，看看这个，看看那个，突如其来地说道："如果我没猜错的话，你俩不是等闲之辈。"

"何以见得？"张其锽不慌不忙地问道。

"我第一眼就看出，你俩镇定自若，有大将之风。"吴佩孚说。

南虎和张其锽交换眼色。

南虎微微一笑："你独具慧眼，一眼看破天机。"说着，从头上拿下竹笠帽。

吴佩孚一看，大喜："果然是陆老帅，久违，久违了。"他双手抱拳，拱手。

南虎起身，拱手还礼："吴大帅，久违了。请叫我南虎好了，没想到吧？我们'老朋友'又见面了。"

所谓的"老朋友"，是指两年前在反对袁世凯称帝时，南虎领着桂军和吴佩孚的北军，在云南护国大战中交手。

吴佩孚笑了，说："我是晚辈，请叫我子玉好了。我早年以卜卦为生，就没卜到我们今天相聚的日子。这位张先生，想必就是湖南人传说中的那位'一代奇才'

张其锽先生吧？"

"正是，不过，'奇才'却不敢当。"张其锽点头应道。

吴佩孚在椅子上坐下，说："张先生，你写这封信的时候，已经占过一卦，所以知道我此时、此地、此情。"吴佩孚不断地打量着眼前的张其锽，他年纪与自己相当，说是传奇人物，然而，在自己的眼前，却只是一位文弱书生，在静听别人说话的时候，似乎给人一点腼腆的感觉，他到底有什么与众不同的地方？

张其锽说："大帅，让你说中了。我一生喜研周易，两军交战，与易占辨象相似，从多而杂乱的象中理出一条主脉，使隐藏在假象事物后面的真相显形，以成对策。你早已看出我的疑兵之计，却没有进攻，仍按兵不动。这样，我便知道你处于心猿意马之际，说白了，就是你对你目前的状况举棋不定，所以，我们冒险前来相劝。易经有云，穷则变，变则通也。"

吴佩孚叹了口气，说："说得不错呀，不过，此变可通吉，亦可通凶啊。"

张其锽说："当然，动中虽有变，然亦有好有坏，易经云，动者，生吉也。动何能生吉？实赖于天时人和，配合得当，自有吉祥，配合不当，便有凶事。"

吴佩孚由衷地说："说得极是。"他一转话锋，"有一点我没想到的是，你竟敢领着三百人和我上万兵马对抗。不过，如果你不孤注一掷的话，我军就不会停止不前，而我们也就没有今天的谈话，你果然是名不虚传呀。"

"这也是让你给逼出来的。我想，我们占着地利人和，打得赢就打，打不赢就跑，所以，也未尝不可一试。"

两员将帅和一个书生，三人是越说越投机。吴佩孚当下表示支持停战议和，并决定全军撤回衡阳。三人商量好了下一步的部署，此时，太阳已西斜，南虎和张其锽便起身告辞。

这天南虎、张其锽与吴佩孚的秘密会谈，军队指挥官除了谭浩明之外，没有其他人知道。

与此同时，马济领着卓营长率粤军驻守在衡阳与永州之间的地方。吴佩孚连连打胜仗，这口气卓营长憋着吃不下睡不着。他想，趁吴佩孚大军已开往永州，留守衡阳和耒阳城的兵不多，利用这个机会与吴军分个输赢。他把想法与各指挥官这么一说，大家都赞同，只要马济军长点头，他们就动手。

实话说，马济跟随义父南虎这么多年，从未被打得如此惨败，致使广西军的名誉扫地。他也想向吴佩孚亮一亮本事，即使不胜，但胆敢与吴佩孚较量，就不简单，多少也能挽回一些面子。如今，卓营长这么一提，他当然正中下怀，求之不得。

"说干就干，你打算从哪里下手？"马济问。

"我都探清楚了，留守衡阳和耒阳城的兵不多，耒阳城位于衡阳的南边，先拿耒阳城开刀，怎样？"卓营长说。

　　马济查了查地图，说："这里是狮子岭，是该城外的唯一制高点，可以俯瞰全城。耒阳城能否攻下，能否守住，全凭该岭的占领者来决定。我们一旦攻下狮子岭，耒阳城也就不攻自垮了。"

　　卓营长说："那好，我营领头打先锋，先攻下狮子岭。"

　　马济把地图收起，说："就这样定了，我率军左右两路配合。"

　　次日拂晓，进攻开始。卓字营打中路，一鼓作气直逼狮子岭。北军早已在岭上筑起坚固工事，凭着制高点，他们一面顽强抵抗，一面十万火急地给吴佩孚大帅送信。

　　吴佩孚一看，不得了，急忙下令，命驻守耒阳城的北军只许守，不许出击，敌退不许追击。同时，赶紧给南虎送信，真诚地说马济军及卓字营都是国防劲军，要珍惜，不要互相厮杀，做不必要的牺牲。

　　南虎接信，大惊，这才知道马济的反攻行动。他匆匆写下几个字，让信使带回给吴佩孚，当即叫陈卫士长备马。

　　狮子岭战斗非常激烈。激战半日，进攻毫无进展，马济军伤亡颇大，尤其以卓字营为甚。狮子岭易守难攻，马济意识到北军并不出击，是有意把粤军打乏后，再一举歼之。马济便命卓营长后退，让队伍喘口气，集中力量再攻。

　　山下的枪声渐稀，少顷便停止了。驻守山头的北军看到粤军撤退了，也不追击。不料，晌午刚过，马军集中火力，再次发起进攻，北军急忙迎击。卓营长领着士兵，利用地形、岩石作掩护，迂回前进，马济则用火力作掩护，把敌人压得抬不起头。不料，从敌人工事里的枪眼射出的子弹，像一群群蝗虫似的从空中飞来。卓营长被逼退了回来，敌人的枪声随着便稀疏下来，当卓营长再次发起冲锋时，敌人的子弹又尖叫起来。

　　两军像拉锯似的，正打得难舍难分的时候，突然，土坡上的黄土路上，三匹骏马飞奔而来。急速的马蹄扬起了一路滚滚尘土，朦朦胧胧，遮住了骑马的人。卓营长顿生疑惑，谁人如此大胆，竟敢闯入枪林弹雨？他唯恐子弹伤着骑马人，便大喊："停止射击！"山下的枪声戛然止住了。

　　山风吹来，烟消云散，好不容易才看清那是一匹白马、一匹黑马，还有一匹棕色马，一面醒目的黄色大旗，上面一个大红"陆"字。卓营长一惊，乱飞的子弹逼着马背上的人把脑袋伏在马脖子上，虽然看不清马背上的人，但他知道那是陆老帅，他怎么到这里来啦？这三匹马无视被子弹击中的危险，一直冲向两军交战的中间地段。

　　此时，敌人的枪声也好像被这三匹马给镇住了，刚才这里还是炮火连天，此刻却是一片沉静，上千双眼睛惊愕地注视着这三匹骏马。

　　南虎勒着马缰，挺坐在白马上，身穿一套白色武服，头上扎着一条带狗牙边的白头巾，浓眉下一双布满皱纹的虎眼，沉痛地看着山坡上七横八躺的尸体，被炮火烧焦的岩石、树木。他的身旁是身穿红色武服的四夫人春燕，坐在棕色的马背上；

骑着黑马的则是陈卫士长，他手里高举黄色的大旗。

这时，就在这时，山下的人们看到一杆大旗的顶端在山顶上露出，旗子一点一点地升起……渐渐地，人们看到大红旗上一个大黑"吴"字，大旗下骑着马的正是吴佩孚。吴佩孚身穿将军服，头戴军帽，骑着一匹骏马，在他身后，站立着上千名北军战士。当他看到中间地带的南虎三人，便双腿往马肚一夹，骏马便放开步子从山上小跑下来。

两军士兵看着他们的统帅走到一起，拉起手，高举起来，两面大旗迎风招展，"哗啦啦，哗啦啦"，吹得震天响。两军士兵顿时举臂欢呼："停战！议和！停战！议和！"

卓营长激动得眼睛也潮湿了，仗打了一年多，多少弟兄牺牲了，就是为了这一天停战议和啊。

看到欢呼的士兵们，南虎和吴佩孚露出笑容。他们缓缓地向打冲锋的卓字营走来，卓营长赶紧把衣冠不整的士兵集合起来，列队。当两位帅将走到他们跟前时，战士们举枪过头致意。

吴佩孚看到士兵们一身泥、一身汗，有的手臂上、腿上扎着绷带，脸上带着干的、湿的血迹，尽管这样，个个都是那么精神抖擞。有一点使他感到十分诧异的是，他们一律穿黑色的茹凉衣裤（牛头裤），那是广东特有的一种衣料，黑裹腿、黑军帽，腰间两围子弹带。他对走在他身旁的南虎问道："老帅，为什么卓统领的士兵穿茹凉便衣，不穿军服？"

南虎笑了笑，说："这样方便些。大热天打仗的，挥汗如雨，这种衣服一吹即干，不像棉布衣，沾在脊背上不舒服。如果受伤，流血沾了衣服也看不出来，干血迹和衣服的颜色一个样，有些人害怕看到血，这样就不惧怕了。"

"卓统领很聪明。"吴佩孚微笑着说。他翻身下马，来到卓营长面前，问："卓统领，你学过陆军吗？"

卓营长挺起胸膛，大声地回答："回大帅，学过，在广西陆军讲武堂。讲武堂的总办是蔡锷将军，总教官是日本教官中村大佐。"

南虎插话："卓统领有勇有谋，还有个特点，行军打仗从不骑马，和士兵一样步行，战士都愿听他的指挥。"

"所以他能打硬仗，"吴佩孚对卓营长竖起大拇指，"你了不得，是个不可多得的军事人才呀。每次打先锋，都是你的卓字营，一看你这被打得像马蜂窝一样的军旗，就知道打硬仗不是儿戏。"

"大帅过奖了。"卓营长说。

吴佩孚转向南虎，说："重赏之下必有勇夫，你不会不赏吧？"

南虎无奈地把手一摊："实话对你说吧，我们的军饷不多，能填饱士兵们的肚子就不错了，哪来的赏钱啊？说来我也惭愧啊。"

"哦？"吴佩孚颇感意外，意识到这支部队是为救家乡而战斗，所以士气高昂，没有赏钱也一样拼命，实在是难能可贵啊。"我赏你们。"他说。

卓营长一听，惊讶地问："你赏我们来攻打你们？"

吴佩孚说："说哪里的话，我赏的是你们士兵的'烂打'。如果我的军队有一半你们的'烂打'，我也就满足了。"

此时，马济和张其锽骑着马急匆匆地赶来了。马济滚身下马，对两位帅将敬礼："陆老帅，吴大帅，这是怎么一回事？"

南虎、吴佩孚、张其锽你看我，我看你，你看他，三人爽朗地笑了。

果然，吴佩孚没有食言，他赏卓字营的战士每人五十大洋，卓营长一百大洋。

终于，在南虎、吴佩孚及张其锽的努力下，请来了广东和广西的代表，张其锽作为湖南省长谭延闿的代表，吴佩孚为北军代表，陆荣廷为西南军代表，在衡阳举行停战谈判。于1918年6月16日，在衡阳签订了停战协议。随后，吴佩孚向全国发出通电，阐述停战和平的主张，抨击段祺瑞的"武力统一"政策。

冯国璋总统趁火打铁，下达全面停战令，并宣布南北议和。南虎致电西南各省，呼吁早日恢复国会，解决政争渠道，促进南北和谈在上海召开，并推举岑春煊为南方议和总代表。

第五十五章　撤军北归

冬去春来，转眼，湖南的夏天又到了。漫山遍野的桐子树，树干高大，枝叶繁茂，犹如张开的巨伞，投下片片的阴凉。孩子们把一根根的粗绳绑在树上，像猴子似的在树上荡来荡去，发出阵阵欢乐的笑声。

看到这一幅幅的田园景象，吴佩孚不由得想起了家乡蓬莱，那一望无际的大海让他心潮澎湃，心旷神怡。湖南停了战，大部队就该撤离，对此，他曾多次向中央政府请示，准许他撤防，可是，北京政府一直没答复。他越想越觉得心里压抑得很，不只他不愿久居湖南，部下们更是归家心切，早日回到北方的家。

事实上，段祺瑞当然知道问题的严重性，这不只是撤防的问题，而是皖系能否把持住湖南领地的问题。吴佩孚善打硬仗，却不能付之信任。张敬尧无真本事，对他却是忠心耿耿。他之所以任命张敬尧为湖南督军，就是安插他在湖南的代理人，在南方打下桩子，稳住他的地盘。如果吴佩孚一撤，他怀疑张敬尧能否在湖南站得住脚，在没有做出安排和打算之前，他对吴佩孚的撤防要求避而不谈。

吴佩孚搬来一张大桌子，放在帐篷前，展开宣纸，用小石头压住宣纸的四个角，研好墨，提起毛笔，思考片刻，便一笔一画地画起梅花来。他喜欢画梅花，常以此来排解心中的郁闷。

一个声音在后边响起："墙角数枝梅，凌寒独自开。遥知不是雪，为有暗香来。"

吴佩孚回头一看，高兴地笑了，原来是张其锽。他还是那一身长衫，一副黑边眼镜，斯斯文文地站在那里。自上次见面后，这两位秀才大有相见恨晚之感，此后，两人便书信往返不断，天文地理、战事、政治、周易卜卦，无话不谈。一次，吴佩孚问："其锽兄，你看我寿限如何？""六十五岁戊寅、六十六岁已卯，恐怕难过。只要能冲过这关口，活到九十岁没问题。""那么，你的寿限又将如何？""算起来，比起玉帅来你是要短多了。民国十六年是丁卯年，我有大难，此关恐怕过不了，寿限算来是五十一岁。""以我推算，你我寿限在八十岁左右。""玉帅，但愿如此，希望你是对的。"数年后，果然印证了张其锽的算卦，1939年吴佩孚六十六岁，死于日本医生的手术刀下；1927年张其锽五十岁，死于土匪乱枪之下。那都是后话了。

今日，张其锽是应吴佩孚的邀请而来。

"其锽兄，没想到你来得这么快，来，来，请这边坐。"吴佩孚热情地把椅子拉近桌边，对帐里喊了一声，"上茶！"

张其锽走上前，坐下，说："听说段祺瑞授你'孚威将军'的头衔，催促你攻打两广，并许你任广东督军为报酬。"

吴佩孚一听，气不打一处来："我不图广东。民国肇建八年了，如今竟闹得人人都在争夺地盘，长此以往，必将亡国！我们军人现在唯有埋头整军，以准备将来抗御外侮。再要南北对峙，唯有同归于尽。"

张其锽点头："由此，你按兵不动。"

"正是。实话告诉你，不管段祺瑞同意与否，我要撤军北归来阻止这场内战。不过在撤军之前，有两件事要做，一是举行四方谈判，我军、湘军、粤军及桂军，其目的是息战言和；二是在这个前提下，与直系以及不满段祺瑞发动内战的皖系督军们联合起来，通电全国，停战议和，迫使北京政府下令全面停战。"

"好极了，言和是陆老帅梦想已久，也是西南联军为之奋斗的。我会尽快与他们联系。不过……段祺瑞能否就范不得而知。可是，你这一撤离，盛气凌人的张敬尧就可一手遮天，为非作歹了。"

张其锽这么说不无道理，张敬尧不费吹灰之力拿到了湖南督军的宝座，在长沙城横征暴敛，纵兵抢掠，无恶不作。他的所部第七师在株洲、醴陵大开杀戒三天，十余万无辜民众死于枪下，据说仅醴陵一县城，幸存的只有二十八人。前不久，张敬尧借用自己寿诞之日发一大笔横财，命手下大张旗鼓地筹备，向各乡绅、商人、客店广发请帖。众人明白，这"请帖"就是一份账目，不送是过不了这"鬼门关"，勒紧裤带也得送。吴佩孚得知后，便想出个好主意。他给张敬尧发去一封电报："大帅生辰之日，佩孚将率领全体官兵晋省祝寿！"张敬尧一惊，他深知吴佩孚其人不卑不亢，说得到做得到的，如果他领着几万人的队伍闯来，大闹一场，他能招架得住吗？张敬尧只好忍痛停止筹办生辰贺礼。民众奔走相告，称吴佩孚是"吴清官"。

吴佩孚笑着说："你只说对了一半，别忘了张敬尧没本事，有句成语说，'狐假虎威'就是这道理。我的军队在这里，实际上是给他壮胆，撑他的'狐威'。我一撤军，他在湖南的日子也长不了，这也是北京迟迟不让我撤离的原因之一。"

"说得也是。段祺瑞在军饷上面卡你，不让你撤军，你这几万兵马，没有钱你动不了啊。"

"这正是我忧虑的。今天我请你来是要请你帮一个大忙，你能否与陆老帅商量，请他资助我北撤。这事也只有他才能帮忙了。"

"但是，据我所知，桂军军饷向来不宽松，你这大军行动，没有几十万大洋下不来。不过，我尽力而为吧。"

"那就太感谢了。"

"你计划哪一天召开四军谈判？"

"越快越好，等你联络好各方，就开。"

"那好，既然我有重任在身，也不多坐了，就此告辞吧。"

"我让卫士给你备马去。"

目送张其锽骑着军马离开营房，吴佩孚两手一搓，一切在计划中进行，他坐不住了，卷起未画完的梅花，展开一张新白纸，一鼓作气，写下电文，呼吁和平，大肆抨击段祺瑞的"武力统一"政策是亡国政策。他说兵连祸结大战经年，致使同种残杀，生灵涂炭，视西南为敌国，竟以和议为逆谋，并指责段祺瑞向日本借款屠杀同胞，何异饮鸩止渴；痛斥安福国会，伪造民意，酿成全国叛乱。

就这样，"吴秀才"一封又一封的通电发至全国，把段祺瑞一伙骂得淋漓尽致。直系各督军对吴佩孚的通电响应热烈，南方的陆荣廷、岑春煊也发表呼吁，赞成和平，并在衡阳举行"罢兵争息"的万人大会，南虎和吴佩孚在大会上发表演说，众人群情激愤，为撤军做好舆论准备。

终于，在张其锽的奔走下，北军的吴佩孚、粤军的马济、湘军的赵恒惕、桂军的谭浩明，在耒阳举行了四方会谈，定下了南北停战协定草案，明确指出军人的宗旨有两个：

"一是为和平，中华民族是统一的整体，永息内争，力谋统一，军人以卫国保民为天职，绝不为政党所利用；二是为安内攘外，凡侵我国领土，妨碍我国权利者，合力争执，一体响应，以做外交后盾。"

段祺瑞闻之，惊得目瞪口呆。吴佩孚一招一式，有板有眼，步步"将"得段祺瑞乱了方寸。

其实，吴佩孚是看准了天时、地利、人和，才胆敢私自停战，通电全国。此时，国际上欧洲大战已经结束，英美为了抵制日本对中国的野心，支持反段、反内战的力量；在国内，全国人民反对内战，反对亲日的气势也日益高涨。此时，就是皖系主战派内部也在闹分裂，曹锟、张怀芝厌战，擅自搬兵回朝，前线五位旅长请长"病假"，甩手离开战地，也回家了，将在外，段祺瑞也奈何不得。虽说皖系主战派高叫"讨伐西南"，真正能打仗的就数"吴秀才"，乃是北军的"南天柱石"。于是"吴秀才"胆大包天，与陆荣廷、西南军、直系"长江三督"结成直桂联盟，共同对付以段为首的主战皖系。有了直桂联盟做资本，吴佩孚人多力量大，腰杆子硬了，说话也有了分量。

终于，南虎想方设法凑够了六十万大洋，送给吴军。吴佩孚终于如愿以偿，全军得以开拔。

1920年5月20日，湘江两岸沸腾了。一清早，成千上万的湖南各界人士敲锣打鼓，摇旗欢呼，前来送行。吴军六万将士，个个面呈喜色，回家啦！将士们穿上新军服，列队在江岸边。晨风习习吹来，旌旗拂动，战马嘶鸣，几百艘帆船神气十足地在江心待命。

码头上立着四杆三丈高的旗杆，旗杆漆上一层光亮的朱红色，顶上飘着红、黑、黄、绿四面大旗，即代表粤军、桂军、湘军及吴军，上面分别写着各军帅将的姓：谭、马、赵、吴。众将领们身穿笔挺的将军服，大檐盖帽，肩章上镶着不等的金线、金星，在晨曦中闪闪发亮。

在桂军旗下，安放着一张大桌子，上面摆了三坛广西的糯米酒，离桌子不远立起十面大铜鼓，"咚咚咚咚"敲得震天响，将士们围了一圈，拍手叫好。吴佩孚好奇地走过去，踮起脚尖，伸长脖子往里一看，发现敲鼓的不是别人，正是陆老帅，他不但敲得响亮，还带着节拍。

南虎敲得正来劲儿，索性连将军服也脱了，只穿着一件对襟的白衬衣。抬起头，一眼看到拉长了脖子往里张望的吴佩孚。他把木棒子交给身边的浩明，拨开人群走了出来，笑盈盈地说："子玉，今天我们送六万子弟回家，是喜日，心里一高兴就想敲铜鼓。"

"我是第一次听到铜鼓声，这声音很特别。"

"我们广西人出征时，就敲铜鼓。"

"老帅，感谢你如此慷慨给我六十万大洋，否则，我这六万子弟永远也别想回家，真不知怎么感谢你呢。"

"说哪里话。我六十万大洋'买'一个湖南，值了。"

"可是……是我把衡山衡阳交给湘军，桂军没有得到湖南呀。"

"还给湘人一个湖南，不值吗？说真的，我这里面还藏着一份私心呢。湖南停战，我们不是也可以回家了吗？再说，广东广西也有不少麻烦，仗也打了这么久了，我也想把军队拉回去休息整顿。"

吴佩孚点点头，看着队伍正有秩序地陆续登船，少顷，说道："咱们南北联手共同努力，和平就有希望。"

南虎的眼里露出喜悦，冯国璋自上任大总统以来，也一直为南北和谈奋斗。可是，他身陷京城，被段祺瑞软禁，手中的兵权远在长江一带，鞭长莫及，而皖系的督军们没人听他的。可吴佩孚不一样，他手握重兵，与"长江三督"联合起来，皖系的督军们就不敢轻视他。想到这里，南虎心里豁朗了许多，满怀信心地说："子玉呀，你年轻有气魄，有你这样的将才，中国前景可望啊，来，上路之前，喝一碗我家乡武鸣的糯米酒。"

南虎说完，转身对身后的将领们吆喝一声："拿酒来！"

谭浩明招呼各军将领，马济、卓营长、林俊廷、陆裕光、崔先生一干人，七手八脚，拿碗的拿碗，倒酒的倒酒。众人高举酒碗，吴佩孚面对大江，不禁大声地唱起《短歌行》来：

> 对酒当歌，人生几何？
>
> 譬如朝露，去日苦多。
>
> ……

唱完，与南虎"咣当"一声碰碗，仰头，一口气喝完酒。

这时，卫兵跑步前来："报告大帅，队伍已全部登船完毕。"

吴佩孚大手一挥，豪情地喊道："起锚！"

卫兵高举手中的信号旗，喊道："起锚！"顿时，岸上军乐大作，江中汽笛呜呜。

吴佩孚回过头来，伸出双手："陆老帅，咱们后会有期。"

两人紧紧地握手。

南虎语重心长地说："段祺瑞电令张敬尧和吴光新调集部队截阻你，要灭你于途中。我知道你做好了充分准备，不过，从衡阳到保定，路途遥远，祝你一路平安。"

吴佩孚笑了笑。在这之前，他曾单身闯到张敬尧府上，警告张敬尧不要轻举妄动，不要阻拦他北撤。警告是警告了，张敬尧听不听则是另一回事，不过，这也不能阻挡他北归的决心，他回道："放心吧，我犹如关云长，过五关斩六将。"说毕，向众人扬起手，挥手致意。而后，回身，大步流星地走下码头，登上一艘插着大旗的火轮船。

岸上的军警均行举枪敬礼。船上的士兵们赤手对坐，状极娴雅，一望便知其为久经训练、纪律严明之师。吴佩孚站在甲板上亦频频鸣号答礼。这时，他才看到张敬尧也挤到岸边来了，送行来了。现在两人虽然相隔甚远，但四目相遇，他们彼此注视了好一会儿。

南虎目送大军顺水而去。滔滔江水，船队浩荡，大军扬帆，呈环次队形，主力居中，两岸各设掩护队，一路护行，大军前方布有侦察线，大军后面有殿卒。全军齐声唱起吴大帅所亲撰的《回防途次》：

> 行行重行行，日归复日归。江南草木长，众鸟亦飞飞。
>
> 忆昔赴戎机，长途雨雪霏。整旅来湘浦，万里振天威。
>
> 孰意辇毂下，妖孽乱京畿。虺蛇思吞象，投鞭欲断沘。
>
> 我今定归期，天下一戎衣。舳舻连千里，旌旗蔽四围。
>
> ……

西南战争终于结束了，段祺瑞的"武力统一"宣告失败。不幸的是，西南战争结束之时，便是南虎和桂军的灾难开始之时。

第五十六章　粤桂大战

　　"吴秀才"撤军，把段祺瑞征服西南梦打得粉碎，他恨不得一口把吴佩孚生吞了。正当段祺瑞感到无望时，广东国民党使者求见，段祺瑞大喜，真是柳暗花明又一村。双方一拍即合。他们的协议是，南方的国民党消灭陆南虎及其桂系的势力，北方的北洋皖系消灭吴佩孚及其直系的势力。只要把南北这两股力量消灭掉，中国才有统一的希望。

　　于是，段祺瑞忙不迭地从日本借巨款资助国民党，将其队伍由早先的二十营，发展到一百零四营，人数几乎高达三万，并拨助大量军饷、军械。武装粤军，进攻广东。

　　南虎看在眼里，担忧在心里，一波刚平新波又起，湖南战争还没喘口气，粤桂的内战又将开始了。是啊，段祺瑞早就视他陆南虎为眼中钉、肉中刺，想要除掉桂军也不是一天两天的事了，只是北洋军内部的两派斗争激烈，他抽不出更多的精力罢了。而今，有了国民党来对付桂军，段祺瑞真是求之不得，要钱给钱，要人给人。

　　东山再起的陈炯明心里明白得很，要驱逐桂系，消灭桂军，谈何容易。虽说他手里握有三万军队，可是桂军素称久战劲旅，实为他们的新军所不及。如果没有里应外合，绝无胜算的把握。细细一分析，桂军在广东的万人军队，有半数是粤籍官兵，这些都是桂军内部的不稳定因素，只要把这些不稳定因素搅乱，打桂军一个措手不及，就可乱中取胜。

　　说干就干，陈炯明在广东暗中活动，首先从高层官员着手，广东警卫司令李福林、广东市警察厅长魏邦平，二人均是广东人，早年参加同盟会。南虎任两广总督，对粤人并不排斥，特别是魏邦平，看重他年轻，在日本陆军士官学校毕业，受过正规军事教育，是个不可多得的人才，应予以重用。任命他为广东水上警察厅厅长，并拨给他三个武装的警卫营。在陈炯明保证日后必定受功晋级等的煽动下，二人均同意举旗造反。陈炯明气壮如牛，高喊"粤人治粤！""驱赶桂系！"举兵三路，攻打粤省。

　　面对这种情形，南虎清楚地看到桂系继续留在广东已是不可能的了，为了息事宁人，他决定将桂系全部人马撤回广西。立足于广西，再与之抗衡。南虎向广州发出勘（廿八）电，略谓："现为保存地方计，即请粤省诸公，同筹议妥，速举贤能，继任（广东）督军，以维治安，而息纷扰。除陈炯明倡乱逞私，不能交付。此外，无论何人，出担粤事，桂军在粤一日，无不尽力维持……一俟粤局底定，桂军即当全数调回。"

鉴于陆老帅的通电,广州民众得以慰藉,他们最为担心的是广州市将在粤桂的炮火中变成一堆废墟。现在陆老帅已经表明态度,广州各界与商团随即召开会议,一致同意,谋用协商方式,出资让桂军得以和平撤离广东。

南虎小看了国民党和段祺瑞,他们要的不仅是桂军撤离,更是彻底消灭桂军。魏邦平布兵占领了铁路沿线,用炮舰艇封锁河道,将桂军的水陆运输全部掐断了,归家的水路被切断了,桂军只有经肇庆的通道。不料,李、魏叛军抢先一步,乘火车从广州赶来,堵阻路口,在通道两侧的山坡以及正面的峡谷中都筑起了工事,拦截桂军去路;北军同时又出动飞机,从高空向桂军轰炸。

这支刚从湖南前方撤回的桂军,还没有缓过劲来,便遭到陈炯明三管齐下,上有飞机,前有埋伏,后有追兵,竟然把桂军逼入山谷之中。这里是一条长约三十里的隘路,两侧险山峻岭连绵不断,隘路口又叫莲塘口,是四会和肇庆间唯一的通道,有一夫当关、万夫莫闯之势。

韦昌荣军先头部队向粤军猛攻,久攻不下,人困马乏,疲惫不堪。此时,各路桂军陆续汇集,马济、林虎两个总司令也亲自前线督战,不料激战一日,通路仍无法打开。敌人机枪居高临下,每当桂军从正面进攻,正好进入敌人扫射的交叉火力网,如从两侧仰攻,则暴露在敌人的眼皮下,爬不到半山坡就被击退,马济、林虎是一筹莫展。

就在此时,桂军后卫营的三位年轻的指挥员,桂林人李宗仁、白崇禧,广西容县人黄绍竑挺身而出,三人原是广西陆军小学的学生,黄绍竑胆大过人,是个不甘平凡的人;白崇禧则很有心机,人称"小诸葛",而李宗仁为人忠厚、勇敢。他们看到军队进退不得,再不及时冲出封锁,全军有覆灭危险。三人把头聚在一起,如何如何地商量了一番。少顷,营长李宗仁向马、林二位司令员走去。

李宗仁来到跟前,敬了一个军礼,说:"二位司令,我以为这些叛军远不是我桂军的对手,他们的队伍既缺乏训练,也缺乏战斗经验。"

马济说道:"我也是这么想的,不过他们占领了制高点,我们是有劲使不上。"

李宗仁说:"我军可用先声夺人之势,向莲塘口作正面撞击,将敌人防线冲破。舍此之外,实别无他途可循。"

林虎和马济听后,面呈难色。

马济说:"道理是这样,可是敌人居高临下,三面夹攻,如果我们大队向前突围,势必聚歼无遗。"

林虎思考片刻:"李营长说得不错,中央突破是我们唯一的出路,这是最后关头了,也只有背水一战了。"

李宗仁说:"二位司令,我们后卫营请求打前锋。"

二位司令面露喜色。林虎说："好样的。大部队配合你们，你营从中央突击，吸引敌人的火力，我们从两侧攻上。"

李宗仁得令，转身回营。这时，黄绍竑、白崇禧已把全营五百余人招集起来，命令在峡口前散开，以分散敌人火力。而李宗仁自己则带着掌旗兵和十名号兵走在最前面。这时，敌人以密集的机关枪、步枪从山上射来，妄图阻止桂军步步逼近。李宗仁毫不理会，沉着前进，当快要进入敌人的火力射程时，李宗仁一声命令，冲锋号一齐吹响，五百名战士齐声呐喊，"杀！杀！杀！"全营战士蜂拥而上。马济军、林虎军左右两翼同时猛攻，敌人全线乱了阵脚。阵地上烟雾弥漫，血肉横飞，李宗仁率兵冒死冲向前去，竟将敌人正面阵地一举突破。桂军连连挨打，早就憋着一肚子的气，此时奋勇追击，敌人四处逃命，腿短跑不快的，纷纷跪下，缴械投降。

一举拿下天险，峡口畅通，全军数万人欢天喜地。莲塘口一役，李宗仁"李猛子"的声名随之大噪，竟以勇敢善战，闻名两广。

这场粤桂大战，是南虎有生以来最惨重的一次失败。国民党把桂军军驱赶出广东。为此，护法军政府主席岑春煊通电辞职，军政府的四总裁岑春煊、陆荣廷、林葆怿、温宗尧也宣布辞职。

……

在武鸣陆公馆，离天亮还有一个时辰，跟往常一样，六十二岁的南虎醒了，他睁开眼睛，看了看窗外的天色还早，又重新闭上眼睛，想着近来发生的一连串令人伤心的事情。总统冯国璋因心脏病与世长辞了，死前还念念不忘和平统一中国。唉，他这一走，"和平统一"又少了一个强有力的统帅。

唉！远的先不说吧，就说眼下的吧。广西队伍全都撤回来了，应该考虑如何着手整顿。原先驻军两广，各员大将各有局面，各有千秋，大家相安无事。现在众将领都退回广西了，一个本来就贫瘠的家乡，都挤在一起了，问题也随之而来了：各军的防区如何划分，各地的权力如何分配，军饷如何解决，这权力分配问题是最大的问题。陈炳焜、莫荣新、谭浩明先后担任过广东、广西督军；而沈鸿英对督军一职虎视眈眈，自以为他任督军是有过之而无不及。从护国战到护法战，广西的势力扩展到广东，队伍也壮大了，各人的权势也扩张了，就好比一棵大树枝繁分权，心就不一了，钩心斗角，争权夺利。南虎翻了个身，这权力分配颇费心思呀，解决得好，其他问题都可迎刃而解，解决不好，就会出大乱子。一山藏了这么多只猛虎，如何安排得好？最头疼的是陈炳焜和韦昌荣二将。

早先为了顾全国民党，他不得不把陈炳焜从广东督军的职位上撤换下来，陈对此不满。为了抚平怨气，他任陈为广西护军使，坐镇广西富裕商埠梧州。任命从广东撤回的韦昌荣为浔梧镇守使，而让谭浩明驻守在桂西南贫穷、偏僻的地区。按理说陈、韦二将也该心足了，各有其职，井水不犯河水。可是，韦昌荣队伍撤回之后，士兵无斗志，懒散、吃花酒、聚赌，而韦昌荣也不守职，私下包运鸦片，被陈炳焜查获。南虎大怒，私自包运鸦片违反条令，本当法办。可想到当年艰苦的年月，弟兄手足之情，南虎心一软就让他过去了。殊不知，他这举动竟然给日后铸下大错。

门外传来清脆的马蹄声，知道是陈卫士长备好了马，在门外等候他去做晨练。南虎翻身起床，走到脸盆前，双手掬凉水，"稀里哗啦"地洗了一把脸，换上马戎装，套上长筒靴子，从墙上取下双枪，别在腰里，便走出房门。尽管他事务繁忙，也从没中断多年养成晨练的习惯。他从陈卫士长的手里接过马缰，翻身上了马，马蹄"嘀嗒嗒"地敲着青石板路面，信步走出了庭院。

野外，清新的空气迎面吹来，南虎觉得清爽了许多。他转过头，看了看走在身边的陈卫士长，想起二十多年前，全军进行骑马射击比赛的情景。那天全军士兵跃跃欲试，赛场的尽头竖着五个稻草人，各稻草人的胸前挂着一面大簸箕，上面画了一个红圆圈，作为靶心。南方的夏天，天气像小孩子的脸，说变就变。刚才还是晴空万里，转眼间乌云滚滚，风刮得猛，山坡上的竹林被吹得哗哗作响，左右摇摆，紧接着，豆大的雨点噼啪地落下……众人看看南虎，都想如此天气，不如改日再赛。可是，看到南虎稳坐在椅子上，犹如泰山，任凭雨点密密麻麻地打在他的军帽上，落在肩膀上，胸前湿了一大片。

浩明一手抹去脸上的雨水，把赛旗一挥，比赛开始了。骑手们策马跑场一周，而后一个接一个，双腿夹紧马肚，右手举枪，左手臂挡在枪上，遮住雨点，射击！平时如果没有硬功夫的话，在这种天气，在马背上不稳定的情况下，要中靶是很不容易的。一个年轻的士兵打了二十枪，十六枪中靶心，不简单！南虎大喜，把这年轻的射手招到跟前，只见他一身是水，天庭饱满，眼里透出一股机灵劲儿，身体称不上高大，身板却很结实，双臂肌肉凸起，大有降虎之力。一问，他叫陈八斤，生下来的时候足有八斤重，父亲就叫他八斤，广西宁明人，父亲原是一位猎人，一次一伙土匪到村里打劫，父亲带领乡亲抗击，被土匪打死。为了报父仇，八斤便投军入伍。南虎从心底里喜欢他，把八斤留在警卫队里。警卫队有一百五十人，个个都是百里挑一的汉子，枪法是没得说的，此外，刀枪棍棒，南北拳术，样样拿得起放得下。八斤练武艺也有悟性，一点即通，不久，被提为南虎的贴身警卫。久而久之，人们就忘了他叫八斤，都叫他陈卫士长。

"卫士长，你的小儿子还好吧？"南虎问。陈卫士长的老婆一连生了两个女儿，一心想要个儿子，终于他如愿以偿，观音娘娘赐给他一个大胖儿子，今年八岁了。

"好着呢，一顿可吃一大碗饭，我对他娘说啊，他这么吃下去，家里快要被他吃穷了。"陈卫士长哈哈笑起来，一提到儿子，他最开心了，"前些日子，我送他去跟先生学写字，我对他说呀，你要好好学习，别像你阿爸似的大字不识一个，干不了大事。要学老帅那样，干大事，能读、能写，能对上百上千的人说话，心都不跳哩。"

"心不跳不就死了吗？"南虎被他说乐了。

"不、不，我是说呀，心有竹子。"

"是胸有成竹。"

"对、对，胸有成竹。儿子很听话，能读'人之初'了。"

"好儿子啊。想起来，我在他这般年纪的时候，还在街头讨饭呢，他比我强啊。哦，他快要过生日了吧？"

"下月初六。"

"别忘了请我吃生日酒啊。"

"哪能忘了呢？"

说话间，两人来到了练兵场。只见开阔的一大片草坪，平坦坦绿茵茵的，看着都舒服。

两人双腿使劲往马肚子一夹，骏马便撒腿奔跑起来。按惯例，围场子跑了三圈，南虎便举起双枪，左右连连向枪靶射击。别看他年过六十，体力不减当年，眼力锋利，枪法百发百中。

第二天是清明节，南虎没有做晨练，却带起几个随从往山里去了，要去给父母上坟。谭女告诉他，她和众夫人早几天已上了坟，只是看到他军务太忙，没有打扰他。南虎感激地笑了笑，这些年来他不在家时，总是谭女代他上坟。今天不管怎样，他也要亲自去，一来尽一份孝心，二来也散散心。

这天，阳光明媚，和风习习，与往年"清明时节雨纷纷"的景象大不一样。看到绿树上抽出了嫩绿芽，满山的野花，红的、白的、黄的，布满了山坡，南虎的心情不觉开朗了许多。馒头似的坟墓，大大小小零落地布在山坡，淹没在荒草丛里。清明前几天，当地的民众便开始上坟了。那些有家人来上坟的，已把坟地周围的野草铲除干净，坟头上飘着白色的长幡；那些没人上坟的墓地，杂草丛生，看着荒凉凄清。来到自家的坟地，这里果然干净，坟头新培上的润土，还散发着泥土的清香。坟头上插着一根竹子，上头挂着几条三尺长两寸宽的白纸的做长幡，在和风里轻轻扬起，壮族人称为"标坟"，又叫"挂青"。坟前一些烧剩的残香柱和没烧成灰的纸钱，被山风吹起，飘在空中，零零散散地落在草丛里。南虎在坟前点上九根香柱，倒身拜了三拜，倒了两小杯米酒，洒在坟前，然后给自己倒了一杯，仰头喝了。

上坟后，便转到巴盂山。这里岩石多，当地人又叫巴盂山岩，半山腰上有一个山洞，南虎小的时候常在这里玩耍，捉虫打鸟。七年前，他在山的周围几百里的地方开山造林，种植了几百亩地的桐油树，成立了桐油公司。从山坡看去，行行桐树已成林，不久便有收成。看到这一切，他从心底里高兴。

在半山腰的山洞，这里的一草一木是那样的熟悉，多少年过去了，南虎已满头白发，可是这里依然如故。人间沧桑，梦一般的离奇，那时候他做梦也没想到，他从一个乞丐成为一个叱咤风云的元帅。可眼下，他这元帅却是累累"伤痕"，心都累垮了。他缓缓地在洞前的一棵树下坐下，和风吹来，周围一片宁静，偶尔听到树上几只小鸟几声欢叫，多么和谐的景象啊！多少年了，他没享受过这样的宁静，想起人世间的纷乱、战争、钩心斗角，多少荣华富贵也比不上这份悠闲啊。想着想着，禁不住提起笔来，写下四首七律：

> 荣辱纷纷满眼前，不图富贵且图闲，
> 身贫少虑多清福，名重丘山葱尊冤；
> 淡饭尽堪充一饱，锦衣哪得几千年，
> 世间最大惟生死，白玉黄金尽枉然。

> 自古为人要见机，见机才有下场时，
> 事非关己休招惹，理若亏心切莫为！
> 得胜胜中绕一着，因乖乖里放些痴，
> 聪明漫把聪明使，来日阴晴未可知。

> 终日忙忙无了期，不如退步隐山居，
> 布衣遮体同绫缎，野菜充饥胜鱼肉；
> 世事纷纷如电闪，轮回滚滚似云飞，
> 今日不知明朝事，哪有功夫理是非。

> 衣食无亏便好休，人生世上一蜉蝣，
> 石崇未享千年富，韩信攻城十面谋；
> 花满三春莺带恨，菊开九月雁含愁，
> 山林幽静多清乐，不愿荣封万户侯。

民国十年辛酉仲春里人
陆荣廷

南虎写完，往后退一步，看着他的题诗，诗里把他的酸甜苦辣，一并倾诉出来，他感觉从未有过的痛快。

"报告！"一个声音从后面响起。

南虎转过身来，是从陆公馆赶来的传令兵，手里捏着一封电报。南虎接过，打开一看，是岑春煊发来的，电文说："广州成立中华民国政府，孙中山为大总统，紧锣密鼓准备北伐，下令通缉罪犯岑春煊、陆荣廷、莫荣新及桂系将领多人。"

南虎的心像秤砣一样往下沉，心里像一团乱麻，剪不断，理还乱啊。

第五十七章　孤立无援

国民党人担心，一旦军队北伐离开广东，广西乘虚而入。因此，决定先解后顾之忧，在出兵北伐前，以通缉罪犯岑春煊、陆荣廷之名，进攻广西，彻底消灭桂贼，统一粤桂。军政府一声令下，粤桂战争拉开序幕，陈炯明兵分三路进攻广西。

人家打上门来了，南虎立即做好准备，派出三路大军截堵：中路由陈炳焜指挥，采取攻势和防御，看住广西的大门，并令韦昌荣、刘震寰布防在梧州的外围；左翼由谭浩明指挥，截拦攻打高雷的粤军；右翼由沈鸿英指挥，由贺县进攻英德，拦斩粤汉铁路及三水。南虎这番布兵，不但可以置粤军于死地，更可一鼓作气直捣广州粤军大本营。

陈炯明细细分析了南虎的布兵策略，不得不承认这姜还是老的辣。南虎双管齐下，不但直接威胁广州，并且将陆地上沿着西江岸边西进的粤军退路堵死，再有，三路桂军的指挥官都是身经百战的将领，其手下的指挥员也都是有实战经验的带兵人，要打胜这场仗谈何容易？陈炯明苦苦思索，去年驱逐桂系出广东时，如果不是事先鼓动广州的粤籍官兵起义，做里应外合，说不定桂系还在执政广东呢。那么，他再来一次照猫画虎，以分化瓦解桂军打败南虎。可是，从哪位将领入手呢？

陈炯明把桂军三路的指挥官逐个地细细分析了一番，最后把目光落在韦昌荣、刘震寰、沈鸿英身上。韦昌荣与陈炳焜早有不和，韦昌荣私自包运鸦片被陈炳焜揭露，心怀不满，得到陆老帅的宽恕后，更加目中无人。以前是暗地里干，后来是光天化日之下干，谁也不敢阻拦，以致各部队纷纷效尤，梧州一时私商云集，设立经纪行，就是再强大的军队，在这样的情况下也失去了战斗力。因此，陈炳焜把韦昌荣恨得直咬牙，对陆老帅的不满也日有所增。想到这里，陈炯明眼前一亮，陆南虎呀陆南虎，你这沙场老将怎么就犯了如此大错呢？明知陈炳焜、韦昌荣二将不和，却派他俩同时驻守梧州这重镇，两虎相斗，威力自然就互相抵消了，他可以乘虚而入。

再说陈炳焜手下的副司令刘震寰，是同盟会骨干刘古香的侄子。当时，刘古香任柳州巡防营统领，刘震寰是帮统。二次革命时刘古香被杀，刘震寰得以逃走。他与陈炳焜同是柳州人，出于同乡之情，陈炳焜让他在手下当副司令，其实手下一个兵也没有，光杆司令一个而已。多年来，刘震寰手中无权，郁郁不欢，却奈何不得。把梧州列为军事戒严区后，陈炳焜让刘震寰招了几百名士兵，驻守梧州外围。

算起来，桂军实力最强的就是沈鸿英了。不过，此人反复无常，野心不小，一心要当督军，与马济互不相容。桂军三位大将：韦昌荣贪财，以金钱收买；刘震寰贪权，以利收买；沈鸿英唯我独尊，以高官收买。这三人如能反叛，这场战必胜无疑。主意已定，陈炯明立即行动起来。

俗话说，世上没有不透风的墙。沈鸿英与陈炯明做盟友定协议，以打胜仗后，广西军政大权归他执掌，此事不知怎的让南虎知道了。按理说，密谋叛变是要受到军法惩治的，不过，目前大敌当头，不能杀将，南虎立即赶来见沈鸿英。

一看南虎出现在眼前，沈鸿英大惊失色，知道走漏了风声，性命是难保了。

"沈鸿英，这些年来我待你不薄，你为了哪门子要造我的反啊？"南虎劈头就问。

沈鸿英"扑通"一声跪在地上，战战兢兢地说："老帅，我无意要造反啊，都是那粤军一伙人给逼的，我签字也是为了应付应付他们而已，否则我哪能活到今天啊？"

南虎心里冷笑了一声，你还当我是三岁小孩子？谁不知牛一翘尾巴就要拉屎？南虎不动气地说："说得也是呀，兵不厌诈嘛。不过，我也跟你实话说，我早有打算，等仗打完了我也该退下了。我们相处这么多年，你的才能我不是不知道，桂军这么多位大将，就数你的实力最强，因此，也打算把权交给你，可是就没想到你要反水啊。"

"哎呀，老帅，我对天发誓，要有半点反水的念头，天打雷公劈。我沈鸿英是个什么样的人你还不清楚吗？这么多年来我跟随你出生入死，我哪说过一个不字？我这么做也实在是迫不得已啊。"

"说清楚了就好，你就好好干吧。"

沈鸿英喜出望外，抬起头来说："老帅，你说等仗打完就把权交给我，这可是你的心里话？"

"我说过假吗？"

这倒是实话，老帅从来是说一不二的人，他的保证比广东人的保证更为可靠。沈鸿英"嗖"的一声站了起来，拍着胸膛说："老帅，我姓沈的是条汉子，你等着我的好消息吧。"

沈鸿英为人多变，南虎不是不知道，不过，他已经戳穿了他的企图，沈鸿英要叛变，也不得不三思而后行。离开了沈军，南虎领着陈卫士长、春燕，马不停蹄地巡视各军部署情况。此战非同小可，牵涉到南北的局势。事不宜迟，南虎派马济到湖南请求出兵援助，希望看在广西过去几年与湘军共同抵抗北洋军的情分上，助广西一臂之力，一同抵抗粤军。与此同时，广东也请求湖南出兵广西，提出的条件是，如果湖南答应"援粤攻桂"，日后粤军北伐就不借道湖南，反之，粤军就借道湖南北伐。湖南方面一想，当然不愿意粤军北伐进入湖南，引发战事。面对广西的请求，表示左右为难。

这样，南虎只好退一步，希望湖南保持中立，广东广西均不支持。不料，湖南为了自家的利益，竟然答应了广东的要求，决定"援粤攻桂"，并派出衡阳镇守使谢国光为"援粤攻桂总指挥"，截断广西桂军的退路。这可是南虎万万没料到，怎么也不能理解的。

来到梧州城，这里一片混乱。一听打仗，人们拿起大包小包，坐马车、乘船，挑的挑、扛的扛，能逃难的都走了，剩下的人舍不得丢下辛辛苦苦建起的家园，便把窗户大门封起，发誓与家共存亡。南虎看着滚滚的西江水，此江是广东通往广西的主要水路，水路不同于陆地，广西没有军舰可以堵截，大江犹如敞开的大门，粤军舰可以长驱直入。

南虎放心不下，乘船顺着江水往下走，约一个时辰后来到蛟龙口，这里的江面变窄，长一里多，窄小的江面迫使江水变急，货船通过这里都要百般谨慎，一个跟着一个，像一条龙似的在江心摇头摆尾。南虎心头一动，这里正是聚歼粤军舰队的绝好战场，立即下令陈炳焜在蛟龙口两岸筑工事，封锁江面。

终于，粤桂大战的炮声打响了。粤军第四师沿西江北岸从陆地进攻梧州，魏邦平则率领全副武装的广东水上警察厅，乘坐从桂系手里骗取到的广东舰艇队，浩浩荡荡地从西江驶来，配合南北两岸粤军部队，水陆并进。沿途，粤军与广西地方民军交火，粤军舰队用炮火攻击，配合地面部队作战，高歌猛进，不可一世。桂军兵分三路迎击，中路陈炳焜守住蛟龙口，严阵以待；左右两翼军以猛烈攻势同时进攻。右翼沈鸿英果然没有让南虎失望，率队伍一鼓作气打入广东境内，占领连山、阳山，挺进北江。左翼谭浩明下令三个师由玉林进攻，攻克化县，得手广东高州。

在桂军从左右两翼进军的同时，广东舰队来到蛟龙口，舰队放慢了速度，一艘跟着一艘，舰队拉得老长。魏邦平举起望远镜，只见两岸山丘连绵，看不到有异常的地方。再往前不远就是梧州了，只要占领了梧州，广西的大门就算毁了。魏邦平心里焦急，以这样的速度，何时才能到达梧州啊？

突然，两岸炮声惊天动地，陈炳焜瞄准了广东舰队，朝一头一尾的舰艇开炮，两舰立即瘫痪，动弹不得，十几艘军舰被堵塞在江中心，进退不得。

魏邦平慌忙下令对准岸上猛烈开炮，粤军地面部队赶来营救。这时，林虎领着桂军从山后杀来，与赶来营救的粤军部队火拼。

陆地、江面枪声炮声震天，分不清谁是粤军谁是桂军，只见尘土滚滚、浓烟冲天，可见战斗是何等的激烈。桂军是自卫战，越战越勇。粤军被打死、淹死数千数百。坐镇广州的陈炯明震惊，急忙派出一架飞机从空中扔炸弹，不料，途中机件出故障，迫降水田。

此时，魏邦平一筹莫展，眼看一群群桂军士兵跳入水里，游过江面，企图强夺舰艇。连忙下死命令阻止桂军，除此之外别无他法。他只希望夜幕快快降落，桂军停止攻击，他们得以喘口气。

深夜了，南宁督军府还灯火通明，总指挥部的人员吃睡都在办公室里，守住电话机、电报机。南虎站在挂在墙壁上的地图前面，根据前方来的军情在地图上标上符号。从陈炳焜刚发来的电报看来，情况正如他所估计的一样，粤军被堵在蛟龙口，桂军占主导优势。南虎略得些快慰，几天来没睡过一个好觉，也值啊。他刚在扶椅上坐下，眼皮子竟沉重得抬不起来了。

突然，一阵急速的脚步声把南虎惊醒了。睁开眼一看，陈卫士长领进来一个汉子急冲冲地走进来。

"老帅，大事不好……"汉子喊道，看到他风尘仆仆，就知道他从远路赶来。

南虎惊讶地跳了起来："刘五，怎么是你啊？你怎么到南宁了？"

几年前，南虎从梧州到桂林的途中进了"黑店"，认识了枪法好的刘五，并叫他到桂林找他。刘五果然去了，南虎让他在李立廷的手下任教练，教新兵练枪法，这一晃五六年过去了。前不久，刘震寰招了不少新兵，陈炳焜便派他在刘震寰的手下训练新兵。

"副司令刘震寰反水了！"刘五报告。

南虎吃惊不小："你怎么知道？"

"来游说刘震寰的广东人我认识，他原来也是李大哥手下的人，后来李大哥逃离广西，他就到了广东。他是魏邦平的朋友，因为他是广西人，就派他回来活动了。那天他正准备乘船回广东，我在码头上正好遇到他，老友重逢嘛，我们便到码头上的一家小酒馆喝酒，他酒后吐真言，还劝我赶紧离开广西呢。"

南虎心里骂道，好你个陈炯明，前不久你运动了沈鸿英，好在我发现得早，堵住了，可是，怎么没注意到这不甘寂寞的刘震寰呢？说："你报告给陈炳焜司令了吗？"

"一离开酒馆，我马上就向陈司令报告了。可他不信，他说刘震寰是他的同乡，他们有手足之情，刘震寰怎么会造他的反呢。逼不得已，我才赶来南宁找你的。"

"你是什么时候离开梧州的？"

"昨天夜里上的船。"

原来是这样，南虎默想，下午的时候陈炳焜发来的电报还说我军占主导优势，看起来刘震寰还没动手。得立即下令撤换他，严密监视，万不能让他得逞，否则就太晚了。南虎坐在桌前，提起笔写电文。

正在这时，一位电报员拿着一份电报急匆匆地走进来："老帅，梧州急电！"

南虎接过一看，上面写着："刘震寰、韦昌荣叛变，梧州失守！"

南虎只觉眼前一黑。

原来，刘震寰负责驻守梧州外围，当看到粤军在蛟龙口被打得死伤惨重，他如果再不动手，粤军将不堪设想。由此，他骤然举旗叛变，率队从背后袭击桂军。陈炳焜万万没料到背后射来暗箭的，竟是与他有手足之情的刘震寰，桂军前沿阵地大乱，粤军因此得救。刘震寰又马不停蹄地率领粤军，以水陆两路同时进攻梧州。驻守梧州城的总指挥韦昌荣，早已暗中接受了陈炯明的十万港元的贿赂，待刘震寰一举旗造反，他也率兵撤离梧州，梧州变成一座空城，粤军不费一枪一弹占领了梧州。

沈鸿英忽闻刘震寰、韦昌荣倒戈，梧州陷落，桂军中路全线崩溃，而桂军两翼也将不保。他悔不该听南虎的，没有履行与陈炯明之约。不过，此时再与广东恢复前盟也为时不晚。他立即派人与陈炯明联系，表示愿意效犬马之劳。可是，此时的陈炯明也不再相信这个背信弃义的家伙了，下令北江粤军向沈军进攻。沈鸿英为保住实力，急速撤离广东连山，退至广西贺县大山里，宣布"自治"，自己为"救桂军总司令"。

在蛟龙口伤亡惨重的粤军终于占领了梧州，立即做短期整补，从广州源源不断地补充军饷、军火及士兵。陈炯明任命刘震寰为攻打广西第一师师长，韦昌荣为前敌总指挥，并交给韦昌荣一个装备精良的师追击桂军。韦昌荣如虎添翼，将谭浩明军逼退至桂平一带，双方激战。谭浩明弹尽粮绝，只得撤退。韦昌荣乘胜追击，步步逼近南宁，如入无人之地。

大将林俊廷闻讯，立即率桂军东下驰援，与粤军激战三日，终于因孤军无援，撤退到河池南丹。由于刘震寰、韦昌荣、沈鸿英三员大将的倒戈，加速了桂军内部的分裂。陈炳焜原本手拍胸脯保证打赢，由于他的大将倒戈，导致桂军惨败，他也无颜去见老帅，便带领残留队伍退至桂北，宣布实行"自治"。

此时的南虎是焦头烂额，又要应付敌军，又要应付内部的叛将和队伍的分裂。他被逼出广东，紧接着丢了广西，而这两次的失败都不是败在战场上枪对枪、刀对刀以及兵家的谋略，而是败于对手对他的阵营的分化、瓦解、收买。想起来，他还感到一阵阵的寒心，他与韦昌荣兄弟一场，出生入死，几十年艰难困苦岁月的情分，还不如陈炯明的十万港元。唉，人哪，怎么说才好呢？俗话说，千里之堤，溃于蚁穴，南宁看来也守不住了。最令他头疼的是连续几年的湖南大战刚停，紧接着又来了粤桂大战，军饷、枪支弹药没有了来源。现在，他才真正地体会到他的对手之强大，他战的不仅仅是陈炯明、广东粤军，更有他们背后的段祺瑞、北洋军皖系，以及日本人。他们之所以不惜血本，投入战场大量财力、物力、人力，就是要消灭他陆南虎。如此众多的强大对手联合起来打他一人，南虎又不禁为自己感到自豪。

南宁的民众得知粤军步步逼近，南宁将要陷落，人心惶惶。督军府里忙作一团，有的在烧毁文件，有的在忙着把重要的东西装箱，有的正指挥挑夫们把大小箱子运往码头，装船运往龙州。天时、地利、人和是打胜仗的基本条件，可是现在，南虎什么也不具备，如果这样硬碰硬地打下去，将是不明智的。应以退为攻，退一步就是要有回旋的余地，以便更有利地反击。

南虎来到督军府，只见谭浩明、林虎，还有他的义子马济、陆福祥、韩彩凤、韩彩飞等，早已在那里等候。看到老帅，众人为之一振，只见他一身戎装，脸上的胡子刮得干净，一双黑长筒马靴，腰间佩着一把长马刀，他哪里是撤退呀，俨然一副出征的样子。

南虎锐利的眼光向众人一一扫去，说："我和谭司令做了详细的计划，决定把指挥部从南宁撤到我们的老根据地龙州。有人说我们败了，我说，下这样的定论还为时过早。我们之所以要撤离南宁，就是要保存实力，以东山再起。广西现在是孤立无援，湖南和广东对我们实行封锁，以吴佩孚为首的直系想要支援广西，进不来，而我们也出不去。可是，这并不能说他们就可以把我们置于死地。他们封了大路，我们走小路；封了小路，走山路；封了山路，走水路。总之，路是人走出来的，活生生的人，难道还能让尿憋死不成？胜败乃兵家常事。打败了算什么？打败了就上山，只要我们手上抓住枪杆子，东山就可再起。"

众将振奋。

南虎接着又说："有人问，桂军就剩下这么一点人，就是把所有散兵集中起来也不到两个师的兵力，而粤军兵力不止十万，还有北军呢，敌众我寡，能赢得了吗？我说一小点火星，足可以烧毁整座大山林，更何况我们这两个师还不只是一小点火星呢。坦白地说，我们目前最主要的问题不是人，而是军饷、军火，是钱！我们手里有枪，可是没有子弹；有士兵，可是都闹饥荒；有军队就得有军粮，否则人都会被饿死。有枪就得有子弹，否则手里握的枪还不如一条拨火棍。广西政府钱库的积蓄不多，发行的纸币勉强流通，而如今，广东人强占了广西，宣布广西钱币作废，强行发行广东军用券。我说这些，目的是让大家都知道情况的严峻，我们不能坐以待毙。所有的指挥员、所剩余的部队及军火等通通撤往龙州、武鸣、马山、隆山一带的大山里，打丛林战。我们的策略是，袭扰粤军，能打就打，不能打就走，保存实力，待机反攻，乘时再起。"

看到老帅如此镇定沉着，大家也都为之一振。想来老帅的一生从未听从命运的摆布，人也能胜天意。

马济问："我们这一撤，广西将由谁来主持？"

南虎说："在这之前，我已经答应过沈鸿英，如果我败了，我将把广西大权转交给他，我不能说话不算数。"

林虎不解地问："老帅，沈鸿英此人靠不住，怎能当此大任？"

南虎笑了笑，说："不错，沈鸿英反复无常，傲慢自大，树敌过多，且根基不稳。我把大权交给他就是要他树大招风，枪打出头鸟嘛。这样，我可坐山观虎斗，抽出身来，考虑下一步的行动。我和谭司令分头行动，谭司令坐镇龙州，我和马济北上，到北京请求支援。"

第五十八章　前功尽弃

"啪"，一滴豆大的秋雨正打在陈炯明的额头上。他郁郁不欢地站在甲板上，仰头看天，头顶上不知什么时候堆起大块大块褐色的云团。此时，他奉广东军政府之命，班师回粤，前后尽是粤军乘坐的几十艘舰艇、机轮船，浩浩荡荡地顺着西江水向广东下游驶去。

正值深秋，两岸上被烧毁的村庄、小镇都成了一堆堆废墟，野外的林木被战火烧焦，只剩下黑乎乎嶙峋的枝体，阴郁地站在灰暗的天空下。不一会儿，雨点密集了，淅淅沥沥地落在头上、脸上、肩上，他不由得想起了李清照的诗句："……梧桐更兼细雨，到黄昏、点点滴滴。这次第，怎一个愁字了得！"愁啊，他陈炯明怎能不愁呢？愁绪如丝如雨，到处一片混沌。

粤军一路进攻，一路烧车，广西民众奋起抗击，所到之处尸横遍野。一天，粤军派出士兵到城外巡逻，天黑了也不见回营，原来，全班士兵全被杀了，五首分尸，扔在野地里，惨不忍睹。陈炯明急忙下令，凡出城外须有一个排的兵力以上。尽管如此，整个排的士兵也同样被杀得一个不剩。

光是武鸣一战，就让粤军吃尽了苦头。陆福祥让出武鸣县，让粤军进入无人之地，然后"关门打狗"。凭着对地形的熟悉，硬是把粤军逼到河边，要置他们于死地。粤军人生地疏，不敢恋战，赶紧往南宁撤退。待粤军退到高峰岭时，又被桂军迎头阻击。原来，韩凤彩领着队伍占据高地，切断他们的退路。粤军被围困在山坳里两天两夜，全军断粮断水，几次反突围均被打退回来。桂军有当地老百姓送饭送水，是越打越勇。更有满山遍野愤怒的民众，手拿扁担、锄头，从四面山坡冲来，高喊："杀广东佬！杀广东佬！"粤军东逃西窜，真是叫天天不应，叫地地不灵啊。粤军几乎全军覆没，令陈炯明大为震惊，集了三个师的兵力，重返武鸣，发誓一举消灭这股桂军残余。陆福祥、韩凤彩得讯，明知打不赢粤军也要布置好埋伏，双方在高峰岭又是两天两夜的激战，桂军终于寡不敌众，只得后撤。粤军重占武鸣，杀红了眼，更变本加厉，用火药将南虎的公馆"宁武庄"炸毁，把看家的管家老人"青蛙"给杀了，把所有的仇恨都发泄在镇里的老百姓身上，实行"三光政策"，抢光，烧光，杀光。

按理说，陈炯明打垮了桂系，占领了南宁，一举平定了两广，成了天下英雄。可是，一把战火把广西烧得满目疮痍，尸横遍野，民不聊生。桂人对粤人恨之入骨，他这

"凯旋将军"又怎能得意得起来？一路上，他是慎之又慎，谨防残余的桂军打埋伏，谨防愤怒的广西民众靠近舰艇，恨不得把粤军的舰艇底凿开洞口，把粤军沉到江底喂王八。另一个使他愁眉不展的重要原因是，这次战役是史无前例的劳民伤财，粤军伤亡人数成千上万不算，光是军饷费用耗损就高达八百万元之巨，而其结果又是前功尽弃。

此话怎讲？广东之所以攻打广西，其目的是为广西扫除"民治障碍"，把桂省民政交回桂人"桂人治桂"。可是按着心口，说句良心话，陆老帅出身低微，颇知民间疾苦，治政治民颇得人心，广西民众得以安居。这场粤桂大战，受害的不是他陆南虎，而是无辜的广西百姓，陈炯明能意识到这些，也为时已晚了。然而，要收拾如此残局，谈何容易？对桂军三个反水的将领，陈炯明是绝不能重用的，他们与陆老帅几十年的交情，说变就变了，这样的人能靠得住吗？陈炯明原来对韦昌荣拍胸膛，保证他把老帅赶走后，广西的大权就交给他。韦昌荣这蠢材竟然信以为真，哪料打了胜仗，陈炯明派军队把韦昌荣的队伍包围起来，全部缴了械。韦昌荣后悔莫及呀，大权没有拿到不算，而且里外不是人。之后，被人给杀了，尸体被摆在路边，被路人唾弃，无人收埋，喂了野狗。刘震寰被广西人称为"吴三桂"，陈炯明对他略为信任，委任他办理广西善后工作。可是刘震寰做贼心虚，又恐被桂人报复，整日蜷伏于南宁，不敢离开粤营一步。白眼狼沈鸿英总算是最强的一个，他退至广西贺县大山里，画地为牢，宣布"自治"，自称为"救桂军总司令"。令陈炯明始料未及的是，陆老帅离开广西之前，竟然把权力移交给沈鸿英。这一手厉害，随着权力的转移，把粤军的目标给分散了，缓和了粤军对陆老帅猛追猛打；陆老帅得以金蝉脱壳，以待东山再起。他不得不承认陆老帅的战略，步步为营，有大将之风。

陆老帅虽然宣布下野了，可实力犹存，他的宿将们率兵退入大山，与粤军相持。第一师长陆裕光是桂军的精华所在，装备精良，退到百色一带；陆福祥、韩凤彩是老帅的心腹，得到库存最精良的武器配备，是一支劲旅，退到都安、武鸣一带；李宗仁和他一批从广西军校的毕业生游击在桂平、玉林、贵县一带，武器装备虽不算精良，可是这群人年轻、有现代军事知识，有勇有谋，是一支不可小看的力量。此外，还有各地多如牛毛的"反粤军自卫团"。好不容易才找来了个广西人，同盟会员的马君武为广西省长，这样才得完成以"桂人治桂"之大任，实行"联省自治"之雄心。可是，马省长是个学理工的留洋博士，面对粤桂两军对垒，土匪猖獗，无能为力，说的话没人听，更谈不上实行"自治"了。

战后诸多纷乱，而国民党人准备北伐，命令粤军返粤。陈炯明留下一部兵力坐镇南宁，其余的跟随自己班师回粤了。他这一走，广西所谓的"联省自治"也就泡汤了。他前脚离开广西，后脚新任命的马省长就被驱赶，连夜逃上船，险些送命。那些被粤军收编的桂军残部，也都纷纷脱离了粤军，而留下的粤军惶惶不可终日，根本控制不了局面。如此结局，怎不是前功尽弃呢？陈炯明越想心里越不是个滋味。

回到广东，情形截然不同。这里一派热气腾腾，锣鼓喧天，战旗飘飘。陈炯明这才得知，孙总统、段祺瑞及张作霖组成了三角联盟，北伐军正在开誓师大会。这三角联盟分兵三路，直捣直系，共同讨伐徐世昌、曹锟、吴佩孚。

1922年4月，直奉战争爆发了。历史上称此为第一次直奉大战，以张作霖大败，吴佩孚大获全胜告终。吴佩孚打败了奉军，换句话说就是打破了国民党人北伐的计划，成为全国瞩目的重要人物。为了避免国民党人以"护法"之依据北伐，以吴佩孚为首的直系极力促成，拥护黎元洪复总统职，恢复旧国会，南北两总统同时退职。

同年6月，北京总统徐世昌宣布辞职。

与此同时，黎元洪在京宣布复任"中华民国"的大总统，恢复北京原国会，下令全国各地一律停战，支持地方自治，联省自治，实现南北统一。

黎元洪总统任命陆荣廷为广西全省善后总办，收拾广西这战后的烂摊子，除补助饷械之外，又派张其锽为广西省长。

第五十九章　围城夺权

　　桂林，几场春雨下过，漓江的水满了。细雨蒙蒙，似烟似雾，云雾缠绕两岸青山，如诗如梦。

　　自南虎入城后，桂林市容大改，他派士兵巡逻，维持治安。陆老帅还串街走巷，安抚市民，鼓励商人开市，有了老帅亲自坐镇，市民们放心了，街市也渐渐地旺了起来。市民们恨透了沈鸿英，在他占据桂林城期间，他放任士兵们胡作非为，闯民宅，劫店铺，市民们提心吊胆地过日子，天还没黑，店铺早早关了门，街上冷冷清清，除了街口挂着"气死风"的路灯，比香火头亮不了多少，到处一片黑暗。

　　二月灯节到了，南虎有意借此喜庆来消除民众对战争的恐惧心理，感受节日的气氛。他与市政府商量，在城里扎彩灯、搭灯棚。这天，街巷以及富家的高台阶前，店铺前，无处不是花灯，把街道照得一片通明，听到此起彼落的鞭炮声，人们在家里待不住了，扶老携幼地纷纷拥向街头，看灯、看焰火、听放炮仗。漓江边上，搭起了卖鞭炮、花灯的席棚，沿街摆满了各种售货摊子，从珠宝文物到锅勺碗盆，无一不备。此时，天色虽未完全黑透，已到处是人，熙熙攘攘的，有的人挤在货摊前挑选杂货，食客们围着卖风味小吃的担子，更多的人则是在欣赏挂起的各式花灯：莲花灯、猴灯、龙灯、虾灯、鲤鱼跳龙门灯……古老的桂林城洋溢着喜庆。

　　人群中，只见老师身穿白长衫马褂，身边还有陈卫士长以及绅士们、市政府各要员们。他们一群人走在灯市上，指指点点，谈笑风生。南虎好久没有这么放松了，与民同乐，乐上加乐。遗憾的是没有把军中的戏班子带来，如果在漓江边搭起一个戏台子，唱一出《六国封相》，那锣鼓"锵锵锵"一敲，再热闹不过了。

　　晚上八点钟左右，突然城外枪声骤起。南虎心头一怔，怎么回事？想起前些天马济送来情报，说沈鸿英在调集兵马，难道是他真的动手了？仔细辨别，南虎从枪声密集的程度，确定除了步枪外还有机关枪、迫击炮，这样的武器装备，也只有沈鸿英的大军队才有。一天前，南虎令旅长韩凤彩保护城里的安全，带领士兵们在城外警戒，可能他们已经打起来了。事不宜迟，他立即派警卫营的士兵们指挥民众疏散，又派陈卫士长回去牵马，自己便徒步向城门赶去。

　　不一会儿，陈卫士长骑着马，手里牵着一匹马赶来了。南虎接过马缰，跳上马背，双腿往马肚一夹，战马撒腿就跑。来到城门，只见城外一匹快马飞奔而来，定睛一看，是韩凤彩的警卫。警卫看到老帅，滚身下马。

"老帅，沈鸿英率兵攻打桂林城。韩旅长正与他们火拼。"警卫气喘吁吁地报告。

"沈鸿英来了多少人马？"南虎问。

"黑压压的一片，韩旅长说少说也有两万人。"

两万人？那么说沈鸿英是倾巢而出了。韩凤彩只有两千人，寡不敌众。南虎当机立断："警卫，你马上传令韩旅长，立即撤退回城，闭城固守。"

"是，闭城固守！"警卫跳上马鞍，飞一般地去远了。

吴佩孚曾把情报送给老帅，说沈鸿英在暗中调兵遣将，建议老帅尽快离开桂林回南宁。但南虎不以为然，他平时以德待人，待部属宽厚，又是沈鸿英的老上司，他不能拿他怎样。又说人非圣贤，孰能无过？过而能改，善莫大焉。尽管以前有误会，他都能包容。经过这次广东军对广西的涂炭，南虎对仁义看得更重了。因此，他仍待在桂林城中，不想他真的动手了。

南虎随即转身回城，命令东、南、西、北各城门的守城军队把城门关上。城里挤满了人，不少民众从城外赶来看花灯，此时也回不去了，南虎一面指挥民众疏散，一面责备自己小看了沈鸿英。这时候，韩凤彩率着队伍撤回城了，他的两千人马加上守城的卫队，总共只有四千人，不幸中的万幸是，桂林的城墙是大青石砌的，高二丈四尺，厚一丈五尺，这么厚实的城墙，比"铁打"的还牢实。南虎登上城头，往外一看，在淡淡的星光下，只见远处的士兵们摇着"沈"军大旗，在叫喊着什么。如果冲出去，等于送死，唯一的办法是死守城墙，等待援兵。

韩凤彩有条不紊地指挥队伍防守，一队队士兵整齐有序地跑上城墙，在城墙下垒起了沙包地堡。南虎匆匆写下救援的短信，要陆福祥和谭浩明迅速前来解围。援兵最快也得十天半月才能到达，城里的弹药能支持得这么久吗？守城队伍没有准备打大仗，武器大部分是老式步枪，机关枪不多，能顶得住两万人的围攻吗？顶不住也得顶，没有其他路可走了。南虎把写好的几封信交给陈卫士长，语重心长地说："李宗仁军队离此地最近，先去他的营地，请他出兵救援。此外的三封信是给谭浩明、陆福祥和四夫人的，出城的时候要小心，千万别让沈鸿英给逮住了。"

"请老帅放心，"陈卫士长敬了个礼，"我快去快回。"他知道老帅的命运，整个队伍的命运，整个桂林城的命运都捏在他的手里了，他把信小心地藏好，跳上马鞍，趁着天黑奔出城外。

南虎又哪里料到，沈和李，白，黄早已暗中联合倒陆，沈鸿英把老帅紧紧地困在桂林，逼他下台。那么，他们就可掌广西大权。

南虎又哪里料到，桂林城的枪声一打响，李宗仁、黄绍竑、白崇禧立即扯起"定桂，讨贼"大旗。李宗仁军叫"定桂军"，方形旗，黑边红心，中间一个大黑"李"字。黄绍竑军叫"讨贼军"，方形旗，白边红心，中间一个大黑"黄"字，造反起兵讨伐老帅。李宗仁为讨贼军总指挥，黄绍竑为副指挥，白崇禧为参谋长。陈卫士长闻讯，大吃一惊，立即掉转方向，马不停蹄地向南宁奔去。

谭浩明、陆福祥得到情报后，率起兵马，夜以继日地前来救援。正如白崇禧预谋的那样，援兵一走，后方空了。李、白、黄在各通往桂林的途中布下埋伏，同时，又兵分三路，乘虚而入，直捣南宁。就这样，李、白、黄不费一枪一弹，把老帅的老巢一一占据。就算老帅打赢了沈鸿英，他已无立足之地；如果输了呢，更无话可说了。至于沈鸿英嘛，不管是赢是输，他也只是"竹篮打水一场空"。此时，沈鸿英拼命地将陆老帅往死里打，还以为他的同盟军李、白、黄在为自己助兴呢，却不知他们连他的老窝根据地都给他们扒了呢。

南虎望眼欲穿，半个月过去了，没有援兵的影子，如果浩明在途中被阻，陆福祥也应该到了。南虎是心急如焚，暗想是不是援兵以为我们撤退了。他想起在南门楼上有一门老式的铁土炮，当地人称"猪仔炮"，他立即赶到南门，细细一看，炮是旧了些，可尚完好可用。南虎暗自高兴，正好派上用场。

他把守南门的排长叫来，吩咐道："把土炮弹运来，向城外打炮。"

"老帅，这土炮我们试过，不但威力小，射程短，而且声音很大。打了一炮，全城都震惊了，敌人打不了，反倒惊吓了民众。"排长一边说，一边挠着脑壳。

"我要的就是这个，打炮不是打敌人，是放信号。"

"放信号？"

"对，我放炮是使从南宁来的援兵在十里以外都能听到，知道我们尚在围困之中，加速前来营救。倘若听不到枪炮声，他们以为我们撤离了桂林城，就不来了。"

"老帅，南宁的援兵会来吗？"

"一定来。如果他们出了什么意外，四夫人也会率兵来援救的。听好了，每隔一炷香的工夫，打一轮炮，直到援兵来到为止。"

"遵命！"

事实上，接到急信后，谭浩明、陆福祥、四夫人立即举兵，前来营救。他们料想敌人万不会想到四夫人也会率兵出征，如果两路军遭到意外，至少还有四夫人这一路可以从背后袭击沈军。殊不知，南虎的敌人个个都是他的老部下，对老帅的战术战略了如指掌，援兵走哪条路，谁是主帅，一一算准了。果然，谭浩明军中途被李宗仁截拦，寸步难行；陆福祥军从宾阳赶来，遇到白崇禧的埋伏；四夫人和陈卫士长率起老帅的警卫营到了鹿寨，遭到沈军伏击，被围困在山谷里。只苦了南虎，日日打炮。

韩凤彩素有"赵子龙"的美称，他勇敢善战，虽双腿有疾，但不妨碍他行军打仗，冲锋陷阵。坐在"山轿"上，照样指挥作战，与守城的四千多士兵，上下齐心协力守城。鉴于有老帅这最高统帅亲自督战，士兵们更是奋勇破敌。

桂林城北门外有座"老人山"，地势险要，是城市西北方向的自然屏障。守城者占据此山，则居高临下，射程可以威胁西北城一带防线，此山又是兵家必争之地。入夜，沈鸿英组织了上千人的敢死队，乘星夜昏暗时，悄悄地摸上老人山。没想到守在这里的是韩凤彩的精良部队，敢死队抵达半山时，被发现了，山头的枪声大作，敢死队没命地还击，双方的枪声密如连珠，彻夜不止。南虎闻讯，迅速赶来援助。战至天明，韩凤彩始终据险固守，沈军只好后撤。

南虎藏在岩石后，拿起喇叭筒对敌军喊话："沈鸿英你这兔崽子，十几年来我待你不薄，你为什么要置我于死地？"

沈鸿英卧在地上喊道："不是我要置你于死地，我是奉广州大元帅府的命令来讨伐你陆荣廷的。不信的话，你自己看看，这就是大元帅讨伐你的布告。"原来，沈鸿英早已被任命为"广西建国军总司令"，并拨军款两万元，子弹十万发，他有钱有枪，出气也粗了。他将布告戳在步枪的刺刀上，高高举起让南虎看，他知道南虎的神枪法，只要他一露头，保准没命。

"你这卑鄙之人，以怨报德，良心丧尽，早知有今天，我当初真该一枪毙了你。"南虎记得当年陆古祥临死前对他说过，他说"沈鸿英今天出卖了我，明天他也会出卖你"，今天果然应验了，南虎真是后悔莫及。

连日来，沈鸿英连续大规模的猛攻均告失败。看到强攻不下，倒是死了不少士兵，一脸横肉的沈鸿英，鼻子嘴巴气得错了位。他的兵力是老帅的四倍还多，原以为不用两天的工夫就可拿下桂林城，不想五十天过去了，陆老帅和他的四千守城士兵守据城墙，稳如泰山。

这时，沈鸿英的得力干将邓师长心出一计，在南门城墙下挖地道，然后把炸药放在地道里，把城墙炸塌。

正守在南门的韩凤彩，听到"轰隆"一声巨响，城墙被炸开了一个缺口。飞起的碎弹片正打在他的肩膀上，卡在骨头里，鲜血直流，他疼得嘴都咧歪了。抬头一看，敌人蜂拥而来，他顾不上疼痛，指挥士兵们用火力把他们压回去，南虎则组织民众抬石头、泥土、木料，迅速地把缺口给堵上了。

清早，城外稀稀落落的枪声时起时伏，疲惫不堪的士兵们怀抱枪支，在城墙下躺的躺，坐的坐，都睡着了。越是这时候，南虎越是不敢大意，他一一巡视敌情，巡视在城墙附近的民宅、客栈、空无一人的店铺，民众早已疏散离去，到处是静悄悄的。当走过一家敞开大门的客栈时，听到里面转来沉闷的声音。南虎好生奇怪，走进客栈里，四处张望，看不到有任何动静。南虎以为是听错了，便走了出来，正要把客栈的大门关上，沉闷的声音又响起了。南虎循着声音走去，原来声音是从厨房门外的一口大水缸里传出的。南虎把缸口上的木盖子掀开，只见里面还剩有一小半缸水，水缸底下被什么东西捅着，被震得发出"嗡嗡"的响声。南虎一惊，敌人挖的地道已挖越过城墙底下到城里来了。情况危急，他转身走出门外，赶紧把队伍调来。韩凤彩还在南门，一时脱不了身，南虎拔出双枪，亲自指挥队伍把客栈的外围紧紧围起。

　　原来，沈鸿英的工兵营花了一个月的时间好不容易才把地道挖到城里。这天是最后一道关口，一个营的士兵蹲在地道里，队伍一直延伸到城外，严阵以待，只等前头洞口炸开，立即冲进城里。此时，城里城外，洞里洞外，紧张的气氛可想而知，人人屏住气，紧紧握住手中的枪。终于，一声巨响，炸药引爆了，泥土石头被掀起几丈高，向四处射去，浓烟冲起。南虎紧张地盯着一团团的浓烟，全没意识到他的额头被飞起的碎瓦片划开了一个大口子，只觉面额上一股热流，他用手一抹，手掌全是血，他把一只衣袖扯下，迅速地把额头包扎起。随着浓烟消去，只见地面陷塌，敌人的影子一个也看不到。原来，随着一声爆炸，把守候在地道里的敌人全给活埋了，守在城外地道口的敌人一看不好，没命地四处逃窜。城里高兴地欢呼起来，沈鸿英可谓是"偷鸡不成蚀把米"。

　　在省府南宁，政府官员们得知李宗仁"定桂军"逼近，惶恐不安，不少官员举家逃走。倒是当年的李立廷，二话不说赶来给省长张其锽当保镖。而张省长对眼前的紧张局势沉着镇定，他知道在桂林大战尚未见分晓之前，李宗仁"定桂军"不敢拿政府官员怎样，再说，他们也得给自己留有余地。暇时，他邀请幕僚到家里吟诗作对，或邀请社会人士弹琴、下围棋。他的弟弟弹得一手好琴，又邀请携琴者前来奏曲助兴。他既是文人又是前湘军统领，胆识非一般人所具，局势越是紧迫，他越泰然处之，以安民心。不过，他也有暗自担心之处，那就是南虎的家眷。南虎被围困，生死不明，浩明、陆福祥、四夫人前去援救，一去没了消息。一群夫人、小姐们没了主心骨，惶惶不可终日。自从四夫人一走，谭女便把负责看家护院的担子挑了起来。

　　这天，他办完公事，带上李立廷一起向陆公馆走去。只见大门紧闭着，他举手轻轻地敲门，门上的一个小门窗打开了，露出一个男仆的脸，他看到是张省长来了，赶紧把门打开。"张省长，今天谭大夫人还说起要去拜访您呢，没想到您来了。"男仆说。

　　"说曹操，曹操到，不是吗？"张省长笑嘻嘻地说。

　　多少天了，陆公馆看到的都是一张张愁云密布的脸，看到张省长这么一笑，就好像太阳从乌云里露出来了一样，男仆忧虑的心也变得轻松起来，提高声音高兴地往里传话："张省长来访！"

　　谭女一听，三步并作两步来到院子，露出一丝喜色："张省长，李先生，老帅有消息吗？"

　　"消息倒没有，不过，你放心好了，陆老帅命大着呢。"张省长笑着说。

　　"陆老帅一定会安全回来的，"李立廷安慰说。

　　"唉，但愿如此吧，请到屋里坐。"谭女待张、李二人坐下，便又说，"李宗仁快要到南宁了，我正想要去与你们商量呢，我们是离开南宁出去避避风头，还是怎样？"

"离不离开南宁，你决定好了。我要告诉你的是，李宗仁一伙不会拿你们怎样，他要的是广西大权，不是人命。他要想掌权，就得有民心拥护，如果他把你们全都杀了，他就会失去民意。李宗仁是个聪明人，这样的蠢事是不会干的。"

"听你这么一说，我的心稍稍安定了些，这样我们就不走了，待在这里，等老帅回来。城里好些人都看着我们呢，我们在他们在，我们走他们走，愿观音娘娘保佑老帅平安吧。南宁城外土匪很猖狂呢，我担心他们会冲进城里打劫，唉，军队一走，那些土匪就像解了紧箍咒一样，为所欲为啊。"

此时，南宁只有为数不多的警察，张省长把仓库里的武器拿来武装了他们，并吩咐凡有进城作恶者，格杀勿论。就这样，土匪才收敛了些。

张省长说："他们在城外抢劫，弄得城里人心恐慌。我已布置警察夜里关上城门，做好城市防卫，我亲自夜巡。我是一省之长，只要大家齐心合力，土匪也不敢太放肆。为了以防万一，家里的夫人、小姐、仆人，能拿枪的都拿枪。"

"是，好在平日我们也有所准备，现在也派上了用场。城里有你们在，就有了主心骨，我们心里安定多了，这些日子辛苦你了。"

"只要大家平安，就是辛苦些也没什么。我想我们就不多打搅了，就此告辞，往后有什么事就请派个人告诉我，我会尽力而为。"

"谢谢。"

从陆公馆出来时，天色不早了。他俩回到家里，吃过晚饭后，休息片刻，当墙上的挂钟敲到十点，他们把手枪装上子弹，别在皮带上，步行全市巡视，有时，与打更人同行。打更人敲着竹梆，浑厚的声音喊道："小心火烛啊！"随后，民众又听到一个清晰的声音喊起："平安无事喽！"大家知道那是张省长在巡逻，只要听到他的声音，觉也睡得安然许多。

桂林围城战已进入第七十天了，城里的粮食断了。以往，郊外四乡的农民挑运粮食入城贩卖，供应城里的需求，围城之后，城外的粮食运不进来，城里很快就断炊了。桂林城原有三仓局，存积谷子三百余万斤，军队得以救济，可是，民众就苦了，有钱无处买米。南虎看到此情，决定开仓磨谷。南虎亲自挨家挨户地送粮，可是，不少民众是城外人，只因那天灯节进城看热闹，被困在城里了。为此，南虎在街头设厂施粥，每天前来吃粥的人拥挤不堪，南虎手持铁瓢，对百姓按人发粥，人人得以维持。可是，杯水车薪无济于事，不久，仓库的积粮吃完了，南虎号召军队挖芭蕉根、捞水葫芦充饥。终于，连芭蕉根、野菜都吃完了，战事还在继续。再这样下去，众人不是被打死，而是被活活饿死。

南虎对韩凤彩说："援兵要到的话也早到了，他们迟迟不来必定有原因。我看再等下去也不是个办法，不如打开城门突围。"

"突围后往哪里撤？"韩凤彩问。

"向湖南边界撤，沈鸿英再有胆量也不敢打到湖南。"

"好，说干就干，今晚就突围。"

"你的腿行走不方便，今晚我来领队突围。"

"老帅，那可不行。"

"凤彩，别看我老了，打仗还行，你就别争了，就这样定了。你组织火力来掩护我们，一旦突围成功，你们立即冲出城，我打头阵，你来压后。冲过敌人的封锁线后，我们分头向北撤离，以分散敌人的追击。"

"知道了。"

日落黄昏后，一轮娥眉月出现在西面天空。城外，除了敌人的枪口时不时吐出红色的火舌外，到处是一片黑暗，空气里散发着刺鼻的火药味。城里，三百人组成的敢死队列好队伍，手臂上扎着一条做标志的白毛巾。南虎逐一地检查他们的武器装备，子弹是否足够。战士们看着他们的老帅，额头上扎着一条绷带，左手臂上也扎着条白毛巾，两把黑盒子枪插在腰肋间，手里还提着一把机枪，一条长子弹带挂在脖上，他虽已年过半百，看起来却要年轻、壮实得多。有老帅在，他们什么也不怕。

"士兵们，我们的敢死队要像一把尖刀一样锋利，给敌人一个出其不意的袭击，迅速地把敌人的封锁线割断。冲出包围后，每个队员紧跟着你们的队长，分三路向湖南方向撤去。知道了吗？"南虎再次交代，他早已把计划详细地跟战士们交代过，在出发之前，他又叮嘱一番。

"知道！"全体战士低声但坚定地回答。

南虎向韩凤彩打了个手势，韩凤彩下令，城门无声地打开了。韩凤彩卧在城墙上头，紧张地看着敢死队悄然地向敌人的封锁线潜去。敌人那边没有大动静，想来他们连续打了这么多天的仗，也该歇歇了。突然，敌人的阵地骚动起来，接着，枪声连珠炮似的响起。韩凤彩一声令下，城墙上密集的火力向他们压来，南虎和他的敢死队边冲边打。

沈鸿英一看是突围的来了，立刻调集大队伍压来。南虎勇往直前，奋力冲刺，最后寡不敌众，被逼得退了回来，又不甘心，再集中火力接连地冲了好几次，均不成功。无奈，只好退回城里，韩凤彩立即关闭城门。

南虎突围不成，懊丧地坐在围墙的石阶上，看着被敌人的炮火毁坏了的街市，倒塌的房屋随处可见。缺了口子的月亮挂在高空，一片薄云，淡淡地遮住月光，漓江上仿佛蒙起一片青烟，南虎心里堵得慌，默默地接过警卫送来的一碗水。

抬头一看，城墙角上一棵大树，被烧得只剩下一条黑黢黢的树干，在暗淡的月光孤零零地站着。一位白发老人背靠着树干坐在地上，呆呆地望着夜空。

南虎站起身，端着碗走了过去，一看老人似有些面熟，他把碗递给过去，说："老兄弟，喝口水吧。我们见过面是吗？"

老人抬起头，木呆的眼里露出一丝喜悦："是啊，那年我好福气，我孙子被狗咬了，是你救了他的命哪。"

这一说，南虎想起来了，微微一笑："哦，想起来了，你和孙子在饭馆前卖柴火对吧，你好记性哪。孙子还好吗？"

老人的喜悦随即消失了，嘴巴喃喃地好一会儿才发出音来："……孙子死了，被流弹打的，我也是活不长的人了。"

南虎心头一沉，在老人的身边默默地坐下，艰难地咽下口水，说道："也许，我们全都活不长啊。"

他想起小的时候听阿爸讲过一个故事，很久以前有一个猎人在深山里遇到一只野狼，猎人正要开枪，一看子弹没了，饿狼要吃猎人，可是看到猎人拿着枪，也不敢扑上来。就这样，狼和猎人对峙着，直到猎人的精力没了，狼扑上来，一口把猎人给吃了。今天，他的敌人也同样是等他筋疲力尽时，一口吃了他。

时间一天天地过去，城里每天都有饿死的人。开始时，人们还有力气把死在路边的尸体埋葬，后来，连埋尸体的力气都没了。围城战已经到了第七十八天，南虎犹如一头被关在笼子里的老虎，又急又怒又无奈。援军无望，突围失败，民众濒于绝粮，而他这一军之将帅却无能为力。

南虎终于忍不住了，"噌噌噌"一口气跑上城墙头，面对敌人，撕开被弹火烧得破烂的军衣，露出铁打般的胸膛，面对城外的敌人，高声喊道："我！陆、荣、廷，在此！你们不是要我死吗？有种的就打吧，朝我这里打！打呀，你们这群狗崽子！"

将士们抬头一看，都惊呆了！城里、城外、战地上一片肃穆。老帅一头花白头发，额头上扎着白绷带，上面染着血，像一座铁塔似的高高地耸立墙头上，在夕阳下，威风凛凛地站在他们的枪口前。沈军上万名士兵，竟然无一人开枪。士兵们一眼认出那是他们的老帅，曾经率领他们冲锋陷阵，率领他们讨袁护国、护法，远赴三湘，抗击强大的北洋军，打了无数胜仗的老帅啊。有的士兵把枪放下，有的惭愧地扭过头去。人群里，一个声音低低说道："我们这是在干什么啊？"

沈鸿英一听，急了，厉声喊道："住嘴！我们奉革命军的命令来讨伐陆贼，谁再敢这么说，掉转枪口，就别怪我枪下不留情。"

南虎是豁出去了，他一只手悄悄地握紧腰后藏着的手枪，只要沈鸿英一露头，他就一枪收拾了这条狗。

沈鸿英也狡猾，硬是不露头。他看到上万的士兵竟无一人开枪，这使他明白了一个道理，那就是老帅在军队中的威望。在这一刻，如果他开枪，一颗子弹飞去，马上要了老帅的命，围城也就结束了，不过，他就会被淹没在愤怒的汪洋大海之中，所以，他也没胆量开枪。

再说，陈卫士长与四夫人遭到伏击，四夫人意识到她领来的援兵是不可能冲得出去的，因此，她与陈卫士长商量好，她与士兵们留下与敌人周旋，让陈卫士长只身逃出包围，到湖南请兵。此时此刻，唯一的援兵只有湖南了，那里有吴佩孚和马济，救援绝不成问题，问题的关键是，敌人封锁了到湖南的道路。陈卫士长只有翻山越岭，几经周折，好不容易才到达湖南，吴大帅二话不说，立即派马济带领全副武装的队伍前来援救，此时围城战已是三个月了。

正当南虎走投无路之时，突然看到远处尘土飞扬，大队人马飞奔而来，一杆大旗在空中高高飘扬，上面一个大黑"马"字，南虎喜出望外，援兵终于来了！

大军压来，沈鸿英不得不停火。马济令他退兵离桂林城九十里以外，否则将对他不客气。沈鸿英恨不得一口吃了马济，可是看到他兵强马壮，连屁也不敢放一个，虽然不服，也不敢反抗，只好乖乖地撤兵。撤退后，沈鸿英才接到情报，李宗仁抢先占领了南宁省府；白崇禧率一路军扫荡桂中南，与李宗仁会师南宁。黄绍竑直捣他沈鸿英的老窝，把他所有的领地城池全都占领了，如今他才是真正的无立足之地了。李、白、黄全省发出通电，声明他们掌握广西大政，要陆老帅宣布下野。沈鸿英气疯了，真是"赔了夫人又折兵"。

马济送来了粮食、药物，被围困的军队和市民们才得以缓过气来。

马济早已在漓江上准备好船只，护送老帅一行人。谭浩明、陆福祥知道桂林已解围，便把队伍撤到龙州一带了，四夫人率队业已安然返回南宁，南虎一颗悬起的心得以放下。头一挨枕头，便呼呼大睡。一觉醒来，精神大作，回想起三个月的围城战，有如做了一场噩梦。他站在船头，望着被打成蜂窝状的将旗在江风里高高飘扬，好不得意！沈鸿英两万人竟然打不败他四千名战士，南虎深深地吸了一口气，看着滔滔江水，不禁高声吟起苏轼的词：

大江东去，浪淘尽，千古风流人物。故垒西边，人道是，三国周郎赤壁。
乱石穿空，惊涛拍岸，卷起千堆雪。江山如画，一时多少豪杰……

马济走到甲板，看着老帅迎风而站的背影，拿不定主意，要不要把李宗仁夺权、劝退的消息告诉他，老帅刚从一场灾难解脱出来，现在又陷入另一场更大的灾难，担心老人家承受不了。看到老帅此时的心境，决定还是告诉的好，或迟或早，他都要面临现实。

南虎听到动静，转过头来，看到马济不安的脸色，问："又发生了什么事？"

"义父，南宁省府被李宗仁占领了。看，这是他们要你下野的通电。"

南虎心头一沉，从马济的手上接过通电，电文上写着："……宗仁对于干公夙抱崇敬老成之见，然不敢姑息爱人以误干公，尤不敢阿好徇私以负大局。除电恳干公克日下野外，特联合友军倡议出师，以扫除省政革新之障碍，奠定桂局。关于善后事宜及建设问题，当尊重全省人民之意。谨电布臆，幸垂明教。"

南虎随手把电文撕碎了，让它随风飘到水里，气愤地说："全是放狗屁！李宗仁乘人之危，投石下井，我真正是看错了人。"

马济无语，望着滔滔江水，过了好一会儿，才问道："义父有何打算？"

南虎陷入了深思，默想良久，慢慢地道来："我如反攻，广西必定内战烽起，民众将又陷入一场夺权战争的水深火热之中，流离失所，血流成河……我如下野，将换来息事宁人。"

马济默默点头："所剩的士兵们如何安置？"

"有愿意解甲归田的，一律给盘缠和退伍费。有愿意跟随你的，你把他们接收到湖南吧，他们都是善战的勇士啊。"

"他们跟随你多年，个个都是十里挑一的精壮汉子，天底下也找不到这样的好战士。"

"这话一点也不过分。"南虎说。

南宁码头快到了，远远地看到李宗仁领着他全副武装的士兵，警戒在码头周围，有如临大敌之感，往日二丈高的旗杆上扬着"陆"帅旗，被黑边红心方形"定桂军"大旗代替了，上面写一个大黑"李"字。

南虎冷眼望去，冷冷一笑："哼！想给我一个下马威？有种面对面地较量好了，耍什么诡计，你们这些耀武扬威的猢狲又算得了什么？"

船靠岸了，南虎也不奢望有人在江边上迎候他。只见李立廷几步迎上，向他拱手致意，南虎不禁心头一热："李兄，难得你来迎我。"

张其锽向前走来，拱手相迎，开口就是："恭喜，恭喜！"

南虎苦着脸："我差点没死在沈某人的枪下，又被人逼着下野，有什么喜可恭？"

张省长笑着说："你的命硬，大难不死，怎能不是喜？"

南虎一想，这话说得也有道理，露出一丝苦笑："这么说我必有后福了？"

"李宗仁要你下野，你有何打算？"

"我已有言在先，只要民众安生，我再次下野又何妨？"

"痛快！李、白、黄只允许你在南宁逗留三天，还不许客人来访。说穿了吧，他们是恐惧你呢，担心你的势力复燃。"

"说句心里话，我根本要都不要看到他们，待三天都嫌多。不过，我走后，你有何打算？"

"你这一走，我连说心里话的人都没了。"张省长抬起眼睛往码头上的军队看去，"对他们，我是话不投机半句多，我也是要走的。他们一时还找不到合适的人选，要我留下继续当省长，我谢绝了。"

"就不怕他们把你杀了？"

"跟你一样，阎王爷还没点我的名呢，哪能死啊？只是有一事我实在是放心不下。"

"什么事？"

"有关财政的事。李宗仁、白崇禧、黄绍竑三人年轻能打仗，一味只知道要权，却不懂理财。我担心的是，他们掌了权后，就会立即废掉原先所发行的纸币，而发行他们自己的新纸币。如果真是这样的话，民众商人手上持有的纸币便成了一文不值的废纸，必定造成市场大乱，逼多少人家破人亡。"

"我想他们不会不体恤民众的疾苦。广西民国政府发行纸币十年有余，在粤桂大战前，纸币稳定，在市场上，民众、商人都乐意使用，兴许他们会采用过渡的办法，让民众得以旧纸币兑换新的纸币。"

"但愿如此吧。"

第六十章　壮志未酬

经历了"八方风雨"的南虎来到了上海。

上海小东门原名叫"宝带门"，小东门外便是十六铺，建于清朝咸丰、同治年间，东至黄浦江，西至城壕，南至码头街，北至东门大街与法租界接壤。所谓的十六铺是码头林立，江面上樯桅如筐，一眼望不到尽头，客船商贾云集，是全上海水货、陆货的进出地。码头上货殖山积，挑夫、行人来来往往，汽车、黄包车、马货车、手拉货车把道路挤得水泄不通。

下了客船，南虎领头走上码头，尾随的是四夫人、陈卫士长、谭浩明、崔肇琳、副官、参谋长、文书及五位广西婢女。他们一行人分别乘坐三辆轿车，穿梭似的穿过熙熙攘攘的人群，缓缓地经东门大街进入法租界，再往西北走便是法租界的杜美路了，路名是以法国驻越南总督杜美的名字而命名的。获得法学博士的女婿苏希洵是南虎的外交人员，说的一口流利的法语，他的才能在上海是派上用场了，有他从中周旋，得以在法租界杜美路购到一幢豪华的洋楼，共三层，有将近三十个房间，有花园、网球场、汽车。为了岳父大人生活的方便，买楼房时把原有的黑人门卫、花匠和司机一并包了下来。

南虎坐在车里，朝窗外看去，铺着沥青的大马路平坦，长而宽，路两边长满了高大的法国梧桐树，透过绿树浓荫，一栋栋法国式的洋楼拔地而起。南虎才从枪林弹雨、你死我活的桂林围城战过来，猛然间来到这和平宁静的法租界，有如天地之别。几年来他经历了多少风风雨雨。李宗仁投井下石，乘虚而入，毫不费功夫夺去了他几十年打下的江山，令他无立足之地。前路茫茫的南虎只能到上海避难，想不到他跟法国人打了十多年的仗，到头来，还是来到法租界，寄人之篱下，寻求庇护。南虎苦苦一笑，此时此地，也只有他往日的敌人才能给他一方容身之地，山水何处不相逢啊，世事如轮转，怅然恍如梦啊。

有人嘲笑说南虎率了一群人到上海，俨然一个"流亡政府"。南虎听了却不以为然，他虽败，可心不死。全国形势动荡，谁胜谁败还不一定呢。正如张其锽所说，北方直奉第二回合交战正在激烈地进行，广东也打个你死我活，广东政府扣压商团军械，导致市镇罢市；陈炯明率领他的粤军，与孙大元帅的军队打得不清不楚，导致商人罢市，货币大跌。

如果吴佩孚旗开得胜，南方国民党的北伐将再受挫折，由此，国家的前景将又是另一番说法。他现在虽是"流亡",前景如何却难以预料。孙子曰,善胜不败,善败不亡。昔日刘邦与项羽争天下,最后垓下一战,项羽败后一蹶不振,拔剑自刎,一败到底。诸葛亮当初辅助刘备,连遭失败,以致弃新野,走樊城,败当阳,奔夏口,几乎无容身之地,可是,他善败不亡,终于得以鼎足三分。

进入洋楼,地板上铺着淡蓝色的花瓷地砖,深紫色金丝绒大窗帘点缀着高大明亮的落地窗户,从天花板垂泻地板,大厅的正面是一个西式壁炉,壁炉上挂着一幅法国风景大油画,壁炉前面放置着两张镶着茶色金丝绒的长沙发和单沙发,壁炉的右边立着一座法国落地式的大摆钟,每隔一个时辰,大钟报时,深沉浑厚的声音传遍整栋楼房。楼房从建筑到装潢充满了欧洲风格,倒也很舒服、雅致。

南虎让陈卫士长把壁炉上的大油画取下,从包里拿出在桂林围城战遗留下的战旗。旗子的一角被炮火烧焦了,旗子被叛军的子弹打得千疮百孔,可是,中间一个"陆"字还可辨认。在撤离桂林时,南虎把它从城楼上取下,细心地折起,带回了南宁,谭女又把它放进箱子里让他带到上海,她说看到旗子就会想起广西。南虎把战旗挂在原来挂油画的位置上,尽管这面被战火烧焦的旗子与这洋楼的格式很不相称,大家心照不宣,那就是别忘了家乡广西,别忘了苦难的父老乡亲们。

南虎要女婿把花园和网球场改为骑马练靶场,女婿觉得毁了花园和球场很可惜,可也遵命去做了。每天早晨,南虎照例跑马三圈,打枪三发,就是随同人员也常举行赛枪。老规矩了,凡是比输了的,下厨房帮厨一天。尽管南虎被迫下野,可心里却静不下来,时刻挂念着中国的时局,每天女婿送来各地报刊,他的大部分时间都花在翻阅报刊上了。

浩明到了上海活跃多了,从各地来的军政要人住法租界的不少,浩明常出去应酬。南虎觉得这样也好,能与外界保持联系,总比闷在家里要好得多。不过,近来发现浩明从外回来后,容光焕发,不用问,南虎猜都能猜到,浩明走桃花运了。浩明一表人才,虽上了五十岁,却一点也不显老,清高挺拔,又有一副军人的派头,跟上海的小白脸比起来,更富有魅力。

这天,吃过了早餐,南虎对四夫人说:"春燕,到上海这些天你也没出去看看,上海好玩的地方多着呢,城隍庙那里特别热闹,你和陈卫士长领着大家出去散散心吧。"

从广西来的五个婢女早就等不及了,一听说去逛城隍庙,高兴得又蹦又跳的。像一群麻雀似的飞来飞去,把楼上楼下快快地收拾妥当,有说有笑地拥出了大门。楼房里顿时安静了许多,大厅里的大摆钟"铛、铛、铛"地敲了十下,报告上午十点。

南虎坐在大厅的沙发里,咖啡桌上堆满了各地送来的报刊,他随手翻了翻,其中有一条广西的新闻,报道李宗仁讨伐沈鸿英,沈鸿英大败。南虎把报纸往桌上一扔,深深地陷入沙发里。近来他常反思,当年在绿林的时候,他以忠心讲义气,团结起一帮患难弟兄，建立起一支富有"烂打"精神的广西军队。那时候，他们的弟兄们可是说一不二，生死共存的铁汉子，却想不到时世变了，人心也变了。他们见利忘义，导致了军队的崩溃，政府的倒台，他的失败归根到底是内部纷争。比如韦昌荣，他目光短浅，心地狭隘，为了财和权，不顾几十年的友情，举旗反叛；陈炳焜对被调离广东督军一职，心怀不满，一有风吹草动便离去；刘震寰早生二心；沈鸿英嫉妒马济，不顾大局，擅自撤军，以致全军败溃。这些人只知有己，而不知有国；只知近利，而不知远虑。对于他们的举动南虎早已有觉察，但考虑到都是绿林弟兄，当年他们有难同当，如今应有福共享，所以，还一样地信任他们，重用他们，以致落到今天的地步。

人言道打江山不易，南虎则认为坐江山更难。南虎待人讲忠义，信任部下，这是他的优势，可也是他的致命之处，因为，他没有因人而异。马济、林虎年轻、勇敢、诚实，有文化，有新的军事知识，有抱负，有远见，早应把将领中那些害群之马调离其职，让马、林二人共同承担高层要职，以免种下今天的苦果。再说义子韩凤彩、陆福祥，他们年轻，很能打硬仗，而且忠实可靠，唯一不足的是他们缺乏现代的军事知识，如果他能精心选拔几个有文化、有新军事知识的人才辅助他们，两位义子定是出色的将才。南虎啊，错就错在用人治军太循规蹈矩，老将领该退的没退下，有能力的新将领该上的没上，到现在才意识到这些，已为时太晚了呀。有一点他得以自慰的是，在众多的老将领当中，谭浩明是始终如一地支持他，不管发生什么情况，对他绝无二心。

南虎坐在沙发里沉思着，也不知道过了多久，只见黑人门卫匆匆地走来，脸色紧张，待走到跟前，"啪"的一声脚跟并拢，敬了个礼，而后，双手递上一张华丽的名片。南虎接过，只见上面写着外国文字，不认识，翻过另一面，只见中文上写着"霞飞将军"的字样。南虎"嗖"地站了起来，大步流星往大门走去，心里不免暗暗着急起来，能说法语的女婿出去办事去了，霞飞将军来访，这下可好，他和这位法国将军将有如"鸡同鸭子"说话了。

在第一次世界大战中，霞飞将军一举成功，战败德军，第一次世界大战随即宣告结束，而霞飞将军也因此战役而闻名于世。就是这样一位名震世界的大元帅，听说当年在越南和他决斗的陆特宋，这位被迫下台的两广总督陆荣廷到了上海，他就迫不及待地登门拜访"老朋友"来了。

洋楼大门外边停着一辆装有一个雄狮像的银灰色小汽车，一位身穿黑西服，身材粗壮魁梧的外国人等候在门外，他面朝大街，正在打量来往的行人。听到身后传来的脚步声，他转过身来，看到一位身穿白色唐装对襟衣裤的男人快步地朝他走来，他的身材是中国人里少见的高大强健，步子迈得矫健有力，如果不是他那一头花白的头发，看不出是上了年纪的人。

"欢迎！欢迎！"南虎拱手笑着说，"霞飞将军，多年不见，多年不见。"

看到这张笑脸，霞飞认出了当年陆特宋的熟悉面孔，不同的是眼角上多了鱼尾纹，额头刻着深深的皱纹。这么多年了，他还是喜爱穿白色衣服。他伸出手，和南虎握手，用蹩脚的中国话说："陆老帅，没想到我们又见面了。"

这中国话说得生硬，多少还能沟通，南虎放下心来。笑着说："是啊，这世界说大也大，说小也小。中国有句话说，山不转水转，山水总有相逢的时候嘛。"

霞飞蓝色的大眼睛微笑着，眼角上的皱纹挤在一起，早先那金黄色的头发全白了，在太阳底下像银子一样闪着银光，金黄色的眉毛和高鼻子下那两撇金黄色的八字留须也成银白色的了，那胡子还像当年一样修剪得整整齐齐，胡须的两端尖尖地翘起。

"将军，请屋里坐。"南虎说。

霞飞边走边说："一别就是这么多年，都老了。记得我年岁比你大，对不？"

"好像是，我是 1859 年出生。"南虎说。

"我是 1852 年。"

"我是小弟了。"

"不行，不行。中国人说'小弟'，意思是你比不上我，要不得，应该叫'老弟'，对吧？"

"哈哈，"南虎爽朗地笑了起来，"看来你很懂中国国情呢。"

"当然。"霞飞认真地答道，一点也不谦让。

两人进了大厅，南虎请客人在沙发上坐下："您请稍坐，我去沏壶茶就来，咱们好好聊聊。"

"就你一人？"霞飞奇怪这里没有佣人。

"他们都上城隍庙去了。"南虎说着，双手在胸前合掌，微微鞠了一躬，表示敬佛的样子。

"哦，是看观音娘娘去了。"

"对，对。"

趁着南虎转身出去的空子，霞飞站起身，走到壁炉前，仔细打量着这面战旗，记载着战火纷飞的岁月，不愧是一位百战余生的勇士啊，霞飞不由得肃然起敬。想起当年在越南打仗时，他们都很年轻，霞飞只是一名普通军官，而南虎也只是一个绿林游勇的首领。之后，霞飞返回巴黎，先后任法军师长、军长、总司令，而南虎在此期间也当了朝廷的一品大员、广西的提督、两广总督。第一次世界大战爆发时，霞飞出任法军总司令，一举打败德军，为第一次世界大战画上了句号。与此同时，南虎出任广西总督，率军入湘与北洋大军大战，打破了袁世凯的皇帝梦，成为中国"再造共和"的英雄。

"茶来啦！"南虎一手提着一壶热茶，一手拿着茶杯。

"那年我们在越南决斗，你打伤我的手腕，后来才知道你是神枪手，是有意留下我一命。现在想起来，那天如果我死了，今天我们就没有机会一起喝茶了。"霞飞说。

"中国人说善有善报。那年在刑场上，你是监斩官，没有砍我的头，我一直记着呢。我们之所以有今天，也是缘分。"

"什么是缘分？"

"这个嘛……"南虎还从没有认真地想过呢，缘分就是缘分，还有其他的吗？他想了想，就把多年前法印师祖说过的话——搬来，"出家人说，人有前世和今世，前世是因，今世是果。我想'因'就是缘，而'果'就是分，合起来就是缘分。"

霞飞瞪着两只蓝眼睛，越听越糊涂，如堕入五里雾中。其实，连南虎自己也说不清呢，他便转了话题："来、来、喝茶。"说完，提起茶壶往杯子里斟茶水。

"老帅，想广西吗？"将军看着墙上的战旗问道。

"做梦都想。"

"我可以帮助你回广西。"

"怎样帮？"

"我今天来的目的就是要告诉你，我要援助你钱、军粮、军饷、军械，帮助你重返广西。"

南虎想了想，抱歉地摇摇头："将军，非常感谢你的好意。不过，很对不起，这是万不能接受的。"

"这可是好事呀，你怎么拒绝了？别人求还求不到呢。"

"将军，这么说吧，中国好比一个大家庭，家里有众多的弟兄，弟兄们打架也是常有的事，外人不便插手，越插手越乱。再说，兄弟之间再怎么打吧，也是自家人啊。"

"想起当年在越南我们是敌人，你是我所尊敬的广西两个人中的一个，另一个是苏元春将军。"

"哦？"

"苏将军在边疆建起了镇南关炮台，而你是守卫炮台的。有了你们这两位将军，我们的军队才不敢轻举妄动。"

"我只是尽了做军人的职责而已，换了别人也会这么做的。"

"不不，你是个了不起的军人。一个人的一生能做成一件大事就了不起，而你为中国做了四件惊天动地的大事。"

"将军过奖了。"

"我说给你听听，第一件，当初你是一个游勇，竟敢与我们法国正规军对抗，保卫你的家乡；第二件，广西境内我们不少法国牧师被土匪绑票，杀头，你剿匪平定了广西以后，混乱的局面结束了，再也没有法国牧师被害的事发生，而广西的民众也得以安居；第三件，你反对袁总统当皇帝，维护了新民国；第四件，你坚持和平统一中国，维护国法，抗击段祺瑞的武力统一。这些都是了不起的大事呀，敬佩！"霞飞竖起大拇指。

南虎笑了笑，谦虚地摆摆手。这话出自霞飞将军的嘴里，令他感到非常的自豪。

人们说凡是能成大气候的人，一定是敢于豁出去的人，南虎正是这样的人。他常说"豁出去了！"那就是把生死置之度外。在桂林围城一战，他跑上城头，站在敌人千万支枪口前，只要其中的一人把扳机一勾，他就上了西天。在护国战争中，他明知袁世凯有至高无上的权威，明知北洋军强大无比，明知他只有广西一支军队，明知不胜则亡，可是，他"豁出去了"，高举义旗，终于打败了敌人，维护了新生的"中华民国"，难怪霞飞将军称他是"了不起的军人"。

"唉，说来惭愧啊，今日我是一败涂地啊。"南虎摇头。

这时，大钟"铛、铛"地敲了五下，不知不觉几个钟头过去了，窗外的太阳已西斜，南虎这才记起肚子饿了。

"将军，难得你来，在寒舍吃顿饭怎样？我下厨炒菜，给你露两手。"

"哦？你还会炒菜呢。"霞飞感兴趣地说。

"当军人嘛，行军打仗，烧饭炒菜，哄老婆，样样都行。"

"痛快。"霞飞哈哈大笑。

"我今天要让你尝尝你从没吃过的家乡菜，炒田螺。"

"那是什么？"

南虎用打手势来解释，他把五个手指头聚在一起："田螺有这么点大，尾部螺旋。"用手像绕螺蛳似的绕了两圈，又将两个手指头放在桌上慢慢地往前移动，表示田螺爬动的样子。

"哦，我们叫 Escargot。"霞飞说出法国蜗牛的名字，也用两个手指头在桌上慢慢地往前移动，"是这个，对吗？"法国蜗牛是霞飞最喜爱的菜肴之一，厨师们把蜗牛从壳里取出，洗干净，拌上法国上好的葡萄酒、大蒜及乳酪，放到烤炉里烤，味道好极了。

"对，对，就是这个。"南虎高兴地说，"我在河里摸的。"

"有意思，法国的蜗牛不生长在水里。"

"中国的可不一样，你吃了就知道了。"

厨房就在楼房的后面，从楼房到厨房有一条走廊。厨房很大，一边是烧饭炒菜的炉子，烤面包的烤炉，切菜洗菜的地方；另一边是一张又大又长的木餐桌和椅子，是门卫、司机、花匠、仆人们用膳的地方，厨房下面有地窖储存食物。

霞飞在木餐桌旁坐下，很感兴趣地看着南虎把围裙往腰里一扎，卷起衣袖，把养了七八天的田螺洗干净。然后，抄起菜刀，"啪啪啪"地拍蒜头，而后，麻利地把红辣椒、老姜、紫苏叶、薄荷叶切成丝状，将洗好的豆豉放在一边。最后，把铁锅放在炉子上，烧起热油锅，然后，将洗净的田螺倒进锅里，油锅顿时像放爆竹似的"噼里啪啦"乱响一通，爆炒后又加入盐、酒、豆豉和切好的姜葱佐料，再倒入少量的水，盖上锅盖。不一会儿，水沸了，锅里飘出一阵阵的香味，溢满厨房，霞飞的肚子也"咕咕"地叫开了。看到南虎这般利索，不知道的，还以为他是个老厨师呢。

田螺炒好了，盛在一个大盘子，热气腾腾地往桌上这么一放。南虎又忙不迭地跑到地窖里，提来一箱法国葡萄酒，那是洋楼的前主人留下的。

霞飞一看，竖起大拇指连声称赞："好酒！好酒！"

南虎把酒倒到酒杯里，两人举起酒杯："干杯！"

可是，看着中国的"蜗牛"，霞飞犯傻了，不知道怎么下手。

南虎递给霞飞一条白毛巾，说了声："看我的，这样吃才有味道。"说完，用两个指头拎起一粒田螺，用一根牙签揭起田螺厣，然后用嘴一嘬，"嘬嘬"两声，螺肉就吮入口里面，把空螺壳往空盘子里一扔，用毛巾把手擦了擦，慢慢地嚼着螺肉，说："好味！好味！"

霞飞一一学着，不一会儿便吃得自如了，果然是味鲜无比，干脆连西装也脱了。两人边吃边喝边聊，南虎的酒量本来就不大，几杯葡萄酒下肚，便头重脚轻了。霞飞笑了笑，乐得一人享受。

傍晚时分，春燕一行人玩得高高兴兴地回来了。看到门外停着一辆汽车，司机在车里睡着了，黑人"叽里呱啦"地说什么也听不懂。进到楼里寻老帅不着，看到厨房灯大亮，便寻去，还在走廊上，就听到厨房里传来响亮的鼻鼾声，众人走进一看，都乐了。老帅和霞飞将军东歪西倒的，正呼呼大睡呢，酒瓶子桌上地下都有，空螺壳撒得到处都是……

春燕轻声地说："陈卫士长，你送将军回去吧。"

第二天，南虎早早地醒了，昨天喝多了，今早起来头还是晕乎乎的。想起昨天的会晤、吃田螺，他舒畅地一笑，在床上坐起。

这时，春燕端着一杯热茶进来了，说："起来啦？喝口茶吧，醒醒脑子。"

"谢谢！"

到上海后，春燕担起了大管家的责任，天还没亮就起床了，安排佣人们做楼里的清洁，擦地、擦窗、洗衣，这天如果没有特别的菜谱的话，就让厨师上街买菜便可，否则，她带上司机亲自去买菜。也多亏了她，楼房里井井有条。

"浩明昨晚来，看到你睡了便回房去了。崔先生在苏州来了一封信，说这几天把家人安排好了就回上海。"

"目前也没什么大的事，让他安心和家人团聚团聚吧，有事的话，我会给他去信的。"

南虎喝了茶，脑子清爽多了，洗了脸，换上马服，下楼骑马晨练去了。

元旦到了，马七拳和逸曲来到上海，三兄弟见面，分外高兴。前些时候，广东政府因扣压广东商团向国外订购的一百万元的枪支弹药，双方争执不下，以致国民党军队开枪，一把火烧毁了广州西关城。生意人纷纷从广东迁到了上海，逸曲也不例外。他做的是丝绸生意，绝大多数的客户是洋人，到上海后，客户就更多了。一看马七拳和逸曲的穿着，就知道是大商人，头戴黑礼帽，身穿缎子长衫马褂，而南虎还是跟当年一样，白色的长衫马褂。

逸曲提议："听说城隍庙附近的荣顺馆不错，到那里坐坐怎样？"

"好呀。到上海这些日子，还没时间去光顾呢。"南虎说，"听说这家的老板姓张，原是个厨师，做得一手好菜。就是洋人们也乐意到那里，尝尝地道的上海菜呢。"

"那还等什么？走啊。"马七拳说。

还有两个月才是旧历年，可是，城里早早地忙碌起来了，特别是城隍庙一带。小摊小贩们在庙街两旁，搭起错三落五的货棚，还有围起圈子耍把戏的，摆起桌子测字算卦的，吆喝卖小吃挑担的，到处洋溢着将要过年的喜庆。三人来到饭馆，抬头一看，门前悬挂一块大匾，上面"荣顺馆"三个描金黑字，果然好气派。三人迈进菜馆，只见里面热气腾腾，人声嘈杂。

满脸笑容的跑堂把他们领到楼上雅座，送上一壶热茶，便问道："三位大人，请问来些什么菜？"

"只管把你们的拿手好菜都送上来。"逸曲说。

"好嘞。"跑堂爽朗应道。

待跑堂的离去后，马七拳说："三弟，你大概还不知道，黄飞鸿黄师父死了。"

"什么？"南虎一愣，大为意外，"前些时候我去拜访他，看他满脸红光，准能活到一百岁，怎么突然去世了呢？"

"你大概从报纸上也知道了，广州政府出动军队镇压商团的事。当时我劝黄师父离开广州，避避风头。可是，黄师父舍不得离开他的药铺，他说药铺是他一生的心血，放心不下。"

"那也是实话，他撑起这药铺也很不容易。"逸曲说。

"黄师父是被政府军打死的？"南虎问道。

"那倒不是。广东政府军大抢特抢西关城的铺店后，便泼煤油，放火烧房屋，整个西关城熊熊烈火，烧到第三日清晨，大火才渐渐熄灭，黄师父赶到药铺，那里剩下的只是一堆还未烧尽的残木瓦。他一生的心血，一生的积蓄全都没了，一急就病倒了。几个月后，身无分文的黄师父死在广州的穷人医院里，也就是广州的方便医院。还多亏香港的徒弟捐款，才得以埋葬。"马七拳说。

"你是怎么知道的？"南虎问。

"事后，我在街上遇到那位香港的徒弟，他说的。"马七拳说。

"那么，师母阿桂呢，她怎样了？"南虎问。

"徒弟们把她接到香港去了。"

逸曲愤愤地说："这些军人连做人的起码道德都没有。以往他们的士兵跌打损伤，刀割枪伤，都是黄师父一手给治好的，就连他们的亲朋好友，也都得惠于黄师父的医技，全广东人没有一个不知道黄师父的。他治跌打损伤有一绝，尤其是他的'刀伤散'和'武夫大力丸'，专治新旧跌打创伤的，不单在广东乃至广西都鼎鼎有名。可是，这群人狼竟做出这等伤天害理之事。"

南虎悲痛地叹道："这样一位武艺高强，医技不凡的一代宗师，没死在敌人的棍棒之下，却死在自己人的暴力之下，这天底下还有什么公理啊！"

三人一时无语。

这时，上菜了，都是招牌菜：八宝鸭、红烧河鳗、虾子大乌参、扣三丝、腌笃鲜、油爆虾、竹笋鳝糊，色、味、香全都有，看着直咽口水。

一个欢快的声音在后面响起："噢，原来你们全都在这里呀，让我好找啊。"

三人同时回头看去，是浩明来了。他新娶了一位江苏小姐为八太太，已成了上海时髦式的人物，穿西服，打领带，抹发蜡，头发梳得一丝不乱，真是活得心里痛快，人也显得年轻。有了这位八太太的引导，浩明的生活也丰富多彩了。

为了逃避十月俄国革命，成千上万的白俄罗斯的难民逃到上海，难民中有富人，也有前白俄沙皇军队的军官士兵，更有不少的艺术家、画家、音乐家、舞蹈家等，特别是交响乐和芭蕾舞，得到了在上海的洋人和中国人的欢迎。浩明听不懂交响乐，可是对芭蕾舞却很欣赏，那脚尖立起来，轻盈得有如小鸟，有如蝴蝶，在舞台上飞来飞去，他管芭蕾舞叫脚尖舞。

"月波，来、来、来，来得早不如来得巧。坐、坐，正好菜刚上。"逸曲笑着说。

"你的新太太怎没一起来？"马七拳问。

"知道你们来了，我就让警卫阿福和她去看脚尖舞去了。"浩明笑眯眯地说。

"月波的新太太可是来头不小呢。"南虎打趣地说。

"姐夫，别拿我开心了，她有什么来头？一个小小的花国总统而已。"浩明嘴上这么说，心里可是甜滋滋的。

"嗬！不得了，大上海的花国总统，多少大亨想都想不到，怎么就给你弄到手了？"马七拳装着惊讶地说。

"嘿嘿……"浩明傻笑。

"好啦好啦，你们这些当大哥的，就别拿他开心了。他娶了这么一个漂亮的老婆，我们为他高兴才是。"南虎笑着说。

"是嘛，还是姐夫说得好。"

"来，为你的漂亮老婆干杯，"逸曲说，"也为我们的漂亮老婆干杯。"

四人举杯，"咣当"一声碰杯，仰头一口喝尽。

"二哥，嫂夫人近来可好？"南虎放下酒杯，问道。

"她大病没有，头痛脑热的小病倒是不断，所以，也不敢带她出远门。"逸曲说。

逸曲的太太是个大家闺秀，人不但长得漂亮，而且知书达理。

"我看她是为你操心操的，背后有她在撑着，你的生意才做得这么顺利呢。"南虎说。他想起他的太太们，他也是得到她们的支持，才得以走南闯北。

浩明一转话题："今天报纸头条新闻，溥仪被冯玉祥驱赶出宫，以平民对待。"

"什么？"三人大惊。

"三弟，你说冯玉祥为什么赶溥仪出宫，难道是担心溥仪再来一次复辟不成？"马七拳问。

"我也在想这个问题呢。如果说是复辟，那大可不必担心。就算溥仪有心复辟，也没有这个能力。他手里没有军队，连日常开支都是民国政府拨给的，几个王公大臣也是泥鳅翻不起大浪。溥仪这皇帝，徒有虚名而已。"南虎说。

"那为什么要赶他出宫？"马七拳又问。

"天才知道。"南虎说。

"溥仪能甘心当一个平民吗？"浩明问。

"狗急了还跳墙呢。溥仪是满洲人，而日本人也一直有动作要把满洲变成他们的属地，日本人有钱有势，难保溥仪不投奔他们。"逸曲说。

"眼下日本军队正陆续开往山东呢，据说是为保护他们日本的侨民。中国南北时局很不稳定，你们说日本军这么做是不是有企图？"浩明问。

众人越想越不安。

"好了，好了，不说这些令人烦恼的事了，吃菜，吃菜。"马七拳说。

旧历年到了，谭女率领着一群夫人、小姐、仆人们，还有陈卫士长的老婆和孩子一起，一行二十多人乘轮船到上海与南虎团聚。他们的到来，给小洋楼带来了不少的生气，一大家子，不分陆家陈家，坐在一起吃饭，你一言我一语的，说起有趣的往事，又不禁哈哈大笑。这大家庭和睦的气氛，使得南虎暂时忘记了对局势的担忧和不快。南虎在苏州买了一栋房子，那原是属于冯国璋的一位旅长的，这位旅长崇敬冯国璋的好友陆老帅，便把房子以半赠半卖的形式卖给了老帅，这样，这一大家子在上海住几天，又到苏州乡下玩几天，倒也很痛快。

一天，南虎发现当谭女独自坐在房里，露出有心事的样子。

"谭女，心里有事？不妨说来听听。"

"南虎，你说，浩明这个新太太，还说是上海的什么'花国总统'。你想想看，浩明都上五十的人了，那什么花国总统才二十出头，她看上浩明什么？还不是看上他的钱嘛。你看她那双眼睛，浩明的魂都给她勾去了。唉，我是担心啊。"

"担心什么？"

"我也说不清。"

"其实，这也没有什么可担心的。浩明又不是小孩子，一个身经百战的督军，什么没经过？什么没见过？这位新太太是很漂亮，可是，漂亮也没什么不好。常言道，英雄爱美人嘛。"

谭女想了一下，冷不防地冒出一句话来："白骨精不美吗？"

南虎哈哈大笑，在谭女的身边坐下，拍拍她的肩，说："我们是老夫老妻了，否则，我还以为你在嫉妒她呢。怎么可以拿这新太太和白骨精相比呢？女人漂亮也不是坏事。"

浩明结婚后就搬出小洋楼了，在法新租界福照路买了一栋楼房，有大小房子二十多间，房子外观古色古香，飞檐画栋，气派十足。浩明很爱他的新太太，有时陪太太去跳舞，看电影，陪她去逛商店，两人相亲相爱，南虎不明白谭女有什么可担心的。

多少年来，南虎从没有这般高兴过。几十年来，他南征北战，就是与家人在一起，心里也闲不下来，现在是无官一身轻了。大年三十，一家人热热闹闹地坐在一起吃了年夜饭，放了一夜的炮仗，大年初一便是烧香许愿。说起许愿，南虎没有什么愿可许呢，人都败到这地步了，还有什么更多奢望呢？要说有吧，那就是重返广西，落叶归根了。要说烧香，寿安寺最热闹了，过年了嘛，上寺庙烧香拜佛的人特别多，天还蒙蒙亮，一大家子便早早起身了。

城外的寿安寺建于宋朝年间，寺庙金碧辉煌，琉璃金瓯，红色的大柱上画着腾飞云龙，门窗雕着花鸟鱼虫，里面设有大雄宝殿、选佛堂、千佛阁、忏堂、沧海阁、天王殿、玉莲池。宝殿里三尊如来佛铁像，重达数吨。门前立着一只大香炉，三余米高，炉身雕龙描凤。寺院里有两株据说有五百年树龄的银杏树，直径盈尺，绿荫覆地。寺庙之大可容上千个僧人，香火终日不断，烧香许愿的人络绎不绝，每日，晨钟暮鼓余音袅袅，群僧跪拜，木鱼声声。一家人烧香拜佛，欢天喜地，这么富丽堂皇的寺庙把大家看得眼花缭乱。

在上海住了两个多月，谭女和夫人们便要返回广西了。眼下正是春耕时节，尽管广西有管家照应，谭女始终放心不下，想到田地耕种分配，满圈的家禽，大大小小的琐碎家事都要过目，她就坐不住了。

南虎依了她，定好了船期，到了开船的那天，一家人来到码头。看着刚团聚不久的家人又要分别了，南虎不禁感到黯然，何时他才能够返回广西家乡？

谭女拉着春燕的手，对南虎说："春燕是个知寒问暖的好夫人，有她待在你身边，我放心。"

"谢谢大夫人的夸奖。"春燕微笑着说，进到陆家这么多年，她俩相处犹如姐妹。

"南虎，我们以前那么困难的时候都闯过了，现在的情况比起那时候来是强多了。过了秋收，我们再来。"谭女说。

南虎知道她说的"那个时候"是指在山上当游勇的时候，他心里有了些安慰，无论何时何地，谭女总是支持他。他微微一笑，说："一路顺风。"

"姐！姐！"

众人顺着声音看去，只见浩明急匆匆地走来。来到跟前，埋怨道："我的车停在那边了，就是不准进入码头，我还担心船开了呢。还好，正好赶上。"

"可不，再晚来一会儿，船就开了。你的新太太呢？"谭女往浩明的身后看去。

"她今天有点不舒服，我没让她来。给，这是一包上海点心，路上吃。"浩明说。

"有心了，谢谢！"谭女说着，从浩明手上接过点心。

这时，汽笛鸣了。

"你们多多保重！"谭女说完，转身登船。一家人站在甲板上挥手再见。

昨晚，一夜东风，南虎一觉醒来，只见外面湿漉漉的，才知道昨夜下过一场春雨，院子里的绿树叶上沾满了雨珠，春风舞起，又洋洋洒洒地滚落下来。南虎换上马服，准备去骑马练枪，早饭后将和浩明一道上苏州。正要下楼去，听到楼下一阵惊慌的叫喊声和忙乱的脚步声，南虎很不高兴，早晨平静的心情被打乱了。快步走下了楼正要训斥，一眼看到春燕和陈卫士长惊慌失措的脸孔，心头不由得一震，问："发生了什么事？"

陈卫士长说："老帅，谭督军被谋杀！"

晴天霹雳！南虎蒙了，脸色变得苍白，颤动着嘴唇，好半天才喃喃地道："不、不可能，我们说好了一起到苏州，怎、怎么就死了？"

春燕流着泪说："刚才浩明的大管家来报信，说是阿福开的枪。"

阿福是浩明的贴身警卫，叫黄永福，原是个孤儿。浩明看他长得聪明伶俐，便收留了他，待他有如亲生子，从小教他识字、打枪，培养成为一名军人，在众多的警卫当中，他是最得督军宠爱的一个。来上海时，浩明挑上了他，只带他一个警卫，并把家里大小的事都交他管理，甚至他出入夫人、小姐的房间都不需忌讳。到底是什么原因使得曾是上海的"花国总统"嫁给浩明，南虎不知道，也不想知道。据仆人说，新太太到谭家后，对年轻英俊的警卫甚是喜欢，两人眉来眼去的，这些谭家上上下下的仆人都知道，只有浩明一人被蒙在鼓里。眼红的仆人曾对阿福说："八太太常给你钱花，督军要是知道了，没你好看的。"阿福笑笑并不理会，他知道他在谭家的地位。

前天，浩明和南虎商量事情，差阿福回家拿一份文件，可是阿福去了半天也不见回来。浩明等不及了，以为阿福找不到，便亲自回家去拿。浩明的卧室是带书房的套间，外间房门关着，这时，阿福手拿文件从套间里出来，神色紧张，浩明急着要文件也没多问，拿起文件便走了。

今早，浩明起床后，把手枪和几件衣物放在小箱子里，准备和老帅一道去苏州，并要阿福随行。阿福心怀鬼胎，以为浩明在半路会杀了他。与其待毙，不如先下手为强。主意已定，他撩起门帘，对浩明的背后就是一枪，浩明中弹却未倒，硬是转过身来，看是何人开的枪，万没想到是待如亲生子的阿福，他指着阿福骂道："你，你不得好死！"阿福惊慌了，连连开了三枪，浩明才重重地倒在地上。

家人闻声跑来，看到阿福把枪扔在地上，惊恐万分地夺门而出。家人顿时乱作一团，大喊大叫："杀人了！阿福杀了督军！"

街上的法警听到惊呼声，吹起警哨，很快把阿福抓到。绝望的阿福杀了督军自己也活不了，冷不防从法警的腰里拔出手枪，举枪往自己的脑袋开枪，一命归天。

南虎气急败坏地跑到谭府，只见浩明脸色苍白地倒在血泊之中，身上白色的绸睡衣被鲜血染红了。

南虎伤心欲绝地喊道："月波！浩明！"

浩明的眼睛闭着，永远也听不到了。

春燕和陈卫士长把南虎扶起，在前厅里坐下。南虎有气无力地对陈卫士长说："去，把管家叫来。"

管家来了，把事情一五一十地道出，末了，他说："阿福和八太太都是督军的人，说句不好听的话，我们当下人的哪敢多嘴啊。"

南虎黯然地说："知道了，你去料理后事吧。"

管家离去后，南虎伤心地把双目闭起，说是情杀，大管家说的也只是捕风捉影的事，没捉到奸，无可定论。那么，是政敌所杀？更是无从说起，政敌如果要杀的话，早就动手了，还要等到他和浩明无权无势的时候再动手吗？那么，是什么动机使得这位得宠的警卫起杀心？

第二天，凶杀案轰动了整个上海，报纸争先报道。一个督军，一个上海"花国总统"，使得那些无聊小报大版大版地刊登，把这"桃色事件"说得有声有色。看到这种情况，谭家在上海也待不住了，征得谭家的同意后，南虎决定把谭家迁往澳门。可是，八太太宣称已怀上了督军的孩子，不愿南下，说不定谭家人怎么对待她呢。为了证实自身的清白，她愿意出家。这一来，南虎更是犯难了。

岑春煊、崔肇琳得讯，也都赶来了。老桂系的领导人商量的结果是，捐一笔钱给一家慈善堂，让八太太和那未出生的孩子在那里养老到死，也算对得起浩明了。

家人给浩明穿上笔挺的督军服，戴上镶金边的将军帽，胸前挂起勋章，双手紧握着军刀，把五十四岁的谭督军平躺在木棺里。南虎雇了一艘小火轮船，由大管家和佣人们一起送回家。浩明回家了，南虎的心也跟着走了。

……

"铛、铛、铛"，楼下大厅的大钟敲了三下，报告清晨三点。自浩明去世后，两年过去了。南虎躺在床上翻了个身，又是一夜没睡。当夜深人静时，南虎往往想起他的内弟浩明，多年来视为他的左右膀。自然很多事情都是南虎拿主意、做决定，可贵之处是，他可以对浩明说心里话而没有任何顾虑，和他争辩，有时也争得面红耳赤，但是通过争论从而得出结论。没了浩明，南虎失去了说心里话的人，失去强有力的支持者。

浩明一向治军颇严，他所到之处，地方治安宁静，得到民众爱戴。夜里，他常常化装巡视所属部队。有一次，他深夜出巡归营，天太黑，哨兵一时没认出他来，便吆喝"站住"，持枪阻拦，不许进营。后来，看清是督军，哨兵一惊，可不得了，诚惶诚恐，这下可是吃不了兜着走了。第二天，督军集合全军训话，哨兵捏着一把汗，怠慢督军，罪名不小，受罚是小事，弄不好要被杀头。不料，谭督军当着全军把他表扬了一番，还赏了他五十元，以表他认真负责之精神，军队为之振奋。想到这里，南虎宽心地一笑。

从窗子往外看去，夜空上，一轮月亮缺了一半，几颗惨淡的星星零零落落地挂着。前不久，马济从武昌前线到了上海。看到马济颓丧的神情，南虎的心直往下沉，不用说吴佩孚再次被打败了。先前由于吴佩孚手下大将冯玉祥的背叛，吴佩孚败给张作霖。而后，吴佩孚凭着武昌的蛇山，"固若金汤"的武昌城墙，顽强死守，对抗国民党蒋介石的北伐，令蒋介石伤亡惨重。眼看蒋介石攻城将要失败，不料，几十名俄国飞行员驾驶战机从天而降，作超低空投弹，轮番轰炸，投下成百上千枚炸弹，对准武昌城墙，防御工事，吴军炮阵地，及司令部猛烈狂炸。就这样，号称"固若金汤"的武昌城被俄国战机摧毁。

为此，南虎难过了好些日子，吴大帅这一败，希望便成了泡影。他越想心里越憋得慌，他索性从床上坐起，看着淡淡的星光。

谭女昨天来信，说在浩明去世两周年，请了和尚来做法事，超度亡魂……正在胡思乱想，听到楼下大钟报告早晨五时，想来也该起床了，便轻手轻脚地下床，免得惊醒睡在里间的春燕。南虎的卧室分里外间，近来南虎常常失眠，为了不打扰春燕，就让她睡里间了。

南虎蹑手蹑脚地正要打开房门，听到春燕说："当家的，这么早就起了啊。"

南虎回头一看，笑了，春燕站在门边正看着他呢，说："还早呢，你多睡会儿。"

"人老了，不贪睡，还是早起的好。"

"你这是说我吧？"

　　春燕一笑，说："我去给你沏壶热茶，好提提精神。哦，昨晚你马大哥来电话，说他刚下船。我问他要不要去接，他说不用了，有马济来接就行了。我看你睡下了，也就没打扰。"

　　"那好，我先去骑马，吃过早餐我们一起去看他们。"

　　吃过早餐后，南虎与春燕坐上车子去看大哥马七拳，当车子缓缓地穿过繁忙的东门大街时，听到街头卖报的小童大声叫道："看啊！看啊！头号新闻，日本人在济南开枪杀中国人！日本人屠杀中国人！"

　　南虎叫车停下，吆喝小童过来，买了一份报纸。打开一看，一条触目惊心的大标题："济南惨案！"新闻写道："日本以保护侨民为名，在山东济南大肆屠杀中国军民及外交官员，派兵侵入中国政府的山东交涉署，将交涉员蔡公时割去耳鼻后枪杀，并屠杀交涉署全部职员。此案中，中国官民被焚杀死亡者，达一万七千余人，受伤者二千余人，被俘者五千余人……"

　　南虎再也看不下去了，把报纸狠狠地一甩，虎目圆睁，大声怒骂："我们中国人可杀不可辱！你们这些狗日本，连禽兽都不如！此种国耻，何时能雪！"

　　南虎怒不可遏，中国如此博大，却是群龙无首，各怀异志，自相残杀。各地军阀哪里是在救国，他们是想趁天下碎裂之时，争夺一块地盘，壮大自己的势力，趁乱分坐天下，以致一弹丸小国的日本，竟敢如此欺人，弱国无外交啊。中国人再不团结，就会变成亡国奴了啊。可是，他这位被自己同胞缴了械的沙场老将又能如何呢？

　　……

　　日子就这样浑浑噩噩地过去了。

　　入夏的上海，天气闷热难熬，南虎决定北上避暑。一来散散心，二来看看在天津的老朋友黎元洪，黎元洪饱尝了当总统的酸甜苦辣之后，决心做一个平民，不问政治，回到天津张园，他致力于发展实业，走实业救国之道。南虎万万没想到，他的这次造访，竟然是向老朋友的遗体告别来的。

　　早在这一年的5月，蒋介石的北伐军打到津京，便扬言要没收中兴煤矿。黎元洪是中兴煤矿的董事长，他大部分的资金都投在这煤矿上了，黎元洪很焦急，便派人与蒋介石疏通。蒋介石答应不没收，但要付他一百万元。尽管此时煤矿资金周转不好，可是黎元洪也不敢拒绝，硬是把家底抖光，如数付清。不料蒋介石得寸进尺，不但要煤矿缴付一百万元的军饷，还要买八十万元公债，如期不交、不买，政府没收其产业。公司只得四处借债，勉强缴上，黎元洪精神上受到沉重打击，一病不起，引发心病，终于在6月3日下午去世了。

　　告别了遗体，一直伤心、沉默不语的南虎，乘坐来时的火车南归。当火车在一个小站暂停时，听到卖报人喊道："特大新闻，张作霖被日本人炸了！"南虎又是一震，不敢相信。买了一份报纸，赶紧打开一看，只见上面一条又大又黑的大标题：

"山东督军张作霖列车在皇姑屯车站被炸毁"！

看着报上登着列车被炸毁的照片，南虎伤心地摇头，火车都被炸成这样子了，人还能活吗？想起那年应黎元洪总统邀请上京，他与张作霖脱衣数伤疤的事历历在目，南虎怅然。张作霖个子不高，却长得一表人才，人说当土匪的人总有一脸的匪相，这也只是写书的人的说法罢了，张作霖为人豪爽，长得眉清目秀，一副斯文相，不知道他的人还以为是个读书人呢。这会儿，怎说没就没了呢？真是祸不单行啊！昨天，黎元洪刚刚去世，今天，张作霖被日本人炸死，什么世道啊！南虎觉得心口一阵绞痛，他闭上眼睛，深深地喘了口气。

不管世人怎么议论，南虎始终认为张作霖是条好汉，他宁当草寇不当汉奸，他曾说过："做马贼，做土匪都无关紧要，成则为王，败则为寇，混出了名堂就一切都好说，但千万不能做汉奸，那是死后留骂名的。"起初，他也只是想利用日本人，给日本人一些甜头，许下口头诺言，那也只是说说而已，日本大使芳泽不满地说："你们贵国有句古话，君子一言，驷马难追。"张作霖笑嘻嘻地说："没错。不过，我不是君子，你们都骂我是马贼，既是马贼，也就没有驷马难追这一说了。"张作霖就是这样的德行，嬉笑怒骂把日本人气得头冒青烟，最后对他下毒手。

回到上海，南虎做的第一件事就是到寿安寺给黎元洪和张作霖烧香，祝他们在九泉之下得以瞑目。

这些日子，南虎闷闷不乐，蒋介石来到了上海，拍马屁的人大吹特吹，吹他是中国的英雄。呸！狗屁英雄。南虎愤愤骂道。

这天清早，南虎骑马回来，看到一辆车停在楼房的大门，他走出来看个究竟，只见两名身穿政府军制服的警卫，肩上挎着长枪，在大门外站起岗来。南虎感到莫名其妙，上前问道："你们站在这里干什么？谁派你们来的？"

警卫一看老帅穿着马服，腰里还插着两把手枪，他哪里敢怠慢，"噌"的一声举手敬礼，说："报告老帅，是蒋主席派来的。"

这时，一位政府官员从车里走出来，手里拿着一份文件，说："老帅，对不起，蒋主席下令没收你这杜美路的洋楼。这是政府文件，请过目。"

"什么？"南虎一听，气得七窍生烟。一把抓过文件，撕个粉碎，狠狠扔在地上，骂道："好一个蒋畜生！你们……"他指着警卫："都给我滚开，这里是私人住宅，知道吗？"

这些人也都知道老帅不好惹，发起怒来，被一枪打死，不划算。可是上头有令，也不敢违抗。正在为难之中，只见老帅拔出双枪，"砰砰"地朝他们脚前的地下开了几枪，三人的脚下像安上了弹簧似的蹦起，跳出老远，站在街对面，浑身直发抖。

枪声震惊了街上的行人，纷纷围上来看个究竟。

春燕闻声跑出来，一看这架势就明白了几分，说："当家的，这些是执行命令的人，犯不上跟他们生气。"她担心南虎气起来开枪，出人命案，不值得，便从南虎的手里把枪拿下，交给身后的陈卫士长。

南虎不甘心，高声骂道："蒋介石你这浑蛋听着，你是中国人的耻辱，你对日本人低声下气，对自己人耍什么威风。我今天是豁出去了。"说完，直奔马房，把马牵出，跳上马背，双腿往马肚一夹紧，马撒开蹄子，往大街上跑去。

春燕急忙跃上马，让陈卫士长留下守护家人，便策马尾随南虎追去。

两匹战马直奔政府大楼。

大楼前的门卫正要阻拦，被老帅大喝一声："走开！谁也别想拦我！"这么多天积压在心头的怒火，像火山一样，终于爆发了。

南虎冲进会议室，指着蒋介石的鼻子，劈头就骂："蒋介石，别看你今天得势了，就想来压我一头。告诉你，我死都不怕，难道还怕你不成？你算什么东西，我打法国鬼子那会儿，你还穿开裆裤，光着屁股到处跑。谁不知道，你是怎样往上爬、当上什么委员长。呸！你有什么本事？你的本事就是杀中国人，把老将军们一个个地消灭了，让日本人得逞了。你这还不够，还没收黎元洪的煤矿，现在又来逼我，没收我的私人财产，我问你，这天底下还有没有国法？"

蒋介石被当众骂得狗血淋头，气得直咬牙，怒吼道："你给我滚出去！"

南虎也不示弱，把胸一挺，骂道："你威风什么，有种的，你向日本人逞能去。小日本在济南杀了那么多的中国人，你的威风到哪里去了？中国人可杀不可辱，你知道吗？你还算不算是个中国人，你手里的枪是干什么用的？军人不保家卫国，你他妈的什么军人？你倒好，你跑了，你溜了，你这兔崽子，让手无寸铁的济南百姓面对禽兽不如的日本军，你、你可耻，可恨！"

蒋介石铁青着脸，吼道："我要是不看在你老帅的分上，早把你撵出去了。"

"你敢？你国民党一党专制，我警告你蒋介石，你如不改弦更张，中国将断送在你们这些败类的手里。"南虎气得脸色发青，全身颤抖。

春燕害怕南虎出事，便劝道："当家的，我们先回家吧。"说完，搀起南虎出了大门。

此时，外面早已传开了，威震中国西南的陆老帅大闹蒋府，人们纷纷拥来，把政府外面围得里三层外三层的。人群中还有不少的中外报社记者，一看老帅出来了，都围了过来，举起相机"咔嚓咔嚓"地拍照，闪光灯不断地此起彼落。

一位记者问："老帅，蒋主席是不是要没收你私人房产？"

南虎气还没消呢，正好大做文章："怎么不是？他没收了前总统黎元洪的煤矿，又要没收我的房产，他身为政府主席却目无国法。国法规定，政府有权保护人民私有财产，可是，蒋介石知法犯法，你们说，这样的人，怎能当国民政府主席？"

蒋介石站在窗前，看着人群，恨不得一枪毙了老帅，可是，他不能莽撞。陆老帅虽然下野，可声望还在。早先，陆老帅发起的南北和平统一的谈判议会就是在上海召开的，每天上海各家报纸都刊登他的动向，所以陆老帅的知名度，可以说是家喻户晓。由此，他对老帅还不敢太放肆。去年他与共产党闹翻了，俄国人也因此与他断绝来往，没有外国人的支持，他腰杆子硬不起来。此时，他正向美国暗送秋波，争取美国对他的支持，他的一举一动必须谨慎。如果美国记者把今天发生的事大做文章，对他不利。想到这里，他只能作罢，撤销没收洋楼的命令。

可是，南虎的心情却久久不能平静。他出生入死，打了一辈子的仗，为的是安国安民，可是到头来，连他自己脚下的一席立足之地都难以保全，安的什么民啊？

……

天气渐渐地转凉了。入冬来，寒风常常伴着不大不小的雨水，青灰色的云团重重地压在头顶，把雨点淅淅沥沥地往人间洒个不停，洒得到处湿黏黏的，浑身上下潮乎乎的，脸发青，心直发冷。

南虎独自坐在夜雨里，看着窗外那雨水，像泪水似的，顺着玻璃往下流。屋里湿冷湿冷的，一到这种雨天，他腿上的风湿病又犯了，一阵阵钻心地疼。这种时候，他最想念的就是广西了，那里山清水秀，阳光明媚，还有谭女和众夫人们。有她们在，屋里总是充满温暖和生气，她们像阳光，像喜鹊，叽叽喳喳，说个不停，笑个不停。唉，什么时候才能回广西和她们在一起啊？我这把老骨头就是死，也要死在广西啊。

楼下传来大钟浑厚的声音，"铛、铛"敲了两下，是清晨两点了，睡吧。南虎把眼睛闭上，心里数着数，一、二、三……他似乎看到了芒果村，村前那棵芒果树结满了金黄色熟透的果子。这时，他听到小伙伴吴忧喊道："南虎，快过来。"小南虎跑过去，一群村童们围着一个大泥坑，一头水牛懒洋洋地躺在泥水里，头顶上太阳明晃晃地照着，村童们用手泼水，看谁泼得远。

小南虎提议说："这有什么，谁尿得远才算数。"

"好啊！好啊！"孩子们一齐呼应，把脚挪到坑边，拉起"小鸡鸡"，憋足劲儿往泥水射去。

"看，我尿得最远。"

"谁能尿中那头水牛，谁就能骑这头牛回家。"吴忧说。

又是一阵嘻嘻哈哈。

南虎笑醒了，睁开眼，原来是一场梦。他看了看窗子的玻璃，雨还在下。

南虎挣扎着起身，轻手轻脚地走到桌子前，摸索着找到了火柴、香柱。他抽出两根香柱，划了一根火柴，无意中看到镜子里自己的面孔，吓了一跳，镜子里怎么有一个憔悴的老头？他凑近镜子仔细看，手指头一阵热痛，火柴烧尽了，他赶忙扔掉，用脚把火头踩熄。而后又重新划了一根火柴，把香柱点燃，插在桌上的小香炉里。他盘腿坐下，看着香烟缓缓升起，把眼睛缓缓地闭上。

又看到了广西，山峰上，一道白色的瀑布从峰顶倾泻而下，好像从云端里落下似的。阳光下，天地之间架起一道弯弯的彩虹，犹如一道天桥。南虎正在赞叹，又见彩虹那一边有一个人影在移动，那带金的红袈裟在阳光下闪闪发亮，耀得南虎睁不开眼。待走近一看，南虎又惊又喜，原来是大灵山寺的法印师祖！南虎拱手，高兴地说："师祖，分别多年，不想你还如此健壮。"

"南虎，记得你曾说过，等你回来的时候，师祖一定会为你自豪。"

"师祖过奖了，说起来心里有愧啊。"

"南虎，你期望能够变天下之乱，为天下之治。自古以来，多少英雄好汉也为此大业竞折腰，可是，这不是一个人一辈子就能完成的大业。"

南虎细细一想，师祖的话有道理。再想多问，只见眼前的彩虹消失了，师祖也无了踪影，"师祖！"他喊着，只听到他的声音从大山里发出的回响。他迷茫地站着，这又是在哪里啊？

远处，传来沉闷的脚踏声，南虎迷茫，从白雾中，隐隐一队兵举着太阳旗走来。南虎一惊，日本兵！突然，一阵急促的马蹄声，紧接着听到浩明喊道："姐夫！姐夫！"南虎急回身，只见浩明骑在战马上奔驰而来，身后是一个面目狰狞的魔鬼，两个眼睛像火一样通红，手里挥动着一把日本钢刀，骑着一匹黑马在追赶他。南虎大声一喊："浩明，我来了！"话音未落，举起双枪，"砰砰"两枪，朝魔鬼的眼睛打去。魔鬼一声号叫，化作一股青烟，消失了。这时，云雾四起，白茫茫的一片，什么也看不清。过了好一会儿，从云缝中透出一缕霞光，南虎走上前去，只觉得他的身体轻轻地飘起，像一朵白云，随着微风，飘呀，飘呀，越飘越高……

春燕听到枪声，赶紧从里间跑出来。只见南虎穿着白色的绸睡衣，倒在地板上，手里紧紧地握着双枪，桌子上的两个香柱头被打断了，掉在桌面上，香头上冒着两缕淡淡的烟……

1928 年 11 月 6 日，陆荣廷元帅在上海去世，终年七十一岁。

（2018 年 5 月 23 日，修改稿于 Arizona 家中）

主要参考资料

1. 香港华字日报（一九二四至一九二五年）.

2. 上海申报（一九二二年）.

3. M.C. Powell Editor. WHO'S WHO IN CHINA. The China Weekly Review, 1925.

4. 中华五千年——中国国学经典——北洋军阀史话.

5. 中华五千年——中国国学经典——中国近代战争史.

6. 陆君田，苏书选. 陆荣廷传. 广西：广西民族出版社，1987.

7. 广西地方志编辑委员会广西通志. 广西：广西人民出版社.

8. 朱继光. 孙中山亲自炮打都督府. 文史天地，2010（12）.

9. 张慕融. 张民达传略.

10. 李朗如，陆满. 桂系军阀之盘踞广东//李延陵，等. 老桂系纪实. 广西：广西人民出版社，2003:17.

11. 李朗如，陆满. 从龙济光入粤到粤军回师期间的广东正局//李延陵，等. 老桂系纪实. 广西：广西人民出版社，2003：17.

12. 罗翼群. 有关中华革命党活动之回忆//李延陵，等. 老桂系纪实. 广西：广西人民出版社，2003.

13. 冯浦澄. 苏元春、袁世凯、张勋、陆荣廷之间//李延陵，等. 老桂系纪实，广西：广西人民出版社，2003:17.

14. 陈树勋. 广西讨袁纪略//李延陵，等. 老桂系纪实. 广西：广西人民出版社，2003:229.

15. 马毅堂. 陆荣廷讨袁原因//李延陵，等. 老桂系纪实. 广西：广西人民出版社，2003:236.

16. 卢五洲. 忆陆荣廷护国讨袁//李延陵，等. 老桂系纪实. 广西：广西人民出版社，2003:250.

17. 林虎. 老桂系失败的点滴回忆//李延陵，等. 老桂系纪实. 广西：广西人民出版社，2003:370.

18. 杨义. 孙中山推翻陆荣廷的战争//李延陵，等. 老桂系纪实. 广西：广西人民出版社，2003:421.

19. 陈佐良. 陆荣廷重返广西的几件小事//李延陵，等. 老桂系纪实. 广西：广西人民出版社，2003:551.

20. 熊延龄. 陆沈桂林之战点滴//李延陵，等. 老桂系纪实. 广西：广西人民出版社，2003:576.

21. 李宗仁. 李宗仁回忆录. 1980-6.

22. 卓锦湖. 我与陆荣廷//李延陵，等. 老桂系纪实. 广西：广西人民出版社，2003:713.

23. 王振坤. 我在陆公馆生活二十年的回忆//李延陵，等. 老桂系纪实. 广西：广西人民出版社，2003:784.

24. 邓维庄，冯璜. 我所知道的谭浩明//李延陵，等. 老桂系纪实. 广西：广西人民出版社，2003:864.

25. 黄金产. 谭浩明二三事//李延陵，等. 老桂系纪实. 广西：广西人民出版社，2003:879.

26. 龚寿昌. 见闻录//李延陵，等. 老桂系纪实. 广西：广西人民出版社，2003:936.

27. 陆荣廷新传. 广西：广西民族出版社，1996.

28. 广西文史资料选辑桂系大记事.

29. 张正忠. 东北王张作霖. 黑龙江：黑龙江人民出版社，1997.

30. 王希亮. 直系儒帅吴佩孚. 黑龙江：黑龙江人民出版社，1997.

31. 程舒伟，侯建明. 北洋东虎——段祺瑞. 黑龙江：黑龙江人民出版社，1997.

32. 李书源. 柔暗总统——黎元洪. 吉林：吉林文史出版社，1995.

33. 侯宜杰. 袁世凯全集. 北京：当代中国出版社，1994.

34. 历史档案. 苏联，1959（1）：127.

35. 勃拉戈达夫. 中国革命记事一九二五——九二七. 李辉，译. 北京：北京三联书店，1982:219—227.

36. 尹家民. 国共往事风云录（一）：从黄埔到北伐. 北京：当代中国出版社.

37. 孙中山 1923 年. 中国现代史第六单元参考资料.

38. 史海回眸：苏联军舰曾运送枪支支援孙中山. 世界新闻报，2005-10-21.

39. 孙文越飞宣言. 中苏国家关系史资料汇编（1917—1924）.

40. 敖光旭. 论孙中山在 1924 年下半年的是是非非. 近代史研究，1995（6）.

41. 温小鸿. 1924 年广东商团事变再探. 浙江社会科学，2001（3）.

后 记

陆荣廷将军的遗体从上海由水道运至广西南宁，遗体停于镇宁炮台下的六公祠，历时一月，用汽车载回武鸣埋葬。棺材一来一往，挽幛列行，长达数十里，许多老百姓居然自动举行路祭，每天往六公祠吊丧者络绎不绝，还有来自外省和越南的。

上海《循环报》公开发动挽陆荣廷征联，全国应征极众，评获冠军者为广西藤县举人何培轩。

联曰：

深山射虎，只手降龙，十年岭峤镇南关，为罪为功，今日盖棺应定论。

杰出武鸣，师出岳麓，一柱南天支大厦，可歌可泣，千秋信史有公评。

（摘自陆君田、苏书选著《陆荣廷传》，1987 年 广西民族出版社）